UZ

DİYARBAKIR EFSANELERİ

Cumhuriyet Kitapları

YAYIN KURULU
Doğan HIZLAN (Başkan), Emre KONGAR, Ataol BEHRAMOĞLU,
Egemen BERKÖZ, Hikmet ÇETİNKAYA, Turhan GÜNAY

YAYIN YÖNETMENİ
Zeynep ATAYMAN

DÜZELTİ
Esen GÜRAY

KAPAK RESMİ
Bilge ALKOR
"Papageno" Sihirli Flüt

GÖRSEL YÖNETMEN
Haydar BEY

GRAFİK TASARIM
Ahmet SUNGUR

DİZGİ/SAYFA DÜZENİ
Serpil ÜNAY

BASKI
Kurtiş Matbaacılık San. ve Tic. Ltd. Şti.

DAĞITIM
Cumhuriyet Kitapları

1. Baskı: Ekim 2007

Çağ Pazarlama A.Ş.
Prof. Nurettin Mazhar Öktel Sk.
No:2 34381 Şişli - İstanbul
Tel : (0212) 343 72 74
Faks: (0212) 343 72 65
ckk@cumhuriyet.com.tr
www.cumhuriyetkitaplari.com

Muhsine Helimoğlu Yavuz

DİYARBAKIR EFSANELERİ

Prof. Dr. Muhsine Helimoğlu Yavuz, 1972'de Dil ve Tarih Coğrafya Fakültesi Türkoloji Bölümü'nü bitirdi. Halkbilimi alanında, efsaneler konusunda yüksek lisans, masallar konusunda doktora yaparak "bilim doktoru" oldu. Yurtiçinde Dicle ve Bilkent Üniversiteleri'nde öğretim üyesi; yurtdışında da Bakü, Varşova, Kiev, Kişinev, Bükreş, Lefke-Avrupa Üniversiteleri'nde konuk öğretim üyesi olarak dersler ve konferanslar verdi. Şu anda, Mimar Sinan Güzel Sanatlar Üniversitesi Fen-Edebiyat Fakültesi öğretim üyesidir. Evli ve bir oğul annesi olan Yavuz'un, ulusal ve uluslararası kongrelerde sunulmuş ve yayınlanmış 45 bildirisi, çeşitli dergilerde yayınlanmış 60 makalesi ve yayınlanmış 12 kitabı bulunmaktadır.

Yazarın diğer kitapları:

"Azerbaycan Halk Edebiyatı ile Türkiye Halk Edebiyatı Arasındaki Benzerlikler", "Cigaramın Üstünde Bir Topal Karınca", "Kim Uyur Kim Uyanık", "İlahır Çarşambalar - Nevruz Törenleri (çeviri)", "Şahmaran", "Arada Bir", "Masallar ve Eğitimsel İşlevleri", "Düş Düşün ve Gerçek", "Uçar Leyli - Boratov Arşivinden Masallar 1", "Esil ile Yesil", "Bir Varmış Bin Yokmuş".

İÇİNDEKİLER

İKİNCİ BÖLÜM

ÜÇÜNCÜ BÖLÜM

DÖRDÜNCÜ BÖLÜM

BEŞİNCİ BÖLÜM

ALTINCI BÖLÜM

DİYARBAKIR ÜZERİNE ALTI BİLDİRİ

KİTAP ÜZERİNE KİMİ SÖYLEMLER

ÖNSÖZ

Bu kitabımda, Diyarbakır il sınırları içinde yer alan efsanelerin derlenmesini ve bilimsel bir yöntemle incelenmesini gerçekleştirmeye çalıştım.

Kitabın sonunda ise, Diyarbakır halk kültürü konusunda, tarafımdan hazırlanarak, ulusal ve uluslararası çeşitli kongrelerde, sempozyumlarda sunulmuş 6 bildiri yer almaktadır.

Diyarbakırlı değerli araştırmacı Şevket Beysanoğlu'nun, *Diyarbakırım* adlı şiirinin bir bölümünde, "Ey kaleler başbuğu / Kahramanlar beldesi / Ey yüzlerce yazarın/ Şairlerin ülkesi / Toprağında taşında / Zengin bir tarih yatar / Binbir medeniyetin / Kalıntısı sende var / Surların tek başına / Kitabeler müzesi / Ve engin bir kültürün / Sanki taştan simgesi" diyerek tanımladığı Diyarbakır camileri, medreseleri, kaleleri, surları, türbeleri, köprüleri, sur içindeki eski evleri, öykülere türkülere konu olmuş dağları ve nehirleriyle bu alanda bana zengin bir kaynak oluşturmuştur. Bu kaynak öylesine zengindir ki, derlediğim efsanelerin hepsini bir kitabın sınırları içine sığdırmam mümkün olmadığı için, önce 2 cilt halinde yayınladık. Birinci baskı kısa sürede tükenince de birlikte bulunabilmesi kolaylığı açısından, önce ikinci, şimdi de bu üçüncü baskıda, iki cildi bir arada yayınlama gereği duyduk.

Bu kitaba konu olan her iki ciltteki toplam 251 efsanenin, yalnızca 13 tanesi başka yazılı kaynaklardan alınmış, kalan 238 efsane ise, Diyarbakır'ın ilçelerine, köylerine ve mezralarına gidilip, asıl insan kaynağına inilerek, tarafımdan derlenmiştir. Bu nedenle de bu efsanelerin, oldukça özgün olduğu kanısındayım. Başka yazılı kaynaklardan alınan bu 13 efsane metninden 3'ü Evliya Çelebi'nin *Seyahatname*'sinden, 4'ü Basri Konyar'ın *Diyarbekir Yıllığı C.3* adlı yapıtından, 2'si *Yurt Ansiklopedisi*'nden, 1'i Şevket Beysanoğlu'nun "Diyarbakır'dan Beş Efsane" makalesinden, 2'si yine Beysanoğlu'nun *Diyarbakırım* II. Cilt adlı kitabından, 1 tanesi de Metin Soysal'ın 28.4.1974 tarihli *Hürriyet* gazetesi pazar ekinden alınmıştır. (Bu yapıtlar hakkında gerekli bilgiler, kitabın "Bibliyografya" bölümünde verilmiştir.)

Derlediğim efsane malzemesini, daha önce bu alanda yapılan tasnif çalışmalarından da yararlanarak, şu altı ana grupta topladım:

I- Dini Efsaneler, II- Olağanüstü Kuvvetler ve Varlıklar Üzerine Efsaneler, III- Hayvanlar Üzerine Efsaneler, IV- Tarihi Efsaneler, V- Tabiatla İlgili Efsaneler, VI- Aşk Üzerine Efsaneler. Daha sonra bu ana grupları, kendi içlerinde alt gruplara ayırdım.

Kitabın giriş bölümünde, efsane hakkında genel bilgiler verilmiş, bu alanda yapılan başlıca yerli ve yabancı çalışmalar belirtilmiştir.

Daha sonraki bölümde de kitaba konu olan efsane grupları ayrı ayrı ele alınarak, ortak özellikleri, hangi temel motifler üzerine kuruldukları ve toplum yaşamındaki işlevleri yönlerinden genel olarak değerlendirilmiş, "Kutsallık", "Gerçeklik", "Olağanüstülük"leri bakımından incelenmiş ve varılan sonuçlar belirtilmiştir.

Bu inceleme bölümünden sonra, efsane metinleri verilmiş ve

her metnin sonunda, o efsane ile ilgili saptanan motifler, Stith Thompson'un *Motif Index of Folk Literature*'una göre tasnif edilerek, motif sıralaması yapılmıştır.

Dipnotlar, hemen anında bakma ve yararlanma kolaylığı sağlaması açısından, her sayfanın altında verilmiştir.

Derlenen efsanelerin kaynakları ve kaynaklar hakkındaki kısa bilgiler, özellikle her metnin başında verilmiştir. Çünkü bu efsaneleri yıllardır, yüzyıllardır birbirlerine dilden dile, gönülden gönüle aktara aktara günümüze kadar getiren asıl sahipleri onlardır. Biz yalnızca, Latince bir söz olan, *Verba volant, scripta manent* (Söz uçar, yazı kalır) ilkesinden hareket ederek, bu sözlü halk kültürünü yazıya geçirip kalıcı kılan bir aracıyız.

Efsanelerin derlendiği ve geçtiği yerler, ayrıca efsanelerde geçen yer adları, kitabın sonundaki harita üzerinde gösterilmiştir.

Kitabın arkasında yer alan, çeşitli ulusal ve uluslararası kongre, sempozyum ve konferanslarda tarafımdan sunulan 6 bildiri ise, Diyarbakır'da çeşitli alanlarda ve özellikle halk kültürü konusunda alan çalışması yapacak araştırmacılara yararlı olacaktır kanısındayım.

Bu çalışmalarım nedeniyle pek çok kişi tarafından bana şu soru yöneltildi: "Araştırma alanındaki bu kadar soruna karşın, nasıl oluyor da kaynaklarınızla böylesine sıcak bir diyalog kurabiliyor ve onların güvenini kazanabiliyorsunuz?" Bu soruya vereceğim yanıt yalnızca bir tümceden oluşmaktadır: *Bilimsel araştırma tutkusu ve insan sevgisiyle.* Yaşları yüze yaklaşmış, asırlık insan belleklerinin dipsiz derinliklerinden bu efsaneleri söküp alarak gün ışığına çıkarmak, ölüme ve dolayısıyla da yitip gitmeye bırakmamak, çalışmamın en zor bölümünü oluşturmuş ve beni derleme çalışmaları konusunda şu sonuca ulaştırmıştır:

İnsan: Okunması en zor kitap...

Bu kitabı hazırlarken yüzlerce kişiden yardım gördüm. Yıllarca süren derleme çalışmalarım sırasında, gittiğim ilçelerde, köylerde ve mezralarda, beni evlerinde konuk ederek, yalnızca efsanelerini değil, ekmeklerini de benimle paylaşan tüm Diyarbakırlılara, "O, ÇOK SEVGİLİ İNSANLARA" teşekkürümü anlatacak söz bulamıyorum.

Muhsine Helimoğlu Yavuz
İstanbul - Teşvikiye, 2007

Bu kitabımın temeli, *Diyarbakır Efsaneleri Üzerine Bir Araştırma* adlı yüksek lisans tezime dayanmaktadır.

en hüzünlü,
en suskun,
en güzel sevgiliye
ANNE'ye...

I. CİLT

GİRİŞ

Efsane, batı dillerine aynı Latince kökten "legendus" sözcüğünden gelmiştir.

İngilizce'de "legend", Fransızca'da "legende", Almanca'da "Legende" ayrıca "Sage", İtalyanca'da "leggenda", İspanyolca'da "leyenda" Yunanca'da "mitos-mit" sözcükleri, efsane karşılığı olarak kullanılır.

Efsane, Farsça bir sözcük olup "fesane" diye kullanılmaktadır. Arapça'da ise, efsane karşılığı olarak "usture" kullanılır. Türkçe'de efsane karşılığı "söylence" önerilmiştir.[1] Dini nitelikteki efsanele-

---

(1) Latince "legenda": Okunması gereken şey. *Türk Ansiklopedisi*, Ankara 1966, C.XIV, s. 394; İngilizce "legend": *The American Heritage Dictionary of the Englisch Language*, USA 1973, s. 747; Fransızca "legende": Paul Bonnevie-Philippe Amiel, *Dictionaire Hachette Juniors*, Paris 1980, s. 560; Almanca "Legende" "Sage": *Wahrig Deutsches Wörterbuch,* Berlin-München-Wien 1968, s. 2254, 3010; İtalyanca "leggenda": *Langenscheidts Universal Wörterbuch Italienisch, Italienisch-Deutsch Deutsch-Italienisch,* Berlin 1980, s. 113; İspanyolca "leyenda": Ricardo Jordano, *Roberston Ingles-Espanol Espanol-Ingles,* Barcelona 1980, s. 230; Yunanca "mitos-mit": Azra Erhat, *Mitoloji Sözlüğü,* İstanbul 1972, s. 5-7; Farsça "fesane", Arapça "usture": Ferit Devellioğlu, *Osmanlıca-Türkçe Ansiklopedik Lügat,* Ankara 1962, s. 312, 1358; Türkçe "söylence": Ali Püsküllüoğlu, *Anadolu Efsaneleri,* İstanbul 1984, Giriş.

re "menkıbe" de denir. Ayrıca halkbilim araştırmacısı Kerim Yund, Silifke ve yöresinde, özellikle Senir Köyü'nde, efsane karşılığı olarak, sanmaktan "sanıka" sözcüğünün kullanıldığını belirtti.

Bazı Sözlüklerde ve Ansiklopedilerde Efsane Tanımları

Almanca sözlüklerden bazılarında, efsane şöyle tanımlanıyor:

Sage: Tarihi ve mitolojik konulu anlatımların, ağızdan ağıza sözlü olarak aktarılmasıdır.

Legende: Dini konular ve dindar insanlar üzerine anlatılan kutsal efsanelerdir. Çoğunlukla, üzerinden çok uzun zaman geçmiş, kanıtlanması mümkün olmayan, asıl gerçeğinden çarpıtılmış ve çeşitli fantezilerle süslü, inanılması güç tarihi olayları konu alır.(1)

Legende: Tarihi olayların, fantezilerle süslenerek anlatıldığı, genellikle kutsal hikâyeler.

Sage: Geçmişteki konuların gerçekmiş gibi, ağızdan ağıza anlatılması.(2)

İngilizce sözlükte efsane, çok eski zamanlardan kalma hikâyeler, mitlerin modernleşmiş ve romantik bir hal almış şekli, efsanevi şöhret kazanmış insanlar üzerine söylenmiş hikâyeler olarak tanımlanıyor.(3)

Mitoloji sözlüğünde ise efsane, dini merasimlerde yahut dini yemeklerde okunan şey anlamına gelmektedir. Bunlar daha çok,

---

(1) *Wahrig Deutsches Wörterbuch,* Berlin-München-Wien 1968, s. 2254.
(2) *Das Grosse Buch Der Deutschen Sprache,* Stuttgart-Hamburg 1967, s. 568.
(3) *The American Heritage Dictionary of The English Language,* USA 1973, s. 747.

azizlerin hayatına ait şeylerdir.(1) Bu hikâyelerin konusu, bir şahıs olabileceği gibi, bir yer veya bir olay da olabilir.

Ferit Devellioğlu da, *Osmanlıca-Türkçe Ansiklopedik Lügat*'ında efsaneyi 1- Asılsız hikâye, masal, boş söz, saçma sapan lakırdı. 2- Dillere düşmüş, meşhur olmuş hadise, (2) olarak veriyor.

Türkçe Sözlük'te efsane maddesi şöyle: "Halkın imgesinde doğarak, ağızdan ağıza dolaşan ve konusu çok defa olağanüstü nitelikte olan hikâye."(3)

Mustafa Nihat Özön, *Edebiyat ve Tenkid Sözlüğü*'nde efsane için şöyle diyor: "Bir tabiat olayını, bir varlığın meydana gelişini, tabiat elemanlarından birinde olan bir değişikliği, akıldışı, olağanüstü açıklamalarla anlatan hikâye. Bunun temeli olan olay, halkın muhayyilesinde şekil değiştirerek, ağızdan ağıza, kuşaktan kuşağa geçer. Genel olarak, masal ile eşanlamlı olarak kullanılır."(4) Şemseddin Sami, *Kamus-ı Türki*'de efsaneyi, "Masal, asılsız hikâye, hurafat, şöhret bulup, dillere düşen vak'a ve hal, destan"(5) olarak tanımlıyor.

Almanların büyük ansiklopedisi *Brockhaus*'a göre tarihte adı geçmeyen, artık unutulmuş büyük kahramanlara ait efsaneler, mitolojinin konusuna girer. Tarihte yaşadıklarını bildiğimiz kişilere ait efsaneler ise destan yani "légende"dir.

Meydan Larousse'da efsane: "Halkın gözünde veya nakledenin hayal gücünde biçim değiştirerek, olağanüstü niteliklerle donatılarak anlatılan hikâye. (...)

---

(1) *Funk and Wagnalls, Standard Dictionary of Folklore,* USA 1972, s. 612.
(2) Ankara 1962, s. 245.
(3) Ankara 1969, s. 231.
(4) İstanbul 1954, s. 74.
(5) İstanbul 1978, s. 136.

Efsaneler sanatlı bir anlatıma sahip olmayışlarıyla, destandan ayrılır. Çoğunlukla olağanüstü olayları, insanüstü güçleri ele alırlar. Olayları, gerçekten uzaklaştırarak anlatırlar."(1)

Türk Ansiklopedisi'nde efsane: "Başlangıçta tabiatüstü nitelikler gösteren aziz hayatlarını, sonraları da, halk muhayyilesinin veya şair yaratmalarının etkisiyle, biçim değiştirmiş tarih olaylarını anlatan, harika niteliğinde hikâye.

(...)

Efsane çoğu zaman kuşaklar boyunca yaşamış halk ve folklor hikâyelerini işlemekle birlikte, bir ozanın veya bir masal anlatıcısının yaşadığı zamanın emellerine ve hayal etme biçimlerine uyarak yarattığı, orijinal bir masal da olabilir."(2)

Yeni Türk Ansiklopedisi'nde efsane: "Bir toplumun en eski hayatını, zaman-dışı bir vak'alar hikâyesi halinde anlatan hatıralar bütünü. Başlangıçta, tabiat-üstü nitelikler gösteren kimselerin hayatlarını sonraları da halkın hayal gücünü veya şairlerin ortaya koydukları eserlerin tesiriyle, şekil değiştirmiş tarih olaylarını anlatan, harika niteliğindeki hikâyeler.

Efsane, masallara göre daha eski ve insan hayatı üstünde, fakat mitolojiye göre insanlığın hayatına daha yakındır. Hiçbir sabit kronolojiye dayanmaması bakımından, tarihten ayrılır. Gerçekdışı vak'alar yardımıyla, kavmin gerçek hayatının bir veya birkaç safhasını sembol şeklinde dile getirir. Efsaneler, kültür çevrelerine ait olmakla beraber, kültürün yayılışına bağlı olarak, toplumdan topluma geçerler. Bundan ötürüdür ki, kültürler arasında ortaklıklar bulunmaktadır."(3)

---

(1) İstanbul 1979, C.4, s. 88-89.
(2) Ankara 1966, C.XIV, s. 394.
(3) İstanbul 1985, C.II, s. 757.

Türk Dili ve Edebiyatı Ansiklopedisi'nde efsane: "Edebiyatta, tabiatüstü nitelikler gösteren kişilerin hayatlarını, halk muhayyilesinin veya şairlerin meydana getirdiği tarih olaylarını anlatan, olağanüstü olaylarla süslü hikâyelere verilen isimdir."(1)

Bunların dışında, bazı efsane tanımları da şunlardır:

Pertev Naili Boratav, *100 Soruda Türk Halk Edebiyatı* adlı eserinde, "Efsanenin başlıca niteliği, inanış konusu olmasıdır. Onun anlattığı şeyler doğru, gerçekten olmuş diye kabul edilir.

(...)

Efsane, kendisine özgü bir üslubu, kalıplaşmış kuralları, biçimleri olmayan, düz konuşma dili ile bildirilen bir anlatım türüdür"(2) diyor.

Şükrü Elçin, *Halk Edebiyatına Giriş* adlı eserinde, efsaneyi şöyle tanımlıyor: "İnsanoğlunun, tarih sahnesinde göründüğü ilk devirlerden itibaren, aynı coğrafya, muhit veya kavimler arasında gelişen, zamanla inanç, âdet, an'ane ve merasimlerin teşekkülünde az çok rolü olan bir çeşit masal."(3)

Saim Sakaoğlu da, *Anadolu Türk Efsanelerinde Taş Kesilme Motifi ve Bu Efsanelerin Tip Kataloğu* adlı eserinde, efsanenin özelliklerini şu dört maddede topluyor:

a) Şahıs, yer ve hadiseler hakkında anlatılırlar.

b) Anlatılanların inandırıcılık vasıfları vardır.

c) Umumiyetle şahıs ve hadiselerde, tabiatüstü olma vasfı görülür.

---

(1) İstanbul 1979, C.III, s. 7.

(2) Pertev Naili Boratav, *100 Soruda Türk Halk Edebiyatı,* İstanbul 1969, s. 106.

(3) Şükrü Elçin, *Halk Edebiyatına Giriş,* Ankara 1981, s. 312.

d) Efsanelerin belirli bir şekli yoktur. Kısa ve konuşma diline yer veren anlatımlardır.(1)

Bilge Seyidoğlu ise, *Erzurum Efsaneleri (Erzurum'da Belli Yerlere Bağlı Olarak Derlenmiş Efsaneler)* adlı eserinde, buna "Bir efsane mutlaka bir inanç üzerine kurulmakla birlikte, diğer unsurların hepsini taşımayabilir"(2) görüşünü ekliyor.

Alman dili ve halk bilgisinin tanınmış isimlerinden Jakob Ludwig Karl Grimm (1785-1863) ile kardeşi Wilhelm Grimm'e (1786-1859) (Grimm Kardeşler) göre de efsanenin tanımı şöyledir: "Efsane, gerçek veya hayali, belirli kişi, olay veya yer hakkında anlatılan bir hikâyedir."(3)

Max Lüthi'ye göre ise Sage (efsane), gerçekten olmuş olayları anlatmakla birlikte, gerçekten iki şekilde uzaklaştırılmıştır:

a) Ağızdan ağıza anlatılırken, her anlatıcının özelliklerine göre, değişikliklere uğramıştır.

b) Şairler tarafından işlenirken de edebi-sanatsal katkılarla, yine değişikliğe uğramışlardır.

Dar anlamda efsane, masallarda olduğu gibi, tabiatüstü bir olayın hikâye edilişidir. Asıl halk efsanesi ise anlaşılmamış, garip ve çoğunlukla huzursuzluk yaratan nesnelerden, olaylardan söz eder.(4)

Azra Erhat da "Mythos, söylenen veya duyulan sözdür. Masal, öykü, efsane anlamına gelir, ama mythos'a pek güven olmaz çünkü,

---

(1) Saim Sakaoğlu, *Anadolu Türk Efsanelerinde Taş Kesilme Motifi ve Bu Efsanelerin Tip Kataloğu*, Ankara 1980, s. 6-7.

(2) Bilge Seyidoğlu, *Erzurum Efsaneleri (Erzurum'da Belli Yerlere Bağlı Olarak Derlenmiş Efsaneler)*, Ankara 1985, s. 2.

(3) Heda Jason, *Concerning the "Historical" and the "Local" legends and Their Relations, Journal of American Folklore*, C. 84, s. 134.

(4) Max Lüthi, *Maerchen,* Stuttgart 1962, s. 6-7.

insanlar gördüklerini, duyduklarını anlatırken, birçok yalanlarla süslerler"(1) derken, Max Lüthi'den pek farklı bir şey söylemiyor sanırız.

Yine Azra Erhat bu konuda, "Mythologia, efsaneler bilimi anlamına gelmez mi? Hem gelir, hem de gelmez. Erken ilkçağda 'mythologein' diye bir fiil vardır, masal anlatmak demektir. Sözlü gelenekle, dilden dile aktarılan efsanelerin, ozanlarca sürdürülmesini de belirtir"(2) diyor.

Kurt Ranke ve C.W. Von Sydow gibi halkbilimciler de, efsanelerde anlatılan olayın objektif gerçeği yansıtmadığını, ancak anlatıcının ve dinleyicilerin bu olayı gerçek olarak kabul ettiklerini söylerler.(3)

Tüm bu tanımlardan hareketle, efsane konusunda şu saptamaları yapabiliriz:

1- Efsaneler, dilden dile anlatılagelmiş çok eski hikâyeler olup anonim halk edebiyatı ürünleridir.

2- Efsanelerin konuları bir kişiye, bir olaya veya bir yere dayandırılır.

3- Efsanelerde anlatılanların, bir ölçüde de olsa, inandırıcılık özelliği vardır. (Özellikle derleme çalışmalarım sırasında anlatıcının gerçekliğine inandığı ve dinleyenin de inanmasını istediği, tarafımdan gözlenmiştir.)

4- Efsanelerde çoğunlukla, olağanüstülük ağır basar. Bu nedenle de bizi, bilinmeyen giz dolu bir âleme götürerek, saygı ve ilgi uyandırır.

---

(1) A. Erhat, *Mitoloji Sözlüğü*, İstanbul 1972, s. 5.
(2) Age, s. 6.
(3) Dan Ben Amos, *Folklore Genres, Linda Degh and Andrew Vazsonyi "Legend and Belief"* USA 1976, s. 96.

5- Efsaneler bir bakıma mitlerin modernleşmiş şekilleri olarak ifade edildikleri için, kutsal öğeler de taşırlar.

6- Efsaneler, belirli bir şekilleri olmayan ve konuşma diliyle anlatılan kısa halk anlatımlarıdır.

Öyleyse, tüm bu bilgilere dayanarak biz de efsaneyi, "Kişi, yer ve olayları konu alan, inandırıcılık özelliğine sahip, çoğu zaman olağanüstülüklere yer veren, belirli bir üsluba ve şekle bağlı olmayan, kaynaklarını genellikle geçmişin derinliklerinden alan, kısa, yalın, ağızdan ağıza aktarılan, anonim halk anlatımlarıdır," diye tanımlayabiliriz.

Efsanenin Diğer Halk Anlatımlarıyla Olan İlişkileri

Efsaneler, diğer halk anlatımlarından en çok mit, masal ve destanla yakınlık gösterirler.

Mit-Efsane İlişkileri

1- Bir tanıma göre, efsaneler mitlerin modernleşmiş şekli olarak kabul edilirler. Öyleyse, efsanedeki olayların geçtiği zaman, mittekilerin zamanına göre, daha yakın bir geçmişe aittir.

2- Mit ve efsaneler, her ikisi de anlatıcılar ve dinleyicilerce gerçek olarak kabul edilirler.

3- Mitlerdeki olayların geçtiği dünya çok eski, bilinmeyen, mitolojik bir dünyadır. Oysa efsaneninki bilinen, bizim dünyamızdır.

4- Mitler her zaman bir kutsallık taşırlar. Oysa bu özellik efsanelerin tümünü kapsamaz. (Bu daha çok, dini konulu efsaneler için geçerlidir.)

5- Mitlerde tanrılar ve yarı-tanrılar olduğu halde, efsanelerde tarihi ve yarı-tarihi kahramanlar vardır. Görüldüğü gibi, mitlerdeki tanrıların yerini (her ne kadar o tanrılar pek çok insansal özellikler taşıyor olsalar da) efsanelerde, insanlar almışlardır.

Zaman zaman mitleri ve efsaneleri bazı uluslar, kendi din ve devlet politikalarına göre yorumlayıp değiştirmişler ve efsane çemberlerini, yeni efsanelerle genişletmişlerdir. A. Erhat bu konuda şöyle der: "Bin bir kent devletine ayrılmış olan Yunanistan'ın her bölgesi, yerli mythos'unu yaratmak ve yaşatmak hevesindedir. Koruyucu olarak seçtiği bir tanrı üstüne, kendi bölgesiyle ilgili efsaneler uydurmakta ya da olan efsaneleri, kendi din ve devlet politikasına göre yorumlayıp değiştirmektedir. Efsane çemberleri böylece, genişledikçe genişler."(1)

Efsane-Masal İlişkileri

1- Efsane, anlatıcıları ve dinleyiciler tarafından çoğunlukla gerçek olarak kabul edildiği halde, masal başından beri hayal ürünü olarak kabul edilir. Bu nedenle de, masalların belirli bir yere, tarihe, kişiye dayandığı görülmez. Yine bu nedenle, masaldaki olaylar, hep hayali bir yerde ve belirsiz bir zamanda geçer, çoğunlukla da olağanüstü kişiler üzerine kurulur.

2- Kutsal-dini efsaneler olduğu halde, masalların tümünde böyle bir kutsallıktan söz edilemez.

3- Zaman zaman, benzer konuları işleyen masal ve efsanelere de rastlanır.

---

(1) *Mitoloji Sözlüğü,* İstanbul 1972, s. 7.

1- Efsane ve destandaki olaylar, gerçek olarak kabul edilir. Destandaki olaylar tarihte yer aldığı halde, bu zaman belirlemesi efsaneler için her zaman söz konusu değildir.

2- Her ikisinde de yer alan olaylar, günümüz dünyasında geçerler.

3- Efsaneler aynı örf, âdet ve gelenekleri paylaşan toplulukların ürünü olmakla beraber, özellikle bazı masal kaynaklı "Gezgin Efsaneler", daha çok uluslararası ortak bir kültürün değişik uluslardaki varyantları olarak görülebilir, oysa destanlar çoğunlukla ulusaldır.

Efsanenin, diğer sözlü halk anlatım türlerinden fıkra ve halk hikâyesi türleriyle fazla bir yakınlığı yoktur.

Efsane Konusunda Diğer Ülkelerde Yapılan Bazı Çalışmalar

Efsaneler üzerinde yapılan çalışmalar, 19. yy'ın başlarından itibaren Avrupa'da başlamıştır. Böylece efsaneler, çeşitli derleme ve incelemelere konu olmuştur. Giderek bu alandaki çalışmalar yoğunlaşmış ve yalnızca efsane konusunu kapsayan, uluslararası halkbilimcilerin bir araya geldiği kongreler düzenlenmeye başlamıştır.

"Efsane üzerine yapılan ilk çalışmaların en kayda değerlerinin, J. Ludwig Karl Grimm ve kardeşi Wilhelm Grimm'in çalışmaları olduğu görülmektedir. Grimm Kardeşler'in efsane tanımları, bugün de bazı halkbilimciler tarafından aynen kabul edilmiştir. 1816-1818 yıllarında yayımladıkları, iki ciltlik *Deutsche Sagen*, ileride, bu konuda yapılacak pek çok çalışmalara önemli bir başlangıç oluşturmuştur.

Efsane çalışmaları konusunda, 1800'den evvel yapılan çalışmalar bir düzineyi bile geçmezken, 1908'de K. Wehrhan'ın verdiği bibliyografyada bu sayı bini geçiyordu."(1)

Yine o yıllarda, Alman efsane araştırıcılarından Otto Böckel ve Friedrich Ranke bu alanda yeni yeni eserler ortaya koymuşlardır.

Efsane araştırmaları Almanya'da hızla gelişirken, Fransa'da da tanınmış halkbilimci Arnold Van Gennep, efsanelerle ilgili yeni görüşler ileri sürmüştür.

1959 yılına kadar daha çok kişisel çalışmalarla gelişen, efsane konusundaki bu çalışmalar 1959 -1969 arasında, kongrelerin ortak konusu olmuştur. Bu on yılda, yalnızca efsaneyi konu alan altı kongre düzenlenmiştir. Bu kongrelerin en başarılısı "Budapeşte Kongresi"dir. Budapeşte Kongresi'nin Başkanı Kurt Ranke'nin çalışmaları ve olumlu düzenlemeleriyle, efsanelerin uluslararası ölçüde sınıflandırılması üzerinde ortak kararlara varılmıştır. Buna göre efsaneler, dört ana gruba ve bunlar da alt gruplara ayrılmışlardır. Bu gruplama şöyledir:

I - Dünyanın yaratılışı ve sonu (kıyamet) ile ilgili efsaneler.

II - Tarihi efsaneler ve medeniyet tarihi ile ilgili efsaneler.

A- Medeniyet ile ilgili yer ve eşyanın menşei

B- Bazı yerler ile ilgili efsaneler

C- Dip tarihi (prehistorya) ve ilk zamanlar ile ilgili efsaneler

D- Harpler ve felaketler

E- Seçkin kişiler

F- Bir düzenin bozuluşu

---

(1) S. Sakaoğlu, *Anadolu Türk Efsanelerinde Taş Kesilme Motifi ve Bu Efsanelerin Tip Kataloğu*, Ankara 1980, s. 11.

III- Tabiatüstü varlıklar ve kuvvetler-mitik efsaneler

A- Kader

B- Ölüm ve ölüler

C- Tekin olmayan yerler ve hayaletler

D- Hayaletlerin resmi geçidi ve savaşları

E- Öbür dünyada ikamet

F- Cinler, periler, ruhlar

G- Medeniyetle ilgili yerlerdeki hayaletler

H- Değişmiş varlıklar

I- Şeytan

K- Hastalık yapan kötü ruhlar (cinler) ve hastalıklar

L- Tabiatüstü güçlere sahip kimseler

M- Efsanevi (mitik) hayvanlar ve bitkiler

N- Hazineler

IV- Dini efsaneler-Tanrı ve kahramanlarla ilgili efsaneler(1)

Efsane Konusunda Ülkemizde Yapılan Başlıca Çalışmalar

Bibliyografyalara bakıldığı zaman, efsane metinlerine yer veren pek çok dergi ve kitaba rastlamakla birlikte, Türk efsanelerini inceleme konusunda, ortada fazla sistematik bir çalışmanın olmadığı görülür.

Bu alanda, tanınmış Türk halkbilimcisi Prof. Dr. Pertev Naili Boratav, yaptığı çeşitli araştırma ve incelemelerle, Türk efsaneleri konusuna ışık tutmuştur. *Ph. T. Fundamenta* C. II'de "La Le-

---

(1) Age, s. 12.

gende" konusunu yazan Boratav, burada çeşitli yerli ve yabancı efsaneleri, temalarına göre işlemiştir. (P. Naili Boratav, "La Legende", s. 57, 62, 65).

Burada yine üstünde önemle durulması gereken bir konu da şudur: Boratav, hocalık yaptığı Ecole Pratique des Hautes Etudes'de, 1963-1964 ders yılında, Türk efsanelerini okuturken, efsanelerin tasnifi ile ilgili görüşlerini de ortaya koymuş ve International Society for F. - N. Research'ın, Budapeşte'de kabul ettiği geçici sınıflandırmanın, Türk efsanelerine uygun olmadığını belirtmiştir. Bu nedenle, Türk efsanelerinin tasnifi için daha uygun olacağını öne sürerek, bu sınıflamada bazı alt grupları birleştirme, bölme, kaldırma gibi çeşitli değişiklikler yapmıştır. (1)

Boratav böylece, uluslararası kataloğun, ulusal kataloglara uydurulması gerektiği görüşünü de belirtmiş olmaktadır.

Boratav'ın bu değişikliklerinden sonra, Türk efsanelerinin sınıflandırılması şöyle olmuştur.

I- Dünyanın yaratılışı ve sonu ile ilgili efsaneler

II- Tarihi efsaneler

A- Sınırlandırılmış tabii yerlerin menşeleri (dağlar, göller vs.)

B- Meskûn yerlerin menşeleri (şehirler, köyler vs.)

C- Büyük binaların menşeleri (kiliseler, camiler, köprüler vs.)

D- Hazineler

E- Milletlerin, hükümdar sülalelerinin ve sosyal sınıfların menşeleri

F- Felaketler

G- Tarihi olarak bilinen kahramanların yendikleri, tabiatüstü güce sahip canavarlar

---

(1) P. N. Boratav, *100 Soruda Türk Halk Edebiyatı,* İstanbul 1969, s. 113. A. Von Gennep, *La Formation des Legendes,* Paris 1917, s. 283-284.

H- Savaşlar, fetihler, istilalar
I- Kurulu düzene başkaldırmalar
K- Diğer hadiseler ve üstün kişiler, medeniyet getiren kahramanlar, bilginler, şairler
L- Aşk ve aile hayatı
M- Küçük bir topluluğun, tarihinin bir parçasını meydana getirdikleri ölçüde bilinen, ortak veya kişisel karakterde, çeşitli diğer kişilerle ilgili anlatmalar.

III- Tabiatüstü şahıslar ve varlıklar üzerine efsaneler
A- Alın yazısı
B- Ölüm ve ötesi
C- Tekin olmayan yerler
D- Tabiatın bir parçası olan yerler (orman, göl vs.) ile hayvanların sahipleri-koruyucuları
E- Cinler, periler, ejderhalar vb. tabiatüstü güçte yaratıklar
F- Şeytan
G- Hastalık ve sakatlık getiren varlıklar (albastı gibi)
H- Tabiatüstü güçleri olan kişiler (büyücü, üfürükçü, efsuncu gibi)
I- Mythique nitelikte hayvan ve bitkiler (adamotu gibi) üzerine anlatmalar

IV- Dini efsaneler[1]

Bu konuda yapılan çalışmalardan, Prof. Dr. Bahaeddin Ögel'in *Türk Mitolojisi* adlı eserinde pek çok Türk efsanesi ve destanlarından ayrıntılı bir şekilde söz edilir.

---

(1) Efsaneler üzerine yapılan başlıca çalışmalar konusunda ayrıntılı bilgi için bakınız, Sakaoğlu, age, s. 10-19.

Bu kitapta, İslamiyet öncesi döneme ait destan ve efsane metinleri yer almaktadır.

Saim Sakaoğlu'nun *Anadolu Türk Efsanelerinde Taş Kesilme Motifi ve Bu Efsanelerin Tip Kataloğu* adlı eserinde, taş kesilme motifine yer veren efsanelerin, sistematik bir tasnifi yapılmıştır. Eserin giriş bölümünde, efsanenin tanımı, gelişimi, bu konuda yapılan çalışmalar hakkında oldukça aydınlatıcı bilgiler yer almıştır. Bu eserin ilgiye değer bir yönü de, *Anadolu Türk Efsaneleri*'nde, taş kesilme motifine yer veren efsane tiplerine, Stith Thompson'un "Motif-Index"teki tip numaralarının verilmiş olmasıdır.

Sedat Veyis Örnek'in *100 Soruda İlkellerde Din, Büyü, Sanat, Efsane* adlı eserinde, ilkel kavimlerdeki efsaneler ile bunlarda görülen taş, ağaç, su kültlerinin kaynağı incelenmiştir. Yine bu kitapta, efsaneye ayrı bir bölüm ayrılmıştır.

Türkiye'de kitap halinde, pek çok efsane metni yayınlanmıştır. Bu eserlerde bilimsel bir nitelikten söz edilemez. Yalnızca metinler verilmiştir. Bu tür eserleri, şu iki grupta toplayabiliriz:

1- Belli bir bölgeyle sınırlanmış çalışmalar

2- Geniş bir coğrafi alanı kapsayan çalışmalar

Birinci gruba örnek: Osman Bayatlı, *Bergama Efsaneleri, Âdetler* (İstanbul 1941), Mehmet Önder, *Konya Efsaneleri* (Konya 1963), İrfan Ünver Nasrattınoğlu, *Afyonkarahisar Efsaneleri* (Ankara 1973).

İkinci gruba örnek: Ali Rıza Önder, *Yaşayan Anadolu Efsaneleri* (Kayseri 1955), Mustafa Necati Sepetçioğlu, *Türk-İslam Efsaneleri* (İstanbul 1975), Ali Püsküllüoğlu, *Efsaneler* (Ankara 1982).

Efsane konusunda yayınlanan makalelerden bazılarını da şöyle sıralayabiliriz:

Pertev Naili Boratav, "Ali Rıza Önder-Yaşayan Anadolu Efsaneleri" (Legendes vivantes d'Anatolia), Oriens, C. X, sayı 1, s. 162-166. Boratav bu yazısında yirmi üç efsane metnini konularına göre gruplamış ve metinlerin özetlerini vermiştir.

Bahaeddin Ögel, "Türk Efsaneleri Üzerinde İncelemeler -Uygurların Menşe Efsanesi", DTCFD, C. IV, sayı 1-2 (Ocak-Nisan 48), s. 17-24. Ögel'in bu makalesinde, Uygurların Menşe Efsanesi'ne ait açıklamalar yer alır. Ayrıca bu efsanenin, "Hıtay Devleti'nin Şefinin Doğuşu ve Büyüyüşü"ne ait metinle olan benzerlikleri ele alınır.

Çiğdem ve Atilla Turgay'ın "Anadolu Türk Efsaneleri Üzerinde Psiko-Sosyal Bir Çalışma" adlı, 1973'te İzmir'de VIII. Milli Psikiyatri ve Nörolojik Bilimler Kongresi'nde sundukları bildirilerinde, yüz on Anadolu efsanesinden, rasgele örnekleme metodu ile seçilmiş yirmi beş metin üzerinde çalışılmıştır.

Efsane konusundaki diğer çalışmalar, kitabımızın bibliyografya bölümünde gösterilmiştir.

Efsaneler, bir yandan ulusların tüm istek, duygu ve düşün dünyalarını yansıtırken, diğer yandan da dil, din, ulus, ülke sınırı tanımadan, tüm insanlığın ortak özelliklerini taşıyorlar ve böylece, ortak bir dünya kültürü oluşturuyorlar.

Bu nedenle, efsaneler konusunda yapılan ve yapılacak olan çalışmaların, insanlık tarihi ve ülkemizin kültür tarihi bakımından öneminin büyük olduğuna inandık ve bu inançla biz de, Diyarbakır efsaneleri üzerinde çalışarak, bu önemli alana küçük bir katkıda bulunmak istedik.

* * *

Efsane Gruplarının Genel Olarak İnceleme ve Değerlendirilmeleri

Bu bölümde her efsane grubu ayrı ayrı ele alınarak, ortak özellikleri, hangi temel motifler üzerine kuruldukları ve toplum hayatındaki işlevleri yönlerinden genel olarak değerlendirilmiş, efsaneler "kutsallık", "gerçeklik", "olağanüstülük"leri bakımından incelenmiş ve varılan sonuçlar belirtilmiştir.

I- Dini Efsaneler

Bu kitabın "Dini Efsaneler" bölümünde, otuz sekiz efsane yer almıştır. Bu efsanelerin hemen hepsinin, dini motifler üzerine kurulmaları ve İslam diniyle ilgili oluşları, en belirgin ortak özelliklerini oluşturur. Yine bu efsanelerin genellikle, kutsallık ve olağanüstülük yönleri ağır basar.

Toplum hayatında önemli rol oynamış kimselerin hayatları ve ölümleri, öldükten sonra da mezarları, türbeleri etrafında, bir dizi efsane yaratılmıştır. Bu önemli kimseler, yönetici veya herhangi bir önemli olayın kahramanı bile olsalar, çoğu zaman onlara da dini bir misyon yüklenmiş ve ermiş-veliler grubuna alınmışlardır. (3, 31, 32, 33 ve 38 numaralı efsane metinleri, buna örnek gösterilebilir.)

Dini efsanelere konu olan bu kimseler aynı zamanda halkımızın değerlerinin de birer temsilcisi durumundadırlar. Örneğin, 92 ve 97 numaralı metinlerde, insanların darda kalanlara yardım etmeleri, cimri olmamaları; 14'te hırsızlığın, yolsuzluğun mutlaka ortaya çıkacağı ve cezalandırılacağı; 19'da kutsal yerlere saygı; 20'de sır saklamanın erdemleri, diline sahip olamayışın doğuracağı zararlar; 26, 27 ve 34'te birisini gammazlamanın ve iftira atmanın olumsuz sonuçları; 29'da dürüstlüğün ve sabrın sonunda mutlaka ödüllendirileceği; 35'te ise bir insanın komşusu açken kendisinin tok yatmaması gerektiği mesajları verilmiştir.

Görüldüğü gibi, dini efsanelerden pek çoğu, dolaylı da olsa kıssadan-hisse çıkarma özelliği taşımakta ve toplum hayatını düzenleyici rol oynamaktadır.

Ayrıca, içinde bulundukları yaşam koşullarının güçlüğü, ekonomik durumlarının bozukluğu nedeniyle çaresiz kalan insanlar, inandıkları bazı manevi kişilerin gücüne sığınmakta, onların kendilerine yardım edeceği inancından kaynaklanan teselli ile hayatlarını kolaylaştırmaya çalışmaktadırlar. Bu inandıkları manevi güçlerle aralarında, kendileri açısından çok samimi ve içten bir iletişim vardır. Onlara, dileklerini mümkün olan her yolla ulaştırmaya çalışırlar ve bunun için de bildikleri her yöntemi kullanırlar. Örneğin, dileklerini 19 numaralı efsanedeki "Dedüğü Baba"ya, resim çizerek anlatırlar. 24 numaralı metindeki "Zülküfül Peygamber" ile 107 numaralı metindeki "Dicle Nehri"ne, dileklerini yazılı dilekçeler halinde sunarlar. 18 numaralı efsanedeki "Şeyh Bilal"den ise, isteyeceklerini şekillerle isterler. Çocuk isteyen bir kadının, çöpten bir beşik yapıp bunu ziyaretin başındaki ağaçlara asması "sembolik" bir rica, bir yakarıştan başka bir şey değildir. Diğer yatırlara da sözle, dua ile dileklerini iletirler.

Ayrıca "verilmeden, alınmayacağı" toplum kuralını çok iyi bilen insanımız, sonraki günlerde, hayatlarında gerçekleşen güzel bir olayı, dileklerinin yerine gelmesi olarak kabul ettikleri için bu bağışı, bu lütfu asla karşılıksız bırakmamakta ve hemen, gücüne göre bir kurban keserek, borcunu ödemektedir. Zaten, çoğu zaman da, bu adak konusunda, en baştan pazarlığını yapar. 96 numaralı "Ali Tepesi" efsanesinde, bu "alış-veriş"e dönüşmüş, "dilek-adak" kuralı açıkça görülür. Bu adaklarla, kutsal kişilerin şahsında, yoksul halk ödüllendirilmiş olur. Çünkü kesilen adağın eti yoksullara dağıtılır.

Bu dini kimselerin, yaşarken veya öldükten sonra veya her iki durumda da, olağanüstü, manevi güçlere sahip olduklarına ve keramet gösterdiklerine inanılır. Mustafa Kara, *Türk Dili ve Edebiyatı Ansiklopedisi*'nin, 281. sayfasında yer alan "Keramet" maddesinde, kerameti şöyle tanımlıyor: "Allah'ın, veli kullarından zuhur eden, olağanüstü haller." Bu olağanüstü hallerin anlatıldığı kısa hikâyelere de, "menkıbe" denilmektedir. Ahmet Ateş, *İslam Ansiklopedisi*'nin 8. cildinin, 701. sayfasında, menkıbeyi "övünülecek, güzel iş" olarak tanımlar.

Bu grupta yer alan efsanelerin kahramanları, halk arasında, gerçek ve kutsal kişiler olarak kabul edilir, kahramanı oldukları olayların da çoğunlukla, yerleri ve zamanları bellidir. Bunlar halk arasında bir dogma gibi kabul edilir ve üstlerinde tartışılmaz. Anlatıcılar ve dinleyiciler, son derece saygılı bir dil ve tavır içinde konuyu dile getirirler. Mezarları da çevrenin manevi koruyucusu olarak kabul edilir ve son derece saygılı davranılır. Ağaçlarına, taşlarına asla zarar verilmez. Verenlerin uğradıkları belalar da, ayrıca efsanelere konu olmuştur. (18, 19, 24 ve 28 numaralı metinler, buna örnek gösterilebilirler.)

Bu, manevi gücüne inanılan dini şahsiyetlerden "Hızır"ın, Müslüman halklar arasında çok önemli bir yeri vardır. Hızır'ın asıl adı "Elyasa" veya "İlyas"tır. Halk arasında, Hızır'ın dar zamanlarda yardıma geleceği inancı oldukça yaygındır. "Kul sıkışmayınca, Hızır yetişmez" atasözü de bu inançtan kaynaklanır. 4 numaralı metinde görüldüğü gibi, halk arasında, Hızır'ın genellikle evlere, yaşlı ve yoksul bir ihtiyar görünümünde konuk olduğu, iyi kabul gördüğü evlere de dualarıyla bolluk ve bereket dileyip kaybolduğu imajı çok yaygındır. Bu imaj evlere gelip yardım isteyen yoksul ihtiyarların da, Hızır olabilecekleri ihtimaliyle, iyi kabul ve yardım görmelerini sağlamaktadır. Böylece efsanelerin, toplumun güzel değerlerini koruma işlevlerini yerine getirdiklerini bir kere daha görmüş oluyoruz.

Halk geleneğinde yer alan, 6 Mayıs "Hıdrellez" törenleri, Hızır ile İlyas'ın buluştukları gün olarak kabul edilir. Ayrıca, Kur'an-ı Kerim'in Kehf, En'am ve Saffet surelerinde de, Hızır ve İlyas'tan söz edilir. Hızır karaların, İlyas ise denizlerin sahibidir.

Bu bölümde yer alan 38 numaralı efsane, "Dede Korkut Hikâyeleri"yle benzerlik yönünden, özellikle üstünde durulmaya değer.

Taş kesilme motifiyle sonuçlanan bu efsane, aşk efsaneleri grubuna da girebilir. Fakat sonuçta halkın ona yüklediği misyon, dini efsaneler grubunda yer almasına neden olmuştur.

38 numaralı "Mine Hatun Ziyareti" efsanesiyle, *Dede Korkut Hikâyeleri*'nden, "Uşun Koca Oğlu Seğrek" ve "Kam büre Bey-oğlu Bamsı Beyrek" hikâyeleri arasındaki benzerlikler, tarafımızdan son derece ilgiye değer bulunmuştur. Şöyle ki: 38 numaralı "Mine Hatun Ziyareti" efsanesinde, çok yiğit ve yakışıklı bir delikanlı, yalnız başına ava çıkar. Bir ceylan kovalayarak bir koruya gelir ve yorgun olduğu için atını bir ağacın dalına bağlayıp uykuya dalar. Bunu haber alan kral delikanlıyı yakalayıp getirmelerini emreder. Adamlar uyuyan gence saldırırlar fakat atı kişneyip onu uyandırır. (...)

İkinci saldırıda genç, yakalanıp krala getirilir. Kral ona kızı Mine Hatun'u vermek ve ordularına komutan yapmak ister. Müslüman olan genç, bunu kabul etmeyince zindana atılır. Kralın kızı onu görmüş ve âşık olmuştur. Her gece zindana onu ziyarete gider. Oğlanın dinine girip Müslüman olur. Sonunda beraber kaçarlar...

Şimdi de, Dede Korkut'a bakalım:

"Eğrek'in yolu Alınca Kalesi'ne uğramıştı. Kara Tekür orada bir koru yaptırmıştı. Uşun Koca Oğlu'nun yolu bu koruya uğradı... Meğer Tekür'ün casusu vardı. Gelip Tekür'e haber verdi. Tekür pusatlı altmış adam seçin, varsınlar tutup getirsinler dedi. Ansızın altmış demir donlu kâfir, oğlanın üzerine geldiler...

Meğer yiğit, aygıra binerdi. At kulağı sak olur, çekip oğlanı uyardı."(1)

"... Meğer kâfir beyin bir bekâr kızı var idi. Her gün zindana Beyrek'i görmeye gelirdi, kız Beyrek'e âşık olmuştu." (...)

Kız Beyrek'e der: "Eğer seni hisardan aşağı urgan ile sallandıracak olursam, babana anana sağlık ile varacak olursan, beni burada gelip, helâllığa alır mısın?"(2)

Bu iki metindeki yakın benzerlikler, bize "Dede Korkut'un Coğrafyası" içine giren Diyarbakır yöresi halkının, *Dede Korkut Hikâyeleri*'yle, bu "Mine Hatun" efsanesini birleştirmiş olabileceğini düşündürüyor.

II- Olağanüstü Kuvvetler ve Varlıklar Üzerine Efsaneler

Diyarbakır ve çevresinde, "kepoz", "bizden iyiler", "pirelik", "pirabok", "karakura" (Şamanizm'de "karakura", lohusaları korkutan, ciğerlerini alan bir kötü ruhun adıdır) (3) "şubat karısı" adlarıyla bilinen, "al karısı"nın Türk dünyasında çok eski bir yeri vardır ve "Al karısı", "Albastı", "Almıs", "Albıs" adlarıyla bilinir.

---

(1) O. Şaik Gökyay, *Dede Korkut Hikâyeleri*, İstanbul 1976, s. 212.
(2) M. Ergin, *Dede Korkut Kitabı*, İstanbul 1969, s. 75-76.
(3) A. İnan, *Tarihte ve Bugün Şamanizm*, s. 171.

Albastı, "Kara Albastı", "Sarı Albastı", "Kırmızı Albastı" olarak üç cins olup, çoğunlukla insanlar tarafından, bir aldatmaca ile ele geçirilebilir. Kara Albastı ağırbaşlı bir ruh olarak tanınırken, Sarı Albastı hoppa ve şarlatan bir varlık olarak bilinir. Kırmızı Albastı ise, Kitanlar'da, ölüm veren, fakat insanlığın anası olan bir ruh olarak kabul edilir.[1] Al ruhu, eski Türklerde, koruyucu bir ruh olup ateş tanrısı olarak kabul edilirken, günümüzde ise kötülük yapan, hastalık ve ölüm getiren, zararlı bir ruh olarak kabul edilmiştir.

Bizim bu bölümdeki efsanelerimizde yer alan, genellikle lohusalara musallat olan al karısı ile insanlara kötülük yapan cinler, geceleri atlara binip onları yoran ve yelelerini ören (47 numaralı metin), çeşitli kılıklarda insanların karşısına çıkıp onları korkudan hasta eden, öldüren veya başlarına türlü belalar getiren (44, 45, 46, 47, 51), lohusaların ciğerlerini söküp bebekleri öldüren (56, 57, 58, 59, 60, 61, 62) hain varlıklardır.

Bu cinler bazen kocakarı kılığına girer, bazen genç ve güzel bir kadın olurlar (41, 44, 49, 58). Bazen de kocaman memelerini omuzlarına atmış, uzun ve dağınık saçlı bir masal devi görünümündedirler (47, 57). Zaman zaman da ayak parmakları arkada, topukları önde (48), boyu göklere değen (40, 46), bazen de çok kısa boylu cüce (45), acayip yaratıklar olarak görünürler. Oğlak (42), kuzu (111), kedi (56), kuş (50) kılığına girerek insanların karşısına çıktıkları da olur. Çoğu zaman da bir dostun (48), bir yakının (61) veya sıradan bir insanın (43) şekline bürünürler. İnsanları özellikle yalnız ve savunmasız bulunca kötülük yaparlar (57, 58, 59). Kur'an'dan (57, 61), demirden (57, 61), iğneden ve çuvaldızdan (41, 56, 57), duadan ve

(1) B. Ögel, *Türk Mitolojisi*, s. 300.

besmeleden (48, 50), sudan (50) korkan bu yaratıklar, çoğunlukla mağaralarda (44, 49), pınarlarda (111, 112, 113, 114), mezarlıklarda (42, 46), hamamlarda (45) ve eski evlerde (84, 85, 86, 87) yaşarlar.

Hastalık ve ölüm getiren varlıklardan olan bu "Al ruhu" ve "Al karısı" inancı, Orta Asya'da ve Şamanist Türkler arasında da yaygındır.(1) Çünkü kötü ruhlara karşı lohusanın yanına konan şeylerin hepsinin, özellikle de iğne ve demir gibi metallerin, vaktiyle Türklerin kabul etmiş oldukları ve kutsal saydıkları bir din olan Şamanizm'in kalıntıları olduğunu görüyoruz. Şamanizm'de, Altay Şamanları, giriş merasimleri sırasında, Erlik Han'ın yeraltı dünyasına indikleri zaman metal sesleri duyarlar. Bu sesler, Erlik'in yakaladığı kötü ruhların başına geçirdiği zincirlerin sesleridir. Tungun ve Orokhon geleneğinde de, Şamanların başında demir süsler vardır.(2)

Bahaeddin Ögel de, *Türk Mitolojisi* adlı kitabının 67. sayfasında, "Türklerde demir kutsal idi ve kılıçla da and içirilirdi" der.

Ayrıca demirci de insanlara kötülük yapan "Albastı ruhu"nun en büyük düşmanıdır. Kazaklar, lohusa kadınları kötü ruhlardan korumak için ellerine bir demir parçası veya bir çekiç alarak "Demirci geldi, demirci geldi" diye bağırırlarmış. Albastı da demirciden korktuğu için lohusanın yanına yaklaşamazmış.(3)

Halk inanışına göre, cinler erkek ve dişidirler. Dişilerine genellikle peri adı verilir. Yine efsanelerde yer alan bu cinler-periler, in-

---

(1) A. İnan, *Tarihte Bugün Şamanizm,* s. 168, 173.
(2) A. İnan, *Türklerde Demircilik Sanatı, Türk Kültürü, 4 (42),* s. 542-544.
(3) A. İnan, *Tarihte ve Bugün Şamanizm*, s. 84.

sanlarla ilişki ve dostluk kurarlar (52, 62), âşık olurlar (49, 51), evlenirler (31, 49), çocukları olur (32, 49), insanlara armağanlar verirler (44, 52) veya cezalandırırlar, kıskanırlar (49), öç alırlar (44, 47, 51). Görüldüğü gibi bu güçler çoğu zaman, insan özellikleri gösteren varlıklar olarak karşımıza çıkarlar. Bu durum, insana ister istemez, Yunan mitolojisindeki, insan özellikleri gösteren tanrı ve yarıtanrıları çağrıştırıyor. Yine bu konuda, 49 numaralı "Ahmed-i Pirabok" efsanesi ile Homeros'un Odysseus'unun başından geçen olaylar arasında, ilgiye değer, önemli benzerlikler vardır.

Şöyle ki: 49 numaralı efsanede, Ahmet'i kaçıran genç ve güzel cin kadın, ona çok iyi davranır. Yıllarca beraber, cinin mağarasında yaşarlar, çocukları olur, fakat Ahmet çok mutsuzdur. Köyünü, karısını ve çocuklarını özler. Bir gün, mağaranın kapısının açık unutulmasından yararlanarak kaçıp evine döner. Aradan uzun yıllar geçmiştir. Ahmet'in saçı sakalı birbirine karışıp dış görünüşü çok değişmiştir. Onu kimse tanıyamaz. Sonunda karısı onu ayağındaki eski bir yara izinden tanır.

Şimdi de Homeros'a bakalım:

"... Günlerden sonra dalgalar, Odysseus'u bir adaya sürükledi. Burada bir tür tanrıça, bir nympha yaşamaktaydı. Kalypso'ydu bu nympha'nın adı. Kalypso, Odysseus'u kumsalda yarı ölü buldu. Mağarasına sürükledi. Çok iyi davrandı ona. Burada yedi uzun yıl yaşadı Odysseus. İthaka'yı, karısı Penelopia'yı çok özlemişti. (...)

Nympha çok iyiydi, çok güzeldi ama Odysseus sıla derdi çekiyordu. Bu nedenle de Kalypso'yla mutlu olamıyordu. En sonunda nasılsa tanrılar, Odysseus'a acıdılar."[1]

---

(1) E. F. Dodd, *Homeros'tan Öyküler,* s. 60.

Truva savaşından yıllar sonra, evine bir dilenci kılığında dönen Odysseus'u karısı Penelopia tanıyamaz, fakat yaşlı dadısı ayağını yıkarken, eski yara izini görür ve onu tanır.

"... Penelopia, yaşlı dadı Eurykleia'ya dilencinin ayaklarını sıcak suyla yıkamasını söyledi. Yaşlı kadın, bu adamın efendisine çok benzediğinin ayırdına vardı. Bacaklarını yıkarken, Odysseus'un evlenmeden çok önce avda aldığı bir yaranın izini de görünce, dadının hiç kuşkusu kalmadı. (1)

Bu efsanelerdeki, ilgimizi çeken ortak motiflerin nedenlerini, insanların hayatı anlayış ve yorumlayışlarında ki ortaklıklarda aramak gerektiği kanısındayız.

Bu bölümde yer alan ejderhalar da olağanüstü varlıklar olup, ağızlarından ateşler saçan, çatallı dilli, çoğu zaman insanları ve insanlara yararlı hayvanları öldüren, böylece toplumun başına bela kesilen mitolojik yılanlardır. Bu ejderhalar, yine çoğu kez olağanüstü bir kahraman tarafından öldürülür veya yine olağanüstü bir güç tarafından yok edilerek, insanlar ondan kurtarılır (53, 54, 55).

III- Hayvanlar Üzerine Efsaneler

Hayvanlarla ilgili efsanelerimizin dayandığı ana motif, "insan özelliği gösteren hayvanlar" motifidir. Bu efsanelerin konularını oynayan, şarkı söyleyen (66), âşık olan (64), müzik dinleyen (63), öfkeden çatlayan (67), armağanlar getiren (64) hayvanlar oluşturur.

Efsanelerimiz, hayvanlar bölümünde de yine, insanlara ders verme özelliklerini sürdürürler. Her gün bir altın getiren yılanın yuvasını yıkarak, bütün altınlarını bir anda almak için açgözlülük

---

(1) Age, s. 71.

eden cahil gençle (63), altın yumurta yumurtlayan tavuğunu, bütün altınlara bir anda kavuşmak için öldüren açgözlü ve ahmak adam arasındaki benzer davranışlar, her ikisinin de sonunda zararlı çıktıklarını gösteriyor. 63 numaralı efsanede, her gün bir altın getiren yılan, yuvasını yıkıp kuyruğunu koparan genci sokarak öldürür. Böylece açgözlülük ve iyilik bilmemek cezasını bulur ve bu yolla da halka, gerekli ders verilmiş olur.

Ayrıca bu efsaneler, "Hayvanlar da insanlar gibi bazı özelliklere sahiptirler. Onlara iyi davranmak ve dostluklarını kazanmak gerekir" mesajını da birlikte taşıyorlar.

IV- Tarihi Efsaneler

Bu gruptaki efsanelerde, kişisel kahramanlıklar ağır basmış ve bu kahramanlar dini konulu efsanelerde olduğu gibi, manevi güçlerden yardım görmüşlerdir (68, 69, 70).

Bunlar, bir resimle konuşmak (70), rüyada peygamberi görmek ve ondan öğüt almak (69), hayvanlardan yardım görmek (68) gibi, olağanüstülükleri olan kahramanlardır.

Beylerin aldıkları adlar ve unvanlar da onların başlarından geçen ve bazen çok sıradanmış gibi görünen olaylara dayanır (71). Bazı beyler, tedbirli ve akıllı oluşlarını kanıtlayan davranışları nedeniyle unvan alırlar (72). Unvanlarını yiğitlik ve kahramanlıklarıyla kazanan beyler de vardır (74). Bazı beyler de bu olumlu özelliklerin tam tersine, ahmaklık ve aptallıklarını yansıtan unvanlar almışlardır (73).

Görüldüğü gibi, beylerin adları ve unvanları ile ilgili efsaneler çoğu zaman, onların davranış özelliklerinden kaynaklanmıştır.

Kaleler, surlar, burçlar ve köprülerle ilgili efsanelere ise hükümdarlar (75), kalfalarla ustalar (78, 80, 82), hazineler (77) ve umutsuz aşklar (81) konu olmuştur.

Bu yapıları yapan ustalarla kalfalar arasında sürekli bir yarış söz konusudur. Bu yarışı da hemen her zaman kalfalar kazanır (78, 82). Böylece efsaneler aracılığıyla halka, yeni yetişenlerin eskilerden, çocukların babalardan daha önde olmaları gerektiği, insanlık tarihinin iyiye ve güzele ancak böyle yol alabileceği mesajı verilmiş oluyor.

Yine bu efsanelerde ustalar, kendilerinden daha başarılı kalfalarını kıskandıkları için mutlaka olumsuz bir tepki gösteriyorlar. Bu da efsanelerin, içgüdüsel insan davranışlarına dayanan, gerçeklik yönlerini yansıtıyor.

Kahramanlık üzerine kurulmuş 79 numaralı efsane ile, namuslu ve yoksul aile babasının, ailesini ve onurunu hiçbir zenginliğe değişmeyişini ve bu uğurda canını verişini konu alan 81 numaralı efsane de, yine topluma erdem örneği veren olumlu, yapıcı, yönlendirici efsanelerdir. Olağanüstü kahramanlar ve olaylar üzerine kurulmuş bu efsaneler elbette ki, kutsallık özelliklerini de beraberlerinde taşıyorlar. 81 numaralı efsanedeki onuru, namusu uğruna canına kıyan kahramanın, Cebrail tarafından, daha vücudu toprağa değmeden, havada kapılarak cennete götürüldüğüne inanılması veya 79 numaralı efsaneye konu olan kahraman kardeşlere duyulan saygı, bu kutsal kabul edilişin bir sonucudur.

Efsanelerimize konu olan evler ise çoğunlukla, asıl sahipleri cinler, periler olan evlerdir (84, 85, 86, 87).

85 numaralı efsanenin, çevre temizliği konusunda, toplum üstünde son derece güzel bir yaptırım gücü vardır. 84 numaralı efsane ise, bir bakıma 85 numaralı efsanenin bu güzel ve yapıcı mesajıyla ters düşer gibi görünüyorsa da, özünde yine onu doğrulamak-

ta ve temizliğin esas olduğunu, temizlenmeyen evlerde bazı zararlı varlıkların olabileceğini vurgulamaktadır. 83 numaralı efsane de, gerçek yönü ağır basan, tarihi kaynaklı bir efsanedir.

Ormana terk edilmiş hastalıklı kral kızı motifi üstüne kurulmuş 89 numaralı kaplıca efsanesi ile, olağanüstü bir olay üzerine kurulmuş 88 numaralı hamam efsanesinde de gerçeklik öğesi belirgindir.

V- Tabiatla İlgili Efsaneler

İyiler için bir kurtuluş, kötüler içinse bir cezalandırma mahiyetinde olan "taş kesilme motifi" üzerine kurulmuş 90, 91 ve 92 numaralı efsanelerde, yine kıssadan hisse çıkarma amacı ağır basmaktadır. Şöyle ki: 90, 93 ve 100 numaralı efsanelerde sevenin, sevdiğine verilmesi, 98'de değerlere, nimetlere saygılı davranılması, 91'de gereksiz yere acele edilmemesi, 92 ve 97'de insanların birbirlerine yardım etmeleri gibi yararlı, güzel mesajlar verilmiştir. 94 ve 95'te olağanüstülükler, 96 ve 99'da ise kutsallık öğeleri ağır basmaktadır.

Mağaraları konu alan 101 ve 102 numaralı efsaneler, padişahların acımasızlığı ve iktidarlarını sürdürürlerken başvurdukları şiddet yöntemleri üstüne kurulmuştur.

103 numaralı efsane ise dini özellik gösteren, kutsal bir efsanedir. Burada konu edilen Eshab-ı Kehf'den, Kur'an'ın Kehf Suresi'nde şöyle söz edilir:

"...Hani o gençler mağaraya sığınarak, rabbimiz demişlerdi, bize lütfundan bir rahmet ihsan et ve işlerimizin doğruluğa erişmesi için imkânlar ver. Bunun üzerine biz onları, birçok yıllar mağarada uykuya daldırdık."(1)

---

(1) S. Irmak, *Kutsal Kur'an Türkçe Meali*, s. 209.

Gölleri konu alan 105 ve 106 numaralı efsanelerde, olağanüstülükler ve onların altında yatan gerçekler ilginçtir. 105'te insan özelliği gösteren olağanüstü varlığın insanla kurduğu ilişkide, yine bir başka insana yenik düşmesi ve geldiği yere dönmek zorunda kalması ilgiye değer. Çünkü insanla ancak insan baş edebilir ve toplum kendi düzenini, dengesini bozacak olan her şeyi ya asimile eder (kendilleştirir) ya da dışlar.

107 ve 108 numaralı efsanelerde ise kutsal öğeler belirgindir.

Çeşmeler ve pınarları konu alan efsanelerden 109 numaralı olanı, tarihi bir olaydan kaynaklanır ve gerçeklik öğesi güçlüdür. 110, 111, 112, 113, 114 ve 115 numaralı efsanelerde ise olağanüstülükler ağırlıktadır. 110'da halk, mucize olarak kabul ettiği bir olayın basitleştirilmesini cezalandırır. 111, 112, 113 ve 114 numaralı efsaneler ise cin ve perilerin yer almaları nedeniyle olağanüstü motifler üstüne kurulmuşlardır. 115'te, insan özelliği gösteren hayvan motifi ağırlıktadır.

VI- Aşk Üzerine Efsaneler

Aşk konulu olan 116 ve 117 numaralı efsanelerde, gerçeklik özelliği ağır basar. 116'da gerçekliğin yanı sıra, dini motiflerle, kutsal değerlere saygısızlığın cezalandırılması motifleri de yer alır. 117'de sosyal ve ekonomik yönden denk olmayan gönül ilişkilerinin ailelerce kabul görmeyeceği ve çoğu zaman da trajik sonla biteceği mesajı verilmekte, bir bakıma da bu konuda gençler uyarılmaktadır.[1]

---

(1) Eserimizin bu bölümünde, ansiklopedik bilgilerin sıralanışındaki düzen bakımından, İsmail Görkem'in, "Elazığ Efsaneleri Üzerinde Araştırmalar" Elazığ, 1987 adlı, basılmamış yüksek lisans tezinden yararlanılmıştır.

Açıklamalar

Efsane metinleri aşağıdaki şekilde sıralanmıştır.

I- DİNİ EFSANELER
- a- Dini ve tarihi kişiler üzerine söylenmiş efsaneler
- b- Camiler, kiliseler (ibadet yerleri)
- c- Ziyaretler, mezarlar, türbeler

II- OLAĞANÜSTÜ KUVVETLER VE VARLIKLAR ÜZERİNE EFSANELER
- a- Şeytan
- b- Cinler, periler, ejderhalar
- c- Hastalık ve ölüm getiren varlıklar

III- HAYVANLAR ÜZERİNE EFSANELER

IV- TARİHİ EFSANELER
- a- Savaşlar, fetihler, istilalar
- b- Hükümdar sülalelerinin ve beylerin menşeleri, adlar-unvanlar
- c- Kaleler, surlar, köprüler
- d- Meskûn yerlerle ilgili olanlar
  - 1- Evler
  - 2- Hamamlar, kaplıcalar

V- TABİATLA İLGİLİ EFSANELER
- a- Taşlar, kayalar, tepeler, dağlar, kırlar
- b- Mağaralar
- c- Göller, nehirler
- d- Çeşmeler, pınarlar

VI- AŞK ÜZERİNE EFSANELER

Kaynak hakkında bilgi şu sıralamaya göre verilmiştir:

Efsanenin geçtiği yer:

Kaynak kişinin adı soyadı:
Yaşı:
Mesleği:
Efsaneyi kimden duyup öğrendiği:

Motif-Index Hakkında Açıklama

Gelecekte efsanelerimiz üzerine motif çalışması yapacak olan araştırmacılara hazır bir kaynak olması ve her efsanenin, hangi motifler üzerine kurulduğunun bir bakışta anlaşılması amaçlanarak, efsane metinlerinin altında, o efsane ile ilgili saptanan motifler, Stith Thompson'un "Motif Index of Folk Literature"una göre tasnif edilmiş ve motif sıralaması yapılmıştır.

Sonuç

Bu kitabımızda, altı ana grupta toplanmak üzere, 251 efsane ele alınmıştır. Bunlardan 105 tanesi *Dini Efsaneler*, 66'sı *Olağanüstü Kuvvetler ve Varlıklar*, 8'i *Hayvanlar*, 28'i *Tarihi Efsaneler*, 41'i *Tabiatla İlgili Efsaneler*, 3'ü *Aşk Üzerine Efsaneler* bölümünde yer almışlardır.

Kitabımızın, "İncelemeler, Değerlendirmeler" kısmında da belirttiğimiz gibi, halk edebiyatının en değerli ürünlerinden olan efsanelerin, gelenek ve görenekleri korumak, pek çoğunda insanlara ders vermek, geçtikleri yerlere anlam ve kutsallık kazandırmak, insanların yaşama umudunu ve sevincini artırmak gibi, toplum yaşamında yararlı ve önemli işlevleri vardır.

Bu çalışmamız sırasında gördük ki, efsaneleri derlemek, diğer halk edebiyatı ürünlerini derlemekten daha zordur. Özellikle kutsallık öğesi taşıyan dini efsanelerin kahramanlarına ait kerametleri, olağanüstülükleri anlatmayı, onların sırlarını açıklamak olarak alan insanımız, bu konuda çoğunlukla susmayı yeğlemektedir. Bu açıklamanın onlara saygısızlık olacağı ve kutsallıklarını azaltacağı, kendilerinin de bu açıklamalarından dolayı manevi güçlerce cezalandırılacakları inancı, halk arasında günümüzde de geçerliliğini korumaktadır.

Ayrıca, efsaneler inanç konusu oldukları için, halkın umarsızlıklarını, umutlarını, özlemlerini ve dünya görüşlerini, diğer halk edebiyatı türlerinden daha iyi yansıtırlar. Efsaneleri, olağanüstü özellikleri ve inanç konusu olmaları nedeniyle saçmadır, akıl dışıdır diye küçümsemek, son derece yanlış bir değerlendirme olur. Bir başka deyişle de işin kolayına kaçmak olur. Böylesine yüzeysel ve kolay bir değerlendirme yerine, onları halk arasında inanç konusu haline getiren ve insanların çoğu zaman umarsızlıktan başvurabildikleri tek kaynak olmalarını hazırlayan sosyo-ekonomik nedenler araştırılmalıdır. Ancak bu nedenler ortadan kaldırıldığı zaman, özellikle dini efsanelerimizin geçtiği yerler bir dilek-adak makamı, bir başvuru yeri olmaktan çıkıp estetik, didaktik ve tarihi değerler olarak toplum yaşamımızda yerlerini alacaklardır.

Efsaneler bu özellikleriyle günümüzdeki şiir, müzik, resim, heykel, bale, opera, sinema, tiyatro gibi çağdaş sanatlar için zengin bir kaynak oluşturabilirler. Efsanelerimizin aracılığıyla günümüzün pek çok sorunu, çağdaş bir anlatım biçimiyle dile getirilebilir. Günümüz sanatçılarının dikkatlerini, ilgilerini bu zengin kaynağa çekmek istiyorum.(1)

---

(1) Bu nokta Prof. Dr. Pertev Naili Boratav tarafından da özellikle belirtilmiştir. *100 Soruda Türk Halk Edebiyatı,* 1969 İstanbul, s. 117.

Tüm bu incelemelerden de açıkça görüldüğü gibi, efsanelerin, toplumların hayatlarında, insanları iyiye ve güzele yönlendiren, zaman zaman kıssadan hisse çıkarmak yoluyla halka yararlı mesajlar veren, geleneksel değerleri koruyan, yapıcı, yönlendirici bir işlevleri vardır.

Öyleyse, şu anda, birbirine yardım elini uzatmayan insanlardan oluşmuş, acımasız, yoz bir toplum değilsek, bunda, efsanelerimizin oynadıkları bu önemli rolü de unutmamalı ve gözardı etmemeliyiz.

BİRİNCİ BÖLÜM

I- Dini Efsaneler

a- Dini ve Tarihi Kişiler Üzerine Söylenmiş Efsaneler

1- MİR MUHAMMET

Kulp
Kafurun Köyü
Fadıl İldeniz
38
Çiftçi
Babasından

Şeyh Muhammet çok zalim bir beymiş. Köylülerine hiç acımadan zulmedermiş. Onları zorla çalıştırarak, beş bin metrekarelik taşlık ve çok yüksek bir tepeye büyük bir köşk yaptırmış. Taşları oydurarak yirmi kuyu açtırmış. Bu kuyularda yağmur sularını biriktirip köşkün su ihtiyacını karşılarmış.

Hazro'dan köylülerin sırtında dikenler getirtip bahçesine çit ördürmüş. Ayrıca köylüleri bu dikenlerin üstünde günlerce çıplak ayak yürütüp hayvanlar için kışlık saman elde edermiş. Kendisine karşı çıkan köylüleri, üstlerinde ince bir gömlekle, çok yüksek bir tepeden bu dikenlerin üstüne attırarak öldürtmüş.

Bir gün yarı çıplak köylüler, sırtlarında dikenlerle Taşköprü'den geçiyorlarmış. O köyün ağası Deyab Ağa ve karısına sığınmışlar ve kendilerini Şeyh Muhammet'in zulmünden korumasını istemişler.

Ağanın karısı ağaya, eğer bu adamları korumazsan ve geri verirsen, seni bırakır giderim demiş. Ağa da bunları yanında alıkoymuş.

Mir Muhammet olayı duyup adamlarıyla gelmiş ve Taşköprü Köyü'nü sarmış. Deyab Ağa'nın adamlarıyla savaşmış ve yenilmişler. Deyab Ağa, Mir Muhammet'i orada öldürmüş.

Mir'in bir oğlu varmış. Onun da adı Muhammet'miş. Babası ölünce çok yoksullaşmışlar. Bir gün dağlarda mazı toplarken ayakkabısı yırtılmış. Ayağını dikenler parçalamış, oturduğu Kafurun Köyü'nde çok yaşlı bir ayakkabı tamircisi varmış. Gidip ondan, ayakkabısını tamir etmesini istemiş. Ayakkabıcı, "Senin baban zalim bir beydi, köylüleri, çok çıplak ayak diken üstünde yürüttü, biraz da sen çıplak ayak gez," demiş ve ayakkabısını tamir etmemiş.

Oğlan ağlayarak anasına varıp durumu anlatmış. Anası da ona, ellerinde kalan son iki altını verip İstanbul'a padişahın yanına göndermiş. Oğlan gidip padişaha yalvararak, yine eski köyünün beyliğini almış.

Bey olarak geri dönünce de ilk işi, o ayakkabıcıyı öldürmek olmuş.

MOTİF - INDEX

1- S400-S499. Zalim işkenceler

2- Q211. Ölümle cezalandırma

"Mir Muhammet çok zalim bir bey olup kendisine karşı çıkanları öldürtür."

3- N300-N399. Şanssız kazalar

"Mir Muhammet çatışma sırasında ölür."

4- Q112. Krallık vererek ödüllendirme

"Padişah, oğlana beylik vererek onu ödüllendirir."

5- Q211. Ölümle cezalandırma

"Bey, ihtiyar ayakkabıcıyı öldürtür."

2- ŞEYH ZEKİ

Diyarbakır
Sabri Karadede
62
Oto parçacısı
Büyüklerinden

Eskiden Diyarbakır'da Şeyh Zeki adında biri varmış. Evinde yılanlarla beraber yaşarmış. İnsanlara afsunlu şekerler vererek, onları yılan sokmasına karşı korurmuş.

Bir gün, bir eve yılan girmiş ve bir deliğe saklanmış. Ev sahibi koşup Şeyh Zeki'yi çağırmış. Şeyh Zeki deliğin başına gelip yılana "çık dışarıya" diye bağırmış. Yılan hemen delikten çıkıp oradan uzaklaşmış.

MOTİF - INDEX

1- B165. Hayvan dillerinin öğrenilmesi

"Şeyh Zeki yılanla konuşarak ona dışarı çıkmasını söyler."

2- B200-B299. İnsan özelliği gösteren hayvanlar

"Yılanlar Şeyh Zeki'yle dost olurlar ve onun sözünü dinlerler."

3- SULTAN SA'SAA – 1

Diyarbakır
Şevket Beysanoğlu
67
Avukat
Büyüklerinden

Sultan Sa'saa, Diyarbakır'ın Müslümanlarca fethi sırasında, Hz. Halit ile beraber, su yolundan şehre giren kahramanlardanmış.

Savaşarak şehrin ortalarına kadar gelmiş, fakat bir düşmanın kılıç darbesiyle başı uçmuş. Sultan Sa'saa hemen eğilip kesik başını yerden alarak koltuğunun altına koymuş ve yine savaşmayı sürdürmüş. Savaşa savaşa şimdiki belediye binasının önüne, sonradan yıktırılan türbesinin bulunduğu yere kadar gelmiş. Onu gören bir ihtiyar kadın, "Hele şuna bakın, başı kesik olduğu halde böylesine savaşıyor, bir de başı kesik olmasaydı kim bilir nasıl savaşırdı," deyince, hemen düşüp ölmüş.

MOTİF - INDEX

1- V463. (Din uğruna savaşırken) şehit olma
"Sultan Sa'saa, Diyarbakır'ın Müslümanlarca fethi sırasında şehit olur."

2- F511.0.4. Kesik başla savaşma
"Sultan Sa'saa, başı kesildiği halde savaşır."

3- C423. Olağanüstü durumların açıklanması
"İhtiyar kadın Sultan Sa'saa'nın, kesik başla savaştığını görür ve söyler."

SULTAN SA'SAA – 2

Diyarbakır
Adil Tekin
77
Fotoğrafçı
Büyüklerinden

Sultan Sa'saa, savaşırken şimdiki belediye binasının önünde şehit düşmüş ve oraya gömülerek bir türbe yapılmış.

Daha sonra türbesini oradan taşımak üzere mezarını açtıkları zaman, cesedinin çürümediğini görmüşler. Yalnızca sol bacağının dizden aşağısı çürümüş. Ayrıca mezarından, kendisine ait Erzurum taşından yapılmış bir tespih çıkmış. Bu tespihin her bir tanesinin üzerinde, eski harflerle "Lailaheillallah" yazılıymış.

Mezarı oradan taşınmasına rağmen, yerini bilenler, geçerken o yere basmamaya ve etrafından dolaşmaya özen gösterirler.

MOTİF - INDEX

1- F565. 2. Olağanüstü kahraman

"Yıllar sonra mezarı açıldığında Sultan Sa'saa'nın cesedinin çürümediği görülür."

2- (T) H98. Tespihle tanıma

"Mezardan Sultan Sa'saa'ya ait bir tesbih çıkar."

3- C610. Yasaklanan bölge

"Sultan Sa'saa'nın eskiden mezarının bulunduğu yere basılmaz."

4- HIZIR ALEYHİSSELAM – 1

Diyarbakır
Hızırilyas Köyü
Yurt Ansiklopedisi, Diyarbakır Md. C.4

Evrenin dört bir yanında, "Ab-ı Hayat"ı arayan Hızır, Hızırilyas Köyü'ne gelmiş ve kendisini çok görmek isteyen, yaşlı bir adamın evine konuk olmuş.

Ertesi sabah evden ayrılırken, "Darlık görmeyesiniz, ambarınız dolu, hayvanlarınız bereketli olsun," diye dua edip yok olmuş. Bir daha da görünmemiş. O zaman Hızır olduğunu anlamışlar. Köylülerden birisi, onu pınar başında gördüğünü söylemiş. Bu nedenle o pınarın adı da "Kan-ı Hızır" (Hızır Pınarı) olmuş.

Çevre köyleri bereketli olsun diye, tohumlarını buradan alırlar ve hayvanlarını bir gün de olsa, burada otlatırlar.

Hızır'ı görme duası: Bir insan, kırk gün temiz kalple, şafak sökmeden iki rekat namaz kılar ve "Lailaheillallah, ya hayrü halas, Muhammed resulallah, yetiş ya Hızır İlyas," derse, Hızır ona mutlaka görünürmüş.

MOTİF - INDEX

1- (T) V206. Hızır
"Hızır, yaşlı bir adamın evine konuk olur."

2- V200. Kutsal yardımcılar
"Hızır, konuk olduğu ev sahibine dua ederek yardımcı olur."

3- V50. Dua
V51. Duanın öğrenilmesi
"Hızır ev sahibine dua eder. Hızır'ı görmek için özel bir dua öğrenilir."

HIZIR ALEYHİSSELAM – 2

Lice
Yurt
Ansiklopedisi
Diyarbakır Md.
C. 4

Hızır Lice'deki Bırkleyn Mağaraları'na gelmiş. Bu mağaralardan birinde akan, cennetten çıkıp yine cennete giden Dicle Irmağı'nın kaynaklarından birini oluşturan ölümsüzlük suyundan içmiş ve ölümsüzleşmiş.

Hızır, yine ucu Kaf Dağı'na çıkan bu mağaralarda İskender-i Zülkarneyn ile ve Hz. Musa ile buluşmuş.

MOTİF - INDEX

1- D1242.1. Sihirli su
"Hızır ölümsüzlük suyundan içerek ölümsüzleşir."

2- (T) V206. Hızır

3- (T) P40. Din adamları

"Hızır Bırkleyn Mağaraları'nda, Hz. Musa ile buluşur."

5- İBRAHİM BEY

Kulp
Tevfik Dabakoğlu
67
Terzi
Büyüklerinden

Kulp'ta İbrahim Bey adında bir bey varmış. Bunun yanında çalışan Ermeni bir uşağı varmış. Bu uşak, beyin her işine koşan, becerikli, çalışkan bir insanmış, fakat bey yine de ona bir türlü güvenemezmiş.

Bir gün Kulp'u düşman sarmış. O çok uysal ve efendisine bağlı gibi görünen uşak, hemen tavır değiştirerek küstahlaşmış. Ağayla şöyle bir pazarlığa girişmiş: Eğer kızın, gelinin ve karınla yatmama izin verirsen, düşmana canınızı bağışlatırım demiş.

İbrahim Bey, tekmeleyerek onu huzurundan kovmuş ve durumu ev halkına anlatmış. Bunun üzerine kadınlar beye sen bizi hemen öldür ki onların eline sağ geçmeyelim demişler. Bey de onları öldürüp son kurşunu da kendisine sıkmış.

MOTİF - INDEX

1- J1114. Becerikli erkek hizmetçi

"İbrahim Bey'in uşağı son derece beceriklidir."

2- W154. Nankörlük

W157. Namussuzluk

"İbrahim Bey'in uşağı, güç durumda kalan beyine karşı nankörlük ve namussuzluk eder."

3- W45. Şeref

"İbrahim Bey, kadınlarını ve kendisini öldürerek ailesinin şerefini kurtarır."

6- MAAZ BİN CEBEL

Silvan (Miyafarkin)
Kemuk Köyü
Yaşar Parlak
31
Gazeteci
Dedesinden

Anadolu'yu fethe çıkan Hz. Ömer'in komutanlarından İyaz Bin Ganem, Silvan'ı almakla görevlendirilmiş. İyaz Bin Ganem, ordusu için asker toplarken, Maaz Bin Cebel adlı bir yiğit delikanlıyı da yanına almak istemiş, fakat oğlanın annesi, oğlum nişanlıdır, savaşta ölebilir diye karşı çıkmış ve vermek istememiş. Bunun üzerine komutan da kadına, "Söz veriyorum oğluna bir şey olmayacak, savaştan sonra, oğlunun elini tutup senin eline sağsalim teslim edeceğim," demiş. Fakat oğlan savaş sırasında Malabadi Köprüsü'nün kuzeyinde, Batman Çayı yakınındaki Kemuk Köyü'nde 17 Mart'ta şehit olmuş.

Savaştan sonra komutan, söz verdiği gibi, oğlunun elini annesinin eline vermiş, fakat hemen yok olmuş.

Oğlunu yitiren kadın çok üzülmüş. Günlerce yas tutmuş. Bir gece bu yaşlı annenin rüyasına Hz. Muhammed girmiş ve ona, "Ey Maaz'ın annesi, oğlum nişanlıyken şehit oldu, muradına eremeden öldü diye hiç üzülme, sen ona düğün yapamadın, ama şehit düştüğü yerde her yıl yüzlerce Müslüman Maaz için düğün yapacak, eğlenecek, murat alacak, böylece Maaz da ahirette murat almış olacak," demiş.

O zamandan beri bu köyde her yıl 17 Mart'ta dört gün süren şenlikler yapılır. Bu şenliklere "Murat Şenlikleri" denir. Yemekler pişirilir, davul zurna eşliğinde halaylar çekilir. Kızlarla oğlanlar orada birbirlerini beğenip sözlenir. Sözlü, nişanlı ve âşık kızlar orada sevgilileri tarafından kaçırılırlarsa, kız tarafı silah çekemez, şiddete başvuramaz, arkalarından gidemez.

MOTİF - INDEX

1- (T) P40. Din adamları
"Hz. Ömer'in komutanlarından birisi, Anadolu'yu fethe çıkar."

2- P231. Ana ve oğul
"Ana, oğuldan ayrılmak istemez."

3- V463. Şehit olma (Din uğruna)
"Maaz Bin Cebel, Kemuk Köyü yakınlarında şehit düşer."

4- (T) P41. Hz. Peygamber (Hz. Muhammed)
"Peygamber yaşlı annenin rüyasına girer."

5- F565. 2. Olağanüstü kahraman
"Komutan söz verdiği gibi, şehit düşen oğlanın elini annesinin eline verir." (1)

(1) Kendileriyle konuştuğum Kulp-Kayahan köylüleri, bu efsaneye konu olan olayın kendi köylerinde geçtiğini, bu eğlencelerin her yıl asıl kendi köylerinde yapıldığını, fakat sonradan Silvan-Kemuk köylülerinin bu efsaneye sahip çıkıp, her yıl orada da bu eğlenceleri düzenlediklerini yana yakıla anlattılar ve bu noktayı özellikle belirtmemi istediler.

7- ÇERMİKLİ SEYFULLAH BEY

Çermik
İsmail Demir
61
Emekli
İlköğretim
Müdürü
Büyüklerinden

Çermik beylerinden Seyfullah Bey, çok zalim bir beymiş. Herkes onun zulmünden korkarmış. Bir gün karısı ona, "Herkes senden korkuyor, ya sen kimden korkarsın, senin korktuğun hiçbir insanoğlu yok mudur?" demiş. Seyfullah Bey de, "Ben ancak Genç Halil Ağa'dan korkarım. O cesur bir yiğittir, beni öldürebilecek tek insan odur," diye cevap vermiş.

O sırada, beyi öldürmek için gizlice odaya giren ve sedirin altına saklanan Genç Halil Ağa, beyin kendisi için söylediği bu övücü sözleri duyunca onu öldürmekten vazgeçmiş. Karısıyla bey uyuyana kadar beklemiş, sonra da yastıklarının yanına iki kurşun koyup gitmiş.

Bey sabah uyanıp kurşunları görünce, bunu yapanın Genç Halil olduğunu anlamış ve onu yakalatıp astırmış.

Bu olaydan sonra, Halil'in annesiyle küçük kardeşi oradan göçüp Polatuşağı Köyü'ne yerleşmişler. Beyden öç almak için fırsat kollamaya başlamışlar.

Eskiden beyler, beyliklerini yeniden onaylatmak için iki yılda bir, çeşitli armağanlarla, bağlı oldukları sancak beylerinin yanlarına giderlermiş. Seyfullah Bey'in de Elazığ'a giderken Polatuşağı Köyü'nden geçmesi gerekmiş.

Beyi davul çalarak, tüfek atarak karşılayan köylülerin arasına, Halil'in kardeşiyle annesi de karışmışlar. O kargaşa içinde, Halil'in kardeşi beyi vurup atından düşürmüş, annesi de koşup kanından içerek öçlerini almışlar.[1] Şimdi yörede "yiğitliğe karşı itlik" yapana, "Zalim Seyfullah Bey"in bu efsanesi anımsatılır.

MOTİF - INDEX

1- S400-S499. Zalim işkenceler
"Seyfullah Bey çok zalimdir."

2- W27. Minnettarlık
"Genç Halil, beyin kendisini övmesi karşısında ona minnet duyar ve öldürmekten vazgeçer."

3- W154. Nankörlük
W121. Korkaklık
"Bey, Genç Halil'in bu yiğit davranışına karşı nankörlük eder ve korktuğu için onu öldürtür."

4- Q211. Ölümle cezalandırma
"Genç Halil'in annesi ve kardeşi, zalim Seyfullah Bey'i öldürerek cezalandırırlar."

---

(1) Kan içme: "En büyük düşmanı öldüren savaşçı, düşmanın kanını içerdi. Bu gelenek Orta Asya'da XIX. asıra kadar devam etmiştir." (A. İnan, *Manas Destanı,* s. 64)
"Kanıkey Hatun kaplana dönmüş ve Külçora'ya, 'Kurbanın olayım Külçora, başıma gelenlerin hepsini anlatacak değilim. Şu Kançora zalimin bir kaşık kanını ver de içeyim ve içtikten sonra öleyim,' diyerek, eline pulat kılıç alıp Kançora'yı iki parça yaptı, doya doya kanını içti." (A. İnan, *Manas Destanı,* s. 261)

8- KAVAKLIBOĞAZ KÖYLÜLERİ

Hazro
Kavaklıboğaz Köyü
Fettah Aslankılıç
36
Memur
Dedesinden

Kavaklıboğaz köylüleri çok saf insanlarmış. İşleri gereği, sabah erkenden Hazro'ya gelip akşamları geri dönerlerken, güneş hep karşılarından gelir, onları rahatsız edermiş.

Bir gün, gücünün her şeye yeteceğine inandıkları beyleri, Hazro Beyi Seyfettin Bey'e bu rahatsızlıklarını anlatıp güneşi şikâyet etmişler ve buna bir çare bulmasını istemişler. Bey de bir süre sonra, "Tamam, ben güneşle konuştum. Köylüler Hazro'ya akşam gelip sabah dönsünler, o zaman onları rahatsız etmem diyor," demiş.

Bu çözüm karşısında, köylülerin beylerine güvenleri ve saygıları bir kat daha artmış.[1]

MOTİF - INDEX

1- J1700. Saflar
"Son derece saf olan Kavaklıboğaz köylüleri, beylerine güneşi şikâyet ederler."

2- K2300-K2399. Diğer aldatmalar
"Bey köylülere güneşle konuştuğunu söyler."

(1) Efsanede adı geçen Hazro Beyi Seyfettin Bey'in torunu Seyfettin Budak, bu metinde yer alan "Beyin güneşle konuşma" esprisinin, olaya halk tarafından sonradan eklendiğini belirtmiştir.

9- YİĞİT KIZ

Dicle
Altay Köyü
Mehmet Akyol
37
İlkokul öğretmeni
Babasından

Bir adamın yedi oğlu, bir de kızı varmış. Bir gün köyün ağası haksız yere bu adamı öldürtmüş. Oğulları arkasını aramadıkları gibi, her biri de ağanın korkusundan bir yere dağılmışlar. Fakat kız gitmemiş. Köyde kalmış. Babasının öcünü almak için yıllarca çalışmış, silah kullanmayı öğrenmiş.

Ağa, kızın bu hazırlıklarını duyar, için için korkarmış. Zamanı gelince kız, bir gece beyin çok iyi korunan konağına gizlice girmiş. Ağayla karısı uyuyorlarmış.

Kız onları öldürmemiş, yalnız yastıklarının yanına üç kurşun koyup geri dönmüş.

Ağa, sabah uyanıp da kurşunları görünce işi anlamış. Kızı çağırtıp babasının kan bedelini ödemiş, ayrıca ona mal mülk vererek rahat yaşamasını sağlamış.

Bu olaydan sonra bu köydeki erkekler, yiğit çocukları olsun diye, evlenmek için yiğit kızlar aramaya başlamışlar.

MOTİF - INDEX

1- P250. Erkek ve kız kardeşler
"Bir kızın yedi erkek kardeşi vardır."

2- Z71.5. Formülistik sayılardan 7
"Bir adamın 7 oğlu vardır."

3- W121. Korkaklık
"Yedi erkek kardeş korkak oldukları halde, tek kız kardeşleri yiğit ve kahramandır."

4- W185. Zor kullanma

"Ağa, haksız yere zor kullanarak çocukların babasını öldürtür."

5- Q111. Zengin ederek ödüllendirme

"Bey, kendisini öldürmeyen kıza mal mülk vererek onu ödüllendirir."

b- Camiler, Kiliseler, İbadet Yerleri

10- KURŞUNLU CAMİİ

Diyarbakır
Sabri Karadede
62
Oto tamircisi
Büyüklerinden

Birinci Dünya Savaşı yıllarında Kurşunlu Camii, silah deposu olarak kullanılmış. Kapısında da askerler nöbet beklermiş.

Bir yaz, Diyarbakır'da öyle korkunç bir sıcak olmuş ki, Kurşunlu Camii'nin kurşunları eriyerek, aşağıdaki nöbetçi askerlerden birisinin başına damlamış ve onu öldürmüş.

MOTİF - INDEX

1- N300- N399. Şanssız kazalar

"Sıcaktan eriyen kurşunlar, nöbet tutan askerin başına damlayarak onu öldürür."

11- SİNOĞLU CAMİİ

Diyarbakır
Evliya Çelebi Seyahatnamesi
C. 6, s. 124
Türkçeleştiren: Zuhuri Danışman

Bu camii yaptıran Şemsi Efendi, daha anasının karnındayken, babası savaşa gitmiş. Giderken de, karısı hamile olduğu için, "İlahi, bu ehlimin karnındaki evladımı sana emanet eyledim," demiş.

Savaştan dönünce karısının öldüğünü öğrenmiş. "Biz gazaya gittiğimiz vakit, ehlimizin karnındaki evladı, tam itikad ile o kadir ve kayyuma emanet vermiştik. Elbette o evlat, yer ve gök afetlerinden muhafazalıdır," diye düşünerek mezarlığa varmış ve karısının mezarına selam vermiş. Mezardan masum bir çocuk sesi, "Ve-aleyküm selam, ya din uğruna cihad yapan babam," demiş. Hemen mezarı açıp görmüşler ki, üç yaşında, yüzü ayın ondördü gibi parlak bir erkek çocuğu, ölü anasının sağ yanında yatıyor ve anasının çürümeyen sağ memesinden süt emiyormuş. Çocuğu alarak mezarı geri kapatmışlar. Çocuğun yüzü çok güzel ve parlak olduğu için, adını Şems koymuşlar. Ayrıca halk arasında, mezardan çıktığı için de Sinoğlu demişler.

Bu Şemsi Efendi, Diyarbakır'da çok sayılmış, kutupluğa kadar yükselmiş ve Sinoğlu Camii'ni yaptırmış.

MOTİF - INDEX

1- T581.2.1. Ölü kadının mezarında bulunan çocuk
"Mezar açıldığı zaman, kadının çürümemiş göğsünden süt emen, üç yaşında bir erkek çocuğu bulunur."

2- T596. Çocuğa isim koyma

"Çocuk çok güzel olduğu için adı Şems konur, mezardan çıktığı için de Sinoğlu denir."

3- T581. Çocuğun doğduğu yerin durumu

"Hamileyken ölen kadının çocuğu, mezarda doğar."

12- ULU CAMİİ

Diyarbakır
Adil Tekin
77
Fotoğrafçı
Büyüklerinden

Ulu Camii eskiden Mar-Toma kilisesiymiş. Sonradan cami olmuş. Kilise olmadan önce bir saraymış. Bu sarayda oturan kralın, çok güzel bir kızı varmış. Kral onu herkesten kıskanırmış. Başına bir felaket gelmesinden korktuğu için de asla sarayın dışına çıkarmazmış. Canı sıkılmasın diye her gün sarayda çeşitli eğlenceler düzenletirmiş.

Bu eğlencelerin hepsinden bıkan kız, babasına, "Ya bana şimdiye kadar görmediğim bir eğlence bul, ya da ben sarayın dışına çıkıp gezeceğim, çünkü burada çok canım sıkılıyor," demiş.

Kral, günlerce değişik bir eğlence düşünmüş. Sonunda, şehrin altına bir göl yaptırıp orada kızını kayıkla gezdirerek eğlendirmiş. Böylece kızının can sıkıntısı geçmiş.

Bu efsane nedeniyle, halk arasında Diyarbakır'ın su üstünde durduğu ve bir gün bu suya batarak yok olacağı söylenir.

MOTİF - INDEX

1- P10. Krallar

"Ulu Camii eskiden bir saraydır ve burada bir kral oturur."

2- P12. Kralların karakterleri

"Kral kızının halktan hiç kimseyle görüşmesini istemez."

"Kral, kızının başına bir felaket gelmesinden korkar."

3- P40. Padişah kızları

"Kralın kızının, (saraydan dışarı çıkmadığı için) çok canı sıkılır."

4- C563. Kralın yasakları

"Sarayın dışı, prenses için yasaklanmış bölgedir."

5- C610. Yasaklanan bölge

"Sarayın dışı, prenses için yasaklanmış bölgedir."

6- F760. Olağanüstü şehirler

"Diyarbakır, su üstünde duran bir şehirdir."

13- SAFA CAMİİ

Diyarbakır
Naciye Ocak
65
Ev hanımı
Akrabasından

Bu caminin minaresi, kokulu bitkilerle yapılmış. Eskiden bu minarenin bir kılıfı varmış. Yalnızca cuma günleri bu kılıf çıkarılarak, minare halka gösterilirmiş. Diğer günler hep örtülü dururmuş.

MOTİF - INDEX

1- F770. Olağanüstü binalar ve eşyalar

2- F810. Olağanüstü ağaçlar, bitkiler

3- V112. Camiler

"Safa Camii, minaresi kokulu bitkilerden yapılmış olan, alışılmışın dışında bir ibadet yeridir."

4- C751. Belirli zamanlarda bazı şeyleri yapma yasağı

"Bu caminin minaresi, bir kılıfla örtülü olup yalnız cuma günleri halka gösterilir. Diğer günler kılıfın çıkarılması yasaktır."

c- Ziyaretler, Mezarlar, Türbeler

14- ŞEYH MAHMUT ZİYARETİ

Bismil
Kazancı Köyü
Şemsihan Bayrak
55
Ev hanımı
Komşularından

Şeyh Mahmut'un soyu Bağdat'tan gelerek, bu köye yerleşmişler.

Birisi, şeyhin bostanından bir karpuz çalmış, karpuz hemen yılan olup adamı sokmuş.

Bir gece çıkan fırtınada, köylülerin tarlalarını sürdükleri çift hayvanları kaybolmuş. Herkes aramaya çıkmış. Fakat ortalık çok karanlıkmış. Bir şey göremeyen köylüler çaresiz kalmışlar. Şeyh Mahmut ellerini havaya kaldırmış. Parmaklarının ucunda ışıklar yanmış, ortalık aydınlanmış, köylüler de hayvanlarını bulmuşlar.

Şeyh Mahmut, geceleri Kore Savaşı'na gidiyormuş. Sabaha geri dönüp yatıyormuş. Bir gece savaşta yaralanmış. Sabaha karşı döndüğünde, üç karısından birisi bu yarayı görmüş, ne olduğunu sormuş ve herkese de söylemiş. Böylece sırrı ortaya çıkan şeyh ölmüş.

Şimdi mezarını hasta olanlar ziyaret ederler. Dileği olanlar da mezarın başındaki ağaçlara bez bağlayıp adak adarlar.

Bir Kadiri şeyhi olan Şeyh Mahmut'u övmek için, müritleri şu türküyü söylerler:

Ey şeyhim, ben senin müridinim
Eğer sen kırmızı gülsen, ben de senin bülbülünüm
Hem dünyada hem ahirette ben sana sığınırım
Ey şeyhim, ben senin mucizelerini gördüm
Sen on parmağınla, mum gibi ışık saçtın
Yedi tabur askeri kurtardın.
Şeyhimin soyundan üç atlı, karşıdan geliyor
Ellerindeki mızraklarının yukarı uçları Allah'ın arşına
Alt uçları da denizlerin dibine değiyor, suları köpürtüyor
Şeyhimin tekkesi şimal rüzgârına karşıdır
Zikrederken çaldıkları arbana (tef) güm güm eder
Benim şeyhim keramet sahibi bir seyittir.

MOTİF - INDEX

1- F813. Olağanüstü meyveler
"Şeyh Mahmut'un bostanından çalınan karpuzlar, yılan olup çalanı sokarlar."

2- F565.2. Olağanüstü kahraman
"Şeyh Mahmut, parmaklarının ucunda yanan ışıklarla, gecenin karanlığını aydınlatır ve geceleri savaşa gider."

3- C422. Belirli kişilerin sırlarını açıklama yasağı
"Karılarından birisi, Şeyh Mahmut'un yarasını görüp herkese söyler. Sırrı ortaya çıkan şeyh ölür."

4- W117. Övünme
"Müritleri şeyhlerini bir türküyle överler ve şeyhleriyle övünürler."

15- ŞEYH EBUBEKİR TÜRBESİ

Kulp
Özbek Köyü
Mahmut Türker
54
Muhtar
Büyüklerinden

Şeyh Ebubekir, Bağdat'tan gelerek buraya yerleşmiş. Halk arasında sayılıp sevilen birisi olmuş.

Bir gün, köyün tek su kuyusunun başını bir ejderha tutmuş. Kimseyi kuyuya yaklaştırmıyor, geleni öldürüyormuş. Susuz kalan köylüler, gidip durumu Şeyh Ebubekir'e anlatmışlar ve yardım istemişler.

Şeyh, yabani ardıç ağacından bir kazık yapmış ve oturduğu yerden hızla uzağa fırlatmış. Kazık görünmez olunca da köylülere, gidip ejderhaya bakmalarını söylemiş. Giden köylüler ejderhayı, boynuna saplanmış olan bu kazıkla ölmüş bulmuşlar.

Bu ziyarete, yalan söylediği sanılan hırsızlar götürülüp orada yemin ettirilir. Yemin eder ve çarpılmazsa, suçsuzluğuna inanılır. Ayrıca hastalar da götürülür.

MOTİF - INDEX

1- B11.7.1. Su başını tutan ejderha
"Köyün tek su kuyusunun başını bir ejderha tutar."

2- F565.2. Olağanüstü kahraman
"Şeyh Ebubekir, oturduğu yerden fırlattığı ardıç kazıkla ejderhayı öldürür."

3- H1550-H1596. Karakter sınavları
"Bu ziyarete, insanlar yalan söyleyip söylemedikleri anlaşılmak üzere götürülür ve orada sınanırlar."

16- NEBİ HARUN ZİYARETİ

Eğil
Muhittin Temel
30
Memur
Dedesinden

Hz. Süleyman'ın yakını olan Nebi Harun, bir orduyla gelerek Asurlulardan Eğil Kalesi'ni almak istemiş.

Kale çok yüksek ve sarpmış. Bu nedenle birinci kuşatmada alamamış. İkinci kez kuşatmış, yine alamamış. Üçüncü kez kuşatmada, atını öyle bir mahmuzlamış ve kaleye "eğil" diye öyle bir bağırmış ki, kale eğilmiş, atı da uçarak içeri girmiş. Ondan sonra, arkasındaki bütün atlılar uçarak girmişler ve kaleyi almışlar.

Bu ziyarete, çarşamba günleri hastalar ve dileği olanlar giderler, adak adarlar.

MOTİF - INDEX

1- F771. Olağanüstü kale (saray, ev...)
"Eğil Kalesi, yüksek ve sarp bir kaledir. Nebi Harun 'Eğil' deyince eğilir."

2- F565.2. Olağanüstü kahraman
"Nebi Harun Eğil Kalesi'ne eğilmesini söyler ve sözünü dinletir."

3- F980. Hayvanlarla ilgili olağanüstü olaylar
"Nebi Harun'un atı uçarak kaleye girer. Arkasındaki diğer atlılar da ardından uçarlar."

4- V300. Dini inanışlar
"Hastalar ve dileği olanlar bu ziyarete giderek istediklerinin olacağına inanırlar."

5- (T) V301. Dini inanışlar (adak adama)

"Bu ziyarete gidenler, diledikleri olursa yerine getirmek üzere adak adarlar."

17- HACI BABA ZİYARETİ

Eğil *Mahmut Ok* *97* *Çiftçi* *Kimden duyduğunu anımsamıyor*

Hacı Baba, Eğil'deki Selahattin Eyyubi (Taciyan) Camii'nde yıllarca imamlık yapmış, çok dürüst bir insanmış.

Bir gün, bir kadının elini görmüş ve günaha girdiği inancıyla o mahalleden ayrılıp Çarıkören (Tekke) Mahallesi'ne yerleşmiş. Bir işi nedeniyle, Dicle'den karşıya geçmek istemiş. Fakat sular çok azgınmış. Hemen sırtındaki hırkasını çıkarıp suya sermiş ve üstüne oturup geçmiş. Dicle kenarına bir değirmen yapmak istemiş. Rüyasına giren Zülküfül Peygamber, bu değirmeni yapması için ona izin vermemiş. Buna darılan Hacı Baba da, "Beni, ölünce Zülküfül Peygamber'in yanına değil, Hz. Elyasa'nın yanına gömün," demiş.

Çarıkören Mahallesi'ndeki Hz. Elyasa'nın Türbesi'nin yanında olan mezarını hastalar ve dileği olanlar ziyaret ederler.

MOTİF - INDEX

1- W35. Doğruluk

2- (T) P40. Din adamları

"Hacı Baba, yıllarca imamlık yapmış çok dürüst, doğru bir din adamıdır."

3- V112. Camiler

"Hacı Baba, Eğil'deki Selahattin Eyyubi Camii'nde imamdır."

4- C300. Bakma yasağı

"Hacı Baba bir gün, hiç istemeden bir kadının elini görür."

5- D1050. Sihirli giyecekler

"Hacı Baba, hırkasını suya sererek üstüne oturur ve azgın Dicle'yi geçip karşıya ulaşır."

6- (T) P40. Din adamları

"Hacı Baba, Zülküfül Peygamber'e darıldığı için kendisinin ölünce Hz. Elyasa'nın yanına gömülmesini vasiyet eder."

7- P443. Değirmenci

"Hacı Baba, Dicle kenarına bir değirmen kurup değirmencilik yapmak ister."

8- F1068. Realist rüya

"Zülküfül Peygamber, Hacı Baba'nın rüyasına girerek ona bu değirmeni yapma izni vermediğini söyler."

9- V300. Dini inanışlar

"Hastalar ve dileği olanlar, burayı ziyaret ederler."

18- ŞEYH BİLAL ZİYARETİ

Lice
Yeşilburç Köyü
Nihat Işık
52
Memur
Annesinden

Şeyh Bilal, Müslümanlığı yaymak için Bağdat'tan Lice'ye gelmiş. Yeşilburç (Dercimt) Köyü'ne yerleşerek bir meşe ağacının kovuğunda yaşamaya başlamış.

Yabani geyikler kendiliklerinden, her akşam onun yanında toplanırlar, sabahları da dağılıp giderlermiş. Şeyh Bilal, bu geyiklerle konuşurmuş.

Ölünce oraya gömülmüş. Mezarının etrafında, kendiliğinden meşe ağaçları yetişmiş. Bu ağaçlara dokunanlar, bir tek dalını bile koparanlar, türlü felaketlere uğrarlarmış. Bu ağaçlara kimse dokunmaz.

Çocuğu olmayan kadınlar küçük beşikler yaparak bu ağaçlara asarlar ve Şeyh Bilal'den çocuklarının olmasını dilerler. Adak adarlar, kurban keserler.

MOTİF - INDEX

1- B430. Yardımcı vahşi hayvanlar
"Yabani geyikler, kendiliklerinden Şeyh Bilal'in yanına gelerek, onun yalnızlığını paylaşırlar."

2- B165. Hayvan dillerinin öğrenilmesi
"Şeyh Bilal, bu yabani geyiklerle konuşur."

3- C510. Ağaç ve bitkiye dokunma yasağı
"Şeyh Bilal'in mezarı etrafındaki meşelerin, bir dalına bile dokunmak yasaktır."

4- F811. Olağanüstü ağaçlar
"Mezarın etrafındaki meşe ağaçları, kendilerine dokunanların felaketlerine neden olurlar."

5- T527. Dua ile çocuk sahibi olma
"Çocuğu olmayan kadınlar, Şeyh Bilal'in mezarını ziyarete giderek, bir çocukları olması için dua ederler."

6- (T) V301. Dini inanışlar (adak adama)
"Mezarı ziyaret edenler, adak adarlar."

7- V300. Dini inanışlar
"Mezarı ziyaret edenler, kurban keserler."

19- DEDÜĞÜ BABA ZİYARETİ

Ergani
Kemal Vural
38
Arzuhalci
Annesinden

Ahmet Ağa, mezarlıktan bir taş götürüp bahçe duvarının yapımında kullanmış. O gece rüyasına bir dede girip, "Benim adım Dedüğü Baba, söktüğün taş da benim mezar taşım, hemen onu getir yerine koy, bu sırrı da kimseye söyleme," demiş.

Ahmet Ağa, ertesi gün hemen taşı götürüp yerine koymuş, fakat rüyasını da anlatmış. Bu sırrı açıkladığı için de kısa bir süre sonra ölmüş.

Dedüğü Baba ziyaretine gidenler, ne istiyorlarsa onun resmini, çöple mezarın toprağına çizerler. (Ev isteyenler ev, araba isteyenler araba resmi çizerler, kız istiyorlarsa bir kız resmi, oğlan istiyorlarsa bir oğlan çocuğu resmi çizerler.) Kadınlar önce ciğerli pilav pişirerek ziyarete götürürler, orada yerler, dileklerini ondan sonra dilerler.

MOTİF - INDEX

1- C700- C899. Çeşitli yasaklar
"Mezar taşlarının sökülüp başka işlerde kullanılması (bahçe duvarı yapımında) yasaktır."

2- (T) C422.2. Sırrın başkasına söylenmesi yasağı
"Dedüğü Baba, bu sırrı başkasına söyleme der."

3- F1068. Realist rüya
"Dedüğü Baba, Ahmet Ağa'nın rüyasına girip, mezar taşını yerine koyması ve bu sırrı kimseye söylememesi konusunda onu uyarır."

4- Q211. Ölümle cezalandırma

"Ahmet Ağa, sırrı başkalarına söylediği için ölür."

5- V300. Dini inanışlar

"Dedüğü Baba'nın mezarına gidenler, dileklerinin olacağına inanırlar."

6- T527. Dua ile çocuk sahibi olma

"Çocuğu olmayan kadınlar, Dedüğü Baba'dan bir çocuk dilerler."

20- ŞEYH MAKSUD ZİYARETİ

Hani *Anıl Köyü* *Hasan Arak* *65* *Çerçi* (1) *Dedesinden*

Anıl (Dımıştad) Köyü'nden birisi hacca gitmiş. Orada parasız kalmış, geri dönememiş. Haline acıyan bir adam, "Burada Anıl Köyü'nden Maksud adlı bir hemşehrin var, git onu gör, belki sana yardım eder," demiş. Buna çok sevinen adam, hemen gidip Şeyh Maksud'u bulmuş, halini anlatıp kendisini köyüne göndermesini istemiş.

Şeyh, adama "gözlerini kapat" demiş. Adam kapatmış. Biraz sonra da "gözlerini aç" demiş. Adam gözlerini açınca, kendisini şeyhle beraber Hani'nin girişindeki Gabon çayırlığında bulmuş. Çok şaşırmış.

Şeyh ona, "Hadi şimdi köyüne git ama bunu kimseye söyleme," demiş. Fakat adam herkese anlatmış. Sırrı duyulan Şeyh Maksud da ölmüş.

Bu ziyarete ilkbaharda gidilir. Dilek dilenir, adak adanır.

---

(1) Köy köy dolaşan seyyar satıcı.

MOTİF - INDEX

1- (T) V37. İslamın diğer emri hacca gitmek
"Anıl Köyü'nden birisi hacca gider."

2- C420. Sırları açıklama yasağı
"Şeyh Maksud, bu sırrı kimseye açıklama der."

3- F565.2. Olağanüstü kahraman
"Şeyh Maksud, adama gözünü kapat der ve bir anda, tayy-i zaman, tayy-i mekân (Bulunduğu zamandan ve yerden, bir başka zamana ve yere bir anda, uçarcasına geçme) olayını gerçekleştirir."(1)

4- (T) V301. Dini inanışlar (adak adama)
"Şeyh Maksud ziyaretine gidenler adak adarlar."

21- SEYYİD ALİ TÜRBESİ

Hani
Kâzım Tarhan
73
Çerçi
Amcasından

Seyyid Ali, Kâbe'nin emiriymiş. Hz. Muhammed'in emriyle gelip Hani'ye yerleşmiş ve Hatuniye Medresesi'ne hoca olmuş. Fakat halk kendisine hiç yüz vermemiş.

Bir gün Timurlenk, Hani'ye gelmiş.

Seyyid Ali onu ziyaret edip durumundan yakınarak şöyle bir ricada bulunmuş: "Sen atına bin, benim evime gel, kapıda sen attan in, ben senin atına

(1) Buradaki, göz açıp kapayıncaya kadar uzun bir mesafenin alınması motifi, en güzel "Âşık Garip" ile "Kerem ile Aslı" hikâyelerinde işlenmiştir.

bineyim, sen de atı yularından çekerek Seyyid Bedrettin Camii'ne götür, orada beraber namaz kılalım, ben yine ata bineyim, sen de çekerek eve götür, ben orada inerim, sen de atına biner gidersin," demiş. Timurlenk de onu kırmamış, dediğini yapmış.

Bu olaydan sonra, tüm Hani halkı, Timurlenk gibi bir hükümdar buna bu kadar saygı gösterdiğine göre, elbette bir bildiği vardır demişler ve o günden sonra çok saygılı davranmışlar.

Bu türbeye gidenler mum diker, dua eder, dilek dilerler.

MOTİF - INDEX

1- (T) P41. Hz. Peygamber

2- (T) P43. Hoca
"Seyyid Ali, Hz. Peygamber'in emriyle gelip Hani'ye yerleşir ve Hatuniye Medresesi'ne hoca olur."

3- P10. Krallar
"Bir gün Timurlenk Hani'ye gelir."

4- P12. Kralların karakteri
"Timurlenk, toplum tarafından dışlanan Seyyid Ali'ye saygılı davranarak, ona saygınlık kazandırır."

5- (T) V36. Namaz

6- V112. Camiler
"Seyyid Ali ile Timurlenk, Seyyid Bedrettin Camii'nde beraber namaz kılarlar."

7- W10. Müşfiklik
W28. Fedakârlık

"Timur, Seyyid Ali'yi ata bindirip kendisi yaya yürüme fedakârlığını göstererek, ona son derece anlayışlı ve müşfik davranır."

8- V50. Dua

"Seyyid Ali Türbesi'ne gidenler dua ederler."

22- KIRKLAR ZİYARETİ

Diyarbakır
Mehmet Tunç
57
Çiftçi
Büyüklerinden

Bu ziyaret, Diyarbakır'ın güneybatısındaki Kırklar Dağı'ndadır.

Kırk evliya, Kırklar Dağı'ndaki bir mağaraya girmişler ve bir daha hiç görünmemişler. Aslında, insanların arasında yaşıyorlarmış ama görünmüyorlarmış.

Bu kırk evliya, her perşembe akşamı toplanıp birer beyaz güvercin olurlar ve mağaranın tepesindeki küçük bir delikten içeri girerlermiş. Mağaranın içindeki kaynayan suların arkasında bulunan geniş bölmede ateş yakarlarmış. Bu ateşi çevreden görenler olmuş. Sabaha kadar ibadet ettikten sonra, cuma namazını kılar ve yine dağılıp giderlermiş.

Bu ziyarete gelen hastalar, mağaralardaki sudan içer, duvardan da toprak koparıp yerler. Ayrıca doğum zorluğu çeken kadınlara da yine bu mağaranın suyundan içirilir ve üstüne dökülür. Çocuğu olmayanlar da burada dilek dilerler ve adak adarlar.

MOTİF - INDEX

1- Z71.12. Formülistik sayı 40

"Kırk evliya, Kırklar Dağı'ndaki bir mağaraya giderler."

2- D154.2. İnsanın güvercine dönüşmesi

"Bu kırk evliya, her perşembe akşamı toplanıp birer beyaz güvercin olurlar."

3- V50. Dua (ibadet)

"Kırk evliya perşembe geceleri, sabaha kadar ibadet ederler."

4- (T) V36.1. Cuma namazı

"Kırk evliya, cuma namazını kıldıktan sonra dağılırlar."

5- D1242.1. Sihirli su

"Kırklar mağarasındaki su, içen hastaları iyileştirir."

6- T589. Çocuğun doğumu-çeşitli motifler

"Çocuğun doğumu sırasında zorluk çeken kadınlara, bu mağaradaki sudan içirilir ve üstlerine dökülür."

7- (T) V301. Dini inanış (adak adama)

"Kırklar Ziyareti'nde adak adanır."

8- T527. Dua ile çocuk sahibi olma

"Kırklar Ziyareti'ne giden çocuğu olmayan kadınlar, bir çocukları olması için dua ederler."

23- CAFERİ TAYYAR TÜRBESİ

Hani
Vehbi Yavuz
35
Marangoz
Babasından

Caferi Tayyar, Hz. Ali'nin kardeşiymiş. Beraber din uğruna savaşa girmişler. En öndeki sancağı taşıyan şehit olunca, sancağı arkasındaki alırmış. Böylece sıra, Caferi Tayyar'a gelmiş. Cafer'in elleri, ayakları, gövdesi sırasıyla parçalanmış, yalnız başı kalmış, fakat o, sancağı dişleriyle yakalayıp uçarak Hani'ye gelmiş. Meğer gövdesinin diğer parçaları da uçarak buraya gelmişlermiş. Orada bütünleşerek dirilmiş, sonra yeniden ölmüş ve oraya gömülmüş.

Şimdi türbesinde, sancağı ile ibriği var. Dua edilip dilek dileniyor.

MOTİF - INDEX

1- (T) P40. Din adamları

2- V463. Şehit olma (Din uğruna)
"Din uğruna savaşan Hz. Ali'nin kardeşi Caferi Tayyar'ın önünde bulunanlar şehit olurlar."

3- E35.1. Parçalanan vücudun yeniden dirilmesi
"Caferi Tayyar'ın vücudunun parçaları, Hani'de bir araya gelip yeniden dirilir."

4- V50. Dua
"Caferi Tayyar'ın türbesinde dua edilir."

24- ZÜLKÜF'ÜL PEYGAMBER ZİYARETİ

Ergani
Mustafa Subaşı
67
Avukat
Dedesinden

Zülküf'ül Peygamber'in asıl adı Beşir'miş. Ergani'nin Sesverenpınarı (Hilar) Köyü'nde bir savaşa katılmış. Savaşta komutan ölünce, ona vekâleten bu komutan olmuş. Adına da vekil olmak anlamında "tekâfül" denmiş. Daha sonra da bu "Zülküf'ül" adına dönüşmüş.

Bu savaşta, Arap kölesi ile beraber yaralanmışlar ve adını alan dağa gelip ölmüşler (şehit olmuşlar). Her ikisinin de mezarları Ergani'deki Zülküf'ül Dağı'ndaymış.

Kölesinin mezarına geceleri pamuk ve su koyarlarmış, sabahları suyu eksilmiş, pamuğu da kanlı bulurlarmış. Çünkü köle geceleri Zülküf'ül Peygamber'in ve kendisinin yaralarını temizlermiş.

Zülküf'ül Peygamber Ergani'yi koruduğu için, buraya hiç düşman girmemiş. Ayrıca burası çok bereketliymiş. Ergani sözü de bereket ve bolluk anlamına gelirmiş.

Bir ara, Zülküf'ül Peygamber'in türbedarı türbeye ait şeyleri çalıp hırsızlık yapmış. Buna kızan peygamber de atına binip Bağdat'a gitmiş. Ondan sonra da Ergani'ye darlık gelmiş.

Kıştan başka her mevsim ziyaret edilen bu yerde, dilek dileyenler taş yapıştırırlar. Çocuğu olmayan kadınlar çocuk dilerler. Bu ziyaretten sonra kızları olursa adını Zülfüye, oğlanları olursa adını Zülküf koyarlar.

MOTİF - INDEX

1- V463. Şehit olma (Din uğruna)
"Zülküf'ül Peygamber ve Arap kölesi, bir savaşta şehit olurlar."

2- E151. Tekrar dirilme
"Geceleri dirilen köle, Zülküf'ül Peygamber'in ve kendisinin yaralarını temizler."

3- T527. Dua ile çocuk sahibi olma
"Zülküf'ül Peygamber Ziyareti'ne giden çocuksuz kadınlar, çocuklarının olması için dua ederler."

4- T596. Çocuğa isim koyma
"Bu ziyaretten sonra çocuğu olan kadınlar, adını erkekse Zülküf, kızsa Zülfüye koyarlar."

5- (T) V304. Çeşitli dini inanışlar

"Dileği olanlar, ziyaretin duvarına taş yapıştırırlar. Taş yapışırsa, dileklerinin olacağına inanırlar."

6- E151. Tekrar dirilme

"Türbedarının hırsızlığına kızan Zülküf'ül Peygamber, yeniden dirilip atına binerek, Ergani'yi terk eder ve Bağdat'a gider."

25- ŞEYH HASAN EZRAKİ TÜRBESİ

Lice-Dibek Köyü
Nihat Işık
52
Memur
Annesinden

Şeyh Hasan, aslında Hazro'nun Ülgen Köyü'ndenmiş. Gidip Şam'a yerleşmiş. Bir süre sonra oradan da Mardin'e göç etmiş. Keramet sahibi bir kişi olduğu için, ünü tüm bölgeye yayılmış.

Zamanın Mardin hükümdarı, onun gücünden korkup yakalatmış ve tabanı su içinde, çıkılması imkânsız bir zindana attırmış.

Bir gün nöbetçisi, şeyhi bahçedeki çeşmede abdest alırken görünce şaşkınlıktan donakalmış. Aynı gün, padişah da şeyhi camide namaz kılarken görmüş, yaklaşıp konuşmak istemiş ama şeyh ortadan kaybolmuş, yine zindana dönmüş.

Şeyhin, zindana sızan güneş ışıklarının huzmesine katılarak zindandan çıktığını ve yine aynı şekilde geri döndüğünü anlayan hükümdar, şeyhi bağışlayıp serbest bırakmış.

Şeyh oradan ayrılıp Lice'nin Dibek Köyü'ne yerleşmiş ve ölünce de oraya gömülmüş.

Bu türbeye gelen hastalar sağlık dilerler, adak adarlar.

MOTİF - INDEX

1- F565.2. Olağanüstü kahraman

"Şeyh Hasan çeşitli kerametleri olan, olağanüstü birisidir. Güneş ışıklarına karışarak zindandan dışarıya çıkar ve yine aynı yolla geri döner."

2- P12. Kralların karakteri

"Zamanın Mardin hükümdarı, Şeyh Hasan'ın gücünden ve halk üstündeki etkisinden korkarak onu yakalatır."

3- R41. Kale, hisar ve zindana hapsetme

"Hükümdar, Şeyh Hasan'ı tabanı su içinde, çıkılması imkânsız bir zindana hapsettirir."

4- (T) V36. Namaz

"Hükümdar, Şeyhi camide namaz kılarken görür."

5- Q10. Ödüllendirilmiş işler

"Hükümdar, şeyhin kerametini görünce, onu bağışlayarak ödüllendirir."

6- (T) V301. Dini inanışlar (adak adama)

"Şeyh Hasan Ezraki'nin türbesine gelenler, dilek dileyip adak adarlar."

Diyarbakır
Evliya Çelebi Seyahatnamesi
İst. 1970, c. 6, s. 144
Türkçeleştiren: Zuhuri Danışman

26- ŞEYH RUMİ ZİYARETİ

Bu ziyaret, Diyarbakır Rum Kapısı dışındadır.

Hz. Şeyh Rumi, Azerbaycan'ın Rumiye şehrinde doğmuş. Adı Rumi imiş.

Çok zengin bir Nakşibendi şeyhiymiş.

Diyarbakır'a yerleşmiş. Kırk bin yoksul insan onun müridi olmuş.

Ünü İstanbul'a kadar duyulmuş. Düşmanları onu Sultan Murat'a şöyle gammazlamışlar: "Padişahım, Diyarbakır'da oturan Rumiye şeyhi sana baş kaldıracak. Çünkü, kendisine candan bağlı kırk bin müridi var," demişler.

Bundan üç yıl sonra Sultan Murat, Bağdat Seferi'ne giderken Diyarbakır'a uğramış. Şeyh Rumi üç bin dervişiyle onu karşılayıp huzuruna vararak "Esselamaleyk Hünkârım" demiş ve "hun" (kan) hecesini uzatarak söylemiş. Padişah da "Azizim 'hun' lafzını medlice (uzatarak) söylediniz demiş. Şeyh de, "Beli efendim. Çünkü, Bağdat'a gidip fetih ile düşmandan intikam alarak, kan dökeceksiniz," diye cevap vermiş.

Sultan, Şeyh'in Bağdat fethi müjdesine memnun olmuş ve, "Ya efendi, fetih ve sıhhat ile İstanbul'a ulaşır mıyım?" diye sormuş. Şeyh de, "Beli, bu Diyarbekir'e gelip gammazların kışkırtmasıyla, haksız yere, bir kan dahi döküp, İstanbul'a varırsınız," demiş. Padişah Şeyh'e ihsanlarda bulunmuşsa da Şeyh kabul etmemiş.

Sultan Murat sefer dönüşü de, Diyarbakır'a uğramış. Yine Şeyhe ihsanlarda bulunmuş. Şeyh bu kez de kabul etmemiş. Gammazlar, "Padişahım aziz Şeyh, kimya ilmine maliktir. On bin kese altını vardır. Arzu etse, bütün müritlerinin bakır kaplarını altın yapmağa muktedirdir. Korkulacak şeydir ki, Timur gibi bu Şeyh de, meydan ala," demişler. Padişah da bunun aslını Şeyh'e sormuş. Şeyh de, "Evet sultanım, şeyhler geçinmek için halis altından habbecikler peyda edip tarikat ehli onunla karın doyurur, yoksa Karun gibi zengin olalım diye kimya öğrenmezler," demiş. Padişah bunun nasıl yapıldığını sorunca da, Şeyh, "Eğer af ile muamele ederseniz, huzurunuzda yapsınlar da görün," demiş.

Padişah, Şeyh'in evine gitmiş. Şeyh'in hareminde bulunan, Şam'dan, Maanoğlu adıyla meşhur Dürzi Emiri'nin yaşlı kızı huzura gelip bakırdan altın yapmış. Şeyh, kadın ve padişah ondan üçer tane yemişler ve o gün hiç acıkmamışlar.

Murat Han otağına dönünce, Şeyh'in evine adamlarını gönderip Şeyh'i ve kadını boğdurmuş.

Şeyh'i Rum Kapısı dışına gömmüşler.(1)

27- ŞEYH RUMİ ZİYARETİ

Diyarbakır
Adil Tekin
77
Fotoğrafçı
Büyüklerinden

Sultan Murat, Bağdat Seferi'ne giderken Diyarbakır'a uğramış. Şeyh Rumi adamlarıyla onu karşılayarak, Ongözlü Köprü'nün kuzeyindeki Kavs Köşkü'nde konuk etmiş. Şeyh bu köşkte yazın otururmuş. Kışın da, Urfakapısı semtindeki konağında otururmuş.

Akşam yemeğinde, şehirdeki konakta pişen yemekler, yaya olarak yaklaşık bir saatlik yoldan, hiç soğumadan köşkteki sofraya geliyormuş. Bunun nasıl olduğunu merak eden padişah, köşkün penceresinden dışarıya bakmış ki, Şeyh'in yüzlerce müridi, ak uzun gömlekler içinde, Kavs Köşkü'nden şehrin içindeki konağa kadar yan yana iki sıra halinde dizilmişler, yemek tabaklarını elden ele geçirerek çabucak konaktan köşke ulaştırıyorlar.

---

(1) Evliya Çelebi bunları, Melek Ahmet Paşa'dan duyup yazdığını söyler. Çünkü o zaman, Melek Ahmet Paşa, Murat Han'ın silahtarıdır. Fetihten sonra da Diyarbakır valisi olur. Şeyh'e inandığı için, mezarını sıkça ziyaret eder. Evliya Çelebi burayı ziyaret eder ve şöyle der: "Gelüb ittik ziyaret bu makamı / Tarikat pişvası Şeyh Rumi" (*Evliya Çelebi Seyahatnamesi,* İst. 1970, c. 6, s. 144- Türkçeleştiren: Zuhuri Danışman)

Bu mürit çokluğu karşısında huzursuz olan padişah, gammazların da kışkırtmasıyla Şeyh Rumi'nin başını kestirmiş. Fakat kesilen baş gelip yine yerine konmuş. Bunu gören padişah, böyle keramet sahibi birisini öldürttüğü için üzülmüş. Şeyh'in on iki yaşındaki oğlunu yanına çağırtıp, "Dile benden ne dilersen," demiş. Çocuk, daha önceden büyükleri öğrettiği için, "Kâbe'yi dilerim," demiş. Kâbe'yi, Kabi anlayan padişah, Diyarbakır'ın yakınındaki Kabi Köyü'nü Şeyh'in oğluna vermiş.

Şeyh Rumi, Rum Kapısı dışında, kubbesiz bir mezarda gömülüdür.

Burayı ziyaret edenler dilek diler, dua ederler.

MOTİF - INDEX

1- Z71.12. Formülistik sayı 40

"Şeyh Rumi'nin kırk bin müridi vardır."

2- K2110. İftira etmek

"Şeyh Rumi'nin düşmanları, padişaha, şeyh sana baş kaldıracak diye gammazlayarak, Şeyh'e iftira ederler."

3- Z71.1. Formülistik sayı 3

"Üç yıl sonra Sultan Murat Bağdat Seferi'ne çıkar."

"Şeyh, Sultanı üç bin müridiyle karşılar."

4- M361. Geleceği önceden takdir edilen kahraman

"Şeyh Rumi, Sultan Murat'a, Bağdat'ı fethedeceğini önceden haber verir."

5- F565.2. Olağanüstü kahraman

"Şeyh Rumi'nin haremindeki kadın, bakırdan altın yapar."

6- P12. Kralların karakteri

7- Q211. Ölümle cezalandırma
"Padişah, gücünden korktuğu Şeyh'i ve kadını öldürtür."

8- Q11. Zengin ederek ödüllendirme
"Padişah IV. Murat, Şeyh Rumi'nin oğluna Kabi Köyü'nü vererek onu ödüllendirir."

28- SİN U SEYDOŞ TÜRBESİ

Diyarbakır
Şevket Beysanoğlu
"Diyarbakırım"
Ank. 1986
II. Cilt, s. 284

Bu türbe Metinan bölgesinde, Altunakar, Güvercin ve Böğür Köyleri arasındadır.

Türbede Sin adlı bir kızla, Seydoş adında erkek kardeşi yatarlarmış.

Türbenin ayak ucunda, yerden kaynayan küçük bir pınar vardır. Bu pınar biraz ilerde bir nehir haline gelerek, birkaç değirmen çevirebilecek bir güce ulaşır ve çevresini sular.

Seydoş, bu pınarın suyunu zaman zaman kesip yine bırakırmış.

Türbenin yanındaki kavaklığın bir dalına dokunan, hemen öküz şekline girip bağıra bağıra ölürmüş.

Eskiden suçlarını inkâr eden suçlular buraya götürülür, türbe mütevellisi tarafından diline kızgın demir değdirilirmiş. Dili demire yapışırsa suçlu, yapışmazsa suçsuz kabul edilirmiş. Bu denemeden geçmemek için, insanlar suçu daha başından kabul ederlermiş.

Sin u Seydoş'un kutsallığından, böylesine olumsuz bir şekilde yararlanılması artık söz konusu değildir.

Bu türbeye, her yılın nisan ayında cuma günleri gelinir. Gelenler kurban keserler, dilek dilerler, sevdalılar birbirlerini burada kaçırabilirler. Dilek dileyenler gerçekleşmesi için türbedeki yedi yuvarlak taşı üst üste durdurmaya çalışırlar.

MOTİF - INDEX

1- P250. Erkek ve kız kardeşler
"Sin ile Seydoş, biri kız, biri erkek iki ermiş kardeştirler."

2- C510. Ağaç ve bitkiye dokunma yasağı
"Türbenin etrafındaki kavak ağaçlarının bir dalına bile dokunulmaz."

3- D133.3. İnsanın öküze dönüşmesi

4- Q211. Ölümle cezalandırma
"Türbenin etrafındaki kavak ağaçlarına dokunanlar (kesmek amacıyla) hemen öküz şekline girerek, bağıra bağıra ölürler."

5- H200-H299. Doğruluk sınavları
"Suçlarını inkâr eden suçluların, bu türbede dillerine kızgın demir sürülür. Yapışırsa suçludur. Yapışmazsa suçsuzdur."

6- V300. Dini inanışlar
"Türbede kurban keserek dilek dileyenler, dileklerinin olacağına inanırlar."

Dicle *Özbey Köyü* *Mehmet Eroğlu* *65* *Esnaf* *Babasından*

29- ŞEYH ŞERİF ZİYARETİ

Mehmet Şerif adında birisi, Bağdat'ta Dicle Nehri kenarında otururken, nehirde bir elma görmüş ve alıp yemiş.

Yerken elma boğazında kalmış. O zaman bu bir yetim malı olabilir, ben galiba haram yedim diye düşünmüş. Elmanın sahibini bulmak ve helalleşmek için, Bağdat'tan kalkıp Dicle Nehri boyunca yürümüş ve Özbey Köyü'ne gelmiş. Elmanın sahibi de, bu dürüst, namuslu insanı kendi köyünde tutabilmek için, helal ederim ama şartlarım var, birinci şartım da bana yedi yıl çobanlık edeceksin demiş. Şeyh Şerif kabul edip yedi yıl çalışmış ve gitmek için izin isteyince de adam, "Benim kör, topal ve sağır bir kızım var onunla evleneceksin, ikinci şartım da bu," demiş. Şeyh bu şartı da kabul etmiş. Fakat gerdek gecesi karşısına, sapasağlam ve çok güzel bir kız çıkmış. Bir yanlışlık olduğunu sanan Şeyh, hemen gidip kızın babasına durumu anlatınca, adam ona, "Ben seni denedim. Kızım şimdiye kadar hiçbir yabancı erkek görmemiştir onun için kördür, kötü bir söz işitmemiştir, onun için sağırdır ve kimseye zarar vermek için bir yere gitmemiştir, onun için de topaldır dedim," demiş.

Şeyh Şerif bu kızla evlenip Özbey Köyü'nde kalmış. Ölünce de oraya gömülmüş.

Her yıl 15-25 Mayıs tarihleri arasında anısına, bu köyde Kamçı Oyunu (1) şenlikleri düzenlenir. Kurbanlar kesilir, dilekler dilenir, yemekler pişirilip halaylar çekilir.

MOTİF - INDEX

1- W35. Doğruluk

"Şeyh Şerif, nehirde bulup yediği elmanın sahibini bulup helalleşmek için yola çıkar."

---

(1) Çeşitli iplerden yapılmış kamçılarla, iki kişi veya iki grup birbirlerine saldırırlar. Canı yanıp pes eden yenilir.

2- H1553. Sabır sınavı

"Elmanın sahibi, Şeyh Şerif'e iki zor şart ileri sürerek, sabrını sınar."

3- Z71.5. Formülistik sayı 7

"Şeyh Şerif'e ilk koşulan şart, elmanın sahibine yedi yıl çobanlık etmesidir."

4- Q11. Ödüllendirilmiş işler

"Elmanın sahibi, çok dürüst ve namuslu olduğu için, Şeyh Şerif'e güzel kızını vererek onu ödüllendirir."

30- ŞEYH HASAN TÜRBESİ

Çüngüş
Ahmet Şerif Özer
55
Emekli imam
Büyüklerinden

Şeyh Hasan ve iki erkek kardeşi, oturdukları Bağdat'tan âsâlarını atmışlar. Şeyh Hasan'ın âsâsı Çüngüş'ün Aslanderesi semtine düşmüş. Hasan Dede de gelip oraya yerleşerek gelip geçenin, başı darda kalanın yardımına koşmuş.

İyilikleri, kerametleri, ünü şanı padişahın kulağına kadar gitmiş. Padişah onu İstanbul'a çağırmış, gelince de, "Söyle bakalım, ne kerametin var?" demiş. Şeyh Hasan alçakgönüllü davranıp, "Hiçbir kerametim yoktur padişahım," demiş.

Padişah onu denemek için, yanan bir fırına attırıp ağzını iyice kapattırmış, başına da bir nöbetçi koydurmuş.

Ertesi sabah baktıklarında, şeyhi fırında sağ salim, bir postun üstünde namaz kılarken görmüşler. Bunun üzerine, padişah cariyesi Zahide Sultan'ı şeyhe vermiş ve ona bir de aylık bağlamış. Ayrıca Çüngüş'te oturduğu yerin arazisini de ona bağışlamış.

Bu şeyhin âsâsı da, türbesinin başında dut ağacı olmuş. Bazı geceler türbesinden çıkıp abdest almaya gidermiş. Bazı geceler de türbede kendiliğinden ışık yanarmış.

Bu türbe cuma akşamları ziyaret edilir. Mum dikilir. Ayrıca çocukları yaşamayanlar da, hasta çocuklarını, perşembe günleri ikindi selası okunurken bu türbenin penceresinden 3 defa dışardan içeriye, içerden dışarıya geçirerek, "Yarabbi bunu, ya içeri, ya dışarı," derler (Ya ölsün, ya iyileşsin). Adak adarlar, kurban keserler.

MOTİF - INDEX

1- P251. Erkek kardeşler
"Şeyh Hasan ve iki erkek kardeşi Bağdat'tan âsâlarını atarlar."

2- P12. Kralların karakteri
"Şeyh Hasan'ın kerametlerini ve halk üzerindeki etkisini duyan padişah, onu İstanbul'a huzuruna çağırtır."

3- H1563. Hüner sınavları
"Padişah, Şeyh Hasan'ın kerametini sınamak için onu yanan bir fırına attırır."

4- V340. İnanmayanlara gösterilen mucizeler

5- F565.2. Olağanüstü kahraman
"Şeyh Hasan yanan fırından sapasağlam çıkar."

6- (T) V36. Namaz
"Şeyh bir postun üstünde namaz kılmaktadır."

7- Q111. Zengin ederek ödüllendirme
"Padişah Şeyh Hasan'ı, bir cariye, maaş ve arazi vererek ödüllendirir."

8- E151. Tekrar dirilme

"Bazı geceler şeyh, mezarından kalkıp abdest almaya gider."

9- (T) V301. Dini inanışlar (adak adama)

"Bu türbeyi ziyaret edenler, dilek dileyip adak adarlar."

31- ŞEYH ABDURRAHMAN TÜRBESİ

Çınar- Aktepe Köyü
Habibe Çelebi
57
Ev hanımı
Annesinden

Şeyh Abdurrahman'ın çok güzel bir karısı varmış. Her gün şeyhe, "Benden daha güzel var mı?" diye sorarmış. Bir gün yine böyle sorunca, şeyh de gülerek, "Cuma günü, hutbeden önce hücreme gel, orada görürsün," demiş. Kadın cuma günü gidince, kocasının yanında çok güzel bir kız görmüş. Meğer şeyh, perilerden bir kızla evliymiş. Bunu gören kadın, hemen orada düşüp bayılmış. Kendisine gelince de, iki kızını alıp atına binmiş ve babası Şeyh Kasım'ın evine gitmiş. Bir daha da geri dönmemiş.

Şeyh gidip kızlarını geri getirmek istemiş. Çocuklardan birisi gelmiş, diğeri annesinin yanında kalmak istemiş. Kalanın adı Rukiye'ymiş. Şeyh ona kızıp, "İnşallah dünyaya karışamayasın," (evlenemeyesin) diye beddua etmiş.

Güzel bir kız olan Rukiye, büyüyünce, dayısının oğluna gelin gitmiş. Fakat babasının bedduası yüzünden, hiçbir zaman kocasıyla beraber olamamış ve bâkire olarak ölmüş.

Şeyh Abdurrahman geceleri düşmanlarla savaşa gidermiş. Giderken beyaz elbiseli, beyaz sakallı, beyaz atlı olarak gider, dönerken ise siyah elbiseli, siyah sakallı ve siyah atlı olurmuş.

Bu sırrını kimse bilmezmiş. Bir gece savaştan dönüp odasında soyunurken, hizmetkârı vücudunda bir kılıç yarası görmüş ve bunu herkese söylemiş.

Böylece sırrı ortaya çıktığı için ölmüş.

Şeyh Muhammet Can da, Şeyh Abdurrahman'ın kardeşiymiş. Mezarları yan yanadır.

Şeyh Muhammet Can, Diyarbakır'da ölmüş. Cenazesini Aktepe'ye getirirlerken yolda Göksu taşmış. Geri dönmek istemişler. Fakat cenaze kendisini taşıyanları ileriye doğru sürüklemiş ve ırmağa girmişler. Irmağın suyu derhal çekilip insanların dizlerine kadar inmiş ve geçit vermiş.

Bu iki kardeşin babaları Şeyh Hasan Nurani de, Buhara'dan gelmiş. Diyarbakır'da medresede okuyormuş. Çocukken zayıf ve çelimsizmiş. Arkadaşları onu aralarına almazlarmış. Bir gün medresenin damını loğlama sırası ona gelmiş. Loğ taşı büyük, çocuk ise zayıfmış, ayrıca yağmur da başlamış. Bu da gelip saçağın altına saklanmış. Fakat loğ kendi kendine gidip gelmeye başlamış. Bunu gören arkadaşları, onun kerametine inanmışlar ve ona saygı göstermeye başlamışlar.

Bu türbeye daha çok cuma akşamları gidilir. Her türlü dileği olan gider. Adak adanır, dua edilir. En çok da romatizmalı hastalar gider.

MOTİF - INDEX

1- T145. Çok eşle evlenme
"Şeyh Abdurrahman iki kadınla evlidir."

2- F302.2. İnsanlar periyle evlenirler ve kahramanı evlerine götürürler
"Şeyh Abdurrahman, çok güzel bir peri kızıyla evlenmiş ve onu hücresine götürmüştür."

3- W181. Kıskançlık
"Şeyhin karısı, bu peri kızını çok kıskanarak şeyhi terk eder."

4- P234. Baba ve kızları
"Şeyh, anneleri ile birlikte giden kızlarını geri almak ister."

5- H430. Şahısların bedduası
"Şeyh, kendisiyle beraber gelmeyen kızı Rukiye'ye beddua eder."

6- M411. Bedduanın yerine gelmesi
"Şeyhin bedduası tutar ve Rukiye, evlendiği kocasıyla asla beraber olamaz."

7- C422. Belirli kişilerin sırlarını açıklama yasağı
"Şeyh Abdurrahman'ın yarasını gören hizmetçisi, onun sırrını herkese söyleyerek, ölümüne neden olur."

8- P251. Erkek kardeşler
"Şeyh Abdurrahman'la, Şeyh Muhammet Can iki kardeştir."

9- F565.2. Olağanüstü kahraman
"Şeyh Muhammet Can'ın tabutunu taşıyanlar, azgın Göksu'ya girince su alçalır."
"Şeyh Hasan Nurani'nin görevi olan dam loğlamayı, loğ taşı kendiliğinden yapar."

Çınar-Aktepe Köyü
Meles Tül
60
Ev hanımı
Babasından

32- ŞEYH ABDURRAHMAN TÜRBESİ

Şeyh Abdurrahman, bir gece evinde karısı ve çocuklarıyla oturuyormuş. Pencerenin altından garip sesler gelmeye başlamış. Karısı ve çocukları bir şey görüp anlayamamışlar. Fakat Şeyh, bir süre bu sesleri dikkatle dinledikten sonra "tamam geliyorum" demiş ve giyinip dışarıya çıkmış, hızlı hızlı yürümeye başlamış. Oğlu da arkasına düşmüş ama şeyh onu geri göndermiş.

Meğer Şeyh Abdurrahman cinlerden bir kadınla evliymiş ve ondan da çocukları varmış. Cinlerin arasında çıkan bir kavga sırasında bu çocuklardan birisi yaralanmış, diğerleri de gelip babalarına haber vermişler. Şeyh yaralı çocuğunun yaralarını sarıp geri dönmüş. Döndüğünde elleri kanlıymış.

Bu ziyarete en çok romatizmalı hastalar gidip sağlık dilerler, adak adarlar.

MOTİF - INDEX

1- F300. Perilerle evlenme veya ilişki kurma
"Şeyh Abdurrahman cinlerden bir kadınla evlidir ve ondan çocukları vardır."

2- (T) V301. Dini inanışlar (adak adama)
"Şeyh Abdurrahman'in türbesini ziyaret edenler adak adarlar."

33- HZ. SÜLEYMAN TÜRBESİ

Diyarbakır
Şevket Beysanoğlu
"Diyarbakırım"
Ank. 1986
II. Cilt, s. 219

Diyarbakır Müslümanlarca alınırken, İçkale'de şehit düşen yirmi yedi sahabe, İçkale Camii'nin bitişiğindeki türbeye gömülmüş.

Bu şehitlerin her cuma akşamı yaraları kanarmış. Türbedar, kanayan bu yaraları pamukla silip temizlermiş.

Bir cuma akşamı, türbedarın pamuk alacak parası kalmamış. Nasıl para bulacağını düşünerek İçkale'den çarşıya giderken, ak harmanisine bürünmüş birisi yanına yaklaşmış ve avucuna bir kese bırakarak kaybolmuş.

Türbedar şaşkınlık içinde, pamuk alıp geri dönmüş. Yaraları silerken, o güne kadar hiç yapmadığı bir şeyi yapmış. Şehitlerden birisinin yüzündeki örtüyü açıp bakmış. Bu, yolda eline para bırakıp kaybolan adammış.

O günden sonra artık, şehitlerin yaraları kanamaz olmuş. Onlar halkın arasına karışıp yaşıyorlarmış.

Bu türbeye, çocuğu olmayan kadınlar üç perşembe günü, ikindiden sonra gelirler ve yasin okuturlar. Çocuğu olanlar erkekse adını Süleyman koyarlar. Ağır hastalar, evde kalmış kızlar da buraya gelip dilek dilerler.

MOTİF - INDEX

1- V463. Şehit olma (Din uğruna)

"Diyarbakır Müslümanlarca alınırken, yirmi yedi sahabe şehit düşer."

2- E151. Tekrar dirilme

"Şehitlerden birisi, türbedarın eline bir kese bırakarak kaybolur."

3- C300. Bakma yasağı

"Türbedar, yasak olduğu halde, şehitlerden birisinin yüzündeki örtüyü kaldırarak bakar."

4- T527. Dua ile çocuk sahibi olma

"Hz. Süleyman'ın türbesini ziyaret eden kadınlar, dua ederek bir çocuklarının olmasını dilerler."

5- T596. Çocuğa isim koyma

"Bu ziyaretten sonra çocuğu olan kadınlar, çocuk erkekse adını Süleyman koyarlar."

34- ŞEYH MALAN ZİYARETİ

Dicle
Tepebaşı Köyü
Ömer Öney
56
Çiftçi
Amcasından

Şeyh Musa ile bacısı, Medine'den gelerek, Tepebaşı (Şeyh Malan) Köyü'ne yerleşmişler. Gece gündüz ibadet ederlermiş. Köylüler bunlara hiç yüz vermemişler. Şeyh Musa, bacısıyla evlidir diye de gidip şikâyet etmişler. Bu şikâyet üzerine onları yakalamak üzere iki asker göndermişler. Yolda gelirken askerlerden birisi, diğerine, "Biz oraya varınca, bu kış gününde eğer taze incir, üzüm, nar ikram ederlerse, bunlar kutsal kişilerdir, dokunmayalım," demiş.

Askerler Şeyh Musa'nın evine varmışlar. Musa ile bacısı yoksulluk içindelermiş. Ortada görünür hiçbir yiyecek veya eşya yokmuş. Musa bacısına birdenbire, dışarıdaki üstü örtülü siniyi al gel demiş. Bacısı şaşırıp, "Ne sinisi, sini mi var ki getireyim," deyip dışarıya çıkmış. Biraz sonra elinde bir siniyle dönmüş. Sinide incir, üzüm ve nar varmış. Askerlere ikram etmişler. Askerler saygıyla, Musa'yı Eğil'e götüreceklerini söylemişler. Musa yolda rastladıkları bir çayda abdest almak için askerlerden izin istemiş. Abdest almış. Sırrı ortaya çıktığı için de orada ölmüş.

Daha önce bacısına vasiyet ettiği için kendisi dağın tepesine, sonradan ölen bacısı ise çayın kenarına gömülmüşler.

Bu köyde oturanların hepsine, uzun zaman şeyh denmiş. Dışardan kız alıp vermemişler. Bu köyün insanları sütü tahta kovalarda ateşe koyup pişirirlermiş. Çevre köylerden çok saygı görürlermiş. Sonraları dışardan kız alıp vermişler ve karışmışlar.

Mayıs ayında, çocuğu olmayanlar, hastalar, özellikle de ruh hastaları bu ziyaretlere giderler. Ayran çorbası pişirip dağıtırlar, kurbanlar keserler.

MOTİF - INDEX

1- P250. Erkek ve kız kardeşler
"Şeyh Musa ve bacısı Medine'den gelerek, Tepebaşı Köyü'ne yerleşirler."

2- V50. Dua (ibadet)
"Bu iki kardeş gece gündüz ibadet ederler."

3- K2110. İftira etmek
"Köylüler, Şeyh Musa bacısıyla evlidir diye, onlara iftira ederler."

4- V340. İnanmayanlara gösterilen mucizeler
"Şeyh Musa ile bacısı, kış ortasında askerlere taze incir, üzüm, nar ikram ederler."

5- (T) V36.5. Yola çıkmadan önce kılınan namaz
"Şeyh Musa, yola devam ederken önce bir çayda abdest alıp namaz kılar."

6- (T) C422.2. Sırrın başkasına söylenmesi yasağı
"Kerametini askerlere göstermek zorunda kalan Şeyh Musa, sırrı ortaya çıktığı için ölür."

35- ŞEYH MUHAMMET ZİYARETİ

Diyarbakır
Enver Balçık
67
Berber
Babasından

Bir adam hacca gitmek için hazırlık yapmış. Fakat bunun ikisi Hıristiyan, birisi de Müslüman olmak üzere çok yoksul üç komşusu varmış. Karısı bu komşularının çoluk çocuk aç olduklarını, onlara yardım etmeleri gerektiğini söylemiş. Adam da hac parasını o komşularına vererek, gitmekten vazgeçmiş. Kurban bayramı günü gelince, hacca gidemediği ve o anda Kâbe'de olamadığı için çok üzülmüş. Olanları ve üzüntüsünü gidip Şeyh Muhammet'e anlatmış.

Şeyh de ona, "Sen şimdi git, üç komşuna da ben hacca gidiyorum de, onların da sana söylediklerini aynen getir bana söyle," demiş.

Adam gitmiş, her üç komşusu da ona, "Hayırlı olsun, güle güle git gel," demişler. Bu cevabı gelip şeyhe söylemiş. Şeyh de ona, gözlerini kapat demiş. Kapatınca, eliyle adamı hafifçe itelemiş. Adam gözlerini açınca kendisini Arafat'ta bulmuş ve çok sevinmiş.

Mardin Kapısı Mezarlığı'nda olan bu ziyarette dua edilir, dilek dilenir.

MOTİF - INDEX

1- (T) V37. İslamın diğer emri, hacca gitmek
"Bir adam hacca gitmek için hazırlık yapar."

2- W28. Fedakârlık
"Bu adam, komşularının aç olduğunu öğrenince fedakârlık yaparak hac parasını onlara verir ve gitmekten vazgeçer."

3- Q140. Mucize veya sihirle ödüllendirme

"Şeyh Muhammet, iyiliksever bu adamı, gözünü kapattırıp hafifçe iterek, Arafat'a (hacca) göndererek ödüllendirir."

36- ALİ DEDE ZİYARETİ

Çermik
Hatice Büyükkaya
50
Ev hanımı
Kaynanasından

Ali Dede halk arasında çok sayılan bir insanmış. Ölüp mezara konduğunun ertesi günü, sağ ayağını mezarın dışında görmüşler. Hemen ayağını mezarın içine koymuşlar. Fakat ertesi gün Ali Dede ayağını yine mezardan çıkarmış. Şimdi bu ayak mezarın dışındaymış. Bunu herkes göremezmiş. Yalnız temiz kalpli, inanmış insanlar görebilirmiş.

Ölümünden sonra Ali Dede'yi bir cuma günü, aynı anda hem mezarının yanında hem de camide namaz kılarken görmüşler.

Bu ziyarete hastalar ve dileği olanlar giderler.

MOTİF - INDEX

1- E35. Vücut parçalarında dirilme

"Ali Dede, ölüp mezara konunca, sağ ayağı dirilip mezarın dışına çıkar."

2- (T) V36. Namaz

"Ali Dede hem mezarının yanında, hem de camide namaz kılarken görülür."

37- ŞEYHAN DEDE ZİYARETİ

Çermik
Şeyhan Köyü
Tahsin Temel
40
Halk Eğitim Md.
Şeyhan
köylülerinden

Yoksul Şeyhan Dede'yle annesi, yüksek bir mağarada otururlarmış.

IV. Murat bir sefere giderken yolu buradan geçmiş ve Şeyhan Dede'yi görmek istemiş. Askerler mağaraya gelip adını seslenmişler. Kendisi yokmuş. Annesi, dağda yalnız başına ibadete çekildiğini söylemiş.

Askerler dağa gidip onu çağırmışlar. Dede, "Bugün ibadetimin otuz dokuzuncu günü. Kırk günümün dolmasına bir gün kaldı, yarın geleyim," demiş. Askerler kabul etmemişler. Dede de dağdan inip padişahın huzuruna varmış.

IV. Murat ondan, kerametini gösterip bütün askerlerini doyurmasını istemiş. Çok yoksul olan dedenin, küçük bir oğlağı ile birazcık da unu varmış. Oğlağı kesmiş, undan da ekmek yapmış. Bütün orduyu doyurmuş, daha da artmış.

Bunun üzerine padişah Şeyhan Dede'ye çok saygı göstererek, onun elini öpmüş.

Hastalar ve dileği olanlar bu ziyarete giderler. Adak adarlar, kurban keserler.

MOTİF - INDEX

1- P231. Ana ve oğul
"Yoksul Şeyhan Dede'yle anası, yüksek bir mağarada otururlar."

2- P12. Kralların karakteri
"Padişah IV. Murat Şeyhan Dede'yi hemen görmek isteyince, askerler onu acele getirirler."
"Padişah, Şeyhan Dede'den kerametini gösterip bütün ordusunu doyurmasını ister."

3- V50. Dua (ibadet)

"Şeyhan Dede, tek başına bir mağarada ibadete çekilir."

4- Z71.12. Formülistik sayı 40

"Dedenin ibadeti kırk gün sürecektir."

5- V340. İnanmayanlara gösterilen mucizeler

"Dede küçük bir oğlak ve birazcık da unla bütün bir orduyu doyurur."

6- Q10. Ödüllendirilmiş işler

"Padişah, Şeyhan Dede'nin gösterdiği keramet karşısında, elini öper. Böylece onu onurlandırarak, ödüllendirir."

7- (T) V301. Dini inanışlar (adak adama)

"Dileği olanlar Şeyhan Dede Ziyareti'ne giderler ve adak adarlar."

38- MİNE HATUN ZİYARETİ

Bismil
Türkmenhacı
Köyü
Cafer Güneş
70
Köy imamı
Büyüklerinden

Çok yiğit ve yakışıklı bir delikanlı, yalnız başına ava çıkmış. Bir ceylanı kovalayarak bir koruya gelmiş. Çok yorulduğu için atını ağacın dalına bağlayarak uykuya dalmış.

Meğer bu koru, bir Hıristiyan krala aitmiş. Kralın adı Tabud'muş. Korunun bekçileri delikanlıyı görüp krala söylemişler. Kral da derhal onu yakalayıp huzuruma getirin demiş. Kralın askerleri koruya varıp uyuyan genci yakalamak istemişler fakat atı kişneyerek onu uyandırmış. Delikanlı askerlerin kimini öldürmüş, kimini yaralamış. Sonra da yatıp yeniden uykuya dalmış. Kalan askerler kaçıp durumu krala anlatmışlar. Kral da bu defa daha çok asker göndermiş. O ara, delikanlının atı ipini koparıp oradan uzaklaşmış.

Kral, delikanlıyı ve cesaretini çok beğenmiş. "Gel benim dinime gir, askerlerime komutan ol," demiş. Genç kabul etmemiş. Kralın Mine Hatun adında, çok güzel bir kızı varmış. Onu süsletip hazırlatarak, huzura getirmiş ve delikanlıya, "Kızımı da sana vereceğim," demiş. Genç yine kabul etmemiş. Fakat Mine Hatun, bir görüşte ona âşık olmuş. Delikanlıyı zindana atmışlar. Mine Hatun, geceleri gizlice zindana gider ve onunla konuşurmuş. Sonunda kız, "Ben senin dinine gireyim hemen buradan kaçalım," demiş ve beraber kaçmışlar. Arkalarından gelen kralın askerleri, bunları Göksu kenarındaki, Türkmenhacı Köyü yakınında yakalayıp yaralamışlar. Onlar da Allah'a, "Bizi taş et ama, askerlerin eline düşürme," diye dua etmişler. Duaları kabul olmuş ve taş olmuşlar.

Şimdi orada, insan boyunda iki taş, yan yana durur. Bu taşların üstündeki izler de kılıç yarasıymış.

Âşık kızlar ve oğlanlar bu ziyarete gidip dua ederek, kızlar kız taşından, erkekler de erkek taşından dilek dilerler. Kızlar taşa boncuk ve iğne, erkekler de para koyarlar. Orada kurbanlar kesilir, halaylar çekilir, yemekler pişirilir. Ayrıca sütleri bol, kuzuları çok olsun ve hastalanmasınlar diye koyunlar da burada otlatılır.

MİNE HATUN TÜRKÜSÜ

Tabudi der oğlana yaklaş bana
Kendi elimle şeref verem sana

Vardılar Mine'ye haber saldılar
Seni baban istedi gel dediler

Kız eve varınca sandığın açar
Libas giyip misk ile amber saçar

Yundu arındı berrak oldu kız
Altına incilere gark oldu kız

Tabudi der oğlana yaklaş bana
Kendi elimle kızım verem sana

MOTİF - INDEX

1- P11. Kralların karakteri
"Kral, korusuna giren yabancı gencin, hemen yakalanarak huzuruna getirilmesini emreder."
"Kral, bu yiğit gence kızını vererek, askerlerine komutan yapmak ister."
"Kral, bu gençle kaçan kızının ardından, onları yakalamaları için adamlarını gönderir."

2- P40. Padişah kızları
T15. İlk görüşte âşık olma
"Kralın kızı Mine Hatun, bir görüşte bu yiğit gence âşık olur ve geceleri onun zindanına gider."

3- R41. Kale, hisar ve zindana hapsetme
R111. Esirlik
"Kral, delikanlıyı zindana attırır."

4- R211. Hapisten kaçış
"Delikanlı, kralın kızının yardımıyla hapisten kaçar."

5- R200-R299. Firarlar ve takipler

"Kralın kızıyla beraber kaçan delikanlıyı, kralın askerleri takip ederler."

6- S11. Zalim baba

"Kral, delikanlıyla kaçan kızını yakalatıp öldürtmek üzere askerlerini gönderir."

7- W28. Fedakârlık

"Kralın kızı Mine Hatun, bir görüşte âşık olduğu zindandaki sevgilisi için, büyük fedakârlık ederek onun dinine geçer ve onunla beraber, bütün rahatını teperek babasının ülkesinden kaçar."

8- D231. İnsanın taş kesilmesi

"Mine Hatun'la delikanlı, Allah'a dua edip, askerlerin eline düşmektense taş olmayı dilerler. Duaları kabul edilir ve taş kesilirler."

İKİNCİ BÖLÜM

II- Olağanüstü Kuvvetler ve Varlıklar Üzerine Efsaneler

a- Şeytan

39- DİYARBAKIR'IN ŞEYTANI

Diyarbakır
Adil Tekin
77
Fotoğrafçı
Büyüklerinden

Her kentin bir şeytanı olurmuş. Diyarbakır'ın da çok bozguncu bir şeytanı varmış. Bu şeytan, halkın ikiye bölünüp birbirine düşmesine neden olurmuş. Bu durum çok kötü sonuçlar doğurmuş. Bu kargaşalığa son vermek isteyen bir demirci, şehrin şeytanını yakalayarak bir demirin içine hapsetmiş. Bu demiri de İçkale Kapısı'nın, sol üst yanına zincirlemiş.(1) Böylece Diyarbakır şeytandan kurtulmuş, insanlar İçkale'ye girerlerken, bu demir parçasına tükürüp, "Şeytana lanet olsun," diyerek kente girerlermiş.(2)

(1) İçkale Kapısı'nın sol üst yanında zincirli olan bu demir, 1981 yılında çalınmış. Şu anda orada yalnız zincirleri var.

(2) "Mitolojik bir İran hükümdarı olan Dahhak, zulmü ile meşhurdur ve Gave, bu korkunç zulmü ortadan kaldırmak için, ona karşı ayaklanan bir demircidir." (Kenan Akyüz, *Modern Türk Edebiyatının Ana Çizgileri,* 4. Baskı, s. 113)

MOTİF - INDEX

1- V323. Allahı inkâr eden (şeytan)
"Diyarbakır'ın çok bozguncu bir şeytanı varmış."

2- P440. Esnaflar - Demirci

3- R49. Başka yerlere hapsetme
"Bir demirci şeytanı yakalayarak bir demir külçesinin içine hapseder."

4- R100-R199. Kurtulma
"Şeytan demirin içine hapsedilip İçkale'nin duvarına zincirlenince, şehir halkı ondan kurtulur."

5- Q200. Cezalandırılmış işler
"İnsanlar İçkale'ye girerlerken, bu şeytanın yüzüne tükürüp lanet okuyarak onu cezalandırırlar."
"Demirci, şeytanı demirin içine hapsederek onu cezalandırır."

b- Cinler, Periler, Ejderhalar

40- PİRABOK (CİN)

Diyarbakır
Esma Ocak
60
Yazar
Annesinden

Bir bey, hizmetkârına, "Sabaha karşı feneri yak gel, Vahabağa Hamamı'na gidip yıkanacağım," demiş.

Gece yarısı, hizmetkâr elinde fenerle gelip beyi kaldırmış ve hamama gitmişler. Hamam çıplak adamlarla doluymuş ve bunların her birinin boyları, tavana değiyormuş. Bey, büyük bir şaşkınlık içinde yıkanıp dönerken Ulu Camii'nin oraya gelince, yanındaki adamına, "Hamamdaki adamların boyları nasıl da o kadar uzundu gördün mü?" deyince, adam, "Onların boyu da bir şey mi, bak şimdi," demiş ve birden minare boyu kadar uzayarak, elindeki feneri Ulu Camii'nin minaresinin tepesine takıp ortadan kaybolmuş. Bey korku içinde evine dönüp yatmış. Sabaha doğru, elinde feneriyle gerçek hizmetkârı gelip onu hamama gitmek üzere çağırınca, bey olanları ona anlatmış. Beraberce gidip bakmışlar ki, fener minarenin ucunda asılı duruyor.

MOTİF - INDEX

1- P150. Zengin adamlar
"Bir bey, uşağına sabaha doğru kendisini hamama götürmesini söyler."

2- F230. Perilerin görünüşü
"Hamam, boyları tavana değen çıplak insanlarla doludur."
"Beyin uşağının boyu, birden Ulu Camii'nin minaresi kadar uzar."

3- F530. Olağanüstü durumlar
"Beyin hizmetkârı, elindeki fenere uzanıp minarenin ucuna takar."

41- PİSPATİK (CİN)

Hani
Dilek İnceoğlu
23
Ev hanımı
Kaynanasından

Kadı Hacı Reşit Efendi, şubat ayında çıktığı bir yolculuk sırasında bir handa konaklamış. Sabaha doğru yanına bir adam gelerek, kendisinin rehber olduğunu, yolları çok iyi bildiğini ve onu sağ salim istediği yere götürebileceğini söylemiş.

Rehber önde, Hacı Reşit Efendi arkada, yürümeye başlamışlar. Reşit Efendi birden, gideceği yönün tam tersine ve ıssız kayalıklara doğru gittiklerini fark etmiş. Önünde yürüyenin bir pispatik olduğunu anlamış ve her zaman yanında taşıdığı çuvaldızı çıkarıp pispatiğin tam ensesine saplamış. O anda, genç ve güzel bir kız kılığına giren pispatik, onun kölesi olmuş.

Köyde herkes onun kim olduğunu bildiği için, ensesindeki çuvaldızı çıkarmazlarmış. Çünkü kurtulması için, bunun birisi tarafından çıkarılması gerekirmiş. Kendisi çıkaramazmış. Bir gün, köyde bir yabancı kadın gören pispatik, ona ensesindeki iğneyi çıkarması için yalvarmış. Durumu bilmeyen yabancı da çıkarmış. Koşarak eve gelen cin evdekilere, "Beni yıllarca köle ettiniz, artık iğnem çıktı ve kurtuldum, daima sofranızdan kaşık çatal eksilsin," demiş ve kaybolmuş.

Şimdi, bu aileden olanların sofralarında, çatal kaşık daima eksik olurmuş, çünkü çok kaybolurmuş.

MOTİF - INDEX

1- K1889. Hayal şeklindeki diğer aldatıcılar
"İnsan kılığına giren cin, Kadı Efendi'yi yanlış yere götürür."

2- R111. Esirlik
"Kadı Efendi, cinin ensesine bir çuvaldız (iğne) batırarak, onu kendisine esir eder."

3- D582.2. Sihirli iğne ile şekil değiştirme
"Ensesine iğne batırılan cin, çok güzel bir kadına dönüşür."

4- D765.1.2. İğnenin çıkarılması ile bozulan sihir

5- R199. Esaretten kurtulma

"Köye gelen yabancı bilmeden, cinin ensesindeki iğneyi çıkarınca sihir bozulur ve cin esaretten kurtulur."

6- M411. Bedduanın yerine gelmesi

"Cinin ev sahiplerine ettiği -sofranızdan kaşık çatal eksilsin- bedduası yerine gelir. Bu aileden olanların sofralarında daima çatal kaşık eksiktir."

42- BOĞAZ MEZARLIĞI CİNLERİ

Ergani
Boğaz Köyü
Hikmet Öztürk
60
Gazete bayii
Dedesinden

Ergani'nin müftüsü bir gece köy mezarlığından geçerken bir keçi yavrusu görmüş. Eğilip oğlağı kucağına almış ve okşamış. Birden, oğlağın ön ayakları gittikçe uzamaya başlamış. Şaşıran müftü kendi kendisine, "Allah Allah, bu oğlağın ön ayakları uzuyor," diye söylenmiş. Oğlak da konuşarak, "Uzar ya... Ne sandın," demiş. Çok korkan müftü, oğlağı derhal kucağından atarak hızla oradan uzaklaşmış.

Bu olaydan sonra, insanlar geceleri bu mezarlıktan geçmeye korkar olmuşlar.

MOTİF - INDEX

1- D699. Şekil değiştirmeler

"Cin oğlak kılığına girip Ergani müftüsünün önüne çıkar."

2- B184. Sihirli dört ayaklılar

"Oğlağın ön ayakları uzar ve konuşur."

3- C610. Yasaklanan bölge
H1416. Geceyi korkunç bir yerde geçirme
"İnsanlar geceleri mezarlıktan geçmezler."

43- BİZDEN İYİLER (CİNLER)

Diyarbakır
Zehra Pamukçu
72
Ev hanımı
Annesinden

Bir gece "Bizden İyiler" (cinler), insan kılığına girerek bir ebeyi doğuma çağırmışlar. Ebe, hastanın evine gidince cinlerin arasında olduğunu anlamış. Cinler, ebeye bir erkek çocuğu doğurtursa, kendisini çok zengin edeceklerini, fakat bir kız çocuğu doğurtursa kendisini öldüreceklerini söylemişler.

Bir kız doğmuş. Ebe çok korkmuş. Daha çocuğu cinlere göstermeden, hemen cebindeki balmumundan, bebeğe bir erkeklik organı yapmış ve bir oğlunuz oldu, gelin bakın demiş. Cinler çok sevinmişler ve ebenin eteğine, soğan ve sarımsak doldurmuşlar. Buna çok şaşıran ebe evine gelince, eteğindekileri sokak kapısının önüne döküp içeri girdiğinde, eteğinde kalan bir soğanın altın olduğunu görmüş. Çünkü soğan ve sarımsak, cinlerin altınıymış. Kadın hemen koşup biraz önce sokağa döktüğü soğan ve sarımsakları aramış ama bulamamış.

Ertesi gece evinin damına gelen cinler, kendilerini aldattığını, hilesini anladıklarını ve onu cezalandıracaklarını söylemişler. O günden sonra, ebe geceleri eline bir demir çubuk almadan ve yalnız başına hiç sokağa çıkmamış.

MOTİF - INDEX

1- D699. Şekil değiştirmeler

2- T589. Çocuğun doğumu
"Cinler, insan kılığına girerek ebeyi doğuma çağırırlar. Bir kız çocuğu doğar."

3- K500-K649. Aldatma yoluyla kurtulma
"Ebe, doğan kız bebeğe mumdan erkeklik organı yaparak, oğlan çocuğunuz doğdu diye cinleri aldatır ve onların elinden kurtulur."

4- F312.1. Çocuğun doğumunda olağanüstü hediyeler veren periler

5- Q111. Zengin ederek ödüllendirme
"Cinler oğlan olduğu için, ebenin eteğine kendilerinin altını olan soğan ve sarımsak doldurarak onu zengin etmek isterler."

6- F361. Perilerin intikamı
"Aldatıldıklarını anlayan cinler, ertesi akşam ebenin evine gelip kendisini cezalandırarak intikam alacaklarını söylerler."

44- BİZDEN İYİLER (CİNLER)

Çüngüş
Nazmiye Akkaya
67
Ev hanımı
Halasından

Molla Ahmet adlı birisinin evine sabah, öğle ve akşam bir "Bizden iyiler" (Cin) gelirmiş. Bu cin, sarı saçlı, güzel bir kadın kılığındaymış. Kimseyle konuşmadan mutfaktaki yemekleri yer gidermiş. Giderken de bir altın bırakırmış. Ağzı, evin ahırına açılan bir mağaradan gelir, yine oradan geri dönermiş.

Bir akşam, evde pişirilen "kaburga" yemeğini, önce evin erkekleri yemişler, kalanını da kadınlar yemek üzere toplanınca, o cin yine gelmiş ve ortadaki yemeği yiyip gitmek istemiş. Evin erkeklerinden birisi hemen kolundan tutarak, "Söyle sen in misin, cin misin?" diye sormuş. Cin ilk kez konuşarak, "Beni bırak, yoksa belanı bulursun," demiş ve yine mağaraya girip kaybolmuş. Bir daha gelmesin diye, mağaranın ağzını bir duvarla örmüşler. Fakat ondan sonra o evin huzuru, bereketi kaçmış, herkes bir belaya uğramış ve aile dağılmış.

MOTİF - INDEX

1- D699. Şekil değiştirmeler
"Cin, sarışın güzel bir kadın kılığına girerek, Molla Ahmet'in evine gelir."

2- F340. Perilerin hediyeleri
"Bu cin, giderken bir altın bırakır."

3- C715.1.1. Perilerle konuşma yasağı
"Evin erkeklerinden birinin kolunu tutup soru sorması üzerine cin ona belasını bulacağını söyler."

4- R45.3. Mağaraya hapsetme
"Mağaranın ağzını örerek, cini içeriye hapsederler."

5- F361. Perilerin intikamı
"Cin, kendisini mağaraya hapsedenlerin her birini bir belaya uğratarak onlardan intikam alır."

45- KADI HAMAMI CİNLERİ

Diyarbakır
Sadri Tarhan
51
Emekli memur
Dedesinden

Melikahmet semtindeki Kadı Hamamı'nda geceleri cinler el ele tutuşarak havuzun başında,

Çarşambadır çarşamba
Sonra da, yarın perşembe

nakaratıyla dönerlermiş. Bunlar kambur, cüce ve başları külahlı yaratıklarmış.

Bir gece, kambur bir adam da bunların arasına katılıp aynı tekerlemeyi söyleyerek dönmeye başlamış. Fakat çok üzgün görünüyormuş. Yanındaki cin, üzüntüsünün nedenini sorunca, kamburu olduğu için üzüldüğünü söylemiş. Cin gülmüş, adamın sırtına şöyle bir dokunmuş ve kamburunu iyileştirmiş. Adam çok sevinerek evine gitmiş.

Bu adamın komşusu da kamburmuş. Ertesi sabah bunu kambursuz görünce nedenini sormuş, öğrenmiş. Hemen o gece, o da iyileşmek için gidip cinlerin arasına katılmış ve onlarla dönmeye başlamış. Cinler, günlerden ne olursa olsun, daima çarşambadır çarşamba diye dönerlermiş. Yine öyle deyince, bu adam, "Hayır yanılıyorsunuz, bu gün çarşamba değil pazardır," diye onların yanlışını düzeltmek istemiş. Buna çok kızan cinler, adamın sırtına ikinci bir kambur daha yüklemişler ve onu aralarından kovmuşlar.

MOTİF - INDEX

1- F220. Perilerin yaşadığı yer
"Cinler Kadı Hamamı'nda yaşarlar ve geceleri oynarlar."

2- F230. Perilerin görünüşü

"Cinler kambur, cüce ve başları külahlı yaratıklardır."

3- F530. Olağanüstü durumlar

"Cinler, sevdikleri kambur adamın kamburunu yok ederler."

4- W181. Kıskançlık

"Kambur adam, diğer kambur komşusunun iyileşmesini kıskanır ve onun gibi yaparak kamburundan kurtulmak ister."

5- F361. Perilerin intikamı

"Cinler, kendi söylediklerinin yanlışını çıkaran kambur adamın sırtına bir kambur daha yükleyerek onu aralarından kovarlar."

46- GECE ADAMI (CİN)

Diyarbakır
Ovabağ Köyü
Küflü Mezrası
Galip Cercisoğlu
72
Çiftçi
Büyüklerinden

Abdülcelil Efendi, atıyla Cumhuriyet (Balıklı) Köyü'nden, Diyarbakır'a gelmiş. Fakat akşama kaldığı ve vakit de geç olduğu için, şehir surlarının dört kapısından, üçünü kapalı bulmuş.(1) En son Dağ Kapı'sı kapanırmış. Oraya yetişmek için, atını hızla Urfa Kapı'dan, Dağ Kapı'ya sürmüş. Bu iki kapı arasındaki alanda, eskiden bir mezarlık varmış. Bu mezarlığın yanından geçerken, arkasında bir ayak sesi duymuş. Bir de dönüp bakmış ki, ayakları yerde, başı gökte korkunç

(1) Diyarbakır'ı çevreleyen surların dört kapısı (Mardin Kapı, Dağ Kapı, Urfa Kapı, Yeni Kapı) eskiden geceleri kapanır, sabahları açılırmış. Şehrin tamamı sur içindeymiş.

bir yaratık arkasından gelmekte. Hızla gelip kendisini Dağ Kapı'dan içeri atmış. Fakat korkudan bir hafta sonra ölmüş.

MOTİF - INDEX

1- F220. Perilerin yaşadığı yer
"Cinler, mezarlıkta yaşarlar, Abdülcelil Efendi mezarlıktan geçerken bir cin ardına düşer."

2- F230. Perilerin görünüşü
"Adamın ardına takılan cin, ayakları yerde, başı gökte, korkunç bir yaratıktır."

47- KEPOZ (CİN)

Ergani *Münevver Vural* *67* *Ev hanımı* *Kaynanasından*

Hacı Yusuf Efendi'nin cins bir atı varmış. Her sabah bu atın son derece bitkin bir halde olduğunu görüyormuş. Geceleri ona birisinin binip koşturduğunu anlamış. Bir akşam atın sırtını çok yapışkan bir madde olan kara sakızla sıvamış, o gece de gelen Kepoz (cin), atın sırtına yapıştığı için kaçamamış ve ertesi sabah yakalanmış. Bu, kocaman memelerini omuzlarına atmış, uzun dağınık saçlı ve iri yarı bir kadın kılığındaymış. Hacı Yusuf Efendi, hemen onun saçından bir parça keserek saklamış. Böylece Kepoz o evin kölesi olmuş ve altı buçuk yıl bu aileye hizmet etmiş.

Bir gün evdeki kadınlar hamama gitmişler. Giderlerken, evin altı aylık bebeğini de buna bırakmışlar. Kepoz, onlar hamamdayken evin her tarafını arayarak saçının kesik parçasını bulmuş. Altı aylık bebeği de kaynayan süt kazanına atıp hamama gitmiş. Orada yıkanan ev sahibi kadınlara, "Saçımı buldum, artık özgürüm, bebeğinizi de kaynar süt kazanına atarak öldürüp, beni yıllarca köle yapmanızın intikamını aldım," demiş ve ortadan kaybolmuş.(1)

MOTİF - INDEX

1- F230. Perilerin görünüşü

"Atın sırtına yapışarak yakalanan cin, kocaman memelerini omuzlarına atmış, dağınık uzun saçlı, iri yarı bir kadın görünümündedir."

2- F555.3. Çok uzun saç

"Hacı Yusuf Efendi, cinin uzun saçından bir parça keserek saklar."

3- R39. Çeşitli esir olmalar

"Saçı saklanan cin, o evin esiri olup altı buçuk yıl hizmet eder."

4- R100-R199. Kurtulma

5- D700-D799. Sihirin bozulması

"Evde yalnız kalan cin, evin her yerini arayarak kesik saçını bulur ve böylece sihir bozulduğu için kurtulur."

6- J2461. Çocuğu öldürerek dikkat çekme

---

(1) "Rus halkı arasındaki inanışa göre, her evin bir cini vardır. Bu cinler geceleri ahırlara girerek, atların yeleleriyle kuyruklarını dolaştırırlarmış." (Dostoyevski, *Ölü Bir Evden Anılar*, Cem Yayınevi, s. 305, Çeviren: Nihal Yalaza Taluy) Bazı efsane motiflerinin, dünya ulusları arasında ortak bir kültür oluşturduğunu göstermesi bakımından bu örnek ilginçtir.

Q211. Ölümle cezalandırma
F361. Perilerin intikamı
"Kurtulan cin, evin altı aylık bebeğini, kaynayan süt kazanına atarak öldürüp ev sahiplerinden intikam alır."

48- ŞUBAT ÇAĞIRMASI (ŞUBAT KARISI-CİN)

Çüngüş
Habip Çelikcan
52
Şoför
Dedesinden

Şubat ayı uğursuz bir aymış. Bu ayda uyuyan insanların üstüne, Kepoz (cin) büyük bir ağırlıkla çökerek nefeslerini kesermiş.[1] Ayrıca geceleri, Şubat (Şubat Karısı-Cin) gelerek insanları çağırıp uzaklara götürür ve sonra da ya bir uçuruma ya da bir akarsuya atarak öldürürmüş.

Hafız Ali bir akşam arkadaşıyla, ertesi sabah şehre gitmek üzere sözleşip yatmış. Bunu duyan Şubat, arkadaşı kılığına girerek gece yarısı gelip Hafız Ali'yi çağırmış. Yolda çok hızlı yürüyen ve kendisiyle hiç konuşmayan arkadaşından şüphelenen Hafız Ali, onun ayaklarına bakınca, topuklarının önde, parmaklarınınsa arkada olduğunu görüp cin olduğunu anlamış. Hemen salavat getirmiş. Cin bir anda ortadan kaybolmuş. Hafız Ali de büyük bir korku içinde, evine dönmüş.

Şubat ayında, kimse kimseyle bir yere gitmek için sözleşmezmiş ve geceleri yalnız sokağa çıkmamaya, yalnız uyumamaya dikkat ederlermiş.

---

(1) Şevket Beysanoğlu (Hukukçu, Halk Bilim Arş. 67) Kepoz'a Diyarbakır merkezde, "Karakura" da dendiğini, çünkü bu cinin kara bir keçi veya kara bir kedi kılığında, insanın üstüne çöktüğüne inanıldığını söyledi. Ayrıca, lohusaları basan cine de Pirabok dendiğini belirtti.

MOTİF - INDEX

1- K1889. Hayal şeklindeki diğer aldatıcılar
"Hafız Ali'nin arkadaşı kılığına giren cin, Hafız Ali'yi aldatıp, öldürmek üzere tenha ve uzak yerlere götürmek ister."

2- F230. Perilerin görünüşü
"Cinin ayaklarının, topukları önde, ayak parmakları ise arkadadır."

3- D700-D799. Sihirin bozulması
"Hafız Ali salavat getirince cin birdenbire ortadan kaybolur ve adam da kurtulur."

4- C751. Belirli zamanlarda, bazı şeyleri yapma yasağı
"Şubat ayında, kimse kimseyle bir yere gitmek için sözleşmez, geceleri sokağa çıkmaz ve yalnız başına uyumaz."

49- AHMED-İ PİRABOK (CİN AHMET)

Silvan
Gülizare Köyü
Aklime Erengil
60
Ev hanımı
Teyzesinden

Bu köyün erkekleri bir gün toplanıp dağa, odun getirmeye gitmişler. Akşam dönerlerken, aralarında Ahmet'in olmadığını görmüşler ve her yeri aramışlar. Eşeğiyle, baltasını bulmuşlar, fakat kendisi yokmuş.

Ahmet odun keserken, genç ve güzel bir Pirabok (cin), Ahmet'i görüp âşık olmuş ve onu kaçırıp mağarasına götürmüş. Ahmet'le evlenmişler, iki çocukları olmuş, aradan uzun yıllar geçmiş. Pirabok çok güzelmiş. Ahmet'e de çok iyi davranıyormuş, fakat Ahmet köyünü, köyündeki karısını ve çocuklarını özlüyormuş.

Bir gün Pirabok dışarı çıkarken, mağaranın kapısını açık unutmuş. Bundan yararlanan Ahmet, hemen oradan kaçarak köyündeki evine gelmiş. Ailesi onu öldü sanıyormuş. Ayrıca saçı sakalı uzadığı ve görünüşü çok değiştiği için kimse onu tanıyamamış. Daha sonra, ayağındaki eski bir yara izinden karısı onu tanımış ve eve almış. Ahmet de başından geçenleri ailesine anlatmış.

Öte yandan mağaraya dönen Pirabok, Ahmet'in kaçtığını görünce çok üzülmüş ve kızmış. Hemen o gece, adamın köydeki evine giderek geri dönmesi için yalvarmış. Ahmet de ona, geri dönmeyeceğini, ayrıca köylüleriyle beraber gelerek, mağaradaki çocuklarını da köye getireceğini söylemiş. Bunun üzerine Pirabok, "Eğer böyle bir şey yaparsan, ben de senin, köydeki çocuklarına kötülük yaparım," demiş. Sonunda, her ikisi de birbirlerinin çocuklarına dokunmama konusunda anlaşmışlar ve Pirabok da, son derece üzgün bir vaziyette mağarasına geri dönmüş.

Bundan sonra, köylüleri Ahmet'e Ahmed-i Pirabok (Cin Ahmet) adını takmışlar.

MOTİF - INDEX

1- (T) R11.4. Perilere esir olma

2- F325. Periler tarafından zorla kaçırılan insan

3- F320. Periler insanları ülkelerine götürürler

4- F300. Perilerle evlenme veya ilişki kurma

5- R.45.3. Mağaraya hapsetme
"Genç ve güzel bir peri Ahmet'i kaçırıp mağarasına götürerek hapseder ve onunla evlenir."

6- P230. Anne, baba ve çocuklar
"Ahmet köydeki karısını ve çocuklarını özler."

7- R210. Firarlar

"Ahmet, kapısı açık unutulan mağaradan kaçıp köyüne döner."

8- H80. İşaretle tanıma

"Karısı Ahmet'i ayağındaki eski bir yara izinden tanır."

9- H11.1. Hayat hikâyesini anlatarak tanıma

"Ahmet başından geçenleri ailesine anlatır."

10- F361. Perilerin intikamı

"Cin, Ahmet'e çocuklarına kötülük yapacağını söyler."

50- PİRABOK (Cin)

Diyarbakır
Sabri Bintepe
20
Berber
Babasından

Bir adam, Yeni Kapı semtindeki bahçesinde su arkı açıyormuş. Birden karşısında otuz renkli bir kuş görmüş. Elini uzatıp tutmak isteyince, kuşun kanatları yanlara doğru uzamış, boyu da bir kavak kadar yükselmiş. Adam çok korkmuş. Hemen tüfeğini doğrultup üç kurşun atmış. Fakat, kurşunlardan hiçbirisi kuşa işlememiş. Kuş gülmeye başlamış. O zaman, adam bunun bir "Pirabok" (insanlara kötülük yapan cin) olduğunu anlamış ve bir besmele çekmiş. Kuş, "Sen bu besmeleyle, bu suya dua et, yoksa ben sana yapacağımı bilirdim," demiş ve ortadan kaybolmuş.

MOTİF - INDEX

1- F230. Perilerin görünüşü

"Cin adama, otuz renkli bir kuş şeklinde görünür. Daha sonra bu kuşun kanatları yanlara doğru uzar, boyu da bir kavak kadar yükselir."

2- Z71.1. Formülistik sayı 3

"Adam kuşa 3 kurşun atar."

3- B200-B299. İnsan özelliği gösteren hayvanlar

"Kuş güler ve adamla konuşur."

4- D700-D799. Sihirin bozulması

"Adam besmele çekince cin ortadan kaybolur."

51- ÂŞIK CİN

Diyarbakır
Ovabağ Köyü
Küflü Mezrası
Galip Cercisoğlu
72
Çiftçi
Büyüklerinden

Bu mezrada oturan Hamza adında bir delikanlı, bahçelerine gitmek için dereden geçerken, bir cin kızı onu görüp âşık olmuş. Yolunu kesip delikanlıyı durdurmuş ve "Ben sana âşık oldum, benimle evlen," demiş. Hamza da, "olmaz" deyince, diğer cinler üstüne saldırıp, onu yataklık edene kadar dövmüşler. Bundan sonra da her on beş günde bir Hamza'yı dövmeye başlamışlar. Bu durum beş yıl sürmüş. Delikanlı iyice erimiş akmış, sonra bir gün, bahçelerinden evlerine sevinçle dönmüş. Ne olduğunu soranlara da, "O bana âşık olan cin kızı kurtlar parçalamış, ölüsünü gördüm. Sonunda ondan kurtuldum," demiş. O günden sonra da giderek iyileşmiş.

MOTİF - INDEX

1- F325. Perilerle evlenme veya ilişki kurma

"Cin kız, Hamza'ya âşık olup onunla evlenmek istediğini söyler."

2- F361. Perilerin intikamı

"Hamza evlenmek istemeyince, diğer cinler üstüne saldırıp onu fena halde döverler."

3- (T) R11.4. Perilere esir olma

"Cinler her on beş günde bir Hamza'ya saldırarak onu döverler. Bu durum beş yıl sürer."

4- R100-R199. Kurtulma

"Kurtlar cin kızı parçalayınca, Hamza da ondan kurtulur."

52- PİRABOK(CİN)

Diyarbakır
Esma Ocak
60
Yazar
Eşinin arkadaşından

Eco Hanım, zaman zaman kendinden geçer bayılırmış. Bu sırada da, geleceğe yönelik kendisine sorulan soruları cevaplarmış. Çünkü cinlerle dost olmuş. Cinler onun yastığının altına her gece bir altın koyarlarmış.

Eco Hanım, oğlu Vasıf Bey'i yanına çağırarak, gizlice bu sırrını açmış. Ben öldükten sonra da, senin yastığının altına koyacaklar, fakat sakın kimseye bundan söz etme demiş.

Eco Hanım öldükten sonra, cinler söylediği gibi, oğlu Vasıf Bey'in yastığının altına her gece bir altın koymaya başlamışlar. Fakat bunu gören ablası, Vasıf Bey'i her gün sıkıştırıp bu altınları nereden aldığını sormaya başlamış. Bu ısrarlar karşısında Vasıf Bey de bir gün durumu açıklamak zorunda kalmış. O günden sonra, yastığının altına altın konmamış.

MOTİF- INDEX

1- M300. Geleceğin tayini-kehanetler

"Zaman zaman bayılıp kendinden geçen Eco Hanım, bu sırada geleceğe ait haberler verir."

2- F300. Perilerle evlenme veya ilişki kurma

"Eco Hanım'ın perilerle, cinlerle ilişkisi vardır."

3- F340. Perilerin hediyeleri

"Cinler her gece, Eco Hanım'ın yastığının altına bir altın koyarlar."

4- C420. Sırları açıklama yasağı

"Eco Hanım, oğlu Vasıf Bey'e durumu anlatır ve bu sırrı kimseye açıklamamasını söyler."

5- Q200. Cezalandırılmış işler

"Vasıf Bey, ablasına bu sırrı açıklayınca, cinler bir daha altın getirmeyerek onu cezalandırırlar."

53- KARACADAĞ EJDERHASI – 1

Diyarbakır
Adil Tekin
77
Fotoğrafçı Büyüklerinden

Karacadağ'ın tepesinde, bir zamanlar çok büyük ve korkunç bir ejderha varmış. Ağzından çıkan alevlerle yöreyi yakıp kavuruyormuş. İnsanlar, elinde çaresiz kaldıkları bu ejderhadan kendilerini kurtarması için tanrıya dua ediyorlarmış.

Bir gün, gökten bir zincir inmiş. Ejderhayı boynundan yakalayarak göklere çekmiş. İnsanlar da böylece kurtulmuş.

Yöredeki taşlar, bu ejderhanın ağzından çıkan alevlerle yandıkları için böylesine karaymış.

Karacadağ'da zaman zaman, bu ejderhanın homurtuları ve onu göğe çeken zincirin şakırtıları duyulurmuş.

MOTİF - INDEX

1- B0-B99. Mitolojik hayvanlar
"Karacadağ'ın tepesinde büyük ve korkunç bir ejderha vardır."

2- V50. Dua
"İnsanlar, bu ejderhadan kendilerini kurtarması için tanrıya dua ederler."

3- F530. Olağanüstü durumlar
"Gökten inen bir zincir, ejderhayı boynundan yakalayarak göklere çeker."

4- D931. Olağanüstü taşlar
"Karacadağ'ın etrafındaki taşlar, bu ejderhanın ağzından çıkan alevlerle yandıkları için renkleri karadır."

5- F530. Olağanüstü durumlar
"Zaman zaman yörede ejderhanın homurtuları ve zincir şakırtıları duyulur."

KARACADAĞ EJDERHASI – 2

Diyarbakır
Şeyhmuz Uyar
49
Belediye işçisi
Dedesinden

Üç kalaycı atlarına binerek, Karacadağ'da konaklayan göçerlerin kaplarını kalaylamaya gitmişler. Dağın tepesine yaklaştıkça, yüzlerine doğru sıcak bir rüzgâr esmeye başlamış. Hayvanları da yürümemiş, yerlerinde çakılıp kalmışlar.

Kalaycılardan Kazancı Salih yaya olarak biraz daha yürüyünce, kocaman bir ejderhanın dağın tepesinde oturup etrafına alevler püskürttüğünü görmüş. Bu kadar yaklaştığı için geriye de çekilememiş, hemen tüfeğini ateşleyerek tek kurşunla ejderhayı vurup öldürmüş. Sonra, yollarına devam ederek göçer beyinin çadırına varmışlar. Bey şaşırarak, "Siz nasıl geldiniz? Yolunuzun üstünde bir ejderha var. Bir gelinimizle, bir devemizi yedi," diye sorunca, Kazancı Salih de ejderhayı öldürdüğünü söylemiş. Buna çok sevinen göçer beyi, Salih'in sırtını sıvazlayarak kızını ona vermiş.

MOTİF - INDEX

1- Z71. Formülistik sayı 3

2- P440. Esnaflar-Kalaycı

"Üç kalaycı, Karacadağ'daki göçerlerin kaplarını kalaylamaya giderler."

3- B401. Yardımcı at

"Dağdaki tehlikeyi sezen at, olduğu yere çakılıp kalır, daha öteye gitmeyerek sahibini uyarır."

4- Q10. Ödüllendirilmiş işler

"Dağın başında oturan kocaman bir ejderha, etrafına alevler püskürtmektedir."

5- F565.2. Olağanüstü kahraman

"Kazancı Salih, tek kurşunla ejderhayı vurup öldürür."

6- F150. Zengin adamlar

7- Q10. Ödüllendirilmiş işler

"Göçer beyi, ejderhayı öldüren Salih'e kızını vererek onu ödüllendirir."

54- HİNDİ BABA EJDERHASI

Diyarbakır
Mevlit Ciğerci
54
Oto parçacısı
Arkadaşlarından

Hindi Baba Türbesi'nin bekçisi Hacı Ramazan, bir sabah erkenden türbenin önündeki havuzda abdest alırken ortaya bir ejderha çıkmış ve havuzun suyunu içip bitirmiş, sonra da kaybolup gitmiş.

Çok korkan bekçi hemen sokağa fırlamış. Gördüklerini herkese anlatmış. Koşup gelenler her tarafı aramışlar, fakat ejderha bir daha görünmemiş.

MOTİF - INDEX

1- B0-B99. Mitolojik hayvanlar

2- B11.7.1. Ejderha suyu kontrol altına alır

"Ortaya çıkan ejderha, havuzun suyunu içip bitirerek ortadan kaybolur."

3- H1331. Olağanüstü hayvanların araştırılması

"Çevreden gelenler her tarafta ejderhayı ararlar, fakat bulamazlar."

55- ALBAT DAĞI EJDERHASI

Silvan
Tevfik Dabakoğlu
67
Terzi
Babasından

Eteğinde Ortanca Çeşme'nin bulunduğu Albat Dağı'ndan bir ejderha çıkmış. Bu çeşmeye kimseyi yaklaştırmayarak insanları susuz bırakmış.

İnsanların çaresizliği karşısında, şehrin beyi eline iki yanı keskin bir kılıç alarak bu ejderhayı öldürmeye gitmiş. Bey kılıcını iki eliyle ve enine tutmuş. Ejderha burnundan alevler saçarak, derin soluklarla beyi içine çekip yutmuş. Beyin elinde enine tuttuğu iki tarafı da kesici kılıç, ejderhayı ağzından kuyruğuna kadar ikiye parçalayıp öldürmüş.

Bey konağına dönünce, bahçesindeki havuzu sütle doldurtup hemen soyunarak içine girmiş. Havuzdaki süt, ejderhanın beye bulaşan zehiri nedeniyle bir anda kesilip çökelekleşmiş. Bey, süt kesilmeyene kadar bu süt banyosunu sürdürerek ejderhanın zehrinden arınmış.

MOTİF - INDEX

1- B11.7.1. Ejderha suyu kontrol altına alır
"Albat Dağı'ndan bir ejderha çıkarak suyun başını tutup, herkesi susuz bırakır."

2- J100-J1249. Zeki insanlar ve hareketleri

3- F530. Olağanüstü durumlar
"Şehrin zeki beyi, iki tarafı da keskin bir kılıçla ejderhanın içine girerek onu ikiye biçer."
"Bey sütle dolu havuzda yıkanarak, ejderhanın üstüne bulaşan zehrinden kurtulur."

c- Hastalık ve Ölüm Getiren Varlıklar

56- PİRABOK (CİN)

Diyarbakır
Fabrika (Çarıklı) Köyü
Zeynep Demir
75
Ev hanımı
Ninesinden

Bir kadın doğum yapınca, lohusanın ve bebeğin yataklarının etrafı yedi gün kalın bir iple çevrilir. Ayrıca kırk gün, lohusanın içeceği suya da bir iğne atılır.

Bir lohusaya böyle yapılmamış. Doğumdan sonra altıncı gece, bir Pirabok (kötülük yapan cin), kara kedi kılığında evin bacasından girerek çocuğun üstüne atlamış. Anne bağırınca, yine bacadan kaçıp gitmiş. Fakat ertesi gün bebek ölmüş, anne de aklını yitirmiş.

MOTİF - INDEX

1- T589. Çocuğun doğumu-Çeşitli motifler
"Bir kadın doğum yapınca, annenin ve bebeğin yataklarının etrafı kalın bir iple çevrilir."

2- Z71.12. Formülistik sayı 40
"40 gün lohusanın içeceği suya bir iğne atılır."

3- D699. Şekil değişmeleri
"Cin, bir kara kedi kılığına girer."

4- D1181. Sihirli iğne
"Lohusanın içeceği suya 40 gün süreyle bir iğne atılarak kötülük yapan cinlerden korunur."

5- F360. Kötülük yapan, hain periler
"Karakedi kılığına giren hain cinin, annenin ve çocuğun yanına gelmesiyle çocuk ölür, anne de aklını yitirir."

57- HEFT VURMASI (CİN VURMASI)

Çüngüş
Hanım Balyan
38
Ev hanımı
Kaynanasından

Doğum yapmış bir kadını yalnız bırakmışlar. "Bizden iyiler" gelip ciğerini çekmiş. Kadın korkudan konuşamamış. Fakat hareketleriyle, uzun boylu, uzun saçlı, korkunç bir kadının gelip ciğerlerini aldığını anlatmış ve ölmüş.

Lohusa yedi gün yalnız bırakılmaz. Yatağının başına iğne, Kur'an, demir bırakılır. Bunlar yapılmazsa "Bizden iyiler" gelir, anneyi de, bebeği de çarpar. Buna "Heft vurması" denir.

MOTİF - INDEX

1- T589. Çocuğun doğumu-Çeşitli motifler
"Doğum yapan bir kadını yalnız bırakırlar."

2- F360. Kötülük yapan hain periler
"Hain, kötülük yapan bir cin gelip lohusanın ciğerini çeker ve ölümüne neden olur."

3- F230. Perilerin görünüşü
"Kadın ciğerini çeken cinin uzun boylu, uzun saçlı, korkunç bir kadın görünümünde olduğunu söyler."

4- Z71.5. Formülistik sayı 7
"Doğum yapan kadın 7 gün yalnız bırakılmaz."

58- BİZDEN İYİLER (CİNLER)

Çüngüş
Ahmet Şefik Özer
55
Emekli imam
Ninesinden

Doğum yapmış bir kadın yalnız yatarken, içeriye genç bir kadın kılığında bir "Bizden iyiler" (kötülük yapan cin) gelmiş. Elinde yanar bir odun varmış. Kadına doğru eğilip, "Oğlan doğurdum diye gururlanıyorsun, seni cezalandıracağım," diyerek, lohusanın tabanlarını yakmak istemiş. Tam o sırada, kadının kocası gelmiş ve her zaman yaptığı gibi, dış kapıda bastonunu üç kere yere vurarak geldiğini haber vermiş. Bunu duyan "Bizden iyiler" hemen yok olmuş.

Doğum yapan kadın asla yalnız bırakılmaz. Yedi gün, gece gündüz yanında birisi bulunmalıdır. Yoksa "Bizden iyiler" anneye veya bebeğe bir kötülük yaparlar.

MOTİF - INDEX

1- F230. Perilerin görünüşü
"Lohusanın yanına gelen, kötülük yapan cin, elinde yanmakta olan bir odun tutan genç bir kadın kılığındadır."

2- Q399. Cezalandırılmış işler

3- L400-L499. Kibir felaket getirir
"Cin, lohusaya, sen oğlan doğurdum diye kibirlenip gururlanıyorsun, seni cezalandıracağım der ve yanan odunla ayaklarını yakmak ister."

4- Z71.2. Formülistik sayı 3

5- Z71.5. Formülistik sayı 7
"Kadının kocası, kapıda bastonunu 3 kere yere vurur."
"Doğum yapan kadın 7 gün yalnız bırakılmaz."

6- F360. Kötülük yapan hain periler

"Lohusa kadın, doğumdan sonra yalnız bırakılırsa cinler anneye veya bebeğe bir kötülük yaparlar."

59- PİRELİK (CİN)

Silvan *Neriman Çelik* *51* *Ev hanımı* *Büyüklerinden, komşularından*

Doğum yapan kadın yedi gün, gece gündüz beklenir. Gece bekleyen uyumaz. Ayrıca kadının yastığının başına gümüş ay, çengelli iğne asılır. Bebeğin alnına da tencere karasından artı işareti yapılır.

Bu önlemler alınmazsa, pirelik (kötülük yapan cin) gelip lohusanın ciğerini çeker, bebeği de çarparmış.

MOTİF - INDEX

1- Z71.5. Formülistik sayı 7

"Doğum yapan kadının başı 7 gün beklenir."

2- C735. Uyuma yasağı

"Lohusanın başını bekleyen yedi gün, gece gündüz uyumaz."

3- D1181. Sihirli iğne

"Lohusanın yastığına çengelli iğne takılarak cinlerden korunur."

4- F360. Kötülük yapan hain periler

"Önlem alınmazsa kötülük yapan cin gelir, annenin ciğerini çekip bebeği de çarparak öldürür."

60- NEFSE (LOHUSA) CİNİ

Bismil-Köseli Köyü
Habibe Çelebi
67
Ev hanımı
Halasından

İki çoban, hayvanlarını Köseli Köyü yakınındaki Hacın Deresi'nde otlatırlarmış. Geceleri birisi uyur, diğeri nöbet tutarmış. Bir gece uyanık olanı, acıktığını söyleyen bir çocuk ağlaması duymuş. Bir kadın sesi de çocuğa, "Ağlama, ben şimdi, köyde doğum yapan Hedo'nun evine gideceğim, bir kıl olup içeceği un çorbasının içine gireceğim, o beni çorbayla beraber içince de ciğerini alıp sana getireceğim," demiş.

Bunu duyan çoban hemen uyuyan diğer çobanı uyandırıp, "Ben köye tütün almaya gidiyorum," demiş ve köye doğru koşmaya başlamış. Korkmasın diye, arkadaşına duyduklarını söylememiş.

Çoban köye varıp, henüz bir oğlan doğurmuş olan komşuları Hedo'nun evine gitmiş ve lohusanın tam karşısına oturmuş. Hedo'ya, pekmez ve undan yapılmış lohusa çorbası getirmişler. Hedo tam içeceği sırada çoban içindeki kılı görmüş. Hemen uzanıp alarak torbasına koymuş ve ağzını da sıkıca bağlayarak sürüsünün yanına geri dönmüş, olanları diğer çoban arkadaşına anlatmış. Bu sırada, torbadaki Nefse Cini giderek şişmeye başlamış. Çuvalın ağzı, kıl iple bağlı olduğu için çıkamıyormuş. Çobana, kendisini bırakması için yalvarmış. Bir daha kimseye zarar vermeyeceği konusunda söz verip tövbe ettiği için çoban da onu bırakmış. Çünkü cinler sözlerini tutarlarmış.

MOTİF - INDEX

1- (T) N856.3. Yardımcı sığır çobanı
"Nöbet tutan çoban, kötülük yapan cinin söylediklerini duyarak, doğum yapan komşusuna yardımcı olmak için hemen köye koşar."

2- D699. Şekil değişmeleri

"Kötülük yapan cin, bir kıl olup lohusanın içeceği çorbanın içine girer."

3- T589. Çocuğun doğumu-Çeşitli motifler

"Doğum yapan kadına, pekmez ve undan yapılmış lohusa çorbası içirilir."

4- (T) R.48.1. (Ormanda) Çuvala hapsetme

"Çoban, çorbadaki kılı alıp çuvalına koyar ve ağzını da iyice bağlar."

5- R199. Kurtulma

"Cin, çobana yalvarıp, bir daha kimseye kötülük yapmayacağı konusunda söz vererek kendisini çuvaldan çıkarmasını söyler ve kurtulur."

61- NEFSE (LOHUSA) CİNİ

Bismil
Köseli Köyü
Habibe Çelebi
67
Ev hanımı
Ninesinden

Finco adında bir kadın doğum yapmış. Yanında bekleyen kimsesi yokmuş. Bir "Nefse Cini" (lohusaya zarar veren cin) komşusu Hezi Kadın'ın kılığına girerek yanına gelmiş ve bebeğe sokulmuş. Finco'yla hiç konuşmuyormuş. Hep bebeğe dokunmak istiyormuş. Bunun komşusu değil, Nefse Cini olduğunu anlayan Finco, bağırarak yandaki odada yatan kocasını çağırmış. Nefse Cini, "Eğer, biraz daha kocana seslenmeseydin, ciğerini çekecektim," demiş ve ortadan kaybolmuş.

Kocası gelip hemen, yatağın etrafını kıl iple çevirmiş, başucuna da orak, Kur'an, hançer koymuş. Fakat bu önlemleri almakta çok geç kalmış. Çünkü, Nefse Cini dokunduğu için çocuk ölmüş.

MOTİF - INDEX

1- D699. Şekil değişmeleri
"Cin, komşu kadın kılığına girerek gelir."

2- D799. Sihirin bozulması
"Lohusanın bağırıp kocasını çağırmasıyla cin kaybolur."

3- F360. Kötülük yapan hain periler
"Cin, bebeğe dokunduğu için bebek ölür."

62- NEFSE (LOHUSA) NALI

Ergani
Mustafa Subaşı
67
Avukat
Dedesinden

Zülküfül Dağı eteğindeki Eski Ergani'de, yani eski adıyla Ergani Osmaniyesi'nde, adlarına "Deli Abbaslar" denilen ve dedeleri Bağdat'tan gelip buraya yerleşen bir aile varmış. Bu ailenin reisi olan Deli Abbas, bir cin karısıyla dost olmuş. Bu cin, Deli Abbas'a nal şeklinde demirden bir mühür vermiş. Bu mühür kimde olursa, cinlerin ona bir kötülük yapamayacağını söylemiş.

Deli Abbas, zamanla bu cin karısının dostluğundan sıkılmış. Çünkü, olur olmaz yerde gelip kendisini çağırıyormuş. Bazen, yemek yerken hemen kaşığını bırakıyor, "İşte yine çağırıyor," diye öfkeyle kalkıp gidiyormuş. Oysa, kimse ortada bir şey görmüyor ve bir ses duymuyormuş. Abbas bir gün bu cine, artık beni bırak ve kendi dünyana dön demiş. Cin kendisini bırakmamasını, giderse diğer cinlerin onu aralarına almayacaklarını ve öldüreceklerini söylediyse de, Deli Abbas cini istememiş.

Cin zorunlu olarak gidip, Osman Bey Pınarı'na girmiş ve kaybolmuş. Bir süre sonra pınarın suyu kan rengini almış. Çünkü diğer cinler onu öldürmüşler.

Şu anda, bu "Nefse Nalı" Deli Abbaslar ailesinden Hacı Sermet Subaşı'dadır.

Bir kadın doğum yapınca, yakınları gelirler, bir kâğıda bu mühürü bastırıp götürerek lohusanın yatağının başına asarlar ve kırk gün orada asılı bırakırlar. Böylece, lohusayı cinlerden korumuş olurlar.

MOTİF - INDEX

1- F300. Perilerle evlenme veya ilişki kurma
"Deli Abbas, bir cin karısıyla dost olur."

2- F340. Perilerin hediyeleri

3- D810. Sihirli nesnelerin hediye edilmesi
"Cin karısı, Deli Abbas'a nal şeklinde demirden mühür armağan eder. Bu mühür sihirlidir, kim bu mühüre sahip olursa, cinler ona kötülük yapamazlar."

4- Q211. Ölümle cezalandırma
"Cinler, insanlarla dost olan bu cini ölümle cezalandırırlar."

5- T589. Çocuğun doğumu-Çeşitli motifler
"Doğum yapan kadınların yakınları, bu mühürü bir kâğıda bastırıp bunu lohusanın yatağının başına asarlar."

6- Z71.12. Formülistik sayı 40
"Mühürlü kâğıt, lohusanın başında 40 gün asılı kalır."

ÜÇÜNCÜ BÖLÜM

III- Hayvanlar Üzerine Efsaneler

63- MÜZİKSEVER YILAN

Diyarbakır
Esma Ocak
60
Yazar
Annesinden

Eski Diyarbakır evlerinden birinin sahibi, çok güzel ut çalarmış. Bir yılan da gelir, onu dinler ve giderken de bir altın bırakırmış.

Bir gün adamın kısa bir yolculuğa çıkması gerekmiş. Oğlunu çağırıp, her gün kendi yerine oturup ut çalmasını, bir yılanın gelip onu dinleyeceğini ve bir altın bırakıp gideceğini, sakın ona dokunmamasını söylemiş. Adam gitmiş, oğlu da her gün ut çalıp, bir altın almayı sürdürmüş. Fakat yılanın bu altınları nereden getirdiğini merak eden çocuk, onun girip çıktığı deliğin bulunduğu duvarı kazmayla yıkmak istemiş. Kazmayı vurunca yılanın kuyruğuna denk gelmiş ve kuyruk kopmuş. Yılan da can acısıyla çocuğu sokup öldürmüş.

Adam dönünce olanları görmüş ve günlerce oğlunun yasını tuttuktan sonra, üzüntü içinde yeniden ut çalmaya başlamış. Bunu duyan kuyruğu kopuk yılan, yine gelip dinlemek istemiş. Fakat adam ona, "Sende bu kuyruk acısı, bende de bu ciğer yarası varken, biz artık dost olamayız, haydi var git," demiş. Yılan da o günden sonra bir daha görünmemiş.

MOTİF - INDEX

1- B200-B299. İnsan özelliği gösteren hayvanlar
"Yılan, ut çalan adamı dinlemeye gelir."

2- B491.1. Yardımcı yılan

3- B103. Mücevher veren hayvanlar
"Yılan müziği dinledikten sonra giderken, bir altın bırakır."

4- J154.0.1. Babanın nasihatleri
"Baba oğluna, yılana dokunmaması konusunda nasihat eder."

5- W126. İtaatsizlik

6- W154. Nankörlük
"Yılanın getirdiği altınla yetinmeyen ve babasının sözüne itaat etmeyen aç gözlü çocuk nankörlük ederek yılanın yuvasını kazmayla yıkar ve onun kuyruğunu koparır."

7- Q211. Ölümle cezalandırma
"Kuyruğu kopan ve yuvası yıkılan yılan, çocuğu sokarak öldürür."

8- P681. Yasla ilgili âdetler
"Baba, uzun süre ölen oğlunun yasını tutar."

9- B300-B599. Dost hayvanlar
"Adam, yılana artık dost kalamayacaklarını, eski dostluklarının bittiğini söyler, o da gider, bir daha görünmez."

64- ÂŞIK YILAN – 1

Diyarbakır
Esma Ocak
60
Yazar
Annesinden

Eski Diyarbakır evlerinden birinin kilerinde yaşayan bir yılan, evin genç ve güzel hanımına âşık olmuş. Evin içinde hanım nereye gitse, hep arkasından gelirmiş. Kadın korkar kaçarmış. Komşuları, "Korkma bu yılan sana âşık, ayrıca yılanlar sözden anlarlar, sen ondan bir şey iste, o sana getirir," demişler. Kadın da yılana, "Eğer beni seviyorsan, bir armağan getir ki, sevdiğini anlayayım," demiş. Bunu duyan yılan hemen gitmiş, ama bir daha görünmemiş. Yılana ne olduğunu merak etmeye başlamışlar. Aradan uzun bir süre geçmiş. Bir gün kadın kilerden kalbur alırken, tavandaki direklerin arasında, bir şeyin parlamakta olduğunu görmüş. Uzanıp bakmış, bu elmastan bir taçmış ve ölü bir yılanın ağzında duruyormuş. Meğer yılan, kadına armağan olarak bu tacı getirirken, tacın elmas iğnesi damağına batmış ve orada ölüp kalmış.

MOTİF - INDEX

1- B200-B299. İnsan özelliği gösteren hayvanlar
"Kilerde yaşayan yılan, evin hanımına âşık olur ve onun söylediklerini anlar."

2- B103. Mücevher veren hayvanlar
"Yılan, kadına elmastan bir taç getirirken ölür."

ÂŞIK YILANLAR - 2

Diyarbakır
Sabri Karadede
62
Oto parçacısı
Annesinden

Eski Diyarbakır evlerinin kilerlerinde yılanlar olurmuş. Kimse bunları öldürmezmiş. Onlar da insanlara zarar vermeden rahatça yaşarlarmış.

Bazı yılanlar, yaşadıkları evin güzel gözlü hanımlarına âşık olurlarmış. Ortalıkta kimse yokken gelip, hanımın karşısına oturarak hiç kıpırdamadan onun gözlerine bakarlarmış. Bazen de, hanım uyurken gidip onun göğsüne sokulup yatarlarmış.

MOTİF - INDEX

1- B200-B299. İnsan özelliği gösteren hayvanlar
"Eski Diyarbakır evlerinde yaşayan yılanlar, güzel gözlü ev hanımlarına âşık olup onların gözlerini seyrederler, bazen de yanlarına sokulup yatarlar."

65- ULU CAMİİ'NİN YILANI

Diyarbakır
Murat Avcı
18
Oto tamircisi
Dedesinden

Ulu Camii'nin önündeki büyük kapıdan bir şeyh içeri giriyormuş. Kapının üstünde bulunan bir yılan, ıslık çalarak şeyhin üstüne atlamaya hazırlanmış. Şeyh hızla dönüp, yılana şöyle bir bakmış. Yılan, o anda demire dönüşüp orada donup kalmış. Şu anda Ulu Camii'nin kapısının üstündeki demir, işte bu yılanmış.

O günden beri Diyarbakır'ın yılanları, şeyh tarafından lanetlendiği ve etkisiz hale getirildiği için, Diyarbakır'da oturan hiç kimseyi yılan sokmazmış.

MOTİF - INDEX

1- V112. Camiler

2- (T) P40. Din adamları
"Ulu Camii'nin kapısından bir şeyh içeri girer."

3- F565.2. Olağanüstü kahraman

4- D240. Hayvanın nesneye dönüşmesi
"Şeyhin yılana şöyle bir bakmasıyla yılan demire dönüşür ve olduğu yerde donakalır."

5- Q20. Cezalandırılmış işler
"Diyarbakır'ın yılanları, şeyh tarafından lanetlenerek etkisiz hale getirilmişlerdir."

66- OYNAYAN TİLKİ

Diyarbakır
Şeyhmuz Uyar
49
Belediye işçisi
Arkadaşlarından

Adına "Kırlangıç Coşkun" denilen bir avcı, arkadaşlarıyla beraber Çarıklı (Fabrika) Köyü'ne ava gitmiş.

Köyde düğün olduğu için davul ve zurna sesleri köyün dışına kadar geliyormuş. Avcılar, köyün dışındaki bir çeşmede durup dinlenmişler ve yüzlerini yıkamışlar. O sırada karşı tarlada bir tilki görmüşler. Elinde bir buğday başağı tutan bu tilki, yüzünde gülümseyen gayet mutlu bir ifadeyle arka ayakları üzerine kalkıp, köyden gelen müziğin ritmi eşliğinde coşkuyla şarkı söyleyip oynuyormuş.

Avcılar bir anda, bu görüntü karşısında büyülenmiş gibi kalmışlar, sonra da tilkiyi vurmaya kalkmışlar. Fakat Kırlangıç Coşkun, "Hiç bu kadar güzel oynayan bir tilki, vurulur mu?" diye onlara engel olmuş.

MOTİF - INDEX

1- T136.3. Düğün eğlencesi
"Düğün yapılan köyde davullar zurnalar çalınır."

2- B200-B299. İnsan özelliği gösteren hayvanlar
"Tarladaki tilki, elinde bir buğday başağı tutar ve gülümser."

3- D1615. Şarkı söyleyen objeler

4- B211.2.5. Konuşan tilki
"Tarladaki tilki, köyden gelen müzik eşliğinde coşkuyla şarkı söyleyerek oynar."

5- W10. Müşfiklik
"Kırlangıç Coşkun, tilkiye son derece müşfik davranarak, hiç bu kadar güzel oynayan bir tilki vurulur mu diye, arkadaşlarının tilkiyi vurmalarına engel olur."

67- ÇATLAYAN FARE

Ergani
Macit Güney
37
Eczacı
Annesinden

Bir kadın, çeşme başında çamaşır yıkıyormuş. Yakınındaki ahır duvarının deliğinden bir fare çıkmış. Elinde de bir altın varmış. Bu altın ıslakmış. Fare ıslak altınını, güneşte kuruması için bir taşın üstüne bırakıp geri deliğine girmiş. Fare gider gitmez kadın gelip altını almış. Biraz sonra fare yeniden görünmüş. Elinde yine ıslak bir altın varmış. Kuruması için onu da taşın üstüne bırakıp gitmiş. Kadın o altını da almış. Üçüncü kez çıkan fare, yine elinde bir altın tutuyormuş. Fakat bu kez, elindeki altını bırakmadan, daha önce bıraktığı iki altını aramış. Taşın altına, üstüne her tarafına bakmış. Bulamayınca üzüntüsünden, öfkesinden çatlayıp ölmüş. Kadın hemen gelip, ölü farenin elindeki üçüncü altını da almış.

MOTİF - INDEX

1- B200-B299. İnsan özelliği gösteren hayvanlar

2- B103. Mücevher veren hayvanlar

3- B437.2. Yardımcı fare
"Deliğinden çıkan fare, ıslak bir altını getirerek, güneşte kuruması için bir taşın üstüne koyar. Üçüncü gelişinde de kaybolan altınlarını arar."

4- K300-K499. Çalınmış mallar ve aldatmalar
"Çamaşır yıkayan kadın, farenin altınlarını çalarak onu aldatır."

5- W100-W199. Karakterin çirkin özellikleri
"Hırsız kadın, farenin öfkeden çatlayarak ölmesine neden olur."

DÖRDÜNCÜ BÖLÜM

IV- Tarihi Efsaneler

a- Savaşlar, Fetihler, İstilalar

68- DİYARBAKIR'IN MÜSLÜMANLARCA ALINIŞI

Diyarbakır
Adil Tekin
77
Fotoğrafçı
Büyüklerinden

Hicretin on altıncı yılında, Müslümanlar Diyarbakır'ı kuşatmışlar. Ordu şehrin dışında Tilalo'da konaklamış. Diyarbakır hükümdarı Maria (Meryem-i Dara) adlı genç ve güzel bir kızmış. Bu kız yakınlarıyla beraber İçkale'ye çekilmiş ve şehri çok iyi savunmuş. Şehir sağlam surlarla çevrili olduğu ve iyi korunduğu için kuşatmanın aylarca sürmesine rağmen bir sonuç alınamamış.

Bir gün kumandan Halid Bin Velid, arpa unundan yapılmış olan tayın ekmeğinin yerinde olmadığını görmüş. Humam adlı kölesinin yediği sanarak, bir şey söylememiş ve aç yatmış. Fakat bu durum üç gün sürmüş. Sonunda kölesine, ekmeğine ne olduğunu sormuş. Kölesi, her gün ekmeğini getirip bıraktığını söyleyince de saklanıp olacakları gözlemiş. Köle ekmeği bırakıp çıktıktan sonra, küçük bir köpek gelip ekmeği alıp kaçmış. Kumandan da onu takip etmiş ve köpeğin surlara gelip, küçük bir su yolundan şehrin içine girdiğini görmüş. Bu durumu değerlendiren kumandan, köpeğin girebildiği bu delikten bir insanın da geçebileceğini düşünmüş. Hemen o gece, seksen yiğit adamını yanına alıp sabaha kadar o su yolundan birer birer şehre girmişler ve sabahla beraber de şehrin kapılarını, dışarıda bekleyen orduya açmışlar. Büyük ve kanlı bir çarpışmadan sonra şehri ele geçirmişler. Bu savaşta yalnız yirmi yedi şehit vermişler.

Savaşa savaşa İçkale'ye geldikleri zaman, hükümdar Maria'nın yakınları ve hazinesi ile beraber, gizli bir alt geçitten kaçıp gittiğini görmüşler. Bu geçit, bugüne kadar hâlâ bulunamamış.

MOTİF - INDEX

1- P10. Krallar
"Diyarbakır'ın hükümdarı Maria (Meryem-i Dara) adında, genç ve güzel bir kızdır."

2- W10. Müşfiklik
"Komutan Halid bin Velid, Humam adlı kölesini kırmamak ve utandırmamak için aç yatar."

3- D400. Yardımcı evcil hayvanlar
"Köpek, surların ancak su yolundan aşılarak, şehre girilebileceğini gösterir."

4- V463. Şehit olma (Din uğruna)
"Bu savaşta 27 kişi şehit olur."

5- P12. Kralların karakteri
"Hükümdar Maria, düşman eline geçmemek için, hazinesi ve yakınlarıyla beraber gizli bir geçitten kaçar."

69- SİLVAN'IN MÜSLÜMANLARCA ALINIŞI

Silvan
Adil Tekin
77
Fotoğrafçı
Büyüklerinden

Hicretin on altıncı yılında Müslümanlar, Diyarbakır'ı kuşatmışlar. Kuşatma günlerce sürmüş. Komutan Halid bin Velid'in rüyasına bir gün peygamber gelerek, "Kuvvetlerinden üç yüz kişiyi, komutanlarından birinin emrinde Silvan'a gönder. Silvan Tekfuru sana şehri savaşmadan teslim edecek, çünkü Hıristiyan olan bu tekfur artık Müslüman oldu," demiş.

Bu rüyayı gördüğü gecenin sabahı, komutan hemen Silvan'a üç yüz kişilik bir kuvvet göndermiş ve gerçekten de Silvan Tekfuru hiç karşı koymadan şehri Müslümanlara teslim etmiş.

MOTİF - INDEX

1- (T) P41. Hz. Peygamber

2- J157. Rüyada nasihat
"Hz. Peygamber, komutanın rüyasına girerek Silvan'ı nasıl alabileceğini söyler."

3- V320. Kâfirler
"Silvan tekfuru, din değiştirerek Müslüman olur."

70- SİLVAN'IN FETHİ

Silvan
Mehmet Çelik
61
Emekli ilkokul öğretmeni
Büyüklerinden

Arap kumandanı Hükkam, büyük bir orduyla gelip Silvan'ı Bizanslılardan almış. Hükkam şehre girince kralı ve diğer devlet adamlarını bulamamış. Nerede olduklarını sormuş. Kilisede dua ediyorlar, demişler.

Hükkam, hemen kiliseye gitmiş. Kilise duvarında asılı olan Hz. İsa'nın resminin önünde durup, yüksek sesle şöyle sormuş: "Ey Hz. İsa, Allah'ın oğlu ve peygamberi olduğunu sen, kendin mi söyledin?" İsa'nın resmi dile gelmiş ve "Hayır, Allah'ın Peygamberi Hz. Muhammet'tir," demiş ve kelime-i şehadet getirmiş. Bu mucizeye tanık olan kilisedeki Hıristiyanlardan pek çoğu, başta kralları olmak üzere hemen oracıkta Müslüman olmuşlar.

Daha sonra Hülagu'nun oğlu Yeşmut, Silvan'ı almaya gelmiş. Kaleyi altı ay kuşatmış, alamamış. Fakat bu kadar uzun zaman kuşatmada kalan şehirde açlık başlamış. İnsanlar, ölenlerin etlerini yemek zorunda kalmışlar. Bu nedenle şehrin adına o zamanlar, beddualı kent anlamında "Niferkent" denmiş.

Bu olaydan sonra şehir iki yüz elli yıl boş kalmış. Süleyman Silivi adlı bir Yörük beyi, bin beş yüzlü yıllarda aşiretiyle beraber buraya gelerek yerleşmiş ve Silvan'ı yeniden kurmuş.

MOTİF - INDEX

1- P10. Krallar
"Silvan'ın yenik kralı, diğer devlet adamlarıyla beraber kiliseye sığınır."

2- V340. İnanmayanlara mucizeler
"Hz. İsa'nın fotoğrafı dile gelip konuşur. Bu mucize karşısında Hıristiyanlar Müslüman olurlar."

3- (T) P41. Hz. Peygamber
"Dile gelen Hz. İsa'nın fotoğrafı, Hz. Muhammed'in, Allah'ın peygamberi olduğunu söyler."

4- P30. Şehzade
"Hükümdar Hülagu'nun oğlu Yeşmut, Silvan'ı almaya gelir."

5- M400-M499. Beddualar

"Silvan'a, bedduali kent anlamında Niferkent adı verilir."

6- P150. Zengin adamlar

"Süleyman Silivi adlı zengin bir Yörük beyi, şehri yeniden kurar."

b- Hükümdar Sülalelerinin ve Beylerin Menşeleri, Adlar, Unvanlar

71- EĞİL BEYLERİNDEN BULDUKLAR

Eğil
Basri Konyar
Diyarbekir Yıllığı
Ank. 1936
C. III, s. 283

Artuklular Miyafarkin'i (Silvan) kuşatmışlar. Kale emiri Emir Hüsamettin savaşta ölünce, Artuk emiri, bir gece içinde kaleyi alıp, halkını kılıçtan geçirmiş.

Bu savaş sırasında kaçıp Miyafarkin'e sığınan eski Eğil Beyi Pir Bedir de şehit olmuş. Pir Bedir'in karısı gebeymiş ve doğurmak üzereymiş. Kadının doğum yaptığı odadan, bir kadın dışarı fırlamış ve dışarıda bekleyenlere, çocuğun doğduğunu anlatmak için "Bulduk" diye bağırmış. Bundan sonra, yeni doğan çocuğun adı da "Emir Bulduk" olmuş ve Eğil beyleri, bu adı unvan olarak almışlar.

MOTİF - INDEX

1- P10. Krallar

2- P12. Kralların karakterleri

"Artuk emiri, bir gece içinde kaleyi alıp, halkını kılıçtan geçirir."

3- (T) V39. Şehit olma

4- T589. Çocuğun doğumu-Çeşitli motifler
"Pir Bedir'in karısı gebedir ve doğurmak üzeredir."

5- T581. Çocuğun doğduğu yerin durumu
"Çocuk bir odada doğarken, dışarıda savaş sürer ve emir olan babası da şehit olur."

6- P30. Şehzade
"Doğum odasından dışarıya çıkan kadın, emirin çocuğunun doğduğunu anlatmak için 'Bulduk' deyince, çocuğun adı da 'Emir Bulduk' olur ve bundan sonra Eğil beyleri bu unvanı alırlar."

72- SİLVAN BEYLERİNDEN BERMEKİLER

Silvan
Basri Konyar
Diyarbekir Yıllığı
Ank. 1936
C. III, s. 329

Bermekilerden Halit'in babası olan Cafer, pek çok malla Şam'a gelmiş. Şam Hükümdarı Süleyman bin Abdülmelik, onu huzuruna çağırtıp kendisiyle görüşmek istemiş. Fakat Cafer huzura geldiğinde Süleyman derhal irkilmiş ve hemen onun dışarıya çıkarılmasını istemiş. Yanındakiler şaşkınlıkla, hükümdara bunun nedenini sorunca da, "Yanında zehir taşıyor," demiş.

Dışarıda Cafer'e, yanında neden zehir taşıdığı sorulmuş. Cafer de, darda kaldığı zaman içmek için parmağındaki yüzüğün taşı altında zehir bulundurduğunu söylemiş.

Bu açıklamayı çok akıllıca bulan Süleyman, Cafer'e, "Parmak-Bermek" lakabı vermiş ve onu kendine vezir yapmış.

MOTİF - INDEX

1- P150. Zengin adamlar

2- P10. Krallar

"Cafer adlı bir zengin, pek çok malla Şam'a gelince, Şam hükümdarı onu huzuruna çağırtır."

3- P12. Kralların karakterleri

"Şam hükümdarı Süleyman, Cafer'in yanında zehir taşıdığını görünce, kendisine bir zarar vermesinden korkarak derhal onu huzurundan çıkartır."

4- J1100. Akıllılar

"Cafer, neden yüzüğünde zehir taşıdığını akıllıca açıklar ve hükümdarın güvenini kazanır."

5- Q10. Ödüllendirilmiş işler

"Hükümdar Cafer'i, kendisine vezir yaparak ödüllendirir."

73- SİLVAN BEYLERİNDEN SÜLEYMANİLER

Silvan
Basri Konyar
Diyarbekir Yıllığı
Ank. 1936
C. III, s. 326

Akkoyunlularla Safeviler arasındaki çarpışmalar sırasında Silvan Beyliği bir türedi ailenin eline geçmiş. "Süleymani Boyu" denilen bu ailenin kökü, Emevilerden Eşek Mervan'a dayanırmış.

Bu Eşek Mervan, çocukluğunda bir gün, okuldan gelip parmağını kapı halkasına sokmuş. Parmağı orada şişmiş ve çıkaramamış. Sonunda halkayı, eğe ile kesip parmağını çıkarmışlar. Fakat Mervan akıllanmamış. Bir zaman sonra parmağını yine, bir başka halkaya sokmuş ve yine parmak şişmiş. Buna çok kızan babası "And içerim ki, sen eşeksin," demiş. O günden sonra da Mervan, "Eşek Mervan" unvanını almış.

MOTİF - INDEX

1- P500-P599. Hükümeti idare etme

"Silvan Beyliği bir ara, Süleymaniye Boyu denilen türedi bir ailenin eline geçer."

2- J1700. Ahmaklar

"Mervan ahmak bir çocuktur ve aptalca işler yapar."

3- T596. Çocuğa isim koyma

"Mervan'ın ahmaklıklarına çok kızan babası, ona 'sen eşeksin' deyince, o günden sonra çocuğun adı 'Eşek Mervan' olarak kalır."

74- İSKÂN AĞALARI

Silvan
Veysel Öngören
57
Yazar-şair
Büyüklerinden, köylülerinden

Molla Feyad ve Ali adlarında iki yiğit ve yoksul kardeş, Hakkari'den kalkıp Silvan'a iş aramaya gelmişler. Silvan beylerinden olan Baykara ailesinin yanında kapılanmışlar ve mire hizmetkâr olmuşlar.

Bir gün bu kardeşlerden birisi, Veysikan Köyü'nden saman getirirken yolda mirin (beyin) adamlarından yaralı bir grup görmüş ve ne olduğunu sormuş. Onlar da, Kulfa (Yüksekköy) Köyü'ne beyleri adına salma almaya gittiklerini, fakat köylülerin salma vermek şöyle dursun, bir de kendilerini dövüp geri gönderdiklerini söylemişler.

Bunu duyan genç de, "Mir, mir değil ki. Mir, mir olsaydı, samana gidecek adamı ölüme, ölüme gidecek yiğidi ise samana göndermezdi," demiş. Bu söz mirin kulağına gitmiş ve iki kardeşi yanına çağırıp, "Kendinize bu kadar çok güveniyorsanız, gidin o köylülerden salmayı siz alın," demiş.

Kardeşler gidip salmayı almışlar ve karşı çıkan kırk köylüyü de bağlayıp beyin huzuruna getirmişler. Bey de onları baş hizmetkâr yapmış.

Kardeşler bir zaman sonra kendilerini güçlü bulup, beyden o bölgenin aşarını kendilerine vermesini istemişler. Bey de, "Aşar istenmez, zorla alınır. Buradan Muş'a kadar olan yerlerin aşarını, Güruz adında birisi alır. Gidin de ondan isteyin," demiş.

Kardeşler Güruz'un oturduğu Kayadere (Ferhant) Yaylası'na gitmişler. Yaylaya yaklaşırlarken, Güruz ve yedi arkadaşı bunları karşılayıp, kılıç çekmişler. Kardeşlerden birisi, diğerine, "Güruz bana, diğer yedisi sana," demiş ve bir kılıç sallayışta, havaya sıçrayan Güruz'un elbisesinin eteğinde sallanan on iki püskülü birden kesmiş.

Güruz bu yiğitlik karşısında kılıcını indirip, "Haydi gidin, Silvan aşarı sizin olsun, siz bunu hak ettiniz," demiş.

Silvan'a dönen kardeşler, mirin ailesini yok edip beyliği kendilerine almışlar. Bu kardeşlerin soyundan gelenlere de "İskân Ağaları" denmiş.

MOTİF - INDEX

1- P251.5. İki erkek kardeş

"Molla Feyad ile Ali, yoksul ama yiğit iki kardeştirler."

2- P150. Zengin adamlar

"Bu iki yoksul kardeş, zengin Baykara ailesinin hizmetine girerler."

3- J1114. Becerikli erkek hizmetçi

"Becerikli akıllı erkek hizmetkâr, beyin, işe göre adam seçimindeki isabetsizliğini eleştirir."

4. P12. Kralların karakteri

5- Q10. Ödüllendirilmiş işler

"Eleştiriyi duyan mir, bu güç işe kendisini eleştiren bu iki kardeşi gönderir. Onlar işi başarınca da, görev yerlerini yükselterek ödüllendirir."

6- Z71.5. Formülistik sayı 7

"Güruz Bey'in, 7 yiğit arkadaşı vardır."

7- W33. Kahramanlık

Q111. Zengin ederek ödüllendirme

"İki kardeşin kahramanlığını ve yiğitliğini gören Güruz Bey, Silvan aşarını onlara verir."

8- P500-P599. Hükümeti idare etme

"Silvan'a dönen kardeşler, Silvan Beyi'nin ailesini yok edip yönetimi (beyliği) kendileri alırlar. Bu kardeşlerin soyundan gelen beylere de İskân Ağaları denir."

c- Kaleler, Surlar, Köprüler

Diyarbakır
Evliya Çelebi
Seyahatnamesi,
İst. 1970
C. 6, s. 115
Türkçeleştiren:
Zuhuri Danışman

75- DİYARBAKIR (KARA-AMİD) KALESİ – 1

Hz. Yunus Musul'a yerleşip, o ülkenin halkını dine davet etmiş. Fakat kendisine hiç inanan olmamış. O da, Musul'un halkına beddua edip oradan ayrılmış ve gelip Diyarbakır'a yerleşmiş. Diyarbakır halkı ona inanmış. Yunus Nebi de onlara, "İliniz mamur, halkınız her zaman sevinçli olup, bütün çoluk çocuğunuz asil ve olgun olalar," diye hayır dua ederek, Nefs Kayası denilen yerde bir mağaraya yerleşip orada yedi yıl oturmuş.

O sırada Diyarbakır'da Amalak kızlarından olan güzel bir kız hükümdarmış. Hz. Yunus'un önerisiyle Diyarbakır Kalesi'ni siyah granit taşlardan yaptırmış. Acem tarihçileri bu nedenle buraya, Diyar-ı Bikr (Bikr Diyarı), Kız Şehri demişler. Rum tarihçileri ise, dört duvarı siyah taştan olduğu için "Kara Amid" demişler.

MOTİF - INDEX

1- (T) P40. Din adamları
"Hz. Yunus, Musul halkını dine çağırır."

2- W126. İtaatsizlik
"Halk ona itaat etmez."

3- M400-M499. Beddualar

4- V50. Dua
"Hz. Yunus, kendisine itaat etmeyen Musul halkına beddua, inanan Diyarbakır halkına ise dua eder."

5- Z71.5. Formülistik sayı 7

6- P10. Krallar

7- P12. Kralların karakterleri
"Diyarbakır'ın hükümdarı bir kızdır. Bu kız hükümdar, siyah granit taşlardan Diyarbakır Kalesi'ni yaptırır."

DİYARBAKIR KALESİ – 2

Diyarbakır
Esma Ocak
60
Yazar
Büyüklerinden

Diyarbakır Kalesi ile Harput Kalesi, iki kardeş tarafından aynı anda yapılmış. Diyarbakır Kalesi'nin harcı yumurta akıyla, Harput Kalesi'ninki ise sütle karılmış. Sürülerle sağılan koyunların sütleri, dereler halinde akıtılarak kalenin yapıldığı yere getirilmiş. O zaman yumurtanın da bini bir paraymış.

Bu iki kardeş yaptıkları kaleleri bitirdikten sonra, ölümsüzlük suyundan içip uzun bir uykuya dalmışlar. Arada bir uyanıp, "Diyarbakır Surları yıkıldı mı, Harput Kalesi duruyor mu?" diye kalelerinin yerinde durup durmadığına bakar, sonra yine uyurlarmış.

Bu kaleler yıkılınca, kıyamet de kopacakmış.

MOTİF - INDEX

1- P251.5. İki erkek kardeş
"Diyarbakır Kalesi ile Harput Kalesi, iki erkek kardeş tarafından aynı anda yapılır."

2- F771. Olağanüstü kale (saray, ev)
"Diyarbakır Kalesi'nin harcı yumurta akıyla, Harput Kalesi'nin ise sütle karılmıştır."

3- D1242.1. Sihirli su
"İki kardeş, ölümsüzlük suyundan içip uzun bir uykuya dalarlar."

4- V300. Dini inanışlar
"Bu kaleler yıkılınca kıyamet kopacaktır."

76- SİLVAN (MİYAFARKİN) KALESİ

Silvan
Basri Konyar
Diyarbekir Yıllığı,
Ank. 1936
C. III, s. 306
Evliya Çelebi'den almış

Silvan Kalesi'nin ilk kurucusu, Hz. Cercis ümmetinden, Handik adındaki bir melikmiş. Bu kaleyi Hz. Cercis'in isteği üzerine kurmuş. Fakat bu şehrin halkı, Cercis'e iman etmedikleri gibi, onu kalenin bulunduğu dağın üzerinde kırk kere ateşte yakıp, külünü de rüzgâra savurmuşlar. Bu dağda Cercis'in külünün düştüğü yerlerde asla ot bitmemiş. Sonraları Van Gölü kenarındaki Süphan Dağı'ndan bir ejderha çıkarak, Cercis'in lanetine uğrayıp bedduasını alan bu şehir halkının hepsini göle dökmüş. Bu nedenle kale yıllarca sahipsiz, insansız kalmış. Sonra da Buhtunasır adında birisi bu kaleyi yıkıp yerle bir etmiş.

MOTİF - INDEX

1- P10. Krallar
"Silvan Kalesi'nin ilk kurucusu, Handik adında bir kraldır."

2- (T) P40. Din adamları

3- W126. İtaatsizlik
"Bu şehrin halkı Hz. Cercis'e iman ve itaat etmezler."

4- Z71.12. Formülistik sayı 40

5- Q211. Ölümle cezalandırma
"Cercis'i kırk kere ateşte yakarak cezalandırırlar."

6- B0-B99. Mitolojik hayvanlar

7- M411. Bedduanın yerine gelmesi

"Süphan Dağı'ndan çıkan ejderha, Cercis'in bedduasına uğramış halkı, Van Gölü'ne dökerek öldürür."

77- ÜÇTEPE KALESİ

Bismil *Üçtepe Köyü* *Yusuf Yaşar* *57* *Çiftçi* *Dedesinden*

Bir çoban, Üçtepe Kalesi'nde hayvanlarını otlatırken bir dana sürüden uzaklaşmış. Dananın arkasından giden çobanın önünde birdenbire bir kapı açılmış. Bu kapıdan giren çoban içerde, mağarada büyük bir hazine görmüş. Hemen şalvarını çıkarıp altınla doldurmuş, fakat çıkmak isteyince mağaranın kapısı kapanmış. Çoban altınları boşaltınca kapı açılmış. Altınları yine almış, kapı yine kapanmış. Bu durumda çoban hiçbir şey alamadan, oradan çıkmak zorunda kalmış.

Köyüne gelip olanları anlatmış. Köylüler, "Sen eğer o kapının dibinde, dananın kulağını kesip birkaç damla kan akıtsaydın kapı kapanmazdı," demişler ve koşarak hazineyi bulmaya gitmişler. Çok aramalarına karşın, çobanın sözünü ettiği kapıyı bulamamışlar. Şimdi o hazine, o kalede duruyormuş ama, kimse bulamıyormuş.

MOTİF - INDEX

1- D1131. Sihirli kale

2- D1550. Olağanüstü kapanan ve açılan sihirli nesneler-kapılar

"Üçtepe Kalesi'nde hayvanlarını otlatan çobanın önünde aniden bir kapı açılır. İçerdeki hazineyi dışarı çıkarmak isteyince de yine kendiliğinden kapanır."

3- N500-N599. Meydana çıkarılan sahipsiz hazine
"Çoban açılan kapıdan girince bir hazineyle karşılaşır."

4- D1070. Sihirli mücevherler
"Hazinedeki mücevherleri dışarı çıkarmak mümkün değildir."

5- D712.4. Kanın akıtılması ile sihirin bozulması
"Komşuları çobana, sen o kapının önünde dananın kulağını kesip birkaç damla kan akıtsaydın, hazinenin kapısı kapanmazdı, derler."

6- C423. Olağanüstülüklerin açıklanması yasağı
"Çoban gördüğü hazineyi başkalarına söyler. Herkes aramaya gider, ama artık bir daha bulamazlar."

78- BEN Ü SEN SURLARI – 1

Diyarbakır
Enver Balçık
67
Berber
Babasından

Diyarbakır'ın hükümdarlarından birisi, çok sağlam ve süslü iki burç yapılmasını isteyerek bir yarışma açmış ve planlarını da kendisi çizmiş.

Bir usta ile kalfası bu yarışmaya katılmışlar. Usta Yedi Kardeş Burcu'nu, kalfa da Evli Beden (Ulu Beden) Burcu'nu yapmışlar.

Burçlar bitince görmeye gelen hükümdar, kalfanın yaptığı Evli Beden Burcu'nu beğenmiş ve ödülü ona vermiş. Buna çok üzülen usta, kendisini Yedi Kardeş Burcu'ndan atarak ölmüş. Ustasının öldüğünü gören kalfa da kendisini Evli Beden'den atmış. O günden sonra bu burçların arasında kalan yerlere, Ben ü Sen Vadisi denmiş. Bu vadideki akan sular da, bu ustayla kalfanın kanlarından kaynaklanmış. Bu iki burç arasında kalan surlara da Ben ü Sen Surları denmiş.

MOTİF - INDEX

1- P10. Krallar
P12. Kralların karakterleri
"Diyarbakır'ın hükümdarı, çok sağlam ve süslü iki burç yapılmasını emrederek bir yarışma açar."

2- P440. Esnaflar
"Bir yapı ustası ile kalfası bu yarışmaya katılırlar."

3- J1114. Becerikli erkek yardımcı
"Yarışma sonunda, kalfanın yaptığı Evli Beden Burcu, birinci gelir. Padişah onu beğenir."

4- W181. Kıskançlık
"Buna üzülen usta kendisini burçtan atarak ölür."

5- W34. Bağlılık
W27. Minnettarlık
W28. Fedakârlık
"Ustasının öldüğünü gören kalfa da, kendisini burçtan atarak ölür."

6- M771. Olağanüstü kale-burç-sur
"Bu iki olağanüstü burç arasındaki surlara Ben ü Sen Surları denir."

7- F530. Olağanüstü durumlar
"Usta ile kalfanın kanlarından, bu vadideki akan sular oluşur."

BEN Ü SEN SURLARI – 2

Diyarbakır
Adil Tekin
77
Fotoğrafçı
Büyüklerinden

Diyarbakır Surları'nda bulunan Evli Beden (Ulu Beden) Burcu'nu, Melik Salih adına, H. 605'te Mimar İbrahim, Yedi Kardeş Burcu'nu da, oğlu Mimar Yahya yapmışlar.

Burçların yapımı bitene kadar baba-oğul hiç görüşmemişler. İşlerini aynı anda bitirmişler ve birbirlerine haber vermek için giderlerken yolda karşılaşmışlar. Önce babanın yaptığı burç gezilmiş, çok güzelmiş. Sonra da oğlununki gezilmiş, o da çok güzelmiş. Bunun üzerine baba oğluna, "Biz en güzel eserlerimizi yaptık, artık daha güzelini yapamayız," demiş ve oğlunun elinden tutarak, birlikte kendilerini aşağıya atıp ölmüşler.

O günden sonra, bu iki burç arasında kalan surlara, Ben ü Sen Surları denmiş.

MOTİF - INDEX

1- P233. Baba ve oğlu
C751. Belirli zamanlarda bazı şeyleri yapma yasağı
"Baba ve oğul, işleri bitene kadar hiç görüşmeden ve konuşmadan birer burç yaparlar."

2- W34. Bağlılık
"Baba ve oğul, en güzel işlerini yaptıklarına inanarak beraber, el ele ölürler."

79- YEDİ KARDEŞ BURCU [1]

Diyarbakır
Metin Soysal
"Destan Yazan Kaleler"
Hürriyet Pazar Eki
28 Nisan 1974

Bizans İmparatoru Constantin Dukas, Urfa Kalesi Tekfuru Tavadanos'a haber göndererek, Diyarbakır Kalesi'ni Türklerden geri almasını istemiş.

Tavadanos büyük bir orduyla gelip Diyarbakır Surları'nı kuşatmış. Düşman, sayıca çok fazla oluşuna güvenip, bir elçi göndererek Türklerden kalenin yıkılmadan, kansız kendilerine teslim edilmesini istemiş.

Bu öneri karşısında, Türklerden yedi yiğit kardeş bir araya gelerek aralarında bir plan kurmuşlar ve bu plan gereği kardeşlerin en büyüğü olan Tolga Bey, düşman elçisine, "Kaleyi teslim mukadder oldu, yalnız bir şartımız var. Biz Türkler, henüz kimsenin ayağına gitmedik. Tekfurunuz zahmet buyursun, kalenin anahtarını bizden burada teslim alsın," demiş.

Tavadanos sevinçle bu şartı kabul edip yüksek komutanlarını, seçkin silahşörlerini yanına alarak kaleye girmiş. Onları kalenin en yüksek burcunda karşılayan yedi kardeş, beyazlar giyinmişler ve gülümsüyorlarmış. Tekfurun sabırsızlandığını gören Tolga Bey, tercümana, "Tekfurunuz merak buyurmasınlar, söz verdik, kalenin anah-

---

(1) Bedriye Aydemir (80, ev hanımı), Yedi Kardeş Burcu'nun halk arasında kutsal sayıldığını ve gurbetteki yakınını Diyarbakır'a getirmek isteyenlerin bu burcun dışından içine doğru bir taş attıklarını, kentten uzaklara gitmesini istedikleri birisi varsa da, içerden dışarıya doğru bir taş attıklarını söyledi. Sabri Karadede de (62, oto parçacısı), Yedi Kardeş Burcu'nun üstünde kabartmaları bulunan iki aslanın, baktıkları yerde bir hazinenin gömülü olduğuna halkın inandığını belirtti.

tarını ikindi ezanı okunurken teslim borcumuzdur, ezan vakti de yakındır," demiş. Tekfur da, "Söyle uzatmasınlar," diye karşılık vermiş.

Biraz sonra ikindi ezanı başlamış. Yedi yiğit kardeş, Tolga Bey, Baybars, Koç Ali, Ay-Han, Gün Böre, Sarı Saltuk ve Ertunga birbirleriyle bakışmışlar, içlerinden en küçükleri olan Ertunga, hızla oradan uzaklaşıp aşağıya inmiş ve mahzendeki cephaneyi ateşlemiş. Biraz sonra korkunç bir patlama duyulmuş ve tüm burç, yedi kardeş ve düşman komutanlarıyla beraber havaya uçmuş.

Başsız kalan düşman askerleri, kaleden dışarı çıkan Türk askerleri tarafından geriye püskürtülmüşler.

Bu olaydan sonra, bu burca Yedi Kardeş Burcu denmiş ve halk arasında bu efsaneyi konu alan şöyle bir türkü söylenmiş:

Yedi kardeş der ki gelsin düşmanım
Alsın anahtarı, koysun bu canım
Kara taş üstünde akıyor kanım
Düşmanlar ağlasın, dostlar sevinsin
Yedi kardeş deyu halimiz bilsin.

MOTİF - INDEX

1- Z71.5. Formülistik sayı 7
"Yedi Kardeş Burcu."

2- P10. Krallar
P12. Kralların karakterleri
"Bizans İmparatoru, Diyarbakır'ın alınmasını ister."

3- P251.6.3. Altı veya yedi erkek kardeş

"Düşman kaleyi kuşatınca, 7 erkek kardeş bir araya gelerek bir plan yaparlar."

4- K500-K469. Aldatma yoluyla kurtulma

"Yedi kardeş, düşman hükümdarını aldatarak kaleyi kurtarırlar."

5- J1100. Akıllılar

J1700. Ahmaklar

"Akıllı 7 kardeş, kurdukları planla, ahmak düşman kralını ve komutanlarını tuzağa düşürürler."

6- (T) V39. Şehit düşme

7- W28. Fedakârlık

8- W33. Kahramanlık

"Yedi kahraman ve fedakâr erkek kardeş, kaleyi kurtarma uğruna bile bile şehit olurlar."

9- T102. Sevginin şiirle-türküyle belirtilmesi

"Halk 7 kardeşe olan sevgisini bir türküyle dile getirir."

80- SİLVAN (MİYAFARKİN) SURLARI

Silvan
Bahire Özkan
70
Ev hanımı
Annesinden

Biri kız, biri erkek iki kardeşten erkek olanı Diyarbakır Surları'nı, kız olanı da Silvan Surları'nı yapmış.

Kızın adı "Miya" imiş. Ona Silvan'ın kızı anlamında "Miya farkin" demişler. Silvan'a da onun adını vermişler.

Diyarbakır Surları'nı yapan usta, "Diyarbakır Surları dünya

durdukça dursun, hiç yıkılmasın," diye dua etmiş. Silvan Surları'nı yapan ise böyle bir dua etmemiş. Bu nedenle Diyarbakır Surları sağlam kaldığı halde Silvan Surları yıkılmış.

MOTİF - INDEX

1- P250. Erkek ve kız kardeşler

2- P440. Esnaflar
"Biri kız, biri erkek yapı ustası olan iki kardeş, Diyarbakır ve Silvan Surları'nı yaparlar."

3- V50. Dua
"Diyarbakır Surları'nı yapan erkek kardeş, eserinin sağlam kalması için dua eder. Kız ise böyle bir dua etmez."

81- ZEMBİLFÜROŞ BURCU – 1

Silvan
Sabri Sansar
49
Çiftçi
Büyüklerinden

Vaktiyle Silvan Kalesi burçlarından birinde yaşayan ve geçimini zembil (sepet) yapıp satmakla karşılayan genç ve yakışıklı bir yoksul adam varmış.

Bir gün sokakta zembil satarken, beyin karısı Gül Hatun, bu genç adamın alnında "ilahi bir ışık" bir "nur" görmüş ve ona âşık olmuş. Zembilciyi saraya çağırıp bütün sepetlerini almış ve kendisiyle sevişmek istemiş. Zembilci, "Ben evliyim, çocuklarım var, seninle yatamam, harama el süremem, günah işleyemem," demiş. Beyin karısının tüm ısrarlarına rağmen, zembilci hep aynı gerekçeyle bunu kabul etmemiş. Gül Hatun da zembilciyi aldığı odanın kapısını kilitleyip onu içeriye hapsetmiş, anahtarı da kendisi almış. Gül Hatun'dan kurtulamayacağını anlayan genç adam, tutuklu bulunduğu kale burcundan kendisini aşağıya atarak ölmüş. O günden sonra burca, Zembilfüroş Burcu denmiş.(1)

ZEMBİLFÜROŞ BURCU EFSANESİ'NİN TÜRKÜSÜ

Anlatıcı : *Zembil satıcı "Latin Oğlanı"*
Sokak ve sokak dolaştırıyor (zembillerini)
Gül Hatun yukardan görüyor
Diyor, getir zembillerini

Satıcı : *Hanım, ben tövbekârım*
Halıkını arayan bir tövbekâr
Ben halık korkusundan yapamam
Derdim bir avuç undur
Çocuklar aç, işte evdeler

Anlatıcı : *Zembil satıcı "Abbas Oğlanı"*
Sadece don göynektir
Gül Hatun'dan kurtulamıyor
Gene söylüyor

Satıcı : *Hanım ben tövbekârım*
Halıkını arayan bir tövbekâr
Halık korkusundan yapamam
Çocuklar aç evdedir

---

(1) Basri Konyar, Diyarbekir Yıllığı, C. III, s. 319'da, "Bu efsanenin, Mervani Hükümdarı Ebu Ali tarafından, kaleden aşağıya atılan, Miyafarkin Şeyhülbeledi Ebu Safer'in feci ölümüyle münasebeti olsa gerektir," der.

Gül Hatun : *Zembil satıcı, zembil getir*
Haydi otur, mirin tahtı üstüne
Mirin nargilesini çek
İşlet namusunu mirin

Satıcı : *Hanım ben tövbekârım*
Halıkını arayan bir tövbekâr
Halık korkusundan yapamam
Derdim bir avuç undur
Çocuklar aç evdedir

Anlatıcı : *Zembil satıcı kısa oğlandır*
Sadece don-işliktir
Kendini burcun tepesinden alıp koyverir
Cebrail çevik kuştur (melektir)
Onu yumuşak toprağa (cennete) bırakır

MOTİF - INDEX

1- P440. Esnaflar
"Yoksul, yakışıklı bir sepetçi vardır."

2- T15. İlk görüşte âşık olma
"Beyin karısı Gül Hatun, yoksul sepetçiye bir görüşte âşık olarak onu saraya çağırır."

3- W35. Doğruluk
W45. Şeref
"Yoksul ama dürüst ve onurlu sepetçi, beyin karısının kendisiyle sevişme isteğini kabul etmez."

4- (T) R49.4. Odaya hapsetme

5- R41. Kale, hisar, zindana hapsetme
"Beyin karısı, sepetçiyi kalenin bir odasına hapseder."

6- R100-R199. Kurtulma
"Sepetçi, beyin karısının elinden kurtulamayacağını anlayınca, kendisini kale burcundan aşağıya atarak ölür ve kadından böylece kurtulur."

ZEMBİLFÜROŞ BURCU – 2

Silvan
Tevfik Dabakoğlu
67
Terzi
Babasından

Abbasoğlu Mehmet, çok yoksul ve çok yakışıklı bir delikanlıymış. Babası ölmüş, annesiyle yaşarmış. Zembil (sepet) yapıp satarak hayatını kazanırmış.

Kral bir gün ferman çıkarıp, bütün gençlerin sarayın önünden geçmelerini, kızı elindeki elmayı kime atarsa kızını ona vereceğini söylemiş. Bütün gençler geçmişler, kız elmayı kimseye atmamış. Kral geçmeyen kaldı mı diye sormuş. Üstünavi Burcu'nun altında oturan yoksul bir zembilfüroş (sepet satıcı) kalmıştır demişler. Gidip onu da getirmişler. Kız elmayı ona atmış. Kral bir yanlışlık olduğunu sanıp, delikanlıyı üç kere kızın önünden geçirmiş, kız üçünde de elmayı ona atmış.

Kral kızını yoksul sepet satıcısına vermek zorunda kalmış, fakat her ikisini de şehirden sürdürüp çıkartmış. Kız, giderlerken babasına, "Bir gün bu kararından pişman olacaksın ve bu yoksul Memo'nun eline su dökeceksin," demiş.

Yıllar sonra çok zengin olup geri dönmüşler ve kralın sarayının karşısına bir saray yaptırmışlar. Kral kim olduklarını bilmeden, bunları sarayına yemeğe davet etmiş ve konuğu olduğu için de sepet satıcının eline su dökmüş. O zaman kız ortaya çıkıp, "Eline su döktüğün, yoksul Zembilfüroş Memo'dur baba," demiş. Kral çok şaşırmış, sonra da onları bağışlamış. Vaktiyle sepetçinin dibinde yaşadığı burca da Zembilfüroş Burcu adı verilmiş.

ZEMBİLFÜROŞ BURCU TÜRKÜSÜ

Zembilci zembil satar
Abbas'ın oğludur
Yalnız don-göynekledir
Fakat kimse ona fakiroğludur demez
Kız ona, bir elma atar
Elma da kırmızı beyazdır

MOTİF - INDEX

1- P440. Esnaflar
"Abbasoğlu Mehmet, yoksul bir sepetçidir."

2- P231. Ana ve oğul
"Babası ölen Mehmet, anasıyla birlikte yaşar."

3- P40. Padişah kızları

4- T15. İlk görüşte âşık olma
"Kralın kızı, sokakta sepet satan bu gence, bir görüşte âşık olur."

5- P12. Kralların karakterleri

6- H300. Evlilikle ilgili sınavlar
"Kral ferman çıkarıp, kızı elindeki elmayı kime atarsa kızını ona vereceğini söyler. Ama yoksul bir gence atınca da, sözünü tutmak istemez."

7- Z71.2. Formülistik sayı 3
"Genci, kızın önünden 3 kere geçirirler."

8- L161.1. Fakir genç ile zengin kızın evlenmesi
"Yoksul sepetçi ile kralın kızı evlenir."

9- Q200-Q399. Cezalandırılmış işler
"Kral kızını ve sepetçiyi ülkesinden kovarak sürgünle cezalandırır."

10- M361. Geleceği önceden takdir edilen kahraman
"Kız sürgüne giderken babasına, gelecekte bu kararından pişmanlık duyacağını ve yoksul Mehmet'in eline su dökeceğini söyler."

11- H1104. Bir gecede büyük bir sarayın yapılması
"Yoksul sepetçi zengin olup döner ve kralın sarayının karşısına bir saray yaptırır."

12- H11.1. Hayat hikâyesi anlatarak tanıtma
"Kralın kızı olanları anlatarak babasına kim olduklarını açıklar, kendilerini tanıtır."

82- KEMUK KÖPRÜSÜ

Silvan
Köksüren Köyü
Fehmi Çakır
30
Memur
Kızlar Köyü köylülerinden duymuş

Malabadi Köprüsü yapılırken, köprü yapımında kullanılan taşlar, Köksüren Köyü'nden geliyormuş. Bir gün usta, bu köydeki kalfasına haber gönderip bir süre için kendisine taş göndermemesini, işe ara verip dinlenmesini söylemiş. Kalfa da boş kaldığı bu zaman içinde, Kulp Çayı üstüne güzel bir köprü yapmış, adına da Kemuk Köprüsü denmiş. Bunu haber alan usta, kalfasının kendisinden izinsiz böyle bir iş yapmasına çok kızmış, ayrıca da çok kıskanmış. Hemen kalfasına haber gönderip yanına gelmesini ve kendisine yardım etmesini söylemiş. Ustasının bu olumsuz duygularından habersiz olan kalfa gelip, taş vererek çalışmaya başlamış. Çok büyük bir taşı uzattığı sırada, usta sanki kazaymış gibi, taşı düşürerek kalfasının ellerini ezip, onu sakat bırakmış.

MOTİF - INDEX

1- P440. Esnaflar
"Bir yapı ustası ile kalfası, Malabadi Köprüsü'nü yapar."

2- J1114. Becerikli erkek yardımcı
"Becerikli kalfa, ustasından izinsiz Kemuk Köprüsü'nü yapar."

3- W181. Kıskançlık
"Usta, kalfasının bu becerisini çok kıskanarak onu yanına çağırır."

4- Q200. Cezalandırılmış işler

5- S100-S199. Korkunç katliamlar veya sakat etmeler
"Usta kalfasının ellerini ezerek onu sakat bırakıp cezalandırır."

d- Meskûn Yerlerle İlgili Olanlar

1- Evler

83- ÇELEBİLER EVİ

Diyarbakır
Şevket Beysanoğlu
67
Avukat
Halkbilim
Araştırmacısı
Büyüklerinden

Çelebiler Evi, Hasan Paşa Hanı arkasında, Marangozlar Çarşısı'nın bitimindeki sokağın başındaki, soldan ilk evdir. Fakat bu ev 1915'te, bazı Ermeniler tarafından bombalanarak havaya uçurulmuştur.

IV. Murat, Bağdat ve Revan'ı alıp geri dönerken, Diyarbakır'da kendisini karşılayıp davet eden bir Ermeni zanaatkârın evine konuk olmuş.

Ermeni çok görkemli sofralar hazırlatmış. Padişah da ona kendisiyle aynı sofrada oturup, yemek yeme onurunu bağışlamış. Yemekten sonra birisi padişaha, Ermenilerin perhiz haftasında olduklarını hatırlatmış. Buna kızan padişah, Ermeni'yi huzuruna çağırtıp, "Bre efendi, Ermenilerin perhiz haftasıymış, buna rağmen sen benimle oturup yemek yedin ve günah işledin, bunu herhalde benim korkumdan yapmış olacaksın. Fakat ben, sultanın korkusu veya hatırı için, dinine bile aykırı hareket eden bir adamı bağışlamam, ona güvenemem de, dua et ki evinde oturup ekmeğini yemiş bulunduk, yoksa bu hareketinden dolayı kelleni aldırmaktan çekinmezdim. Bizim, insanların vicdanına ve dinine baskı yapacak kadar töresiz olduğumuzu kim söyledi sana," demiş.

Bunun üzerine Ermeni de, "Padişahım lütuf ve kerem buyurunuz. Ben huzurunuzda yemek yerken dahi perhizimi bozmuş değilim. Çünkü, Müslümanların halifesi olduğunuz kadar, Hıristiyanların da koruyucu babası olduğunuzu bilmekteyim," diye cevap vermiş.

Padişah, "Bre karşımızda tıksırıncaya kadar yedin, nasıl perhizini bozmamış olabilirsin?" diye sorunca, Ermeni, "Ferman buyurunuz padişahım, çeşnigirleriniz (tadıcılarınız), yediğim şeyleri incelesinler, görecekler ki, hepsi de badem yağı ile pişirilmiştir," demiş.

Sultan Murat, badem yağı ile pişirilen yemeğin, perhize aykırı olmadığını ve Ermeni'nin korku belasıyla dinini çiğnemediğini anlayınca, bu ince davranıştan çok hoşlanmış, Ermeni'nin kendisine ve çocuklarına hazineden maaş bağlatmış.

O Ermeni'nin çocukları ve torunları da, Sultan Murat gibi bir devletlinin kendi evlerini şereflendirmiş ve yemeklerini yemiş olmasının, ebedi bir övünme nişanesi olarak, padişahın oturduğu sofrayı, kullandığı eşyalarla süsleyerek bir çeşit müze haline getirmişler.

MOTİF - INDEX

1- P10. Kral
"IV. Murat, sefer dönüşü Diyarbakır'a gelir."

2- Q10. Ödüllendirilmiş işler
"Padişah bir Ermeni'nin yemek davetini kabul ederek onu onurlandırır."

3- W181. Kıskançlık
"Kıskanç birisi, Ermeni'yi padişaha gammazlar."

4- P12. Kralların karakterleri
"Padişah kendi korkusuyla, dininin kurallarını çiğnediğini sandığı bu adama çok kızar ve biz insanların vicdanlarına, dini inançları konusunda baskı yapmayız diye onu azarlar."

5- C200. Yeme yasağı

C751. Belirli zamanlarda bazı şeyleri yapma yasağı

"Hıristiyanlar perhiz haftasında bazı şeyleri yiyip içmezler."

6- J1500-J1649. Zekice pratik hazır cevaplar

"Ermeni padişaha verdiği zekice cevaplarla ve yaptığı mantıklı açıklamalarla, padişahın takdirini kazanır."

7- Q111. Zengin ederek ödüllendirme

"Padişah Ermeni'ye ve çocuklarına hazineden maaş bağlatır."

8- W27. Minnettarlık

"Ermeni'nin çocukları ve torunları, padişaha minnetlerini göstermek için bu evi müze haline getirirler."

84- UĞURLU EV

Lice
Bedriye Aydemir
80
Ev hanımı
Annesinden

Lice'de, kileri çerçöp dolu bir ev varmış. Herkesin söylemesine rağmen, evin hanımı, oranın cinlerin yuvası olduğunu söyler ve hiç temizlemezmiş. Bundan memnun olan cinler de ev sahibi kadını ödüllendirerek, o evin bereketini artırırlarmış. Evdeki hiçbir şey eksilmez, her şey bollaşır, artarmış.

Bu ev Lice depreminde yıkılmış.

MOTİF - INDEX

1- F220. Perilerin yaşadığı yer

"Cinler, çerçöp dolu, karışık, pis yerlerde yuva yaparlar (yaşarlar)."

2- Q111. Zengin ederek ödüllendirme

"Cinler, kileri temizlemeyen, böylece de kendilerini rahatsız etmeyen ev sahibini, evin bereketini artırarak ödüllendirirler."

3- F771. Olağanüstü kale (saray, ev...)

"Bu uğurlu evde hiçbir şey eksilmez, her şey bollaşır, artar."

85- ESKİ DİYARBAKIR EVLERİ

Diyarbakır
Şevket Beysanoğlu
67
Avukat-Halkbilim Araştırmacısı
Annesinden

Eski Diyarbakır evlerinde, her evin bir perisi olurmuş. O periye "Sahab" denirmiş.

Sahab, ev hanımından kilerin, mutfağın, eşiğin ve sokak kapısı önünün temiz tutulmasını istermiş.

Buralar temiz tutulmazsa, o evin beti bereketi kaçar, evde uğursuzluk başlarmış. Çünkü Sahab o ev halkını cezalandırırmış.

Bu nedenle, eskiden hanımlar sabah kalkar kalkmaz, hemen sokak kapısının önünü süpürtür ve tenekelerle su döktürürlermiş. Yine bu nedenle sokaklar çöpçüye, belediyeye gerek kalmadan pırıl pırıl olurmuş.

MOTİF - INDEX

1- F220. Perilerin yaşadığı yer

"Eski Diyarbakır evlerinde her evin bir perisi vardır ve onlar, o evlerin gerçek sahipleridir."

2- Q200. Cezalandırılmış işler

"Periler, evini temiz tutmayan ev hanımlarını ve o ev halkını cezalandırırlar."

3- F770. Olağanüstü binalar ve eşyalar

"Eski Diyarbakır evlerinde, her evin birer perisi vardır."

86- SADIK BEY'İN KONAĞI

Silvan
Afife Üstün
68
Ev hanımı
Kaynanasından

Abdullahzade Sadık Bey ve ailesi büyük bir konakta otururlarmış. Konağın hizmetçilerinden ihtiyar Reyhan Bacı, bir gün kilerden kavurma çalmış. Fakat çıkmak isteyince, kilerin kapısı kendiliğinden kapanmış ve tüm uğraşlarına rağmen açılmamış. Hizmetçi kavurmayı yerine bırakınca, kapı yine kendiliğinden açılmış. O zaman Reyhan Bacı dışarı çıkarak, başına gelenleri anlatmış.

Bu konaktan bir şey çalınamazmış. Çalınsa da dışarı çıkarılamazmış. Çünkü bu konağın kendiliğinden, görünmeyen bekçileri, koruyucuları varmış.

MOTİF - INDEX

1- P150. Zengin adamlar

"Abdullahzade Sadık Bey ve ailesi büyük bir konakta otururlar."

2- K2293. Hain yaşlı kadın

"Konağın hizmetçilerinden ihtiyar Reyhan Bacı, kilerden kavurma çalar."

3- D1550. Olağanüstü kapanan ve açılan sihirli nesneler-kapılar

"Kavurmayı çalan hizmetçi dışarı çıkmak isteyince kilerin kapısı kendiliğinden kapanır. Kavurmayı bırakınca kapı kendiliğinden açılır."

4- D1130. Sihirli binalar ve parçaları

"Sadık Bey Konağı'nın kendiliğinden, görünmeyen koruyucuları, bekçileri vardır. Bu nedenle de o konaktan bir şey çalınamaz, çalınsa da dışarı çıkarılamaz."

87- ÇİME ZEYNEP'İN EVİ

Çermik
Müjgan Polat
22
Kurs öğretmeni
Ninesinden

Çime Zeynep'in, Çermik'in Tepe Mahallesi'nde eski bir evi varmış.

Bu evin asıl sahibi, kırmızı kınalı saçlı güzel bir peri kızıymış. Bu kızı ancak ev sahibi kadın görebilirmiş. Bu ev çok uğurlu, bereketli bir evmiş. Hiçbir şey eksilmezmiş. Evin gelini her zaman tabakları raflara dizerek düzelttiği halde, daha sonra bu tabakları odanın dört bir yanına dağıtılmış bulurmuş. Bunu kimin yaptığını kaynanasına sorunca, evin asıl sahibi olan peri kızının böyle yaptığı cevabını alırmış.

MOTİF - INDEX

1- F230. Perilerin görünüşü

"Evin asıl sahibi, kırmızı kınalı saçlı güzel bir peri kızıdır."

2- D1130. Sihirli binalar ve parçaları

"Bu peri kızını yalnız ev sahibi kadın görebilir. Bu ev çok uğurlu ve bereketlidir, hiçbir şey eksilmez."

3- F530. Olağanüstü durumlar

"Gelin, tabakları düzelttiği halde, görünmeyen peri kızı onları her tarafa dağıtır."

2- Hamamlar - Kaplıcalar

88- DEVE (DEVA) HAMAMI

Diyarbakır
Enver Balçık
67
Berber
Büyüklerinden

Mardin Kapı semtinde büyük bir hamam vardır. Bir gün bir deve bu hamama girmiş ve bir daha çıkamamış, orada kaybolmuş. Bu hamamda yıkanmak, yıkananlara uğur ve sağlık getirirmiş. Bu nedenle eskiden, özellikle "Gelin Hamamı" törenleri burada yapılırmış. Kapısından girerken salavat getirilirmiş. Bu hamam günümüzde de kadınlar hamamı olarak kullanılmaktadır.

MOTİF - INDEX

1- F530. Olağanüstü durumlar
"Bir gün hamama giren bir deve bir daha çıkamaz ve hamamın içinde kaybolur."

2- N122. Talihli veya talihsiz yerler
"Bu hamam, yıkananlara şans ve uğur getirir."

3- T136.3. Düğün eğlencesi
T376. Evlenme hazırlığı
"Eskiden düğünlerde, gelin hamamı törenleri yapılır."

4- V300. Dini inanışlar
"Hamamın kapısından girerken salavat getirilir."

89- ÇERMİK KAPLICALARI

Çermik
Fatma Büyükkara
75
Ev hanımı
Kaynanasından

Güneydoğu'da hüküm süren Acem kralının, Melike Belkıs adında güzel bir kızı varmış. Bu güzel kız hastalanmış. Vücudunda yaralar çıkmış. Hekimler çare bulamamışlar. Yaralar giderek azmış ve kötü kokular yaymaya başlamış. Çaresiz kalan kral, kızını saraydan ve şehirden uzaklaştırmak zorunda kalmış. Yanına koruyucular vererek ormana bırakmış. Kız ormanda gezerken, Çermik'te bugünkü kaplıcaların bulunduğu yerde sıcak bir kaynak suyuna raslamış. Çok yorgun olduğu için de ayaklarını bu suya daldırarak dinlenmek istemiş. Bir süre sonra, ayaklarındaki yaraların iyileştiğini görmüş. Hemen sevinçle soyunarak bu suya girmiş ve yıkanmış. Kısa bir zaman sonra yaraları tamamen iyileşmiş. Koruyucular bu güzel haberi, koşup krallarına iletmişler. Kral hemen yanına ustalar alıp gelmiş ve bugün "Büyük Paşa" denilen kaplıcanın üzerini yaptırıp hamam haline getirtmiş.

Çermik'te bulunan Büyük Paşa ve Küçük Paşa hamamlarında şimdi yüzlerce insan yıkanır, sağlık diler. Çocuğu olmayan kadınlar da bu hamamlarda yıkanırlarsa, çocuklarının olacağına inanırlar ve dileklerinin gerçekleşmesi için dua ederler. Daha sonra çocukları olan kadınlar, oğulları olursa adını "Paşa", kızları olursa adını "Belkıs" koyarlar.

Her yıl haziran ayında Çermik'te, bu kaplıcaların bulunduğu yerde "Melike Belkıs Şenlikleri" düzenlenir.

MOTİF - INDEX

1- P10. Krallar

2- P40. Padişah kızları

"Acem kralının, Melike Belkıs adında güzel bir kızı vardır."

3- L101. Talihi yaver gitmeyen kahraman

"Kralın kızı hastalanır. Dermanı bulunamayan bir derde düşer."

4- S143. Ormana terk etme

"Kral, hasta kızını ormana terk eder."

5- N400. Şanslı tesadüfler

6- R1242.1. Sihirli su

"Kralın hasta kızının tesadüfen ayaklarını yıkadığı su, onun yaralarını iyileştirir."

7- P12. Kralların karakterleri

"Kral, hemen o suyun bulunduğu yere bir kaplıca yaptırır."

8- T527. Dua ile çocuk sahibi olma

"Çocuğu olmayan kadınlar, kaplıcalarda yıkanıp dua ederek çocuklarının olmasını dilerler."

9- T596. Çocuğa isim koyma

"Çocuğu olan kadınlar adını, oğlan olursa Paşa, kız olursa Belkıs koyarlar."

BEŞİNCİ BÖLÜM

V- Tabiatla İlgili Efsaneler

a- Taşlar, Kayalar, Tepeler, Dağlar, Kırlar

90 - KIZ TAŞI

Eğil
Gülesar Köyü
Zülfikar Karakaş
36
Zabıta memuru
Dedesinden

Bir beyin kızı, yoksul bir gence âşık olmuş. Fakat bey, kızını bütün ricalara, yalvarmalara rağmen bu gence vermemiş.

Delikanlı kızı kaçırmış. Bey arkalarından silahlı adamlarını göndermiş. Dicle kenarındaki Gülesar Köyü'nde beyin adamları kızla oğlana yetişmişler. Kız Allah'a dua edip, babasının adamlarının eline düşmektense kendilerini orada taş etmesini dilemiş. Kız, oğlan ve beyin adamları hepsi orada taş olmuşlar.

MOTİF - INDEX

1- T73.3. Ümitsiz aşk
"Bir beyin kızı, yoksul bir gence âşık olur."

2- P150. Zengin adamlar
"Zengin beyler, kızlarını yoksul gençlere vermezler."

3- L161.1. Fakir genç ile zengin kızın evlenmesi
"Yoksul genç, beyin kızını kaçırır."

4- S11. Zalim baba
"Kızın, bey olan babası kaçan kızla oğlanın arkasından silahlı adamlarını gönderir."

5- V50. Dua
"Kız, babasının adamlarının eline düşmektense kendilerini taş etmesi için tanrıya dua eder ve duası kabul olur."

6- D231. İnsanın taş kesilmesi
"Kız, oğlan ve beyin adamları taş kesilirler."

91- GELİN - GÜVEY TAŞLARI

Hazro
Şükrü Çelik
53
Kahveci
Büyüklerinden, komşularından

Bir gelin alayı, Çiftlibahçe Köyü'nden Hazro'ya gelin getiriyormuş. Alaydakiler akşam bastırmadan varmak için acele ediyorlarmış. Kendi aralarında güneşle şöyle bir yarışa girmişler: "Güneş batmadan önce Hazro'ya varırsak güneş taş olsun, eğer biz varmadan önce güneş batarsa biz taş olalım," demişler. Bütün gayretlerine rağmen akşamdan önce Hazro'ya varamamışlar. Tam Hazro'nun girişine gelmişler ki, güneş batmış ve başta gelinle güvey olmak üzere tüm alay orada taş olup kalmışlar.

MOTİF - INDEX

1- T136.3. Düğün eğlencesi
"Bir köyden bir köye gelin, bir düğün alayıyla getirilir."

2- C755. Bir işi, belirli bir zamanda yerine getirme yasağı
"Güneş batmadan önce gelini Hazro'ya götürmek isterler."

3- D231. İnsanın taş kesilmesi
"Gelin, güvey ve düğün alayındakiler taş kesilirler."

92- KOYUN TAŞLARI

Çermik
Mehmet Akyol
37
İlkokul öğretmeni
Babasından

Bir çoban, koyunlarını sağım için bir tepeye getirmiş. Berivanlar (sağıcılar) koyunları sağarken yanlarına çok yoksul bir kadın gelmiş. Üç tane de küçük çocuğu varmış. Berivanlara yalvararak çocuklarının günlerdir aç olduklarını, bu nedenle kendilerine bir tas süt vermelerini söylemiş. Fakat berivanlardan hiçbirisi kadına süt vermemişler, güler yüz göstermemişler. Çaresiz kalan ve çok üzülen yoksul kadın, "Siz de, koyunlarınız da taş olasınız inşallah," diye beddua etmiş. O anda orada bulunan insanlar da, koyunlar da taş olmuşlar.

Şu anda, bu tepede oturan insanlara ve koyunlara benzeyen taşlar, işte onlarmış.

MOTİF - INDEX

1- Z71.1. Formülistik sayı 3
"Yoksul bir kadının 3 çocuğu vardır."

2- M411. Bedduanın yerine gelmesi
"Yoksul kadın, çocuklarına süt vermeyen koyun sahiplerine beddua eder ve bedduası yerine gelir."

3- D231. İnsanın taş kesilmesi

4- D420-D429. Hayvanların taş kesilmesi

5- Q551.3.4. Taşa çevirerek cezalandırma
"Yoksul kadına süt vermeyen insanlar da hayvanları da, kadının bedduası üzerine taş kesilerek cezalarını bulurlar."

93- KRAL KIZI KAYASI

Dicle
Şevket Beysanoğlu
"Diyarbakır'dan Beş Efsane"
TFA Eylül-1974
Sayı: 302

Dicle yolu üzerinde, Maden Suyu'nun aktığı derin bir vadinin doğu yamacında, yüksek ve büyük bir kaya vardır. Bu kayanın üstünde yan yana, düzgünce oyulmuş iki pencere vardır. Önden görünüşü bir ev gibidir. Bu pencerelere ne yukarıdan, ne de aşağıdan ulaşılamaz.

Bu bölgede yaşayan bir kralın çok güzel bir kızı varmış. Koyunlarını burada otlatan bir çobana, bir görüşte âşık olmuş. Kral her ne yaptıysa, kızını bu sevdadan vazgeçirememiş. Son çare olarak, kızı bu kayadaki mağaraya hapsetmiş. Ertesi günü sabah erkenden bir güvercinin pencerelerden birine konduğunu, içerden de bir beyaz güvercinin çıkarak, beraber uçup uzaklara gittiklerini görmüşler. Ondan sonra, bütün aramalarına rağmen ne kızı, ne de çobanı bulamamışlar.

MOTİF - INDEX

1- F771. Olağanüstü, kale (saray, ev...)
"Yüksek kayanın içinde, yalnızca iki penceresi olan ve hiçbir yerden ulaşılamayacak biçimde yapılmış, ev gibi bir mağara vardır."

2- P10. Krallar

3- P40. Padişah kızları
"Burada yaşayan kralın çok güzel bir kızı vardır."

4- T15. İlk görüşte âşık olma
"Kralın kızı, orada koyunlarını otlatan çobana bir görüşte âşık olur."

5- S11. Zalim baba
R.45.3. Mağaraya hapsetme
"Kral, kızını bu sevdadan vazgeçiremeyince yüksek kayadaki mağaraya hapseder."

6- D154.2. İnsanın güvercine dönüşmesi

7- R211. Hapisten kaçış
"Çoban beyaz bir güvercin olup kayadaki pencereye konar. Kız da beyaz bir güvercine dönüşüp içerden çıkar ve iki güvercin uzaklara doğru uçup giderler."

94- ARI KAYASI

Ergani
Sesverenpınar
(Hilar) Köyü
Macit Güney
37
Eczacı
Annesinden

Hilarlı bir köylü, bir savaşta esir düşmüş. Esir kampında kendi köyünden birisiyle karşılaşmış. Köylüsü ona köylerindeki bir kayadan söz etmiş. Eline de bir yazı vermiş. "Köye benden önce dönersen kayanın dibine git, bu yazıyı oku, o kayadan arılar çıkacak, işte onların çıktıkları yerde altın var," demiş.

Köylü, esaretten kurtulup köyüne dönünce gidip o kayanın yanında bu yazıyı okumuş. Birdenbire kayadan pek çok arı çıkıp uçmaya başlamış. Adam, üstüne gelen arılardan bazılarını vurup öldürmüş. Ölüp yere düşen arılar altın olmuş. Diğer arılar da bir toz bulutu halinde doğuya doğru uçup gitmişler.

MOTİF - INDEX

1- R111. Esirlik
"Hilarlı bir köylü, katıldığı bir savaşta esir düşer."

2- N400-N499. Şanslı tesadüfler

3- P310. Arkadaşlık
"Esir kampında, tesadüfen rastladığı bir köylüsü, ona güzel bir sır verir."

4- R100. Kurtulma
"Esaretten kurtulan köylü, köyüne döner."

5- (T) D424.2. Arının altına dönüşmesi
"Köylünün vurup öldürdüğü arılar yere düşünce, altına dönüşürler."

95- AÇAN PİŞMAN AÇMAYAN PİŞMAN KAYASI (KAPISI)

Ergani
Sesverenpınar
(Hilar) Köyü
Nazife Güney
87
Ev hanımı
Büyüklerinden

Sesverenpınar'da, önü kapı gibi düz bir kaya varmış. Bu kapının arkasında ne olduğunu herkes merak edermiş. Ama kimse dokunamazmış. Bir gün Lobit Ağa, adamlarını göndererek bu kayayı kırmalarını istemiş.

Adamlar kayaya vurmaya başlayınca, kayanın içinden at kişnemeleri duyulmuş. Bu sesten korkan adamlar geri dönüp, ağaya olanları anlatmışlar. Ağa buna inanmamış. Hemen yanına kırk atlı alıp kayanın yanına gitmiş. Bir kenara oturup nargilesini içerken işçilere de kayayı parçalamalarını emretmiş. Adamlar daha kayaya vurur vurmaz, kayadan kükrer gibi bir at kişnemesi sesi duyulmuş. Lobit Ağa hemen adamlarını toplayarak oradan uzaklaşmış. O günden sonra da kimse bu kayaya dokunmamış.

MOTİF - INDEX

1- C611.1. Yasaklanan kapı

"Kayadaki kapıya kimse dokunamaz."

2 - P150. Zengin adamlar

"Lobit Ağa, kimsenin dokunmaya cesaret edemediği bu kapıyı kırdırmak ister. Ağa nargilesini içerken adamlar da kapıyı kırmaya çalışırlar."

3- F530. Olağanüstü durumlar

"Kayanın içinden at kişnemeleri duyulur, fakat ağa buna inanmaz."

4- Z71.12. Formülistik sayı 40

"Ağa yanına 40 atlı alıp kayanın yanına gider."

5- V340. İnanmayanlara gösterilen mucizeler

"Ağa adamlarının söylediğine inanmadığı için kendisi gelir ve kayadan gelen çok şiddetli bir at kişnemesini duyunca, korkarak hemen orayı terk eder."

96- ALİ TEPESİ (TİLALO)

Diyarbakır
Karaçalı Köyü
Emine Ok
82
Ev hanımı
Ninesinden

Ali, bir ağanın yanında çalışan yoksul, bekâr ve son derece temiz kalpli bir gençmiş. Bir gün ağası hacca gitmiş. O zamanlar hac, üç ay ile altı ay arası süren uzun bir yolculukmuş.

Ali, ağasının geride kalan her şeyine, malına, mülküne çok iyi sahip çıkmış. Ağasının iki öküzü varmış. Birisinin bir gözü körmüş, birisinin de kuyruğu kısaymış. Ali onları bile altın gözlüm, gümüş kuyruklum diye sever ve hiç incitmezmiş. Ahırlarını tertemiz tutar, yemlerini hiç aksatmadan tam zamanında verirmiş.

Bir gün, ağanın karısı pekmez helvası ve sıcak tandır ekmeği pişirmiş. Sonra da içini çekip, "Ah ağan da burada olsaydı da, o da yeseydi," demiş. Bunu duyan Ali, kadına, "Bir kaba koy da götüreyim," demiş. Kadın gülmüş. "Galiba Ali'nin canı bir tabak daha helva yemek istiyor ama, bunu söyleyemiyor," diye düşünmüş. Bir kaba helva koyup Ali'ye vermiş, sonra da akşam namazına durmuş. Ali, kadın akşam namazını kılana kadar ortadan kaybolup, yine geri dönmüş. Bu süre içinde helvayı, hacdaki ağasına götürmüş.

Zamanı gelip, ağa hacdan dönünce, herkes köyün dışına çıkıp onu karşılamış ve elini öpmek istemiş. En arkada da Ali duruyormuş. Ağa, elini öpmek isteyen köylülere Ali'yi göstererek, "Siz gidip onun elini öpün," demiş ve elinde tuttuğu helva kabını herkese göstererek, Ali'nin bir akşam namazı süresi içinde nasıl hacca gelip kendisine helva getirdiğini ve geri döndüğünü anlatmış. Bunun üzerine herkes geri dönüp Ali'nin elini öpmek istemiş, fakat Ali köye doğru koşmaya başlamış. Bir taraftan da sırrı ortaya çıktığı için, "Allahım yer yarılsa da içine girsem," diye dua ediyormuş. Birdenbire, üstünde bulunduğu tepe yarılmış ve köylülerin şaşkın bakışları arasında Ali içine girip kaybolmuş. Geride öküzlerini güttüğü sopası kalmış. Bu tepeye, Tilalo "Ali Tepesi" adını vermişler ve bir türbe yaparak sopasını da başucuna koymuşlar.

Şimdi oraya, çocuğu olmayanlar ve ruh hastaları giderek dilek diliyorlar. (Çocuk dileyenler, "Sen bana bir çocuk verirsen, ben de sana bir kuzu, keçi, koyun... vs. keserim," diyerek adaklarının cinsini baştan belirtirler.)

MOTİF - INDEX

1- (T) V37. İslamın diğer emri hacca gitmek
"Ali'nin, yanında çalıştığı ağa hacca gider."

2- W10. Müşfiklik
W34. Bağlılık
W35. Doğruluk
"Ali, ağasının geride bıraktığı malına, canına karşı büyük bir bağlılık, dürüstlük ve sevgi gösterir."

3- (T) V36. Namaz
"Ağanın karısı akşam namazına durur."

4- F565.2. Olağanüstü kahraman

5- F530. Olağanüstü durumlar

6- H1109. Mucizevi sürat gerektiren diğer işler
"Ali, bir akşam namazı kılma süresi içinde helvayı hacdaki ağasına götürür ve geri döner."

7- C422. Belirli kişilerin sırlarını açıklama yasağı
"Ağa, Ali'nin sırrını herkese açıklar. Sırrı ortaya çıkan Ali de, yerin yarılması ve kendisini içine alması için dua edince, duası kabul olur."

8- T527. Dua ile çocuk sahibi olma

"Çocuğu olmayan kadınlar Ali'nin türbesini ziyaret ederek bir çocukları olması için dua ederler."

97- MEZİR DAĞI

Hazro
Ülgen Köyü
Refik Okutmuş
53
Emekli memur
Büyüklerinden

Bu köyde, Mezir Çeşmesi yanındaki bir evin sahibi et pişiriyormuş. Oradan geçen hamile bir kadın bu kokuyu duyup evin kapısını çalmış ve ev sahibinden bir parça et istemiş. Fakat ev sahibi çok cimriymiş, hamile kadına yanlış koku aldığını, o evde et pişmediğini söylemiş. Buna çok üzülen kadın da, köyün arkasındaki Mezir Dağı'na bakarak, "Bu dağ köyünüzün üstüne düşsün," diye beddua etmiş. Kısa bir süre sonra yer sarsılmış ve Mezir Dağı köyün üstüne kaymış. Bütün köy bu dağın altında kalmış.

MOTİF - INDEX

1- T589. Çocuğun doğumu - Çeşitli motifler

"Hamile kadının canı, kokusunu duyduğu pişen etten çeker ve bir parça ister."

2- M411. Yerine gelen beddualar

3- Q200. Cezalandırılmış işler

"Hamile kadının bedduası yerine gelir ve Mezir Dağı köyün üstüne kayarak, tüm o köydekileri cezalandırır."

98- GELİNCİK DAĞI

Çermik
Recep Durmuş
25
Odacı
Ninesinden

Gelincik Dağı, Çermik'in kuzeybatısındadır.

Bu dağdan bir gelin alayı geçiyormuş. Alaydaki küçük çocuklardan birisi, altını kirletmiş. O anda bir şey bulamayan annesi, çocuğu bir yufka ekmeğiyle temizlemiş ve aniden tüm gelin alayı taş olmuş.

Şu anda, dağdaki insan dizisini andıran taş yığınları işte bu gelin alayıymış.

MOTİF - INDEX

1- V300. Dini inanışlar
"İnsanlar, ekmeğe ve her türlü nimete saygı göstermelidir. Göstermeyenler cezalandırılır."

2- Q551.3.4. Taşa çevirerek cezalandırma
"Ekmeğe saygı göstermeyen kadın ve tüm gelin alayı taş kesilir."

99 - HZ. ALİ DAĞI

Ergani
Kemal Vural
38
Arzuhalci
Annesinden

Hz. Ali'nin atı, ön ayaklarını batıya, arka ayaklarını da doğuya uzatarak tüm dünyayı kaplamış. Bu dağdaki ayak izleri, atın batıya uzattığı ön ayaklarının izleriymiş.

Ali Dağı'nda açan bir çiçeğe de "Makam Çiçeği" denir. Bu çiçek Hz. Ali'nin atının terinin damladığı yerlerde açarmış. Kutsal sayılan bu "Makam Çiçeği" toplanarak kurutulup saklanır.

MOTİF - INDEX

1- (T) P40. Din adamları

2- B181. Sihirli dört ayaklılar
"Hz. Ali'nin atının ön ayakları batıya, arka ayakları da doğuya uzanarak tüm dünyayı kaplar."

3- F814. Olağanüstü çiçek
"Hz. Ali'nin atının terinin damladığı yerlerde bir çiçek açar. Buna 'Makam Çiçeği' denir ve kutsal kabul edilir."

100- GELİN ÇALISI DÜZLÜĞÜ

Diyarbakır
Şeyhosman Köyü
Ahmet Bayrak
54
Çiftçi
Büyüklerinden

Şeyhosman Köyü'nden zengin bir adam, evli olduğu halde komşu köyden genç ve güzel bir kızı, para karşılığı kendisine ikinci bir eş olarak almak istemiş. Düğün kurulmuş. Fakat kızın başka bir sevdiği varmış. Ayrıca adam yaşlı olduğu için ve kuma üstüne gideceği için kız bu evliliği hiç istemiyormuş. Ama ailesine söz dinletememiş ve ağlaya sızlaya gelin atına binmek zorunda kalmış.

Gelin alayı köyün girişinde durup, davul çalarak halay çekmeye başlamış. Mutsuz gelin, bütün içtenliğiyle tanrıya yalvarıp, "O adama gelin gitmektense, beni burada bir kara çalı yap," demiş. O anda gelin de tüm gelin alayı da birer kara çalı olmuşlar.

Şu andaki, bu köyün girişinde bulunan küme halindeki çalılar gelin ve çevresindeki insanlar, çevredeki tek tek duran çalılar da gelin alayının etrafındaki atlılarmış.

1- P150. Zengin adamlar
"Zengin ve yaşlı bir adam, kendisinden çok küçük ve güzel bir kızı para karşılığında satın almak ister."

2- T145.0.1. Birden fazla kadınla evlenme
"Zengin ve yaşlı adam, evli olduğu halde bu kızı, kendisine ikinci bir eş olarak almak ister."

3- S11. Zalim baba
S12. Zalim anne
"Kızın başka bir sevdiği vardır ve bu evliliği asla istemez. Fakat anne ve babası, para karşılığı kızı zorla yaşlı ve zengin adama verirler."

4- T136.3. Düğün eğlencesi
"Düğün alayı, köyün girişinde durarak halay çekerler."

5- V50. Dua

6- D0-D699. Şekil değişmeleri
"Kızın dua etmesiyle, kendisi ve tüm gelin alayı bir kara çalı yığınına dönüşürler."

b- Mağaralar

Bismil
Kırkdirek Köyü
Hacı Sait Oral
65
Çiftçi
Büyüklerinden

101- KIRKDİREK MAĞARASI

İçinde kırk tane taş direk bulunan bu mağaranın bulunduğu yer, eskiden büyük bir şehirmiş. Kırkdirek Mağarası da bu şehrin kilisesiymiş. Sonradan medrese olmuş. Çevrede de irili ufaklı daha pek çok mağara varmış.

IV. Murat padişah olduğunda, bu medresenin müderrisi, padişahlığın onun değil kardeşinin hakkı olduğunu söylemiş. Bir sefere giderken buradan geçen IV. Murat bu sözü duymuş ve bütün şehri yıkmış. Başta bu müderris olmak üzere şehir halkı, can korkusundan her şeylerini bırakıp çok uzaklara kaçmışlar.

Daha sonra civar köylerden buraya gelenler, her mağaranın üstüne bir ev yaparak buraya yerleşmişler ve evlerinin altındaki mağaraları da ahır olarak kullanmışlar. Bu ahırlarda cinler yaşarmış.

MOTİF - INDEX

1- Z71.12. Formülistik sayı 40
"Mağaranın içinde 40 tane taş direk vardır."

2 - V110. İbadet yeri
"Bu mağara eskiden bir kiliseymiş."

3- P10. Krallar
P12. Kralların karakterleri
"IV. Murat, padişah olmasına karşı çıkan müderrisin bulunduğu şehri yıkar, yerle bir eder."

4- F220. Perilerin yaşadığı yer

5- F771. Olağanüstü kale (saray, ev...)
"Üstlerine ev yapılan ve ahır olarak kullanılan mağaralarda cinler yaşar."

Lice
Adil Tekin
77
Fotoğrafçı
Büyüklerinden

102- BIRKLEYN MAĞARALARI

İskender-i Zülkarneyn bir sefere giderken, başının iki tarafında boynuz gibi iki ur çıkmış ve çok acı vermeye başlamış.

İskender'e bir gece rüyasında, Lice'de

bulunan Bırkleyn Mağaraları'ndaki suda yıkanırsa, boynuzlarının kaybolacağı söylenmiş. İskender-i Zülkarneyn hemen yolunu değiştirerek gelip Lice'yi zaptetmiş. Bırkleyn Mağaraları'nın suyundan içip başını da bu suyla yıkamış. Boynuzlarından birisi hemen yok olmuş.

Bir süre Lice'de kalan İskender'e karşı halktan isyan edenler olmuş. İskender bu isyanları büyük bir şiddetle bastırmış ve isyancıları da toplatıp Bırkleyn Mağaraları'na doldurup kapısını ördürerek onları diri diri gömdürmüş. Daha sonra ordusuyla oradan ayrılarak, gidip Bitlis Kalesi'ni almış. Bir boynuzu da orada iyileşmiş.

Yanındaki güvendiği kumandanlarından birisine, "Ben şimdi İran'a gidiyorum. Bitlis Kalesi'ni de sana bırakıyorum. İki yıl sonra geri dönüp kaleyi kuşatacağım. İyi savunur da vermezsen, kale senindir. Savunamazsan, kendini ölmüş bil," demiş.

İki yıl sonra dönüşünde kaleyi kuşatmış, ama çok iyi savunulduğu için alamamış. Söz verdiği gibi Bitlis Kalesi'ni o komutanına bırakarak oradan ayrılmış.

MOTİF - INDEX

1- P10. Krallar

2- F530. Olağanüstü durumlar
"İskender-i Zülkarneyn'in başında, boynuz gibi iki tane ur çıkar."

3- J157. Rüyada nasihat
F1068. Realist rüya
"İskender'e bir gece rüyasında, Lice'deki Bırkleyn Mağaraları'ndan çıkan suda yıkanırsa, boynuzlarının iyileşeceği söylenir."

4- D1242.1. Sihirli su

"Bu suda yıkanan İskender'in bir boynuzu kaybolur."

5- S100-S199. Korkunç katliamlar veya sakat etmeler
S400-S499. Zalim işkenceler

"İskender kendisine isyan edenleri Bırkleyn Mağaraları'na doldurarak, mağaranın girişini ördürüp onları diri diri gömer."

6- H1200-H1399. Kahramanlık sınavları

"İskender, Bitlis Kalesi'ni bir komutanına bırakarak, iki yıl sonra dönüp onun komuta gücünü ve kahramanlığını sınayacağını söyler."

7- Q112. Krallık vererek ödüllendirme

"İskender, kaleyi iyi koruyan kumandanına, Bitlis'in hükümdarlığını vererek onu ödüllendirir."

103- ESHAB-I KEHF MAĞARASI – 1

Lice-Derkan Köyü
Nihat Işık
52
Memur
Dedesinden

Bu mağara Rakim Dağı'ndadır.

Acem hükümdarı, Kakanus adlı birisini hükümdar mezarlarına bekçi yapmış. Kakanus ölünce bu göreve oğlu Dekyanus gelmiş. Bekçi Dekyanus bir gün, hükümdar mezarlarından birini açarak içindeki değerli eşyaları almış ve oradan kaçmış. Fis Ovası'nda bir kent kurup etrafını da surlarla çevirmiş. Zalim ve putperest bir hükümdar olmuş.

Bir gün yakınındaki beylerinden Yemliha, Mekselina, Misilina, Mernuş, Sazenuş, Debernuş, Keşeftetayuş'un kendisinden gizli olarak, tek tanrı inancını yaydıklarını öğrenmiş. Onları yakalatmak için emir vermiş. Bu yedi dost oradan kaçıp Rakim Dağı'ndaki bu mağaraya sığınmışlar. Köpekleri Kıtmir'le beraber, orada uzun bir uykuya dalmışlar.

Arkalarından onları yakalamak için gelenler bu mağaraya bakmışlar, ama onları görememişler. Dekyanus bu mağaranın ağzını ördürmüş. Yıllar sonra, bir sürü sahibi ağıl yaptırmak için, bu mağaranın ağzındaki duvarı yıktırmış, fakat içeride uyuyanları o da görememiş.

Üç yüz dokuz yıl uyuduktan sonra bu yedi dost uyanmışlar. Acıktıklarını anlayınca, içlerinden Yemliha'yı şehre ekmek almaya göndermişler. Yemliha'nın Dekyanus döneminden kalma parasını, fırıncı almamış. Bunun üzerine Yemliha başlarından geçenleri zamanın hükümdarına anlatmış ve mağaralarına dönmüş. Yedi dost yeniden uykuya dalmışlar.

Eshab-ı Kehf Mağarası, her yıl mayıs ayında ziyaret edilir. Çünkü uyuyanların diğer aylarda uyudukları, yalnız bir ay, mayıs ayında uyanık kaldıkları sanılır. Bu nedenle başka zamanlarda rahatsız edilmezler.

Mağarada Kıtmir'in ayak izleri vardır. Ayrıca mağaranın bir duvarı da hep nemlidir. Bunun da uyuyanların terleri olduğu söylenir. Ziyaret sırasında dilek dilenir, adak adanır.

MOTİF - INDEX

1- P10. Krallar

"Acem hükümdarı, Kakanus'u hükümdar mezarlarına bekçi yapar."

2- P233. Baba ve oğul

"Kakanus ölünce, bekçiliğe oğlu Dekyanus gelir."

3- K300-K499. Çalınmış mallar ve aldatmalar

"Dekyanus, hükümdar mezarlarından çaldığı değerli eşyaları satarak kendisine surlarla çevrili bir kent kurar."

4- V320. Kâfirlik

"Dekyanus, zalim ve putperest bir hükümdar olur."

5- Z71.5. Formülistik sayı 7

"7 dost, zalim hükümdardan kaçarak bir mağaraya sığınırlar."

6- B400. Yardımcı evcil hayvanlar

"Köpekleri Kıtmir de onlarla beraber gelir."

7- R200-R299. Firarlar ve takipler

"Zalim kral Dekyanus, kendisinden kaçan 7 dostu yakalatmak amacıyla arkalarından adamlarını gönderir."

8- V340. İnanmayanlara gösterilen mucizeler

9- F530. Olağanüstü durumlar

"7 dost, uyudukları mağarada, 309 yıl sonra uyanırlar."

10- P440. Esnaflar

"Fırıncı, Yemliha'nın elindeki paranın geçersiz olduğunu söyler."

11- H11.1. Hayat hikâyesini anlatarak tanıtma

"Yemliha, başlarından geçenleri, zamanın hükümdarına anlatır."

12- C751. Belirli zamanlarda, bazı şeyleri yapma yasağı

"Bu mağara, her yıl yalnız mayıs ayında ziyaret edilir. Çünkü diğer aylarda, mağaradaki 7 kutsal insanın uyuduğuna inanıldığı için rahatsız edilmezler."

13- V300. Dini inanışlar

"Mağaradaki izlerin Kıtmir'in ayak izleri olduğuna, mağara duvarındaki ıslaklığın da, uyuyanların terleri olduğuna inanılır."

14- (T) V301. Dini inanışlar (adak adama)

"Bu mağarayı ziyaret edenler dilek dileyip, adak adarlar."

ESHAB-I KEHF MAĞARASI – 2

Lice *Derkan Köyü* *Ömer Aslanalp* *74* *Çiftçi* *Babasından*

Arabistan'daki zalim kral Dekyanus'tan kaçan altı Müslüman Diyarbakır'a doğru gelmişler. Yolda, arkalarına bir köpek takılmış. Onu kovalamışlar. Fakat köpek dile gelmiş. "Beni kovmayın, size yardımım dokunur," demiş. Bunun üzerine onun da gelmesine izin vermişler. Bu köpeğin adı "Emilhan" imiş. Rakim Dağı'ndaki bu mağaraya gelip saklanmışlar ve derin bir uykuya dalmışlar. Üç yüz altmış yıl sonra uyanmışlar. Yanlarındaki köpek, üç yüz altmış defa tüy değiştirmiş.

Diğer aylar uyudukları için, her yıl mayıs ayında bu mağara ziyaret edilir. Çocuğu olmayan kadınlar ve başka dileği olanlar dilek dileyip, adak adarlar.

MOTİF - INDEX

1- P12. Kralların karakterleri

2- Z71.4. Formülistik sayı 6

"Zalim kral Dekyanus'tan kaçan 6 Müslüman, Diyarbakır'a doğru gelirler."

3- B211.1.7. Konuşan köpek

4- B400. Yardımcı evcil hayvanlar

"Yolda arkalarına takılan köpeği kovalayınca, köpek konuşarak, 'beni kovmayın, size yardımım dokunur' der."

5- F530. Olağanüstü durumlar

F565.2. Olağanüstü kahramanlar

"Rakim Dağı'ndaki mağaraya saklanan altı Müslüman ve köpekleri Emilhan, 360 yıl sonra yeniden uyanırlar."

6- C751. Belirli zamanlarda, bazı şeyleri yapma yasağı

"Bu mağara her yıl, yalnız mayıs ayında ziyaret edilir. Çünkü diğer aylarda, mağaradaki yatırların uyuduğuna inanıldığı için, onları rahatsız etmek istemezler."

7- T527. Dua ile çocuk sahibi olma

"Bu mağarayı, çocuğu olmayan kadınlar ziyaret ederek, bir çocukları olması için dua ederler."

104- HOROZİK MAĞARASI

Eğil
Mehmet Özdemir
59
Çiftçi
Büyüklerinden

Bu mağara bir velinin dergâhıymış.

Bir gün çok yoksul ve çok âşık bir delikanlı, tek varlığı olan horozunu getirerek bu veliye adamış ve dileğini vermesini istemiş. Kısa bir süre sonra sevgilisine kavuşmuş ve adağı olan horozu da kesmiş.

Şimdi bu mağaraya âşık gençler giderler. Sevgililerine kavuşmak için bir süpürge bırakıp, duvarına taş yapıştırır ve bir de horoz keserler.

1- (T) P40. Din adamları
"Bu mağara, bir velinin dergâhıdır."

2- (T) V301. Dini inanış (adak adama)
"Yoksul delikanlı bu veliye gelip, sevgilisine kavuşmak için horozunu adak olarak adar."

3- T0-T99. Aşk
"Âşık gencin dileği olunca, diğer âşıklar da bu mağaraya gelip dilek dilerler."

c- Göller, Nehirler

Diyarbakır-Çarıklı (Fabrika) Köyü Kurtkayısı Mezrası
Gurbet Satılmış
80
Ev hanımı
Kimden duyduğunu anımsamıyor

105 - BAHO GÖLÜ (1)

(Bu efsane İnönü Üniversitesi'nce 1987-1988 öğretim yılında düzenlenen "Efsane Derleme Yarışması"nda ödül almıştır.)

Baho adında bir çoban varmış. Gece gündüz hiç ayrılmadığı koyunlarını hep bu gölün kenarında otlatırmış.

Baho mutsuz, hüzünlü bir çobanmış. İnsan içine karışmaz, geceleri de gölün kıyısın-

(1) Bana bu efsaneyi anlatan Gurbet Nine, bir sır verir gibi kulağıma eğilip, bu efsaneyi başkalarına anlatmamamı, eğer anlatırsam sevdiklerimden, çoluk çocuğumdan ayrı düşüp özlem çekeceğimi, kendisinin artık bu dünyada ayrılmaktan korktuğu kimsesi kalmadığı için bunu bana anlatmakta bir sakınca görmediğini söyledi. Fakat görüldüğü gibi efsane o kadar güzeldi ki, Gurbet Nine'nin uyarısına karşın, bu güzelliği sizinle paylaşmadan edemedim.

da sırtüstü yatarak, hep yıldızları seyredermiş. Gökteki yıldızlardan birisi çobana âşık olmuş ve bir gece gökyüzünden kayarak Baho'nun yanına gelmiş. Çok güzel, uzun, yaldızlı, parlak saçları olan bir peri kızı olmuş ve başını çobanın omzuna koymuş. Fakat bu yıldız kızın ayakları ve bacakları yokmuş. Bacaklarının yerinde, tıpkı deniz kızlarında olduğu gibi, parlak yaldızlı bir kuyruk varmış.

O geceden sonra yıldız kız her gece gökten kayar gelir, başını Baho'nun omzuna koyar, sabaha kadar öylece otururlarmış. Bazen de yan yana sırtüstü, gölün kenarındaki çiçeklerin, çayırların üstüne uzanıp, hiç konuşmadan gökyüzünü seyrederlermiş. Sabah yaklaşırken yıldız kız yine gökyüzüne dönermiş.

Çobanın çok kıskanç ve çok kurnaz bir karısı varmış. Bir gün, Baho'nun üstünde bir parça yıldız tozu görmüş. Çok merak edip, hemen cinlere koşmuş ve bunun ne olduğunu sormuş. Cinler, kendileri gibi olan gerçekdışı yaratıkların, hiçbir ölümlü insanla beraber olmasını istemezler, olanları da çok kıskanırlarmış. Bu nedenle kadına, çobanla yıldız kızın beraberliğini söylemişler ve eğer kocan bu yıldızın varlığından ölümlü bir insana söz ederse yıldız kaybolur, bir daha görünmez demişler.

Kurnaz kadın günlerce uğraşıp, kocasının yıldız kızdan söz etmesini sağlamış. Tılsımı bilmediği için çoban, karısının ısrarlarına dayanamayıp yıldız kızla beraberliklerini ve ona duyduğu sevgiyi anlatmış.

O günden sonra Baho, yıldız kızı boşuna beklemiş. Ama bir daha hiç görememiş. Bir süre sonra çoban da ortadan kaybolmuş.

Bazılarına göre çok uzaklara gitmiş. Bazılarına göre de kendisini o, çok sevdiği göle atmış.

Şimdi ne zaman gökten bir yıldız kaysa, Baho Gölü'nün suları ürperirmiş. Bu hâlâ yıldız kızın dönmesini bekleyen çoban Baho'nun ruhunun ürpermesiymiş.

Özellikle bahar aylarında, sevdikleri uzaklarda olanlar bu gölü ziyaret edip, gölün sularına çiçekler atarlar. Atılan çiçekler kıyıya doğru yaklaşırsa, sevgililere kavuşma zamanı yakın demektir. Kıyıdan giderek, gölün ortasına doğru uzaklaşırsa, kavuşmak uzak bir zamana kalmıştır.

MOTİF - INDEX

1- T0-T99. Aşk

2- F530. Olağanüstü durumlar

3- D400-D499. Değişmenin diğer şekilleri

4- F575.1. Olağanüstü güzellikteki kadın
"Çobana âşık olan bir yıldız gökyüzünden kayarak gelir, çok güzel bir peri kızına dönüşür ve çobanın omzuna başını koyar."

5- F555.3. Çok uzun saç
(T) F555.2.3. Yıldız gibi parlayan saç
"Bu yıldız kızın çok uzun, yaldızlı, parlak saçları vardır."

6- F300. Perilerle evlenme veya ilişki kurma
"Çoban, peri kızına dönüşen bu yıldızla dost olur."

7- C400. Konuşma yasağı
C751. Belirli zamanlarda bazı şeyleri yapma yasağı
"Yıldız kızla çoban hiç konuşmadan otururlar. Yıldız kız güneş doğmadan tekrar gökyüzüne döner. Gündüz çobanın yanında kalamaz."

8- C420. Sırları açıklama yasağı
"Çoban bu sırrını herkesten saklar."

9 - T251. Şirret kadın

W181. Kıskançlık

"Çobanın çok kıskanç ve çok kurnaz bir karısı vardır."

10- K2213. Hain eş

"Çobanın karısı, çobanı aldatarak onun sırrını öğrenir ve onun yok olmasına neden olur."

11- D789. Diğer sihir bozulmaları

"Çobanın, karısına yıldız kızın sırrını açıklaması nedeniyle sihir bozulur ve yıldız kız artık bir daha hiç görünmez."

12- E711. Ruhun bir nesnede saklanması

"Çobanın ruhu, o çok sevdiği gölün sularında saklıdır ve ne zaman bir yıldız kaysa bu gölün suları ürperir."

106 - AT GÖLÜ

Bismil
Çöltepe Köyü
Hüseyin Güneş
59
Çiftçi
Dedesinden

Bu gölün kenarında bir kısrak otluyormuş. Birdenbire gölden, tüyleri güneşte pırıl pırıl parlayan, çok güzel, görkemli bir aygır çıkmış. Kısrak da onu görünce hayran olmuş. Bir süre beraber olmuşlar. Aygır yine göle girip kaybolmuş.

Bu beraberlikten bir yıl sonra, kısrak bir tay doğurmuş. Tayıyla beraber yine bu göl kenarında otlarken, bir gün gölden yine o aygır çıkagelmiş. Fakat bu kez, kısrakla hiç ilgilenmemiş, tayını da alıp yine gölde kaybolmuş. Kısrak göl kenarında, hep onların geri dönmesini beklemiş, fakat bekleyişi boşa çıkmış.

Şimdi bile zaman zaman o gölden hüzünlü bir at kişnemesi duyulurmuş.

MOTİF - INDEX

1- B184. Sihirli dört ayaklılar

2- F980. Hayvanlarla ilgili olağanüstü olaylar
"Gölden, aniden parlak tüylü, çok güzel bir aygır çıkar. Bir süre sonra yine göle girip kaybolur."

3- F530. Olağanüstü durumlar
"Gölden çıkan at, yavrusunu da alarak yine gölde kaybolur. Zaman zaman o gölden hüzünlü bir at kişnemesi duyulur."

107 - DİCLE NEHRİ

Diyarbakır
Adil Tekin
77
Fotoğrafçı
Büyüklerinden

Dicle Nehri Allah'a giden yolmuş. Bu nedenle kurban bayramı akşamları, Kırklar Dağı eteğindeki Ongözlü Köprü'den insanlar, Dicle'ye yazılı dilekçeler atarlar. Bu dilekçelerle çocuğu olmayanlar çocuk, hastalar şifa, sevgililer de sevdiklerini isterler. Dicle Nehri bu dilekçeleri Allah'a ulaştırırmış.

MOTİF - INDEX

1- V300. Dini inanışlar
"İnsanlar Dicle Nehri'nin Allah'a giden yol olduğuna inanırlar."

2- (T) V304. Çeşitli dini inanışlar
"İnsanlar Dicle'ye, Allah'a yazdıkları dilekçeleri atarak dileklerinin olacağına inanırlar."

3- C755. Bir işi belirli bir zamanda yerine getirme

"İnsanlar bu dilekçelerini kurban bayramı akşamları Dicle'ye atarlar."

108- KARA CEHENNEM SUYU

Ergani *Zülküf Savar* *54* *Esnaf* *Büyüklerinden, komşularından*

Bu suyun kaynağı, Hunyan Köyü'ndeki karanlık bir mağaradan çıkar ve bir tünelden akar. Bu suyun kaynaklandığı mağaraya, karanlık oluşu nedeniyle "Cehennem", bu suya da "Kara Cehennem Suyu" derler.

Bu su, cehennemden çıkıp cennete akarmış. Cehennem mağarasına gidenler, bu dünyada cehenneme gitmiş oldukları için artık öbür dünyada cehenneme gitmezlermiş. Bu sudan içenler cennete giderlermiş.

MOTİF - INDEX

1- (T) V304. Çeşitli dini inanışlar

"İnsanlar bu suyun, cehennemden çıkıp cennete aktığına ve suyun çıktığı cehennem mağarasına giderlerse, öbür dünyada bir daha cehenneme gitmeyeceklerine inanırlar."

2- D1242.1. Sihirli su

"Bu sudan içenler cennete giderler."

d- Çeşmeler, Pınarlar

109- HAMRAVAT SUYU

Diyarbakır *Canip Yıldırım* *63* *Hukukçu* *Büyüklerinden*

Kanuni Sultan Süleyman, Bağdat Seferi'ne giderken hastalanmış. Ordusu Diyarbakır'ın güneybatısındaki Karacadağ'da yetmiş gün konaklamak zorunda kalmış. O zamanlar Diyarbakır ve çevresi ormanlarla kaplıymış. Öyle ki, "Ağaçların sıklığından, insanların saçları hiç güneş görmezmiş." Karacadağ'ın havası ve suyu Kanuni'nin sağlığına çok iyi gelmiş. Kırk gün içinde iyileşip sağlığına kavuşan padişah, sağlığın önemini belirten ve çok tanınmış olan o, hepimizin bildiği,

Halk içinde muteber bir nesne yok devlet gibi
Olmaya devlet cihanda bir nefes sıhhat gibi

dizelerini, burada söylemiş.

İyileştikten sonra, bir süre daha Diyarbakır'da kalan Kanuni, şehrin ileri gelenlerini toplayıp isteklerini sormuş. Onlar da Karacadağ'daki "Hamravat" suyunun şehirlerine getirilmesini istemişler. Padişah hemen emir vermiş, kırk gözlü bir bent yapılıp, istenen su dağdan şehre indirilmiş.

İçimi çok güzel olan bu suyun, dağıtım merkezine zaman zaman atılan bir avuç gübre [1] nedeniyle Diyarbakır kadınlarının saçları son derece gür, uzun, siyah ve parlak olurmuş.

---

(1) 1953-1954 yıllarında Diyarbakır Belediye Başkanlığı yapmış olan Adil Tekin, bu konuda, "Eskiden su yollarında, zaman zaman oluşan ve suyun kesilmesine neden olan hava boşluklarını gidermek için su dağıtım merkezine bir avuç gübrenin atıldığını" söyledi. Ayrıca, günümüzde artık böyle bir şeyin söz konusu olmadığını da belirtti.

MOTİF - INDEX

1- P10. Krallar

"Kanuni Sultan Süleyman Bağdat Seferi'ne giderken hastalanıp, Diyarbakır-Karacadağ'da konaklar."

2- Z71.12. Formülistik sayı 40

"Kanuni, 40 gün içinde iyileşir ve 40 gözlü bir bent yaptırır."

3- P12. Kralların karakterleri

"Kanuni, Diyarbakırlıların kendisinden istedikleri Hamravat Suyu'nu dağdan şehre getirtir."

4- F555.3. Çok uzun saç

(T) F555.2.3. Yıldız gibi parlayan saç

"Hamravat Suyu'yla yıkanan Diyarbakır kadınlarının saçları son derece gür, uzun, siyah ve parlak olur."

110- ANKEBİR ÇEŞMESİ (AYNKEBİR)

Hani
Osman Akdemir
37
Çiftçi
Dedesinden

Bir çoban dağda koyunlarını otlatırken büyük bir taş görmüş. Taşı kaldırmış, altında bir su kaynağı varmış. Çoban eğilip bu sudan içmek istemiş. Kavalını suya düşürmüş. Üç gün kavalını çıkarmak için uğraşmış. Üçüncü günün sonunda kaval suyun yüzünde görünmüş, su da bir çağlayan olup köye doğru akmaya başlamış. Şaşıran köylüler, nereden geldiğini bilemedikleri bu suyu bir mucize olarak kabul etmişler. Çoban, "Ben bu suyun kaynağını biliyorum," demiş. Bu sözleri nedeniyle, mucizeye saygısızlık ettiği sonucuna vararak çobanı hemen öldürmüşler.

Günümüzde bu su, Hani'nin ortasında, Ankebir Meydanı'nda, sekiz gözlü bir çeşme halinde akmaktadır. Suyu soğuk ve güzeldir.

MOTİF - INDEX

1- Z71.1. Formülistik sayı 3
"Çoban kavalını çıkarmak için 3 gün uğraşır."

2- C.423. Olağanüstülüklerin açıklanması yasağı

3- Q211. Ölümle cezalandırma
"Köylüler, bir mucize olarak kabul ettikleri suyun sırrını açıklayan çobanı bağışlamazlar ve ölümle cezalandırırlar."

111- VAHİT BABA ÇEŞMESİ

Ergani
Zülküf Savar
54
Esnaf
Büyüklerinden

Vahit Baba halk arasında çok saygı gören bir ihtiyarmış. Bir gün yolda giderken önünde bir kuzu yürümeye başlamış. Onun ardından giden Vahit Baba, kuzunun bir pınarın başına geldiğini ve suyun gözesine girip kaybolduğunu görmüş.

Daha sonra oraya bir çeşme yapılmış ve uğurlu sayılmış. Sıtmalı olanlarla, çocuğu olmayanlar bu çeşmenin suyundan içerler, taşına da yumurta ve para bırakırlar.

MOTİF - INDEX

1- B184. Sihirli dört ayaklılar
"Vahit Baba'nın önünden giden kuzu aniden suyun gözesine girerek kaybolur."

2- T527. Dua ile çocuk sahibi olma

"Çocuğu olmayan kadınlar bir çocukları olması için bu çeşmenin suyundan içerler."

112- KIZLAR ÇEŞMESİ

Silvan
Yaşar Parlak
31
Gazeteci
Büyüklerinden

Silvan'ın güneyindeki surların altında, elli metrelik aralarla yan yana yedi çeşme sıralanmıştır. Batıdan doğuya doğru bu çeşmelerin adları sırasıyla şöyledir. Belkisa, Fatma, Ayşı, Zübeyr, Hamide, Melika, Geza.

Yedi kardeş olan bu kızlar, Eyyubilerdenmiş. Bir savaş sırasında bu sur dibinde ölmüşler. Eyyubiler kaleyi alınca onları öldükleri yerlere gömmüşler. Bir süre sonra, bunların gömüldükleri yerlerden sular fışkırmış ve oralara çeşmeler yaptırılmış.

Silvanlı Tevfik Dabakoğlu'nun (67, terzi) babası, üç sabah üst üste üç çıplak peri kızını bu çeşmelerde yıkanırken görmüş.

Bu çeşmelerin suyu alerji, romatizma ve korkuya iyi gelirmiş. Ayrıca, âşıklar ve dileği olanlar da bu çeşmelerin suyundan içerler.

MOTİF - INDEX

1- Z71.5. Formülistik sayı 7

"Surların dibinde yan yana 7 çeşme sıralanmıştır."

2- P250. Erkek ve kız kardeşler

"Bu 7 çeşme, 7 kız kardeşin adlarını taşırlar."

3- F530. Olağanüstü durumlar

"7 kız kardeşin gömüldükleri yerlerden sular fışkırır."

4- F220. Perilerin yaşadığı yer

5- F230. Perilerin görünüşü

6- Z71.1. Formülistik sayı 3
"Bir adam üst üste 3 sabah 3 çıplak peri kızını bu çeşmelerde yıkanırken görür."

7- D1242.1. Sihirli su
"Bu çeşmelerin suyu hastalıkları iyileştirir."

113- HARAFENE ÇEŞMESİ

Çermik
Hatice Büyükkaya
50
Ev hanımı
Annesinden

Bir lohusanın ciğerini çeken kadın kılığında bir cin, Harafene Çeşmesi'nde, elinde tuttuğu bu ciğeri yıkıyormuş.

Çeşmeye su almaya gelen ve onu gören bir kadın ne yaptığını sorunca, hemen suyun gözesine girerek kaybolmuş. Kadın su almaktan vazgeçip hemen geri dönerek gördüklerini diğer kadınlara anlatmış. Onlar da biraz önce, yalnız bırakılan bir lohusanın, pirabok (cin) tarafından ciğeri alındığı için öldüğünü söylemişler.

Cuma akşamları, bu çeşmenin taşında mum yakılır. İnsanlara kötülük yapan cinlerle karşılaşmamak için dua edilir.

MOTİF - INDEX

1- F360. Kötülük yapan hain periler

2- F230. Perilerin görünüşü
"Kadın görünümündeki, kötülük yapan hain cin bir lohusanın ciğerini çeker."

3- C400. Konuşma yasağı

"Cinlerin, genellikle insanlarla konuşmaları yasaktır. Bu nedenle kadının sorusunu cevaplamayan cin, suyun gözesine girerek kaybolur."

4- V300. Dini inanışlar

5- V50. Dua

"İnsanlara kötülük yapan cinlerle karşılaşmamak için cuma geceleri bu çeşmenin taşında mum yakılarak dua edilir."

114- KIRKPINAR

Bismil
Aşağı Darılı Köyü
Cebrail Sürücü
36
Kırtasiyeci
Ağabeyinden

Ahmet adında bir delikanlı bir akşamüstü bu pınardan su doldururken, ortaya on iki tane çok güzel peri kızı çıkıp, yine çok güzel şarkılar söyleyerek Ahmet'i aralarına çağırmışlar.

Ahmet de bu güzel çağrıya dayanamayıp onların arasına katılmış ve uzun bir süre hep beraber çalıp, söyleyip, oynamışlar. Sonra delikanlı oradan ayrılıp evine dönmek istemiş, fakat peri kızları onu göndermemişler ve çok hırpalamışlar. Sonra da götürüp bir bataklığa atmışlar. Ahmet oradan çok zorlukla kurtulup evine dönmüş, fakat sonra bu olayın etkisiyle aklını yitirip çılgın bir halde hayatını sürdürmek zorunda kalmış.

MOTİF - INDEX

1- F220. Perilerin yaşadığı yer

2- F230. Perilerin görünüşü

3- D1615. Şarkı söyleyen objeler

"Pınardan çıkan 12 güzel peri kızı, yine çok güzel sihirli şarkılar söyleyerek Ahmet'i yanlarına çağırırlar."

4- F320. Periler insanları ülkelerine götürürler

"Ahmet'i yaşadıkları yere götüren periler uzun bir süre onunla beraber eğlenirler."

5- F360. Kötülük yapan hain periler

"Hain periler, Ahmet evine dönmek isteyince onu göndermezler. Çok hırpalarlar ve götürüp bir bataklığa atarlar. Bu olaydan sonra Ahmet çıldırır."

115- ÇIPLAK PINARI

Çermik
Doğan Köyü
Cemal Yıldızhan
53
Esnaf
Büyüklerinden

İki yılan, bu pınarın başına gelmişler. Yılanlardan birisi yaralıymış. Acıdan kıvranıyor, kendisini oradan oraya atıyormuş. Diğer yılan diliyle, bu pınarın suyundan alıp onun yaralarına sürmüş. Yaralar iyileşmiş ve yılan da sakinleşmiş.

O günden sonra, kapanmayan yarası olanlar, romatizmalılar, saralılar, bu pınarın suyuyla yıkanarak iyileşirlermiş.

MOTİF - INDEX

1- B200-B299. İnsan özelliği gösteren hayvanlar

"Pınarın başına gelen iki yılandan birisi, diğerinin yaralarına su sürer."

2- D1242.1. Sihirli su

"Bu çeşmelerin suyu hastalıkları iyileştirir."

ALTINCI BÖLÜM

VI- Aşk Üzerine Efsaneler

116- SUZAN (SUZİ) VE KIRKLARDAĞI

Diyarbakır
Esma Ocak
60
Yazar
Büyüklerinden

Diyarbakır'ın güneybatısında, Dicle Nehri kenarında Kırklardağı vardır. Bu Kırklardağı'nın arkasında da Kırklar Ziyareti vardır. Çocuğu olmayanlar buraya gelip dilek dilerler.

Zengin bir Süryani ailenin de hiç çocukları olmuyormuş. Kadın, Kırklar Ziyareti'ne gelip dilek dilemiş, adak adamış. Bir kızı doğmuş. Adını Suzi (Suzan) koymuşlar. Her yıl doğum gününde, annesi onu süsler, giydirir ve Kırklar'a götürerek bir kurban kestirirmiş.

Suzan böylesine bin nazlarla büyüyüp güzel bir genç kız olmuş. Müslüman komşularının oğlu Adil'le birbirlerine âşık olmuşlar. Yine bir doğum yıl dönümünde, annesi Suzi'yi hizmetçilerle beraber kurbanını kesmek üzere Kırklar Ziyareti'ne göndermiş. Arkalarından habersizce Adil de gelmiş. Hizmetçilerin kurban kesme telaşından yararlanan Suzi'yle Adil beraber dağın arkasına dolanmışlar ve orada sevişmişler. Kırklar Ziyareti, bu beraberliği bağışlamamış ve ziyaret Suzi'yi çarpmış. Kız On Gözlü Köprü'nün orada, Dicle'de boğularak ölmüş. Suzi'nin ölümünden sonra Adil de aklını yitirmiş.

SUZAN - SUZİ TÜRKÜSÜ

Kırklardağı'nın yüzü
Karanlık sardı düzü
Ben öleydim Suzi Suzi
Ziyaret çarptı bizi

Köprüaltı kapkara
Anne gel beni ara
Saçlarım kumlara batmış
Tarak getir de tara

Köprünün orta gözü
Sular apardı düzü
Ben öleydim Suzi Suzi
Dicle ayırdı bizi

MOTİF - INDEX

1- Z71.12. Formülistik sayı 40
"Kırklardağı'nda, Kırklar Ziyareti vardır."

2- T527. Dua ile çocuk sahibi olma

3- P150. Zengin adamlar
"Çocuğu olmayan zengin bir aile, Kırklar Ziyareti'nden dilek dileyince bir kızları olur."

4- (T) V301. Dini inanışlar (adak adama)
"Kızları doğan aile, her yıl çocuğun doğum gününde adak olarak Kırklar Ziyareti'nde bir kurban keserler."

5- T75.3. Ümitsiz aşk

"Süryani olan Suzan'la, Müslüman genç Adil, birbirlerine âşık olurlar."

6- Q240. Cezalandırılmış cinsi günahlar

7- Q211. Ölümle cezalandırma

"Müslüman Adil'le, Süryani olan Suzan'ın orada sevişmelerini bağışlamayan Kırklar Ziyareti, onları çarparak cezalandırır. Suzan ölür, Adil de aklını yitirir."

117- HASAN İLE ASİYE

Diyarbakır
Satı Köyü
Ahmet Bayrak
54
Çiftçi
Büyüklerinden

Murat Suyu'nun iki yakasında, karşılıklı iki köy varmış.

Bu köylerden birinde zengin bir ağanın kızı olan Asiye ile diğerinde yoksul bir evin oğlu olan Hasan yaşarmış.

Hasan bir gün karşı köye geçmiş ve Asiye'yi görmüş. Birbirlerine âşık olmuşlar. Fakat zengin ağanın, kızını yoksul Hasan'a vermesi imkânsızmış. Araya giren köyün yaşlıları da ağayı razı edememişler. Bu durum yıllarca sürmüş.

Su azken Hasan yüzerek gizlice karşı köye geçer ve Asiye'yle buluşurlarmış. Fakat sular azınca buluşamazlar ve karşı kıyıdan türkülerle birbirlerine şöyle seslenirlermiş:

Asiye : *Murat Suyu gümbürdüyor*
Tavşanlar kamışlıkta geziniyor
Ey kelekçi[1] *Hasan'ı bana getir*
Paradan korkma kefili benim

Hasan : *Asiye sen uzun boylu değilsin*
Sana uzun bir fistan giydireyim
Ayağına halhal [2] *takayım*
Koluna bilezik, kulağına küpe takayım
Malatya elması gibi seni cebime koyayım
Ramazan ayında iftarımı seninle açayım

Asiye : *Garip Hasan Murat Suyu soğuktur*
Biz birbirimizi beklerken
Küçük kavak fidanları büyüyüp ağaç oldular
İnsanlar sevdiğiyle evlenmezse
Erkeğin yedi oğlu, kadının da yedi kızı olsa
Yine boyunları birbirlerine dönüktür

Hasan : *Kız Asiye, ben bir tarafta sen bir tarafta*
Bizim köyün suyu bir dağdan gelir
Sen elini elime ver, Karacadağ'a doğru kaçalım
Bir kayanın, bir çalının dibine sığınalım
Üstümüzün örtüsü kar olsun razıyız
Yeter ki biz bir çift keklik gibi
Her sabah beraber uyanalım

---

(1) Nehri geçmek için kullanılan ilkel bir sal.
(2) Kadınların ayak bileklerine taktıkları çıngıraklı bilezik.

Asiye : *Sığınacağımız dağ kalmadı*
Çeşme kalmadı su içeceğimiz
Kalk tut elimi de kaçalım
İhtiyarlamadan, gençken daha
Yüreğimiz dalındayken beraber olalım

Asiye ile Hasan birlikte kaçarak Diyarbakır'a gelmişler ve zengin bir eve hizmetkâr olmuşlar. Asiye'nin ağabeyi ve adamları da izlerini sürüp Diyarbakır'a gelmişler.

Bir gün Hasan, çarşıda bunları görmüş, hemen eve dönüp Asiye'ye haber vermiş. Acele oradan kaçıp uzaklaşmışlar. Satı Köyü'nün kenarına gelmişler. Çok yorulmuşlar, orada Gamış (Manda) Çeşmesi'nden birbirlerine elleriyle su içirirlerken, arkalarından yetişen ağanın adamları onları oracıkta öldürmüşler. Kanları çeşmenin suyuna karışmış.

Sonraları burada kervanlar konakladığı zaman, kervancılar birbirlerine bu efsaneyi anlatıp, "Burası Hasan ile Asiye'nin vurulduğu yerdir, burası na-murat çeşmesidir," derlermiş.

Şimdi de bu efsaneyi bilenler, o çeşmenin yanından geçerken hüzünlenirler.

MOTİF - INDEX

1- T75.3. Ümitsiz aşk
"Yoksul genç, zengin ağanın kızına âşık olur, fakat ağa kızını bu yoksula vermez."

2- T102. Sevgililerin sevgilerini karşılıklı türküyle, şiirle belirtmeleri
"Hasan'la Asiye, birbirlerine olan aşklarını karşılıklı türkülerle dile getirirler."

3- L161.1. Fakir genç ile zengin kızın evlenmesi

"Asiye ile Hasan birlikte kaçarlar."

4- R200-R299. Firarlar ve takipler

"Kaçan sevgilileri, Asiye'nin ağabeyi ve diğer adamları takip ederler."

5- S21.6. Zalim erkek kardeşler

6- Q211. Ölümle cezalandırma

"Kaçak sevgilileri yakalayan kızın ağabeyi ve adamları, her ikisini de öldürürler."

iyi günde ve kötü günde
elimdeki ele dayandığım dağa
ŞERİF ALİ'ye

II. CİLT

BİRİNCİ BÖLÜM

I- Dini Efsaneler

a- Dini ve Tarihi Kişiler Üzerine Söylenmiş Efsaneler

1- PATRİK KÖYÜ ÇOBANI

Diyarbakır
Patrik Köyü
Turgut Yardım
51
Doktor
Annesinden

Patrik Köyü'nün yanındaki yığma tepede altın gömülü olduğu söylenirmiş. Bir çoban koyunlarını otlatırken bu tepede bir işarete rastlamış ve orayı kazmış. Bir küp altın bulup evine getirmiş, fakat köylüler yetkililere ihbar etmişler.

Yetkililer çobana altını nereye sakladığını sormuşlar, ama çoban inkâr etmiş. Sorgunun şiddeti artınca da, "Bana istediğinizi yapın, fakat karım henüz doğum yaptı, onun üzülmesini istemiyorum, izin verin o bebeği alıp anasının evine gitsin," demiş. İzin vermişler, kadın bebeğini alıp gitmiş.

Çobanın sürekli inkârları karşısında çaresiz kalan görevliler, evin her tarafını aramışlar, ama altını bulamamışlar, çobanı bırakıp gitmek zorunda kalmışlar. Duruma şaşan köylüler, çobanın altınları nasıl yok ettiğini bir türlü anlayamamışlar. Kurnaz çoban altınları bebek kundağı gibi sararak, karısının kucağına verip dışarı kaçırmış, oysa karısı gerçekten doğum yapmamış.

Daha sonraları, köylülerin gözünde saygınlık kazanan çoban, yörede sözü geçen bir bey olmuş.

MOTİF - INDEX

1- N500-N599. Meydana çıkarılan, sahipsiz hazine
"Çoban bir küp altın bulur."

2- J1115.6. Becerikli köylü

3- K500-K649. Aldatma ile kurtulma
"Çoban, karım doğum yaptı diye görevlileri aldatarak altınları dışarı kaçırır."

2- YEDİ BELA HÜSEYİN EFENDİ

Diyarbakır
Ekrem Yardım
75
Tüccar
Büyüklerinden

Diyarbakırlı Hüseyin Efendi'nin on iki tane köyü varmış. Az vergi vermek için resmi kayıtlarda altısının adını gösterirmiş. Zamanla, kayıtlarda görünmeyen diğer altı köyüne devlet el koymuş. Çok telaşlanan Hüseyin Efendi ne yaptıysa memurlara söz anlatamamış. Bunun üzerine, İstanbul'a gidip padişahın huzuruna çıkmaya ve köylerini kurtarmaya karar vermiş.

O günün koşullarında, tam altı ayda Diyarbakır'dan İstanbul'a varabilmiş ve Sirkeci'de bir hana yerleşmiş. Hemen ertesi günü de saraya gidip, kapıdaki nöbetçilere padişahı görmek istediğini söylemiş. Saray koruyucuları, bu Diyarbakır'dan geldiğini söyleyen iriyarı, palabıyıklı adamı hemen ite kaka oradan uzaklaştırmışlar, sarayın bahçe kapısından bile içeri sokmamışlar.

Hüseyin Efendi bir yıl boyunca, sıcak soğuk, yağmur çamur demeden büyük bir kararlılıkla her gün saraya giderek padişahı görmek istediğini söylemiş, fakat her defasında da kovulmuş.

Bir gün, bu olay padişahın kulağına gitmiş ve "Getirin şu adamı huzuruma bakalım ne istiyor, merak ettim," demiş. O sırada Hüseyin Efendi de sıcaktan bunaldığı için, sırtında gecelik entarisi, ayaklarında takunyalarla deniz kenarında oturup serinlemeye çalışıyormuş. Padişahın adamları, onu o vaziyette derdest edip öylece huzura çıkarmışlar.

Padişah önce ona, "Bir yıldan beri her gün saraya gelip benimle görüşmek istiyormuşsun, ne inatçı adammışsın, sen başımıza yedi bela mı kesildin," diye bağırmış, sonra da ne istediğini sormuş. Hüseyin Efendi de ona dileğini bildirerek, köylerinin kendisine geri verilmesini istemiş. Padişah, vergiden kaçtığı için ona altı köyünden yalnız üçünün geri verilmesini söylemiş ve onu geri Diyarbakır'a göndermiş. O günden sonra, Hüseyin Efendi'nin sülalesine "Yedi Belalar" denmiş.

MOTİF - INDEX

1- P150. Zengin adamlar
"Hüseyin Efendi'nin on iki köyü vardır."

2- W167. İnat

3- W26. Tahammül
"Hüseyin Efendi, her gün saraydan kovulmasına karşın, büyük bir sabır ve inatla bir yıl boyunca yine her gün saraya gider."

4- P12. Kralların karakterleri
"Padişah, Hüseyin Efendi'ye dileğinin bir kısmını verir."

3- GÜMÜŞ SAKALLI PAŞA

Diyarbakır
Abdüssettar
Hayati Avşar
72
Araştırmacı
Babasından

Eskiden Diyarbakır'da yaşayan Hıristiyanların, et yemelerinin yasak olduğu bahar ayı başındaki Paskalya günlerinde, Müslümanlar Kırklar Dağı'na pikniğe giderler, yer içer eğlenirlermiş. Adına "Cigaret" (Ciğeret) dedikleri ızgaralarla kendilerine ziyafet çekerlermiş.

Bu gelenek böyle sürüp giderken, Diyarbakır'a bir paşa gelmiş. Bu, gümüş renkli sakallı, ince düşünceli, nazik bir paşaymış. Hıristiyan komşuların et yemedikleri özel bir günde, böyle pikniğe çıkıp et pişirmenin ve kokusunu da çevreye yaymanın doğru olmadığını belirterek bu "Cigaret" geleneğini yasaklamış ve zamanı geldiğinde de şehri çevreleyen surların bütün kapılarını kapattırarak, kimsenin dışarıya, kırlara çıkmasına izin vermemiş.

Bir araya toplanıp buna bir çare düşünen Diyarbakırlılar, altı-yedi tane tabutu omuzlayarak, Mardin Kapı'ya gelmişler ve nöbetçiye, "Cenazelerimiz var, mezarlığa götüreceğiz, kapıyı aç," demişler. Kapı açılınca da doğruca Kırklar Dağı'na gidip tabutları açarak içlerindeki piknik malzemelerini çıkarıp, yine her yıl yaptıkları gibi yiyip içmeye, gülüp eğlenmeye başlamışlar. Bir yandan da hep bir ağızdan, şu türküyü söylüyorlarmış:

Ey paşa, paşa
Sakalı gümüş paşa
Şeftali çiçek açtı
Yasağı kaldır paşa...

MOTİF - INDEX

1- C751. Belirli zamanlarda bazı şeyleri yapma yasağı
"Hıristiyanlar, Paskalya günlerinde et yemezler."

2- C563. Kralın yasakları

3- C200. Yeme yasağı
"Paşa, Diyarbakırlı Müslümanlara, Paskalya günü piknik yapıp et yemeyi yasaklar."

4- K0-K99. Aldatma ile kazanılmış haklar
"Diyarbakırlı Müslümanlar tabutları omuzlayarak, cenazemiz var diye nöbetçiyi aldatırlar ve kapıyı açtırıp pikniğe giderler."

4- HACI AHMET EFENDİ

Diyarbakır
Bedriye Aydemir
81
Ev hanımı
Annesinden

Hacı Ahmet Efendi ermiş bir insanmış. Kaymakamlık yaptığı bir sırada, diğer devlet memurları gizlice hamamda toplanarak buna kara çalıp, üst makamlara ihbar etmeye karar vermişler. Bu kararlarından kimseye söz etmemeye de aralarında yemin etmişler.

Evinde oturan Hacı Ahmet Efendi, hamamda olanları anlamış ve o adamları huzuruna çağırtıp bu karardan haberi olduğunu söyleyerek onları kınamış. Çok şaşıran memurlar korkarak ve utanarak ondan özür dilemişler, bu olaydan sonra da ondan hiçbir şeyin gizlenemeyeceğini anlayarak, çok dikkatli ve saygılı davranmışlar.

Hacı Ahmet Efendi ölünce, eskiden şu andaki Yenişehir Sineması'nın yerinde bulunan mezarlığa gömülmüş. Mezarlık oradan taşınırken, onun mezarını açanlar cesedin hiç çürümediğini görmüşler.

MOTİF - INDEX

1 - K2110. İftira etmek
"Memurları, kaymakama iftira etmek isterler."

2- F530. Olağanüstü durumlar
"Hacı Ahmet Efendi, arkasından konuşulanları bilir."

3- F565.2. Olağanüstü kahraman
"Yıllar sonra açılan mezarda, cesedin çürümediği görülür."

5 - TİMURTAŞ BEY

Silvan
Malabadi Köyü
Yaşar Parlak
31
Gazeteci
Dedesinden

Malabadi Köyü'nün Beyi Timurtaş Bey, Batman Çayı'nın karşı kıyısındaki köylerden birinde oturan güzel bir kıza, bir görüşte âşık olmuş. Suların en azgın olduğu zamanlarda bile yüzerek karşıya geçer ve kızla buluşurmuş.

Kız bir gün, "Böyle yüzerek gelmen tehlikeli, boğulmandan korkuyorum. Sen bir beysin, bu çay üstüne bir köprü yaptır da rahatça gel git," demiş. Timurtaş Bey de bu sözü yerinde bulup, Malabadi Köprüsü'nü yaptırmış ve kolayca karşıya gidip gelmeye başlamış, fakat giderek kıza olan ilgisi azalmış ve çok az gitmeye başlamış, çünkü onu karşıya çeken, biraz da o korkulu ve heyecanlı geçişlermiş.

Bunu anlayan kız, bu kez de beyden köprüyü yıktırmasını istemiş. Köprü yıkılınca, Timurtaş Bey de yine yüzerek gidip gelmeye başlamış. Daha sonra da evlenip, yedi gün yedi gece düğün yapmışlar.

MOTİF - INDEX

1- T15. İlk görüşte âşık olma
"Timurtaş Bey, karşı köyden bir kıza ilk görüşte âşık olur."

2- T69. Kur yapmayla ilgili, çeşitli motifler
"Timurtaş Bey, sevgilisiyle buluşmak için çayı yüzerek geçer."

3- P150. Zengin adamlar
"Bey sevgilisinin uyarısı üzerine bir köprü yaptırır."

4- T136.3. Düğün eğlenceleri

5- Z71.5 Formülistik sayı 7
"Sevgilisiyle evlenen bey, 7 gün 7 gece düğün yapar."

6- BACI - KARDEŞ

Silvan
Bahire Özkan
70
Ev hanımı
Annesinden

Eskiden Silvan'da tüm evler tek katlı, düz damlı ve bir boydaymış. Bu evlerin damlarından yürünerek, ilçenin bir ucundan, diğer bir ucuna kadar gidilebilirmiş.

Bir gün, ilçenin kuzey ucundaki Büyükçeşme Mahallesi'nde oturan bir ailenin küçük kızı, evlerin damlarından yürüyerek, ilçenin güney ucundaki Kırıkminare Mahallesi'ne kadar gitmiş ve orada kaybolmuş.

Hiç çocuğu olmayan bir kadın onu bulmuş, fakat çocuk kim olduğunu ve ailesini anlatamamış. Kadın da onu evlat edinip büyütmüş.

Yıllar sonra, şehrin kuzeyinde oturan bir aile, bu kızı oğullarına istemişler ve gelin almışlar. Gelin, oğlan evine inince, rafta duran bezden yapılmış bir bebek görmüş. Koşup onu almış ve ağlamaya başlamış. Kaynanası ne olduğunu sorunca da, "Benim çocukken bir bebeğim vardı, bu aynı ona benziyor," demiş. Kadın da bu bebeğin, küçükken kaybolan kızına ait olduğunu söylemiş ve gelinin annesine koşup, bu kız senin öz kızın mı diye sormuş. Kadın da onu küçükken bulduğunu ve evlat edindiğini söyleyince, kızın gelin gittiği evin kendi evi olduğu, damadın da kardeşi olduğu anlaşılmış. Son anda böyle bir trajediyi önlediği için tanrıya şükredilip, kurbanlar kesilmiş.

MOTİF - INDEX

1- P282. Üvey anne
"Çocuğu olmayan bir kadın, bulduğu bir kız çocuğunu evlat edinir."

2- T376. Evlenme hazırlığı
"Bir aile, bu kızı oğullarına isterler ve düğün yapılır."

3- H80. İşaretle tanıma
"Gelin rafta duran oyuncak bebeği tanır."

4- H11.1. Hayat hikâyesi anlatarak tanıma
"Kadın, gelinin hayat hikâyesini öğrenince, onun kendi kızı olduğunu anlar."

7 - TOPALINOĞLU

Dicle
Altay Köyü
Cahit Akyol
86
Çiftçi
Büyüklerinden

Bu köyde eskiden çok becerikli bir baytar (veteriner) varmış. Bu adamın yedi oğlu varmış. Hepsi son derece sessiz, uslu çocuklarmış.

Bir gün, çocuklardan birinin kirvesi

(sünnet sırasında çocuğu tutan ve sünnetin giderlerini karşılayan aile dostu) o eve konuk gelmiş. Yemek sırasında çocukların bu çekingen hallerini görünce, baytara, "Senin bu oğlanların hiçbirinde iş yok. Hepsi de koyun gibi sessizler, yarın başına bir iş gelse, hiçbiri senin arkanı aramazlar," demiş.

Bu söz baytarı düşündürmüş. Daha sonraları iriyarı, yiğit fakat topal bir kadınla daha evlenmiş ve ondan da bir oğlu olmuş. Bir gün, bu baytarın ününü duyan komşu beylerden birisi, adamlarını gönderip onu kendi köyüne kaçırtmış. Bir daha geri dönemesin diye de gözlerini kör etmiş. Yedi oğlundan hiçbirisi baytarın arkasını aramaya cesaret edememişler. Aradan yıllar geçmiş topal kadından olan oğlan büyümüş. Bir arkadaşıyla dövüşürken onu yere yıkınca, yıkılan çocuk ona, "Sen benimle uğraşacağına, baban esirdir, git yiğitsen onu kurtar," demiş.(1)

Çocuk hemen eve gelip annesini sıkıştırmış ve işin aslını öğrenmiş. Öğrenir öğrenmez de annesinin tüm yalvarmalarına aldırmayarak, babasının ahırda duran atına binmiş ve onu kurtarmaya gitmiş.

Babasını bulmak için köy köy dolaşırken, bir gün bir köyde hastalanan atını o köyün baytarına götürmüş. Baytar eliyle yoklayınca bu atı tanımış ve "Bu at benim atım, sen de Topalınoğlu olmalısın, öyleyse ben de senin babanım," demiş ve oğluna sarılmış. Oğlu ken-

(1) "Segrek sarhoş oldu. Gördü ki öksüz oğlan bir çocukla kavga ediyor. Bre noldunuz diye, bir tokat birine, bir tokat birine vurdu. Eski dutun biti, öksüz oğlanın dili acı olur. Biri der: Bre bizim öksüzlüğümüz yetmez mi, bize niye vuruyorsun. Hünerin var ise kardeşin Alınca Kalesi'nde esirdir; var onu kurtar, dedi. Atını çektiler bindi. Koşturdu, anasının yanına geldi. Atından indi, anasının ağzını aradı." (Muharrem Ergin, *Dede Korkut Kitabı*, İst. 1969, s. 203)

disini kurtarmaya geldiğini söyleyince de ona, "Sen bu atı, hiç güneş görmeyen bir ahırda altı ay besle sonra da çamur bir tarlada, ayağına hiç çamur bulaşmayıncaya kadar koştur," demiş.

Oğlan bu öğütlerin hepsini yerine getirmiş ve günü gelende de babasını kaçırmış. Beyin adamları arkalarına düşmüşler. Dicle kenarında tam onları yakalayacakları sırada, babası oğluna, "Atın sol kulağını ısır," demiş. Oğlan ısırmış ve at kanatlanıp Dicle'yi uçarak geçmiş. Baytarla oğlu da bu at sayesinde kurtularak köylerine varmışlar.

Bu olaydan sonra yöredeki erkekler, "Topalınoğlu" gibi yiğit oğullara sahip olabilmek için, yiğit ve yürekli kadınlarla evlenmeye başlamışlar.

MOTİF - INDEX

1- P440. Esnaflar

2- Z71. 5. Formülistik sayı 7

3- P233. Baba ve oğullar

4- P251.6.3. Altı veya yedi erkek kardeş
"Becerikli bir baytarın, çok sessiz ve uslu olan 7 oğlu vardır."

5- P310. Arkadaşlık
"Baytarın arkadaşı, oğulları konusunda onu uyarır."

6- T145.0.1. Birden fazla kadınla evlenme

7- T589. Çocuğun doğumu
"Baytar, yiğit ve topal olan ikinci bir kadınla daha evlenir ve bu kadından da bir oğlu doğar."

8- R111. Esirlik
"Zorba beylerden birisi, baytarı kaçırtarak onu tutsak eder."

9- S400-S499. Zalim işkenceler
"Bey, kaçmasın diye, baytarın gözlerini kör eder."

10- L13. Vicdan sahibi en geç oğul
"En küçük oğul, babasını kurtarmaya gider."

11- H80. İşaretle tanıma
"Kör baytar ata dokunarak atını ve oğlunu tanır."

12- J154.0.1. Babanın öğütleri
"Babası oğluna, at bakımı konusunda öğüt verir."

13- R210. Kaçışlar

14- J1113. Becerikli oğlan çocuğu
"Babasının öğütleri doğrultusunda davranan becerikli oğul, babasını kaçırıp tutsaklıktan kurtarır."

15- R200-R299. Kaçışlar ve takipler
"Beyin adamları, kaçan baba ile oğulu takip ederler."

16- B401. Yardımcı at

17- B184. Sihirli dört ayaklılar
"At, Dicle'yi uçarak geçer ve baba ile oğulu kurtarır."

18- T376. Evlenme hazırlığı
"Erkekler, yiğit oğullara sahip olabilmek için, kendilerine eş olarak, yiğit kadınlar aramaya başlarlar."

Çermik-Çaybaşı (Şirinvare) Köyü
İsmail Demir
61
Emekli İlköğretim Müdürü
Büyüklerinden

8- ŞİRİNVARELİ PEHLİVAN

Çermik Kaplıcaları'na bir pehlivan gelmiş ve Çermik Beyi'ne bir haber gönderip, "Ya bana bir rakip bulsun ya da bahşişimi versin gideyim," diyerek ferman okumuş.

Bey, bahşiş vermek kolay ama, ona bir rakip çıkaramazsak beyliğimizin adına gölge düşer diye düşünmüş. Çevreye haber salıp tez elden bir rakip bulunmasını istemiş. Beyin yakınlarından biri, "Ben Şirinvare'de bir çoban gördüm, koyunlarını otlatırken etraftaki kevenleri (çok derin köklü, ancak kazmayla sökülebilen, güçlü yayvan bir diken) yalnızca iki parmağıyla tutup çıkarıveriyordu, çok güçlüydü," demiş. Bey de hemen onu bulup getirmelerini emretmiş.

Çoban anasıyla helalleşip beyin huzuruna gelmiş. Bey de ona dileğini anlatıp, "Bu pehlivanı yener, beyliğimizin onurunu kurtarırsan sana istediğini veririm, eğer yenilirsen kellen gider," demiş. Çoban boyun büküp razı olmuş.

Güreş başlamış. Çoban çok güçlü, pehlivan da çok ustaymış, bu nedenle öğleye kadar yenişememişler. Başından korkan çoban, bakmış ki olacak gibi değil, bir yumruk vurup pehlivanın ciğerlerini söküp öldürmüş.

Sonuçtan memnun olan bey, çobana dileğini sormuş. Çoban da koyunlarını rahatça otlatabilmek için, "Sakaltutan Otlağı"nın kendisine verilmesini istemiş. Bey de vermiş.

O zamandan beri, Sakaltutan Otlağı'nın manevi sahibinin bu çoban olduğuna ve burada otlatılan koyunların da sütlerinin daha bol olacağına inanılır.

MOTİF - INDEX

1- P12. Kralların karakterleri

"Bey, pehlivana rakip çıkaramazsak, adımıza gölge düşer diye düşünür."

2- P231. Ana ve oğul

"Çoban, beyden çağrı alınca anasıyla helalleşir."

3 - Q111. Ölümle cezalandırma

"Bey çobana, yenersen istediğini veririm, yenilirsen kellen gider, der."

4- H1200-H1399. Kahramanlık sınavları

"Uzun bir çekişmeden sonra, çoban pehlivanı yenerek gücünü ve yiğitliğini kanıtlar."

9- PÖSTEKİ YÜRÜTEN CİNCİ DERVİŞ

Diyarbakır
Azize Özpirinççi
90
Ev hanımı
Aile büyüklerinden

Eskiden Diyarbakır'a Hint'ten dervişler gelirlermiş. Boyunlarında "keşkül" (zincirle boyuna asılan ve torba görevi gören büyükçe bir yak veya öküz boynuzu) asılı olan bu dervişler, ev ev gezerek, ellerindeki sopaları kapılara vurup, "Destur Huuuu!" derlermiş. Ev sahipleri de onlara bulgur, üzüm, yağ gibi yiyecek maddeleri verirlermiş. Bu yiyecekleri keşküllerine koyan dervişler, kaldıkları medreselere veya köylere dönerek bunları pişirirler ve yaşamlarını böyle sürdürürlermiş.

Bir gün yine böyle bir dervişin çaldığı kapıyı o evin genç ve güzel kızı Esma Hanım açmış ve yiyecek vermiş. Derviş kıza, "Bana saçından iki tel verir misin," diye yalvarmış. Bunda bir iş olduğunu anlayan kız içeri girmiş ve evlerinin kilerinde yıllardır duran kara póstekiden iki kıl koparak getirip dervişe vermiş.

O gece yarısı ev halkı, kilerden gelen bir gürültüyle uyanıp koşmuşlar ki ne görsünler, yerdeki pösteki durmadan sağa sola sıçramakta ve kapıdan dışarıya çıkmaya çalışmaktaymış. Esma Hanım hemen gündüz olanları babasına anlatmış. Bunun üzerine evin erkekleri atlanıp silahlanarak kapıyı açmışlar ve büyük bir hızla uçarcasına giden póstekinin ardına düşüp onu izlemeye başlamışlar.

Pösteki vara vara bir köye varmış ve bir evin kapısında durmuş. Kapıyı açıp içeriye giren erkekler, cinci dervişin avluda saç teli sandığı o iki kılla büyü yapıp, kızın kendisine gelmesini beklediğini görmüşler. Kız yerine bir kara pöstekiyle, silahlı erkeklerin geldiğini gören cinci derviş çok korkmuş ve müthiş bir dayak yemiş. Bir daha böyle bir şey yapmayacağına tövbe ederek, adamların elinden kurtulmuş.

MOTİF - INDEX

1- (T) V207. Dini yardımcı (Derviş)
"Eskiden Diyarbakır'da Hint'ten gelen dervişler, halktan topladıkları yiyeceklerle geçinirler."

2- W131. Çapkınlık

3- W154. Nankörlük
"Derviş, kendisine yiyecek veren kıza büyü yaparak, onu kendisine bağlamak ister."

4- K500-K649. Aldatma yoluyla kurtulma
"Kız dervişe, kendi saçı yerine pösteki kılı vererek onun büyüsünden kurtulur."

5- F530. Olağanüstü durumlar

6- E64. Sihirli obje ile dirilme
"Cinci dervişin yaptığı büyüyle, cansız pösteki canlanır ve yürür."

7- Q240. Cezalandırılmış cinsi günahlar
"Cinsel nedenlerle bir kıza büyü yapmak isteyen derviş, şiddetle dövülür."

10- İSKENDER PAŞA

Diyarbakır
Seyfettin Budak
77
Çiftçi
Akrabalarından

İskender Paşa, Narman Kalesi beyine haber göndererek, kaleyi kendisine teslim etmesini istemiş.

Kale beyi de gelen haberciye, "İskender Paşa anlı şanlı bir büyük paşadır. Benim küçücük kalemi alıp da ne yapacak, aman bize dokunmasın," demiş ve kaleyi teslim etmemiş.

Buna kızan paşa, gidip kaleyi kuşatmış. Kale beyi, onun yanına gelerek, "Paşam, boşuna adamlarımızın kanı dökülmesin, kalem de yanıp yıkılmasın. Biz, teke tek dövüşelim, hangimiz yenersek kale onda kalsın," demiş. Paşa da kabul etmiş ve "Dövüşeceğimiz silahı sen seç," demiş.

Bey oku seçmiş. Meğer İskender Paşa da çok iyi ok atarmış. Dövüş başlamış, paşa nişan alıp okunu atmış. Ok beyin tam kalbine geldiği halde ölmemiş. Bundan sonraki tüm atışlarda da beye bir şey olmadığını ona ok işlemediğini gören paşa, bu işin içinde bir iş olduğunu anlamış.

Gece olunca, askerlerini kaleye gönderip beyin yakın adamlarından birisini kaçırtıp huzuruna getirtmiş. Beye ok işlemeyişinin nedenini sormuş, ama adam cevap vermemiş. Bütün zorlamalarına karşın adamı konuşturamamışlar. Sonunda, paşa adama dayanamayacağı kadar çok altın vermiş. Bunun üzerine adam beyin sırrını söylemiş. "Beyimin elbisesinin altında, tüm vücudunu saran bir zırh vardır. Bu nedenle ona ok işlemez. Onu öldürmek için zırh olmayan yerine yani başına ok atacaksınız," demiş.

Ertesi sabah teke tek dövüş yeniden başlayınca İskender Paşa, beyin tam alnına nişan alıp okunu atmış ve onu öldürmüş. Böylece kale de onun olmuş.

MOTİF - INDEX

1- P12. Kralların karakterleri
"İskender Paşa, Narman Kalesi'ni almak ister."

2- M200-M299. Pazarlıklar ve söz vermeler
"Kale beyi, paşa ile pazarlık eder."

3- C422. Belirli kişilerin sırlarını açıklama yasağı
"Beyin adamı, beyinin sırrını açıklayarak ölümüne neden olur."

4- T2200-K2299. Alçaklar ve ihanet edenler

5- K2300-K2399. Diğer aldatmalar
"Paşa, altın vererek adamı aldatır. Adam da beyine ihanet edip onun sırrını söyler."

11 - ŞEYH MUHAMMED-İ ZIRAF (Zarif-İnce Şeyh)

Diyarbakır
Pirinçlik
Ziyaret Köyü
Rifat Yavuz
56
Emekli memur
Halasının oğlu
Şeyh Nurullah'tan

Nakşibendi şeyhleri ile Kadiri şeyhleri, birbirleriyle keramet sınavına girmişler. Sınav kalabalık bir topluluk önünde yapılmış. Bu bir gizlenme yarışıymış.

Kadiri şeyhi Şeyh Muhammet, incelerek bir ibriğin içine girmiş ve gizlenmiş. Diğerleri onu bulamamışlar. Bir süre sonra ibriğin ince ucundan ortaya çıkmış.

Bu kerametinden sonra ona "Şeyh-i zıraf" yani "Zarif-İnce Şeyh" demişler.

Zarif Şeyh'e Tanrı'dan bir mühür gelmiş. Bu mührün basılı olduğu kâğıdı üstünde taşıyan insana kurşun geçmez ve onu ateş yakmazmış.

Bu mühür şimdi, Şeyh Nurullah ailesindedir.

MOTİF - INDEX

1- H1563. Hüner sınavları
"Şeyhler birbirleriyle keramet sınavına girerler."

2- V340. İnanmayanlara gösterilen mucizeler
"Şeyh Muhammet, incelerek ibriğin içine gizlenir."

3- Q140. Mucizevi veya sihirli ödüller
"Şeyh Muhammet'e, Tanrı'dan bir mühür gelir."

4- (T) V304. Çeşitli dini inanışlar
"Mühür basılı kâğıdı üstünde taşıyana kurşun geçmez, ateş yakmaz."

12- SÜTÇÜ HACI

Diyarbakır
Abdüssettar
Hayati Avşar
72
Araştırmacı
Babasından

Eskiden Diyarbakır'da yaşayan yoksul bir sütçü varmış. Karısıyla birlikte süt satarak geçinirlermiş. Sütçü yıllarca para biriktirip hacca gitmiş. Haccın sonunda da sekiz gün süreyle kırk vakit namaz kılıp, son gece diğer hacılarla birlikte yere uzanıp uykuya dalmış. Rüyasında elinde uzun sopasıyla kara bir Arap gelerek, değneğiyle yatanları işaret edip, "Bu hacı, bu hacı değil," diye belirlemeye başlamış. Sütçü sıranın kendisine gelmesini merakla ve sabırsızlıkla beklemiş. Sıra kendisine gelince, Arap sopasıyla işaret ederek, "Bu da hacı değil," demiş ve sayımını sürdürmüş.

Buna çok üzülen sütçü, evine dönünce hemen karısını çağırıp olanları anlatmış ve sattıkları sütü nasıl hazırladığını sormuş. Kadın da, "Ben sütlere yarı yarıya su katıyorum," demiş, karısına kızan sütçü ona, bir daha böyle bir şey yapmamasını söylemiş ve yine uzun ve yorucu uğraşlardan sonra biriktirdiği parayla ikinci kez hacca gitmiş. Ne var ki haccın son günü, aynı eli sopalı Arap, yine onu hacı olmamakla suçlamış.

Bu kez de büyük bir üzüntüyle eve dönen adam, karısına yine ne yaptığını sorunca, karısından, "Süt kaplarının diplerini çalkaladığım suları süte katıyorum, bu kadarcıktan ne olur ki," cevabını almış.

Bunun üzerine sütçü, bundan böyle karısını hiç işine karıştırmamış. Daima katıksız süt satmış ve bununla biriktirdiği paralarla gittiği haccın da kabul edildiği, yine aynı Arap tarafından "bu hacıdır" sözüyle kendisine bildirilmiş.

Gerçek hacı olan sütçü de bu mutlulukla, Diyarbakırlılara hep katıksız süt satmayı sürdürmüş.

MOTİF - INDEX

1- (T) V37. İslamın diğer emri hacca gitmek
"Yoksul sütçü, para biriktirip hacca gider."

2 - F1068. Realist rüya
"Sütçünün rüyasında, hacılığının kabul edilmediği söylenir."

3- W136. Sahtekârlık
"Karısı süte su karıştırdığı için, sütçünün hacılığı kabul edilmez."

4- W35. Doğruluk

5- Q10. Ödüllendirilmiş işler
"Sütçü, katıksız süt satarak biriktirdiği parayla hacca gittiği için, hacılığı kabul edilerek doğruluğu ödüllendirilir."

13- ERMİŞ MEZARCI

Diyarbakır
Ümit Can
28
Kuyumcu
Ninesinden

Eskiden Diyarbakır'da bir mezarcı varmış. Bu adam, sürekli sağ elinin işaret parmağının üstünü koklar ve bundan da büyük mutluluk duyarmış. Bunun nedenini soranlara ise hiçbir şey söylemez, yalnızca gülümsermiş.

Bu böyle sürüp giderken bir gün yakın tanıdıklarını yanına çağırıp, "Benim ölümüm yakındır. Bu nedenle size bir sır vereceğim," demiş ve şunları anlatmış:

"Şehrimizin en zengin aynı zamanda da en cimri adamı öldüğünde, onu aşağıya indirmek için mezara girmiştim. Birdenbire kapkara bir zenci belirdi ve elindeki içi yılan çıyan dolu torbayı hızla mezarın içine boşalttı, göz açıp kapayıncaya kadar da ortadan kayboldu. Ben büyük bir korkuyla ölüyü bırakıp, kendimi mezar çukurunun dışına zor attım.

Bir zaman sonra da dul, yoksul ama herkese yardıma koşan ihtiyar bir kadın öldü. Onu da indirmek için mezara girdiğimde, yine aynı zenci gelip torbasını boşalttı. Bu defa mezara torbadan güller, sümbüller, çeşit çeşit hoş kokulu çiçekler döküldü. O sırada bir gül de benim işaret parmağımın üstüne değdi, işte o günden beri elim çok güzel kokmakta ve bu koku, hiçbir şeyle çıkmamaktadır."

Bunları anlatan mezarcı, hemen oracıkta uzanıp ölüvermiş.

MOTİF - INDEX

1- P150. Zengin adamlar

2- Q200-Q399. Cezalandırılmış işler

3- F530. Olağanüstü durumlar

"Zengin ve cimri adam ölünce, bir zenci mezarına yılanlar, çıyanlar atar."

4- W10. Sevecenlik

5- W28. Fedakârlık

6- Q10. Ödüllendirilmiş işler

"Yoksul ama iyiliksever ihtiyar kadın ölünce, mezarına çiçekler saçılır."

7- C240. Sırları açıklama yasağı

"Sırrını açıklayan mezarcı hemen oracıkta ölür."

14 - ANA HAMDO

Diyarbakır
Perran Toksöz
42
Doçent
Annesinden

Diyarbakır'ın eski ailelerinden birisinden olan Hamdiye Hanım, çok nüktedan, hoşgörülü, gözü gönlü tok, eli bol, bilge bir halk kadınıymış. Sözü sohbeti dinlenir, kadın erkek, genç ihtiyar herkes tarafından sevilirmiş.

Bir gün Hamdiye Hanımların evine hırsız girmiş. Evin büyük kızı da gündüz gözüyle eve giren bu hırsızı yakalayarak kilere hapsetmiş. Çarşıda olan ağabeyinin eve dönmesini ve cezalandırılmak üzere hırsızı gerekli yerlere teslim etmesini beklemeye başlamış. Bu arada vakit de öğleye yaklaşmış.

O sırada dışarıda olan Hamdiye Hanım eve dönünce, kızı ona olanları anlatmış. Hamdiye Hanım kızına, "İhtiyacı olmasaydı hırsızlık yapmazdı. Zavallı adamı niçin kilere kapatıp, bir de aç susuz bırakıyorsun. Vakit öğle oldu. O zavallı açlıktan ölmüştür, kilerde yalnızlıktan canı sıkılmıştır, hem de korkmuştur, sende hiç acıma yok mu?" diyerek çok kızmış. Sonra da kızının şaşkın bakışları altında, güzel bir yemek sinisi hazırlayarak kilerdeki hırsıza götürüp karnını doyurmuş. O sırada eve gelen oğluna da hırsıza iyi davranmasını söylemiş. Sonra adamın cebine üç beş kuruş da harçlık koyup, bir daha hırsızlık yapmamasını, çalışarak ekmeğini kazanmasını öğütlemiş ve onu serbest bırakmış.

Bir zaman sonra, Hamdiye Hanım'ın oğlu yolda giderken yanına o hırsız yaklaşmış ve elini öperek, "Annene selam söyle, ellerinden öperim. Onun sayesinde doğru yola geldim. Şimdi bir işte çalışıyorum ve hayatımı emeğimle kazanıyorum. Bunu annenin bana gösterdiği anlayışa ve ders verici insancıl davranışına borçluyum," demiş.

MOTİF - INDEX

1- W10. Sevecenlik

2- W35. Doğruluk

"Ana Hamdo sevecen, dürüst, herkes tarafından sevilen bir insandır."

3- P231. Ana ve oğul

4- P232. Ana ve kızları

5- P475. Harami

6- J155.4. Kadının öğüdü

"Hamdiye Hanım, kızına ve oğluna eve giren hırsıza iyi davranmalarını, hırsıza da bir daha hırsızlık yapmamasını öğütler."

7- (T) R49.4. Odaya hapsetme

"Evin kızı hırsızı kilere hapseder."

8- N825. Yaşlı kişilerin yardımı
"Hamdiye Hanım hırsıza yardım ederek doğru yolu bulmasını sağlar."

9- H400-H459. Namus sınavı
"Hanımın bağışladığı hırsız, bu olay karşısında iyi bir sınav vererek bundan ders alıp namuslu bir adam olur."

15- İKİ ORTAK

Diyarbakır
Aziz İpekçi
63
Tüccar
Büyüklerinden

İki adam ortak olup, Mardin Kapı'da bir bakkal dükkânı açmış. Birbirlerine çok güvendikleri için de hiç hesap tutmazlarmış. Aralarında bir sorun da çıkmazmış. Günler böylece geçip giderken, bir gün ortaklardan birisi bir kürsü (alçak tabure) çekip kapının önüne oturmuş ve etrafı seyretmeye başlamış. O sırada kapının önünde gidip gelen bir karıncayı da gözlüyormuş. Bu karınca hep dükkânın içinden bir şey alıp dışarıya taşıyormuş. Adam bir süre onu dikkatle izledikten sonra, ortağına dönüp, "Sen benden gizli bir şey yapmışsın, her ne yaptıysan hemen söyle, bilmek istiyorum," demiş. Ortağı da ona, "Sabah yüz tane yumurta gelmişti, dükkânda da yumurtaya ihtiyaç yoktu, çünkü daha üç gün önce yeterince almıştık. Ben de bu nedenle, yumurtaların ellisini kendi evime, ellisini de senin evine gönderdim, yalnız kendi evime gönderdiklerimi daha irilerinden seçmiştim, bundan başka da yaptığım bir haksızlık yok," demiş.

Bunu duyan adam ortağına, "Seninle hemen ayrılıyoruz, çünkü bu karınca daha önceleri dışardan içeriye taşırdı, şimdiyse içerden dışarıya taşıyor, artık bizim dirliğimiz düzenimiz bozuldu. İşin içine küçük de olsa bir haksızlık girdi, aramızdaki güven sarsıldı," demiş ve ortaklığı bozmuş.

MOTİF - INDEX

1- P310. Arkadaşlık

2- P440. Esnaflar

3- W35. Doğruluk
"İki arkadaş ortak olup bir bakkal dükkânı açarlar ve dürüstlük konusunda da birbirlerine çok güvenirler."

4- H1214. Hayvan dillerini bilen kahramanın aracılığıyla yapılan araştırma

5- H200-H299. Doğruluk sınavları

6- K2249.4. Hain bezirgân
"Adam, karıncanın davranış dilini araştırıp çözerek ortağının hile yaptığını anlar ve ondan ayrılır."

16- İSKENDER PAŞA CAMİİ'NİN İMAMI

Diyarbakır
Yakup
Bayburtluoğlu
60
Emekli
Büyüklerinden

İskenderpaşa Camii'nin bir imamı varmış. Her gün sabah erkenden kalkar ve sabah namazı için ezan okumak üzere camiye gelirmiş. Fakat ne kadar erken gelirse gelsin bir adamın kendisinden daha erken gelip, kapıda beklediğini görürmüş. Çok gayret etmiş, ama bir türlü o adamdan erken gelmeyi başaramamış. Bir yandan da bu duruma müthiş içerliyormuş.

Sonunda dayanamayıp bir gün adama, nasıl oluyor da her gün benden daha önce geliyorsun, bu kadar erken nasıl kalkabiliyorsun diye sormuş. Adam da gülerek, "Aman imam efendi hiç sorma. Benim üç tane karım var. Onlar her sabah çok erken kalkıyorlar. Birisi beni giydiriyor, birisi abdest suyumu hazırlıyor, bir diğeri de çorbamı pişiriyor, böylece erkenden hazırlanıp geliyorum," demiş.

Bunu duyan imam da düşünüp taşınıp, karısının üstüne üç kuma daha almış. Dört karısı olduğu için de artık o üç eşli adamdan çok daha önce hazırlanıp camiye gidebileceği için seviniyormuş. Ertesi sabah olunca, o gece beraber kaldığı eşi dışındaki diğer kadınlar saldırıp imamı öyle bir dövmüşler ki, imam kendisini sabahın köründe camiye atıp canını zor kurtarmış. Ortalarda da daha kimsecikler yokmuş.

Biraz sonra gelen diğer adam, imamın kendisinden önce geldiğini görünce gülerek, "Görüyorsun ya imam efendi, çok kadınla evli erkekler camiye nasıl da erkenden geliyorlar," demiş.

MOTİF - INDEX

1- V112. Camiler

2- (T) V36.4. Sabah namazı

3- (T) P40. Din adamları

"İskenderpaşa Camii'nin imamı her sabah erkenden, sabah namazı için ezan okumak üzere camiye gelir."

4 - T145. Çok eşle evlenme

5- K2300-K2399. Diğer aldatmalar

"İmam adamın sözüne aldanıp dört kadınla evlenir ve huzuru bozulur."

17- KARSİOĞLU

Lice
Selim Nazlıcan
(Selim Amca)
54
Lokantacı
Büyüklerinden

Karsi adında bir kadın varmış. Bunun da çok sevdiği bir oğlu varmış. Bu oğul zamanla büyüyüp evlenmiş. Ava çok meraklıymış. Yaz kış demez avlanırmış. Karısı ona her zaman, "Ben seni çok seviyorum, seni benden daha çok hiç kimse sevemez," dermiş.

Bir bahar başlangıcı, adam uzak bir dağa ava gitmiş. Akşama doğru şiddetli bir kar fırtınası çıkmış, göz gözü görmez olmuş. Görünürlerde sığınacak ne bir mağara ne de bir ağaç kovuğu varmış. Çaresiz kalan avcı, atını öldürüp karnını yararak temizlemiş ve atın karnına girmiş. Sabaha kadar büyük bir korku ile atın karnından gökyüzünü gözlemiş.

Gökyüzü bu süre içinde elli defa aydınlanıp, elli defa kararmış.

Sabah fırtına dinmiş. Avcı da kalkıp güç bela evine ulaşmış. Karısı büyük bir coşku gösterisiyle onu karşılayıp, yine kendisini çok sevdiğini söylemiş. Adam da, "Bu nasıl sevmek böyle, sabaha kadar eve dönmüyorum da nerede ne oldu, başına bir iş mi geldi diye merak bile etmiyorsun," deyince kadın, "Ben merakımdan sabaha kadar uyuyamadım, hep dışarıya bakıp yolunu gözledim," demiş. Bunun üzerine adam, "Peki, sabaha kadar uyumayıp dışarıya baktınsa, söyle bakalım hava kaç defa açılıp kapandı," diye sormuş. Kadın bir süre düşündükten sonra, "Üç defa," deyince, adam gülmüş ve "Meraktan hiç uyumadığın nasıl da belli oluyor, bari yalan söyleme," demiş.

O sırada adamın anası gelmiş ve oğluna sarılarak, "Ah oğul ah... Nerelerdesin? Geceki fırtınada kurda kuşa yem oldun diye deli oldum, gözüme uyku girmedi. Hep yolunu gözleyip, kurtulman için dua ettim," demiş. Adam da karısına sorduğu aynı soruyu anasına sorup, "Peki ana, sabaha kadar uyumadınsa, söyle bakalım gökyüzü kaç defa açılıp kapandı," demiş. Kadın da, "Ne bileyim oğul, yalan olmasın ama, saydığım kadarıyla elli defa açılıp kapandı," deyince, adam karısına dönüp, "İşte beni gerçekten kimin en çok sevdiğini anladın mı, bir insanı anasından daha fazla hiç kimse sevemez," demiş ve ana oğul birbirlerine sarılmışlar.

Şimdi köylüler, her yıl bahar başlangıcında aynı gece uyumadan gökyüzünü gözlerler. Hava yine elli defa açar kapanırmış.

MOTİF - INDEX

1- P231. Ana ve oğul
"Karsi kadının oğlu büyüyüp, avcı olur."

2- K2000-K2099. İki yüzlülükler

3- T200-T299. Evlilik hayatı
"Adamın karısı, gerçek olmadığı halde, seni benden çok kimse sevemez der ama, bütün gece gelmeyen kocasını merak bile etmeden yatar uyur."

4- L101. Talihi iyi gitmeyen kahraman
"Ava giden adam, şiddetli bir kar tipisine yakalanarak ölümle yüz yüze gelir."

5- J1100. Akıllılar
"Akıllı adam, atını öldürüp karnına girerek fırtınadan korunur."

6- W10. Sevecenlik

7- W28. Fedakârlık
"Ana dönmeyen oğlunu beklemek için, merak içinde sabaha kadar hiç uyumadan yol gözler."

8- P230. Ana baba ve çocuklar

"Bir çocuğu anasından daha fazla kimse sevemez."

18- AHMET'İN ANNESİ

Diyarbakır
Aziz İpekçi
63
Tüccar
Büyüklerinden

Vaktiyle Diyarbakır'da bir adamın çok çirkin ve çok şirret, çekilmez bir karısı ile Ahmet adında da bir oğlu varmış. Adam her ne kadar sabredip, bu kadınla geçinmek istemişse de sonunda dayanamamış ve bu beladan kurtulmak için yollar aramaya başlamış. Uzun bir zaman düşündükten sonra karısını hacca götürmeye ve giderlerken de yolda yok etmeye karar vermiş.

Karıkoca develere binip aylarca sürecek olan hac yolculuğuna başlamışlar. Devesini önden süren adam, bir konak yerine gelip durmuş. Çevreyi inceleyince, derin bir kör kuyu görmüş. Hemen kuyunun ağzına bir kilim serip, üstüne de bir minder koymuş ve karısının gelmesini beklemeye başlamış. Kadın gelince de onu devesinden indirip, yorulmuşsundur, gel şöyle otur da biraz dinlen diye oraya oturtmuş. Kadının oturmasıyla kuyuya düşmesi bir olmuş. Kadın düştükten kısa bir süre sonra, kuyudan büyük, korkunç bir kara yılan fırlayıp çıkmış ve hızla oradan uzaklaşmış.

Şirret karısından kurtulan adam, büyük bir sevinç içinde hacca gidip dönmüş. Döndüğü zaman, şehirde bir tellal şöyle bağırıyormuş: "Hükümdarımızın sevgili kızının boynuna büyük bir kara yılan dolanmıştır. Şu ana kadar hiç kimse bu yılanı oradan uzaklaştıramadı. Hükümdar, kızını bu korkunç ve kara yılandan kurtaranı ödüllendirecektir."

Adam bunu duyunca birdenbire, kuyudan çıkan yılanı anımsamış ve saraya gidip sözü edilen yılanı görmüş. Bu gerçekten, karısını attığı kuyudan kaçan yılanmış. Adam gülümseyerek padişaha, "Siz hiç üzülmeyin, ben kızınızı hemen şimdi bu beladan kurtaracağım," demiş ve sonra herkesin meraklı ve şaşkın bakışları altında yılana yaklaşıp, "Çabuk buradan uzaklaş, yoksa Ahmet'in annesini çağırırım," diye bağırmış. Bunu duyan yılan, kızın boynundan çözülüp, büyük bir hızla oradan uzaklaşmış.

MOTİF - INDEX

1- T251. Şirret kadın

"Bir adamın çirkin ve şirret bir karısı vardır."

2- K500-K649. Aldatma yoluyla kurtulma

3- (T) V37. İslamın diğer emri hacca gitmek

"Adam karısını hacca gitmek bahanesiyle aldatarak, yolda bir kuyuya atıp ondan kurtulur."

4- B200-B299. İnsan özelliği gösteren hayvanlar

"Yılan kötü insandan kaçar ve ayrıca söyleneni de anlar."

5- P19. Krallar

6- P40. Padişah kızları

7 - Q11. Zengin ederek ödüllendirme

"Hükümdar, kızını, boynuna sarılan yılandan kurtaranı ödüllendirir."

b- Camiler, Kiliseler (İbadet Yerleri)

19- SATI KÖYÜ KİLİSESİ

Diyarbakır
Satı Köyü
Fettullah Sarve
47
Kuyumcu
Büyüklerinden

Eskiden Satı Köyü'nde bir kilise varmış. Gayrimüslimler zamanla bu köyden taşınınca, kilise de kullanılmaz olmuş.

Bir gün köylülerden biri, bu kilisenin duvarından iki taş söküp evine getirmiş. O gece rüyasına giren bir dede, "Hemen o taşları götür ve aldığın yere koy," demiş. Ertesi sabah, adam rüyasını hatırlamış ama, ne olacak sanki nihayet bir rüyadır diye düşünerek taşları götürmemiş.

İkinci gece aynı dede köylünün rüyasına yine girmiş ve bu defa çok öfkeli bir şekilde, "O taşları hemen götürüp yerine koy, yoksa senin iki gözünü de çıkarırım," demiş ve elini adamın gözlerine doğru uzatmış. Adam gözlerinde büyük bir acı duyarak uyanmış. Korku ve dehşet içinde kalmış. Bu korkunun etkisiyle de daha sabahın olmasını bile beklemeden taşları götürüp aldığı yere koymuş.

Ertesi sabah, gördüğü her iki rüyayı da diğer köylülere anlatmış. Bunun üzerine kimse o kiliseye dokunmamış.

MOTİF - INDEX

1- F1068. Realist rüya
"Adamın rüyasına giren dede, aldığı taşları geri götürmesini söyler."

2- C755. Bir işi belirli bir zamanda yerine getirme
"Köylünün rüyasına giren dede, söylediğini belirttiği süre içinde yapmadığı için onu korkutur."

3- V340. İnanmayanlara gösterilen mucizeler

"Dedenin sözünü dinlemeyen adam, gözlerinde büyük bir acıyla uyanır."

20- ULU CAMİİ'DEKİ GİREN PİŞMAN GİRMEYEN PİŞMAN ODASI

Diyarbakır
Bedriye Yavuz
52
Ev hanımı
Annesinden, babasından

Tillo şeyhlerinden Sultan Memduh, çevresinde çok sayılan sevilen birisiymiş. Kendisine candan bağlı pek çok adamı varmış. Ünü şanı bütün bölgeyi sarmış.

Diyarbakır'ın hâkimi Reşit Paşa, onun bölgedeki bu etkisini, kendi geleceği için tehlikeli bulmaya başlamış. Ayrıca, paşanın çevresindeki fesat yaratmak isteyen ayaktakımı da, "Şeyh Memduh biraz daha güçlenince seni indirip yerine geçecek, hazırlıkları bu yöndedir," diye onu kışkırtmışlar. Reşit Paşa da bu etkilerle bir ferman çıkarıp, Şeyh Memduh'u Tillo'dan getirterek Ulu Camii'nin Kuzey Kapısı'ndaki bir odaya hapsettirmiş. Aklı başında Diyarbakırlılar bu işten rahatsız oldularsa da paşanın korkusundan bir şey diyememişler.

Şeyh Memduh orada, son derece kötü koşullarda günlerce tutsak kalmış. Zamanını hep dua ederek geçiriyormuş. Sonunda şeyhin büyük oğlu bu duruma dayanamayıp babasına, "Bu böyle olmayacak, bunlara bir keramet göster de buradan kurtul," diye yalvarmış. Şeyh de oğluna getirttiği bir kadife yastığa, yedi defa hızla vurmuş. Onun her vuruşundan sonra, başta Reşit Paşa olmak üzere, yakınındaki altı paşanın da vücutları şişmeye başlamış ve altı paşa o anda ölmüş. Paniğe kapılan Reşit Paşa, bunun Şeyh Memduh'un bir kerameti olduğunu anlamış ve hemen ona koşup, kendisini bağışlamasını istemiş. Şeyh, ona elini sürerek, "Artık seni ben de kurtaramam," demiş. Her ne kadar paşanın şişliği inmişse de bir süre sonra o da ölmüş.

Reşit Paşa'nın cenazesini götürüp gömmüşler, fakat ne kadar gömerlerse gömsünler, Şeyh Memduh'un tutuklanması için çıkardığı fermanı imzalayan sağ eli hep mezardan dışarı çıkıyormuş. Bu eli, toprağa kabul ettirmenin mümkün olmadığını gören paşanın yakınları, mezarın dışında kalan bu el için ayrıca küçük bir sanduka yaptırmak zorunda kalmışlar.

Bu olaydan sonra Şeyh Memduh'un kapatıldığı odaya "Giren Pişman Girmeyen Pişman Odası" denmiş, ayrıca halk arasında bu olayı anlatan bir de türkü yakılmış.

Bu türkünün bir bölümü şöyledir:

Reşit Paşa Şeyh Memduh'u sürdü Diyarbakır'a
Öldü yedi paşası göremedi körm'ola

Şeyhim sana hürmette kusur ettik bağışla
Ne olursun geri dön bir an önce Tillo'ya

Ben kendim gelmedim ki siz getirdiniz beni
Ama istiyorsanız elbet dönerim geri

Atlılar birer birer atlanıp yola düştü
Altı saat giderek uğurladı Memduh'u.

MOTİF - INDEX

1- (T) R49.4. Odaya hapsetme
"Reşit Paşa, Şeyh Memduh'u bir odaya hapsettirir."

2- (T) P40. Din adamları
"Şeyh Memduh çevresinde çok sayılan bir şeyhtir."

3- P150. Zengin adamlar

4- P10. Krallar
"Diyarbakır'ın hâkimi Reşit Paşa, Şeyh Memduh'un kendisini devirip yerine geçmesinden korkar."

5- V340. İnanmayanlara gösterilen mucizeler

6- Q211. Ölümle cezalandırma
"Şeyh Memduh, kerametini göstererek, paşayı ve adamlarını ölümle cezalandırır."

7- Z71.5. Formülistik sayı 7
"Şeyh Memduh, bir yastığa 7 kere vurarak, kendisini haksız yere cezalandıran 7 kişinin ölümüne neden olur."

8- F530. Olağanüstü durumlar
"Mezara konan paşanın sağ eli dışarı çıkar."

21- ULU CAMİİ'NİN AKREP TILSIMI

Diyarbakır
Abdüssettar
Hayati Avşar
72
Araştırmacı
Büyüklerinden

Eskiden Diyarbakır'da çok akrep varmış. İnsanları sokup öldürdüğü için de oldukça ciddi bir tehlike oluşturuyormuş. Yazın sıcağından korunmak için, özellikle çevre ilçelerden ve köylerden gelenler, kendilerini Ulu Camii'nin avlusundaki taşların üstüne atarak serinlemeye çalışırlarmış. Fakat cami avlusunda da çok akrep olduğu için, zehirlenmek korkusuyla rahat edemezlermiş.

Bu durumdan çok rahatsız olan kişiler bir gün toplanarak, Diyarbakır'ın en tanınmış kutsal kişisine gitmişler ve bu sorunlarına bir çözüm bulmasını dilemişler. O da demirden bir akrep tılsımı yaparak, Ulu Camii'nin ana kapısının üstüne asmış. Bundan sonra, cami efsunlandığı için akrepler avluda oturan hiç kimseyi sokmamışlar.

Şimdi de caminin avlusuna bir akrep bırakılsa, hemen zehirli kuyruğunu indirip oradan uzaklaşırmış.

MOTİF - INDEX

1- F265.2. Olağanüstü kahraman

2- F530. Olağanüstü durumlar
"Diyarbakır'ın en tanınmış kutsal kişisi, bir tılsım yaparak akrepleri zararsız hale getirir."

3 - D1130. Sihirli binalar ve parçaları

4 - D1150. Sihirli eşyalar
"Kutsal kişinin demirden yaptığı tılsım, Ulu Camii'yi akrebe karşı efsunlar."

c- Ziyaretler, Mezarlar, Türbeler

Silvan
Mehmet Şirinşans
55
Müezzin
Komşularından

22- ŞEYH HALİL ZİYARETİ

Şeyh Halil ile Şeyh Hasan iki kardeşmiş. Halil şehit olmuş, Hasan eceliyle ölmüş. İkisini de aynı yere gömmüşler.

Bazı geceler bu ziyarette, üç tane mum ışığı görülürmüş. Ertesi günü gidip bakanlar, orada mum veya ona benzer ışık verecek bir şey bulamazlarmış.

Bu ziyarete hastalar götürülür. Dua edilir, adak adanır.

MOTİF - INDEX

1- P251. Erkek kardeşler
"Şeyh Halil ile Şeyh Hasan iki kardeştir."

2- (T) V39. Şehit olma
"Halil şehit olur."

3- Z71.1. Formülistik sayı 3
"Bazı geceler, bu ziyarette 3 tane mum yanar."

4- V50. Dua

5- (T) V301. Dini inanışlar (adak adama)
"Bu ziyarete gidenler dua ederler ve adak adarlar."

23- ŞEYH SALİH KİLİSESİ ZİYARETİ

Kulp-Yayla Köyü
Esat Eren
61
Esnaf
Amcasından

Şeyh Salih, köyünde herkes tarafından sevilen bir kişiymiş. Öldükten sonra mezarının yanına, Müslümanlar bir cami, Ermeniler de kilise yapmak istemişler. Sonunda Ermenilerin dediği olmuş ve oraya bir kilise yapılmış.

Şimdi burayı hem Müslümanlar, hem Hıristiyanlar ziyaret ederler. Köylüler yaylaya giderlerken, ev eşyalarını, çalınmasın diye getirip bu kilisenin bir köşesine koyarlar. Oradan kimse bir şey çalamaz. Çünkü çalanlar çarpılırlarmış.

MOTİF - INDEX

1- V110. İbadet yeri
"Şeyh Salih'in mezarının yanına bir kilise yapılır."

2- D1130. Sihirli binalar ve parçaları

3 Q211. Ölümle cezalandırma

"Kiliseye konan eşyaları çalanlar çarpılırlar."

24- ŞEYH MUHAMMET ZİYARETİ

Kulp
Konuklu Köyü
Şikeftiyan Mezrası
Eşref Yalçınkaya
45
Çiftçi
Büyüklerinden

Bu ziyaretin bulunduğu yerdeki büyük taşın altından çıkıp akan suda, siyah ve beyaz renkli küçük taşlar varmış. Sıdıka adında bir kadın, bu suya elini sokup beyaz bir taş çıkarmış ve bir dilek dilemiş. Kısa bir zaman sonra dileği gerçekleşmiş.

Âşık gençler buraya giderler, gözlerini kapatıp sudan bir taş çıkarırlar. Çıkan taş beyazsa, sevdiklerine kavuşacaklar demektir, siyahsa kavuşamayacaklar.

MOTİF - INDEX

1- D931. Olağanüstü taşlar

2- M300-M399. Kehanetler

"Sudan çıkarılan beyaz ve siyah taşlar geleceği belirler."

25- ŞEHİDİ AKÇİK ZİYARETİ

Kulp-Kayacık Köyü
Pulta Mezrası
Seyithan Aslan
54
Çiftçi
Büyüklerinden

Şehidi Akçik, din uğruna savaşırken Pulta'da şehit düşmüş ve oraya gömülmüş. Mezarının etrafında kendiliğinden kavak ağaçları yetişmiş. Bir Ermeni bu ağaçlardan birini kesmek istemiş. Baltayı vurunca ağaçtan kan akmaya başlamış. İkinci vuruşunda da kendi ayağını kesmiş.

Şimdi bu ağaçlara kimse dokunmaz. Yalan söylediği sanılan suçlular, oraya götürülerek yemin ettirilir. Çünkü, orada yalan yere yemin edenin hemen öleceğine inanılır. Ayrıca hastalar, özellikle felçliler bu ziyarete götürülür, sağlık dilenir, adak adanır.

MOTİF - INDEX

1- V463. Din uğruna şehit olma
"Şehidi Akçik, din uğruna savaşırken şehit olur."

2- F530. Olağanüstü durumlar
"Mezarının etrafında kendiliğinden kavak ağaçları yetişir."

3- C510. Ağaç ve bitkiye dokunma yasağı

4- V340. İnanmayanlara gösterilen mucizeler

5- Q200-Q399. Cezalandırılmış işler
"Balta vurulunca ağaçtan kan akar ve ağacı kesmek isteyenin kendi ayağı kesilir."

6- H200-H299. Doğruluk sınavları
"Suçlular, bu ziyarete getirilerek sorgulanır. Yalan yere yemin edenler hemen oracıkta ölür."

7- (T) V301. Dini inanış (adak adama)
"Hastalar bu ziyarete gidip dilek dilerler ve adak adarlar."

26- ŞEYH MEHMET ZİYARETİ

Kulp-Alaca Köyü
Enver Çelik
65
Çiftçi
Büyüklerinden

Şeyh Mehmet, Andok Dağı'nda katıldığı bir savaşta şehit düşmüş ve o dağa gömülmüş. Bir gün, kendisine saygısız davranarak, hakkında olumsuz konuşan bir adamın rüyasına girip, bir daha böyle yapmaması sonra, başına bir felaket geleceği konusunda onu uyarmış.

Her yıl haziran on beşinde, köylüler bu dağa giderek, Şeyh Mehmet'in mezarını ziyaret ederler. Dilek dileyip adak adayarak, kurban keserler.

MOTİF - INDEX

1- V463. Din uğruna şehit olma.
"Şeyh Mehmet, savaşta şehit olur."

2- J157. Rüyada öğüt.
"Şeyh, hakkında kötü konuşanın rüyasına girerek, onu uyarır."

3- C755. Bir işi, belirli bir zamanda yerine getirme.

4- (T) V301. Dini inanış (adak adama)
"Bu ziyarete, her yıl haziranın on beşinde gidilir, dilek dilenir ve adak adanır."

27- ŞEYH LÜTFÜ ZİYARETİ

Diyarbakır
Karacadağ
İbrahim Yavuz
32
Eczacı
Büyüklerinden

Şeyh Lütfü, ermiş bir insanmış. Geceleri herkes uyuduktan sonra atıyla evinden çıkıp gider, Kore Savaşı'na katılırmış. Sabaha doğru evine döndüğünde, üstü başı toz toprak içinde ve çok yorgun olurmuş.

Daha sonra Kore Savaşı'na katılan askerlerden geri dönenler köye gelince, Şeyh Lütfü'yü savaşta gördüklerini anlatmışlar. Sırrı ortaya çıkan şeyh de ölmüş.

Mezarı kutsal sayılır. Ziyarete gelenler dua ederler.

MOTİF - INDEX

1- F0-F199. Diğer dünyalara seyahatler
"Şeyh Lütfü, geceleri çok uzaklara gider."

2- C422. Belirli kişilerin sırlarını açıklama yasağı

3- C423. Olağanüstülüklerin açıklanması yasağı
"Kore Savaşı'na katılan köylüler geri dönünce, şeyhin sırrını açıklarlar ve sırrı açıklanan şeyh de ölür."

4- V50. Dua
"Şeyhin mezarında dua edilir."

5- V200-V299. Kutsal şahıslar
"Şeyh Lütfü'nün mezarı kutsal sayılır."

28- YARALI PİR ZİYARETİ

Çınar *Ahmet Bayrak* *54* *Çiftçi* *Büyüklerinden*

Din uğruna savaşa katılan bir ihtiyar yaralanarak Çınar'a gelmiş ve Göksu kenarındaki kayalıklar arasında bir mağaraya saklanmış. Orada da ölmüş.

Bu ziyarete perşembe günleri felçli hastalar götürülür, çocuğu olmayanlar gider. Dilek dilerler, kurban keserler.

MOTİF - INDEX

1- V463. Din uğruna şehit olma
"Yaralı Pir, din uğruna savaşırken yaralanır ve ölür.

2- C755. Bir işi belirli bir zamanda yerine getirme

3- T527. Dua ile çocuk sahibi olma

"Bu ziyarete perşembe günleri gidilir. Çocuğu olmayan kadınlar çocuk sahibi olmak için dua ederler, kurban keserler."

29- HANNAOĞLU ZİYARETİ

Bismil
Remziye Yağar
38
Ev hanımı
Ninesinden

Bismil'de yatan Hannaoğlu, geceleri mezarından kalkarak Dicle kenarına gidip abdest alırmış. Uzun boylu ve beyaz elbiseliymiş. Elinde de yanan bir çıra tutarmış.

Bu ziyarete cuma akşamları, çocuğu olmayanlar giderler.

MOTİF - INDEX

1- F530. Olağanüstü durumlar

"Hannaoğlu, geceleri mezarından kalkıp abdest alır."

2- C755. Bir işi, belirli bir zamanda yerine getirme

3- T527. Dua ile çocuk sahibi olma

"Bu ziyarete cuma akşamları, çocuğu olmayan kadınlar giderler ve çocuk dileyip dua ederler."

30- NEBİ MELİK ZİYARETİ

Eğil
Harun Yıldırım
67
Emekli memur
Büyüklerinden

Nebi Melik, peygamberlerin berberiymiş. Peygamberler, öldükten sonra da yaşarlarmış. Bu nedenle de saçları sakalları uzarmış. Nebi Melik, geceleri mezarından kalkar, eline bir fener alır, Eğil'de mezarları bulunan

Harun, Elyasa ve Zülküfül Peygamberleri tıraş ederek geri mezarına dönermiş. Gidip gelirken fenerinin ışığı görülürmüş.

Bu ziyarete çarşamba günleri ruh hastaları götürülür, dua edilir, dilek dilenir.

MOTİF - INDEX

1- P446. Berber
"Nebi Melik, peygamberlerin berberidir."

2- F530. Olağanüstü durumlar
"Peygamberlerin saç ve sakalları, öldükten sonra da uzar."
"Nebi Melik, geceleri mezarından kalkarak onları tıraş etmeye gider."

3- C755. Bir işi belirli bir zamanda yerine getirme

4- V50. Dua etme
"Bu ziyarete çarşamba günleri gidilir ve dua edilir."

31- CEBRAİL HOCA ZİYARETİ

Silvan
Mehmet Şirinşans
55
Cami müezzini
Akrabalarından

Cebrail Hoca bilgili, değerli bir hocaymış. Herkes onu sever ve saygı gösterirmiş. Bir gün öğrencilerine, "Ben öldüğüm zaman mezarıma yalnız Müslümanlar değil, Ermeni kadınlar da gelip yağlı ekmek dağıtırlarsa, işte o zaman tüm insanların gönlünü kazanmışım demektir, önemli olan da budur," demiş.

Cebrail Hoca ölünce, mezarına Ermeni kadınlar da giderek dua edip yağlı ekmek dağıtmışlar.

Ortanca Çeşme'nin yanındaki mezarlıkta olan bu ziyarete cuma akşamları gidenler mum dikerler ve dilek dilerler.

MOTİF - INDEX

1- J154. Ölmek üzere olan babanın öğüdü
"Cebrail Hoca, ölmeden önce öğrencilerine öğüt verir."

2- P681. Yasla ilgili âdetler
"Cebrail Hoca ölünce, mezarının başında dua edilir ve yağlı ekmek dağıtılır."

3- C755. Bir işi belirli bir zamanda yerine getirme
"Hocanın mezarı cuma akşamları ziyaret edilir."

32- ŞEYH MUHAMMET ZİYARETİ

Kulp
Konuklu Köyü
Yusuf Ziya Yıldız
56
Esnaf
Dedesinden

Şeyh Muhammet, köyünden uzaklarda ölüp gömülmüş. Aradan sekiz yıl geçtikten sonra mezarını köyüne taşımak için açtıkları zaman, cesedinin hiç çürümediğini görmüşler. Alnı da sanki uykudaymış gibi terliymiş. Getirip köyüne gömmüşler.

Bu ziyarete daha çok ruh hastaları gider. Dilek dilenir, adak adanır.

MOTİF - INDEX

1- F530. Olağanüstü durumlar

2- V340. İnanmayanlara gösterilen mucizeler
"Şeyh Muhammet'in yıllar sonra mezarı açıldığı zaman, cesedinin hiç çürümediği ve alnının da terli olduğu görülür."

3- (T) V301. Dini inanış (adak adama)

"Hastalar bu ziyarete gidip dilek diler, adak adarlar."

33- HILUNİ ZİYARETİ

Silvan
Cumat Köyü
Ömer Bademkıran
35
İmam
Dedesinden

Şeyh Muhammedi Hıluni, düşmanla din uğruna savaşırken Hılun Dağı'nda şehit olmuş ve oraya gömülmüş.

Her yıl on dört mayısta, çocuğu olmayan kadınlar birer horoz alarak hep birlikte bu dağa giderler. Dağda, ziyaretin yanında bulunan bir delikli taştan horozu bırakırlar. Orada bulunan çocuklar koşarak, horozu yakalamaya çalışırlar. Horoz yakalayanın olur. Bu arada çocuğu olmayan kadın da olması için dua ederek dilekte bulunur.

MOTİF - INDEX

1- V463. Din uğruna şehit düşme

"Şeyh Muhammedi Hıluni, din uğruna savaşırken şehit olur."

2- T527. Dua ile çocuk sahibi olma

"Çocuğu olmayan kadınlar bu ziyarete gidip çocuk sahibi olmak için dua eder, dilek dilerler."

3- C755. Bir işi belirli bir zamanda yerine getirme

"Bu ziyarete her yıl, on dört mayısta gidilir."

34- MİRİKAL ZİYARETİ

Hazro
Şimşim Köyü
Mehmet Ok
75
Çiftçi
Komşularından

Hasan adında ermiş birisi, Şimşim Köyü'nün Seyitler Boğazı'nda tek başına otururmuş. Dağdaki yabani keçiler kendiliklerinden ermişin yanına gelir ve sütlerini sağmasına izin verirlermiş.

Hasan Dede'yi ölünce de oraya gömmüşler. Geriye mestinin bir tekiyle, bir tası kalmış. Bu tas, Hazreti Süleyman'ın tasıymış.

Bu ziyarete felçliler götürülür. Hastalara bu tasla su içirilir, mest de vücudunun hasta yerlerine sürülür. Böylece hastaların iyileşeceğine inanılır.

MOTİF - INDEX

1- B430. Yardımcı vahşi hayvanlar
"Yabani keçiler, sütlerinin sağılmasına izin verirler."

2- D1050. Sihirli giyecekler

3- D1171.6. Sihirli tas
"Mirikal'in tasından su içen ve mestine dokunan hastalar iyileşirler."

35- ŞEYH ŞÜKRÜ TÜRBESİ

Ergani
Sermet Subaşı
69
Çiftçi
Annesinden

Şeyh Şükrü'nün aslı Muşluymuş. Sonradan Ergani'ye yerleşmiş. Ölünce de buraya gömülmüş. Türbesi "Dedüğü Baba"yla yan yanadır.

Şeyh Şükrü'nün türbesine her gece, su dolu bir testi koyarlarmış. Testi ertesi sabah boş bulunurmuş. Çünkü şeyh geceleri mezarından kalkarak bu suyla abdest alırmış. Ayrıca her yıl hacca gidenler, Şeyh Şükrü'yü de orada görürlermiş. Kendisi hakkında saygısızca konuşanların rüyalarına girip, "Bir daha hakkımda kötü söylersen senin gözlerini oyarım," dermiş.

Bu türbeye gidenler mum yakarlar ve dilek dilerler.

MOTİF - INDEX

1- F530. Olağanüstü durumlar
"Şeyh Şükrü, geceleri mezarından kalkıp abdest alır ve her yıl hacda görülür."

2- F1068. Realist rüya
"Şeyh, hakkında saygısızca konuşanların, geceleri rüyalarına girer."

36- SEYYİD BEDRİ TÜRBESİ

Hani
Yusuf Mahir
63
İşçi
Büyüklerinden

Seyyid Bedri, Hz. Hasan'ın oğluymuş. Hani'ye gelip yerleşmiş. Herkesi gece gündüz ibadete çağırırmış. Öldükten sonra, buraya gömülmüş. Ziyaretçisi çok fazlaymış. Sözü geçen birisi türbesinin kapısını kapattırıp, ziyareti yasaklamak istemiş. Fakat, türbenin kapısının örülmesi işinde çalışacak bir tek işçi bile bulamamış. Bu işi kendisi yapmaya kalkınca da türbenin duvarına şiddetle çarparak hemen oracıkta ölmüş.

Bu türbeyi hastalar ve dileği olanlar ziyaret ederler.

MOTİF - INDEX

1- (T) P40. Din adamları
"Seyyid Bedri, insanları ibadete çağırır."

2- Q211. Ölümle cezalandırma

3- V340. İnanmayanlara gösterilen mucizeler
"Türbenin kapısını örmek isteyen adam çarpılarak ölür."

37- PİR MANSUR ZİYARETİ

Dicle
Kocaalan Köyü
Fatma Aktan
82
Ev hanımı
Ninesinden

Pir Mansur, halifeler zamanında din görevlisi olarak önce Hakkari'ye, oradan da Dicle (Piran) yöresine gelmiş. Dicle'nin iki kolu arasında kalan Merdisi bölgesinin halkı kendisine inanmış ve saygı göstermiş. O da oraya yerleşerek Dicle'yi kurmuş. Dört yüz değerli din bilgini yetiştirmiş.

Ölünce Kocaalan Köyü'ndeki tepeye gömülmüş. Geceleri mezarında kendiliğinden ışıklar yanarmış.

Hastalar ve dileği olanlar bu ziyarete gidip adak adarlar.

MOTİF - INDEX

1- (T) P40. Din adamları
"Pir Mansur, din görevlisi olarak Dicle'ye gelir."

2- V340. İnanmayanlara gösterilen mucizeler

3- F330. Olağanüstü durumlar
"Pir Mansur'un mezarında geceleri kendiliğinden ışıklar yanar."

4- (T) V301. Dini inanış (adak adama)
"Dileği olanlar, bu ziyarete gidip adak adarlar."

38- ŞEYH İSMAİL ZİYARETİ

Lice *Bedriye Aydemir* *80* *Ev hanımı* *Kaynanasından*

Şeyh İsmail, bekâr bir şeyhmiş. Ölünceye kadar da hiç evlenmemiş. İki çocuklu genç ve dul bir kadın, her gün onun mezarına gidip, kendisinden iyi bir eş dilermiş. Bu dileğe çok kızan ve rahatsız olan şeyh, bir gün mezarından kadına, "Beni bir daha, bu dileğinle rahatsız etme," diye bağırmış. Bundan çok korkan kadın hemen koşarak oradan uzaklaşmış. Bir daha da hiç gitmemiş.

Daha sonra defalarca evlenen bu kadın, bütün kocalarından ayrılmış, hiçbiriyle mutlu olamamış, çünkü Şeyh İsmail'in gazabına uğramış.

Bu ziyarete, cuma günleri hasta olanlar giderler, adak adarlar.

MOTİF - INDEX

1- T376. Evlenme hazırlığı
"Dul kadın her gün şeyhin mezarına gidip ondan bir eş diler."

2- Q240. Cezalandırılmış cinsi günahlar
"Bekâr şeyh, kadının eş dilemesine kızarak onu cezalandırır ve mutsuz kılar."

3- C755. Bir işi belirli bir zamanda yerine getirme

4- (T) V301. Dini inanış (adak adama)
"Hastalar, cuma günleri bu ziyarete gidip adak adarlar. "

39- ZÜLKÜFÜL PEYGAMBER ZİYARETİ

Ergani
Adil Tekin
77
Fotoğrafçı
Babasından

Zülküfül Peygamber, Hz. Eyüp'ün oğluymuş. Asıl adı da Beşir'miş. Bir kefalet işindeki dürüstlüğü nedeniyle, adına "Zülkefil" denmiş. Asıl mezarı Eğil'deymiş. Ergani'de ise adını taşıyan dağın tepesinde geçici bir süre oturmuş.

Ergani'de bulunan Zülküfül Dağı'ndaki makamı, her yıl yüzlerce kişi tarafından ziyaret edilir ve dilek dilenir. Çocuğu olmayan dilek sahipleri, özellikle cuma ve pazar günleri ziyaret ederler. Dilekleri yerine gelip çocukları doğanlar, kızsa adını "Zülfiye" erkekse "Zülküf" koyarlar.

Eskiden buraya, "Zülküfül Peygamber Hazretlerine" diye başlayan, "Şu dileğimi yaparsan, sana bir kurban keseceğim" diye devam eden ve "Saygılarımı sunarım efendim" diye biten yazılı dilekçeler bile bırakıldığı olurmuş.

MOTİF - INDEX

1- (T) P40. Din adamları
"Zülküfül Peygamber, Hz. Eyüp'ün oğludur."

2- W35. Doğruluk
"Zülküfül Peygamber'in, bir kefalet işindeki dürüstlüğü nedeniyle adına Zülkefil denir."

3- T527. Dua ile çocuk sahibi olma

4- T596. Çocuğa isim koyma
"Bu ziyarete çocuğu olmayan kadınlar gidip, olması için dua ederler. Çocukları doğunca da o peygamberin adını koyarlar."

5- C755. Bir işi belirli bir zamanda yerine getirme

"Bu ziyarete cuma ve pazar günleri gidilir."

40- ŞEYH GÜZEL ZİYARETİ

Diyarbakır
Karpuzlu Köyü
Azize Yalçın
42
Ev hanımı
Kaynanasından

Şeyh Güzel yılanlarla dostmuş. Afsunlu şeker verdiği kişileri yılan sokmazmış. İnsanların ağrıyan yerlerine dokununca iyileştirirmiş. Ayrıca bu Şeyh Güzel, kendi hakkında söylenen sözleri de bilirmiş. Nazife adında bir kadın, bir gün onun aleyhinde konuşmuş, sonra da onun evine gitmiş. Kadını kapıda karşılayan şeyh, "Daha biraz önce arkamdan konuşuyordun, şimdi ne yüzle evime geldin," demiş.

Vasiyeti üzerine, ölünce Seyfül Mülük'ün yanına gömülmüş. Şimdi bu iki ziyaret yan yanadır. Dua edilip dilek dilenir.

MOTİF - INDEX

1- B491.1. Yardımcı yılan

"Şeyh Güzel yılanlarla dosttur. Onların insanları sokmamasını sağlar."

2- F530. Olağanüstü durumlar

"Şeyh Güzel, arkasından söylenen sözleri bilir."

3 - D1242. Sihirli yiyecek

"Şeyh Güzel'in afsunlu şeker verdiği kişileri yılan sokmaz."

4- J154. Ölmek üzere olan babanın öğüdü

"Şeyh Güzel, ölünce Seyfül Mülük'ün yanına gömülmesini vasiyet eder ve oraya gömülür."

5- (T) V304. Çeşitli dini inanışlar

"Şeyh Güzel'in mezarında dua edilir, dilek dilenir."

41- ŞEYH SEYDOŞ ZİYARETİ

Diyarbakır
Abdülaziz Tacerer
İşçi emeklisi
47
Dedesinden

Mardin Kapısı Mezarlığı'nda yatan Şeyh Seydoş, Şeyh Güzel'in kardeşiymiş.

Bir gün, Şeyh Seydoş'u düşmanları kovalamışlar. Tam yakalayacakları sırada Şeyh dört yaşındaki kızıyla beraber, harıl harıl yanan bir fırına girip saklanmış. Bir saat sonra oradan çıktıklarında her ikisi de sapasağlammış. Fırın ise soğukmuş. Bu ziyarete cuma akşamları gidilir. Dilek dilenir, dua edilir.

MOTİF - INDEX

1- P251.5. İki erkek kardeş

"Şeyh Seydoş ile Şeyh Güzel iki kardeştir."

2- P234. Baba ve kızı

"Şeyh Seydoş, dört yaşındaki kızıyla beraber düşmanlarından kaçar."

3- F530. Olağanüstü durumlar

4- V340. İnanmayanlara gösterilen mucizeler

"Şeyhle kızı yanan fırına girerler. Bir saat sonra sağ çıkarlar. Fırın da soğuktur."

5- (T) V304. Çeşitli dini inanışlar

6- C755. Bir işi belirli bir zamanda yerine getirme

"Bu ziyarete cuma akşamları gidilir ve dua edilir."

42- MALİKİ EJDER ZİYARETİ

Diyarbakır
Nuri Uğur
75
İşçi emeklisi
Arkadaşlarından

Maliki Ejder din uğruna savaşırken, Balıkçılarbaşı semtinde yaralanarak bir parmağını kaybetmiş ve kendisi de ortadan kaybolmuş.

Günümüzde bu semtte bulunan mezarında, yalnız bir parmağı gömülüymüş. Bu ziyarete cuma akşamları gidilir, dua edilir, dilek dilenir.

MOTİF - INDEX

1- V463. Din uğruna şehit düşme
"Maliki Ejder, din uğruna savaşırken bir parmağını yitirir ve kendisi de kaybolur."

2- (T) V304. Çeşitli dini inanışlar

3- C755. Bir işi belirli bir zamanda yerine getirme
"Bu ziyarete cuma günleri gidilir ve dua edilir."

4- F530. Olağanüstü durumlar.
"Maliki Ejder ortadan bir anda kaybolur."

43- KAMIŞLI ZİYARETİ

Diyarbakır
Enver Balçık
67
Berber
Babasından

Abdal Dede Mahallesi'nde olan bu ziyarette, "Abdal Dede" adında, kutsal bir kişi yatıyormuş. Abdal Dede, evini temiz tutanların bahçelerinde görünür ve orada abdest alırmış. Pis evlerde asla görünmezmiş.

Muhittin Efendi, bir gün sabah erkenden evinin bahçesinde abdest alırken, beyaz uzun sakallı Abdal Dede'yi de orada abdest alırken görmüş. Yine bir gün bu Muhittin Efendi, ineğini keseceğinde Abdal Dede ona görünüp elini tutmuş ve "Bıçağın keskinse kes," deyip kaybolmuş. Adam da gidip, daha keskin bir bıçak almış.

Bu ziyaretin etrafında bulunan kamışlar, yaz kış yeşil kalırlar ve hiç kurumazlarmış.

Bu ziyarete cuma akşamları gidilir, dua edilir, mum yakılır.

MOTİF - INDEX

1- Q10. Ödüllendirilmiş işler
"Abdal Dede, evini temiz tutanların bahçesinde görünür ve abdest alarak onları onurlandırır."

2- N825. Yaşlı şahısların yardımı
"Abdal Dede, ineğin kesilmesi konusunda öğüt verir."

3- F530. Olağanüstü durumlar
"Ziyaretin başındaki kamışlar yaz kış yeşil kalırlar, kurumazlar."

4- C755. Bir işi belirli bir zamanda yerine getirme
"Bu ziyarete cuma akşamları gidilir."

44- KAŞIKBUDAK ZİYARETİ

Diyarbakır
Sabri Tarhan
51
Emekli banka müdürü
Akrabalarından

Bir gün, Abdullah Bey, karısı Müslüme Hanım'ı dövmüş. Canı yanan kadın, kocasını Kaşıkbudak'ın ruhuna şikâyet ederek, "Ya Kaşıkbudak Hazretleri, sen kocamı ıslah et," demiş. O anda oturdukları odada birdenbire Kaşıkbudak görünmüş, işaret parmağını adama doğru sallayarak onu uyarmış ve ortadan kaybolmuş.

İzzetpaşa Caddesi'nde olan bu ziyarete gidenler dua eder, mum yakarlar.

MOTİF - INDEX

1- M411. Bedduanın yerine gelmesi
"Müslüme Hanım, kendisini döven kocasından şikâyetçi olur ve kocası uyarılır."

2- K2213. Hain eş
"Kocası, Müslüme Hanım'ı döver."

3- F530. Olağanüstü durumlar
"Odada birdenbire Kaşıkbudak görünür."

45- İMAM AKİL ZİYARETİ

Diyarbakır
Batıkarakoç Köyü
İmam Akil Mezrası
Ramazan Demir
48
Çiftçi
Babasından

İmam Akil ve bacısı, Hz. Ali'nin soyundanmış. Din yolunda savaşırlarken, İmam Akil ve arkadaşları, şimdiki İmam Akil Mezrası'nda şehit düşmüşler ve oraya gömülmüşler. Bacısı bir süre daha savaştıktan sonra, o da Batıkarakoç Köyü'nde şehit olmuş ve oraya gömülmüş.

Bu mezarlar, ilkbaharın ilk üç perşembesi üst üste ziyaret edilir, dilek dilenir, adak adanır. Kurbanlar kesilip yemekler pişirilerek orada dağıtılır.

MOTİF - INDEX

1- P250. Erkek ve kız kardeşler

2- (T) P40. Din adamları
"İmam Akil ve bacısı Hz. Ali'nin soyundandır."

3- V463. Din uğruna şehit düşme
"İmam Akil, bacısı ve arkadaşları din yolunda şehit düşerler."

4- Z71.1. Formülistik sayı 3

5- C755. Bir işi belirli bir zamanda yerine getirme
"Bu mezarlar, ilkbaharın ilk üç perşembesinde ziyaret edilir."

6- (T) V301. Dini inanış (adak adama)
"Bu ziyarette dilek dilenip adak adanır."

46- HİNDİ BABA MEZARI

Diyarbakır
Bedriye Aydemir
80
Ev hanımı
Annesinden

Hindi Baba, Hindistan'dan gelmiş üç dervişten birisiymiş. Diyarbakır'da kalıp, ayakkabı tamirciliği yapmış. Öldükten sonra bir gün Çift Kapı'daki mezarını sökmek istemişler. Kazmayı vuran işçi hemen orada düşüp ölmüş. Hindi Baba o gece mezarını kaldırtmak isteyen yetkilinin rüyasına girerek, kendisini rahat bırakmalarını yoksa onları cezalandıracağını söylemiş. Bunun üzerine mezar yerinde kalmış.

Bu mezarın başında, kadınlar hindili pilav pişirip yoksullara dağıtarak dua ederler, dilek dilerler.

MOTİF - INDEX

1- Z71.1. Formülistik sayı 3
"Hindistan'dan 3 derviş gelir."

2- P440. Esnaflar
"Hindi Baba ayakkabı tamirciliği yapar."

3- V340. İnanmayanlara gösterilen mucizeler

4- F530. Olağanüstü durumlar
"Hindi Baba'nın mezarını sökmek isteyen işçi, daha ilk kazma vuruşta düşüp ölür."

5- F1068. Realist rüya
"Hindi Baba, mezarını söktürmek isteyenin rüyasına girer."

6- (T) V301. Dini inanış (adak adama)
"Dileği olan kadınlar adak adarlar."

47- HİNDİ BABA MEZARI

Çüngüş
Hindibaba Köyü
Mehmet Aslan
81
Emekli eğitmen
Büyüklerinden

Üç derviş, Hindistan'dan kalkıp Diyarbakır'a gelmişler. Bunlardan birisi Çüngüş'ün Hindibaba Köyü'ne yerleşmiş, birisi Diyarbakır'da kalmış, üçüncüsünün yeri bilinmiyormuş.

Bir gün, Hindi Baba'nın mezarının olduğu yere birisi çöp dökmüş. Hindi Baba o gece adamın rüyasına girerek derhal orayı temizlemesini, yoksa kendisini cezalandıracağını söylemiş. Adam hemen gidip orayı temizlemiş ve rüyasını da herkese anlatmış.

Bu mezara gidenler, dilek dileyip mum dikerler.

MOTİF - INDEX

1- Z71.1. Formülistik sayı 3
"Hindistan'dan Diyarbakır'a üç derviş gelir."

2 - F1068. Realist rüya
"Hindi Baba, mezarına çöp döken adamın rüyasına girer."

48- SEYFÜL MÜLÜK ZİYARETİ

Diyarbakır
Karpuzlu Köyü
Mehmet Emin Onur
53
Çiftçi
Köylülerinden

Seyfül Mülük Bağdat'ta hastalanmış. Derdine derman arayarak Dicle Nehri boyunca yürümeye başlamış. Karpuzlu Köyü'ne gelip orada ölmüş. Her gece, mezarından kalkıp eline bir fener alarak Karpuzlu Köyü Mezarlığı'nı dolaşırmış.

Mazıdağlı Abdülkadir Tellioğlu adındaki bey, bir yıl Karpuzlu Köyü'nü kiralamış. Tüm köyün tarlalarını sürdükten sonra, işçilerine, bu ziyaretin çevresindeki alanı da sürmelerini emretmiş. İşçiler korka korka sürmeye başlamışlar. Birdenbire pulluk parçalanmış ve onu kimse onaramamış.

Bu ziyaretin yanında bir loğ taşı (toprak damları sıkıştırmak için kullanılan silindir şeklindeki taş) varmış. Bağıvar (Kabi) Köyü'nden bir Ermeni, bu loğu alarak kendi evinin damına getirmiş. O gece rüyasına giren Seyfül Mülük, loğunu derhal geri getirmesini, yoksa iki gözünü kör edeceğini söylemiş. Korkuyla uyanan Ermeni, sabahı bile beklemeden hemen loğu götürüp yerine koymuş.

Bu ziyarete perşembe günleri gidilir. Çocuğu olmayanlar adak adarlar, çocukları olursa adını Seyfül Mülük koyarlar.

MOTİF - INDEX

1- E151. Tekrar dirilme

2- F530. Olağanüstü durumlar
"Seyfül Mülük her gece mezarından kalkıp bir fenerle dolaşır."

3- P150. Zengin adamlar
"Mazıdağlı Bey, ırgatlarına ziyaretin etrafını da sürdürür."

4- V300. İnanmayanlara gösterilen mucizeler
"Beyin pulluğu kırılır ve kimse onu onaramaz."

5- F1068. Realist rüya
"Seyfül Mülük, Ermeni'nin rüyasına girerek onu korkutur."

6- T527. Dua ile çocuk sahibi olma

7- T596. Çocuğa isim koyma

8- (T) V301. Dini inanış (adak adama)

9- C755. Bir işi belirli bir zamanda yerine getirme
"Çocuğu olmayan kadınlar, perşembe günleri bu ziyarete giderek dua eder, adak adarlar. Eğer erkek çocukları olursa adını Seyfül Mülük koyarlar."

49- SARI SAKAL ZİYARETİ

Bismil
Türkmenhacı Köyü
Ekrem Atabey
61
Muhtar
Babasından

Sitti adlı yarı meczup bir kadın, bu mezarın üstünde oturan bir dede görmüş. Bu dedenin çok uzun sarı sakalları varmış. Sırtında da uzun beyaz bir elbise bulunuyormuş ve durmadan sakallarını tarıyormuş. Sitti kadın yanına yaklaşıp ona seslenince birden ortadan kaybolmuş.

Bu ziyarete, âşık gençlerle, çocuğu olmayan kadınlar gidip dilek dilerler. Ziyarette yuvarlak taşlar vardır. Onları üst üste durdurabilenin dileği olacak demektir.

Çocuğu olmayan kadınlar da bu ziyaretin toprağını banyo sularına karıştırarak onunla yıkanırlar. Ayrıca köylüler yağmur duası için de bu ziyarete giderler.

MOTİF - INDEX

1- F530. Olağanüstü durumlar

2- D789. Diğer sihir bozulmaları
"Sitti kadın, mezara yaklaşınca dede birden kaybolur."

3- T527. Dua ile çocuk sahibi olma

4- T0-T99. Aşk

5- (T) V301. Dini inanış (adak adama)
"Çocuğu olmayan kadınlar bu ziyaretin toprağını banyo sularına karıştırıp yıkanırlar ve köylüler de yağmur duası için yine bu ziyarete giderler."

50- ŞEYH CAFERİ ZİYARETİ

Bismil
Harmanlı Köyü
Heybet Oral
62
Esnaf
Babasından

Şeyh Caferi, geceleri mezarından kalkar, siyah bir elbise giyer, beyaz bir ata biner ve darda olanlara yardıma gidermiş.

Hastalar ve dileği olanlar, bu ziyarete gider adak adarlar. Adağını yerine getirmeyenlerin rüyalarına girip, ceza olarak çift adak istermiş.

Herhangi bir nedenle suçlanan birisi, bu ziyarette o suçu işlemediğini söyler ve çarpılmazsa suçsuzluğu kabul edilirmiş, çünkü yalan söyleyenleri çarparmış.

MOTİF - INDEX

1- F565.2. Olağanüstü kahraman

2- E151. Tekrar dirilme

3- F530. Olağanüstü durumlar
"Şeyh Caferi, geceleri mezarından kalkar, atına binip darda olanlara yardıma gider."

4- (T) V301. Dini inanışlar (adak adama)

5- Q200-Q399. Cezalandırılmış işler
"Dileği olanlar adak adarlar. Şeyh, adağını yerine getirmeyenleri ve yalan söyleyenleri cezalandırır."

51- DEVE TAŞI ZİYARETİ

Çermik
Muhittin Akgül
35
Belediye Başkan Yardımcısı
Büyüklerinden

Peygamber ailesinden olan Hz. Hasan Hüseyin, devesiyle beraber Çermik'in Kere Tepesi'ne gelmiş. Orada düşmanları onları yakalayarak kesmişler. Kanlı ellerini de çevredeki kayalara silerek işaret bırakmışlar. Orada bu kan izleri ile devesinin ayak izleri kalmış. Bu olayı gören deve de taş kesilmiş.

Dileği olanlar bu tepeye giderek, deve şeklindeki bu taşa binerler ve dileklerini söyleyip adak adarlar. Devenin üstünden de bozuk para atarlar.

Dileği gerçekleşenler eğer adaklarını yerine getirmezlerse, orada bulunan su gözesinin içinde olan delikli bir taş, onları ayaklarından yakalayıp içeri çekerek boğarmış.

MOTİF - INDEX

1- (T) P40. Din adamları
"Hz. Hasan Hüseyin, devesiyle beraber Çermik'e gelir."

2- S200-S299. Zalimce kurban etmeler
"Hz. Hasan Hüseyin'i düşmanları keserler."

3- H80. İşaretle tanıma
"Katiller, ellerindeki kanı oradaki kayalara silerek işaret koyarlar."

4- D420-D429. Hayvanların taş kesilmesi
"Deve orada taş kesilir."

5- (T) V301. Dini inanışlar (adak adama)
"Deve taşının üstüne binerek, dilek dileyip adak adarlar."

6 - Q211. Ölümle cezalandırma
"Adağını yerine getirmeyenleri, orada bulunan su gözesi içine çekerek öldürür."

52- BOLULU HOCA MEZARI

Diyarbakır
Adil Tekin
77
Fotoğrafçı
Büyüklerinden

Mardin Kapısı Mezarlığı'nda yatan Bolulu Hoca, Diyarbakır'ın medreselerinin ününü duyarak, Bolu'dan kalkıp buraya gelmiş. Yıllarca ilim ve ibadetle uğraşarak çevresinin çok saygısını kazanmış. Papaz Krikor Efendi'yle de çok yakın dost olmuşlar.

Bir gün Papaz Krikor Efendi ölmüş. Müslümanlarla çok yakın dost olduğu için, cenazesini Müslümanlar kaldırmak istemişler. Hıristiyanlar buna karşı çıkarak, onun kendi papazları olduğunu, cenazesini de kendilerinin kaldıracaklarını söylemişler. Bu tartışma günlerce sürdüğü için cenaze ortada kalmış. Bunun üzerine gidip Bolulu Hoca'ya danışmışlar. Hoca da papazın kendisine soralım demiş ve ölünün başına gelip, "Ben şimdi şehadet getireceğim, eğer Müslümansan sen de işaret parmağını kaldırarak, şehadet getir," demiş ve yüksek sesle şehadet getirmiş. Ölü olan papaz da işaret parmağını kaldırmış. (Müslümanlıkta şehadet getirirken, şehadet parmağını kaldırmaya, "parmak kaldırmak" denir.) Bu mucizeden sonra cenazeyi Müslümanlar kaldırıp Müslüman mezarlığına koymuşlar.

Şu anda, kutsal sayılan bu mezar ziyaret edilir ve mum dikilir.

MOTİF - INDEX

1- (T) P40. Din adamları

2- (T) P43. Hoca

3- P310. Arkadaşlık

"Bolulu Hoca Diyarbakır'a gelip, Papaz Krikor Efendi'yle çok yakın arkadaş olur."

4- V60. Cenaze merasimleri

"Hıristiyanlar ölen papazlarını, kendi cenaze törenlerine göre gömmek isterler. Müslümanlar da kendi törenlerine göre."

5- E35. Vücut parçalarında dirilme

6- V340. İnanmayanlara gösterilen mucizeler

"Ölü papaz, işaret parmağını kaldırarak şehadet getirir."

53- HZ. ALİ KAYASI ZİYARETİ

Silvan
Mehmet Şirinşans
55
Müezzin
Komşularından

Hz. Ali, Eğil Kalesi'ne gelmiş. Orada yatan Elyasa, Harun ve Zülküfül (Eğillilerin savına göre, Zülküfül Peygamber, Ergani'deki makamını yaz aylarında kullanırmış. Asıl oturduğu yer Eğil'miş.) Peygamberlerin mezarlarını ziyaret etmiş. O kadar güçlüymüş ki yaslandığı kayaya sırtının izi çıkmış. Atı da bastığı yerlerde ayaklarının izini bırakırmış.

Hz. Ali'nin atının ayak izlerinin ve sırtının izinin bulunduğu söylenen bu kayayı, insanlar saygıyla ziyaret edip, bu izlere dokunarak dua ederler.

MOTİF - INDEX

1- V200-V299. Kutsal şahıslar
"Hz. Ali, Eğil'e gelip Hz. Elyasa, Harun ve Zülküfül Peygamberlerin mezarlarını ziyaret eder."

2- F610. Kuvvetli adam

3- F565.2. Olağanüstü kahraman
"Hz. Ali o kadar güçlüymüş ki yaslandığı kayaya sırtının izi çıkmış."

4- V50. Dua
"İnsanlar, Hz. Ali Kayası'na gidip dua ederler."

54- DIBNİ HANI ZİYARETİ

Dicle
Hüseyin Tekin
52
Çiftçi
Dedesinden

Bir gün Dıbni Hanı'na, hasta bir yolcu gelip yatmış. Gece rüyasına bir cin girip, ona bu hastalıktan nasıl kurtulacağını söylemiş. Daha sonra iyileşen adam bu olanları herkese anlatmış.

Bu haberden sonra, her türlü hasta gidip handa yatmaya başlamış. Rüyasına cin giren iyileşirmiş, girmeyenlerse iyileşemez ölürlermiş.

MOTİF - INDEX

1- F1068. Realist rüya

2- F530. Olağanüstü durumlar

3- J157. Rüyada öğüt
"Hastanın rüyasına giren cin, ona nasıl iyileşeceğini söyler."

4- Q140. Mucizevi veya sihirli ödüller
"Rüyasına cin giren hasta iyileşir."

55- DELİ EMİN ZİYARETİ

Bismil
Korukçu Köyü
Ahmet Bayrak
54
Çiftçi
Komşularından

Emin Hoca, Bismil'in Tepe nahiyesinde imamlık yaparken, kardeşiyle beraber Hicaz'a gitmiş. Peygamberin mezarını görünce, coşkuya kapılıp övgü dolu şiirler söyleyerek kendinden geçip bayılmış. Sonra da aklını yitirmiş.

Köyüne geri dönünce karısından ayrılıp, evindeki tüm eşyaları başkalarına dağıtmış ve köy köy gezmeye başlamış. Ölümünden bir hafta önce de, "Ben bir hafta sonra öleceğim, beni Korukçu Köyü'ndeki tepeye gömün," demiş.

Bu köydeki mezarına felçliler ve romatizmalılar götürülür. Kurban kesilir, orada pişirilen yemekler dağıtılır ve adaklar adanır.

MOTİF - INDEX

1- J1155.11. İmam

2- P251.5. İki erkek kardeş

3- (T) V37. Hacca gitmek
"İmam Emin Hoca ile erkek kardeşi hacca giderler."

4- M361. Geleceği önceden takdir edilen kahraman
"Emin Hoca, bir hafta önceden öleceğini bilir ve vasiyet eder."

5- (T) V301. Dini inanışlar (adak adama)
"Dileği olanlar, bu türbede adak adar, kurban keserler."

56- HZ. ALİ KAYASI ZİYARETİ

Kulp
Enver Çelik
65
Çiftçi
Amcasından

Şeyh Ali aslında Karacadağlıymış. Kulp'a Ruslar saldırınca, Karacadağ'dan gelip savaşa katılmış ve şehit olmuş. Onu Kulp Çayı kenarındaki Köprübaşı'na gömmüşler.

Bir gün, oğlu Abdülkadir ziyaretine gelerek gece babasının mezarında yatmış. Şeyh Ali gece oğluyla konuşmuş.

Bu ziyarete romatizmalılar ve ruh hastaları götürülür. Sağlık dilenir, adak adanır.

MOTİF - INDEX

1- (T) V39. Şehit olma
"Şeyh Ali savaşta şehit olur."

2- F530. Olağanüstü durumlar
"Şeyh Ali, bir gece mezarına gelen oğluyla konuşur."

3- (T) V301. Dini inanışlar (adak adama)
"Hastalar bu ziyarete gelip iyilik diler, adak adarlar."

57- ŞEYH ABDÜLKADİR TÜRBESİ

Bismil
Kamışlı Köyü
Kamile Çelik
47
Ev hanımı
Kaynanasından

Şeyh Abdülkadir, herkes uyuduktan sonra geceleri kalkar atına biner, çok uzaklardaki savaşlara katılıp sabaha doğru döner ve yatağına yatarmış.

Bir gün döndüğünde savaşta yaralandığını anlamış ve yarasına gübre sürerken, gelini onu görüp ne olduğunu sormuş. Sırrı ortaya çıkan şeyh, o anda ölmüş.

Bu şeyhin türbesine çocuğu olmayan kadınlar gelirler, çocuklarının olması için türbenin yanındaki yabani incir ağacından üç incir kopararak yerler, dilek diler, adak adarlar. Ruh hastaları da gelip bu türbede yatarak iyileşmeyi beklerler.

MOTİF - INDEX

1- F562. 2. Olağanüstü kahraman
"Şeyh Abdülkadir geceleri savaşa gider."

2- C422. Belirli kişilerin sırlarını açıklama yasağı
"Gelini, şeyhin yarasını görüp ne olduğunu sorunca şeyh ölür."

3- F813. Olağanüstü meyveler

4- Z71.1. Formülistik sayı 3

5- T527. Dua ile çocuk sahibi olma

"Çocuğu olmayan kadınlar, çocuklarının olması için türbenin yanındaki yabani incir ağacından üç tane incir kopararak yerler ve dua ederler."

6- (T) V301. Dini inanış (adak adama)

"Çocuğu olmayan kadınlar türbenin başında dilek dileyip, adak adarlar."

58- TATAR HÜSEYİN ZİYARETİ

Ergani
Hilar Köyü
Macit Güney
37
Eczacı
Annesinden

Hilar'daki Arı Kayası'nın üstünde, eskiden çok büyük bir şato varmış. Bu şatoda yaşayan kral, oradan aşağıdaki insanlara altın atarmış. Kralın yeraltı şehri varmış. Bu şehrin giriş kapısının yanında bir değirmen varmış. Bu değirmene üstten altın tozu döküp, aşağıdan da yuvarlak şekiller halinde çıkan altınları toplarlarmış. Kralın attığı altınlar işte bunlarmış.

Bir gün bu şato çökmüş ve yerinde bir tepe oluşmuş. Köyün ermiş bir insanı olan Tatar Hüseyin, ölünce ortadan kaybolmuş. Köylüler de bu tepeye onun adını vererek, "Tatar Hüseyin Tepesi" demişler ve orayı kutsal sayıp ziyaret etmeye başlamışlar.

Günümüzde orada bir mezar yoktur. Tepede bulunan bir ardıç ağacına bez bağlayarak dilek dilerler.

MOTİF - INDEX

1- P12. Kralların karakterleri
"Kral halka altın atar."

2- F760. Olağanüstü şehirler
"Kral, içinde altın üreten bir değirmenin bulunduğu olağanüstü bir yeraltı şehrinde yaşar."

3- F530. Olağanüstü durumlar
"Ermiş bir insan olan Tatar Hüseyin ölünce, cenazesi ortadan kaybolur."

4- F811. Olağanüstü ağaç
"Bu tepedeki ardıç ağacına, bez bağlayıp dilek dilenir."

59- HZ. ELYASA PEYGAMBER'İN MEZARI

Eğil-Çarıkören Mezrası
Mehmet Salih Öğe
110
Çiftçi
Büyüklerinden

Hz. Elyasa Eğil'e gelip İslamiyeti yaymak istemiş, fakat kimseyi inandıramamış. Çok yaşlanmış ve bir gün ortadan kaybolmuş. Kimse ne olduğunu, nereye gittiğini bilememiş.

Bir gün Çarıkören'de ölen birisini, götürüp mezara koymuşlar. Meğer tam orada da Hz. Elyasa yatıyormuş. Yeni gömülen ölüye, "Buradan git, burası benim mezarım," demiş. Adam da, "Ben ölüyüm, gidemem," deyince, "Öyleyse, söyle seni buradan kaldırıp başka yere gömsünler," demiş. Adam, yine ölü olduğunu ve sesini kimseye duyuramayacağını söyleyince de, "Sen seslen, ben insanların duymasını sağlarım," demiş. Adam seslenerek oranın Hz. Elyasa'nın mezarı olduğunu, kendisini başka yere kaldırmalarını söylemiş. Bunu duyanlar hemen onu başka yere kaldırıp, Hz. Elyasa'nın mezarı üstüne de bir kubbe yapmışlar.

Bu ziyarete perşembe günleri hasta olanlar gider, iyilik dileyip adak adarlar.

MOTİF - INDEX

1- F530. Olağanüstü durumlar

2- V340. İnanmayanlara gösterilen mucizeler
"Hz. Elyasa, mezarında bir başka ölüyle konuşarak, sağlığında kendisine inanmayanlara kerametini gösterir."

3- (T) V301. Dini inanış (adak adama)

4- C755. Bir işi belirli bir zamanda yerine getirme
"Bu ziyarete perşembe günü gidilir ve adak adanır."

60- İSMAİL DEDE ZİYARETİ

Bismil
Aşağıdarlı Köyü
Cebrail Sürücü
36
Kırtasiyeci
Babasından

İsmail Dede ile arkadaşları, köylerinden atlarla Diyarbakır'a giderlerken Ambar Köyü yakınlarında eşkıya saldırısına uğramışlar. Eşkıyalar, diğer arkadaşlarını yaralayıp İsmail Dede'nin de kulaklarını kesmişler. Yarası hafif olanlardan birisi atına atlayarak köye haber vermeye giderken, arkasından rüzgâr gibi gelen üç kurt onu geçerek köye doğru gitmişler.

Yaralı haberci köye geldiğinde, İsmail Dede'yi kulaklarından kan sızarak kapısının önünde oturur bulmuş. O zaman, yolda gördüğü kurtların, dedeyi getirdiğini anlamış.

Şu anda, İsmail Dede'nin mezarı değil, evi ziyarettir. Dilek dilenir, adak adanır. Kesilen adak kurbanın kellesi ile postu evde oturanlara bırakılır, kalan kısmı yoksullara dağıtılır.

MOTİF - INDEX

1- P310. Arkadaşlık
"Yarası hafif olan birisi, diğer arkadaşlarına yardım getirmek için köye döner."

2- Z.71.1. Formülistik sayı 3

3- B430. Yardımcı vahşi hayvanlar

4- B184. Sihirli dört ayaklılar
"Üç kurt, yaralı İsmail Dede'yi köye getirirler."

5- F530. Olağanüstü durumlar
"Haberci köye döndüğünde, biraz önce saldırı alanında yaralı olarak bıraktığı İsmail Dede'yi evinin önünde otururken görür."

6- (T) V301. Dini inanış (adak adama)
"İsmail Dede'nin evini ziyaret edenler dilek dilerler, adak adarlar."

Bismil
Köseli Köyü
Mustafa Çelebi
59
Çiftçi
Amcasından

61 - ŞEYH ABDÜLGAFUR ZİYARETİ

Yoksul bir adam olan Hacı Abdülgafur, yolda giderken yerde bir torba görmüş. Bastonunun ucuyla dokununca, içinin altın dolu olduğunu anlamış.

Torbayı almadan evine gitmiş. Karısına

hemen bastonunun ucunu yıkamasını söylemiş. Nedenini soran karısına da durumu anlatmış. Karısı, "Niçin torbayı almadın akılsız adam, belki bu yoksulluktan kurtulurduk, karnımız doyardı," diye sızlanmış. Bunun üzerine Hacı Abdülgafur, "Sen ne diyorsun hanım, haram mal alınır mı, değil almak, bastonumun ucuyla dokundum diye onu bile yıkatıyorum görmüyor musun, kim bilir kimin malıdır," demiş. Kadın hemen çıkıp olayı komşularına anlatmış. Koşup gitmişler, fakat torbayı yerinde bulamamışlar. Hacı Abdülgafur da sırrı ortaya çıktığı için hemen ölmüş.

Romatizmalı hastalar bu ziyarete gelip, iyi olmak için orada bir gece yatarlar ve dua ederler.

MOTİF - INDEX

1- H200-H299. Doğruluk sınavları
"Yolda bulduğu altın torbasına bastonunun ucuyla dokunan adam, evine dönünce bastonunun ucunu yıkatır."

2- W35. Doğruluk
"Yoksul ihtiyar, yolda bulduğu altın torbasını haramdır diye almaz."

3- (T) C422.2. Sırrın başkasına söylenmesi yasağı
"Kadın, kocasının sırrını komşularına anlatınca adam ölür."

Çermik
Yukarışeyhler Köyü
İsmail Demir
Emekli İlköğretim Müdürü
61
Büyüklerinden

62- ŞEYH CAFERİ TAYYAR

Bir gün Horasan Hükümdarı kıyafet değiştirerek, durumlarını öğrenmek için halkın arasına karışmış. Bir evin önünden geçerken ağlayan bir kadın sesi duymuş. İçeri girdiğinde, yanında üç çocuğuyla yoksul bir kadın ve ocakta da kaynayan bir tencere görmüş. Kadına niçin ağladığını sormuş. Kadın da günlerdir aç olduklarını, çocuklarını, ocakta yemek pişiriyorum diye aldatmak için bu taşları kaynattığını söylemiş.

Bu duruma çok üzülen hükümdar, onlara hemen yardım etmek istemiş, fakat yanında hiç parası yokmuş. Bunun üzerine elindeki çok değerli tespihini kadına vererek, hemen götürüp bunu çarşıda satmasını ve parasıyla da çocuklarına yiyecek almasını söylemiş.

Çarşıda bir Yahudi kuyumcu, tespihin çok değerli olduğunu bir bakışta anlamış, yoksul kadının bu tespihi kendisinden çaldığını söyleyerek kadını tutuklatmış, yalancı tanıklar bulup yargılatmış ve mahkeme başkanı olan şeyhe de rüşvet vererek, hırsızlık yaptığı gerekçesiyle kadının elini kestirmiş.

Ertesi günü kadının evine gelen padişah, onun yine ağladığını görünce nedenini sormuş, kadın da ona kesik elini gösterip olanları anlatmış ve "Ne evime geleydiniz, ne de başıma bunlar geleydi," demiş.

Olanlara çok kızan padişah, hemen Yahudi kuyumcuyu yakalatmış ve bir emirle, kentteki tüm şeyhlerin başlarının vurulmasını istemiş. Pek çok şeyh, kurtulmak için uzaklara kaçmış. Bu kaçanlardan üç şeyh de Çermik'e gelmiş. Bunlardan Şeyh Caferi Tayyar Yukarışeyhler'e, Seyhan Dede Seyhan Köyü'ne, adı bilinmeyen üçüncü şeyh de Aşağışeyhler Köyü'ne yerleşmiş.

IV. Murat Bağdat Seferi'ne giderken, onu burada karşılayan Şeyh Caferi Tayyar, kerametini göstermek için ona kış ortasında taze bir salatalık sunmuş. Bu kerametle yetinmeyen Sultan Murat, dededen ordunun tüm atlarını doyurmasını istemiş. Şeyh yalnız bir çuval saman ve bir çuval arpayla tüm ordunun atlarını doyurmuş. Bundan memnun olan padişah da şeyhi beraberinde Bağdat'a götürmüş. Şeyh bir daha geri dönmemiş.

MOTİF - INDEX

1- P12. Kralların karakterleri
"Horasan Hükümdarı kıyafet değiştirerek halkın arasına karışır, yanında para taşımaz, yoksul kadına yardım eder, kötüleri cezalandırır, iyileri ödüllendirir."

2- P230. Anne, baba ve çocuklar
"Yoksul anne, aç çocuklarını avutmak için onlara yalan söyler."

3- K1800-K1899. Tebdili kıyafet veya hayal şeklinde aldatmalar
"Kıyafet değiştiren hükümdar, yoksul kadına kim olduğunu söylemeden yardım eder."

4- P150. Zengin adamlar

5- K2110. İftira etmek
"Zengin Yahudi kuyumcu, kadına iftira eder."

6- K335. Hırsız, mal sahibini korkutup eşyasını alır

7- K2249.4. Hain bezirgân

8- W136. Sahtekârlık
"Hain kuyumcu iftira atıp korkutarak yakalattığı kadını mahkemeye verir ve asıl hırsız kendisi olduğu halde, kadının elinin kesilmesine neden olur."

9- Q211. Ölümle cezalandırma
"Padişah, kuyumcunun ve haksız karar veren tüm mahkeme üyelerinin ve onların yakınları olan şeyhlerin başlarını vurdurur."

10- R210. Kaçışlar
"Bazı şeyhler çok uzaklara kaçarak kurtulurlar."

11- Z71.1. Formülistik sayı 3
"Kaçan 3 şeyh, Çermik'e gelir."

12- (T) F816.3. Olağanüstü salatalık

13- V340. Hüner sınavları

"Şeyh Caferi Tayyar, kerametini göstermek için padişaha kış ortasında taze bir salatalık sunar. Yalnızca bir çuval saman ve bir çuval arpayla da ordunun tüm atlarını doyurur."

14- Q111. Zengin ederek ödüllendirme

"Padişah, hünerlerini beğendiği şeyhi yanına alarak beraberinde götürür."

63- ŞEYH MUSA ZİYARETİ

Dicle
Kurşunlu Köyü
Mehmet Emin
Karahan
60
Emekli işçi
Babasından

Halife Ömer kılık değiştirerek şehirde gezmeye çıkmış. Yoksul bir ihtiyar kadının evine konuk olmuş. Kadın, oğlu, gelini ve torunu beraber yaşıyorlarmış. Akşam olunca, kim olduğunu bilmedikleri bu tanrı konuğuna yalnız bir tas sütle biraz da ekmek verebilmişler. Sonra da yatmışlar.

Gece evin çocuğu ölmüş. Gelin feryat edince, adam karısına, "Ağlama yararı yok, bari konuk da uyanıp rahatsız olmasın," demiş. Sabah erkenden, yaşlı kadın ineği sağmak için ahıra gidince, ineğin de ölmüş olduğunu görmüş.

Bütün bunları gören Ömer, yaşlı kadına, çok değerli olan bir çift tespih vermiş ve "Çok dara düşmeyince, sakın bunları satma," diyerek gitmiş.

Oğlan karısını babasının evine yollamış, anasını da yanına alarak Bağdat'a iş aramaya gitmiş. Bağdat'ın en zengin Ermeni kuyumcusu, adamın elindeki tespihi görüp değerini anlamış ve satın almak istemiş, fakat adam satmamış. Kuyumcu kırk altın vererek ısrar etmiş, ama yine satmamış. Bu defa kuyumcu, "Bu adam, benim kırk katır malla Halep'e giden tüccar babamı soymuştur, elindeki tespih de babamın tespihidir," diye, onu şikâyet etmiş. Adamı yakalamışlar, ağlayan anasını da oradan kovmuşlar. Bu olanların hepsini gören Ömer, kadına üzülmemesini söylemiş.

Ertesi gün açık alanda mahkeme kurulup adam yargılanmış ve ölüme mahkûm edilmiş. Herkes oraya toplanıp olayı izlemiş. Ömer, tutuklu adamın anasına gidip, "Oğlun kuyumcuya, senin babanın bir tane tespihi mi vardı, yoksa bir katır yükü tespihi mi vardı diye sorsun," demiş. Oğlan da sormuş. Şaşıran kuyumcu, "Bir insanın bir tek tespihi olur. Elbette ki bir taneydi," demiş. Bunun üzerine Ömer hemen kuyumcunun yanına yaklaşmış, cebinden birbirinin aynısı olan beş tane tespih çıkararak, ortadaki tespihle karıştırmış. "Eğer bir taneyse bil bakalım bunlardan hangisi babanın tespihidir," demiş. Kuyumcu bilip, seçememiş.

Ömer hemen üstündeki dilenci gömleğini çıkarmış. Altındaki halife giysileri ve beratı ortaya çıkmış. Mahkeme heyetinin kimliklerini saptamış. Hepsi de bu kuyumcunun yakınları çıkmış. Halife, bu sülaleden olanların hepsinin başlarının vurulmasını emretmiş. Bunlarla, Ömer'in yakınları ve adamları arasında kıyasıya bir çatışma başlamış. Büyük bir kargaşalık çıkmış. Her iki taraftan da pek çok insan canlarını kurtarmak için çok uzaklara göç etmişler. Bu sırada Ömer'in torunlarından olan Şeyh Musa da, Kurşunlu Köyü'ne gelip yerleşmiş. Musa'nın gelişiyle köyün bereketi ve saygınlığı artmış. Musa, karısı, oğlu, kölesi, ölünce buraya gömülmüşler.

Bu köy beş sülaleden oluşur. Her yıl bir sülale bu ziyaretin bakımını üstüne alır ve gelirinden de yararlanır. Bu köyden geçenler saygı gereği, attan inip köyü yürüyerek geçerler.

Bu ziyarete felçliler, romatizmalılar gelerek dilek dileyip adak adarlar.

MOTİF - INDEX

1- K1800-K1899. Tebdili kıyafet veya hayal şeklinde aldatma
"Halife Ömer, kıyafet değiştirerek şehirde gezmeye çıkar."

2- P231. Ana ve oğul
"Yoksul bir kadın, oğlu, gelini ve torunu beraber yaşarlar."

3 - Q111.7. Mücevher vererek ödüllendirme
"Halife Ömer yoksul kadına, çok değerli olan bir çift tespih verir."

4- K2249.4. Hain bezirgân
"Hain Ermeni kuyumcu, yoksul adamın elindeki tespihe göz koyar."

5- K2110. İftira etmek
"Ermeni kuyumcu, yoksul adama hırsızdır diye iftira eder."

6- Q211. Ölümle cezalandırma
"Yoksul adam ölümle cezalandırılmak istenir."

7- H620. Bilmece

8- (T) H98. Tespihle tanıma
"Halife Ömer tespihleri karıştırarak kuyumcuya, içlerinden babasının tespihini bulmasını (tanımasını) söyler."

9- (T) H122. Mühürle tanıma
"Halife Ömer, üstündeki dilenci giysilerini atıp, cebinden halifelik mührünü çıkararak kendisini tanıtır."

10- K2246. Hain akrabalar
"Mahkeme heyetini oluşturanlar, kuyumcunun hain akrabalarıdır."

11- Q211. Ölümle cezalandırma
"Halife Ömer, kuyumcunun sülalesinden olanları öldürtür."

12- (T) V301. Dini inanış (adak adama)

"Hastalar, Şeyh Musa'nın mezarını ziyaret edip iyilik dilerler ve adak adarlar."

64- MANSUR DEDE ZİYARETİ

Diyarbakır
Şarabi Köyü
Safiye Kargın
70
Ev hanımı
Komşularından

Mansur Dede bir gün komşu köye gezmeye gitmiş. O evde yokken, dedenin çok sevdiği kuzusu ölmüş. Evdeki karısı, kızları, gelinleri ne yapacaklarını şaşırmışlar. Korkularından, kuzunun öldüğünü dedeye söylememeye karar vermişler.

Olup bitenden gönül gözüyle haberdar olan dede eve dönünce, kimseye bir şey sormadan, "Kuzunun ölüsünü ortaya getirin," demiş. Gelinler korku ve şaşkınlık içinde ölü kuzuyu getirmişler. Mansur Dede dua edip, kuzunun sırtını sıvazlayarak onu diriltmiş. Kuzu kalkıp koşmaya başlamış.

Mansur Dede'nin mezarına mum dikilip dua edilir, horoz kesilir.

MOTİF - INDEX

1- F980. Hayvanlarla ilgili olağanüstü olaylar

2- F530. Olağanüstü durumlar

3- E63. Dua ile dirilme

4- E151. Tekrar dirilme

"Mansur Dede, ölen kuzuyu, sırtını sıvazlayıp dua ederek yeniden diriltir."

5- V50. Dua

6- V300. Dini inanışlar

"Mansur Dede'nin mezarında dua edilir, mum yakılır, horoz kesilir."

65- ABDULLAH DEDE ZİYARETİ

Diyarbakır
Şarabi Köyü
Sultan Atlı
60
Ev hanımı
Komşularından, büyüklerinden

Abdullah Dede kadınlara kızlara düşkün, çapkın bir dedeymiş. Bu nedenle ona "Puşt Dede" derlermiş. Bir gün arabadan düşerek ölmüş.

Mezarına felçliler ve dileği olanlar giderler. Adak adarlar. Dedenin pabucu, felç olup ağzı eğilenlerin ağzına sürülür. Dileği olanlar da ziyaretin başındaki kuyudan su çekerler. Kova dolu gelirse dilekleri olacak, boş gelirse olmayacak demektir.

MOTİF - INDEX

1- Q240. Cezalandırılmış cinsi günahlar

"Kadınları kızları rahatsız eden Abdullah Dede, arabadan düşerek ölür."

2- D1050. Sihirli giyecekler

"Abdullah Dede'nin pabucu, ağzı eğilenlerin iyileşmesi için hasta ağızlara sürülür."

3- (T) V301. Dini inanış (adak adama)

4- V50. Dua

"Dileği olanlar Abdullah Dede'nin mezarına gidip dua ederler, adak adarlar."

5- D1242.1. Sihirli su

"Kuyuya sarkıtılan kova su dolu gelirse dilek olur, gelmezse olmaz."

66- DEVEBOYNU ZİYARETİ

Diyarbakır
Büyükkadı Köyü
Emir Atlı
45
İlkokul öğretmeni
Büyüklerinden

Erimli Köyü'nden bir adam çift sürüyormuş. Sabanı büyük bir taşa takılmış. Ne olduğunu merak eden adam, toprağı kazıp bu taşı çıkarmış. Taşın üstünde bir yazı varmış. Kendisi okuma bilmediği için götürüp bir hocaya okutmuş. Bu taşın üstünde yazdığına göre, orada 330 yıl önce ölmüş, Muhammet Veysi adında birisi yatıyormuş.

Adam hemen taşı alıp tarlasına geri dönmüş ve oradaki mezarı açıp bakmış. Ölünün kefeni henüz sararmaya başlamış. Daha yeni gömülmüş gibi duruyormuş. Hemen mezarı kapatıp etrafını çevirmiş ve oraya bir türbe yapmış.

Bir gün bu köyün harmanlarına ateş düşmüş. Çıkan şiddetli bir rüzgâr, yangını hızla yaymaya başlamış. Pek çok insanın uğraşmasına karşın yangın sönmemiş. Dede Kargınlardan Seyit Gürap, ellerini havaya kaldırarak Deveboynu Ziyareti'ne dönmüş ve "Ya Deveboynu," diye yakarmış. Rüzgâr o anda kesilmiş ve yangın da durmuş.

Bu ziyarete yağmur duasına gidilir. Çocuğu olmayan kadınlar, ziyaretin başındaki Dığdığa (Dağdağan) ağacının yemişinden bir tane yerlerse bir çocukları, iki tane yerlerse iki çocukları olacağına inanırlar. Adak adar, mum diker, kurban keserler.

MOTİF - INDEX

1- F530. Olağanüstü durumlar

"330 yıl önce ölen Muhammet Veysi'nin kefeni, daha yeni sararmaya başlar."

2- H80. İşaretle tanıma

3- D931. Olağanüstü taşlar

"Muhammet Veysi'nin mezar taşından, onun kim olduğu anlaşılır."

4- F565. 2. Olağanüstü kahraman

5- V200. Kutsal yardımcılar

6- F530. Olağanüstü durumlar

"Seyit Gürap, Deveboynu Ziyareti'nden yardım isteyince, yangın durur."

7- F811. Olağanüstü ağaç

8- F813. Olağanüstü meyveler

9- T527. Dua ile çocuk sahibi olma

"Ziyaretin başındaki Dağdağan ağacının meyvelerinden yiyip dua eden kadınların çocukları olur."

10- (T) V301. Dini inanış (adak adama)

11- V300. Çeşitli dini inanışlar

"Deveboynu Ziyareti'ne yağmur duasına gidilir. Adak adanır, kurban kesilir."

67- URUMLU DEDE ZİYARETİ

Diyarbakır
Büyükkadı Köyü
Safiye Kargın
70
Ev hanımı
Kaynından

Köylüler akşama kadar tarlada ekin biçip yorulmuşlar. Tarlanın kenarına akşam yemeği yemek için oturmuşlar. Hava iyice kararınca, yandaki mezarlıkta yatan Urumlu Dede, mezarından kefeniyle beraber çıkıp gelmiş. Köylülere ürünün nasıl olduğunu ve hangi tarlaların biçildiğini sormuş.

Köylüler de şaşkınlık içinde ona kim olduğunu sormuşlar. Bu soru üzerine Urumlu Dede de, "Benim kim olduğumu, ne siz sorun, ne ben söyleyeyim," demiş ve ortadan kaybolmuş.

Bu olayın duyulması üzerine, köylüler bir daha hava karardıktan sonra tarlada kalmamışlar.

MOTİF - INDEX

1- F530. Olağanüstü durumlar

2- E151. Tekrar dirilme
"Urumlu Dede, beyaz kefeniyle mezarından kalkarak köylülerle konuşur."

3- C420. Sırları açıklama yasağı
"Urumlu Dede kim olduğunu açıklamaz."

4- (T) V301. Dini inanış (adak adama)

5- V50. Dua (İbadet)
"Urumlu Dede'nin mezarında dua edilir, adak adanır."

İKİNCİ BÖLÜM

II- Olağanüstü Kuvvetler ve Varlıklar Üzerine Efsaneler

a- Şeytan

68- TAVK LANET (ŞEYTANIN LANET HALKASI)

Diyarbakır
Büyükkadı Köyü
Safiye Kargın
70
Ev hanımı
Ninesinden

Şeytan eskiden baş melekmiş. Bir gün tüm melekler namaz kılarlarken, meleklerden birisinin başına tavk lanet (lanet halkası) inecek demişler. Bunun kimin başına ineceğini çok merak eden şeytan, bir türlü kendisini namaza verememiş. Sonunda da namazını bozarak, başını yukarı kaldırıp bakmış. Namazı bozduğu için, ceza olarak lanet halkası onun boynuna geçmiş ve diğer meleklerin arasından kovulmuş.

MOTİF - INDEX

1- V230. Melekler
"Şeytan eskiden baş melekmiş."

2- V323. Allah'ı inkâr eden şeytan

3- (T) V36. Namaz

4- Q200-Q399. Cezalandırılmış işler

"Melekler namaz kılarlarken, şeytan namazı bozar ve ceza olarak boynuna lanet halkası geçirilir."

69- KÖR ŞEYTAN

Diyarbakır
Büyükkadı Köyü
Safiye Kargın
70
Ev hanımı
Babasından

İbrahim Peygamber'in çocuğu olmamış. Karısı Hacer ona, git bir daha evlen çocuğun olsun demiş. İbrahim bir daha evlenmiş ve Kabe'ye gidip, bir oğlu olması için Allah'a yalvarmış. Oğlu olursa, en çok sevdiği şeyleri de O'na kurban edeceğini belirtip adak adamış. Bir zaman sonra bir oğlu olmuş. Adını İsmail koymuş. Rüyasında ona adağı hatırlatılmış. İbrahim yedi deve kurban etmiş. Fakat ertesi gece yine adağı hatırlatılmış. Bunun ne anlama geldiğini anlayan İbrahim karısına, oğlu İsmail'in saçını kınalamasını, onu beraberinde ormana odun kesmeye götüreceğini söylemiş. Annesi İsmail'in saçını kınalarken, şeytan gelip kadına, babasının çocuğu oduna değil, kesmeye götürdüğünü söylemiş. Kadın da elini sallayıp şeytanı başından kovmuş. Şeytan bu defa da babasının yanında giden İsmail'e yaklaşıp, babasının kendisini kurban etmeye götürdüğünü söylemiş. Buna çok sinirlenen İsmail, yerden bir taş alıp şeytana atmış. Taş şeytanın bir gözünü çıkarmış.

O günden sonra da şeytanın adı "Kör Şeytan" olmuş.

İsmail'in kurban edilmeye götürülüşü ve onun yerine gökten bir koç gönderilerek kurtarılışı konusunda, bir ezgi eşliğinde yörede şu şiir söylenir:

Hak Teala Cebrail'e
İsmail'im gelsin dedi
Gidin Halil'e söyleyin
Ahdin yerin bulsun dedi

Gene geldi bayram ayı
Titrer Halil'imin canı
Oğlum İsmail'im nedim
Seni Hakka kurban edim

İsmail neyler bu canı
Ata sen hiç çekme gamı
Hak kabul ederse beni
Hakka canım kurban dedi

Bıçak dedi haşa haşa
Beni niçin vurdun taşa
Taşı kestim baştan başa
Kesmem İsmail'i dedi.

Kurbanı gönderdi delil
Ölünce Cebrail gelir
Ben senden cömerdim Halil
Kaldır İsmail'i dedi

İsmail kalktı uyandı
Bedeni nura boyandı
Ya Halil nice dayandı
Yavrum İsmail'im dedi

Ağlar iken gülüştüler
Göz yaşların siliştiler
Peygamberler dövşendiler
Koç etini bölüştüler

MOTİF - INDEX

1- T145.0.1. Birden fazla kadınla evlenme
"Karısı Hacer'in önerisi üzerine, İbrahim ikinci bir kadınla evlenir."

2- T527. Dua ile çocuk sahibi olma
"İbrahim bir oğlu olması için dua eder ve bir oğlu olur."

3- (T) V301. Dini inanış (adak adama)

4- (T) V304. Çeşitli dini inanışlar
"İbrahim'e rüyasında iki defa adağı anımsatılır."

5- J157. Rüyada öğüt

6- F1068. Realist rüya
"İbrahim'e rüyasında iki defa adağı anımsatılır."

7- Z71.5. Formülistik sayı 7
"İbrahim 7 deve kurban eder."

8- M361. Geleceği önceden takdir edilen kahraman
"Babası İsmail'i daha doğmadan, Allah'a adar."

9- P231. Ana ve oğul

10- P233. Baba ve oğul
"Anası, İsmail'in saçını kınalar. Babası da onu kurban etmeye götürür."

11- V323. Allah'ı inkâr eden şeytan

"Şeytan anasını ve İsmail'i kışkırtmak ister."

12- Q200-Q399. Cezalandırılmış işler

"İsmail, şeytana taş atıp, gözünü kör ederek onu cezalandırır."

b- Cinler, Periler, Ejderhalar

70- ÇALIK MAĞARASI CİNLERİ

Hani
Kanikevan Köyü
Cahit Yazan
51
Oto tamircisi
Dedesinden

Çalık Mağarası'nda cinler otururlarmış. Bu cinler cüce kambur ve çirkin görünümlü yaratıklarmış. Zilli tef çalıp, türkü söyleyerek oynar, eğlenirlermiş.

Ruh hastaları, o mağarada korkmadan bir gece yatarlarsa, cinler onları iyileştirirmiş. Mağaraya giden hasta kadınsa bir tavuk, erkekse bir horoz keser.

MOTİF - INDEX

1- F220. Perilerin yaşadığı yer

"Çalık Mağarası'nda cinler otururlar."

2- F230. Perilerin (cinlerin) görünüşü

"Cinler cüce, kambur ve çirkin yaratıklar olup, tef çalıp türkü söyleyerek eğlenirler."

3- (T) V301. Dini inanış (adak adama)

"Mağaraya giden hastalar, tavuk veya horoz keserler."

71- KIRKDİREK CİNLERİ

Diyarbakır
Sabri Karadede
62
Oto parçacısı
Annesinden

Ali Paşa semtindeki Kırkdirekler denen yerden, gece bir adam geçiyormuş. Arkasında bir tıkırtı duymuş. Dönüp bakınca, pek çok kuru kafanın birbirlerine çarparak arkasından geldiklerini görmüş. Büyük bir korkuya kapılarak evine koşmuş. Ertesi gün de gördüklerini herkese anlatmış. Bunun üzerine, insanlar geceleri oradan geçmeye korkar olmuşlar.

MOTİF - INDEX

1- F230. Perilerin (cinlerin) görünüşü
"Pek çok kuru kafa, birbirlerine çarparak adamın arkasından gelirler."

2- H1410. Korkunç bir yerde durma
"İnsanlar geceleri, Kırkdirekler'den geçmeye korkarlar."

72- KARA MAĞARA CİNLERİ

Eğil-Bostankars Mezrası
Mehmet Özdemir
59
Çiftçi
Annesinden

Bir adam, Dicle'den Eğil'e geliyormuş. Kara Mağara'nın önünden geçerken içerden çalgı ve türkü sesleri duyup bakmış. Cinler, çalıp oynayarak düğün yapıyorlarmış. Adamı da davet etmişler, "Besmele çekmeden gel, otur," demişler. Ekşi (salça) ve bulgurdan oluşan düğün yemeklerinden önüne koymuşlar. Adam, ortada oynayan cinlerden birisinin üstünde, kendi karısının entarisini görüp şaşırmış ve eteğinden bir parça keserek almış. Cinlerle beraber bir zaman çalıp oynadıktan sonra, yatmış uyumuş.

Sabah uyandığı zaman ortalarda kimseleri görememiş. Kalkıp evine gitmiş. Karısına, sandıkta duran entarisini çıkarmasını söylemiş. Kadın getirince, elbisenin eteğinin kesik olduğunu görmüşler. Karısının bu duruma çok üzüldüğünü gören adam, hemen cebindeki parçayı çıkarıp kesik yere koymuş ve gece olanları anlatmış.

Bu olaydan sonra insanlar özellikle geceleri Kara Mağara'nın önünden geçmez olmuşlar.

MOTİF - INDEX

1- F220. Perilerin (cinlerin) yaşadığı yer
"Cinler mağarada düğün yaparlar."

2- F340. Perilerin hediyeleri
"Cinler, ekşi (salça) ve bulgurdan oluşan düğün yemeklerinden, yolcuya da ikram ederler."

3- H117. Kesik elbise ile tanıma

4- (T) H119.3. Elbisenin arkasına parmak basıp, işaret koyarak tanıma
"Adam, cinin üstünde gördüğü karısının elbisesinin eteğinden bir parça keserek işaret koyar ve ertesi sabah, sandıktan çıkan elbiseyi bu işaretten tanır."

73- ŞUBAT KARISI (CİN)

Diyarbakır
Ümit Can
28
Kuyumcu
Ninesinden

Eski Diyarbakır evlerinden birinde, aynı avluda dört aile oturuyormuş. Bunlardan birisinin hanımı, kendisine çok güzel bir elbise diktirmiş. Giymeye kıyamadığı bu elbisesini kaldırıp sandığına koyarak, giymek için özel bir gün beklemeye başlamış.

Bir zaman sonra mahallede bir düğün olmuş. Diğer komşular birleşip gitmeye karar vermişler ve bu komşularını da çağırıp, hem yeni elbiseni de giyersin demişler. Fakat kadının kocası izin vermediği için gidememiş.

Diğer komşular düğünde eğlenirken birdenbire, gelmeyen komşularının o güzel elbisesini, ortada oynayan hiç tanımadıkları bir kadının üstünde görmüşler. Orada bulunanlara, bunun kim olduğunu sormuşlar, fakat hiç kimse o kadını tanımıyormuş. Bunun üzerine, oynayan yabancı kadına hiç belli etmeden elbisenin arka eteğine biraz kına sürerek işaret koymuşlar.

Ertesi sabah komşularına, sandıktaki elbisesini çıkarmasını söylemişler. Kadın da çıkarmış. Elbisenin eteğindeki kına işareti duruyormuş, O zaman, bunu bir şubat karısının (cin) giydiğini anlamışlar. Bunun üzerine kadın da elbisesini koyduğu bohçaya bir iğne takmış, sandığın üstüne de bir demir parçası koymuş. Böylece, giysilerini bir daha cinlerin giymesine karşı önlem almış.

MOTİF - INDEX

1- P310. Arkadaşlık

2- T136.3. Düğün eğlencesi
"Komşular toplanarak düğüne gidip oynarlar."

3- F230. Perilerin görünüşü
"Kadın kılığına giren cin, sandıkta duran elbiseyi giyerek düğünde oynar."

4- (T) H119.3. Elbisenin arkasına parmak basıp, işaret koyarak tanıma
"Elbisenin arkasına kına sürerek işaret koyarlar."

5- D1181. Sihirli iğne

"Kadın elbisesini cinlerden korumak için bohçanın üstüne bir iğne takar."

74- DOĞRULUK CİNLERİ

Diyarbakır
Karabaş Köyü
Azize Özpirinççi
90
Ev hanımı
Büyüklerinden

Karabaş Köyü'nde bir Müslümanla, Kevork adında bir Ermeni ekin ortağı olmuşlar. Müslüman aile Diyarbakır'da, Ermeni aile ise Karabaş Köyü'nde oturuyorlarmış.

Ürün zamanı gelince buğday biçilip elenip, iki eşit parçaya bölünerek yığılmış ve üstüne de "şakıl" (buğday yığınının üstüne konulan, tahtadan yapılmış bir çeşit mühür, işaret) vurulmuş. Ertesi günü paylaşılacakmış.

Ermeni'nin oğulları diğer ortağın yığınından kendi yığınlarına buğday aktarmaya başlamışlar, ihtiyar babaları Kevork Efendi oğullarına her ne kadar bu yaptıklarının doğru olmadığını, ayıp ve günah olduğunu söylemişse de sözünü dinletememiş. Müslüman ortağı da paylaşım için Diyarbakır'dan gelerek o gün onlarda konuk olmuş. Gece olup da karanlık basınca, ertesi sabah içeride uyuyan ortağının yüzüne nasıl bakacağını düşünen Kevork Efendi, üzüntü ile kapısının önünde otururken üç dört tane meleğin gelip, oğullarının haksız yere aktardıkları buğdayı, bunların yığınlarından alıp yine eski yerine koyduklarını görmüş. Buna çok sevinerek gidip yatmış ve rahatça uyumuş. Ertesi sabah, olayı oğullarına anlatmış ve gönül rahatlığı içinde ortağıyla ürünü paylaşmış.

MOTİF - INDEX

1- P310. Arkadaşlık
"Bir Ermeni ile Müslüman dost ve ortak olurlar."

2- P233. Baba ve oğullar

3- W35. Doğruluk

4- W126. İtaatsizlik

5- K2246. Hain akrabalar
"İhtiyar baba oğullarına, doğru olmalarını ve haksızlık yapmamalarını öğütler, fakat onlar babalarının sözünü dinlemezler."

6- K300-K499. Çalınmış mallar ve aldatmalar
"Ermeni'nin oğulları, ortaklarının ürününü çalarak onu aldatmak isterler."

7- V340. İnanmayanlara gösterilen mucizeler

8- F530. Olağanüstü durumlar

9- V230. Melekler
"Gece gelen melekler, çalınmış ürünü tekrar yerine koyarlar."

75- KİLİSE MAĞARASI CİNLERİ

Eğil
Bahri Gördük
52
İmam
Komşularından

Çarıkören Mahallesi'ndeki eski kilisenin bahçesinde bir mağara vardır. İç içe geçmiş iki mağaradan oluşan bu yer, tüm cinlerin toplandıkları yermiş. Cinlerin padişahı dipteki mağarada otururmuş.

Saralıları ve ruh hastalarını getirip, iyileşmeleri için bu mağarada yatırırlarmış. Bir gece burada yatan bir hasta, cinlerle padişahlarının tartıştıklarını ve bu tartışma sırasında da bir tüfeğin patlatıldığını söylemiş. O civardaki evlerde oturanlar da bu tüfek sesini duyduklarını söyleyerek, bu hastanın anlattıklarını doğrulamışlar.

MOTİF - INDEX

1- F220. Perilerin (cinlerin) yaşadığı yer

"Eski kilisenin bahçesindeki mağara, cinlerin topluca yaşadıkları yerdir."

2- F530. Olağanüstü durumlar

"Bir gece cinlerle, cinlerin padişahı tartışırlar ve bu arada patlayan bir tüfek sesi duyulur."

76- PİRABOK MAĞARASI CİNLERİ

Eğil
Kabak Mezrası
Arap Karakoç
110
Çiftçi
Dedesinden

Arap Karakoç'un dedesi Mehmet Ağa, bu mağaranın yanındaki koyun ağılına giderken, genç ve güzel bir kadın kılığında, bir pirabok (cin) görmüş. Boynunda salyangoz kabuğundan kolyesi olan bu pirabok (cin), "Biz bu mağarada oturuyoruz, gel bir gece benim konuğum ol," demiş ve gülü vermiş. Mehmet Ağa bu daveti kabul edemeyeceğini söyleyince, pirabok birdenbire ortadan kaybolmuş.

Bir insanoğlu tarafından istenmediği için de çok üzülmüş ve bir daha hiçbir insana görünmemiş.

MOTİF - INDEX

1- F220. Perilerin (cinlerin) yaşadığı yer
"Güzel cin, Mehmet Ağa'ya mağarada yaşadığını söyler."

2- F230. Perilerin görünüşü
"Mehmet Ağa'ya görünen cin, genç ve güzel bir kadın kılığındadır ve boynunda da salyangoz kabuğundan bir kolye vardır."

3- F300. Perilerle evlenme veya ilişki kurma
"Cin, Mehmet Ağa'yı mağarasına davet eder."

77- PİRABOÇİK (CİN)

Hazro *Mehmet Sait* *Candan* *39* *Şoför* *Dedesinden*

Mehmet Hoca, Hazro'nun Cami Mahallesi'nde otururmuş. Bir gece kapısı çalınmış. Gelenler, ölmek üzere olan bir hastaları olduğunu söylemişler ve onu alıp götürmüşler. Çok hızlı yürüyorlarmış. Şehrin dışına çıkmışlar. Görünürlerde hiçbir ev yokmuş. Hoca, nereye gittiklerini sormuş fakat cevap alamamış. Bir su kenarına gelince, hocanın önünde hızlı hızlı giden yabancılar birdenbire irkilip durmuşlar. Su çok az olmasına karşın geçememişler.

O zaman hoca, bunların piraboçik (cin) olduğunu ve kendisine zarar vermek istediklerini anlayıp hemen ezan okumaya başlamış. Hepsi bir anda ortadan kaybolmuşlar. Hoca da evine dönmüş, fakat korkudan dili tutulmuş.

MOTİF - INDEX

1- K1889. Hayal şeklindeki diğer aldatıcılar
"Hastaları olduğunu söyleyen insan kılığındaki cinler, hocayı aldatarak, zarar vermek üzere evinden uzaklara götürürler."

2- D789. Sihirin diğer bozulma anlamları

"Cinler sudan korkarlar ve ezanı duyunca ortadan kaybolurlar."

3- F360. Kötülük yapan hain periler

"Cinlerden korktuğu için hocanın dili tutulur."

78- PİRABOÇİK (CİN)

Hazro
Fettah Aslankılıç
36
Memur
Ninesinden

Kadı Hüseyin Efendi, bir gün bağında çalışırken, üzüm kütükleri arasında bir piraboçik (cin) görmüş. Hemen üstüne atılıp memesine bir iğne batırarak onu etkisiz hale getirmiş ve evine getirip kendisine köle yapmış. Her söylenenin tersini yapan piraboçik, üç yıl bu eve hizmet ettikten sonra bir gün Müezzin Çeşmesi'ne suya gittiğinde, orada köye yeni gelin gelen bir kadın görmüş. Onun kendisini tanımayışından yararlanarak, ondan memesindeki iğneyi çıkarmasını rica etmiş. Gelin de çıkarmış. Hemen boş kaplarla eve dönen piraboçik, su kaplarını bir kenara fırlatarak ev sahiplerine, "Eviniz daima dağınık ve külünüz bol olsun," diye beddua edip ortadan kaybolmuş.

Şimdi Kadı Hüseyin Efendi'nin soyundan gelen bütün ailelerin evleri daima dağınık olur, külleri etrafa yayılır ve bir türlü de düzen tutmazmış. Küçücük bir ateş yaksalar bile tepe gibi kül yığılırmış.

MOTİF - INDEX

1- D1181. Sihirli iğne

"Kadı Hüseyin Efendi, bağında gördüğü cinin memesine bir iğne batırarak ona etkisiz hale getirir."

2- D765.1.2. İğnenin çıkarılması ile bozulan sihir
"Gelin, cinin memesindeki iğneyi çıkarınca sihir bozulur ve cin kölelikten kurtulur."

3- F361. Perilerin intikamı
"Cin, ev sahibine beddua eder."

4- M411. Bedduanın yerine gelmesi
"Cinin, ev sahiplerine ettiği beddua yerine gelir."

79- ŞUBAT KARISI

Çermik
Müjgan Polat
22
Kurs öğretmeni
Ninesinden

Çermik'te eskiden, Hacı Kamber adında bir adamın çok güzel ve cins bir yarış atı varmış. Hacı Kamber atını her sabah ahırında çok yorgun ve ter içinde bulurmuş. Çünkü, her gece gelip ata binen bir Şubat Karısı (cin) onu sabaha kadar koşturup, kan ter içinde bırakıyormuş, sonra da kuyruğunu ve yelesini örüyormuş.

Hacı Kamber bir akşam atının sırtına, kara sakız sıvamış. Sabah ahıra gittiğinde, bir Şubat Karısı'nın atın sırtına yapıştığını görmüş. Çıplak olan bu cin, kocaman memelerini omuzlarına atmış, uzun dağınık saçlı, iriyarı, ayaklarının topukları önde, parmakları arkada olan garip bir yaratıkmış.

Hacı Kamber hemen elindeki çuvaldızı onun memesine batırarak kendisine köle yapmış. Otuz yıl bu eve kölelik yapan Şubat Karısı, her söylenenin tersini yaparmış.

Otuz yıl sonra memesindeki iğneyi çıkarıp cini serbest bırakmışlar ve bir pınara götürmüşler. Cin suya girip kaybolduktan bir süre sonra pınarın suyu kan rengi olmuş. Çünkü diğer cinler, yakalandığı ve insanlara uzun süre hizmet etmek zorunda kaldığı için onu ölümle cezalandırmışlar.

MOTİF - INDEX

1- F360. Kötülük yapan hain periler
"Hacı Kamber'in cins atına musallat olan bir cin, her gece ona binerek sabaha kadar koşturur."

2- F230. Perilerin görünüşü
"Atın sırtına yapışan cin çıplak kocaman memeleri omuzlarına atılmış, uzun dağınık saçlı, iriyarı, ayaklarının parmakları arkada, topukları önde olan korkunç bir yaratıktır."

3- D1181. Sihirli iğne
"Hacı Kamber, elindeki çuvaldızı (büyük iğne), cinin memesine saplayarak onu köle yapar."

4- D765.1.2. İğnenin çıkarılması ile bozulan sihir
"Cinin memesindeki iğneyi, otuz yıl sonra çıkararak onu serbest bırakırlar."

5- F361. Perilerin intikamı

6- Q211. Ölümle cezalandırma
"Diğer cinler, özgür bırakılan bu cini yakalanıp insanlara hizmet ettiği için bağışlamazlar ve onu ölümle cezalandırırlar."

80- PİRABOK

Bismil
Köseli Köyü
Seyran Taçlık
55
Ev hanımı
Annesinden

Abdülkadir, çok güzel türküler söyleyen bir delikanlıymış. Bir gece, onun yakın arkadaşları kılığına giren iki pirabok (cin), gelip onu bir düğüne götürmüşler. Cinler mezarlıkta düğün yapıyorlarmış. Abdülkadir, onların istedikleri türküleri söylemiş. Sonra da izin isteyip gitmek istemiş, fakat cinler onu bırakmamışlar. Delikanlının aklına cinlerin pislik sevmediği gelmiş. Hemen eline yüzüne pislik sürmüş. Tam oradan uzaklaşacağı sırada, ortada oynayan bir cinin üstünde, kendi karısının kırmızı kadife elbisesini görmüş. Eteğinin arkasına bir işaret koyup evine dönmüş.

Ertesi sabah karısına, kırmızı kadife elbisesini giymesini söylemiş. Karısı da sandıktan çıkarıp giymiş. Abdülkadir entarinin eteğinde, akşamki bıraktığı işareti görmüş.

Bu olayın üstünden çok zaman geçmeden de aklını yitirmiş. Ömrünün sonuna kadar, öyle yarı çılgın bir halde yaşamış.[1]

MOTİF - INDEX

1- D0-D699. Şekil değişmeleri
"İki cin şekil değiştirip Abdülkadir'in arkadaşlarının şekline girerler."

2- F320. Perilerin insanları ülkelerine götürmeleri
"İki cin, Abdülkadir'i kendi düğünlerinin yapıldığı yere götürürler."

3- F220. Perilerin yaşadığı yer
"Cinler mezarlıkta düğün yaparlar."

4- (T) H119.3. Elbisenin arkasına parmak basıp, işaret koyarak tanıma
"Abdülkadir, cinin üstündeki elbisenin eteğine bir işaret koyar ve ertesi gün, karısının olan bu elbiseyi koyduğu bu işaretten tanır."

---

(1) Bismil, Kamışlı Köyü'nden, Kamile Çelik (47, ev hanımı) sandıklarda duran elbiselerin üstüne bir iğne takılmazsa veya bir demir parçası konmazsa, cinlerin geceleri bu elbiseleri götürüp giydiklerini ve kirlettiklerini söyledi.

5- (T) R11.4. Perilere esir olma

"Abdülkadir evine gitmek isteyince cinler onu bırakmazlar."

6- F360. Kötülük yapan hain periler

"Cinlerle karşılaşmak, Abdülkadir'in aklını yitirmesine neden olur."

81- KEPOZ

Ergani
Eyüp Ali Büyüktaş
55
Emekli işçi
Dedesinden

Aboş Ağa'nın ahırdaki atı geceleri acı acı kişnermiş. Her sabah da yeleleri örülü olarak bulunurmuş.

Aboş Ağa bir akşam atının sırtına bal mumu sıvamış, sonra da gelip yatmış. Ertesi sabah ahıra gittiğinde atın sırtına yapışmış bir kepoz (cin) görmüş. Bu kepoz, dağınık saçlı, iriyarı bir kadınmış. Ağa hemen onun omzuna bir çuvaldız (büyük iğne) saplayarak kendisine köle yapmış. Çuvaldız saplanan kepoz kaçamazmış ve kendisi de bu iğneyi çıkaramazmış. Ancak bir başkası çıkardığı zaman kurtulabilirmiş.

Yıllarca o evde hizmetçilik yapan kepoz, her söylenenin tersini yaparmış.

Bir gün Aboş Ağa, bir daha atına binmeyeceği konusunda ondan söz alıp iğnesini çıkarmış ve kepozu özgür bırakmış. Kepoz bir göl kenarına gitmiş. Onunla gelen Aboş Ağa'ya da, "Ben göle girdikten sonra, gölün yüzüne beyaz köpükler çıkarsa bekle. Bizimkiler seni ödüllendirecekler demektir. Eğer gölün suyu kızarırsa durma kaç, bizimkiler beni öldürmüşler demektir, o kızıllık benim kanımdır," demiş ve göle girmiş. Bir zaman sonra gölün suyu kızarmış. Çünkü cinler, insanlara yakalanıp onlara hizmet ettiği için onu öldürmüşler.

MOTİF - INDEX

1- F230. Perilerin görünüşü
"Aboş Ağa'nın yakaladığı cin, dağınık saçlı, ırıyarı bir kadın görünümündedir."

2- D1181. Sihirli iğne
"Aboş Ağa, cinin omzuna bir çuvaldız (büyük iğne) batırır ve onu kendisine köle yapar."

3- D765.1.2. İğnenin çıkarılması ile bozulan sihir
"Cinin omzundaki iğneyi çıkararak, onu özgür bırakırlar."

4- F361. Perilerin intikamı

5- Q211. Ölümle cezalandırma
"Cinler, insanlara yakalanan ve onlara hizmet eden bu cini ölümle cezalandırırlar."

82- KIZLAR TEPESİ CİNLERİ

Çermik
Seher Yüksel
55
Ev hanımı
Kaynanasından

Kızlar Tepesi'nde bir kazan altın gömülüymüş. O altınların sahibi de çok güzel bir cin gelinmiş. Bu gelin o kazanın üstüne oturarak bekçilik eder, çalmaya gelenlerin de karşısına çeşitli kılıklarda çıkarak onları çarparmış.
Bu tepeden özellikle geceleri kimse geçmemeye dikkat eder.

MOTİF - INDEX

1- N500-N599. Meydana çıkarılan sahipsiz hazine
"Kızlar Tepesi'ndeki altının sahibi bir cin gelindir."

2- D0-D699. Şekil değişmeleri

"Cin gelin, çeşitli şekillere girerek insanları çarpar."

3- H1416. Geceyi korkunç bir yerde geçirme

"Bu tepeden geceleri geçmeye insanlar korkarlar."

83- UZUNLAR DİREMİ TEPESİ CİNLERİ

Çermik
Saliha Uysal
45
Ev hanımı
Ninesinden

Uzunlar Diremi tepesinden gece eşeğiyle geçen birisi, yolu üstünde bir oğlak görmüş. Eğilip onu kucağına almış ve okşamış. Oğlak, adama dönüp, "Babayiğide dokunma," diyerek, eşekten atlayıp kaybolmuş.

Adam bu olaydan sonra korkudan hastalanıp altı ay yataktan kalkamamış.

İnsanlar özellikle geceleri o tepeden yalnız geçmemeye çalışırlar. Çünkü bu tepenin cinleri tazı, oğlak, köpek şeklinde görünüp, geçenleri çarparlarmış. Ayrıca bu tepenin cinleri, haklarında kötü söz söyleyenleri de cezalandırırlarmış. Bu nedenlerle, insanlar bu cinlerden söz ederken "Bizden iyiler" diyorlar.

MOTİF - INDEX

1- D0-D699. Şekil değişmeleri

"Cin oğlak şekline girerek yolcuya görünür."

2- B184. Sihirli dört ayaklılar

"Oğlak adamla konuşur."

3- F360. Kötülük yapan hain periler

"Adam cinden korktuğu için, hastalanıp, yatağa düşer."

"Çeşitli hayvanların şekillerine giren cinler, oradan geçen insanları çarparlar."

4- C751. Belirli zamanlarda, bazı şeyleri yapma yasağı
"Bu tepeden geceleri geçilmez."

5- F361. Perilerin intikamı
"Perilerin intikamından korkan insanlar, onlardan 'Bizden İyiler' diye söz ederler."

84- AYDEMİR MAĞARASI CİNLERİ

Çermik
Hatice Büyükkaya
50
Ev hanımı
Annesinden

Bir adam, köyün bekçisi olan arkadaşıyla ertesi sabah saat dörtte kalkıp ava gitmek üzere anlaşmış. Sonra da gidip evine yatmış. Gece yarısı, arkadaşı kılığına giren bir cin gelip onu ava gitmek için çağırmış. Uyanan annesi, "Oğlum, saat daha sabahın dördü olmadı, gece yarısı kalkıp gitme," demiş, ama söz dinletememiş.

Yolda, cin adamın önünden hızlı hızlı ve hiç konuşmadan gidiyormuş. Oysa her zaman bu iki arkadaş yan yana yürüyerek ve konuşarak giderlermiş. Bu durumdan şüphelenen adam, önden yürüyen arkadaşının ayaklarına bakmış. Topuğunun önde, parmaklarının arkada olduğunu görmüş. O zaman bunun gerçek arkadaşı olmadığını, bir cin olduğunu anlayıp hemen geri dönmüş. Gece karanlığında yolunu bulamamış. Ertesi sabah onu, Ayderesi Mağarası'nda, korkudan dili tutulmuş bir halde otururken bulmuşlar. Daha sonra dili açılmış, fakat bu korkunun etkisiyle hiç çocuğu olmamış.

MOTİF - INDEX

1- K1889. Hayal şeklindeki diğer aldatıcılar

2- D0-D699. Şekil değişmeleri
"Arkadaşı bekçinin kılığına giren cin, adamı aldatır."

3- P231. Ana ve oğul

"Annesi oğlunu gece yarısı dışarı çıkmaması konusunda uyarır."

4- F230. Perilerin görünüşü

"Cinin ayaklarının topuğu önde, parmakları arkadadır ve çok hızlı yürür."

5- F360. Kötülük yapan hain periler

"Cinden korkan adamın dili tutulur ve çocuğu olmaz."

85- HAMİT'İN GÖZÜ MAĞARASI CİNLERİ

Çermik
Ayşe Durmuş
62
Ev hanımı
Kaynanasından

Bir gelin, bu mağaraya su almaya gitmiş, fakat, bir daha geri dönmemiş. Mağaradaki cinler onu tutsak edip, düğün dernek yaparak kendi gelinleri yapmışlar.

Bu mağaradan sürekli çalgı ve havan (dibek) sesleri gelirmiş. Ayrıca, bu mağaranın sahibi olan cinler, oradan geçenlere yılan, keçi, avcı kılıklarında görünüp kaybolurlarmış. İnsanlar oradan yalnız geçmeye korkarlar.

MOTİF - INDEX

1- (T) R11.4. Perilere esir olma

2- R45.3. Mağaraya hapsetme

"Cinler su almaya gelen gelini tutsak ederler."

3- F300. Perilerle evlenme veya ilişki kurma

"Cinler düğün yaparak, tutsak ettikleri hanımı kendilerine gelin yaparlar."

4- F220. Perilerin yaşadığı yer

5- D0-D699. Şekil değişmeleri

"Mağarada yaşayan cinler, çeşitli hayvanların kılıklarına girerek insanlara görünürler."

86- PİRABOÇİK

Hazro
Şakir Hatiboğlu
51
Emekli imam
Dedesinden

Gıyasettin Ağa bir gece yarısı Kavaklı denen ıssız bir yerden geçiyormuş. İriyarı, dağınık ve uzun saçlı, kocaman memelerini omuzlarına atmış bir piraboçik (cin) gelip arkasından saldırmış. Güçlü kuvvetli bir insan olan Gıyasettin Ağa hemen dönüp onu yakalamış. Yakalanan cin, eğer kendisini bırakırsa bir daha onun soyundan kimseye zarar vermeyeceğini söylemiş, Ağa da onu bırakmış.

Bu olaydan sonra, Gıyasettin Ağa'nın ailesinden olan hiç kimseyi cin çarpmamış.

MOTİF - INDEX

1- F220. Perilerin yaşadığı yer

2- F230. Perilerin görünüşü

"Gıyasettin Ağa, gece yarısı tenha bir yerden geçerken, iriyarı, dağınık ve uzun saçlı, kocaman memelerini omuzlarına atmış bir cin ona arkadan saldırır."

3- F380. Birisini perilerden temizleme

"Yakaladığı cini serbest bıraktığı için Gıyasettin Ağa'nın ailesi cinlerden arındırılır, onlardan kimseyi cin çarpmaz."

87- PİRELİK

Silvan
Medeni Olgun
26
Terzi
Annesinden

Bir kadın düğüne gitmiş. İşleri yapması için, kızını da evde bırakmış.

Kız hamur yoğurmaya başlayınca, yanına kadın kılığında bir pirelik gelip oturmuş. Hiç konuşmuyor, leğendeki hamura bakıyormuş. Hamur kabardıkça kabarmış. Sonunda da leğenden taşmaya başlamış.

Kız pireliği birkaç kere kovduysa da onu yanından uzaklaştıramamış. Çaresiz kalınca,düğün evine gidip olanları annesine anlatmış. Annesi, "Hamuru küçük parçalar halinde bölerek leğene at, atarken de senin başını koparıp leğene atıyorum de," demiş. Kız eve dönüp annesinin dediğini yapınca, pirelik kaybolup gitmiş.

MOTİF - INDEX

1- P232. Ana ve kızları

"Düğüne giden anne, işleri yapması için kızını evde bırakır."

2- F230. Perilerin görünüşü

"Cin, bir kadın kılığına girip kızın yanına oturur."

3- C400. Konuşma yasağı

"Cin, kızla hiç konuşmaz."

4- D789. Sihrin diğer bozulma anlamları

"Kız, hamuru küçük küçük koparıp leğene atınca, cin kaybolur."

88- PİRELİK DELİĞİ

Silvan
Tevfik Dabakoğlu
67
Terzi
Babasından

Silvan'ın dışındaki bir mağaranın oldukça küçük bir ağzı vardır. İçi ise son derece karanlıktır.

Bir akşamüstü bu mağaranın önünden geçen bir adam, o delikte oturan korkunç bir pirelik (cin) görmüş. Bu cin bir taraftan kendi kendine homurdanırken, bir taraftan da adamı mağaraya çağırıyormuş. Adam, hemen oracıkta korkudan ölmüş.

Bu olaydan sonra, insanlar çarpılmamak için, "Pirelik Deliği" dedikleri bu mağaranın önünden geçmemeye özen gösterirler.

MOTİF - INDEX

1- F220. Perilerin yaşadığı yer
"Mağarada korkunç bir cin yaşar."

2- F360. Kötülük yapan hain periler
"Cin adamı mağaraya çağırınca, adam korkudan ölür."

3- H1410. Korkunç bir yerde durma
"İnsanlar çarpılmaktan korktukları için, bu mağaranın önünden geçmezler."

89- PİRABOK ÇOCUK

Hani
Zülfiye Aslan
48
Ev hanımı
Annesinden

Bir kadın evinin bahçesinde çalışırken, çalının dibinde oturan küçük bir kız çocuğu görmüş. Çocuğun omzunda da bir torba varmış. Saçları çok gür ve karışık, gözleri ise şakaklarına doğru çekikmiş.

Kadın bunun bir pirabok çocuğu olduğunu anlayıp, sessizce yanına yaklaşarak omzuna bir iğne batırmış ve onu köle yapmış. Son derece neşeli olan bu çocuk, ayaklarını yere vurarak zıp zıp zıplayıp kendi kendine şu şarkıyı söyleyerek oynarmış:

Çalının dibinde oturan
Ne oturuyorsun de kalk
Omzunda torbası olan
Ne oturuyorsun de kalk

Bu kız her söylenenin tersini yaparmış. Eli çok bereketliymiş. Neye dokunsa artarmış. Bir keresinde, dokunduğu bir avuç un birdenbire çoğalarak bir çuval una dönüşmüş.

Bu cin çocuk büyüyünce iğnesini çıkarıp, kendi cinler ülkesine dönsün diye götürüp göle bırakmışlar. Bir zaman sonra gölün suyu kan olmuş, çünkü diğer cinler onu aralarına kabul etmeyerek öldürmüşler.

MOTİF - INDEX

1- F230. Perilerin görünüşü
"Küçük cin kızı, gür karışık saçlı ve çekik gözlüdür. Son derece neşeli olup, şarkı söyleyerek oynar."

2- D1181. Sihirli iğne

3- D765.1.2. İğnenin çıkarılması ile bozulan sihir
"Kadın, cin çocuğun omzuna bir iğne batırarak onu köle yapar, büyüyünce de iğneyi çıkarıp serbest bırakır."

4- F530. Olağanüstü durumlar
"Cin çocuk neye dokunsa onun bereketi artar."

5- Q211. Ölümle cezalandırma
"Diğer cinler, çocuk cini öldürerek cezalandırırlar."

90- PİRELİK

Silvan- Hacıkan (Uzundere) Köyü
Veysel Öngören
57
Şair-Yazar Büyüklerinden

Molla İbrahim'in oğlu Hacı Mustafa bir gece atla Silvan'ın Omeron Köyü'nden, Hacıkan Köyü'ne gidiyormuş. Atın önüne bir oğlak çıkıp, melemeye başlamış. Hacı Mustafa eğilip onu almak istemiş. Oğlak kaçmış. At yürüyünce de sıçrayıp, adamın arkasına binmiş ve "leeee.... leeee... leeeee" diyerek onunla alay etmiş. Adam dönüp, onu itmek isteyince de bir sıçrayışta gelip atın önüne oturmuş. Hacı Mustafa onun, oğlak kılığına girmiş bir pirelik (cin) olduğunu anlamış ama, korkudan dili tutulduğu için bir dua da okuyamamış. O sırada yaklaştığı köyden köpek sesleri gelmeye başlayınca, pirelik ona, "Haydi, güle güle," demiş ve attan atlayıp kaybolmuş.

MOTİF - INDEX

1- D0-D699. Şekil değişmeleri
"Bir cin oğlak şekline girerek Hacı Mustafa'nın atının önüne çıkar."

2- B184. Sihirli dört ayaklılar
"Oğlak, adamla konuşur."

3- D789. Sihrin diğer bozulma anlamları
"Cin köpek sesini duyunca ortadan kaybolur."

4- F360. Kötülük yapan hain periler
"Cinden korkan adamın, dili tutulur."

91- PİRELİK

Diyarbakır
Güvercinevleri
Köyü
Keziban Yentürk
67
Ev hanımı
Komşularından

Bu köyden bir çoban, bir gece Çingo Çeşmesi'nden su içmek için eğildiği sırada, sırtına bir pirelik (cin) binmiş. Çoban onu ellerinden yakalayıp, omzuna bir iğne batırarak evine getirmiş ve dört yıl köle olarak çalıştırmış. Esmer, iriyarı bir yaratık olan pirelik her söylenenin tersini yapar, ateşten ve köpekten çok korkarmış.

Dört yıl sonra bu cini götürüp bir dereye bırakmışlar. Biraz sonra, diğer cinler onu aralarına almak istemeyip öldürdükleri için, suyun yüzü kan olmuş.

MOTİF - INDEX

1- F420.4. Su perileri suyu denetler
"Cin, Çingo Çeşmesi'nden su içmek isteyen çobanın sırtına biner."

2- D1181. Sihirli iğne
"Çoban, cinin omzuna iğne batırarak onu kölesi yapar."

3- F230. Perilerin görünüşü
"Cin esmer, iriyarı bir yaratık olup, her söylenenin tersini yapar, köpekten ve ateşten korkar."

4- F361. Perilerin intikamı

5- Q211. Ölümle cezalandırma

6- F220. Perilerin yaşadığı yer
"Serbest bırakılan cini götürüp bir dereye bırakırlar, fakat diğer cinler onu aralarına almayıp öldürürler."

92- KEPOZ

Dicle
Hüseyin Tekin
52
Çiftçi
Köylülerinden

İnsanlar uyurlarken üstlerine, adına "Kepoz" denen oldukça ağır bir cin çöker, boğazlarına sarılarak onları nefessiz bırakırmış. Üstüne kepoz çökenin yanında birisi konuşursa, cin kaybolurmuş.

Halis Ağa adında birisi, üstüne çöken bir kepoza çuvaldız batırarak onu kendisine köle yapmış. Bu kepoz çok kısa boylu, çirkin, burunsuz bir erkek kılığındaymış. Son derece çalışkan ve becerikliymiş. Halis Ağa'ya yedi yıl kölelik yaptıktan sonra birdenbire, kendiliğinden ortadan kaybolmuş.

MOTİF - INDEX

1- F360. Kötülük yapan hain periler
"İnsanlar uyurlarken üstlerine çöken cinler, onların nefeslerini keserler."

2- D789. Diğer bozulma anlamları
"Orada bulunanlardan birisi konuşursa, cin kaybolur."

3- D1181. Sihirli iğne
"Halis Ağa, üstüne çöken kepoza bir çuvaldız batırarak onu kendisine köle yapar."

4- F230. Perilerin görünüşü
"Kepoz çok kısa boylu, burunsuz, çirkin olup, oldukça çalışkan ve beceriklidir."

93- AŞAĞI MEZARLIK CİNLERİ

Çüngüş
Mehmet Yıldızhan
48
Belediye Başkanı
Dedesinden

Hüseyin Ağa, bir gece Aşağı Mezarlık'tan geçerken önüne bir kuzu çıkmış. Bu kuzuyu alarak evine getirmiş. Ertesi sabah ev halkı, bu kuzunun bir insan cesedine dönüştüğünü görmüşler ve çok korkmuşlar. Hüseyin Ağa, bunun kuzu kılığına girmiş bir cin olduğunu anlamış. Kimseyi oraya yaklaştırmamış. Gece olunca da kapıyı açık bırakmış. Ceset yine kuzu kılığına girerek, açık kapıdan çıkıp Aşağı Mezarlık'a gitmiş.

Bu olaydan sonra kimse geceleri oradan geçmemiş.

MOTİF - INDEX

1- D0-D699. Şekil değişmeleri

2- F220. Perilerin yaşadığı yer
"Kuzu kılığına giren bir cin, mezarlıktan geçen Hüseyin Ağa'nın önüne çıkar. Daha sonra da insan cesedine dönüşür."

3- H1416. Geceyi korkunç bir yerde geçirme
"İnsanlar geceleri Aşağı Mezarlık'tan geçmeye korkarlar."

94- YUKARI MEZARLIK CİNLERİ

Çüngüş
Cemal Yıldızhan
53
Esnaf
Dedesinden

Ali Ağa, gece atıyla Yukarı Mezarlık'tan geçerken atının üstüne bir kedi atlamış. Ali Ağa bu kediyi kucağına alıp sevmek istemiş. Kedi vahşi bir hayvan gibi ona saldırmış. Bunun sıradan bir kedi olmadığını, bir cin olduğunu anlayan adam, onu hemen oradaki çayın kenarına bırakmış. Çünkü cinler sudan korkarlarmış. Çay kenarında bırakılan kedinin boyu birdenbire bir kavak boyu kadar uzamış. Bunu gören Ali Ağa, telaşla oradan uzaklaşmış, fakat korkudan yıllarca hasta yatmış.

Bu olay duyulduktan sonra insanlar geceleri oradan geçmeye korkar olmuşlar.

MOTİF - INDEX

1- D0-D699. Şekil değişmeleri
"Kedi şekline giren cin, Ali Ağa'nın atına atlar."

2- F230. Perilerin görünüşü
"Su kenarına bırakılan kedinin boyu birdenbire bir kavak kadar uzar."

3- F360. Kötülük yapan hain periler
"Karşısına cin çıkan Ali Ağa, korkudan yıllarca hasta yatar."

4- H1416. Geceyi korkunç bir yerde geçirme
"İnsanlar geceleri Yukarı Mezarlık'tan geçmeye korkarlar."

95- HİCO MUHAMMET (SALDIRGAN MUHAMMET)

Diyarbakır
Büyükkadı Köyü
Emir Atlı
45
İlkokul öğretmeni
Kaynanasından

Muhammet'e bir "Bizden İyiler" (cin) âşık olmuş. Bu cinin adı Behiye'ymiş. Muhammet'in bu cinden iki kızı ile bir oğlu olmuş. Bunları yalnız kendisi görebiliyormuş. Zamanla bu cinden rahatsız olan Muhammet, ondan kaçıp kurtulmak istemiş. Cin yanına gelmesin diye dağlara çıkıp, ateş yakıyormuş. Bir gün de köye gelen bir jandarmanın atına binerek uzaklara kaçıp, Behiye'den kurtulmak istemiş. Arkasından gidenler onu Anbar Çayı'nda yakalamışlar.

Daha sonraları da hep Behiye'den kurtulmak için kaçan Muhammet, sonunda ondan kurtulamadan ölmüş.

MOTİF - INDEX

1- F300. Perilerle evlenme veya ilişki kurma
"Behiye adında bir cinle evlenen Hico Muhammet'in üç çocuğu olur."

2- (T) R11.4. Perilere esir olma

3- R218. Peri ülkesinden kaçış
"Hico Muhammet birçok kereler bu cinden kaçıp kurtulmak isterse de başaramaz."

96- BEREKETLİ CİN

Bismil
Şakıltiz Köyü
Rakiye Bulut
55
Ev hanımı
Annesinden

Bir cin gelip bir evin kilerine yerleşmiş. Önce yılan kılığına girmiş. Bir zaman sonra da bu yılanın yavruları olmuş. Bunun üzerine, o zamana kadar yoksul olan o evin bereketi artmış. Kilerde bulunan her şey dolup taşmaya başlamış.

Bunun nedenini anlayan evin hanımı, kilerdeki bu yılana ve yavrularına hiç dokunmayarak onları rahat bırakmış. Günler böyle geçerken, bir gün yine kilere giren hanım, her zamanki yılanla yavrularının bulunduğu çuvalın üstünde çok güzel bir kızın oturduğunu görmüş. Hemen koşarak ev halkına haber vermiş. Gelip bakanlar kızı görememişler. Çünkü o kız, önce yılanken sonradan şekil değiştirip güzel bir kız olan, bereketli cinden başkası değilmiş. Sırrı ortaya çıktığı için, bir daha o eve gelmemiş ve evin bereketi de kaçmış.

MOTİF - INDEX

1- F220. Perilerin yaşadığı yer

2- F230. Perilerin görünüşü
"Kilerde yaşayan cin, önce yılan, sonra da güzel bir kız görünümüne girer."

3- F340. Perilerin hediyeleri
"Cin evin bereketini artırarak, kilerdeki her şeyi çoğaltır."

4- (T) C422.2. Sırrın başkasına söylenmesi yasağı
"Evin hanımı varlığını başkalarına haber verince, cin ortadan kaybolur."

5- Q200-Q399. Cezalandırılmış işler
"Sırrını başkalarına söylediği için, ev sahibini cezalandırır ve o ev yine yoksullaşır."

97- ATLI CİNLER

Hani
Zülfiye Aslan
48
Ev hanımı
Annesinden

Bir adam gece evinde uyurken, adıyla seslenerek dışarıdan çağırmışlar. Dışarı çıkan adam, bir sürü cücenin küçücük atlara binip, kendisini beklediklerini görmüş. Hepsinin başları külahlıymış. Cücelerden biri adamın başına da bir külah geçirip, "Hadi bakalım, önümüze düş de bizi dağa götür," demiş.

Başına giydirilen sihirli külahla büyülenen adam, hiç itiraz etmeden onların önünde dağa doğru yürümeye başlamış. Köyün dışındaki ziyaretin önünden geçerken, bir el uzanıp adamın başındaki külahı almış. Külah çıkınca büyü bozulduğu için, cinler ortadan kaybolmuş ve birden uyanan adam, gecenin ortasında, iç çamaşırlarıyla kendisini yapayalnız görünce çok korkmuş. Koşarak evine dönmüş, ama korkudan hastalanıp, günlerce yatak döşek yatmış.

MOTİF - INDEX

1- F230. Perilerin görünüşü

2- F980. Hayvanlarla ilgili olağanüstü olaylar
"Cüce görünümündeki cinler, küçücük atlara binerler."

3- D1050. Sihirli giyecekler
"Başına sihirli külah giydirilen adam büyülenir."

4- D700-D799. Sihrin bozulması

5- F530. Olağanüstü durumlar
"Görünmeyen bir el adamın başındaki külahı alınca büyü bozulur."

6- F360. Kötülük yapan hain periler
"Cinler adamı dağa götürmek isterler. Onlardan korkan adam hastalanır."

Bismil-Salat Köyü
Azize Işık
36
Ev hanımı
Babasından

98- CİN

Bir adam, atıyla değirmene giderken yolun kenarındaki tarlada cinlerin düğün yaptığını görmüş.

Düğün alayından ayrılan bir cin, yanında güzel bir kızla gelip, adamın önünü kesmiş. Ona kaç yaşında olduğunu sormuş. Adam yirmi bir yaşındayım deyince de cin gülmüş ve "Ben kırk yaşındayım, şimdi seninle güreşeceğiz. Eğer sen beni yenersen, yanımdaki bu güzel kızı sana vereceğim, ama yenilirsen bizimle geleceksin," demiş.

Çok korkan adam hızla atını sürerek oradan kaçmış. Cin arkasından kocaman kocaman taşlar atmış. Zorlukla evine dönen adamın korkudan dili tutulmuş ve günlerce hasta yatmış.

MOTİF - INDEX

1- F220. Perilerin yaşadığı yer

2- F230. Perilerin görünüşü
"Yol kenarındaki bir tarlada cinler düğün yaparlar. Bir cin erkeğin yanında güzel bir cin kızı vardır."

3- F320. Perilerin insanları ülkelerine götürmeleri
"Cin güreşte yenilirse, adamı beraberinde götüreceğini söyler."

4- F360. Kötülük yapan hain periler
"Cin adamın arkasından taş atar ve korkudan onun hastalanmasına neden olur."

99- AYN-ZELA EJDERHASI

Diyarbakır
Fahriye Önen
62
Ev hanımı
Annesinin halasından

Eskiden Diyarbakır'da, şimdiki Çift Kapı'nın yanında, Ayn-Zela adında büyük ve berrak bir su akarmış. Bu su değirmenleri çevirir, bostanları sular ve şehrin içme suyunu sağlarmış.

Bir gün bir ejderha ortaya çıkmış ve her sabah bu suyun hepsini içerek kurutmaya başlamış. Bütün gece biriken suyu ertesi sabah gelerek yine içiyormuş. Şehir susuz kalmış. Bunun üzerine Diyarbakır'ın ileri gelenleri birleşerek bu önemli soruna bir çözüm aramaya başlamışlar. Başka yerlere de haber gönderilip, bu ejderhanın nasıl yok edileceği hakkında akıl sorulmuş, fakat hiçbir olumlu çözüm bulunamamış.

O sırada bir çingene obası gelip surların dibine çadırlarını kurmuş ve olupbitenleri izlemeye başlamışlar. Bu çingenelerin çeribaşısı, şehrin ileri gelenlerinin ejderha karşısında çaresiz kaldığını görünce gidip, "İzin verirseniz ben bu ejderhayı ortadan kaldırırım," demiş. Onu kimse ciddiye almamış. "O kadar akıllı ve cesur insanın yapamadığını senin gibi zavallı bir çingene mi yapacak, haydi oradan," demişler.

Aradan uzunca bir zaman geçip çaresiz kalınca, sonunda bu çeribaşına bir fırsat vermek zorunda kalmışlar. Bunun üzerine, çeribaşı hemen işe koyulmuş. Önce bir koyun kesmiş, yüzmüş sonra da bunun içini kireçle doldurmuş, götürüp suyun başına koymuş. Ertesi sabah herkes toplanıp olacakları gözlemeye başlamış. Bir süre sonra suya gelen ejderha, önce bu koyunu büyük bir iştahla yemiş, sonra da bütün suyu içerek yatıp uyumuş. Akşama doğru, ejderhanın koyunla beraber yediği kireç, içinde patlayarak ejderhayı parçalamış.

Bu beladan kurtulan Diyarbakırlılar, bundan sonra çeribaşına çok saygı göstermişler ve onu önemli makamlara getirmişler.

MOTİF - INDEX

1- A1111. Yasaklanan su

2- B0-B99. Mitolojik hayvanlar

"Suyu bir ejderha tarafından tutulan şehir susuz kalır."

3- F565.2. Olağanüstü kahraman

4- J1100. Akıllılar

"Çeribaşı, ejderhayı akıl yoluyla bulduğu bir yöntemle öldürür."

5- Q111. Zengin ederek ödüllendirme

"Diyarbakırlılar çeribaşına mal mülk ve makam vererek onu ödüllendirirler."

c- Hastalık ve Ölüm Getiren Varlıklar

100- PİSPATİK

Lice
Nihat Işık
52
Memur
Annesinden

Doğum yapan kadının yatağının başına, bir şişe dizilmiş kırk soğan konulur. Kadın her sabah, bu soğanlardan birisini ısırarak dışarı atar, bu işlem kırk gün sürer. Eğer böyle yapılmazsa adına "Pispatik" denen cin gelip, lohusanın ciğerini çeker ve bebeği de morartıp öldürürmüş.

MOTİF - INDEX

1- D980. Sihirli meyveler ve sebzeler

2- Z71.12. Formülistik sayı 40

"Doğum yapan kadının yatağının başına, bir şişe dizilmiş 40 soğan konulur."

3- F360. Kötülük yapan hain periler

"Cin lohusanın ciğerini çeker, bebeği de öldürür."

101- HEFTİK VURMASI

Bismil
Kamışlı Köyü
Kamile Çelik
48
Ev hanımı
Kaynanasından

Doğum yapan bir kadın, yedi gün ve yedi gece hiç uyumadan beklenir. Ayrıca yatağının başına Kur'an, şiş, iğne ve bir demir parçası konur.

Bunlar yapılmazsa, adlarına "Bizden İyiler" denilen cinler (cinleri kızdırmamak için böyle denir) gelerek, bebeği ve anneyi çarparlar. Onlar da morararak ölürler. Buna "Heftik vurması" denir. Anne tuvalete giderken ve evde dolaşırken, kırk gün süreyle elinde bir demir parçası bulundurmalıdır, yakasına da bir çengelli iğne takmalıdır.

MOTİF - INDEX

1- C735. Uyuma yasağı

2- Z71.5. Formülistik sayı 7
"Doğum yapan kadın, 7 gün ve 7 gece hiç uyumadan beklenir."

3- D1150. Sihirli eşyalar
"Lohusanın yatağının başına Kur'an, şiş, iğne ve bir demir parçası konur."

4- F360. Kötülük yapan hain periler
"Cinler, bebeği ve anneyi çarpıp, morartarak öldürürler."

5- Z71.12. Formülistik sayı 40
"Anne 40 gün süreyle bu önlemleri almalıdır."

6- D1181. Sihirli iğne
"Annenin yakasına, cin çarpmasın diye çengelli iğne takılır."

102- PİRİK VURMASI

Çınar
Azize Yalçın
42
Ev hanımı
Büyüklerinden

Yeni doğum yapmış kadın ve bebeği, yedi gün yalnız bırakılmazlar. Yatağın etrafı kıl bir iple çevrilir. Bebek de yüzüstü kapatılmış bir kalburun üstüne yatırılır. Lohusanın içtiği suya bir iğne atılır. Bebeğe ve annenin yakasına çengelli iğne takılır. Kadın tuvalete giderken elinde demir, maşa veya şiş bulundurur.

Bunlar yapılmazsa, "Pirik" (kötülük yapan cin) gelip, annenin ve bebeğin boğazlarını sıkarak öldürür. Buna, "Pirik vurması" denir. Pirik, çoğu zaman kısa boylu, esmer, sakallı ve korkunç bir ihtiyar kılığında görünür.

MOTİF - INDEX

1- Z71.5. Formülistik sayı 7
"Doğum yapan kadın ve bebek, 7 gün yalnız bırakılmazlar."

2- D1181. Sihirli iğne
"Lohusanın içeceği suya, bir iğne atılır."

3- F360. Kötülük yapan hain periler
"Kötülük yapan hain cin, anneyi ve bebeği öldürür."

4- F230. Perilerin görünüşü
"Pirik (cin) kısa boylu, esmer, sakallı ve korkunç bir ihtiyar görünümündedir."

103- BİZDEN İYİLER

Çermik
Raziye Polat
46
Ev hanımı
Annesinden

Doğum yapan kadın yedi gün yalnız bırakılmaz. Geceleri odasında ışık söndürülmez. Yatağının başına Kur'an, ekmek ve makas konur.

Bunlar yapılmazsa, Bizden iyiler (cinler) gelip anneyi çarparlar, bebeği de kendi cin bebekleriyle değiştirirler. Bu tehlike kırk gün sürer.

MOTİF - INDEX

1- Z71.5. Formülistik sayı 7
"Doğum yapan kadın 7 gün yalnız bırakılmaz."

2 - D1150. Sihirli eşyalar
"Lohusanın başına Kur'an, ekmek ve makas konur."

3- F320. Perilerin insanları ülkelerine götürmeleri

4- F360. Kötülük yapan hain periler
"Cinler, anneyi çarparlar, bebeği de kendi bebekleriyle değiştirirler."

5- Z71.12. Formülistik sayı 40
"Bu tehlike 40 gün sürer."

104- PİRABOK

Diyarbakır
Mevlide Balçık
55
Ev hanımı
Kaynanasından

Doğum yapan kadının yatağının başına, demir ve Kur'an konur. Ayrıca, bebeğin ve lohusanın yatağına "çöreotu" serpilir ve hasta yedi gün yalnız bırakılmaz.

Bunlar yapılmazsa, "Pirabok" (kötülük yapan cin) gelip kadının ciğerini çeker, çocuğu da çarparak öldürür.

MOTİF - INDEX

1- D1150. Sihirli eşyalar

2- D1242. Sihirli yiyecek

"Lohusanın başına demir, Kur'an konur. Kadının ve bebeğin yatağına çöreotu serpilir."

3- Z71.5. Formülistik sayı 7
"Lohusa 7 gün yalnız bırakılmaz."

4- F360. Kötülük yapan hain periler.
"Pirabok (cin) gelip annenin ciğerini çeker, bebeği de çarparak öldürür."

105- BİZDEN İYİLER

Diyarbakır
Büyükkadı Köyü
Sadık Atlı
63
Çiftçi
Büyüklerinden

Kerim Orhanlar sülalesinin cins bir atı varmış. Her sabah bu atı, sığır çobanlarının yanına verip otlağa gönderirlermiş. At her akşam eve döndüğünde yorgun ve terli olurmuş.

Çobana bunun nedenini sormuşlar. Çoban da, "Bu at, kıra çıkınca hiç durmadan koşuyor, kendisini durdurmak imkânsız," demiş. Bunun üzerine sahibi, bir gün at otlağa giderken sırtına kıyır (kara sakız) sıvamış. At akşam eve döndüğünde, sırtında çıplak, uzun, gür ve dağınık saçlı kocaman memelerini omuzlarına atmış, acayip bir kadın oturuyormuş. Onun bir Bizden İyiler (cin) olduğunu anlayan at sahipleri, hemen kadının memesine bir çuvaldız batırarak attan indirmişler ve kendilerine köle yapmışlar.

Her söylenenin tersini yapan bu cin, uzunca bir süre Orhanlar'ın yanında çalıştıktan sonra, bir gün artık geri dönmek istediğini söylemiş. Onu götürüp Hedle Gölü'ne bırakmışlar. Göl bir süre sonra kan rengini almış. Çünkü diğer cinler üstüne "insan kokusu" sinmiş diye onu öldürmüşler.

Bu köyde doğum yapan kadınların başlarındaki örtüye, Orhanlar'dan alınan bir çuvaldız takılır. Böylece Al Karısı'nın, anneye ve bebeğe bir kötülük yapması önlenmek istenir.

MOTİF - INDEX

1- F360. Kötülük yapan hain periler
"Orhanlar'ın atına musallat olan bir cin, sırtına binip koşturarak onu yorar."

2- F230. Perilerin görünüşü
"Atın sırtına yapışan cin çıplak, uzun, gür ve dağınık saçlı, kocaman memelerini omuzlarına atmış, acayip bir kadın görünümündedir."

3- D1181. Sihirli iğne

4- D582.2. Sihirli iğne ile şekil değiştirme

5- D765.1.2. İğnenin çıkarılması ile bozulan sihir
"Cinin memesine bir iğne batırarak onu köle yapan ev sahipleri, daha sonra bu iğneyi çıkararak onu göle götürüp serbest bırakırlar."

6- F220. Perilerin yaşadığı yer

7- F361. Perilerin intikamı

8- Q211. Ölümle cezalandırma
"Hedle Gölü'ne bırakılan cini, diğer cinler, üstüne insan kokusu sinmiş diye öldürürler."

9- T589. Çocuğun doğumuyla ilgili çeşitli motifler
"Yeni doğum yapan kadının başına, Orhanlar'dan getirilen bir iğne takılır."

106- AL KARISI

Diyarbakır
Büyükkadı Köyü
Safiye Kargın
70
Ev hanımı
Komşularından

Fatma adında bir kadın doğum yapmış, yatıyormuş. Birden kapı açılmış. Kocaman kafalı, dağınık saçlı, korkunç bir Al Karısı başını kapıdan uzatmış. Bunu gören lohusa kadın bağırmış. Yanında oturan kocası Musa, hemen eline bir orak alarak Al Karısı'nı kovalamış. Köpekler de arkasından havlayarak, onu kaçırmışlar.

Bu olaydan sonra, hemen Orhanlar'dan bir çuvaldız getirip, lohusanın başına takmışlar. Kapı ve pencereye de oraklar koyup, Al Karısı'nın bir daha gelmesini önlemişler.

MOTİF - INDEX

1- F230. Perilerin görünüşü
"Lohusanın odasına kocaman kafalı, dağınık saçlı, korkunç bir Al Karısı girer."

2- F360. Kötülük yapan hain periler

3- F380. Birisini perilerden temizleme
"Kötülük yapmaya gelen Al Karısı, orakla ve köpekle kovalanarak etkisiz hale getirilir."

4- T589. Çocuğun doğumuyla ilgili çeşitli motifler
"Doğum yapmış kadının başına çuvaldız takılır, kapı ve pencerelere orak konur."

107- AL KARISI

Diyarbakır
Büyükkadı Köyü
Sadık Atlı
63
Çiftçi
Üvey annesinden

Hazal adında bir kadın doğum yapmış. Başına iğne, orak koymamışlar. Hiçbir önlem almamışlar. Ayrıca yanında da kimse yokmuş, yalnız yatıyormuş. Bu durumdan yararlanan Al Karısı, Hazal'ın yanına gelmiş. Yorganını kaldırıp ayağını tutarak, üç kere havaya kaldırıp yere vurmuş. Lohusa kadın bağırarak komşularını çağırmış. Komşuları gelene kadar Al Karısı kaçmış. Kadın olanları anlatıp hemen ölmüş, çünkü Al Karısı kendisine dokunmuş.

MOTİF - INDEX

1- T589. Çocuğun doğumuyla ilgili çeşitli motifler
"Yeni doğum yapmış kadın yalnız bırakılmaz. Başına iğne, orak ve demir konur."

2- F360. Kötülük yapan hain periler
"Al Karısı, lohusaya dokunarak onun ölümüne neden olur."

3- J155.4. Kadının nasihatı
"Ölmek üzere olan kadın, kendisine kimin dokunduğunu anlatır ve ölür."

108- BİZDEN İYİLER

Diyarbakır
Büyükkadı Köyü
Sultan Atlı
60
Ev hanımı
Büyüklerinden

Senem Bacı adında bir ebe varmış. Köydeki kadınların doğumlarına yardımcı olurmuş.

Bir gece Bizden iyiler (cinler) evin bacasına gelerek, "Seno Bacı, doğum var çabuk gel," diye seslenmişler. Aceleyle dışarıya çıkan ebeyi alıp, köyün uzağındaki Kervanpınarı Mağarası'na götürmüşler. Bunların cin olduğunu anlayan ebe, çok korkmuş.

Cinler de ona, "Eğer çocuk oğlan olursa, altın verip seni zengin edeceğiz, kız olursa seni öldüreceğiz," demişler. Çocuk kız olmuş. Senem Bacı korkudan, hemen bir kurnazlık düşünmüş. Cebindeki balmumundan bebeğe bir erkeklik organı yaparak, "İşte bir oğlunuz oldu," diye cinlere göstermiş ve hemen kundaklamış. Buna çok sevinen cinler de altınlar vererek ebeyi evine götürmüşler.

Ertesi sabah gerçeği anlayan cinler, gece ebenin evine gelip bacadan şöyle bağırmışlar:

Seno Bacı... Oğlan çiki balmumu
Etin aşşukça, kanın da kaşşukça

Ocaktaki ateşin önünde oturan Senem Bacı korkuyla irkilmiş. O sırada ateşin içinde beliren bir kara el, "Seno Bacı, iço-miço," demiş. Ebe de korkudan oracıkta ölüp kalmış.

MOTİF - INDEX

1- T589. Çocuğun doğumuyla ilgili çeşitli motifler
"Senem Bacı, köy kadınlarının doğumlarına yardımcı olur."

2- K1889. Hayal şeklindeki diğer aldatıcılar

3- F220. Perilerin yaşadığı yer
"İnsan şekline giren cinler, ebeyi aldatarak, yaşadıkları mağaraya götürürler."

4- K500-K649. Aldatma yoluyla kurtulma

5- Q111. Zengin ederek ödüllendirme
"Senem Bacı cinleri aldatarak canını kurtarır, cinler de ona altın verirler."

6- Q211. Ölümle cezalandırma

7- F361. Perilerin intikamı
"Yalanı ortaya çıkan ebeyi, cinler korkutarak ölümüne neden olurlar."

109- AL KARISI

Diyarbakır
Büyükkadı Köyü
Sultan Atlı
60
Ev hanımı
Büyüklerinden

Bir kadın doğum yapmış. Yanında onu bekleyen kaynanası bir ara uyuklamış. Bir Al Karısı, komşuları Emine Kadın kılığında içeri girerek çocuğun kundağını alıp gitmek istemiş. Lohusa kadın, "kundağım" diye bağırınca kaynanası uyanmış. Bunun üzerine Al Karısı da kundağı bırakıp kaçmış.

Biraz sonra kaynanası yine uyumuş. Al Karısı bu defa da komşuları Uzun Ayşe kılığında gelip lohusa kadına, "Ağzını aç, dişlerini sayacağım," demiş. Lohusa onun Al Karısı olduğunu anlayıp, ağzındaki yamşağı (yaşmağı) çözmemiş.(1) Bağırarak, yan odada uyuyan kocasını uyandırmış. Al Karısı da bacadan kaçıp gitmiş, fakat ilk gelişinde kundağa dokunduğu için bebek ölmüş.

MOTİF - INDEX

1- T589. Çocuğun doğumuyla ilgili çeşitli motifler
"Yeni doğum yapmış kadının başında, birisi hiç uyumadan bekler. Yeni doğum yapan kadın ağzını bir yaşmakla bağlar."

2- F360. Kötülük yapan hain periler
"Al Karısı, çocuğun kundağını alıp kaçırmak ve dişlerini saymak bahanesiyle lohusa kadının ciğerini çekmek ister. Kundağa dokunduğu için de bebek ölür."

---

(1) Yeni doğum yapmış kadınlar, Al Karısı gelip ağızlarından ciğerlerini çekmesin diye ağızlarını bir yaşmakla bağlarlar. Yörede buna "Yamşaklanmak" (Yaşmaklanmak) denir.

3- D0-D699. Şekil değişmeleri

4- K1889. Hayal şeklindeki aldatıcılar

"Al Karısı, komşu kadın şeklinde eve girer ve lohusayı aldatmak ister."

ÜÇÜNCÜ BÖLÜM

III- Hayvanlar Üzerine Efsaneler

110- LEYLEK İLE SIĞIRCIK KUŞU

Diyarbakır
Fahrettin Kırzıoğlu
65
Prof. Dr. Helvacı Hasan Usta'dan

Kışı, daha sıcak ülkelerde geçirmek üzere Bağdat'a giden Diyarbakırlı bir leylekle, yine Diyarbakırlı bir sığırcık kuşu arkadaş olmuşlar.

Çok rahat olmalarına karşın, zaman ilerledikçe memleketlerini özlemeye başlamışlar. Günler geçip mevsim bahara dönmeye başlayınca, bu özleme daha fazla dayanamayan leylek sığırcık kuşuna, "Sen küçüksün, nerede olsa konaklar, karnını doyurabilirsin. Var git bakalım, bizim ellere yaz gelmiş mi, çayır çimen boy atmış mı, dağ taş ısınmış mı? Eğer ısınmışsa varıp gidelim, daha buralarda ne duracağız," demiş.

Bunun üzerine yol hazırlığını tamamlayan sığırcık kuşu, leyleğe, "Hoşça kal," deyip, koyvermiş kendisini gökyüzüne.

Leylek büyük bir sabırsızlıkla onun dönüşünü ve getireceği haberi beklemeye başlamış. Sonunda günlerden bir gün, sığırcık kuşu yüzünde gülücükler, gözünde sevinç ışıltılarıyla çıkagelmiş ve "Aman müjde, çayır çimen dizde, bizim oralara yaz gelmiş, hiç durma, var toplan, koyup gidelim ilimize köyümüze," demiş.

Leylek bunu duyar da hiç durur mu, büyük bir sevinçle hazırlanmış ve ertesi günü yola çıkmışlar. Büyük umutlarla yola çıkan leylek, gelse görse ki ne görsün, mevsim daha mart başı. Güneşin ısıttığı yok, çayır çimen daha doğru dürüst toprağın yüzünü bile örtememiş. Leylek, soğuktan gagaları birbirine vurarak sığırcık kuşunu, "Hani çayır çimen dizde diyordun, bak ayak topuğuma bile gelmiyor," diye azarlamış. Sığırcık kuşu da çayırların arasına gömülmüş olan kendi küçücük ayaklarını gösterip, "Niye kızıyorsun, bak işte çayır çimen dizime geliyor, iyi bak, işte dizde işte dizde," diye kendisini savunmuş. Buna çok gülen leylek, başını sağa sola sallayarak, "Yok yok, yok yok," diye onu yanıtlamış.

"Öyle ya... Herkesin diz boyu kendisine göre herkesin ölçüleri, değer yargıları da başka başka..."

MOTİF - INDEX

1- B200-B299. İnsan özelliği gösteren hayvanlar
"Leylek ile sığırcık kuşu, memleket özlemi çekerler ve aralarında konuşurlar."

2- P310. Arkadaşlık
"Leylek ile sığırcık kuşu arkadaş olurlar."

111- KISKANÇ – ÂŞIK YILAN

Diyarbakır
Fahriye Önen
62
Ev hanımı
Annesinden

Diyarbakırlı Şeyh Şükrü beş hanımla evlenmiş, fakat hiçbirisinden çocuğu olmamış. Çünkü Şeyh Şükrü'ye bir yılan âşıkmış. Onu o kadar çok seviyor ve eşlerinden öylesine kıskanıyormuş ki, hiçbir kadından çocuğunun olmasına izin vermiyormuş.

Bu âşık ve kıskanç yılan, minarenin en tepesinde oturURmuş. Şeyh Şükrü ezan okumaya çıkınca, hemen beline sarılırmış ve hayran hayran onu dinlermiş. Ezan bitene kadar öylece kaldıktan sonra, o minareden inerken belinden çözülür yine yerine geçip, bir dahaki ezan vaktine kadar Şeyh Şükrü'yü beklemeye başlarmış.

Bu aşk uzun yıllar böylece sürüp gitmiş. Bir gün şeyh yine ezan okumak için minareye çıktığında, yılanın öldüğünü görmüş ve ondan kurtulduğuna sevinmiş. Bundan sonra iki hanım daha almış. Birinden bir oğlu, diğerinden de bir kızı olmuş.

MOTİF - INDEX

1- T145.0.1. Birden fazla kadınla evlenme
"Şeyh Şükrü yedi hanımla evlenir."

2- B200-B299. İnsan özelliği gösteren hayvanlar

3- B211.6.1. Konuşan yılan
"Yılan şeyhe olan aşkını, davranışlarının diliyle anlatır."

4- W181. Kıskançlık

5- C100-C199. Cinsel yasak
"Âşık yılan, Şeyh Şükrü'yü eşlerinden kıskanır ve çocuğunun olmasını engeller."

6- D789. Sihrin bozulma şekilleri

7- T589. Çocuğun doğumuyla ilgili çeşitli motifler
"Yılanın ölümüyle sihir bozulur ve şeyhin iki çocuğu olur."

112- DOĞRUCU MAYMUN

Diyarbakır
Azize Özpirinççi
90
Ev hanımı
Büyüklerinden

Eskiden Diyarbakır'da dürüst olmayan, çok hileci bir sütçü varmış. Sattığı sütlere üçte iki oranında su katarmış. Bu yolla biriktirdiği altınlarla hacca gitmek üzere, İskenderun'a gelip bir gemiye binmiş. Bir gün geminin güvertesinde otururken, orada bulunan bir maymun sıçrayıp yanına gelmiş. Cebindeki para kesesini çekip almış ve gemi direğine çıkarak, kesedeki altınların ikisini denize, birisini sütçünün kucağına atmaya başlamış. Diğer yolcuların şaşkın bakışları altında, bir yandan da, "Sudan gelen, suya gider," diyormuş.

Sütçü bunun ne demek olduğunu anlamış ve hiç seslenmeden, utanç içinde, kucağına düşen altınları toplayarak hacca onunla gitmiş.

MOTİF - INDEX

1- W136. Sahtekârlık

2- (T) V37. İslamın diğer emri hacca gitmek
"Sahtekâr sütçü, üçte iki oranında su kattığı sütlerinin geliriyle hacca gitmek ister."

3- B200-B299. İnsan özelliği gösteren hayvanlar

4- V340. İnanmayanlara gösterilen mucizeler

5- F980. Hayvanlarla ilgili olağanüstü olaylar
"Maymun, sütçünün altınlarının ikisini suya, birini kucağına atarak onu doğruluğa davet eder. Sütçü de bundan gereken dersi alır."

DÖRDÜNCÜ BÖLÜM

IV- Tarihi Efsaneler

a- Savaşlar, Fetihler, İstilalar

113- KORE SAVAŞI

Diyarbakır
Fahriye Önen
62
Ev hanımı
Halasından

Kore Savaşı sırasında, Ali Pınar'da oturan Seyit Baba adında ermiş birisi varmış. Her gece ortadan kaybolur, Kore'ye savaşa gider, sabaha doğru da gelip, hiç kimseye görünmeden yatağına yatarmış.

Bir ara Kore Savaşı kaybedilmek üzereymiş. O gece yine savaşa gidip, vargücüyle çarpışan Scyit Baba, savaşın kazanılmasını sağlamış ama, kendisi de yaralanmış. Sabaha doğru evine dönüp çamaşırını değiştirirken, gelini onun yarasını görmüş, korku ve şaşkınlıkla bunun nedenini sormuş. Önce hiçbir şey söylemediyse de sonunda gerçeği anlatmak zorunda kalan Seyit Baba, sırrı ortaya çıktığı için, hemen oracıkta ölüvermiş.

MOTİF - INDEX

1- V200. Kutsal yardımcılar

2- (T) N890. Olağanüstü yardımcı
"Seyit Baba geceleri gidip Kore Savaşı'na yardım eder."

3- C422. Belirli kişilerin sırlarını açıklama yasağı

4- D789. Sihrin bozulma şekilleri
"Sırrı ortaya çıkan Seyit Baba hemen oracıkta ölür."

b- Hükümdar Sülalelerinin ve Beylerin Menşeleri, Adlar, Unvanlar

114- TELLİ İBRAHİM BEY

Diyarbakır
Hazro-Tercil
Seyfettin Budak
75
Çiftçi
Büyüklerinden

Tercil beylerinden İbrahim Bey yiğit, yürekli bir beymiş.

Askerleriyle beraber, IV. Murat'ın yanında Bağdat Seferi'ne katılmış. Savaşın en sıkışık bir anında, kahramanlığı ve gücüyle tanınmış düşman komutanlarından birisini atından çekip alarak padişahın önüne fırlatmış.

Bu boğuşma sırasında, düşman komutanı yere düşmeden önce bıçağıyla İbrahim Bey'i kolundan yaralamış. Bunu gören padişah, hemen cebinden altın tel işlemeli mendilini çıkararak İbrahim Bey'in yarasını sarmış.

Bu olaydan sonra İbrahim Bey'e "Telli İbrahim Bey" denmiş ve saygınlığı bir kat daha artmış.

Şimdi, bu yiğit beyin mezarı Hazro-Tercil'dedir.

MOTİF - INDEX

1- W33. Kahramanlık
"İbrahim Bey yiğit bir beydir. Düşman komutanını atından alıp yere vurur."

2- P10. Krallar

3- P12. Kralların karakterleri

4- Q10. Ödüllendirilmiş işler
"Padişah, yaralanan İbrahim Bey'in yarasını, altın tel işlemeli mendiliyle sararak onu onurlandırır."

c- Kaleler, Surlar, Köprüler

115- ONGÖZLÜ KÖPRÜ

Diyarbakır *Şefika Yardım* *75* *Ev hanımı* *Annesinden*

Diyarbakır'da çok zengin bir adam varmış. Fakat öylesine cimriymiş ki uşağı lambaları yakarken, her lamba için bir kibrit harcıyor diye, onu işinden atmış.

Diyarbakır'ın zenginleri, Dicle'nin üstüne on gözlü bir köprü yaptırmaya karar vermişler. Aralarında para toplamışlar. Bu konuyla ilgili yaptıkları toplantıya, cimriliğiyle tanınan bu adamı, nasılsa yardım etmez diye çağırmamışlar. Bunu duyan ve çok sinirlenen adam, "Ben cimri değilim, israfa karşıyım, bunu kanıtlamak için de bu köprünün tamamını ben yaptıracağım, daha sonra yıkıldıkça yeniden onarılması için de köprünün orta ayağına bir küp altın gömdüreceğim," demiş ve dediğini de yapmış.

Bu zengin adam bir gün, yaptırdığı köprünün üstünden geçerken genç ve sağlıklı bir delikanlının dilendiğini görmüş. Dilenciyi fena halde döverek, dileneceğine çalışmasını söylemiş. Bu olaydan çok utanan genç de daha sonra çalışarak zengin olmuş ve bu adama gelip teşekkür etmiş.

Bu bir küp altın, günümüzde de Ongözlü Köprü'nün orta ayağında gömülü duruyormuş.

MOTİF - INDEX

1- P150. Zengin adamlar

"Diyarbakır'ın zenginleri, Ongözlü Köprü'yü yaptırmaya karar verirler."

2- P160. Dilenciler

"Zengin adam genç dilenciye, hayatını çalışarak kazanmasını söyler."

116- ZEMBİLFÜROŞ BURCU

Silvan
Mehmet Ekmen
62
Emekli memur
Büyüklerinden

Bir padişahın çok yakışıklı bir oğlu varmış. Bin bir nazla büyütülen bu çocuk yiğit bir delikanlı olmuş. Zaman zaman babasının veziriyle ava çıkıp eğlenirmiş. Yine bu av eğlencelerinden birinde, yol kenarındaki bir mezardan çıkmış bir kuru kafa görmüş. Ölüm ve ölü kavramlarına yabancı olan padişahın oğlu, bu kafatasını alarak dikkatle incelemiş. Sonra da vezirle arasında şöyle bir konuşma geçmiş: "Vezir, sen bunun ne olduğunu biliyor musun?" "Bu ölmüş bir insanın kafatasıdır prensim." "Ölüm ne demektir?" "Prensim, her insan ve her canlı, bir süre yaşadıktan sonra ölecektir ve mezara gömülüp bu hale gelecektir." "Bu ölenler aç mı kalmışlardı, niçin öldüler?" "Senin dedelerin padişahtılar, onlar da öldüler prensim. Ölüm varsıl yoksul, genç ihtiyar dinlemez, bir gün gelir herkesi bulur." "Yani vezir, bir gün ben de ölüp bu hale mi geleceğim?" "Evet prensim, günü geldiğinde sen de ben de hepimiz öleceğiz."

Bu konuşmadan sonra çok duygulanan ve dünyanın geçiciliği karşısında uzun uzun düşünen prensin yüreğinde, ilahi bir aşk uyanmış. Saraya döndükten sonra ağlayarak secdeye kapanmış ve tüm dünya nimetlerinden vazgeçerek, kendisini Tanrı yoluna adamaya karar vermiş. Bu kararını karısına da açarak, saltanatını zenginliğini elinin tersiyle itip, bundan böyle kendi emeğiyle geçineceğini, kendisinin de bu yoksul hayata katlanma gücü varsa beraber gelmesini, zenginlikten vazgeçemeyecekse ayrılabileceklerini söylemiş. Eşi de onunla geleceğini ve iyi günde olduğu gibi, kötü günde de yanında olup, onun yoksul hayatını paylaşacağını bildirmiş.

Karısıyla birlikte ülkesinden ayrılan prens, memleket memleket gezerek, zembil (sepet) yapıp satmaya ve hayatını böyle kazanmaya başlamış. Bir yandan da sürekli Tanrı'ya ibadet ediyormuş. Zamanla çocukları da doğup, büyümeye başlamışlar. Çok yoksul olan bu ailenin, sırtlarındaki eski giysilerinden başka bir şeyleri yokmuş.

Bir gün Silvan'a gelip yerleşmişler. Adam sokaklarda zembil sattığı için adına zembil füroş yani sepet satıcısı demişler. Yoksul sepetçi sokaklarda sepet satarken, bir gün onu Silvan Beyi'nin güzel karısı sarayın penceresinden görmüş. Bu yakışıklı ve yoksul gence bir görüşte âşık olarak, onu sarayına getirtmiş. Beyin karısı sepetçiyle sevişmek istemiş. Allah korkusu ve ilahi aşk duyguları içinde bulunan genç, hanımın bu dileğini geri çevirmiş. Bu konuda aralarında şöyle bir konuşma geçmiş. (Şiir şeklindeki bu konuşmayı, yörede bir ezgi eşliğinde söylüyorlar.)

Köşk Hatunu : *Zembil satan zembil getirir*
Dükkân dükkân evler gezdirir
Gönülleri yakar bitirir
Gel yukarı seni göreyim

Sepet Satıcısı : *Ey hatunum ben tövbeliyim*
Nazlı güzel ben tövbeliyim
Çocukları evde aç biriyim
Ulu Allahımdan korkarım

Köşk Hatunu : *Zembil satan oğlan Abbas'tır*
Üstünde don entari vardır
Elinde kurtuluş kalmamıştır
Gel de zembillerini alayım

Sepet Satıcısı : *Ey hatunum ben tövbeliyim*
Nazlı güzel ben tövbeliyim
Çocukları aç evde biriyim
Ulu Allahımdan korkarım

Köşk Hatunu : *Zembil satan oğlan dervіştir*
Gel ki ileri görem ne iştir
Zembillere bir değer bildir
Budur benim senden isteğim

Sepet Satıcısı : *Ey hatunum ben tövbeliyim*
Nazlı güzel ben tövbeliyim
Evde çocukları aç biriyim
Ulu Allahımdan korkarım

Köşk Hatunu : *Zembil satan oğlan vezirdir*
Mirin odasına gir de şenlendir
Bu hoş yemeklerin hepsi senindir
Soframda ol ki ben sevineyim.

Hanımın bütün sevişme isteklerini geri çeviren yoksul sepetçi kalkıp gitmek isteyince, çaresiz kalan hanım, "Öyleyse seni yakalatıp tutsak edeceğim," demiş. Kadının elinden kurtulamayacağını anlayan delikanlı, elini yüzünü yıkamak ve abdest almak için izin istemiş. Adamın kaçmasından korkan Köşk Hatunu, onun ayağına bir ip bağlayarak ucunu da kendi eline almış ve bir ibrik vererek onu kalenin en yüksek burcuna göndermiş. Burada çevresine bakınan genç hiçbir kurtuluş yolu kalmadığını anlayınca, ayağındaki ipi çözüp ibriğe bağlamış ve kendisini de o yüksek burçtan aşağıya atmış. (Bu burca şimdi Zembilfüroş Burcu deniyor.) Yere düştüğünde hiç yaralanmamış ve koşarak evine gitmiş.

Bir zaman sonra ipi çeken hanım, adamın yerine ibriğin geldiğini görünce onun kaçtığını anlamış ve çok üzülmüş. Sonraki günlerde kıyafet değiştirerek, günlerce şehrin sokaklarında dolaşıp, delikanlının oturduğu evi bulmuş. Bir gün adam evde yokken gidip karısıyla konuşmuş. Yoksul kadına pek çok mücevher vererek onu aldatmış ve bir gecelik onun yerine geçmeye kadını razı etmiş.

O gece sepetçinin karısının giysilerini giyerek onun yerine yatağa girmiş. Gece geç vakit yorgun argın evine gelen sepetçi, yatağına yatınca, yataktaki hanım dönmüş ve çıkarmayı unuttuğu ayak bileğindeki gümüş halhallar şıngırdamış. Karısının halhalı olmadığını bilen sepetçi hemen yataktan fırlayarak, yanındaki kadının yüzüne bakmış ve gerçeği anlayınca oradan hızla uzaklaşarak dağlara düşmüş. Köşk Hatunu da ardından dağlara düşüp onu aramaya başlamış. Bunun üzerine sepetçi ağlayarak Tanrı'dan ölümünü istemiş ve oracıkta ölüp ilahi aşka kavuşmuş. Onun ölümüne dayanamayan hanım da arkasından ölmüş.

Efsaneye göre onları, Silvan'ın kuzeydoğusuna düşen, beş altı kilometre uzaklıktaki bir dağın başına gömmüşler. Şimdi mezarlarında her bahar çok güzel çiçekler açarmış.

MOTİF - INDEX

1- P30. Şehzade

2- P110. Kralın veziri
"Padişahın oğlu babasının veziriyle ava gider."

3- W28. Fedakârlık

4- W34. Bağlılık

"Prensin karısı, zenginlikten vazgeçerek kocasıyla gider."

5- P440. Esnaflar

"Prens sepetçilik yapar."

6- T15. İlk görüşte âşık olma

"Beyin karısı bir görüşte yoksul sepetçiye âşık olur."

7- W35. Doğruluk

8- W45. Şeref

"Yoksul ama dürüst ve onurlu sepetçi, hanımın sevişme isteğini geri çevirir."

9- R41. Kale, hisar ve zindana hapsetme

"Beyin karısı, sepetçiyi kaleye hapsetmek ister."

10- K500-K649. Aldatma yoluyla kurtulma

11- R210. Kaçışlar

"Sepetçi, hanımı aldatarak kaleden kaçar."

12- R200-R299. Kaçışlar ve takipler

13- R200-R399. Sığınaklar ve tekrar ele geçirmeler

"Sepetçiyi takip eden Köşk Hatunu, onu yeniden bulur."

14- V50. Dua

"Sepetçi Tanrı'ya dua ederek ölümünü ister ve kabul edilir."

d- Meskûn Yerlerle İlgili Olanlar

1- Evler

117- DELİKANLI CEMAL'İN EVİ

Çüngüş
Nadide Delikanlı
44
Ev hanımı
Büyüklerinden

Delikanlı Cemal'in evinin hanımı, bir gece annesigilde yattıktan sonra, sabah erkenden evine gelmiş. Evin kapısı kilitli olmadığı halde açılmıyormuş. Zorlayarak girince, bir gölgenin mutfaktan geçerek evin altındaki ahıra indiğini görmüş. Odanın köşesindeki suluk (banyo) ıslakmış ve yanında da ayak izleri varmış. Bizden İyiler-Gaipdenler (cinler) evde kimse yokken, bu sulukta yıkanıyorlarmış. Eğer su bulamazlarsa, sinirlenip su kaplarını deviriyorlar, ayrıca odanın içindeki eşyaların yerlerini değiştiriyorlarmış.

Bir gece de komşular, bu evin penceresinden bakınca içerde pek çok cüce görünümlü cinin, ellerinde ışıklarla oynayıp düğün yaptıklarını görmüşler.

Bu ev çok uğurlu bir evmiş. Evde yaşayanlar, bir kilo yağla bir kışı geçirirlermiş. Evdeki yiyecek maddeleri hiç eksilmez, hep artarmış. Fakat evi temiz tutmak gerekiyormuş. Kirli olursa evin bereketi kaçtığı gibi, içinde oturanların başına başka uğursuzluklar da gelirmiş.

MOTİF - INDEX

1 - D1130. Sihirli binalar ve parçaları
"Delikanlı Cemal'in evinin kapısı kendiliğinden kilitlenir ve içinde cinler yıkanır."

2- F220. Perilerin yaşadığı yer
"Cinler evin banyosunda ve ahırında yaşarlar."

3- F230. Perilerin görünüşü
"Cinler cüce görünümünde olup, oynayarak düğün yaparlar."

4- F771. Olağanüstü saray, kale, ev
"Delikanlı Cemal'in evindeki yiyecek maddeleri hiç eksilmez hep artar."

5- Q200-Q399. Cezalandırılmış işler
"Cinler evini pis tutanların başlarına türlü felaketler getirirler."

118- KIRKDİREK'TEKİ PERİLİ EV

Diyarbakır
Yakub Bayburtluoğlu
60
Emekli
Büyüklerinden

Kırkdirek semtinde eski bir ev varmış. Bu evde kiracı olarak oturanlar çok geçmeden ölürlermiş. Çünkü bu ev periliymiş. Gece olup da el ayak çekildikten, her yer karanlığa gömüldükten sonra, evin kilerinden korkunç ve boğuk bir ses yükselirmiş. Bu ses "geleyim mi" diye sorarmış. O evde oturanlar da bir zaman sonra, bu korkuya dayanamayarak ölürlermiş. Zamanla bu evde kimse oturmaz olmuş.

Bir gün bir adam, ben korkmuyorum, bu evde oturacağım demiş. Yakınları her ne kadar onu bu fikrinden vazgeçirmek için uğraşmışlarsa da söz dinletememişler. Adam eşyalarını taşıyıp eve yerleşmiş, Gece yarısına doğru kilerden, o ses "geleyim mi" diye seslenmiş. O zamana kadar hiç uyumayan ve sesin gelmesini bekleyen adam, hemen fırlayıp kilere koşmuş ve bir ışık yakıp "gel" diye bağırmış. Ses kilerin bir duvarından geliyormuş. İkinci kez seslenmiş, adam yine "gel" demiş. Üçüncü kez de seslenince, adam dayanamamış, sesin geldiği duvara kazma ile vurarak, öfkeyle "geleceksen gel" diye bağırmış.

Kazmanın vurulmasıyla birlikte duvar yıkılmış ve içinden, ortaya büyük bir hazine dökülmüş. Bu servet karşısında şaşıran adam, koşup herkese haber vermiş ve kalan ömrünü varsıllık içinde geçirmiş.

MOTİF - INDEX

1- F220. Perilerin yaşadığı yer

2- F771. Olağanüstü saray, kale, ev
"Eski bir evde yaşayan periler, gece yarısı bağırırlar."

3- H1410. Korkunç bir yerde durma
"İnsanlar korkularından, bu evde oturamazlar."

4- H1416. Geceyi korkunç bir yerde geçirme
"Korkusuz adam bu eve taşınır ve uyumadan gece yarısını bekler."

5- N122. Talihli veya talihsiz yerler
"Eski evde bir hazine gizlidir."

6- N815. Yardımcı peri

7- F340. Perilerin hediyeleri
"Periler kendilerinden korkmayan adama hazine verirler."

8- N500-N599. Meydana çıkarılan sahipsiz hazine
"Adam cesareti sayesinde sahipsiz gizli hazineyi ortaya çıkarır."

BEŞİNCİ BÖLÜM

V- Tabiatla İlgili Efsaneler

a- Taşlar, Kayalar, Tepeler, Dağlar, Kırlar

119- KIRKLAR DAĞI

Diyarbakır
Fahriye Önen
62
Ev hanımı
Halasından

Kırklar Dağı'nda kırk derviş yaşarmış. Bunlar her gece arabana (bir çeşit tef) çalıp, zikrederlermiş. Geceleri oradan geçenler bu sesleri duyarlarmış.

Bir gece Behiye Hanım adında bir kadın, rüyasında bu Kırkları görmüş. Ona, "Eğer bizden istediğin bir dileğin varsa, kâğıda yaz, getirip mağaramızın penceresine bırak," demişler. Behiye Hanım da dileğini yazıp, bir cuma günü seladan önce götürüp dedikleri yere bırakmış. Kısa bir süre sonra da dileği gerçekleşmiş.

MOTİF - INDEX

1- Z71.12. Formülistik sayı 40
"Kırklar Dağı'nda kırk derviş yaşarmış."

2- J157. Realist rüya
"Behiye Hanım rüyasında Kırklar'ı görür. Ona dileğini sorarlar ve yerine getirirler."

3- C755. Bir işi belirli bir zamanda yerine getirme

"Kadın dileğinin yazılı olduğu kâğıdı cuma günü seladan önce götürür."

120- KARACADAĞ EFSANESİ

Diyarbakır
Uğur Er
20
Serbest
Ninesinden

Diyarbakır beyinin dünya güzeli bir kızı varmış. Beyin yanında marangoz olarak çalışan yoksul bir delikanlı, bu kızı görüp âşık olmuş. Anasına gidip, beyin kızını kendisine istemesini söylemiş. Anası her ne kadar bu işin olamayacağını anlatmaya çalışmışsa da oğlunun yalvarmalarına dayanamayarak, beye gidip durumu anlatmış ve sözlerini de şu maniyle bitirmiş:

Güneşe bakmak olmaz
Gönülü kırmak olmaz
Büyüklük sizde kalsın
Seven ayırmak olmaz

Bey kadını dinledikten sonra, "Benim de çok sevdiğim bir oğlum vardı. Bir gün atalarımızdan kalma değerli kılıcımızı alarak dağda yaşayan ve insanların başına bela olan ejderhayı öldürmeye gitti, fakat ejderha onu öldürdü ve kılıç da dağda kaldı. Eğer, oğlun bu ejderhayı öldürür, o kılıcı da geri getirirse kızımı ona veririm," demiş.

Anası gelip olanları oğluna anlatınca, delikanlı anasıyla helalleşip hemen dağa gitmiş. Ejderha oğlanı görünce ağzından ateşler püskürterek, daha delikanlı davranamadan onu yakıp öldürmüş. Oğlan can acısıyla öyle derin bir ah çekmiş ki, feryadı gökleri titretmiş. Bu çığlığı işiten anası, oğlunun öldüğünü anlamış ve duyduğu büyük acıyla şunları söylemiş:

Sandım olacak düğün
Kara gün oldu bugün
Oğlumu alan dağlar
Sen de karaya bürün

Acılı ananın bu ahı üzerine dağ kararmış ve bundan böyle bu dağın adı da Karacadağ olmuş.

MOTİF - INDEX

1 - B0-B99. Mitolojik hayvanlar
"Dağda bir ejderha yaşar."

2- T75.3. Ümitsiz aşk
"Yoksul marangoz beyin kızına âşık olur."

3- H310-359. Evlenme sınavları

4- H1200-1399. Kahramanlık sınavları
"Bey kızını vermek için marangozun ejderhayı öldürmesini şart koşar."

5- P231. Ana ve oğul

6- M411. Bedduanın yerine gelmesi
"Ana oğlunun ölüm acısıyla dağa beddua eder ve dağ kararır."

121- ÖKSÜRÜK KUBBESİ TAŞI

Diyarbakır
Fahriye Önen
62
Ev hanımı
Annesinden

Eskiden Diyarbakır'da, şimdiki Seyrantepe yolu üzerinde bir ziyaret varmış. Bu ziyaretin yanında da delikli bir taş dururmuş. Bu taşın bulunduğu yerde küçük bir su akarmış.

Boğmaca olan çocukları, anneleri buraya getirerek bu taşın deliğinden üç defa geçirirler ve ayrıca orada akan sudan da içirirlermiş. Böylece çocukların boğmacası geçermiş.

Sonraları ortadan kaybolan bu taşa mum dikilir ve yanındaki ziyarette de Yasin okunurmuş.

MOTİF - INDEX

1- D1242.1. Sihirli su

2- D931. Olağanüstü taşlar

3- Z71.1. Formülistik sayı 3
"Delikli taştan 3 defa geçirilen ve yanındaki sudan içen boğmacalı çocuklar iyileşirler."

4- V300. Dini inanışlar

5- V50. Dua
"Bu taşa mum dikilir ve yanındaki ziyarette Yasin okunur."

b- Mağaralar

122- KURU KAFALAR MAĞARASI

Silvan
Fuat Arıkan
24
Serbest çalışıyor
Ninesinden

Her türlü canlının kafatasıyla dolu bir mağara varmış. Bu mağaradan çok korkan insanlar hiç oraya gitmezlermiş. Bir gün köylüler aralarında konuşarak, bu mağaraya gidip bir kuru kafa getirene iki kese altın vermeyi kararlaştırmışlar.

Bunu duyan bir adam atına binmiş ve iki gün yol giderek bu mağaraya varmış. Bir kuru kafa alıp geri dönerken, akşam olup da güneş batınca birdenbire dört yanının minare olduğunu görmüş. Atı hiçbir yere kıpırdayamamış. Adam bütün gece atın üstünde korku içinde beklemiş. Ortalık ağarıp da sabah ezanı okununca minareler kaybolmuş ve adam da yoluna devam etmiş. Bütün gün yol almış, fakat gece olunca bu defa da dört yanı derya deniz su olmuş. Yine sabaha kadar atının üstünde korkuyla beklemiş. Sabah ezanında sular kaybolmuş.

Ertesi gün köyüne dönen adam olanları anlatıp, iki kese altını almış ama, çok geçmeden yaşadığı bu korku nedeniyle hastalanıp ölmüş.

MOTİF - INDEX

1- F771. Olağanüstü saray, kale, ev
"İçi her türlü canlının kafatasıyla dolu olağanüstü bir mağara vardır."

2- H1416. Geceyi korkunç bir yerde geçirme

3- H1400-H1449. Korku sınavları

"Herkesin gitmeye korktuğu mağaraya bir adam gider ve dönüş yolunda iki geceyi çok korkulu anlar yaşayarak geçirir."

4- D700-D799. Sihirin bozulması

"Sabah ezanının okunmasıyla sihir bozulur ve adam yoluna devam eder."

5 - Q111. Zengin ederek ödüllendirme

"Cesaretinden dolayı, mağaraya giden adama iki kese altın verilir."

c- Göller, Nehirler

123- BÜYÜK SU

Silvan
Meral Öner
30
Ev hanımı
Ninesinden

Eskiden kadınlar, haftanın belirli günlerinde Büyük Su'ya çamaşır yıkamaya giderlermiş. Bir evin hanımı da sabah çamaşıra gitmek üzere, akşamdan hazırlığını yapıp yatmış.

Evin hizmetçisi kılığına giren bir cin, sabaha yakın daha ortalık ağarmadan, "Hanım hanım, hadi kalk, çamaşır yıkamaya gideceğiz," diye kadını uyandırmış. Hizmetçi önde, hanım arkada hızlı hızlı suyun başına varmışlar. Ortalıkta kimsenin olmadığını gören hanım biraz şaşırmışsa da seslenmemiş. Çamaşırı yıkayıp bitirmişler sonra da kendileri yıkanmak üzere soyunmuşlar. Hanım bir de bakmış ki soyunan hizmetçinin vücudu bir acayip ve kocaman memeleri de omuzlarından arkaya atılmış.

O zaman, bunun hizmetçi kılığına girmiş bir cin olduğunu anlayan hanım hemen, daima yanında taşıdığı bir iğneyi cinin memesine batırarak onu esir almış ve evine getirmiş. Yedi yıl köle olarak bu evde yaşayan cin, sonunda kendisini bırakmaları için ev sahiplerine yalvarmış. Onu götürüp Büyük Su'ya bırakmışlar. Bıraktıktan bir süre sonra suyun yüzü kan olmuş, çünkü diğer cinler, yakalanıp insanlara hizmet ettiği için onu cezalandırıp öldürmüşler.

Cin giderken bu aileye, "Evinizde hiç tahta kaşığınız olmasın," diye beddua etmiş. Bu nedenle şimdi Arıkanlar ailesinin evinde hiç tahta kaşık bulunmazmış, çünkü hep kaybolurmuş.

MOTİF - INDEX

1- K1889. Hayal şeklindeki aldatıcılar
"Hizmetçi kılığına giren cin, evin hanımını aldatıp Büyük Su'ya götürür."

2- F230. Perilerin görünüşü
"Cinin vücudu bir acayiptir ve kocaman memeleri omuzlarından arkaya atılmıştır."

3- D1181. Sihirli iğne

4- D765.1.2. İğnenin çıkartılması ile bozulan sihir
"Hanım memesine iğne batırarak cini köle yapar. Yedi yıl sonra da iğneyi çıkararak onu serbest bırakırlar."

5- Q211. Ölümle cezalandırma
"Diğer cinler, yakalanan cini öldürürler."

6- M411. Bedduanın yerine gelmesi
"Cinin, Arıkanlar ailesine ettiği beddua yerine gelir."

d- Çeşmeler, Pınarlar

124- ANKARİS ÇEŞMESİ

Hani
Vehbi Yavuz
35
Marangoz
Dedesinden

Hani'de bir adam, sarılık hastalığına yakalanmış. Uzunca bir süre iyileşememiş. Çok sıcak bir gün, Ankaris Çeşmesi'nin önünden geçerken, kana kana su içmiş. Serinlemek amacıyla da soyunup yıkanmış. Kısa bir süre sonra da hastalığının iyileştiği görülmüş.

O günden beri, sarılık hastalığına yakalananlar cuma günleri güneşin doğuş ve batış saatlerinde, iyileşmek amacıyla bu çeşmede yıkanırlar.

MOTİF - INDEX

1- D1242.1. Sihirli su
"Bu çeşmede yıkanan sarılık hastaları iyileşirler."

2- C755. Bir işi belirli bir zamanda yerine getirme
"Hastalar cuma günleri ve güneşin doğuş ve batış saatlerinde bu çeşmede yıkanırlar."

125- SULTAN PINARI

Ergani-Sesveren
(Hilar) Köyü
Hafize Öztürk
46
Ev hanımı
Annesinden

Sultan Pınarı'nda, eskiden beri iki balık yaşarmış. Bu balıklar kutsal sayılırlar ve asla avlanmazlarmış. Balık sayısı ikiden fazla olduğu zaman, diğer balıklar yaşayamazlar, kısa bir süre içinde ölürlermiş.

Kutsal sayılan bu pınarın suları şifalıymış. Hastalar ve özellikle sıtmalılar, bu pınarın suyuyla yıkanınca iyileşirlermiş.

MOTİF - INDEX

1- Formülistik sayı 2
"Sultan Pınarı'nda iki balık yaşar."

2- B100-B199. Sihirli hayvanlar
"Balıkların sayısı ikiyi geçince, diğerleri hemen ölürler."
"Bu pınarda yalnızca iki balık yaşayabilir."

3- D1242.1. Sihirli su
"Bu pınarda yıkanan hastalar iyileşirler."

126- MASI ÇEŞMESİ

Silvan
Yaşar Parlak
31
Gazeteci
Büyüklerinden

Bu çeşmenin olduğu yerde bir zamanlar, Masι adında bir kral kızı boğulmuş. Bu nedenle bu çeşmeye Masι Çeşmesi denmiş.

Bu çeşmenin suyu şifalıymış ve pek çok hastalığa iyi gelirmiş.

MOTİF - INDEX

1- P40. Padişah kızları
"Padişahın, Masι adındaki kızının boğulduğu yere onun adı verilir ve oraya bir çeşme yaptırılır."

2- D1242.1. Sihirli su
"Bu çeşmenin suyu hastalıkları iyileştirir."

127- ŞEYH ŞEHABETTİN ÇEŞMESİ

Hazro
Şakir Hatipoğlu
51
Emekli imam
Büyüklerinden

Şeyh Şehabettin öldükten sonra üst üste üç cuma gecesi mezarından kalkıp, eline bir fener almış ve şu anda kendi adıyla anılan çeşmeye gelip abdest alarak, yine mezarına dönmüş.

Sarılık hastaları, üç çarşamba bu çeşmeye gelerek yıkanırlar ve çeşmenin başına bir yumurta bırakırlar.

MOTİF - INDEX

1- Z71.1. Formülistik sayı 3

2- E151. Tekrar dirilme
"Şeyh Şehabettin, ölümünden sonra yeniden dirilerek üst üste üç cuma gecesi mezarından kalkıp çeşmede abdest alır. Hastalar da üç çarşamba bu çeşmede yıkanırlar."

3- D1242. Sihirli yiyecekler
"Hastalar yıkanmadan önce, çeşmenin başına bir yumurta koyarlar."

128- OSMAN PINARI

Çüngüş
Yaşar Yücel
74
Mahalle muhtarı
Dedesinden

Sıtmalı bir adam, ateşler içinde yanarken bir rüya görmüş. Rüyasında Osman Pınarı'nda yıkanırsa iyileşeceği söylenmiş. Adam uyanır uyanmaz hemen bu pınara koşarak yıkanmış ve iyileşmiş.

Bu olaydan sonra bütün sıtmaya yakalananlar, suyu biraz kekremsi olan bu pınarda yıkanıp iyileşmişler.

Pınarın başına ekmek, tuz ve soğan konur. Bu sırada hiç konuşulmaz. Önce hastanın üstüne aniden bir tas su dökülür. Sonra da iyice yıkanır.

MOTİF - INDEX

1- F1068. Realist rüya
"Sıtmalı adama rüyasında, Osman Pınarı'nda yıkanırsa iyileşeceği söylenir."

2- D1242.1. Sihirli su
"Bu pınarın suyunda yıkananlar iyileşirler."

3- D1242. Sihirli yiyecekler
"Yıkanmadan önce pınarın başına ekmek, tuz ve soğan konur."

4- C400. Konuşma yasağı
"Pınarda yıkanırken konuşmak yasaktır."

129- YEL PINARI

Çermik
Makbule Çınar
55
Ev hanımı
Ninesinden

Gelincik Dağı eteğindeki bu pınar, yedi yıl kuru dururmuş ve her yedi yılda bir kez suyu akarmış.

Suyunun aktığı bu yedi yıllık dönemlerinden birinde, bir çarşamba günü ayağı çok ağrıyan yoksul bir adam gidip o suda ayağını yıkamış. Birdenbire ağrısının dindiğini görmüş.

Romatizmalı hastalar üç çarşamba üst üste bu pınara giderek, kenarındaki taşın üstüne yağlı ekmek koyarlar, dua ederler ve bu pınarın suyuyla yıkanarak ağrılarının geçmesini dilerler. Ayrıca, gençler de askere giderken ve dönünce bu pınara uğramayı uğur sayarlar.

MOTİF - INDEX

1- Z71.5. Formülistik sayı 7
"Pınarın her 7 yılda bir kere suyu akar."

2- D1242.1. Sihirli su
"Ayağı ağrıyan adam, bu pınarın suyunda yıkanınca iyileşir."

3- Z71.1. Formülistik sayı 3
"Romatizmalılar, 3 çarşamba üst üste bu pınara gidip yıkanırlar."

4- (T) V304. Çeşitli dini inanışlar
"Hastalar, pınarın suyunda yıkanıp dua ederek iyilik dilerler ve böylece iyileşeceklerine inanırlar."

130- YEDİ KIZLAR ÇEŞMESİ

Bismil
Türkmenhacı Köyü
Gafur Bozan
61
Bakkal
Büyüklerinden

Bu çeşmenin sahibi yedi peri kızıymış. Bu kızlar çok güzel türkü söylerler, çalar ve oynarlarmış. Bazı geceler çalıp oynarlarken onları görenler olmuş. Bu peri kızları dilek dileyenlerin, dileklerini verirlermiş.

Özellikle âşık gençler, bu çeşmenin yanındaki yuvarlak taşları üst üste durdurmaya çalışırlar. Durdurabilenlerin dileği olacak demektir. Dileği gerçekleşenler de adadıkları adağı, bu çeşmenin başında yerine getirirler.

MOTİF - INDEX

1- Z71.5. Formülistik sayı 7
"Bu çeşmenin sahibi 7 peri kızıdır."

2- F420.4. Su perileri suyu kontrol eder

"Çeşmenin sahibi olan 7 peri kızı, bu çeşmenin başında çalar, oynarlar ve dilekleri olanların dileklerini verirler."

3- (T) V301. Dini inanış (adak adama)

"Dileği yerine gelenler, bu çeşmenin başında adaklarını yerine getirirler."

131- ŞAK'UL ACUZ SUYU

Diyarbakır
Abdüssettar
Hayati Avşar
72
Araştırmacı
Büyüklerinden

Vaktiyle Diyarbakır'da, çini mavi gözlü ihtiyar bir kadın yaşarmış. Bu ihtiyar kadının gözleri olağanüstü bir güce sahip olduğu için, neye ilgiyle baksa ona nazar değermiş. Herkes onun bakışlarından kaçmaya ve ilgisini çekmemeye özen gösterirmiş.

Bir gün bu kadın, Urfa Kapısı'nın çıkışında duran sağdaki büyük kayaya bakıp, "Aman ne büyük kaya," demiş. Daha sözü tamamlanmaya kalmadan, kaya çatlayıp iki şak (iki parça) olmuş ve ortasından gür bir su fışkırmış. İçinde balıklar, kurbağalar yüzmeye başlamış. Zamanla orası, gezip dinlenme yeri olmuş.

Şimdi Diyarbakır'da kendini beğenmiş, kibirli kimselere, "Ulan, Şak'ul Acuz'un kurbağalarını sen mi yarattın?" derler.

MOTİF - INDEX

1- F565.2. Olağanüstü kahraman

"İhtiyar kadının ilgiyle baktığı her şeye nazar değer."

2- F530. Olağanüstü durumlar

3- D1242.1. Sihirli su

"Kadının bakışıyla çatlayan kayadan gür bir su fışkırır."

e- Ağaçlar, Bitkiler, Meyveler

132- ABDÜS'SELAM KÖKÜ BİTKİSİ

Lice
Selim Nazlıcan
(Selim Amca)
54
Lokantacı
Büyüklerinden

Güneydoğu Anadolu yaylalarında yetişen "Abdüs'selam Kökü" adında bir bitki varmış. Kutsallığı olan bu bitkiyi söken veya kesen, çok yaşayamaz ölürmüş. Bu bitkinin gövdesi kesilince, insan kanı gibi kan akarmış. Kökü o kadar derinlerdeymiş ve toprağa öylesine sıkı tutunurmuş ki, sökmek için köküne bir ip bağlayıp, onu da güçlü bir öküze veya ata bağlayarak çekmek gerekirmiş. Bu sökme işinde kullanılan hayvanlar da ne kadar güçlü ve sağlıklı olurlarsa olsunlar, mutlaka sakatlanırlarmış. Bu bitkiyi söktükleri için, başlarına bir felaketin gelmesinden korkan insanlar, yanlışlıkla Abdüs'selam Kökü'nü sökeriz korkusuyla başka bitkileri de sökmezler ve koparmazlarmış. Ayrıca bu bitkinin yaprakları pek çok hastalığa iyi gelirmiş.

MOTİF - INDEX

1- Q211. Ölümle cezalandırma
"Kutsal olan bu bitkiyi sökenler ölür."

2- F810. Olağanüstü ağaçlar, bitkiler, meyveler
"Bu bitki kesilince kan akar, kendisine zarar veren hayvanları sakat bırakır ve yaprakları hastalıklara iyi gelir."

133- ALTINSUYU ÇİÇEĞİ

Lice
Selim Nazlıcan
(Selim Amca)
54
Lokantacı
Büyüklerinden

Yüksek dağlarda yetişen bir Altınsuyu Çiçeği varmış. Bu çiçek altından olduğu için çok değerliymiş. Görünüşü diğer çiçeklerden pek farklı olmadığı için, onu bulmak oldukça zor bir işmiş. Oysa herkes bu çiçeği bulup zengin olmayı amaçlıyormuş.

Altınsuyu Çiçeği ancak, ay olmadığı gecelerde, gökyüzü kapalıyken şimşek çakarsa kendini belli edermiş. Çünkü, şimşeğin ve rüzgârın etkisiyle yanındaki diğer bitkilere sürtününce bu çiçekten bir kıvılcım, bir pırıltı çıkarmış.

Şimdiye kadar bu efsane çiçeği bulan bir kimse olmamış ama, aramaktan da vazgeçmemişler.

MOTİF - INDEX

1- F814. Olağanüstü çiçek
"Altınsuyu Çiçeği, altından yapılmış bir çiçektir."

2- C755. Bir işi belirli bir zamanda yerine getirme koşulu
"Altınsuyu Çiçeği, yalnızca ay olmayan gecelerde, şimşek çakarsa görülebilir."

3- H1333.5. Olağanüstü çiçeği araştırma
"İnsanlar bu Altınsuyu Çiçeği'ni aramaktan bir türlü vazgeçemezler."

ALTINCI BÖLÜM

VI- Aşk Üzerine Efsaneler

134- CEMBELİ İLE BENEFŞE NARİN

Bismil
Kazancı Köyü
Şemsihan Bayrak
EMO (Lakabı)
57
Ev hanımı
Annesinden, ninesinden, komşularından

Hakkari'nin zengin göçerlerinden bir beyin oğlu olan Cembeli, çok yakışıklı bir delikanlıymış. Bir bahar, aşireti Mardin Eşiği'ni aşıp Diyarbakır yakınlarına konmuş. Burada koyunlarını otlatan Cembeli, bir gün, yakına konmuş bir başka aşiret beyinin güzel kızı Benefşe Narin'i görmüş. Gençler birbirlerine âşık olmuşlar ve sık sık buluşmaya başlamışlar.

Kış bastırıp da Cembeli'nin aşireti kışlaklarına çekilirken, iki sevgili bir dahaki bahara buluşmak üzere sözleşip ayrılmışlar. Ayrılırlarken kız oğlana, bir hançerle, bir tütün tabakası armağan etmiş.

Bir dahaki bahara kalmadan Benefşe Narin'in babası, kızını çok zengin bir başka aşiret beyine vermiş, kendileri de o yıl bir başka yere konmuşlar. Kız her ne kadar bu evliliğe direnmişse de onu dinleyen olmamış. Çaresiz kalan kız giderken, Cembeli ile her zamanki buluştukları yere bir sepet bırakmış. Bu sepetin içinde bir kılıç, iki aşık, bir de güvercin varmış.

Cembeli gelip de kızın obasını göremeyince, hemen buluştukları yere koşmuş ve kızın bıraktığı sepeti bulmuş.

İçindekileri görünce, kızın kendisine bıraktığı mesajı anlamış. Benefşe Narin, sevgilisi Cembeli'ye şöyle demekteymiş:

"Ben şu anda, kanadı kırık bir güvercin gibiyim. Zorla başkasına verildim. Uçup sana gelemiyorum. Eğer beni gerçekten seven, yiğit bir erkeksen, bu kılıcı al ve ardıma düş. Beni bul, kaçır, yeniden kavuşalım. Eğer, yürekli bir erkek değil de korkak bir çocuksan ve ardıma düşmeyeceksen, al bu aşıklarla oyna."

Bu mesajı çözen delikanlı, hemen bir ata binerek kızın gelin gittiği obayı aramaya başlamış. Uzun ve zahmetli bir arayıştan sonra bulmuş. Oba beyinin çobanına at, kılıç ve bir torba altın vererek, orayı terk etmesini istemiş. Altınları alan çoban, sevinçle oradan kaçıp gidince, delikanlı çobanın giysilerini giyip onun yerine geçmiş ve koyunları gütmeye başlamış.

Ertesi gün beriye (koyun sağmaya) gelen obanın kızları, bu yakışıklı çobanı görünce hayran kalmışlar ve hemen koşup beylerinin karısı Benefşe Narin'e çobanın güzelliğinden söz etmişler. Benefşe o sırada, hiç sevmediği kocasından olan ve adını, sevgilisinin adı olan "Cembeli" koyduğu oğlunu uyutmaktaymış. Kızların getirdiği bu haber üzerine, ertesi gün beriye o da gitmiş. Çobanı sevgilisine benzetmiş ama, emin olamamış. Cembeli ise Benefşe'yi hemen tanımış ve kendisini de ona tanıtmak için, kızın kendisine armağan ettiği tütün tabakasını çıkarıp sigara sarmış ve cepkeninin önünü açarak da belindeki hançeri göstermiş. Bunları gören Benefşe, çobanın sevgilisi Cembeli olduğunu ve kendisini aramak için ardından geldiğini anlamış ve yüreği sevinçle dolmuş.

Ertesi günü Benefşe, bey olan kocasıyla ilk defa konuşarak, o gün koyun sağımına yalnız başına gideceğini ve yanında hiç kimsenin gelmesini istemediğini söylemiş. Bey o zamana kadar kendisine hiç yüz vermeyen ve konuşmayan karısının bu dileğini sevinçle karşılayarak yerine getirmiş. Tek başına beriye giden Benefşe'yle sevgilisi buluşup anlaşarak, o gece yarısı kaçmaya karar vermişler.

Benefşe iki cins at hazırlamış. Çocuğunu bırakmakla, sevgilisiyle kaçmak arasında bir süre kararsız kalmışsa da sonunda, oğlu Cembeli'yi uyutup, sevgilisi Cembeli ile kaçmaya karar vermiş ve uyuması için çocuğuna şu ninniyi söylemiş. (Bu ninni bölgede, günümüzde de çok sevilerek, pek çok anne tarafından söylenmektedir.)

CEMBELİ NİNNİSİ

Ninni, ninni, ninni ninni
Cembeli'me de ninni
Cembeli'min beşiği nar ağacından
Dokundukça inler gönül dağından
Yarın kavga kopacak hep ardımızdan
Ninni, ninni, ninni ninni
Cembeli'me de ninni

Ben kuzumu yatırıp uyutacağım
Küçük Cembeli'yi büyüğüne adayacağım
Ninni, ninni, ninni ninni
Anan sana kurban ninni
Uyu Cembeli uyu
Uyu ki hemen büyü

Seni Seklavi atına binici yapsınlar
Güzel yüzünü gören kadınlar
Kocalarını bırakıp sana kaçsınlar
Ninni, ninni, ninni ninni
Anan yüzündeki bene kurban ninni
Uyu Cembeli uyu
Uyu ki hemen büyü

Adın meclislerin çiçeği olsun
Cirit meydanları dayının atıyla dolsun
Ninni, ninni, ninni ninni
Anan sana kurban ninni

Atının üzengisi gemi bakırdan
Emirlere paşalara damat ol yakından
Ninni Cembeli uyu
Uyu ki hemen büyü

Tavus kuşunun tüyleri görünsün cebinde
Hizmetçiler koştursunlar emrinde
Ninni ninni, ninni ninni
Uyu Cembeli uyu
Uyu ki hemen büyü...

MOTİF - INDEX

1- T15. İlk görüşte âşık olma
"Cembeli ile Benefşe Narin, görür görmez birbirlerine âşık olurlar."

2- H82.3. Sevgililer arasında alıp verilen hediyeler
"Benefşe sevgilisi Cembeli'ye bir hançer ile bir tütün tabakası armağan eder."

3- P150. Zengin adamlar

4- S11. Zalim baba
"Benefşe'nin zengin bir bey olan babası, kızını zorla bir başka zengin beye verir."

5- T75.3. Ümitsiz aşk

6- H561. Bilmecelerin çözümü
"Cembeli, Benefşe'nin gelin giderken sepet içinde bıraktıklarının anlamını çözerek, ne demek istediğini anlar ve ardına düşer."

7- H80. İşaretle tanıma
"Cembeli, tütün tabakasını ve hançerini göstererek, sevgilisi Benefşe'ye kendisini tanıtır."

8- C400. Konuşma yasağı
"Benefşe, zorla evlendirildiği kocasıyla hiç konuşmaz."

9- T230. Evlilikte sadakatsizlik

10- R210. Kaçışlar
"Benefşe kocasını ve çocuğunu bırakarak, sevgilisi ile kaçmaya karar verir."

DİYARBAKIR ÜZERİNE
ALTI BİLDİRİ

- 1 -

"DİYARBAKIR EFSANELERİ İLE DİĞER BAZI ULUSLARIN EFSANELERİ ARASINDAKİ ORTAK MOTİFLER"

Muhsine HELİMOĞLU YAVUZ (*)

(14-16 Kasım 1989 Dicle Üniversitesi "Tarih Kültür ve Sanat Dünyamızda Diyarbakır Sempozyumu"nda, bildiri olarak sunulmuştur.)

(*) Dicle Üniversitesi, Eğitim Fakültesi, Türk Dili ve Edebiyatı Anabilim Dalı Öğretim Görevlisi.

DİYARBAKIR EFSANELERİ İLE DİĞER BAZI ULUSLARIN EFSANELERİ ARASINDAKİ ORTAK MOTİFLER

Efsane, batı dillerine aynı Latince kökten, legendus sözcüğünden gelmiştir. İngilizce'de legend, Fransızca'da legende, Almanca'da legende ayrıca sage, İtalyanca'da leggenda, İspanyolca'da leyenda, Yunanca'da mitos-mit sözcükleri efsane karşılığı olarak kullanılır.

Efsane Farsça bir sözcük olup, fesane diye de kullanılmaktadır. Arapça'da ise efsane karşılığı olarak, usture kullanılır. Türkçe'de efsane karşılığı söylence önerilmiştir. Dini nitelikteki efsanelere menkıbe de denir.

Efsaneyi şöyle tanımlayabiliriz: Kişi, yer ve olayları konu alan, inandırıcılık özelliğine sahip, çoğu zaman olağanüstülüklere yer veren, belirli bir üsluba ve şekle bağlı olmayan, kaynaklarını genellikle geçmişin derinliklerinden alan, kısa, yalın, ağızdan ağıza aktarılan, anonim halk anlatımlarıdır.

Efsane bu özellikleri nedeniyle masal, destan, halk hikâyeleri gibi, diğer halk anlatımlarıyla karıştırılmamalıdır.

Efsane hakkında kısaca bilgi verdikten sonra, Diyarbakır Efsaneleri ile diğer bazı ulusların efsaneleri arasındaki ortak motiflerden söz edeceğim. Çünkü efsaneler, her ne kadar bir ulusun geçmiş kültürünün, geleneklerinin ortak bir ürünü ise de özellikle masal motifli gezgin efsaneler dil, din, ırk, ulus, zaman farkı tanımadan, tüm sınırları aşarak uluslararası ortak bir kültürün, değişik uluslardaki varyantları olarak karşımıza çıkarlar. Bu nedenledir ki bu konuşmam, bazı Diyarbakır Efsaneleri ile yine bazı Kırgız, Oğuz, Hint, Rus-Yunan Efsaneleri arasındaki ortak motifleri ve ayrıca Budizm ve Şamanizm etkilerini içermektedir. Aşağıda vereceğim örnekler, efsane konusunda uluslararası bu kültür ortaklığını yeterince belgeleyecektir sanıyorum.

Bu konuda, Diyarbakır ve çevresinden derlediğim elimdeki yüzlerce efsaneden yalnızca sekiz örnek üstünde durabileceğim, çünkü konuşmamın sınırlandığı zaman ancak bu kadarına elvermektedir.

Bunlardan ilki, Çermik'te, 61 yaşındaki emekli ilköğretim müdürü İsmail Demir'den derlediğim, "Çermikli Seyfullah Bey Efsanesi"dir. Bu efsane şöyledir:

Çermik beylerinden Seyfullah Bey, çok zalim bir beymiş. Herkes onun zulmünden korkarmış. Bir gün karısı ona, "Herkes senden korkuyor, ya sen kimden korkarsın, senin korktuğun hiçbir insanoğlu yok mudur?" demiş. Seyfullah Bey de, "Ben ancak, Genç Halil Ağa'dan korkarım, o cesur bir yiğittir, beni öldürebilecek tek insan odur," diye cevap vermiş.

O sırada gizlice, beyi öldürmek için odaya giren ve sedirin altına saklanan Genç Halil Ağa, beyin kendisi için söylediği bu övücü sözleri duyunca onu öldürmekten vazgeçmiş. Karısıyla bey uyuyana kadar beklemiş, sonra da yastıklarının yanına iki kurşun koyup gitmiş.

Bey sabah uyanıp kurşunları görünce bunu yapanın Genç Halil olduğunu anlamış ve onu yakalatıp astırmış.

Bu olaydan sonra, Halil'in annesiyle küçük kardeşi oradan göçüp Polatuşağı Köyü'ne yerleşmişler. Beyden öç almak için fırsat kollamaya başlamışlar.

Eskiden beyler, beyliklerini yeniden onaylatmak için, iki yılda bir çeşitli armağanlarla, bağlı oldukları sancak beylerinin yanlarına giderlermiş. Bu nedenle, Seyfullah Bey'in de Elazığ'a giderken Polatuşağı Köyü'nden geçmesi gerekmiş.

Beyi davul çalarak, tüfek atarak karşılayan köylülerin arasına Halil'in kardeşiyle annesi de karışmışlar. O kargaşa içinde, Halil'in kardeşi beyi vurup atından düşürmüş, annesi de koşup kanından içerek öçlerini almışlar.

Şimdi yörede "yiğitliğe karşı, itlik" yapana, zalim Seyfullah Bey'in bu efsanesi anımsatılır.

Burada görüldüğü gibi, Halil'in annesi, Seyfullah Bey'in kanından içerek öcünü alıyor. Bu kan içme motifi, Kırgızların beş büyük ciltlik destanı olan *Manas Destanı*'nda şöyle yer alır: (Kırgızlar bilindiği gibi, MÖ 201'den, MS 17.-18. yüzyıla kadar yaşayıp, sonra dağıldılar. Şimdi SSCB'de bir Kırgızistan Cumhuriyeti vardır.)

"Kan içme: En büyük düşmanı öldüren savaşçı, düşmanın kanını içerdi. Bu gelenek Orta Asya'da, 19. asra kadar devam etmiştir." (Abdülkadir İnan, *Manas Destanı*, İst. 1972, s. 264)

"Kanıkey Hatun, kaplana dönmüş ve Külçora'ya, kurbanın olayım Külçora, başıma gelenlerin hepsini anlatacak değilim. Şu Kançora zalimin bir kaşık kanını ver de içeyim ve içtikten sonra öleyim diyerek, eline pulat kılıç alıp Kançora'yı iki parça yaptı, doya doya kanını içti." (age, s. 261)

"Konurbey'in en büyük düşmanı Almambet idi. O şöyle düşündü: Hiç olmazsa şu hain kaçak kulu öldürebilsem, doya doya kanını içsem diye, atını kamçıladı ve Almambet'i takip etti." (age, s. 162)

"Sırgak, Gökçegöz'ün ölüsünün kanından, iki avucu ile alıp içti." (age, s. 84)

Eğil'de, 30 yaşındaki memur Muhittin Temel'den derlediğim (ki o da dedesinden dinlemiş) Nebi Harun efsanesinde bir uçan attan söz edilir.

Hz. Süleyman'ın yakını olan Nebi Harun, bir orduyla gelerek Asurlulardan Eğil Kalesi'ni almak istemiş.

Kale çok yüksek ve sarpmış. Bu nedenle birinci kuşatmada alamamış. İkinci kez kuşatmış yine alamamış. Üçüncü kez kuşatmada, atını öyle bir mahmuzlamış ve kaleye "eğil" diye öyle bir bağırmış ki kale eğilmiş, atı da uçarak içeri girmiş. Ondan sonra arkasındaki bütün atlılar uçarak girmişler ve kaleyi almışlar.

Bu uçan at motifi, batılı ulusların efsanelerinde Pegassus adıyla geçerken, yine Kırgız *Manas Destanı*'nda, gizli kanadı olan efsanevi at Tulpar adıyla geçer. (age, s. 266)

Silvan'da 62 yaşındaki emekli memur Mehmet Ekmen'den derlediğim Budizm-Hint etkilerini yansıtan Zembilfüroş Burcu Efsanesi ise şöyle:

Silvan surlarının, Şeyh Halil Mezarlığı'na bakan yönünde Zembilfüroş Burcu yer almaktadır. Bu burcun hüzünlü bir aşk efsanesi vardır.

Bir padişahın, çok yakışıklı bir oğlu varmış. Bu delikanlı bin bir nazla büyüyüp, yiğit bir delikanlı olmuş. Zaman zaman babasının veziriyle çıkıp eğlenirmiş. Yine bu av eğlencelerinden birisinde, yol kenarındaki yarı yıkılmış bir mezardan çıkmış bir kafatası görmüş. Ölüm ve ölü kavramlarına yabancı olan padişahın oğlu, eğilip bu kafatasını alarak dikkatle incelemiş.

Sonra da vezirle arasında şöyle bir konuşma geçmiş:

— Vezir, sen bunun ne olduğunu biliyor musun?

— Bu ölmüş bir insanın kafatasıdır prensim.

— Ölüm ne demektir?

— Prensim, her insan ve her canlı, bir süre yaşadıktan sonra ölecektir ve mezara gömülüp bu hale gelecektir.

— Bu ölenler aç mı kalmışlardı niçin öldüler?

— Senin dedelerin padişahtılar, onlar da öldüler prensim, ölüm zengin yoksul, genç ihtiyar dinlemez. Bir gün gelir herkesi bulur.

— Yani vezir, bir gün ben de ölüp bu hale mi geleceğim?

— Evet prensim. Günü geldiğinde sen de ben de hepimiz öleceğiz.

Bu konuşmadan sonra çok duygulanan ve dünyanın geçiciliği karşısında uzun uzun düşünen prensin yüreğinde ilahi bir aşk uyanmış. Saraya döndükten sonra ağlayarak secdeye kapanmış ve tüm dünya nimetlerinden vazgeçerek, kendisini Tanrı yoluna adamaya karar vermiş. Bu kararını karısına da açarak, saltanatını, zenginliğini elinin tersiyle itip, bundan böyle kendi emeğiyle geçineceğini, kendisinin bu yoksul hayata katlanma gücü varsa beraber gelmesini, zenginlikten vazgeçemeyecekse ayrılabileceklerini söylemiş. Eşi onunla geleceğini ve iyi günde olduğu gibi kötü günde de yanında olup, onun yoksul hayatını paylaşacağını söylemiş.

Karısıyla birlikte ülkesinden ayrılan prens, memleket memleket gezerek, zembil (sepet) yapıp satmaya ve hayatını böyle kazanmaya başlamış. Bir yandan da sürekli Tanrı'ya ibadet ediyormuş. Zamanla çocukları da doğup büyümeye başlamışlar. Çok yoksul olan bu ailenin, sırtlarındaki eski giysilerinden başka hiçbir şeyleri yokmuş.

Bir gün Silvan'a gelip yerleşmişler. Adam sokaklarda zembil sattığı için adına Zembilfüroş yani sepet satıcısı demişler. Yoksul sepetçi sokaklarda sepet satarken, bir gün onu Silvan Beyi'nin güzel karısı sarayın penceresinden görmüş. Bu yakışıklı ve yoksul gence bir görüşte âşık olarak, onu sarayına getirtmiş. Beyin karısı sepetçiyle sevişmek istemiş. Allah korkusu ve ilahi aşk duyguları içinde bulunan genç, hanımın bu dileğini geri çevirmiş. Bu konuda aralarında şöyle bir konuşma geçmiş. (Aşağıda verdiğim şiir şeklindeki bu konuşmayı, yörede bir ezgi eşliğinde söylüyorlar).

Köşk Hatunu : *Zembil satan zembil getirir*
Dükkân dükkân evler gezdirir
Gönülleri yakar bitirir
Gel yukarı seni göreyim

Sepet Satıcısı : *Ey hatunum ben tövbeliyim*
Nazlı güzel ben tövbeliyim
Çocukları evde aç biriyim
Ulu Allahımdan korkarım

Köşk Hatunu : *Zembil satan oğlan Abbas'tır*
Üstünde don entari vardır
Elden kurtuluş kalmamıştır
Gel de zembillerini alayım

Sepet Satıcısı : *Ey hatunum ben tövbeliyim*
Nazlı güzel ben tövbeliyim
Çocukları evde aç biriyim
Ulu Allahımdan korkarım

Köşk Hatunu : *Zembil satan oğlan dervîştir*
Gel ki ileri görem ne iştir
Zembillere bir değer bildir
Budur benim senden isteğim

Sepet Satıcısı : *Ey hatunum ben tövbeliyim*
Nazlı güzel ben tövbeliyim
Çocukları evde aç biriyim
Ulu Allahımdan korkarım

Köşk Hatunu : *Zembil satan oğlan vezirdir*
Mirin odasına gir de şenlendir
Bu hoş yemeklerin hepsi senindir
Soframda ol ki ben sevineyim

Hanımın bütün sevişme isteklerini geri çeviren yoksul sepetçi kalkıp gitmek isteyince, çaresiz kalan hanım, "Öyleyse seni yakalatıp, tutsak edeceğim," demiş. Kadının elinden kurtulamayacağını anlayan delikanlı, elini yüzünü yıkamak ve abdest almak için izin istemiş. Adamın kaçmasından korkan Köşk Hatunu, onun ayağına bir ip bağlayarak ucunu da kendi eline almış ve bir ibrik vererek onu kalenin en yüksek burcuna göndermiş. Burada çevresine bakınan genç hiçbir kurtuluş yolu kalmadığını anlayınca, ayağındaki ipi çözüp ibriğe bağlamış ve kendisini de o yüksek burçtan aşağıya atmış. (Bu burca şimdi Zembilfüroş Burcu deniyor.) Yere düştüğünde hiç yaralanmamış ve koşarak evine gitmiş.

Bir zaman sonra ipi çeken hanım, adamın yerine ibriğin geldiğini görünce onun kaçtığını anlamış ve çok üzülmüş. Sonraki günlerde kıyafet değiştirerek günlerce şehrin sokaklarında dolaşıp, delikanlının oturduğu evi bulmuş. Bir gün adam evde yokken, gidip karısıyla konuşmuş. Yoksul kadına pek çok mücevher vererek onu aldatmış ve bir gecelik onun yerine geçmeye kadını razı etmiş. O gece sepetçinin karısının giysilerini giyerek, onun yerine yatağa girmiş. Gece geç vakit yorgun argın evine gelen sepetçi, yatağına yatınca, yataktaki hanım dönmüş ve çıkarmayı unuttuğu ayak bileğindeki gümüş halhallar şıngırdamış. Karısının halhalı olmadığını bilen sepetçi hemen yataktan fırlayarak, yanındaki kadının yüzüne bakmış ve gerçeği anlayınca oradan hızla uzaklaşarak dağlara düşmüş. Köşk Hatunu da ardından dağlara düşüp onu aramaya başlamış. Bunun üzerine sepetçi ağlayarak Tanrı'dan ölümünü istemiş ve oracıkta ölüp ilahi aşka kavuşmuş. Onun ölümüne dayanamayan hanım da arkasından ölmüş.

Efsaneye göre onları, Silvan'ın kuzeydoğusuna düşen, beş altı kilometre uzaklıktaki bir dağın başına gömmüşler. Şimdi mezarlarında her bahar çok güzel çiçekler açarmış.

Şimdi de Edvar Şure'nin *Buda* adlı (İst. 1933, s. 36-37, çeviren: Haydar Rıfat) kitabından okuyalım: Adı bilge-bilgin anlamına gelen Buda, (İsa'dan önce 554- 480) Hint toplumunun, İsa'dan önce beşinci yüzyılda yaşamış bir çocuğudur.

Buda bir prensti. Babasının yerine kral olacaktı. Kraliçe annesinin yaşamı, onu doğurduktan yedi gün sonra son buldu. Sanki tanrılar Buda'yı, kendisinden sonra doğacak bir kardeşe, eş olmayacak kadar üstün, hatta kutsal bulmuşlardı. Hint prenseslerinden en güzeli ile evlendi.

Prens Buda bir gün köylü kıyafetine girip, arabacısı Şanna ile şehri geziyordu. Vebalı bir hastaya rastladılar.

Arabacı — Prensim dokunma, bu hastalık geçer dedi.

Buda — Bu hastalık nasıl gelir?

Arabacı — Görünmeden ısıran yılanlar gibi gelir, kime çarpacağı bilinmeyen yıldırımlar gibi gelir.

B. — Ya buna dayanamayanlar?

A. — Ölürler.

B. — Ölürler mi?

A. — Evet, nihayet ölüm gelir. Nerde olursak olalım, o mutlaka gelir.

Arabacı o anda geçen bir cenazeyi gösterdi.

— Bak işte bir tanesi geçiyor.

Buda — Yaşayanların sonu bu demek?

Arabacı — Evet budur. Büyükten küçükten, iyiden kötüden, herkesten geride kalacak olan budur. Başka bir yerde yine dirilmek varmış ama gören yok.

Buda düşündü, her sevincin sonunda üzüntü, her aşkın sonunda ayrılık ve gençliğin sonunda ihtiyarlık vardı. İnsanı hayat ölüme, ölüm bilinmeze, karanlığa götürüyordu. Buda kararını vermişti. Bunu Brahma (Budizmden önceki Hint dininde, evrenin ruhu sayılan varlık) düzeltemedi ama, ben düzelteceğim dedi. Ertesi gün saraydan çıkıp giderek, kalan ömrünü insanların acılarını dindirmek, dertlerini avutmakla geçirecekti. Güzel karısının bu ayrılık yüzünden çekeceği ıstırabı düşünüyor, kalbi burkuluyordu. Ona haber vermeden tam saraydan çıkarken, Buda'ya bir oğlu olduğunu söylediler. Buda sadece, işte koparılması gereken bağlardan birisi daha dedi ve saraydan çıktı.

Arabacısı Şanna, prensi kararından vazgeçirmeye uğraşıyordu. Buda ona susmasını emretti. Bütün gece gittiler. Gün doğarken prens atından inerek, arabacıya, "Sen şimdi geri dön. Ben artık yaya gideceğim. Yalnız yaşayacağım," dedi. İncili tacını da çıkardı, "Şanna, bunu babama elinle ver. Artık benim adım, her an mutlu anlamına gelen Siddarta değil, Sakyalı münzevi anlamına gelen, Sakya Muni'dir, ben hükümdar olacaksam, demir çelik silahlarla değil, akıl gönül yolu ile olacağım, tüm evrenin insanlarını kardeş bilerek bağrıma basacağım," dedi.

Böyle dedikten sonra, artık prens Buda değil, ermiş Buda olarak ormana çekildi.

Budizm öğretisinde yer alan Buda öyküsü ile Silvan efsanesi arasındaki, neredeyse hemen hemen aynı olan bu ortak motifleri değerli ilgilerinize sunuyorum.

Bismil-Türkmenhacı Köyü'nde, 70 yaşındaki köy imamı Cafer Güneş'ten derlediğim Mine Hatun efsanesi ise şöyle: Çok yiğit ve yakışıklı bir delikanlı yalnız başına ava çıkmış. Bir ceylanı kovalayarak bir koruya gelmiş. Çok yorulduğu için atını ağacın dalına bağlayarak uykuya dalmış.

Meğer bu koru bir Hıristiyan krala aitmiş. Kralın adı Tabud'muş. Korunun bekçileri delikanlıyı görüp krala söylemişler. Kral da, 'derhal onu yakalayıp huzuruma getirin,' demiş. Kralın askerleri koruya varıp, uyuyan genci yakalamak istemişler, fakat atı kişneyerek onu uyandırmış. Delikanlı askerlerin kimini öldürmüş, kimini yaralamış. Sonra da yatıp yeniden uykuya dalmış. Kalan askerler kaçıp durumu krala anlatmışlar. Kral da bu defa, daha çok asker göndermiş. O ara delikanlının atı da ipini koparıp, oradan uzaklaşmış. Delikanlı her ne kadar direndiyse de sonunda yakalanmış, fakat pek çok askeri de yaralamış.

Kral, delikanlıyı ve cesaretini çok beğenmiş. "Gel benim dinime gir, askerlerime komutan ol," demiş. Genç kabul etmemiş. Kralın, Mine Hatun adında çok güzel bir kızı varmış. Onu süsletip hazırlatarak, huzura getirmiş ve delikanlıya, "Kızımı da sana vereceğim," demiş. Genç yine kabul etmemiş. Fakat Mine Hatun, bir görüşte ona âşık olmuş. Delikanlıyı zindana atmışlar. Mine Hatun, geceleri gizlice zindana gider ve onunla konuşurmuş. Sonunda kız, "Ben senin dinine gireyim, hemen buradan kaçalım," demiş ve beraber kaçmışlar. Arkalarından gelen kralın askerleri, bunları Göksu kenarında, Türkmenhacı Köyü yakınında yakalayıp yaralamışlar. Onlar da Allah'a, "Bizi taş et ama, askerlerin eline düşürme," diye dua etmişler. Duaları kabul olmuş ve orada taş olmuşlar.

Şimdi orada, insan boyunda iki taş yan yana durur. Bu taşların üstündeki izler de kılıç yarasıymış.

Âşık kızlar ve oğlanlar bu ziyarete gidip dua ederek, kızlar kız taşından, erkekler de erkek taşından dilek dilerler. Kızlar taşa boncuk ve iğne, erkekler de para koyarlar. Orada kurbanlar kesilir, halaylar çekilir, yemekler pişirilir. Ayrıca sütleri bol, kuzuları çok olsun ve hastalanmasınlar diye koyunlar da burada otlatılır.

MİNE HATUN TÜRKÜSÜ

Tabudi der oğlana yaklaş bana
Kendi elimle şeref verem sana

Vardılar Mine'ye haber saldılar
Seni baban istedi gel dediler

Kız eve varınca sandığın açar
Libas giyip misk ile amber saçar

Yundu arındı berrak oldu kız
Altına incilere gark oldu kız

Tabudi der oğlana yaklaş bana
Kendi elimle kızım verem sana

Bu efsanenin, *Dede Korkut Hikâyeleri*'nden 'Uşun Kocaoğlu Seğrek Hikâyesi' ile şu ortak motifleri vardır:

"Eğrek'in yolu Alınca Kalesi'ne uğramıştı. Kara Tekür orada bir koru yaptırmıştı. Uşun Kocaoğlu'nun yolu bu koruya uğradı. Meğer Tekür'ün casusu vardı. Gelip Tekür'e haber verdi. Tekür, pusatlı altmış adam seçin, varsınlar tutup getirsinler dedi. Ansızın altmış demir donla kâfir, oğlanın üzerine geldiler. Meğer, yiğit aygıra binerdi. At kulağı sak olur, çekip oğlanı uyardı." (O. Şaik Gökyay, *Dede Korkut Hikâyeleri,* İst, 1976, s. 212)

"...Meğer kâfir beyin bir bekâr kızı var idi. Her gün zindana Beyrek'i görmeye gelirdi. Kız Beyrek'e âşık olmuştu.

Kız Beyrek'e der: Eğer seni hisardan aşağı, urgan ile sallandıracak olursam, babanla anana sağlık ile varacak olursan, beni burada gelip helalliğe alır mısın?" (M. Ergin, *Dede Korkut Kitabı*, İst. 1969, s. 75-76).

Bu iki metindeki yakın benzerlikler bize, "Dede Korkut'un Coğrafyası" içine giren Diyarbakır yöresi halkının, *Dede Korkut Hikâyeleri*'yle bu Mine Hatun efsanesini birleştirmiş olabileceğini düşündürüyor.

Çermik'te, 22 yaşındaki kurs öğretmeni Müjgan Polat'tan derlediğim (o da ninesinden duymuş) Pirabok (kötülük yapan cin) efsanesi de şöyle:

Çermik'te eskiden Hacı Kamber adında bir adamın çok güzel ve cins bir yarış atı varmış. Hacı Kamber atını her sabah ahırda çok yorgun ve ter içinde bulurmuş. Çünkü her gece gelip ata binen bir Pirabok (cin) onu sabaha kadar koşturup, kan ter içinde bırakıyormuş. Sonra da kuyruğunu ve yelesini örüyormuş.

Hacı Kamber bir akşam, atının sırtına kara sakız sıvamış. Sabah ahıra gittiğinde, bir pirabokun atın sırtına yapıştığını görmüş. Çıplak olan bu cin, kocaman memelerini omuzlarına atmış, uzun dağınık saçlı, iriyarı, ayaklarının topukları önde, parmakları arkada olan, garip bir yaratıkmış.

Hacı Kamber hemen elindeki çuvaldızı onun memesine batırarak kendisine köle yapmış. Otuz yıl bu eve kölelik yapan cin karısı, her söylenenin tersini yaparmış. Otuz yıl sonra bu cini, memesindeki iğneyi çıkarıp serbest bırakmışlar ve bir pınara götürmüşler. Cin suya girip kaybolduktan bir süre sonra pınarın suyu kan rengi olmuş, çünkü diğer cinler, yakalanıp insanlara hizmet etmek zorunda kaldığı için onu ölümle cezalandırmışlar.

Bu efsanede yer alan, ahıra gelen cin ve atın yelelerini örmesi motifi, ünlü Rus yazarı Dostoyevski'nin, *Ölü Bir Evden Anılar* kitabının 305. sayfasında şöyle yer alır:

"Rus halkı arasındaki inanışa göre, her evin bir cini vardır. Bu cinler geceleri ahırlara girerek, atların yeleleriyle kuyruklarını dolaştırırlarmış." (Dostoyevski, *Ölü Bir Evden Anılar*, Cem Yayınevi, s. 305, Çeviren: Nihal Yalaza Taluy).

Bazı efsane motiflerinin, dünya ulusları arasında ortak bir kültür oluşturduğunu göstermesi bakımından bu örnek de oldukça ilgiye değer.

Silvan-Gülüzare Köyü'nde, 60 yaşındaki Aklime Erengil'den derlediğim, Ahmed-i Pirabok (Cin Ahmet) efsanesi ile Yunanlı destan yazarı Homeros'un, *İliada* ve *Odysseus* destanı arasındaki bazı ortak motifler ise şöyle:

Önce Ahmed-i Pirabok efsanesine bakalım:

Gülüzare Köyü'nün erkekleri bir gün toplanıp dağa odun getirmeye gitmişler. Akşam dönerlerken, aralarında Ahmet'in olmadığını görmüşler ve her yeri aramışlar. Eşeğiyle baltasını bulmuşlar, fakat kendisi yokmuş.

Ahmet odun keserken, genç ve güzel bir Pirabok (cin) Ahmet'i görüp âşık olmuş ve onu kaçırıp mağarasına götürmüş. Ahmet'le evlenmişler, iki çocukları olmuş, aradan uzun yıllar geçmiş. Pirabok çok güzelmiş. Ahmet'e de çok iyi davranıyormuş, fakat Ahmet köyünü, köyündeki karısını ve çocuklarını özlüyormuş.

Bir gün Pirabok dışarı çıkarken mağaranın kapısını açık unutmuş. Bundan yararlanan Ahmet hemen oradan kaçarak köyündeki evine gelmiş. Ailesi onu öldü sanıyormuş. Ayrıca saçı sakalı uzadığı ve görünüşü çok değiştiği için kimse onu tanıyamamış. Daha sonra ayağındaki eski bir yara izinden karısı onu tanımış ve eve almış. Ahmet de başından geçenleri ailesine anlatmış.

Öte yandan mağaraya dönen Pirabok, Ahmet'in kaçtığını görünce çok üzülmüş ve kızmış. Hemen o gece, adamın köydeki evine giderek geri dönmesi için yalvarmış. Ahmet de ona geri dönmeyeceğini, ayrıca köylüleriyle beraber gelerek, mağaradaki çocuklarını da köye getireceğini söylemiş. Bunun üzerine Pirabok, "Eğer böyle bir şey yaparsan, ben de senin köydeki çocuklarına kötülük yaparım," demiş. Sonunda, her ikisi de birbirlerinin çocuklarına dokunmama konusunda anlaşmışlar ve Pirabok da, son derece üzgün bir vaziyette mağarasına geri dönmüş.

Bundan sonra, köylüleri Ahmet'e Ahmed-i Pirabok (Cin Ahmet) adını takmışlar.

Şimdi de Homeros'a bakalım:

"...Günlerden sonra dalgalar, Odysseus'u bir adaya sürükledi. Burada bir tür tanrıça bir Nympha yaşamaktaydı. Kalypso'ydu bu Nympha'nın adı. Kalypso, Odysseus'u kumsalda yarı ölü buldu. Mağarasına sürükledi. Çok iyi davrandı ona. Burada yedi uzun yıl yaşadı Odysseus. İthaka'yı, karısı Penelopia'yı çok özlemişti.

Nympha çok iyiydi, çok güzeldi ama Odysseus sıla derdi çekiyordu. Bu nedenle de Kalypso'yla mutlu olamıyordu. En sonunda nasılsa tanrılar Odysseus'a acıdılar." (E.F. Dodd, *Homeros'tan Öyküler,* Çeviren: Sevim Raşa, İst. 1982, s. 60)

Truva Savaşı'ndan yıllar sonra evine bir dilenci kılığında dönen Odysseus'u karısı Penelopia tanıyamaz, fakat yaşlı dadısı ayağını yıkarken eski yara izini görür ve onu tanır.

"...Penelopia, yaşlı dadı Eurykleia'ya dilencinin ayaklarını sıcak suyla yıkamasını söyledi. Yaşlı kadın bu adamın, efendisine çok benzediğinin ayırdına vardı. Bacaklarını yıkarken, Odysseus'un evlenmeden çok önce, avda aldığı bir yaranın izini de görünce dadının hiç kuşkusu kalmadı." (age, s. 71)

Son olarak da Çüngüş'te 38 yaşındaki ev hanımı Hanım Balyan'dan derlediğim, Heft Vurması-Cin Çarpması efsanesi ile Şamanizm'de yer alan ortak motifler üstünde durmak istiyorum. Önce, efsanemize bakalım:

Henüz doğum yapmış bir kadını yalnız bırakmışlar. Bizden iyiler yani cinler, gelip kadının ciğerini çekmişler. Kadın korkudan konuşamamış. Fakat hareketleriyle uzun boylu, uzun saçlı, korkunç bir kadının gelip ciğerini aldığını anlatmış ve ölmüş.

Yeni doğum yapan kadın yalnız bırakılmaz. Yatağının başına iğne, Kur'an, demir konur. Bunlar yapılmazsa, Bizden iyiler (cinler), anneyi de bebeği de çarparak, ölümlerine neden olurlar.

Diyarbakır ve çevresinde kepoz, bizden iyiler, pirelik, pirabok, al karısı, karakura (Şamanizmde karakura, lohusaları korkutan, ciğerlerini alan bir kötü ruhun adıdır) şubat karısı adlarıyla bilinen Al Karısı'nın, Türk Dünyası'nda çok eski bir yeri vardır ve Al Karısı, Al Bastı, Almış, Albıs adlarıyla bilinir. Albastı Kara Albastı, Sarı Albastı ve Kırmızı Albastı olarak üç cins olup, çoğunlukla insanlar tarafından, bir aldatmaca ile ele geçirilebilirler. Kara Albastı ciddi ve ağırbaşlı bir ruh olarak tanınırken, Sarı Albastı hoppa ve şarlatan bir varlık olarak bilinir. Kırmızı Albastı ise, Kitanlar'da ölüm veren fakat, insanlığın anası olan bir ruh olarak kabul edilir. (B. Ögel, *Türk Mitolojisi*, Ank. 1971, s. 300)

Hastalık ve ölüm getiren varlıklardan olan bu Al Ruhu ve Al Karısı inancı, Orta Asya'da ve Şamanist Türkler arasında da yaygındır. Çünkü, kötü ruhlara karşı lohusanın yanına konan şeylerin hepsinin, özellikle de iğne ve demir gibi metallerin, vaktiyle Türklerin kabul etmiş oldukları ve kutsal saydıkları bir din olan Şamanizm'in kalıntıları olduğunu görüyoruz. Şamanizm'de Altay Şamanları, giriş merasimleri sırasında, Erlik Han'ın yeraltı dünyasına indikleri zaman metal sesleri duyarlar. Bu sesler, Erlik'in yakaladığı kötü ruhların başına geçirdiği zincirlerin sesleridir. Tungun ve Orokhon geleneğinde de şamanların başında demir süsler vardır. (A. İnan, *Türklerde Demircilik Sanatı, Türk Kültürü,* 4 (42), s. 542- 544.)

Ayrıca demirci de, insanlara kötülük yapan Albastı ruhunun en büyük düşmanıdır. Kazaklar lohusa kadınları kötü ruhlardan korumak için, ellerine bir demir parçası veya bir çekiç alarak, "Demirci geldi, demirci geldi," diye bağırırlarmış. Albastı da demirciden korktuğu için, lohusanın yanına yaklaşmazmış. (A. İnan, *Tarihte ve Bugün Şamanizm,* Ank. 1945, s. 84)

Yine demircinin, insanlara kötülük yapan kötü ruhların düşmanı olduğunu "Diyarbakır'ın Şeytanı" efsanesinde de açıkça görüyoruz. Herkesi birbirine düşüren Diyarbakır'ın Şeytanı'nı, bir demirci, demir külçesinin içine hapsederek İçkale'nin duvarına zincirle bağlar ve insanları şeytandan kurtarır.

Özellikle, Lice-Derkam Köyü'nde, 52 yaşındaki memur Nihat Işık'tan derlediğim (o da dedesinden duymuş) Yedi Uyurlar-Eshab-ı Kehf Mağarası, ortak bir dünya kültürünün en belirgin ürünlerindendir.

Eshab-ı Kehf Mağaraları'na yalnızca ülkemizde, Eskişehir, Tarsus, Maraş, Diyarbakır'da (Lice-Rakım Dağı'nda) değil, Suriye-Şam'da ve İspanya-Gırnata şehirlerinde de rastlanmaktadır.

Ayrıca yine ülkemiz dışında Eshab-ı Kehf adına yaptırılan İspanya, Cezayir, Mısır, Ürdün, Suriye, Afganistan ve Çin Türkistanı'nda mescitler, Fransa ve Almanya'da da kiliseler vardır. (Bak: Cemal Anadol, *İstanbul ve Anadolu Evliyaları*, İst. 1984, s. 254- 255)

Sonuç olarak:

İlgilerinize sunduğum, değişik kültürlerdeki bu ortak efsane motiflerinin nedenlerini, insanların hayatı anlayış ve yorumlayışlarındaki ortaklıklarda aramak gerektiği kanısındayım.

Görüldüğü gibi efsaneler, bir yandan ulusların tüm istek, duygu ve düşün dünyalarını yansıtırken, diğer yandan da dil, din, ulus, zaman, ülke sınırı tanımadan, tüm insanlığın ortak özelliklerini taşıyorlar ve böylece ortak bir dünya kültürü oluşturuyorlar.

Bu nedenle, efsaneler konusunda yapılan ve yapılacak olan çalışmaların, insanlık tarihi ve ülkemizin kültür tarihi bakımından öneminin büyük olduğuna inandığım içindir ki, ben de Diyarbakır Efsaneleri üzerine çalışarak, bu önemli alana küçük bir katkıda bulunmak istedim.

- 2 -

"DİYARBAKIR ÖZELİNDEN HAREKETLE, GÜNEYDOĞU ANADOLU BÖLGESİNDE EFSANE DERLEME ÇALIŞMALARI YAPARKEN KARŞILAŞILAN SORUNLAR, BU SORUNLARA BAĞLI OLARAK GELİŞTİRİLEN YÖNTEMLER, ÖNERİLER VE ALINAN SONUÇLAR"

(Fatih Rotaryenleri'ne, İstanbul Sheraton Otel'inde verilen konferans metni, 15 Mayıs 1991)

"DİYARBAKIR ÖZELİNDEN HAREKETLE, GÜNEYDOĞU ANADOLU BÖLGESİNDE EFSANE DERLEME ÇALIŞMALARI YAPARKEN KARŞILAŞILAN SORUNLAR, BU SORUNLARA BAĞLI OLARAK GELİŞTİRİLEN YÖNTEMLER, ÖNERİLER VE ALINAN SONUÇLAR" başlıklı konferansımı şu düzen içinde sunmaya çalışacağım:

a) Derleme çalışmaları sırasında karşılaşılan sorunlar ve bu sorunlara bağlı olarak geliştirilen yöntemler, öneriler.

b) Varılan sonuçlar.

"Diyarbakır Efsaneleri Üzerine Bir Araştırma" adlı, master tezimi hazırlamak için yıllarca (özellikle bahar ve yaz aylarında) Diyarbakır'ın ilçe, köy ve mezralarını gezerek, yüzlerce efsane derledim.

Bu derleme çalışmalarım sırasında gördüm ki efsaneleri derlemek, diğer halk edebiyatı ürünlerini derlemekten daha zordur. Özellikle kutsallık taşıyan dini efsanelerin kahramanlarına ait kerametleri, olağanüstülükleri anlatmayı, onların sırlarını açıklamak olarak alan insanımız, bu konuda çoğunlukla susmayı yeğlemektedir. Bu açıklamaların, onlara saygısızlık olacağı ve kutsallıklarını azaltacağı, kendilerinin de bu açıklamalardan dolayı manevi güçlerce cezalandırılacakları inancı, halk arasında geçerliliğini korumaktadır.

Bu nedenlerle, yaşları yüze yaklaşmış insan belleklerinin dipsiz derinliklerinden, bu efsaneleri söküp alarak gün ışığına çıkarmak, ölüme ve dolayısıyla da yitip gitmeye bırakmamak, çalışmamın en zor bölümünü oluşturmuş ve beni, kaynağı insan olan derleme çalışmaları konusunda şu sonuca ulaştırmıştır:

'İnsan: Okunması En Zor Kitap'

Diyarbakır özelinden hareketle, Güneydoğu Anadolu bölgesinde yapılan efsane derleme çalışmaları sırasında karşılaşılan sorunlar şöyle sıralanabilir:

1- Yöre halkının Kürtçe konuşmasından kaynaklanan "dil" sorunu.

2- Kaynak şahıslarla, derlemeci arasında yaratılması oldukça güç olan ve uzun bir zaman isteyen "güven" sorunu.

3- Yol, su, elektrik ve konaklama gibi, altyapı eksikliklerinden kaynaklanan sorunlar.

4- Özellikle, kutsallık öğesine dayanan dini efsanelerle ilgili olarak, halkın kendiliğinden koyduğu "konuşma yasağı".

Dil Sorunu

Diyarbakır merkezde ve çoğu ilçelerde dil sorunu oldukça azdır, fakat köy ve mezralarda Kürtçe konuşulduğu için özellikle kadınlarla anlaşmak ancak bir çevirmen aracılığıyla mümkün olmaktadır. Gittiğim ilçelerde, çoğu zaman o yöreli bir ilkokul öğretmeni, sağlık memuru veya bir halk eğitim müdürü benimle beraber köylere gelerek yardımcı oldular. Bu sorun çalışmanın en zor bölümlerinden birini oluşturdu. Önce, ne istediğimi çevirmene anlatmak, onun kendisine göre durumu kaynağa aktarması, sonra da kaynağın anlattığını bana aktarması ve aktarırken de yine kendisine göre bazı düzeltmelere kalkma tehlikesi hem zaman açısından, hem de çalışmanın sağlığı açısından beni oldukça zorluyordu.

Bu durumda, köylerde açılan okulların sayısı hızla artırılmalı ve yalnız erkek çocukların değil, kız çocukların da mutlaka bu okullara devamları sağlanmalıdır. Bunun için de her şeyden önce, yörede yapılan imam nikâhlı evliliklerden doğan ve nüfusa kayıtları yapılmayan, özellikle kız çocukların nüfus kayıtları bir an önce gerçekleştirilmelidir. Böylece, kız çocukların da varlıkları resmen saptanacak ve okullara kayıtları da gerçekleştirilecek, gerekirse okumaları konusunda gerekli yaptırımlar getirilebilecektir. (Bu alandaki gözlemlerimi güçlendirmesi açısından, 14 Nisan 1990 tarihli *Günaydın* gazetesinin ikinci sayfasında, güzel bir kız çocuğu fotoğrafının altında yer alan şu satırları, olduğu gibi buraya aktarmakta yarar görüyorum. "Semira, minik film yıldızlarını anımsatacak kadar güzel. Yaşı 12. Ama Türkçe bilmiyor. Hiç okula gitmemiş. Nüfus cüzdanı da yok. Ona Kızıltepe'de rastladık."

Bu konuda en sağlıklı çözümün okullaşmadan, eğitimden geçtiği yadsınamaz bir gerçektir. Özellikle son yıllarda yörede imam nikâhlı evlilerin, topluca kıyılan resmi nikâhlarının zaman zaman gündeme gelmesi ve bu haberlerin basınımıza da yansıması ve henüz uygulamaya konan, televizyonun GAP yayınları, bu konuya dikkatlerin çekildiğini gösteren olumlu, sevindirici gelişmelerdir.

Ayrıca yörede, yalnızca okuma yazma öğretmekle kalmayıp, yatılı bölge okulları yaygınlaştırılarak, bölgenin koşullarına göre eski "Köy Enstitüleri"nde olduğu gibi, doğrudan işe ve hayata yönelik meslek derslerine (hayvancılık, tarım, halı dokumacılığı, sağlık vb.) ağırlık verilmelidir. Böylece yöre insanı, doğup yaşadığı bu yerlerde daha üretken kılınacak ve geliştirilecektir.

Yine ayrıca, bu eğitim bunlarla da sınırlı kalmayıp, çağdaş hayatın bütün alanlarını kapsamalıdır.

Kaynak Şahıslarla Derlemeci Arasında Yaratılması Gereken "Güven" Sorunu

Çalışmamın daha başında, bu konuda oldukça kırıcı, acı deneyimler yaşadım. Kenneth Goldstein'in "Sahada Folklor Derleme Metotları" kitabını büyük bir dikkatle okumuş, yine bu çalışmalarla ilgili kaynaklardan çoğunu taramış, gerekli notları almış ve kendimden emin büyük bir güvenle arabama binerek, bu teorik bilgilerimi hayata geçirmek amacıyla merkeze bağlı yakın köylerden birisine gitmiştim.

Bu köyden hiç kimseyi tanımıyordum. Kapılarının önünde, bahar güneşiyle ısınmakta olan kadınlara yaklaşıp selamladım. Efsane bilip bilmediklerini sordum. Önce merakla yüzüme baktılar. Ben de istediğimi biraz daha açıklayıp örneklemek için, köylerindeki "ziyareti" gösterip, bir efsanesi var mı diye sorunca, önce endişe ile birbirlerine baktılar, sonra da beni yok sayıp kendi aralarında Kürtçe konuşmaya başladılar. Ben orada, onlara ulaşamamanın sıkıntısı içinde bir başıma kalakaldım. Arada bir de bana bakıp, küçük kahkahalar atıyorlardı. Ondan sonraki hiçbir sözlü girişimim yanıt bulmadı.

Bunun üzerine, kadınlardan umudumu kesip erkeklere yöneldim. Köy kahvesinin önünde oturanlara anlattım istediğimi. Onların önüme ördükleri duvar ise çok daha ilginçti. Hemen hepsi de ben ne sorarsam sorayım, sorunun anlamına, kendilerine ne sorulduğuna hiç bakmadan, şu kalıp cümleyi söylüyorlar ve sonra da taş gibi susup yere bakıyorlardı:

"Allah devletimize, milletimize zeval vermesin, siz büyüklerimiz, bizden daha iyi bilirsiniz."

O anda, yel değirmenlerine saldıran, "Don Kişot" gibi hissettim kendimi. Bu işin öyle pek kolay olmayacağını daha ilk adımda anlayarak, büyük bir yenilgi duygusu içinde eve döndüm.

Ziya Gökalp benim içine düştüğüm bu açmazı "Kürt Aşiretleri Hakkında Sosyolojik İncelemeler" adlı eserinin 28. sayfasında, şöyle belirtir.

"...Masalları masalcılardan, türküleri muganniler den almalı. Tandırname ahkâmını, (gelenek ve görenekleri, inançları) yaşlı kadınlardan sormalı... Bundan başka, etnograf, içine gittiği aşiretin itimadını kazanmaya, kendisini onlara sevdirmeye gayret etmelidir. İlkel halklar, sevmedikleri, itimat etmedikleri kimselere sırlarını açmazlar. Anadolu köylüleri yabancılara, "Ağzı kara" derler ve köyün esrarını onlardan saklarlar..." (Ziya Gökalp, *Kürt Aşiretleri Hakkında Sosyolojik İncelemeler,* Komal Yayını, Ankara 1975, s. 28)

Görüldüğü gibi, önümde duran en büyük sorun, nasıl edip de onlar için "Ağzı kara" bir yabancı olmaktan kurtulup, "Aydınlık ağızlı" bir dosta dönüşebileceğimdi.

Yol boyunca ve evde günlerce bu işi nasıl çözeceğimi düşündüm. Kitaplarda yazılanların pek çoğu, bulunduğum yörenin koşullarıyla uyuşmuyordu. Öyleyse, içinde bulunduğum duruma ve karşılaştığım sorunlara göre yeni yöntemler geliştirmeliydim.

Önce, yakın ilçelerden vaktiyle Diyarbakır'a veya diğer büyük şehirlere göçüp yerleşmiş tanıdıklarımın listesini çıkardım. Onları tek tek gezerek yapmak istediğim işi anlattım ve yardımlarını istedim. Bunlardan pek çoğunun kültür düzeyi yüksekti ve yapacağım işi sevinçle karşıladılar. İlçelerdeki akrabalarının, tanıdıklarının isimlerini, adreslerini verdiler. İlçelere göre bu adresleri gruplayarak bir liste hazırladım. Ayrıca, vakitlerinin uygunluğu oranında benimle bu ilçelere gelerek akrabalarıyla ve bana kaynaklık yapacak durumda olan kişilerle beni tanıştırdılar. Gelemeyenler ise ilçelerindeki akrabalarına haber göndererek, onlardan, bu çalışmada bana yardımcı olmalarını istediler. Böylece artık ilçelerde doğrudan konuk olabileceğim, gidebileceğim evlerim, adreslerim olmuştu. Bana bir ölçüde de olsa güvenebilirlerdi, çünkü onların güvendiği bir yakınları tarafından gönderiliyordum. Öyleyse onlara zarar vermem söz konusu olamazdı. Artık gittiğim yerlerde, gerçek köylü konukseverliğinin bütün özverisi ile karşılanıyordum, ilçelerdeki kaynaklarım da ne istediğimi anlayınca köylerdeki ve mezralardaki kendi tanıdıkları kaynaklara götürüyorlardı. Böylece, asıl ana kaynaklara indikçe daha ilginç, daha özgün, gün ışığına çıkarılmamış efsaneler buluyordum ve bu beni sonsuz mutlu ediyordu. Bu doğrultudaki çalışmalarım sonucunda, bölgede zengin bir kaynak ağı oluşturdum ve ilk ziyaretten sonra artık aracı kullanmadan da gidebileceğimi anladım. Önemli olan, onlara zarar vermeyeceğimi anlamış olmalarıydı. İlk adımda insan ilişkilerinden doğan bir diyaloğu oluşturduktan sonra, giderek bu sınırlı iletişim, çalışmanın birinci yılının sonlarına doğru yavaş yavaş bir dostluğa dönüşmeye başladı. Geleceğim günleri önceden bildikleri zaman, bazı özel hazırlıklar yapıp beni beklemeleri veya şehirden getirmem için özel isteklerde bulunmaları beni sonsuz sevindiriyordu. Çünkü artık onlar için istenmeyen, kuşku duyulan bir yabancı değil, beklenen bir dosttum.

Ne istediğimi artık onlara anlatabiliyordum. Bunu da en kolay örnekleme yöntemiyle başarabiliyordum. Önce ben onlara çeşitli konularda, değişik efsaneler anlatıyordum. Bazı kaynaklarım durumu hemen kavrayıp bana istediğimi anlatırlarken, bazıları ise konuyu dağıtıp başka şeyler anlatıyorlardı. Çeşitli sorularla, küçük uyarılarla onları yönlendirip asıl konuya çekmeye çalışıyordum. Fakat bunda her zaman başarılı olamıyordum. Böyle durumlarda, anlatılan her şeyi dinleyip, içinden bana gerekeni almak zorunda kalıyordum. Bu da hem zaman, hem enerji kaybına neden oluyordu. Öyle zamanlar oluyordu ki, bazen bir çuval keçi boynuzu çiğneyip, ancak bir damla bal alabiliyordum. Bazen de bir kaynağa, bir tam günümü ayırmak zorunda kalıyordum.

Kaynaklarıma götürdüğüm küçük armağanlar, her zaman çok işe yarıyordu. Bazı kaynaklarım ise anlatacakları her efsane için belli bir miktar para istiyorlardı. (Bunu çok ihtiyaç içinde olanlar yapıyorlardı ve ben onlara daima istedikleri miktardan fazlasını veriyordum.)

Konuşmalar sırasında yaratılan atmosfer de çok önemliydi. Çoğu zaman kaynak şahıslar, kadın erkek hepsi köy meydanında çeşme başında toplanıp yerlere serilen kilimlere oturarak konuşuyorduk. Bazen de konuk olarak indiğim evde veya muhtarın, köy imamının evinde toplandığımız da oluyordu. Bu durumun bir güçlüğü vardı. Birisi anlatırken, konuyu daha iyi bildiğini söyleyen bir başkası ona karışıyor, yanlışlarını buluyor, onlara da diğerleri karışınca bir gürültüdür kopuyordu. Bazıları da bu tartışma sonunda, diğerlerine darılıp orayı terk ediyordu. Bu tartışma konusu olan efsaneyi not alıp, ortalık yatıştıktan sonra, onu bilenlerin evlerine tek tek gidip hepsini dinleyerek, ortak bir sonuca varmaya çalışıyordum.

Kimi zamanlarda anlatma tekelini, bir tek kişi elinde tutmak istiyor, diğerlerini konuşturmak istemiyordu. Bazı yerlerde de bu durumun tam tersi, kendiliğinden bir düzen doğuyor, hiç zorlanmadan sonuca varabiliyordum. Örneğin Kulp'ta ana kaynağım olan ilçe belediye başkanının dayısı, ben gelmeden önce bulabildiği tüm kaynakları bir kahvede toplamıştı. Gittiğim zaman hepsini, sınıf haline getirilmiş bu kahvede beni bekler buldum. Yine bu durumlarını hiç bozmadan sırayla, bildikleri efsaneleri anlattılar. Bir taraftan da çaylar içildi. Sonra da gidilecek köyler, mezralar saptandı. O gün derleme çalışmalarımın en keyifli günlerinden birini yaşadım. (Çünkü bilmediğim her yeni yere giderken, kendimi büyük zorluklara ve yorgunluklara hazırlıyordum.)

Kaynak şahısların, fotoğraf makinesi, teyp ve kamera gibi aletlerden çok rahatsız olduklarını gördüm. Belgelenmekten çok korkuyorlardı. Bu nedenle, bu aletleri götürmüyordum veya götürsem bile arabadan çıkarmıyordum. Bu durumda, anlatılanları dikkatle dinlemek ve not tutmaktan başka yol kalmıyordu. Not tutarken de yine sıra, ad ve soyadlarının yazılmasına gelince, bir duraksama geçiriyorlardı.

Sonraları, televizyonun GAP yayınlarında, her hafta pazartesi günleri "Efsanelerimiz" programında, kaynaklarımın adlarını vererek efsanelerini anlatmam ve televizyon ekranından onlara seslenmem, aramızdaki güven sorununu iyiden iyiye çözdü.

Yol, Su, Elektrik ve Konaklama Gibi Altyapı Sorunları

Bazı köy ve mezralarda, bu altyapı eksiklikleri, çalışmalarım sırasında önemli bir sorun olarak karşıma çıkıyordu. Örneğin, arabanın gidemeyeceği yerlere, dağınık ve birkaç evlik yerleşim birimlerine yürüyerek gitmek, sağlıksız kuyu suları içmek gibi. Son yıllarda bu sorunlarda giderek bir iyileşme olduğunu görüyoruz. Konaklama sorununu, genellikle akşama kadar çalışıp, gece merkeze dönerek çözüyordum, fakat günübirliğine gidilip dönülemeyecek uzaklıktaki köylerde, konuk olarak indiğim evlerde yatmak zorunda kalıyordum. Bu her iki taraf için de oldukça zor oluyordu.

Öte yandan, onların hayatlarını geçici bir süre de olsa paylaşmak, yediklerini yiyip, içtiklerini içmek, evlerinde yatmak aramızda bir iletişim kolaylığı ve yakınlık sağlıyordu.

Bu evlerde kalmanın bir başka olumlu katkısı da giderek, kadınların o tüm gözlerden özenle gizledikleri yaşamlarının belki de en özel, en giz dolu köşelerinden birisini oluşturan sandıklarını bana açmaları oldu. Ve açılan her sandıkla beraber önümde takılar, giysiler, el işlerinden oluşan, renkler ışıklar içinde ayrı dünyalar açıldı.

Silvan'da, yaşayan bir roman kahramanı gibi (ki, Bahire Hanım'ın görüntüsü, belleğimde hep Charles Dickens'ın, Büyük Umutlar romanındaki "Miss Havisham"ın görüntüsüyle örtüşür) babasının artık yıkılmaya yüz tutmuş eski konağında, insan yalnızlığının büyük görkemi ve onuru içinde, hiç evlenmeden, yüzünde ve davranışlarında hâlâ bir eski zaman genç kızının çekingenliğini taşıyarak, tek başına yaşayan 70 yaşındaki Bahire Özkan Hanımefendi'nin (Bu hanımı tanıyana kadar, genellikle itici bulduğum ve beni biraz da gülümseten bu "Hanımefendi" sözcüğünün, bir insana bu kadar yakıştığını ve içerdiği anlamı böylesine güzel yansıttığını, ilk kez bu hanımda gördüm), sandığı açıldığında "zaman tüneli"nde geçmişe doğru yaptığım ve coşkusu hâlâ yüreğimde duran yolculuğu, nasıl unuturum. Altın simle işlenmiş siyah cepkenle şalvarın görkemi karşısında bir an irkilmiş ve bunları sandıklardan nasıl çıkarıp, bir müzede nasıl sergileyebileceğimizi düşünmüştüm. Şu anda da düşünüyorum. Tüm gözlerden özenle gizlenen bu "kültür hazinelerimizi" gün ışığına nasıl çıkaracağız...

1988 yılında "Edirne'de Bir Sürgün"ü yaşarken, ilgiyle gezdiğim Edirne Etnografya Müzesi'nin bir benzeri de neden Diyarbakır'da ve ülkemizin diğer tüm illerinde açılmasın. Gördüm ve biliyorum ki, Diyarbakır kadınlarının sandıkları bir değil, birden çok müzeyi donatacak ilginç ve zengin bir birikime sahiptir. Bu gözlemimin, diğer illerimiz için de geçerli olduğu kanısındayım.

Özellikle Kutsallık Öğesine Dayanan Dini Efsanelerle İlgili Olarak, Halkın Kendiliğinden Koyduğu "Konuşma Yasağı"

Derlediğim efsanelerden özellikle İslam dini motifleri üzerine kurulmuş olan dini efsanelerin, kutsallık ve olağanüstülük yönleri ağır basar.

Ülkemizin pek çok yerinde olduğu gibi, Güneydoğu Anadolu bölgesinde toplum hayatında önemli rol oynamış şahsiyetlerin hayatları ve ölümleri, öldükten sonra da mezarları, türbeleri etrafında bir dizi efsane yaratılmıştır. Bu önemli şahsiyetler, yönetici veya herhangi bir önemli olayın kahramanı bile olsalar, çoğu zaman onlara da dini bir misyon yüklenmiş ve ermiş veliler grubuna alınmışlardır.

Dini efsanelere konu olan bu şahsiyetler, aynı zamanda ait oldukları toplumun değerlerinin de birer temsilcisi durumundadırlar. Ayrıca, içinde yaşadıkları yaşam koşullarının güçlüğü, ekonomik durumlarının bozukluğu nedeniyle umarsız kalan insanlar, inandıkları bazı kutsal şahsiyetlerin manevi gücüne sığınmakta, onların kendilerine yardım edeceği inancından kaynaklanan teselli ile hayatlarını kolaylaştırmaya çalışmaktadırlar. İnandıkları bu manevi güçlerle aralarında, kendileri açısından çok samimi ve içten bir iletişim vardır. Onlara, dileklerini mümkün olan her yolla ulaştırmaya çalışırlar ve bunun için de bildikleri her yöntemi kullanırlar.

Örneğin, dileklerine konu olan şeyin resmini çizerek veya şeklini yaparak türbeye koymak, dilekçe yazmak, dua etmek, adak adamak, bunlardan yalnızca birkaç tanesidir.

Bu dini şahsiyetlerin, yaşarken veya öldükten sonra veya her iki durumda da olağanüstü manevi güçlere sahip olduklarına ve keramet gösterdiklerine inanılır. Dini efsanelerin kahramanları, halk arasında gerçek ve kutsal kişiler olarak kabul edilir ve kahramanı oldukları olayların da çoğunlukla yerleri ve zamanları bellidir. Bunlar, halk arasında bir dogma gibi kabul edilir ve üstlerinde tartışılmaz. Anlatıcılar, son derece saygılı bir dil ve tavır içinde konuyu dile getirirler. Dinleyicilerden de aynı saygıyı beklerler.

Bu konularda, kaynaklarla tek tek konuşmak çoğu zaman daha iyi sonuç veriyor. Yine çoğunlukla, bu anlattıklarını sizin başkalarına anlatmamanızı söylüyorlar ve anlattığınız zaman, başınıza kötü şeyler gelebileceği konusunda sizi uyarıyorlar.

Sonuç olarak, efsaneler inanç konusu oldukları için, halkın umarsızlıklarını, umutlarını, özlemlerini ve dünya görüşlerini, diğer halk edebiyatı ürünlerinden çok daha iyi yansıtırlar. Efsaneleri, olağanüstü özellikleri nedeniyle saçmadır, akıl dışıdır diye yadsımak son derece yanlış bir değerlendirme olur. Bir başka deyişle de işin kolayına kaçmak olur. Böylesine yüzeysel ve kolay bir değerlendirme yerine, onları halk arasında inanç konusu haline getiren ve insanların çoğu zaman, umarsızlıktan başvurabildikleri tek kaynak olmalarını hazırlayan, sosyoekonomik nedenler araştırılmalıdır. Ancak bu nedenler ortadan kaldırıldığı zaman, özellikle dini efsanelerimizin geçtiği yerler bir dilek, adak makamı, bir başvuru yeri olmaktan çıkıp, estetik, didaktik ve tarihi değerler olarak kültür tarihimizde ve toplum yaşamımızda yerlerini alacaklardır.

Bu çalışmalarım sırasında efsanelerin, toplumların yaşamlarında insanları iyiye güzele yönlendiren, zaman zaman kıssadan hisse çıkarmak yoluyla halka yararlı mesajlar veren, geleneksel değerleri koruyan yapıcı, yönlendirici işlevlerini bir kez daha açıkça gördüm.

Öyleyse şu anda, birbirine yardım elini uzatmayan insanlardan oluşmuş acımasız, yoz bir toplum değilsek, bunda efsanelerimizin oynadıkları bu önemli rolü de unutmamalı ve göz ardı etmemeliyiz.

Konferansımı bir öneriyle sonlamak istiyorum.

Bu tür alan çalışmaları, bireysel olanaklarla yapıldığı zaman çok masraflı, bir bakıma da lüks bir çalışma oluyor. O kadar para ve zaman harcayıp ancak bir dalda derleme yapabiliyorsunuz. Oysa, bu alanda yapılacak ekip çalışmaları, özellikle de iyi düzenlendiği zaman hem daha ucuza gelecek, hem de çok yönlü, geniş kapsamlı bir çalışma sağlanacaktır.

Benim tek başıma gittiğim bu ilçe, köy ve mezralara bir ekip olarak gidilseydi, ben efsaneleri derlerken, bir başka araştırmacı masalları, bir başkası çeşitli tören geleneklerini, bir diğeri halk hekimliği konusunu, bir başkası da yine ilgili olduğu bir alanın ürünlerini derleyebilirdi. Böylece, bir çırpıda daha çok malzeme elde edilir ve daha sonra sınıflandırılıp incelenerek, bir değil, birden çok değerli yayın ortaya çıkabilirdi. Yine de çıkabilir. Bu konuda ekip kurup proje geliştirecek araştırmacılara, buradan çağrıda bulunuyorum. Ben, yıllardır Diyarbakır ve çevresinde yaptığım alan çalışmalarımda, geliştirdiğim olumlu ilişkilerimi, kaynaklarımı, görgü ve deneyimlerimi, sayısız sınama yanılma yoluyla, başımı suskun, soruşturan, şüpheci gözlerden oluşmuş insan duvarlarına vura vura, yaklaşık on yılda elde edebildiğim yöntemlerimi, bu alanda araştırma yapacaklara aktarmaya hazırım.

- 3 -

"DİYARBAKIR VE ÇEVRESİNDE TİYATRO OLGUSU"

(19-21 Ekim 1987, İnönü Üniversitesi, "II. Battal Gazi ve Malatya Çevresi Halk Kültürü Sempozyumu"nda, bildiri olarak sunulmuştur.)

DİYARBAKIR VE ÇEVRESİNDE TİYATRO OLGUSU

"Diyarbakır ve Çevresinde Tiyatro Olgusu" konulu bildirimi şu ara başlıklar altında sunmaya çalışacağım:

1- Beni böyle bir araştırma yapmaya yönlendiren nedenler, sistematik sahne karşısında Diyarbakır ve çevre halkının tepkisi.

2- Diyarbakır'da öğrencilerim aracılığıyla, halkın değişik kesimlerinden 500 kişi arasında yaptığım, "Tiyatro deyince ne anlıyorsunuz?" konulu anket-araştırma ve bu araştırmanın istatiksel değerlendirilmesi.

3- Bu araştırmalardan varılan sonuçlar.

Önce beni böyle bir araştırmaya yönlendiren tiyatro olayından söz etmek istiyorum.

1982-1983 öğretim yılında, Diyarbakır Halk Eğitimi Merkezi'nde, oyuncularının çoğunluğunu üniversite öğrencilerinin oluşturduğu bir tiyatro grubu kurarak, John Steinbeck'in "Fareler ve İnsanlar" adlı eserini önce Diyarbakır merkezde, sonra da turneye çıkarak çevre illerde sahneledik.

İl merkezindeki seyirciden, genelinde beklenen tiyatro seyircisi tepkisini alıyorduk. Ama ilçelerde son derece ilgiye değer gözlemlerim ve izlenimlerim oldu. Şimdi bu izlenimlerimden bir kesit sunacağım.

Diyarbakır ve Çevresinden Tiyatro İzlenimleri

Eski Yunan'da, bağbozumu tanrısı Diyonisos adına törenler mi yapılıyordu, ozanlar tarafından Ditiramboslar mı okunuyordu? Yoksa, Sicilya köylüleri neşeli çığlıklar arasında Komos törenleri mi yapıyorlardı?

Hayır...

Ne zaman MÖ V. yüzyıldı, ne mekân Yunanistan veya Sicilya'ydı, ne de ortada Aristophanes usta vardı.

Yıl MS 1983'tü ve Güneydoğu Anadolu'da Çermik, Kulp ve Hazro insanı, yaşamlarında ilk kez, gerçek anlamda bir tiyatro seyretmeye hazırlanıyorlardı.

Bu, tiyatro denilen şey de neydi acaba? Daha sonra kendileri ile yapılan söyleşiden de anlaşılmıştı ki, çoğunu bira "sermesti" erkeklerin oluşturduğu tiyatro izleyicileri, türkü dinlemeye ve dansöz seyretmeye hazırlanıyorlardı. En yüksek perdeden konuşmalar arasında, çekirdek ve gazoz satıcılarının sesi daha bir baskındı.

En büyük sorun sahneye biraz daha yakın olabilmekti. Bu nedenle de yaşamlarının en ışıltılı, en renkli, belki de en ilginç olayını yaşamaya hazırlandıkları bu geceyi ve olacakları yakından gözleyebilmek için durmadan sandalyelerinin yerlerini değiştiriyorlardı. Bu da ayrıca cehennemi bir gürültü yaratıyordu.

Belirli bir tiyatro kültürü ve disiplini içinde, oyuna hazırlanmış olan ve çoğunluğunu üniversite öğrencilerinin oluşturduğu oyuncular, kuliste bu bitip tükenmez uğultunun, gürültünün dinmesini bekliyorlardı. Aynı zamanda, tiyatro hocaları olan hanım yönetmen, her zamanki gibi tam saatinde başlama zilini çaldığında, öğrenci-oyuncular, "Bu salona mı oynayacağız hocam, ama nasıl?" diye paniklemişlerdi.

Yönetmen, yine de denemek istedi ve giriş müziğini vererek,

oyunu başlattı. Oyun, John Steinbeck'in "Fareler ve İnsanlar" adlı yapıtıydı. Oyunun iki kahramanı olan George ve Lennie'nin sahneye çıktıklarını ve oyunun başladığını, salonda pek fark eden olmamıştı. Zavallı Lennie ve George, bu dinmek bilmeyen gürültü karşısında, sessiz film kahramanlarına benzediklerinin hemen ayırdına varmışlar ve yönetmene, oyunu sürdüremeyeceklerini söylemişlerdi. Zaten herkes onları, sahnenin düzenlemesini yapan görevliler sandıkları için, kimse ne olup bittiğinin farkında değildi.

Salon, en yüksek tonda arabesk bir müzik ve kendi beğenilerine seslenebilecek, bir hanım şarkıcının beklentisi içindeydi.(1) Bu-

---

(1) Bu gözlemimi güçlendirmesi açısından, 19 Kasım 1989 tarihli *Cumhuriyet* gazetesinde yer alan "Kadın İsteriz Kadın" başlıklı şu yazıyı olduğu gibi aktarmakta yarar görüyorum.
"Kadın İsteriz Kadın
İbrahim'in türkülerine alışık Şanlıurfalıların başında büyük bir dert var. "GAP sanat şöleni." Şölen çerçevesinde, gün olmuyor ki Urfa'da bir opera veya bale sergilenmesin, gün olmuyor ki, Cumhurbaşkanlığı Senfoni Orkestrası ya da Yaylı Sazlar Üçlüsü bir konser vermesin. Ankara'daki sanat etkinliklerinin pek çoğu taşındı Urfa'ya. Urfalıları GAP sonrasına kültürel olarak şimdiden hazırlama amacını güden etkinliklere giriş ücreti ise çok düşük tutuluyor. Ancak Urfalılar spor salonunda gerçekleşen etkinlikleri izlemek için yine de kapıların bedavacılara açılmasını bekliyorlar. Devletin bütün çabalarına karşı, Urfalıları opera ve baleye alıştırmak zor. Şanlıurfa muhabirimiz Mehmet Faraç, "Arşın Mal Alan Opereti"nin başına gelenleri şöyle anlatıyor:
— Hemşerilerimiz İbrahim'in konserlerinde olduğu gibi 'eğlence çıktı' diye ellerinde darbuka, spor salonunu doldurdular. Amaç tribünlerden sahnedeki müziğe eşlik etmek. Salonun ortasına bir de 'basın masası' kuruldu. Ankara'dan gelen sanatçılar, durumu görünce şoke oldular. Bir yetkili darbukaların içeriye niye sokulduğunu sorunca, aldığı yanıt karşısında küçük dilini yutacaktı. Neyse darbukalar toplandı da operet sessiz sedasız sona erdi. Tabii arada sırada 'kadın istiyoruz, kadıın' diye bağıranları saymazsak. Urfa'da son bir ay içinde iki tiyatro, 11 bale ve operet gösterisi ile senfonik ve yaylı sazlar konseri gerçekleşti. Açılan sergi sayısı dört, düzenlenen sempozyum sayısı ise 11. Urfalıların hali harap anlayacağınız."

nu fark eden yönetmen, oyunu kesip sahneye çıktı ve mikrofonu aldı. Salon önce birden sustu. Evet sahneye bir kadın çıkmıştı. Ama hiç de onların beklediği gibi değildi. Beğenmemişlerdi ve olumsuz izlenimlerini yüksek sesle belirttiler. Sahnedeki hanım konuşmaya başladı. Kaymakamın da, sahneye çıkıp kendisine yardım etmesiyle salonu susturmayı başarıp, kendisini dinlemelerini sağladı. Onlara, hiç beklemedikleri şeyler söyledi. Bu hanım şöyle diyordu:

"Sevgili Hazrolular, Çermikliler, Kulplular. Ben Dicle Üniversitesi'nde hocayım. Bu gençler de fakülte öğrencileri. Biz kalkıp bunca yolu teptik, ayağınıza geldik. Size bir hikâye anlatacağız. Anlatacaklarımızı da, sahnede canlandıracağız. Ancak okuldaki veya camideki gibi sessiz oturup ve dikkatli izlerseniz, anlattığımızı anlayabilirsiniz. Aslında tiyatro da bir bakıma okuldur. Sizden istediğimiz, hiç değilse bir süre sessiz olup bizi izleyin. Anlatıp gösterdiklerimizi beğenmezseniz, kalkıp gidersiniz."

İnsanlar birden şaşırmıştı. Bu hanım fakültede hocaydı öyle mi ve bu gençler de fakülte öğrencileri? Fakat nasıl olurdu. Çünkü yöre halkı için fakülte demek, yalnızca Tıp Fakültesi demekti. Tıp Fakültesi demek de ancak dağlara kız kaçırıp, adam öldürdükleri, kan davalarında vuruldukları, onulmaz dertlere düşüp umarsız kaldıkları zaman, pek çok özverilerde bulunup gidebildikleri uzak, erişilmez, kutsal, giz dolu son bir sığınaktı. Fakülte onlara, belki de bir başka gezegen kadar uzaktı.

Demek bunlar, o son sığınaktan, o son umuttan, o erişilmez fakülteden geliyorlardı öyle mi?

Oysa onlar, tiyatro deyince neler de beklemişler ve kendilerine göre ne büyük densizlikler yapmışlardı. Salon birden saygıyla, şaşkınlıkla ve biraz da korkuyla sustu. Sustu ve olacakları bekledi.

Bu kısa şaşkınlık ve suskunluk anını değerlendiren yönetmen, hemen hızlı bir tempoyla, oyunu yeniden başlattı ve salonu gözlemeye başladı. Aman Allahım neler olmadı ki.

Salonun sahneye artan ilgisi, giderek oyun kahramanlarıyla bütünleşmeye kadar vardı.

Oyun gereği, saf işçi Lennie'yi dövmeye kalkan patronun şımarık oğlu Curley'e, salondan şöyle bir tehdit geldi: "Sen onu döversen, ben de seni öldürürüm." Oyuncu Curley'nin kalkan yumruğu havada dondu. Yönetmen hemen işe el koyma gereğini duyup yine sahneye geldi. Oyunu kesip, sahneyle özdeşleşmiş izleyicileri uyandırmak zorunda kaldı. Bunun yalnızca bir oyun olduğunu bu iki oyuncunun aslında iyi iki arkadaş olduklarını, oyun gereği dövüştüklerini, seyircilerin bunu yalnızca bir oyun olarak düşünmelerini istedi. (Ve yönetmen o anda, ansızın yanında Brecht Usta'nın gülümseyen yüzünü gördü.)

Oyun kaldığı yerden başladı ve çok geçmeden salon-sahne bütünleşmesi yeniden gerçekleşti. Seyircilerin pek çoğu, yorumlarını yüksek sesle yapıyorlardı. Duygularını ve tepkilerini, istemsiz olarak açığa vuruyorlardı.

Salondaki gerilim ve tepki, oyun kahramanı Lennie'nin yine oyundaki hanım oyuncuyu rol gereği öldürmesiyle doruk noktasına ulaştı.

"Kadın öldü" çığlıkları yükseldi. Bir kısmı da, ölmediği savındaydı. Birdenbire bu konuda bahisler tutuşuldu. Bahis tutuşanlardan birisi, oyunun sonunu beklemek sabrını gösteremeyip (ayrıca bu bir oyun muydu ve bir sonu olacak mıydı, onun da ayırdında değildi elbette) sahneye kadar geldi ve ölüp ölmediğini anlamak için oyuncu kıza dokunmak istedi. Yönetmen onu götürüp yerine oturttu ve sonucu beklemesini söyledi.

Oyunun sonunda, selama çıkan oyuncular içinde kız oyuncuyu da görüp, ölmediğini anlayan ve ölmediği konusunda bahse giren taraflar, sevinç çığlıklarıyla oyuncuları alkışlarken, öldüğü konusunda bahse girip kaybedenler de, kendilerini aldattığımızı, bu nedenle de bahsi yitirdiklerini yüksek sesle belirttiler.

Oyundan sonra uzun bir süre salon boşalmadı. Pek çoğu tiyatronun ne olduğunu bilmediklerini, ilk kez gördüklerini, bu nedenle de oyunun başındaki tutumları için kendilerini bağışlamamızı, yine kendilerine has içten bir anlatımla bizden rica ettiler.

Gördükleri şeyi (ki o şey her neyse, çünkü daha kafalarındaki o dansözlü eğlence yeri imajını atıp, tiyatronun böylesine güzel, eğitici bir sanat olayı olduğuna inanamıyorlardı) öylesine beğenmişlerdi ki, daha önce kalacak yerlerimizin hazırlanmış olmasına karşın, oyuncuları evlerinde konuk etmek istiyorlardı. Oyuncular da, bu candan çağrıyı sevinçle karşıladılar ve evlere dağılıp, herhalde yaşamlarının en ilginç konukluğunu yaptılar.

Ertesi sabah ayrılırken, uğurlayanlar ve uğurlananlar arasında büyük bir sevinç, coşku ve yer yer gözyaşı bile vardı.

Evet... Milattan 1983 yıl sonra Kulp, Çermik ve Hazro insanı, sistematik sahneyle tanışıyordu.

Görüldüğü gibi, çoğu ilk kez gerçek bir tiyatro olayıyla karşılaşan halkın, sistematik sahne karşısındaki tepkisi gerçekten ilginçti. İşte araştırılmaya, üstünde durulmaya değer bir konu dedim ve öğrencilerimden yardım istedim.

Dicle Üniversitesi Mühendislik-Mimarlık Fakültesi Mimarlık Bölümü Öğrencileri Aracılığıyla Diyarbakır'da Yapılan Tiyatro Soruşturması ve Sonuçları

D.Ü. Mimarlık Fakültesi öğrencileri, tiyatroyu seçmeli ders olarak okumaktadırlar. Bu derse katılan öğrencilerim aracılığıyla Diyarbakır'da çeşitli meslek gruplarından 500 kişiye, "Tiyatro deyince ne anlıyorsunuz?" sorusu yöneltilmiş ve yanıtlar olduğu gibi saptanarak, daha sonra sistematize edilmiş ve gruplanmıştır.

Bu soruşturma, 100 işçi, kapıcı, çaycı vs. 100 ev hanımı (çeşitli yaş ve kültürde), 100 ortaokul, lise ve üniversite öğrencisi, 100 ilkokul öğrencisi, 100 memur (orta ve yüksek tahsilli) olmak üzere, toplam 500 kişi arasında yapılmıştır.

Sonuçlar şöyledir:

100 işçiden 30'u, 100 ev hanımından 35'i, 100 ortaokul, lise ve üniversite öğrencisinden tamamı, 100 memurdan tamamı, 100 ilkokul öğrencisinden 28'i soruyu sanatsal açıdan almış ve olumlu tanım vermiştir.

Örneğin, bu yanıtlar arasında şunlar vardır:

"Tiyatro bir sanat, sahnede oynanan oyun, gerçeklerin anlatıldığı yer, günlük olayların sahneye aktarılması, insana ders veren sahne oyunu, hayatın aynası" gibi.

100 işçiden 38'i, 100 ev hanımından 40'ı, 100 ilkokul öğrencisinden 35'i sanat dışı bir tanımlama yapmışlar, ahlaksal açıdan olumsuz bir değer yargısı yüklemişler, bir işret-eğlence yeri olarak görmüşlerdir.

Örneğin: "Dansözlerin, şarkıcıların oynadığı yer, eğlence yeri, erkeklerin gidip içtiği eğlendiği yer, bana böyle günah şeyler sormayın" gibi.

100 işçiden 32'si, 100 ev hanımından 25'i, 100 ilkokul öğrencisinden 37'si, tiyatro konusunda bilgisizdir.

Örneğin, "Hiç bilmiyorum, hiç görmedim, duydum ama görmedim, ne olduğunu bilmiyorum" gibi yanıtlar vermişler.(1)

---

(1) Malatya, Elazığ, Urfa, Mardin gibi yakın illerden olan öğrencilerim aracılığıyla, bu illerde aynı sorularla yaptırdığım genel soruşturmadan alınan sonuçlar da bu sonuçlara oldukça yakındı.

Sonuç olarak:

Ortaokul, lise, üniversite öğrencileriyle, memurların yaklaşık tamamı, tiyatroyu bir sanat olayı olarak alıp, olumlu bilinçli bir tanımlama yaparken, bunların dışındaki toplam 300 kişiden oluşan sokaktaki adamın, ev hanımlarının ve henüz aile etkisinin, eğitiminin ağır bastığı ilkokul öğrencilerinin toplam 94'ü tiyatro konusunda bilgisizdir. 113'ü, sanat dışı bir tanımlama yapmışlar, ahlaksal açıdan olumsuz bir değer yargısı yüklemişlerdir. Toplam 93 kişi, bir sanat olayı olarak almış ve olumlu tanım vermiştir.

Öyleyse lise, üniversite öğrencilerini ve memurları bir kenara bırakıp, diğer 3 grubu göz önüne alırsak, sonuç hiç de iç açıcı değildir.

Dicle Üniversitesi Mühendislik-Mimarlık Fakültesi Mimarlık Bölümü Öğrencileri Aracılığıyla Diyarbakır'da Toplam Beş Yüz Kişi Arasında Yapılan Tiyatro Soruşturması ve Sonuçları

TANIM TÜRÜ	MESLEK GRUPLARI					
	İşçi (Odacı, çaycı, işçi)	Ev Hanımı	Orta, Lise, Üniversite Öğrencileri	İlkokul Öğrencileri	Memur (Orta ve Yük. Tah.)	Toplam
Sanatsal açıdan olumlu tanım	30	35	100	28	100	293
Sanat dışı tanım (Ahlaksal açıdan olumsuz yargılı)	38	40	-	35	-	113
Bilgisiz	32	25	-	37	-	94
Genel Toplam	100	100	100	100	100	500

Bu Araştırmadan ve İzlenimlerden Varılan Sonuçlar

Yazılı kültürle organik bağı olmayan halkın, sistematik sahne karşısındaki tavrı, yazıya çıkarılmış estetik soyutlama ile ilgilidir. Halk yazılı kültür olarak, İslami yazınla tanışmaktadır. Bu da ona okumuş aracılığı ile ulaşmaktadır. Demek ki yazı planında, halkın yalnız estetik soyutlama ile değil, genel olarak soyutlama işlemi ile ilişkisi dolaylıdır.

Böylesi soyutlama onda, evrenin ve insanın yaratılmış olduğu ve insanın yaratıcısına hesap vermek zorunda olduğu ilkesinin belirlediği çerçeve içinde, "verileni kabul etmek" şeklinde oluşmaktadır. Ama aynı halk, teknolojik soyutlamaya sahiptir. Bu onun üretim, korunma ve savunma uğraşlarını kapsar. Ayrıca, sosyolojik soyutlamaya da sahiptir. Bu da onun, isteklenişi ile birlikte, âdet ve törelerin güven altına aldığı insan ilişkilerini kapsar. Ondaki estetik soyutlama ise folklor ve sözlü edebiyat yoluyla gerçekleşmiştir.

Bu soyutlamalar düzeyinde tiyatroyu ilgilendiren, Diyarbakır ve çevresinde, "Yılın Dedesi" ve "Yılın Ninesi" veya "Yılbaşı Oyunu" adıyla, 12-18 yaş grubu erkek çocukları tarafından sergilenen, tanınmış bir halk seyirliği vardır. Yörede bu oyunun varyantları, "Dede ile Arap" adıyla düğünlerde, "Dişi ve Erkek" oyunu adıyla doğumlarda (Çüngüş), "Nine Oyunu", "Sofu Oyunu" adıyla diğer eğlencelerde (Silvan) oynanırken, bir başka varyantı da "Yılbaşı Oyunu" adıyla Diyarbakır merkezle diğer ilçe ve köylerinde oynanmaktadır.

Bu seyir genelinde şöyle sergilenir:

Yılbaşı gecesi her mahalleden çocuklar toplanır, içlerinden oyun yeteneği fazla olan birisi, yün veya pamuktan uzun, beyaz bir sakal takıp, başı sarıklı, beli kuşaklı bir ihtiyar kılığına girerek, "Yılın Dedesi" olur, aynı şekilde yine bir erkek çocuk da, yaşlı kadın kılığına girerek "Yılın Ninesi" olur. Bu çocuklar sırayla evleri dolaşırlar. Evlerin damına çıkarak bacadan aşağıya, yılın dedesi üç kere şu tekerlemeyi bağırır.

Ev sahibi,
Ev sahibi duydun mu?
Yılbaşımı veresin,
Küp üstüne gidesin,
Terlik pabuç giyesin,
Verirsen bir koç oğlan doğurasın,
Vermezsen it eniği doğurasın.

veya

"Vermezsen bir kız doğurasın" der.

Bu tekerlemenin ardından, yılın ninesi aşağıya bir torba sarkıtır. Ev sahibi bunun içine üzüm, pestil ve çeşitli meyvelerden oluşan yedi çeşit yiyecek koyar. Vermemek ayıp ve günah sayılır. Bunun üzerine damdan inip evin önünde toplanan çocuklar, özellikle taklide dayanan çeşitli gösterilerle ev sahiplerini eğlendirerek güldürmeyi amaçlarlar. Bu gösterinin en belirgin motifini, dedenin nineye çeşitli sözlerle ve davranışlarla kur yapması ve ninenin de ona, nazlanması oluşturur.

Toplanan yiyecekler bir evde çocuklar tarafından paylaşılarak hep beraber, yine çeşitli eğlenceler eşliğinde yenir.

Yöredeki bu tür seyirliklere kaynaklık eden, "Dede ile Arap" adlı halk seyirliği şöyledir:

"Bu oyun, bir kış yarısı merasimidir. Geceleyin yapılır, gezmekle başlar, her biri rol yapmak üzere seçilmiş ve kılık değiştirmiş olan üç şahısla, deve, tilki gibi hayvan kılıklarına girmiş kimselerden mürekkep bir kafile, köyün bütün delikanlılarını peşine takarak her evin kapısı önünde dura dura dolaşır. Deve ve tilki rollerini yapanlar bacaklarına boyunlarına, çıngıraklar ziller takmışlardır. Davul, zurna çalınır. Türlü şakalar ve kahkahalarla köy dolaşılır. Kapısının önünde durulan her evden yağ, bulgur, un, yumurta, şeker gibi yiyecek maddeleri toplanır, sonra hep birlikte bir eve gidilir. Toplanılan gıda maddeleri burada pişirilir. Bunlar pişinceye kadar, evin önünde meşalelerin ışığında türlü eğlenceler yapılır. Yemekler piştikten sonra da toplu olarak yenir.

Anadolu'da hâlâ yaşamakta olan bu âdet, en eski çağlarda, Orta Asya Türklerinin düzenledikleri dini şölenlerin devamından başka bir şey değildir.

Yemekler pişinceye kadar yapılan oyunlar dramatiktir. Mesela bunlardan bir tanesi, üç şahıs tarafından oynanan, bir şifahi halk piyesidir.

1- Arap: Yüzü, elleri isle siyaha boyanmış bir tip. Göğüs şişkin, sırtı kambur hale getirilmiştir. Başında koyun postundan yapılmış büyük bir başlık, elinde bir değnek veya bir tüfek bulunur.

2- Koca: Uzun bembeyaz sakallı ihtiyar kılığına girmiş bir adam. Başında beyaz, iri bir başlık, arkasında bir post vardır.

3- Gelin: Kılık değiştirmek suretiyle, bir erkek tarafından temsil edilen kadın tipi.

Bu üç şahıs ortaya gelirler. Deve ile tilki de meydandadır. Önce Arap, deveci olur. Gelin deveye biner, kocası yaya yürür.

Böylece yaylaya göç ederler. Arap yolda kadına sarkıntılık etmek ister. Bu yüzden ihtiyarla aralarında kavga çıkar. Kadın yerine göre, iki erkeği de idare ederek kavgayı bastırır. Fakat ihtiyar, Arabı kıskanmaya başlamıştır. Kavga tekrarlanır. Sonunda Arap, ihtiyarı öldürür. Kadın, ölen kocasının üstüne kapanarak acıklı ağıtlar, mersiyeler söyler.

Ölüm hadisesine kadar, türlü şakalarla geçen oyunun bu safhasında neşeli hareketler durur. Seyircilerde bir ıstırap başlar. Oyuna onlar da karışırlar. Kadınla birlikte ölünün ağzına yemişler doldurulur. Ölü, bunları yedikçe yavaş yavaş dirilmeye başlar. Bu, yeniden hayata dönmenin uyandırdığı sevinç ve heyecan içinde musiki ve raks başlar. Eğlenti devam eder. Kimi köylerde bu oyun, bir uğur ve bereket töreni olarak görülür." (Memet Fuat, *Tiyatro Tarihi*, Varlık Yayınları 1970, s. 306.)

Bu "Yılbaşı Oyunlarının" bu "Arap ile Dedelerin" bizdeki geçmişini, İmparatorluğun kuruluş yıllarındaki, bazı olayları oynayarak canlandıran güldürücüler ve taklitçiler anlamındaki, "Muhdik"lerle "Mukallid"lerde, daha sonraki yüzyıllarda ise, "Curcunacı"larla, "Kol Oyuncuları"nda aramak gerekir.

Dünya tiyatro tarihi içinde daha da gerilere gitmek gerekirse, bu geçmişi, içindeki ölüp yeniden dirilme motifi nedeniyle, Eski Yunan'daki "Diyonisos" törenlerinde ve insan oğlundaki ölümsüz oynama isteği ile oynayanları seyretme isteğinde aramalıdır kuşkusuz.

Bizim sözünü ettiğimiz, "Arap ile Dede" oyunundaki, yüzünü kömürle boyayan "Arapla", Padişah II. Mahmut döneminde adı belirlenen orta oyununun başlangıcında, ortaya köçeklerden sonra çıkıp insanları güldürmek için yüzünü kahve telvesiyle boyayan, "Tiryaki" arasındaki benzerlik öyle sıradan bir rastlantı olmasa gerek. Yöredeki bu seyirliklerin tarihi, elbetteki çok eskilere dayanıyor. Yoksa öyle durup dururken, birdenbire ortaya çıkıvermeleri söz konusu olamaz.

Örneğin Vehbi'nin *Surname*'sinde, 18. yüzyıldaki bir sünnet düğünü anlatılırken, adına "Curcunacı" denen, oyuncu gruplarının gösterileri şöyle anlatılır: "O ecinni suratlı, tuhaf görünüşlü, neşe dağıtmakta ihtisas sahibi şahıslar, curcuna denilir maskaralık oyunu ile ortaya ferahlıklar saçtılar. Sadr-ı Âzamın bulunduğu çadırın önünü, herkesi güldürmek suretiyle, neşe ve kahkaha bahçesine çevirdiler." (Memet Fuat, *Tiyatro Tarihi,* Varlık Yayınları 1970, s. 313)

Bu curcuna ile kol oyunu saraya girmeden önce, halk arasında yayılmış, benimsenmiş eğlencelerdi.

Görüldüğü gibi halkımız yüzyıllardır, seyirliğin yabancısı değil. Öyleyse, yörede hâlâ geçerliliğini koruyan, bu ve bunun gibi halk seyirlikleri yöre insanının sistematik sahne karşısındaki tavrında belirleyici bir rol oynamalıdır. Fakat, bu iki görsel sahne olayı arasındaki bağlantıyı sağlıklı kurmasına yardımcı olmak gerekir.

Halkın bu çok iyi bildiği seyirlik oyunlarla tiyatro kavramı arasında sağlıklı bir ilgi kuramayışı, tiyatro konusunda düştüğü kavram kargaşasının başlıca nedenidir. O, seyirliğe olmasa da, dramatik tiyatroya yabancıdır. Çünkü, İslama göre yaratılmış dünyayı, yaratılmış insana, yaratan teslim etmiştir. İnsan, yeryüzünün efendisidir. İnsanın, yaratıcısına karşı hesap verme zoru tamamen, yorumsuzca, bakir olarak ve aracısız, yani bir günah çıkartılan olmadan, insanın kendisine teslim edilmiş bu dünyadaki davranış özgürlüğünün karşılığı olarak konmuştur. Böyle olunca da insanımız, ontolojiyle fazla uğraşmamıştır. Bu nedenle halkın bilinci büyük ölçüde metafiziğe kapalıdır. Yine bu nedenle, büyük ölçüde metafiziğe dayalı dramatik tiyatro estetiğinin girişimleri, halkta yanıt bulamamaktadır. Deneyler gösterdi, gösteriyor, dramatik estetik, halkın sosyolojik soyutlama yatkınlığına ulaşamadığı gibi, onun estetik soyutlama yatkınlığı ile de tam bir uyum kuramamaktadır.

Ayrıca burada halkın algısını bulandıran, on yıllarca sahnenin vulgar sazende ve hanendelerce tiyatro adı altında işgal edilmiş olması ve on yıllarca, sistematik sahne adına halkta işret ve çıplak kadın imajının yaratılmış olmasıdır. Bunun ise bilindiği gibi, tiyatro tarihi ile bir ilgisi yoktur. Oyuna karşı takınılan ve olumsuzca ortaya çıkan ilk tepki buradan geliyor. Aslında halk, seyirliğe ulaşamıyor değil, tiyatro denince seyirlik dışı bir şey bekliyor.

Gözlemlerim bölümünde söz ettiğim, yönetmenin yapmak zorunda kaldığı açıklamanın bir fakülte öğretim elemanından gelmesi, halkın İslami kültürü çerçevesinde karşılığını buluyor. Şöyle ki, bir hocadan bir öğreticiden, bir hakikati bilen ve anlatabilenden neyin beklenip neyin beklenemeyeceği, o andaki sahnede olup bitenden, neyin beklenip neyin beklenemeyeceğini belirliyor.

Bundan sonrası ilginçtir. Halk artık bir tür seyirlikle karşı karşıya olduğunu biliyor. Fakat eğer oyun, salt dramatik tiyatro estetiği içinde kalmış olsaydı, halk onu derin bir sessizlikle, bilmediği, kendi işi olmayan şeye duyduğu saygıyı içeren bir sessizlikle seyredip salondan öylece çıkacaktı. Bu bilmediği, onun gözünde okumuşun bildiği, kendisinin bilmediği şeydir. Halkta "Bilinemezcilik" yoktur. Kendi bilmediği vardır. Dünyada her işin bir sahibi vardır. Kendisinin işi olmayan şeyler vardır. Onun, o ilçelerde oyuna karışması, ama bu defa düzeyli olarak karışması, oyunun gerçekleşmesinde epik öğelerin ağır bastığını göstermektedir.

Büyük ölçüde metafiziğe kapalı bilinci, dramatik olanı bilmedikleri arasına koyacaktı, ama oyunun mevcut hali karşısında olan şudur:

Halkın sosyolojik soyutlamaya sahip bilinci, kendi gerçeği olan günlük hayatın ilişkilerine dayanarak, sahnede seyrettiği insan ilişkilerine karışma olanağını ona veriyor.

Yani o, hemen oracıkta, bir horon seyreder gibi oracıkta, kendi hayatına ait saydığı bir ilişkiler sürecini üretmeyi, sevmeyi ve savaşmayı tartışmaktadır. Çünkü insan ilişkilerinin gerçeklikteki kimliğini öne çıkarmayı ihmal etmeyen çağdaş tiyatro, halkın kendi hayatını algılayış tarzına denk düşüyor.

Tiyatro tarihi sürecinde, o ilçelerdeki o geceler, epik tiyatro estetiğine varır.

Dramatik bir oyun seyretmiş olsaydı, salondan çıkınca olup biteni unutacak ve onda, bir gece kendisine bir yerde bir şeyler gösterildiği izlenimi kalacaktı. Ama o, epik öğelerin ağır bastığı bir oyun seyrettiği için oralı öğrencilerimden daha sonra öğrendiğime göre, oyundan sonraki günlerde de sahnede olup biteni tartışmayı sürdürmüştür.

Yani sonuç olarak, çağını yaşayan bir halk, çağdaş bir oyun seyretmiştir...

- 4 -

"DİYARBAKIR - BİSMİL - KAZANCI KÖYÜ'NDE DÜĞÜN GELENEKLERİ, BERDEL OLAYI VE GÜNÜMÜZ TÜRK EDEBİYATINA YANSIMALARI"

(7-9 Mayıs 1987 Eskişehir "III. Uluslararası Türk Halk Edebiyatı Semineri"nde bildiri olarak sunulmuştur.)

KAZANCI KÖYÜ'NÜN TARİHİ, COĞRAFYASI VE SOSYO-EKONOMİK YAPISI HAKKINDA GENEL BİLGİLER

Diyarbakır'a yaklaşık olarak 60 km. uzaklıktaki Kazancı Köyü'nü yerleşim birimi olarak seçen ilk topluluk, 1700'lü yıllarda Suriye taraflarından gelerek buraya yerleşen "Kikan" aşiretidir.

1889-1890 yıllarında, II. Abdülhamit, Doğu Anadolu'daki aşiretleri disipline etmek amacıyla, "Hamidiye Süvari Alayları" adıyla teşkilatlandırarak, aşiret reislerine maaş bağlamış, nişan ve rütbe vererek bu aşiretlere komutan yapmıştır. Fakat bu Hamidiye Alayları ve başlarındaki "Paşa" rütbeli reisleri düzeni koruyacakları yerde, bölgede talanlar yaparak zulüm ve zorbalıklara neden olmuşlardır. (1)

Bu arada Urfa-Viranşehir ilçesindeki Milli Aşireti Reisi Berho (Berkho) Ağa da İbrahim Paşa unvanıyla ve Mirliva (Tuğgeneral) rütbesiyle "Hamidiye Hafif Süvari 41. Alayı'nın" başına getirilmiş, Hüseyne Kanco (Hüseyin Efendi) ise yüzbaşı rütbesiyle bu alayın sancaktarı olmuştur.(2)

Berho Ağa İbrahim Paşa olunca, yöredeki obaları, köyleri talan etmeye başlamıştır. Zulmü dayanılmaz olunca, padişahın dikka-

(1) *Sait Paşa'nın Hatıratı*, C. II, s. 272.
(2) *1905 Tarihli Diyarbakır Vilayeti Salnamesi*, s. 95.

tini bu soruna çekmek isteyen Diyarbakır eşrafı, Ziya Gökalp'ın yol göstermesiyle Diyarbakır telgrafhanesini işgal ederek, Avrupa ile Hindistan, Çin, Avustralya arasındaki haberleşmeyi kesmişlerdir. (O zamanlar İngiltere'nin, Osmanlı padişahından aldığı özel izinle, Diyarbakır telgrafhanesinde Avrupa ile Çin, Hindistan, Avustralya arasında, Fransızca haberleşmeyi sağlayan memurlar bulunurdu.) (1)

Bu işgalin on bir gün sürmesi ve haberleşmenin de on bir gün süreyle kesilmesi, Avrupa devletlerinin, Babıâli'yi sıkıştırmasına yol açar. İstanbul'dan işgal nedeninin sorulması üzerine Ziya Gökalp "Sergerde İbrahim'in talanlarına son verilmesini" ister.

İstanbul hemen, İbrahim Paşa'yı 41. Hamidiye Alayı'yla beraber, önce Halep'e sonra da Şam'ın güneyindeki Maan bölgesine görevli olarak gönderir ama, İbrahim Paşa'nın gidişi ile iş bitmez. Bu kez de, arkasında bıraktığı yardımcısı Hüseyne Kanco, Mardin'in Derik ilçesine bağlı Atlı (Kasırkanco) Köyü'nde, Kasre Kanco denilen savunma tertibatlı köşküne yerleşerek talanları sürdürür. Hâlâ Diyarbakır, Mardin ve çevresinde kadınlar, çocuklarına kızdıkları zaman "Hüseyne Kanco'nun topu değe inşallah," diye beddua ederler.

İşte bu talanlara karşı birleşerek aynı yerde yaşama gereği duyan, Diyarbakır çevresindeki Kazancı, Mendelli, Aktepe, Kikan Aşiretleri bir araya gelerek bu köyü kurarlar. Daha sonraları Manisa (Saruhan) çevresinden gelip buraya yerleşenler de olmuştur. İlk adı Haciya Kikan olan köy sonra Kürt Hacı, daha sonra da Kazancı adını alır.

---

(1) Ziya Gökalp, *Şaki İbrahim Destanı ve Bir Kitapta Toplanmamış Şiirler*, s. 16.

Kazancı Köyü yer yer dalgalı düzlükler arasında, az engebeli bir yapı üstüne kurulmuştur. Bağlı olduğu Bismil ilçesinin batısına düşer. Diyarbakır Havzası'nın, karakteristik iklim özelliklerini yansıtır. Deniz seviyesinden ortalama 600-650 m. yükselti gösteren köyde, yazlar oldukça sıcak ve kurak geçer. Temmuz ayının sıcaklık ortalaması 30°C üstündedir. 52 yıllık ölçümlere göre, ocak ayının sıcaklık ortalaması ise hiçbir zaman, 0 derecenin altına düşmemiştir. Genellikle 3-4 derecedir. Yağışın çoğunluğu, baharın ilk aylarında görülür. Yaz ve güz oldukça kurak geçer. Bu nedenle Kazancı Köyü'nde sulu tarım yapılamamaktadır. Buğday, arpa, mercimek tarımının yanı sıra, hayvancılık yapılır. Çevre zengin bir bitki örtüsünden, ormandan ve doğal meralardan yoksundur. Bu nedenle de daha çok koyun beslenir ve kümes hayvancılığı yapılır. Bismil'e uzaklığı 10 km'dir ve stabilize bir yolla bağlıdır. Ulaşım yaz kış kesilmez. Çevredeki diğer köylerde olduğu gibi, Kazancı'nın da yaklaşık 500 metre güneyinde yığma bir höyük vardır. Bu höyükler, eskiden üstlerinde ateş yakılarak talanları birbirlerine haber vermek için köylüler tarafından yapılmıştır.

1985 nüfus sayımına göre köyün nüfusu 1477'dir. Evler kerpiç olup toprak damlıdır. Altı öğretmenli bir ilkokulu vardır. Elektriğe ve içme suyuna sahiptir. Bir elektrikli un değirmeni, bir marangozu, bir elektrikçisi, bir kaynakçısı ve üç bakkalı vardır. Köyün topraklarının çoğunluğu tek bir ağanın değil, köylünün kendisinindir. Köylü, köyün gelişmesini biraz da buna bağlamaktadır. Sağlık ocaklarının olmayışından da çok yakınmaktadırlar.

Şimdi de size, tarihini, coğrafyasını ve sosyoekonomik yapısını kısaca özetlemeye çalıştığım Kazancı Köyü'nün kız isteme, söz kesimi, nişan, nikâh, düğün törenlerinden, bu konulardaki gelenek ve göreneklerinden söz etmek, bu geleneklerin günümüz Türk edebiyatına nasıl yansıdığını örnekleriyle göstermek istiyorum.

Söz Kesimi

Diyarbakır'ın Bismil ilçesinin Kazancı Köyü'nde bağda bahçede, beride biçinde, hep beraber çalışan köyün genç kızları ve delikanlıları, evlenecekleri eşlerini çoğunlukla kendileri seçerler ve anlaşarak evlenirler. Bu seçim ailelerce çok doğal karşılanır ve asla bir kınama nedeni sayılmaz.

Köy insanının sağduyuya ve hoşgörüye dayanan bu özelliğini, her yılın altı ayını bu köydeki evinde geçiren, tarlalarını ekip kaldıran, köylülerle içli dışlı yaşayan ve onları çok yakından tanıyan günümüz kadın yazarlarından Diyarbakırlı yazar Esma Ocak, genellikle gözleme dayanan öykülerinden, *Berdel* adlı kitabındaki "Hepiniz Kaçın" öyküsünde şöyle işliyor:

"... köyden beri iki delikanlı geliyordu arkamızdan. Bir ara dönüp baktım, hâlâ izliyorlar.

— Bu delikanlılar da, beri (1) dediğiniz yerde görevli mi, diye sordum. Önde yürüyen iki genç kızı gösterip tümü birden:

— Yok hanım ne görevleri olsun, bu kızların sevgilileridir, dediler.

— Yaaa, dedim, bu gibi şeyler sizde ayıp, yahut yasak değil mi?

Hep bir ağızdan,

— Yooo, dediler, niye ayıp olsun. Bu oğlanlar beri saatini hiç kaçırmazlar. Hem gelmeseler, kızlar küser alınırlar.

Şaşmamı yadırgayanların güleç yüzlüsü, kurnaz bir bakışla yüzüme bakıp,

— Senden bir şey soracağım hanım, dedi. Çocuklarının başı için doğru söyle, sen beyi severek mi aldın, anan baban mı verdi?

---

(1) Koyun sağımı.

— Anam babam verdi, dedim.

— Ondaaan dedi. Rengin böyle kaçıktır, zayıfsın.

Çıngıl çıngıl kahkahaları, yaklaştığımız sürülerin meleyişlerine karışırken, ikindi güneşinde şavkıyan yüzlerine bakakaldım.

Köye döndüğümde akşamdı, ama içimi şeytan dürttü. Çardağın yanındaki alçak damdan, tahta merdivenlerle, az önce beride peşine oğlan takılan kızın evine indim.

Annesi beni görünce koştu, içerden ipli kürsü ile bir minder getirdi.

— Hoş geldin, safalar getirdin, başıma basa basa geldin şehirli hanımım. Otur hele dedi. Önüme çömeldi. Biraz sohbet ettik. Kadını üzmek istemiyordum, ama fikrini öğrenmek için utana sıkıla,

— Bacı kızın güzel hem de becerikli maşallah. Beride gördüm. Hoşuma gitti. Ama haberin olsun, peşinden gidenler var, elinden tez kapacaklar, dedim.

Aldırmazlık taşıyan bir sesle,

— Vaaar, haberim var, olmaz olur mu hiç, dedi.

— Yaaa.

— Kızım da az değil haaa. Kancığın aklı fikri oğlanda hep.

Hayretle yüzüne bakıp,

— İyi bacı kızmıyorsun, dedim.

Yüzünün rüzgâr güneş yemiş esmerliği tatlılaştı.

— Vıııy hanım... Toprak başıma niye kızayım? Kız gönülsüz olur mu hiç? Elbet sevecek. Sevecek ki, iş görmeye içinde heves ola. Beriye biçine, suya sele, çöle çöpe gidebile. Biz de gençken sevmedik mi? Sizlerde de yok mu bu işler?

— Var olmasına bizde de var ama, böyle açıkçası yoktur. Büyükler, ille de analar babalar, duydular mı çok öfkelenirler. Böyle şeyleri ayıp sayarız. Kızlarla oğlanlar arasında gizli saklı olur.

— Eeee ne çıktı bu işten. Sizinki daha bir beter değil mi? Bari bilirim de gözüm üstlerinde olur..." (E. Ocak, *Berdel,* Ank. 1981, s. 59-60)

Kızla oğlanın anlaşması dışında yapılan evlilikler ya berdeldir ya da çeşitli nedenlerle zorla gerçekleştirilen evliliklerdir.

Yörede "Berdel" töresi şöyledir:

Oğlan evinin, kız evine verecek başlık parası yoksa, karşılık olarak kendi yetişmiş kızlarından birini, kız evindeki erkeklerden birine verir. Bu erkek evin oğlu da olabilir, babası da olabilir. Yani baba kendi kızını yoksul bir evin oğluna verip, başlık parası yerine de o evin kızını, varsa kendi oğluna gelin olarak alabildiği gibi, oğlu yoksa kendisine ikinci bir eş olarak alabilir. Bu olaya "Berdel" denir. Berdelde verilecek ve alınacak kız, aynı zamanda yapılan bir düğünle aynı gün içinde gelin olurlar. Şöyle ki: İki gelin önceden kararlaştırılan gün ve saatte hazırlanır, süslü atlara bindirilip davul zurnalarla yola çıkarılırlar. Gelin alaylarının karşılaştıkları yerde, gelinler atlarını değiştirip öpüşürler. Birinin geldiği yöne öteki gider. Yani bir çeşit kız takasıdır. Fakat, berdel edilen kız, çoğunlukla zorla verildiği için mutsuzdur.

E. Ocak'ın ilk öykü kitabına ad olan bu berdel olayı, yine "Berdel" adlı öyküde şöyle yer alıyor.

Yedi kız doğuran Fesla'nın kocası bir oğlan doğuramadığı suçlamasıyla üstüne evlenmeye kalkmıştır. Başlık parası yerine de kızı Delal'i vermeyi düşünür.

"Ömer, karısına doğru eğilip,

— Helbet evleneceğim, dedi.

Fesla:

— Ya başlık, diye sordu.

— Delal.

— Ne dedin?

— Delal dedim.

— Ne Delal'i?

— Berdel berdel.

— Aman vicdanın batsın herif. Kızımı verip üstüme kuma getireceksin he mi?

— He ya, oğlan doğuramayan karının hakkıdır bu, kör ocak mı kalayım.

....

Fesla dışarıya kızına seslendi:

— Delaaal Delaaal.

Kız koşarak geldi.

— Ne var ana.

— Baban seni kendine berdel edesiymiş.

— Ne edesiymiş?

— Berdel berdel. Başlık yerine seni birilerine verip, onun kızını yahut bacısını kendisine alasıymış.

Kızın gözleri, bir yaban kedisinin gözleri gibi vahşileşti, büyüdü. Yere çökerken,

— Vuşş anaaa, olur mu hiç öyle şey.

— Olur, ana kurban olur. Vicdan olmayan yerde her bir şey olur. Ama kimle berdel edecek, seni kime verecek ki yeni karısını almak için.

— Beni nasıl verir ana. Gebersin üçü de alacağı da vereceği de kendi de. Beni nasıl verir.

— Verir verir oğul, babandır. Dua edelim de iyi biri ola seni vereceği.

— Ya getireceği karı?

— O da iyi ola inşallah geçine bizimlen. Kaderimdir yavrum kaderim.

....

Ana kız yaşamlarına girecek olan bilmedikleri o iki yabancıdan tiksinerek kıstırıldıkları kapanda acıyla umarsızlıkla tek kelime daha edemeden baktılar birbirlerine." (Berdel, s. 27- 28)

Bu evlilikten yıllar sonra, berdel edilen gelinlerden birisi herhangi bir anlaşmazlık nedeniyle baba evine geri dönerse, töreye göre berdel bozulur. Karşı taraf da kızlarını geri ister ve alıp götürürler. Fakat, çoğu zaman da çoluk çocuğa karıştığı için gelin geri gitmek istemez. Bu durumda bir miktar başlık ödenerek aileler aralarında anlaşabilirler.

Bu berdel olayının bozulmasını, yine günümüz kadın yazarlarından Lütfiye Aydın *İkili Yalnızlık* adlı öykü kitabındaki "Çamur Çiçekleri" adlı öyküsünde şöyle işliyor.

"Bohçacı karılardan biri anlatmıştı. Leyli'nin ilk kocasıyla hiç hırı gürü yokmuş. "Değişik" olmasaymış, ne yuvasından, ne yavrusundan ayrılacakmış. Bura köylülerinin batası bir âdeti varmış. Özellikle başlık yerine bir başka kız verirlermiş. "Al gülümü, ver gülünü" der gibi.

Bunların da aslı köylüymüş. Leyli'yi eski görümcesiyle "değişik" etmişler. Gelgelelim, kardeşiyle görümcesi geçinememişler. Her gün tatsızlık, kavga... Boyu devrilesi oğlan huysuzmuş çünkü. Eli bıçaklı, ağzı küfürlü bıçkının tekiymiş. Kız dayanamayıp gitmiş baba evine. Beriki durur mu bacımı vereceksiniz diye tutturmuş. Törelere göre haklıymış da. Etme inileme bacın rahat onun yuvasını yıkma demişler ama, dinletememişler. Öküz öldü ortaklık bozuldu hesabı alıp gelmişler Leyli'yi. Sonra bu adama vermişler.

Ne anam inandı bu öyküye, ne anlattığı konu komşu..." (Lütfiye Aydın, *İkili Yalnızlık*, Ank. 1985, s. 20 - 21)

Yine ekonomik nedenlerle, yoksul bir evin kızının yüklü bir para karşılığında zorla istemediği bir adama satıldığı da olur. Kız elbetteki yine çok mutsuzdur. Bu konuda da şöyle bir gözlemimi anlatmak istiyorum. Bir hafta sonunu geçirmek üzere, yazar dostumun Kazancı Köyü'ndeki evine gittiğimde onun yoksul komşusunun, 18 yaşındaki kızı Hazal'ı güzel giysiler ve boğazında altınlarla, son derece üzgün evlerinin önünde otururken görüp ne olduğunu sordum. Kızın anası, oğlana düğün yapacaklarını başlık parası denkleştiremediklerini, o nedenle Hazal'ı Çınar ilçesindeki yetmiş yaşında bir zengine yüksek bir fiyatla zorla sattıklarını söyleyince, Hazal ağlamaya başlayarak, "Ana beni o adama zorla verip de para alacağınıza, nasıl olsa arabasıyla bu köyden sık sık geçiyordu. Önüne iteleseydiniz, ölseydim de kan parası alsaydınız, benim için daha iyi olurdu," dedi. (Birisi kaza sonucu bir insanı öldürürse, ölenin ailesi ile pazarlığa oturup yüklüce bir para öder ve konu resmi makamlara yansımadan kapatılırsa buna "kan parası" denir.)

Görüldüğü gibi yörede erkek çocukların belirgin bir üstünlüğü vardır ve kız çocuklar, oğlanlar için harcanmaya daima hazırdır.

Yine bu konu "Çöp Gelin" adlı öyküde şöyle işlenir.

Yoksul Veli yedi nüfusuyla köyde aç açık kalınca oturup karısıyla durumlarına bir çözüm ararlar. Veli'nin başka bir köyde oturan hali vakti yerinde bir akrabasından yardım isterler. Akrabaları evlerine gelip durumlarını görür. Bundan ötesini öyküden izleyelim:

"Bizim köye gel de konuşalım," dedi giderken. Karı koca, bu geliş gidişe hiçbir anlam veremediler. İki gün sonra gittiğinde konuyu amcaoğlu açtı.

— Veli geldim, durumunuzu gördüm. Karın, kadın hanım temiz pak. Hoşuma gitti. Sana bir önerim var. Benim Recep'i gördün. On yedisinde becerikli, yakışıklı bir oğlandır. Senin kızı kendisine almayı düşündüm, ne dersin, diye sordu.

— Kızımı mı?

— He kızını.

— Yanlış görmüş olmayasın. O daha on ikisindedir. Akşama kadar bebek oynar, evcilik oynar emmioğlu.

— Yoook doğru gördüm. Hem "şimdi evlendir" diyen kim. Sana yardım olsun diye başlığını şimdi veririm. İki üç yıl sonra da düğünlerini yaparım. Ama bir şartım var, başlığı verdim mi kız benim oldu, evime gelecek.

Veli bel bel yüzüne baktı.

— Hiç olacak gibi gelmedi bana bu iş. Adam alaya alır gibi gülümseyip,

— Sanki köylü değilsin de, böyle bir anlaşmayı ilk ikimiz yapmak istemişiz gibi davranma ha Veli. Ama gine de sen bilirsin." (*Berdel,* Çöp Gelin, s. 12-13).

Sonunda razı olmak zorunda kalırlar. On iki yaşındaki Sariye, bezden yapılma oyuncak bebeklerini de alarak, otuz bin lira karşılığında satıldığı akrabalarının evine gider.

Bu zorla satılmalara, özellikle kız yetişkinse ve sevdiği bir oğlan varsa, anaları karşı çıkar. Bunu da "Ferice" adlı öyküde açıkça görebiliriz.

"Ayşan'la Veysel'in aşkı, kem gözlerden uzak bir aşktı. Ama (Ayşan'ın anası) Ferice, kendilerini kaç kez göz göze gelirken yakalamış, aşkı tanıyanlarda olduğu ve aynı kadın soyundan geldiği için de, içi yalp yalp yanan ışıklarla dolmuştu. Fakat olaylar başka türlü gelişti. Bir gün (Ferice'nin kocası) Ferhan atına binip başka bir köye gitti ve iki gün sonra da kendilerini altüst eden, öylesine beyinlerinden vuran bir haberle döndü ki, Ferice çıldırmışçasına yerinden fırlayıp, kocasının havaya kalkmış seyrek saçlarını çekiştirmeye, yüzüne tükürük üstüne tükürük atmaya başladı. Kocası, (kızları) Ayşan'ı Ömeran Köyü'ndeki bir ağanın on dört yaşındaki oğluna vermiş, yüz bin lira başlığı da cebine koyarak işini sağlama bağlamıştı. Ferice Ferhan'dan korkmazdı ama, işe güçlü bir ağa karışınca umutsuzluğa düştü.

— Gözün kör olsun herif. Hısım kazandıracağına hasım kazandıracaksın bize. Bana oyun oynadın ama ben o oyunun içine laneti koymazsam adım da Ferice olmasın" (Esma Ocak, *Kırklardağı'nın Düzü,* Ank. 1982, s. 53)

Bu zorlamaların dışında genellikle kızla oğlan aralarında anlaşarak, evlenmeye önceden kendileri karar verirler. Anlaştıktan sonra oğlan konuyu anasına açar. Ana da babaya iletir. Babanın ilk tepkisi, "Oğlan kızla kesin anlaştıysa isteyelim, yoksa geri çevrilip de rüsva olmayalım," olur. Ana ve baba da durumu uygun bulursa, oğlanın anası gidip, kızın anasına konuyu açar. Kız anası, "Ben kocamla konuşup birkaç gün içinde size haber göndereyim," der. Önce kızına sorar. Eğer kız, "Siz bilirsiniz beni köpeğe de verseniz giderim," derse gönlü var demektir. "Yok ben evlenmek istemiyorum," derse gönlü yoktur. Kızın anası oluru aldıktan sonra, bu konuşmadan hiç söz etmeden ilk kez kendisine açıyormuş gibi, konuyu babaya iletir. Önce kıza sorulduğu babadan gizlenir. Çünkü görünüşte ilk kararı baba vermiş olacak ve böylece ataerkil gücünü bir kez daha kanıtlayacaktır. (Aslında burada oynanan bir tür seyirlik oyundur. Çünkü, tüm köylü bu işlerin özünde nasıl bir yol izlediğini çok iyi bilmektedir.) Baba uygun bulursa "kızına da sor" der. (Çünkü kız daima ananındır.) Ana baba ve kız arasında olumlu sonuca varıldıktan sonra oğlan evine haber iletilir. Oğlanın anası kızın anasına tekrar giderek, "Kocana sor bakalım bizim yükümüz ne kadardır," der. Yani ne kadar başlık parası ve altın istediklerini sorar. Kız tarafı isteyeceklerini isterler, fakat dışarıya karşı bu daima, iki misli söylenir. Örneğin, aslında başlık parası iki yüz bin liraya anlaşılmışsa, dışarıya karşı dört yüz bin lira olduğu söylenir.

Çünkü başlık parası, kız evi için yalnızca ekonomik bir güvence değil, aynı zamanda miktarının fazla olmasıyla da büyük bir onur kaynağıdır.

Bu olay da "Hepiniz Kaçın" adlı öyküde şöyle işlenir:

"...kız bir eve sermayedir de. Gözümüz onun başlığına bakar ki, beş altı koyun, yahut bir iki sağılı inek alıp da bu perişanlıktan kurtulalım.

Boşuna mı besleyip büyüttük. Kız gitti mi her işi bana kalacak. Beriye bile ben gideceğim bu yaşlı halimle. Evimin direğini nasıl damımdan çekip elin damına destek vururum parasız pulsuz. Hem bu yörenin halkı başına bir iş geldi de beleş verdiler derler. Hem de ucuz malın deri-değeri olmaz. Gül gibi güzel, arı gibi çalışkan kızı, belaş-alaş vermek olur mu hanım. Söz söze değende.

— Git kız, kırk parasız aldık yahut, şuncaya aldık seni etmezdin ki zaten derler. Sonradan da başlık parası yığar, üstüne kuma getirirler. Gelen de,

— Hey buraya bak buraya. Ben kırk bine gittim. Ya sen kaça gittin onu söyle diye içine ağıtlar akıtır." (*Berdel*, s. 61)

Bu başlık parasından köyün genç kızları da oğlanları da genellikle çok şikâyetçiler. Bazıları ise başlıktan kurtulmak için anlaşıp kızı kaçırıyorlar. Bu konu da yine "Hepiniz Kaçın" adlı öyküde şöyle geçer:

"— Hanım, dedi. Bizim köydeki kızların çoğu kaçar. Çünkü babalarımız, analarımız çok başlık parası isterler, herifler de veremezler. Vermesine verirler ama yatak, kilim, davar, nafaka ne varsa hepsini satıp da verirler. Babalarımız analarımız o paralarla zengin olur, biz gider, o çıplak evde sekiz on sene rezillik çekeriz. Belimizi doğrultmak için, gece gündüz it gibi çalışırız. Yavaş yavaş işimiz düzelir, ama o zaman da ihtiyar oluruz.

— Peki kaçınca ne olur?

— Kaçınca, babalarımızın başı başaşağı olduğundan, istedikleri başlığın yarısına razı olurlar. Hiç olmazsa evimiz olanda az rezillik çekeriz, ne yapalım.

....

— İçinizden kocaya kaçmış olan var mı, diye sordum.

Beş kadından ikisi, biz dediler. Kaçanlardan biri ceylan gibi gözlerini devirerek:

— Hanım, dedi, köy dediğin ne ki. Avuç içi kadar yer. Erkeklerle beraberiz hep. Ateşle pamuk. Sevdik mi birbirimizi, gözümüz bir şeyleri görmez, isteriz ki kavuşalım sevgilimize. Ha bu dinsiz imansız analarımız başlık da başlık diye tuttururlar. Eeee bu gönüldür. Söz desen de dinlemez ki, bir yolunu bulur kaçarız. Ben hoşnudum halimden. Ohhhh iyi ki kaçtım. Hiç olmazsa kara inekle, üç sağılı keçi bana kaldı. Kaçmasaydım, onlar da gitmişti. Ne süt, ne yağ, ne de yoğurt yiyebilirdik, deyince kahkahalarla gülenlere, bütün kalbimle katılıp,

— Çok iyi, çok iyi madem öyle hepiniz kaçın, dedim.

İçlerinde biri;

— Hanım dedi, babası, kardeşi, akrabası zalim olan kız kaçamaz. Bu işin ucunda ölüm de var. Yoksa kaçmayı hepimiz biliriz..." (*Berdel*, s. 63- 64)

Başlık parasında anlaştıktan sonra, düğünde geline alınacak ev eşyaları, giysiler ve takılacak altınlar konusunda da sıkı bir pazarlık yapılır. Altınlar çoğunlukla bilezik, gerdanlık türünden değil, Cumhuriyet ve Reşat altını türünden alınır. Çünkü, yeni ev kurulduktan sonra her an bunlar satılarak geçim kaynağına dönüştürülebilecektir. Bu nedenle, satılırken değer yitirmeyecek şekilde olması gerekir. Bu konuda da anlaşıldıktan sonra, sıra artık açıkça kızı isteyip söz kesmeye kalmıştır. Kız evi hazırlanıp, akraba ve yakın komşularını toplar. Oğlanın ailesi de akrabalarını, yakın komşularını ve köyün imamını alarak kız istemeye giderler. Oğlan evinin en yaşlısı veya babası, konuyu açarak, "Allah'ın emri, Peygamber'in kavli ile" kızı ister. Kız tarafı olur deyince oğlan evi, "yükümüz ne kadardır" diye sorar. Önceden anlaşılan fiyat söylenir. Fatiha okunur ve iyi dileklerde bulunulur. Bu olaya, evet deme anlamında "Herikirin" denmektedir. "Herikirin" olayını sağlama bağlamak için oğlan tarafı, kararlaştırılan başlığın bir miktarını kapora olarak kız evine bırakır. Buna "He demelik" denir. Artık herikirinden dönülmez. Dönülürse kan çıkar.

Sıra nişana gelmiştir. Nişan, kız evinde yapılır. İki gece sürer. Çünkü kadınlar ve erkekler, nişan törenine aynı anda katılmazlar. İlk gece erkekler, ikinci gece de kadınlar nişan yaparlar.

Nişana katılacak erkekler, kız evine gitmeden önce oğlan evinde toplanarak, nişanda ortaya atılacak paranın en yüksek miktarını saptarlar. Örneğin o gece en yüksek miktar, on bin lira olarak kararlaştırılmışsa, hiç kimse ondan fazlasını ortaya atamaz. Ama daha azını atabilir. Fazla atan olursa, diğerlerinin onuru kırılacağından ona kızarlar. Kimi zaman bu kızgınlık şiddete de dönüşebilir.

Erkekler, kız evinde toplandıktan sonra, bir süre davul zurna eşliğinde oynanır, eğlenilir. Daha sonra, ortaya nakışlı bir bohça serilir. Herkes, önceden belirlenen miktardan fazla olmamak koşuluyla, ortaya para atar. Sonra bohça toplanıp düğümlenerek kızın erkek kardeşine teslim edilir. Bu para kızın hakkıdır, ona gönderilir. Erkeklerin yaptığı bu törende, gelin adayı bulunmaz. İkinci gece aynı tören, kadınlar tarafından yinelenir. Bu kez, gelin de aralarındadır. Kadınlar ortaya atılacak para konusunda, önceden anlaşmazlar. Herkes gücü oranında istediği kadar atar. Nişandan bir hafta, on gün sonra oğlan anası, oğlunu da yanına alarak kız evine gider ve kıza armağanlar sunar. Buna "yol açmak" denir. Ancak bundan sonra oğlan, kız evine rahatça gidip gelebilir. Yol açmak gerçekleştirilmezse gidemez.

(Köylüler bu olayın adına nişan demiyorlar. Ayrıca bir isimle de belirlemiyorlar. Söz kesmenin bir aşaması olarak alıyorlar. Geline ve damada yüzük takmıyorlar. Evlenme törenlerindeki aşamaların açıklıkla belirlenmesi ve olay sırasının karışmaması için, diğer yörelerimizdeki nişan olayını karşılayan bu bölümü, nişan başlığı altında toplamayı uygun buldum.)

Nikâh çoğunlukla düğünden birkaç hafta önce yapılır. Bu dini nikâhtır. Köyde resmi nikâh hâlâ gerçekleştirilememiştir. Fakat son zamanlarda, kızlarının kolayca kapı dışarı edilmesini önlemek amacıyla bazı ailelerin resmi nikâh da istedikleri görülmektedir. Fakat bu genelleştirilemez.

Nikâhı imam kıyar. Damadın babası, kızın da ya babası, ağabeyi veya bir erkek yakını, nikâhta vekil olarak iki tanıkla beraber hazır bulunurlar. İmam önce kızın vekiline sorar. "Allah'ın emri Peygamberin kavliyle kızınızı (oğlanın babasının adını söyler) oğluna karı olması için veriyor musunuz?" Bu soru üç kez yinelenir ve üç kez "veriyorum" yanıtı alınınca, bu kez de imam oğlanın babasına sorar. "Allah'ın emri Peygamberin kavliyle (kız babasının adı söylenir) kızını, oğlunuza karı olarak kabul ediyor musunuz?" Yine üç kez sorulup, üç kez "evet kabul ettim" yanıtı alındıktan sonra, imam bu kez de tanıklara döner, "Allah'ın izniyle bu olaya tanık oldunuz," der. Onlar da "evet tanık olduk" derler. Hoca nikâh duasını okur ve nikâh gerçekleşmiş olur.

Nikâh töreni mümkün olduğu kadar çevreden gizlenir. Çünkü, nikâh sırasında, bu evlenmeyi istemeyen birisinin bir ipi düğümlemesi veya açık bir bıçağı kapatması halinde, güveyin bağlanacağına ve evlenmenin gerçekleşemeyeceğine inanılır. Yine aynı inançla, nikâh sırasında hazır bulunanlar da, nikâh boyunca ellerini dizlerinin üstüne açık olarak koyarlar, açıp kapatamazlar ve ceplerine sokamazlar.

Oğlan evi başlık parasını hazırlayınca (bu birkaç ay da sürebilir, birkaç yıl da sürebilir) düğün hazırlıklarına başlanır. Düğünden bir hafta önce oğlan tarafı daha önceden kararlaştırılan eşyaları ve altınları almak için Diyarbakır'a gelirler. Bu alışverişe kızın kendisi katılamaz ve fikri de alınmaz. Ayıp sayılır. Kızın anası veya bir yakını katılarak, alınanların önceki pazarlığa uyup uymadığını denetler.

Bu konu da "Köyden Şehire" adlı öyküde şöyle işlenir:

"...Evlendirilirken, kendisine öteberi almak için kente gitmeye hazırlanan anasına, beni de götürün ne olur diye yalvar yakar olmuştu da, uy şeher derdinde kalasın kız, yüzüme karalar oğul. Şimdi ben gel desem bile, sen nasıl utanmazsın, evleniyorum diye oğlan anasının peşine düşüp şeher dedikleri o cenbeğin içinde bir iki parça üst baş almak için fellik fellik dolanmalara. Altından filan anlamazsın. Onları ben beğeneceğim. Hem hangi kız bu işler için şehere gitmiş ki sen gidesin. Başımızı başaşağı etmek, eski köye yeni âdet mi getirmek istersin kız..." (*Kırklardağı'nın Düzü*, s. 13-14)

Alınan eşyalar kız evine gönderilir. Bundan en geç bir hafta sonra düğün başlamalıdır. Bu eşyalar, kızın evinde bir haftadan fazla bekletilir ve düğün geciktirilirse, inanışa göre iyi sayılmaz. Ya kızın, ya da oğlanın öleceğine inanılır.

Düğün bir hafta sürer. Bir perşembe başlayıp diğer cumaya biter. Düğüne davet için, köy içine ve yakın köylere bir haberci gönderilir. Buna "indekçi" denir. Çağırılan evler, indekçiye para ve çeşitli armağanlar verirler, indekçiye verilen armağanın değeri, aynı zamanda düğün sahibine verilen değerin de bir yansımasıdır.

Düğün kurulduğu gün, oğlan evinin damına budaklı bir sopa dikilerek, üstüne ipe dizili halkalı şekerler, narlar, elmalar asılır. Buna "güvey ağacı" denir. Yine ilk günden oğlan evinde davul zurna çalmaya başlar ve gece gündüz bir hafta çalar. Köyde olmadığı için, başka yerlerden özel olarak getirilir. Düğüne gelenlerin adları, orada bulunan birisi tarafından yüksek sesle söylenirse, adı söylenen çalgıcılara bahşiş vermek zorundadır. Buna "şabaş" denir. Örneğin, "Şabaş Veysel Ağa'ya" dendiği zaman, Veysel Ağa kalkıp bahşiş vereceği parayı, ortada halay çekenlerin başında dolandırarak, getirip davulcuya verir. Bu şabaş olayı düğün boyunca sürer gider. Ayrıca bu yedi gün boyunca, düğün evinde kazanlar kaynar. Köy dışından gelen konuklara yemek verilir. Davul zurna eşliğinde, yine yedi gün boyunca köyün gençleri, kız erkek karışık olarak Çepik, Delilo, Üçayak, Halay gibi yöresel oyunlar oynarlar. Halayda isteyen delikanlı istediği kızın elini tutarak oyuna katılır. Töreye göre yanına gelip kendisiyle halay çekmek isteyen erkeği kim olursa olsun, kız reddedemez. Ederse bu düğün sahibine saygısızlık sayılır. Bu arada beraber eğlenen, oynayan gençler arasında yeni sevdalar doğar. Bunu, kendisinden kaynak olarak yararlandığımız, Kazancı Köyü'nden Emo Bacı (Şemsihan Bayrak) şöyle anlattı: "Halay çekerken, oğlan hoşuna giden kızın elini tutup oyuna katılır. Onu beğendiğini anlatmak için de parmaklarını sıkar. Eğer kız da onun parmaklarını sıkarak olumlu karşılık verirse; halaydan ayrılarak kendi beraberliklerini konuşmak üzere oradan uzaklaşırlar."

Görüldüğü gibi bu düğünler, sonraki düğünler için de bir başlangıç oluşturmaktadır.

Düğüne gelen genç kızlar ve kadınlar çok çarpıcı, canlı renkli, simli, dallı güllü parlak kumaşlardan yapılmış üçetekler ve altlarına şalvarlar giyerler. Bellerinde çoğu zaman gümüş kemer, başlarında kofi denen bir tür tepelik vardır. Yüzün iki yanından sarkan boncuklar, pullar takılır. Boyunlarında renkli, kehribar, mercan boncuklar vardır. Halay çekerken bu takılar, uyum içinde salınıp güzel bir hışırtıyla ses verirler.

Gelin de bu tarzda giyinmiştir. Yalnız onun giysileri biraz daha ağır kumaştandır. Takıları daha çoktur. Kofisi de diğerlerinden daha süslüdür. Bu yedi gün boyunca çalgı ve halay hiç durmaz. Ama gelin ortada görünmez.

Perşembeyi cumaya bağlayan gece, kına gecesidir. Kız evinde toplanırlar. Bir tepside kına yoğrulur. Kına tepsisine mumlar yakılır. Gelinin eli, ayağı ve saçları kınalanır. Bu sırada kızlar, ellerini çırparak ve mumlu tepsiyi gelinin başında çevirerek şu türküleri söylerler:

Gelin ağlar yaşın yaşın
Diyor gitmem sallar başın
Sağ olsun baban kardaşın
Ağlama gelin ağlama
El oğluna bel bağlama

Gelin atladı eşiği
Sofrada kaldı kaşığı
Büyük evin yakışığı
Ağlama gelin ağlama
El oğluna bel bağlama

Gelini bindirdik taya
Yüzünü çevirdik çaya
Gelin benzer bedir aya
Ağlama gelin ağlama
El oğluna bel bağlama

Diğer bir türkü de şöyledir:

Geline bak geline
Kına yakmış eline
Yazık olmuş geline
Düşmüş sarhoş eline

Ezginin bu bölümünde oğlan yakınlarının itirazları yükselir. Bunun üzerine kızlar şöyle devam ederler:

Ağlama gelin yalandır
El oğlu senin kölendir
Sevdan yoluna ölendir
Ağlama gelin ağlama
Sakın karalar bağlama

Genç kızların hep bir ağızdan söyledikleri bu türkülerden sonra, korodan ayrılan tek bir ses:

Gerek buna bir baba
Ağlaya kaba kaba

Bir başka ses:

Gerek buna bir ana
Ağlaya yana yana

Bir başka ses:

Gerek buna bir kardaş
Ağlaya yoldaş yoldaş

Bir başka ses de:

Gerek buna bir bacı
Ağlaya acı acı

der. Bu tekli çağrılardan sonra, kadınlar hep birden ellerini ağızlarına vurarak, uzun uzun yöreye has özel bir çığlık atarlar. Buna "tilili çekmek" veya "zılgıt" denir. Tüm bu işlemler sırasında, gelinin yüzü al bir duvakla örtülüdür. Kınadan sonra açılır.

Geline kına yakılması bittikten sonra, ortaya bir bohça serilir ve üstüne paralar atılır. Tepside artan kına orada bulunanlara dağıtılır. Konuklara verilen kınanın miktarı, bohçaya atılan paranın değerine göre ayarlanır. Yani çok para atana çok kına verilir. Kına verilenler, bunu yalnızca kendi ellerine yakmakla kalmayıp, evlerine götürürler ve diğer aile bireylerinin ellerine de yakarlar. Bu kınayı yakınmayanlar, düğünü istemiyorlar demektir.

Aynı gece erkekler de oğlan evinde toplanarak eğlenirler. Tıraş edilen damadın elleri, diğer konuk erkeklerin de parmakları kınalanır. Kına yakılırken, damadın etrafında toplanan delikanlılar, el çırparak şu türküyü söylerler:

Bir mumdur, iki mumdur, üç mumdur
Dört mumdur, on dört mumdur
Bana bir bade doldur
Bu ne güzel düğündür
Ha ninna, ninna ninna, ha ninna, ha ninna

Kına gecesinden sonra ertesi gün eğlenceler, oyunlar ikindi zamanına kadar devam eder. Artık düğünün sonu ve en coşkulu anıdır. İkindi zamanı, oğlan evinde bir at süslenerek hazırlanır. Davul zurna eşliğinde gelin almak üzere kız evine gidilir. Dışarıda oyunlar sürerken, içeride gelin, kadınlar tarafından hazırlanır. Anası, gelinin ayakkabısının içine bir miktar para koyar. Düğün boyunca damadın bir sağdıcı vardır. Bu sağdıcın karısı da gelinin sağdıcı olur. Gelin bu hanım sağdıç tarafından, baba evinden çıkarılmak istenince kızın varsa erkek kardeşi, yoksa bir yakını kapıyı tutar. Bahşiş alındıktan sonra kapı açılıp geline yol verilir. Dışarıda, oğlanın yakın akrabalarından bir erkek, atın başını tutar. İki yakın akraba kadın da, iki tarafta üzengileri tutarlar ve ata kimseyi yaklaştırmazlar. Çünkü, kötü niyetli birisinin, üzenginin bir tarafından diğer tarafına bir taş veya çakıl tanesi atması halinde, güveyin bağlanacağına ve bu evliliğin gerçekleşemeyeceğine inanılır. Oğlanın yakınlarından bir delikanlı, atın yanına eğilir. Gelin onun sırtına basarak ata biner. O anda gelin tarafından binek taşı yerine kullanılmak, o genç için onurdur. Gelin ata bindikten sonra da, ayakları kırmızı birer şifonla üzengiye bağlanır. Bu yine üzengiden taş atılmamasını sağlamak için alınmış önlemlerin bir devamıdır. Gelin bindikten sonra, atın başını tutan delikanlı –ki gelin atının başını tutmak da, büyük bir onurdur, bu ancak oğlan evinin güvendiği, değer verdiği birisi olabilir– yavaş adımlarla ve dikkatle, atı çekip götürür. Gelin alayı yürürken atın önünde ve yanlarında da davul zurna eşliğinde coşkulu oyunlar sürer, türküler söylenir. Gelinin yüzü al bir duvakla kapalıdır.

Damat, gelini evin damına çıkarak bekler. Oğlan evine varıldığında, kız evinden alınmış ve yol boyunca oynanmış tahta kaşıklar, damdaki damadın önüne atılır. Damat da bu kaşıkları, geline bakarak, büyük bir gösterişle kırar. Böylece geline ilk gözdağı verilmiş olur. Ayrıca, damat önüne koyduğu küçük çakıl taşlarını da gelinin başına atarak ona karşı güç gösterisini sürdürür. Bu sırada kaynana da aşağıdan, damdaki oğluna şöyle seslenir:

Benim yiğit güzel oğlum
Anan kurban gözüne kaşına
At taşları gelinin başına
Göster ona er gücünü
Al verdiğimiz altınların öcünü

Damat ayrıca, orada toplananlara bir torba şeker atar. Gelin de daha atın üstündeyken, eline verilen yeni bir testiyi yere çarparak kırar. Bu, bundan sonraki olacak kırgınlıkları, kavgaları veya gelebilecek görünmez kazaları önlemek içindir.

Gelin attan hemen inmez, "inmelik" ister. Bunun üzerine kaynana veya kaynata "sana kırmızı koçu verdik, in hele" derler. Bunun anlamı, sana koç gibi bir oğul verdik demektir. Eğer gelin, bunun mecazi anlamını bilmezse, gerçek bir koç aldığını sanarak iner ve böylece oğlan evi inmelik vermekten kurtulmuş olur. Ama gelin bunun mecazi anlamda söylendiğini biliyorsa, inmemekte direnir ve bekler. Bunun üzerine kendisine bir inek, bir parça tarla veya birkaç koyun bağışlanır ve o da attan iner.

Gelin içeri girer. Onun oturması için ayrılan yere, köyde en son gelin olan kadın oturmuştur. Gelin daha önceden, anasının ayakkabısına koyduğu parayı çıkarıp, bu kadına bahşiş verir ve yerinden kaldırarak kendisi oturur. Gelinin kucağına, damadın şapkasını getirirler. Gelin de içine para koyar. Köyün bekâr gençleri, bir yolunu bulup bu şapkayı kaçırmaya çalışırlar. Damadın tarafını tutan evli erkekler de gözcülük ederek şapkayı sıkı bir korumaya alırlar. Şapkayı kaçırmayı başaran olursa, içindeki parayı da alır.

Öte yandan erkekler de köy odasında toplanırlar. Damat padişah olur, etrafındaki gençlerden kendisine iki vezir seçer. Vezirlerine, evli erkeklerden birinin adını söyleyerek, onun huzura getirilmesini emreder. Getirilene cezalı olduğunu, bu nedenle de bir hindi veya bir tavuk vermesi gerektiğini söyler. Kendiliğinden, gönlüyle veren cezadan kurtulur. Bu isteğe karşı çıkan ise, vezirlerce hemen falakaya yatırılarak zorla vermesi sağlanır. (Yöre halkının yaptırım gücünü algılayış biçimi, düğünlerindeki gelenek ve göreneklerine böyle yansımıştır.) Toplanan tavuk ve hindiler hemen o akşam yenir. Yalnız, bir hindi de gelinle damada ayrılarak geline gönderilir.

Bu, bir tür seyirlik oyunlar, yatsı ezanına kadar sürer. Yatsıdan sonra, damadın akrabalarından iki erkek ellerine birer sopa alarak, damadı gelinin kapısına getirirler ve heyecanını yatıştırmak için sırtına sopalarla vurarak gerdeğe sokarlar. Sonra kapıda beklerler. Güvey içerden olumlu haberi verince, ard arda silahları patlatıp, bu sevinçli haberi tüm köye duyururlar.

Bildirimin son bölümü olan "Düğün Sonrası" bölümüne geçmeden önce burada, yurdumuzun Güneydoğu Anadolu bölgesinde yer alan 1477 nüfuslu bu küçük köydeki düğün gelenek ve göreneklerinin, ne denli kendisine özgü ve ilginç olduğunu, bu özgünlüğüyle de yukarıda örnekleriyle gösterdiğim gibi günümüz yazarlarına büyük ölçüde malzeme oluşturabileceğini, özellikle dikkatlerinize bir kez daha sunmak istiyorum. Ayrıca, bu gelenek ve göreneklerin yalnızca günümüz yazarlarına malzeme oluşturmakla kalmayıp, senaryo yazarları ve film yönetmenleri için de zengin bir kaynak oluşturacağı inancındayım.

Düğün Sonrası

Gelinin gelişinden üç gün veya bir hafta sonra, oğlan evi çeşitli yemekler yaparak, gelini bu yemeklerle birlikte babasının evine el öpmeye gönderirler. Damat gitmez. Gelin, bir hafta babasının evinde kaldıktan sonra, oğlan evinin bir büyüğü gidip gelini getirir. Bu dönüş sırasında kız evi de, oğlan evine yaptıkları çeşitli yemekleri armağan olarak gönderirler.

Artık yeni bir evlilik gerçekleşmiş, yeni bir dünya kurulmuştur.

Sözlerimi, onlar ermiş muradına, biz çıkalım kerevetine. Gökten üç elma düştü. Birisi gelinle damada, birisi bu bildiriyi sunana, birisi de bu salondaki dinleyenlere diye bitirmeyi düşünmüştüm ama, gelinle damadın mutluluktan, değil elmayı, dünyayı bile görecek gözleri yok. Bildiriyi sunansa, Diyarbakır'da çalışmaktan ve hafta sonlarını bu köylerde geçirip, incelemeler yaparak, özgünlüğü, görkemi, tamamen bize has olan bu düğünlere, bu güzel gelenek ve göreneklere tanık olmaktan, yüreği sevgilerle, kafası rengârenk görüntülerle ve seslerle öylesine dolu, öylesine mutlu ki, o da bu mutlulukla yetinsin, bir de bu güzel elmalardan birine sahip çıkmaya kalkmasın. Öyleyse, gökten düşen bu her üç elma da, beni sabırla, ilgiyle dinleme nezaketi gösteren siz çok değerli dinleyenlerimin hakkıdır diyor ve hepinizi sevgilerle, saygılarla selamlıyorum.

- 5 -

DİYARBAKIR - BİSMİL - TÜRKMENHACI KÖYÜ'NDEN BİR KADIN HALK OZANI "HALİME YAŞAR - MAH TURNA"

DİYARBAKIRLI BİR KADIN HALK OZANI "HALİME YAŞAR- MAH TURNA"

Siz hiç halkını ceplerinden, şapkalarının içinden, yüreklerinden, dillerinden halk türküleri, şiirler, demeler taşan insanların oluşturduğu bir köy gördünüz mü?

Ben gördüm...

Bu köy, Diyarbakır'ın Bismil ilçesine bağlı, Türkmenhacı Köyü. Önce, köy hakkında kısaca genel bir bilgi vermek istiyorum.

Türkmenhacı Köyü, Diyarbakır'a 60 km. uzaklıkta bulunan Bismil'in, 7 km. batısında küçük bir köy. Dalgalı düzlükler arasında, az engebeli bir yapı üstüne kurulmuş. Yaklaşık 500 m. kuzeyinden küçük bir dere geçiyor. 1985 sayımına göre nüfusu 2000'dir. Temiz ve bakımlı bir köy olup, evleri toprak damlıdır. Beş öğretmenli bir ilkokulu ile bir de ortaokulu vardır. İçme suyu ve elektriği olan köy, Bismil'e stabilize bir yolla bağlıdır. Ulaşım yaz ve kış açıktır.

Köy, Diyarbakır Havzası'nın karakteristik iklim özelliklerini yansıtır. Deniz seviyesinden ortalama 650-700 m. yüksekliktedir. Yazlar çok sıcak ve kurak geçer. Temmuz ayının sıcaklık ortalaması 30° derecenin üstündedir (Her günü tropik gün). Ocak sıcaklık ortalamaları ise, 0° derecenin altına pek düşmez. Çoğunlukla +3°, +4° derecedir. Yaz ve güz kurak geçer. Yağışın çoğunluğu şubat ve mart aylarında düşer. Bu nedenle sulu tarım yapılmaz. Çoğunlukla buğday, arpa, mercimek ekilir. Çevre doğal bitki örtüsünden ve zengin meralardan yoksun olduğu için daha çok koyun ve kümes hayvanları beslenir. (Hemen bitişiğindeki Kazancı Köyü ile yaklaşık aynı özellikleri gösterir.)

Köylüler atalarının, vaktiyle İran Azerbaycanı'ndan gelip buraya yerleştiklerini belirttiler. Şivelerinde de Azeri Türkçesinin bazı özellikleri hâlâ korunuyor.

Köy halkı uyanık, sıcak, çabuk diyalog kurulabilir, candan insanlar. Çoğunluğu Alevi. Köy kahvesinde ve çeşme başında, sazlarını alıp bize güzel türküler, deyişler çalıp söyleme konusunda hiç nazlanmıyorlar ve hemen hepsi Türkçe biliyorlar. Bu nedenle, bu köyde derlemeciler kolayca ve zevkle çalışabilirler insanlarının çoğu, ceplerinde ve şapkalarının içinde, kâğıtlara yazılı halk şiirleri taşıyorlar. Bunların bazılarını kendileri yazmışlar, bazıları ise sevdikleri halk ozanlarına ait. Köydeki çalışmalarımda bana rehberlik eden Abdullah Kaya adlı köylü de çalışmalarım boyunca zaman zaman şapkasından çıkardığı bu şiirleri büyük bir coşkuyla okuyup, dinleyenleri duygulandırıyordu.

İşte bu kongrede size sunmak üzere, kısaca tanıtmaya çalıştığım bu köyümüzden bir halk ozanı getirdim. Bu, kadın ve kör bir ozan. Adı: Halime Yaşar. Mahlası: Mah Turna.

Halime 1954 yılında Türkmenhacı Köyü'nde doğmuş. Annesi Hayriye Yaşar, babası Abdülsamet Yaşar ve beşi kız ikisi oğlan olmak üzere, yedi kardeşiyle beraber sıcak, sevecen bir aile bütünlüğü içinde yaşıyorlar.

Annesi, Halime'nin bir yaşındayken gözlerinin hastalandığını, iltihaplandığını, iyi olsun diye yörede adına göz otu da denilen, "Kırmızı Boya" sürdüklerini ve cehaletten kaynaklanan bu yanlış tedavi nedeniyle de kızının gözlerinin kör olduğunu söyledi. Bu durumda, Halime okula gidememiş. Okuma yazma bilmiyor. Kendi söylediğine göre on beş yaşındayken gözlerinde bir ışıma olmuş, fakat sonra yine karanlık...

Hayatını, aile bireylerinin yardımlarıyla sürdürmeye çalışan Halime, on yaşındayken şiire ilgi duyarak kendi kendine demeler söylemeye başlamış. Ailesinden babası, amcası, dedesi de şiir söyleyen, saz çalıp türkü okuyan Halime'nin bu yeteneği, büyükleri tarafından sevinçle karşılanmış ve ona, on beş yaşına gelince ayrı bir saz alınmış. Hayatının dönüm noktası olarak kabul ettiği bu olayı kendisi şöyle anlatıyor: "On beş yaşımdayken bir saza sahip oldum, işte o zaman, kendime de sahip oldum. Ayrıca, görmeyen başka âşıkların olduğunu da bilmek, bana güç verdi."

Halime, yine o zaman bir rüya gördüğünü, bu rüyada "Âşıklar Badesini" içtiğini ve ondan sonra "gürül gürül" çalıp söylemeye başladığını, fakat bu rüyanın ayrıntısını kimseye anlatmak istemediğini söyledi. Bu durumu şu dizeleriyle dile getiriyor:

Mah Turna firkate düşmüş
Bu yolda serinden geçmiş
Rüyasında bade içmiş
Şahın elinden elinden

Şiirlerini bir deftere yazdırdığını, fakat şimdilik bu defterini de başkalarına göstermek istemediğini, ayrıca belirtti. Etkilendiği Pir Sultan, Kul Himmet ve Hatayi kadar güzel şiirler söylemeyi amaçlıyor.

Ozanın, yaklaşık iki yüz şiiri olduğunu öğrendik. 8'li, 11'li, 16'lı hece ölçüleriyle yazıyor. Din, sevgi, taşlama konularında yazdığı şiirlerinin çoğu din ağırlıklı.

Halime'ye göre, bu şiir ve aşk dünyasını Pir Sultan, Hatayi, Nesimi, Fuzuli, Verani, Kul Himmet, Yareni olmak üzere yedi aşk ve gönül adamı kurmuştur ve yağan yağmurlar da onların gözyaşlarıdır. Ayrıca Yunus'a da hayran.

Ozanımız dünya görüşünü, dünya değerlerine bakış açısını şöyle özetliyor:

Pâdişah-ı âlem olmak kuru bir kavga imiş
Bir veliye bende olmak her şeyden âlâ imiş

"Ben dünya işleriyle uğraşmıyorum, kendi deyişlerimle sazımla, sözümle uğraşıyorum. Şiirlerim konusunda bir ayrım yapmıyorum, hepsini seviyorum. Yalnız, onları anlayana okumak isterim, kötüye değil," diyor ve hemen, "Sakın yanlış anlaşılmasın, ben iyi değilim, iyilerin duasına muhtacım," diye de ekliyor.

Halime, "Ozanla âşık aynı şey değildir," diyor ve bu konuda şöyle bir tanım getiriyor: "Âşık, Allah için yazar, Allaha âşıktır, kana kana içmiştir, içten gider. Dünya işleriyle, sorunlarıyla bir ilgisi yoktur. Ozan ise, az içmiştir, dıştan gider, daha çok dünya işlerini, toplumsal dertleri yazar."

Kalabalık bir topluluk önünde çalıp söylemek isteyip istemediğini sorduğum zaman, Halime yüzünü buruşturarak, bu konuda bazı olumsuz deneyimleri olduğunu belirtti ve şunları söyledi: "Şıngırtılı havalar söyleyip, para pul, ün şan peşinde koşuculardan değilim. Fakat günümüzde de bunlar geçerli. Ayrıca, iki defa Hacı Bektaşi Veli Festivali'ne katıldım, sonuçtan memnun kalmadım, çünkü insana dilediğini dilediği kadar söyletmiyorlar. Coşkusu karnında kalıyor."

Mah Turna, bu duygularını da şöyle seslendiriyor:

Karganın feryadı olmaz
Susturmayın bülbülleri
Her gönüle bu aşk dolmaz
Susturmayın bülbülleri...

Mah Turna böyle söyledi
Kendine âşık eyledi
Bu dünyada hiç gülmedi
Susturmayın bülbülleri...

Kendi memleketinde, değerinin pek anlaşılmadığı konusunda da, "İnsan altın olsa, kendi memleketinde bakır sayılıyor," diyerek yakındı.

Plak, kaset yapımcılarına, konser düzenleyicilere, bir bakıma kendi sanatıyla ilgilenen "Şehirli yabancılara" da pek güveni yok Halime'nin. Söylediğine göre bir plak şirketi iki plağını yapmış, fakat şimdi piyasada hiç yokmuş. Kendisinde olanı da öfkelenip kırmış, çünkü bu şirket verdiği sözlerin hiçbirini tutmamış. Şimdilik şiirlerini bastırmayı da düşünmüyor. Teybe ve mikrofona da güveni yok. Bu durumda, ölümünden sonra, geriye bir ses bırakamayacağı konusundaki kaygımızı belirtince, Halime giz dolu bir gülümsemeyle görmeyen gözlerini boşluğa dikip, "İnsan don değişir ölmez," dedi ve bu söz bize bir kere daha anımsattı ki "ölür ise ten ölür, canlar ölesi değil."

Halime Yaşar, kendine "Mah Turna" mahlasını almış, fakat daha sonra görmüş ki "Şah Turna"yla karıştırılıyor. Mahlasından kaynaklanan bu karışıklıktan rahatsız. "Bu mahlasla bu kadar şiir söyledikten sonra, değiştirsem de olmaz," diyor. Bakalım bu duruma nasıl bir çözüm getirecek.

Halime, bu uzun söyleşiden sıkılmış olacak ki, birden yerinden kalktı (yılların verdiği alışkanlıkla artık pek çok işini yardımsız yapabiliyor), duvardaki sazını aldı, öptü ve tiz, ağıtsı bir sesle çalıp söylemeye başladı.

Dikkat ediyorum, her beraberliğimizde böyle oluyor. Konuşmayı birden kesip sazına sarılıyor. Çünkü kendisini sazıyla çok daha kolay anlatabileceğini biliyor. Saz ve deyiş onun için bir yaşam biçimi olmuş. Ona göre âşıklar bülbül, dinleyenler ise güldür.

İlk karşılaşmamızda, uzunca bir süre başka ozanlardan çalıp söyledi. Başkalarından değil, kendinden söyle deyince, "Benlikle âşık olunmaz. Biz onları söylemezsek, bizden sonrakiler de bizi söylemez," diyerek, ağzımızı kapadı. Daha sonra, kendi deyişlerinden de söyledi.

Beraberliklerimiz sırasında çalıp söylerken, Halime başladığı gibi yine aniden bitiriverir. Daha söyle deyince de, "Kulağın karnı yok ki doysun," der ve götürüp sazını yerine asar.

Şiirlerinden Örnekler

Halime Yaşar-Mah Turna bir şiirinde kendisini şöyle tanıtıyor:

Ben kendime sahip oldum
Âşık oldum dostu buldum
Derdimden sararıp soldum
Çaresizim yareliyim

Bir yaşında aldın gözüm
Dertliyim çoğaldı sözüm
Geldim sana sürem yüzüm
Çaresizim yareliyim

Dünya karanlıktır bana
Bilmem gidem ben ne yana
Gücüm yetmez felek sana
Çaresizim yareliyim

Türkmenhacı Köyü'ndenim
Diyarbakır İli'ndenim
Efkâr benim keder benim
Çaresizim yareliyim

Derdim çoktur nasıl coşum
Çileden kurtulmaz başım
Mah Turna'yım yok sırdaşım
Çaresizim yareliyim

1983'te Elbistan'da yapılan bir "Halk Ozanları Şöleni"ne davetli gittiğinde, topal olan rehberiyle beraber kendisini makamına çağırarak sorgulayan ve azarlayan bir yetkiliye ise hemen oracıkta sazıyla şunları söylüyor ve onun sempatisini kazanarak yardımını sağlıyor.

Bizi buraya yordun yağmurda karda
Sor bakalım benden ne soracaksın
Zaten gamlı gönlüm ah ile zarda
Sor bakalım benden ne soracaksın

Ne bağırıyorsun ifademi al
Görüyorsun bende vardır üzgün hal
Birimiz amayız birimiz topal
Sor bakalım benden ne soracaksın

Ben de bu sevdaya düşmüşüm çoktan
Âşıklara gezmek mirastır haktan
Her zaman uzağım kötü ahlaktan
Sor bakalım benden ne soracaksın

Bunu böyle dedi Mah Turna Bacı
Dünyaya geleli çekiyor acı
İster hâkim çağır istersen savcı
Sor bakalım benden ne soracaksın

TRT Diyarbakır Bölge Radyosu Müdürlüğü'nce açılan bir sınavı kazandığı halde bazı nedenlerle, kendisine programda yer verilmemesi üzerine de zamanın TRT Bölge Müdürü'ne şöyle sitem eder:

Kazanmışım aramıyor
TRT'nin müdür beyi
Beni halka tanıtmıyor
TRT'nin müdür beyi

Gönülden bağlıyım hakka
Daim aşk beni mi yaka
Gerek işimize baka
TRT'nin müdür beyi

Böyle der Mah Turna Bacı
Sanmayın görmemiş acı
Sizde yoktur dert ilacı
TRT'nin müdür beyi

Âşık Veysel'in ölümü üzerine söylediği şiir:

Artık Veysel Baba öldü
Acıyoruz ona dostlar
Sanmayın dünyada güldü
Acıyoruz ona dostlar

Görmüyordu iki gözü
Fakat manalıydı sözü
Çok eyledi derdimizi
Acıyoruz ona dostlar

Âşıkların babasıydı
Güzel besteler yazıydı
Kıymetli bir ozan idi
Acıyoruz ona dostlar

Mah Turna'yı aldı firak
Veysel'i nerede bulak
Böyle emreylemiş (tir) hak
Acıyoruz ona dostlar

Bu şiirinde de dünyanın geçiciliğinden söz eder:

Dünya ben sana güvenmem
Bir gün beni de alırsın
Kalırım diye sevinmem
Bir gün beni de alırsın

Çok kahramanları aldın
Toprağın altına koydun
Koca Pir Sultan'a kıydın
Bir gün beni de alırsın

Sana güvenen aldanır
Dünya kime baki kalır
Âşık cefaya katlanır
Bir gün beni de alırsın

Mah Turna kendini üzer
Arifler manayı çözer
Azrail her zaman gezer
Bir gün beni de alırsın

Katıldığı Hacı Bektaşi Veli Festivali'nde, program yöneticisinden kendisine daha uzun bir süre ayırmasını istemiş, yönetici bu isteğine karşı çıkınca da şu şiiri söylemiş:

Karganın feryadı olmaz
Susturmayın bülbülleri
Her gönüle bu aşk dolmaz
Susturmayın bülbülleri

Bülbüller ötmeyi sever
Ali'nin neslini över
Dinleyen bağrını döver
Susturmayın bülbülleri

Bülbüller ediyor figan
Sesini dinliyor cihan
Konan göçer dünya bir han
Susturmayın bülbülleri

Bülbüller ediyor zarı
Ötmeden başka yok kârı
Çevresini almış harı
Susturmayın bülbülleri

Mah Turna böyle söyledi
Kendine âşık eyledi
Bu dünyada hiç gülmedi
Susturmayın bülbülleri

Bir şiirinde de Âşık Veysel gibi sazıyla konuşur:

Sen olmasan benim halim nic'olur
Benim bu derdime ortaksın sazım
Derdimi dökemem içimde kalır
Bülbül gibi zara düşmüşüm sazım

Her nereye gitsem seni götürüm
Bütün dertlerimi dile getirim
Sen olmasan (ben) aklımı yitirim
Bülbül gibi zara düşmüşüm sazım

Ben ölene kadar seni taşırım
Seninle beraber güzel yaşarım
Aşkım da gelince hemen coşarım
Gizli hallarımı bilesin sazım

Mah Turna'yım eremedim murada
Nideyim engel çok idi arada
Ölsem gözüm kalır yalan dünyada
Seni de birine verirler sazım

Şu iki şiirinde de ilahi aşktan söz eder:

Mecnun geziyor çölleri
Leyla için Leyla için
Dolaşır gurbet elleri
Leyla için Leyla için

Almış eline sazını
Bilmez kışını yazını
Hakka eder niyazını
Leyla için Leyla için

Kimse bilmiyor halinden
Yaşlar akar gözlerinden
İçmiş aşkın badesinden
Leyla için Leyla için

Mah Turna'yım halim harap
Ben dostlara oldum türap
Muradımı vere yarap
Leyla için Leyla için

* * *

Dertli dertli söylüyorum
Gizli gizli yanıyorum
Ben hakka yalvarıyorum
Aşkın elinden elinden

Bülbüller konmuş güllere
Destan olmuşum dillere
Düşmüşüm gurbet ellere
Elin dilinden dilinden

Ben de söylerim hak için
Bülbüller öter gül için
Kerem yandı Aslı için
Aşkın elinden elinden

Mah Turna firkate düşmüş
Bu yola serinden geçmiş
Rüyasında bade içmiş
Şahın elinden elinden

Mah Turna, zorunlu olarak tanrı misafiri olmak zorunda kaldığı bir evin sahibinin, kendisine güler yüz ve iyi kabul göstermemesi üzerine hemen orada onu şöyle taşlamıştır:

Tanrı misafiri haktır
Korkma evini götürmem
Mihman sevmeyen de çoktur
Korkma evini götürmem

Bu fakire yüz yıkılmaz
Asık surata bakılmaz
Nasıl buna can sıkılmaz
Korkma evini götürmem

Misafir umduğun yemez
Bana şunu getir demez
İnsan don değişir ölmez
Korkma evini götürmem

Mah Turna üzme kendini
Cahiller bilmez haddini
Yap sohbetini fendini
Korkma evini götürmem

Mah Turna'nın Atatürk için, Hacı Bektaşi Veli Festivali'nde söylediği şiir:

Bu millete çok hizmetin olmuştur
Kalbimizde yatıyorsun ATATÜRK
Senin sevgin gönüllere dolmuştur
Kalbimizde yatıyorsun ATATÜRK

Dünyaya ün oldu şöhretin şanın
Kıymetin öğrenir gaybın insanı
Vefası yok imiş yalan dünyanın
Kalbimizde yatıyorsun ATATÜRK

Gerçekler seninle geliyor cuşa
Âşıklar kendini yorar mı yoksa
Arzeyleyip geldik Hacı Bektaş'a
Kalbimizde yaşıyorsun ATATÜRK

Mah Turna Bacı'dır söyleyen coşan
Mecbur edilince dağları aşan
Kul Mehmetçiklerdir yardıma koşan
Gönlümüzde yatıyorsun ATATÜRK

- 6 -

"DİYARBAKIR NİNNİLERİNDEN BİR KESİT"

(Bu bildiride yer alan ninniler, Ankara Üniversitesi, DTCF Halk Bilimi (Folklor) Anabilim Dalı'nın düzenlediği "Türkiye Ninnilerini Derleme Yarışması"nda "mansiyon" almıştır.)

2 Mayıs 1989

"DİYARBAKIR NİNNİLERİNDEN BİR KESİT"

Ninni, "Çocukları uyutmak için söylenen, manzum veya mensur sözlü türkü" olarak tanımlanıyor, *Meydan Larousse*'da. Yine aynı kaynak, Kaşgarlı Mahmut'un, *Divanü Lügat-it-Türk*'ünde, Türk anaların çocuklarını uyutmak için, makamla "Bilü-bilü" dedikleri bilgisinin yer aldığını belirtir. (*Meydan Larousse*, C. 9, s. 361, İst. 1971)

Ninniler çoğunlukla anonim olmakla beraber, yazanları belli olan ninnilere de rastlamak mümkündür. Yapı bakımından çoğunlukla dörtlükler halinde olup, manilere benzerlerse de ölçü ve uyak bakımından belli bir düzen izlemeyenleri de görülür.

Bilinen ninnilerin yanı sıra, söyleyici o anda, kendi duygularını yansıtan ninniler de yaratıp söyleyebilir. Ninniler, çok eski zamanlardan beri söylenegelen, sözlü halk ürünleridir. Büyük Türk filozofu ve tıp alimi Ali İbn-i Sina, "Bebeğin vücudunu geliştirmek için iki şey gerekli. Birincisi, onu yavaşça kımıldatarak sallamak, ikincisi ise anne şarkısı yani anne ninnisi. Birincisi bebeğin vücudunun gelişmesi için, ikincisi manevi yönden gelişmesi için gerekli sayılır," der. (Çağatay Koçar, Türkistan Halk Edebiyatında Ninniler, 7-9 Mayıs 1987 Eskişehir, III. Uluslararası Türk Halk Edebiyatı Semineri Bildirisi -Basılmadı-)

Anadolu Türkçesindeki ninniye, Azeri Türkleri "haylay", Kerkükliler "Leyley", Kazan Türkleri "Bişik Cırı", Türkmenler "Hudi" "Havdu", Özbekler "Alla", Kazak Türkleri "Eldiy" "Beşik cırı", Kırgız Türkleri "Aldey" "Beşik Irları" adını verirler. (Çağatay Koçar, agy)

Benim de ninni deyince hep belleğimde "Dandini dandini dasdana, danalar girmiş bostana, bostancı danayı kovalasana" veya "Uyusun da büyüsün ninni, tıpış tıpış yürüsün ninni" gibi tekerlememsi sözlerden oluşmuş sesler, ritimler çağrışırdı. İçeriğini pek anlamlı bulmadığım bu sözler üzerinde de fazla durmazdım. Bebekliğinde oğlumu uyuturken de anlamlı bulmadığım bu sözlerle, onun kulağını doldurmaktan korktuğumdan mıdır nedir, vaktiyle iki yıl okuduğum Konya Kız Öğretmen Okulu'nda, müzik öğretmenimizin piyano eşliğinde çok duyarak söylediği ve bize de öğrettiği, sözlerini çok sevdiğim şu ninniyle çocuğumu uyuttum:

Göklerde ay solmuş ninni
Yıldızlar kaybolmuş ninni
Yuvada yavru kuş ninni
Erkenden uyumuş ninni
Yum sen de güzel gözlerini ninni
Minicik yavrum ninni

Oğlum biraz daha büyüyüp ninninin sözlerini anlamaya başlayınca da ona, ilgisini çeken hayvan masallarını veya onu eğitmek için kendi yarattığım küçük öyküleri, ninni ritmiyle söylemeye başladım.

Sonraları Diyarbakır'da halk kültürü konusunda çalışmaya ve araştırmalar yapmaya başlayınca gördüm ki ninniler hiç de öyle "laf olsun" diye söylenmiş, içerikleri boş ezgiler değildi. Araştırdığım bazı başka bölgelerin ninnileri de bu kanımı giderek iyice güçlendirdi ve gördüm ki, ninni anneyle bebek arasında çok hoş bir iletişim aracı görevini yapıyordu. Yer yer de çocuktan çok anneye yönelikti. Çünkü anne, o her ne kadar anlamasa da ninniler aracılığıyla bebeğiyle dertleşiyor, sevinçlerini acılarını onunla paylaşıyordu. Bir başka deyişle ninni, ezgisiyle bebeğe, sözleriyle de söyleyene bir ruh dinginliği veriyor ve önemli bir "psikoterapi" uygulaması yerine geçiyordu.

Örneğin yeni doğan torununu hayırlamak, bir süre oğul ekmeği yiyip, gelin ağısı içmek için oğlunun evine giden kaynana, beğenmediği gelininin yüzüne bir şey diyemeyince, çıkar yolu, bebek torununa ninni aracılığıyla şöyle seslenmekte buluyordu.

Dandini dandini danadan
Bağışlasın yaradan
Bir kötüce anadan
Doğmuş bu şah balaban

Yürek ağısını bununla da alamayan babaannenin, gelininin tüm yakınlarını kötüleyip, kendi aile bireylerini yücelten şu ninnisi de ilgiye değer:

Hay hayısı var bunun,
Mısır'a kılıç sultanı
Bir emmisi var bunun.
Fidan boylar keleşi
Bir babası var bunun.
Küllü ağı bardağı
Bir anası var bunun.
İnci mercan kol bağı
Bir halası var bunun.

Yurtta kalmış kör kedi
Bir teyzesi var bunun.
Değirmende dev kocası
Bir dedesi var bunun.
Hasıraltı akrebi
Anneannesi var bunun.
Beyti Şerif bekçisi
Bir dedesi var bunun.
Döşek minder kadını
Babaannesi var bunun.

(Ayşe Kilimci, *Gül Bekçisi Eylül Arifesi Mektupları,* Ankara 1989, s. 38-39, Bilgi Yayınevi, Birinci Baskı)

Prof. Dr. Pertev Naili Boratav, bu olguyu şöyle belirtir: "Ninnilerde muhakkak sadece şefkat ve muhabbetin ifadesini bulmak (onlar ekseriyetle şefkat hisleriyle meşbu olmakla beraber) icap etmez. Ninniler, ananın bazen uzun saatler boyunca çocuğuyla, etraftakilerle veya kendisiyle konuşmasıdır ve bu ninnilerin belki de en enteresan taraflarını teşkil eder. Bazen ana, kocasına, kaynanasına veya sair akrabalarına serzenişlerini, bazen de kendisini uzun saatler uykusuz bırakan yumurcağa olan hiddetini ifade eder.

....

Hepimiz biliriz ki, ninni söyleyen ana bilhassa hafızasında, tamamen ninni vasfını taşıyan manzumelerden kâfi miktarda bulunmadığı ve çocuğu çabuk uyumadığı zamanlar, manileri de türküleri de laalettayin konuşma parçalarını da ninni makamına uydurarak söyler." (P. Naili Boratav, *Folklor ve Edebiyat,* İstanbul 1939, s. 247-248)

Ananın ninniyi, kendi sorunlarını, duygulanışlarını, acılarını, sevinçlerini çocuğuyla paylaşma, iletişim kurma aracı olarak kullandığına en belirgin örnek olarak, Diyarbakır ninnilerinden bazılarını gösterebiliriz. (Diyarbakır yöresinde ninniye "Lori" deniyor.)

Örneğin, sevdiğine verilmeyen kız, zorla evlendirildiği kocasından doğan oğlunu uyutup, eski sevgilisiyle kaçmaya karar verince, yüreğindeki gel-gitleri ninniye döküp, bebeğine söylüyor:

Ninni, ninni, ninni ninni
Cembeli'me de ninni
Cembeli'min beşiği nar ağacından
Dokundukça inler gönül dağından
Yarın kavga kopacak hep ardımızdan
Ninni, ninni, ninni ninni
Cembeli'me de ninni

Ben kuzumu yatırıp uyutacağım
Küçük Cembeli'yi büyüğüne adayacağım
Ninni, ninni, ninni ninni
Anan sana kurban ninni
Uyu Cembeli uyu
Uyu ki hemen büyü

Seni Seklavi atına binici yapsınlar
Güzel yüzünü gören kadınlar
Kocalarını bırakıp sana kaçsınlar
Ninni, ninni, ninni ninni
Anan yüzündeki bene kurban ninni
Uyu Cembeli uyu
Uyu ki hemen büyü

Adın meclislerin çiçeği olsun
Cirit meydanları dayının atıyla dolsun
Ninni, ninni, ninni ninni
Anan sana kurban ninni

Atının üzengisi gemi bakırdan
Emirlere paşalara damat ol yakından
Ninni Cembeli uyu
Uyu ki hemen büyü

Tavuz kuşunun tüyleri görünsün cebinde
Hizmetçiler koştursunlar emrinde
Ninni ninni, ninni ninni
Uyu Cembeli uyu
Uyu ki hemen büyü

(Derlediğim "kaynak kişi" hakkında kısa bilgi: Şemsihan Bayrak (Lakabı: EMO) Diyarbakır-Bismil-Kazancı Köyü'nden, 57 yaşında, ev hanımı, annesinden, ninesinden ve komşularından duymuş.)

Kocaları gurbete çalışmaya gitmiş ve yıllarca dönmemiş kadınlar ise çocuklarına ninnilerinde "Havar" (imdat) diye seslenirler ve yalnız kalan bu analar hayatın zorlukları karşısında, aşağıdaki örnekte olduğu gibi, erkek çocuklarından yardım isterler.

Havar, havar havar havar
Havar yavrum ninni havar
Uyku çocuğuma yarar
Yiğidim büyüse ne var.

Havar kuzum havar havar
Havar oğlum ninni havar
Yavrum gözünde uyku var
Hasret de anana zarar.

Havar kuzum havar havar
Havar yavrum ninni havar
Babası yanımda olsa
Oğul büyütmeye ne var.

Havar oğul havar havar
Yiğidim büyüse ne var.

(Kaynak: Hanım Balyan, Diyarbakır-Çüngüş, 38, ev hanımı, kaynanasından)

Yine, yoksulluk nedeniyle kocası gurbete çalışmaya giden kadınlar, karşılaştıkları zorlukları, eşlerine duydukları özlemi, onlardan haber alamamanın sıkıntısını ninnilere döküp, çocuklarıyla şöyle paylaşırlar:

Beşiğe koydum seni
Baban dövüptür beni
Baban çabuk gelse de
O zaman görsem seni.

Ninni ninni ninni ninni
Kuzuma da benim ninni

Beşiğini belerdim
Höllüğünü[1] *elerdim*
Baban eve geleydi
Ben derdimi söylerdim

Ninni ninni ninni ninni
Yavruma da benim ninni

Nice yollar bent oldu
Gidenler gelmez oldu
Yolla sağlık kâğıdın
Gönlüm eğlenmez oldu.

Ninni ninni ninni ninni
Yavruma da benim ninni

Beşiğine beşiğine
Beyler konar eşiğine
Baban zengin olsa da bir
Altın taksam beşiğine.

Ninni ninni ninni ninni
Yavruma da benim ninni

(Kaynak: Sultan Altay, Diyarbakır Köyü, 95, ev hanımı, büyüklerinden)

---

(1) Bebeğin altına serilen ince toprak.

Evliliklerinde pek çok özveride bulundukları halde, yine de kocaları tarafından değerleri bilinmeyen ve mutsuz olan kadınlar da bu kırılmışlıklarını ninnilere şöyle yansıtırlar:

Beşiğim beştir benim
Yaram on beştir benim
Ev ettim emek ettim
Emeğim hiçtir benim

Ninni ninni ninni ninni
Kuzum da uyusun ninni

Dağa doğdu güneşler
Yarama fitil işler
Gelmeye yavrum başına
Başıma gelen işler

Ninni ninni ninni ninni
Yavrum da uyusun ninni

Yavrum uyuya benim
Çabuk büyüye benim
Yiğit olup gezende
Gönlüm yürüye benim

Ninni ninni ninni ninni
Oğlum da uyusun ninni

(Kaynak: Azize Bozan, Diyarbakır-Bismil-Türkmenhacı Köyü, 38, ev hanımı, annesinden, halasından)

Yörede bazı aileler, genel yargının ve dıştan görünenin tersine, "Ana sözü" ağırlıklıdır. Böyle ailelerde evi (kocası da dahil) çekip çeviren, yükünü omuzlayan, önemli kararları veren çoğu zaman kadındır. Böyle olunca da yine çoğunlukla eşinden saygı görür ve yükü paylaşılır. Bu nedenle adına "Babalar Ninnisi" denilen ve eşine yardımcı olmak isteyen erkeklerin, çocuklarını uyutmak için söyledikleri ve yine bir erkekten derlediğim, aşağıdaki ninniyi duyduğum zaman fazla şaşırmadım:

Ninni çaldım yatasın
Uykulara batasın
Bu uyku senin değil
Gidip satın alasın

Ninni ninni ninni ninni
Hadi kuzum uyusun ninni

Kovam düştü kuyuya
Kurban olam huyuna
Bebeğe ninni çal ki
O da çabuk uyuya

Ninni ninni ninni ninni
Hadi yavrum uyusun ninni

Uzak yoldan gelirim
Kuzu gibi melerim
Eğer sen yoruldunsa
Bırak ben de belerim

Ninni ninni ninni ninni
Hadi kuzum uyusun ninni

Ninni derim uyusun
Uyusun da büyüsün
Anan çok yorgun oğul
Uyu ki o uyusun

Ninni ninni ninni ninni
Hadi yavrum uyusun ninni

(Kaynak: Cafer Güneş, Diyarbakır-Bismil-Türkmenhacı Köyü, 71, köy imamı, babasından, amcalarından)

Bir anne de çocuğuna söylediği ninnide, ona dedesi ve ninesinden söz ediyor:

De uyu de uyu de uyu
De uyu benim Ömer'im uyu
Ömer'i de sever ninesi
Uzaklara gitti dedesi

De uyu de uyu de uyu
De uyu benim babam uyu
Ömer'e kırmızı papuç getirecek
Ömer de giyecek büyüyecek

De uyu de uyu de uyu
De uyu benim babam uyu
Ninnilerimi Ömer hiç duymuyor
Ben uyu diyorum o uyumuyor

De uyu de uyu de uyu
De uyu Ömer de uyu

(Kaynak: Fatma Ungan, Diyarbakır-Hani-Neribiağan Köyü, 36, ev hanımı, ninesinden, annesinden)

Kocası ölüp, yalnız ve yoksul kalan bir anne de çocuğunu büyütüp adam etmek, onun geleceğini kurtarmak için yakın akrabalarından yardım ister. Fakat akrabalarının da durumu kendisinden pek farklı değildir. Bu acımasız yaşam koşulları karşısındaki umarsızlığını ninnilere döküp, çocuğuyla paylaşmak ister ve ortaya ağıt ve acı yüklü şu ninni çıkar:

Ninni oy oy ninni oy oy
Ninni ninni ninni oy oy

Yüreğime düştü ağı
Taşa değmesin ayağı
Kimsesiz kaldın sen yavrum
Yüreğimin dayanağı

Ninni oy oy ninni oy oy
Ninni ninni ninni oy oy

Yoksulum bakamam ona
Göndersem mi dayısına
Bakamaz ki kör yengesi
Yok koruyan gözeteni

Ninni oy oy ninni oy oy
Ninni ninni ninni oy oy

Göndersem mi amcasına
Amcası da bakmaz ona
Bir evi var köy dışında
Evi ateşe tutuşa

Ninni ninni ninni oy oy
Ninni oy oy ninni oy oy

Kimse ona destek vermez
Elinden bir tutan olmaz
Yiğidim çaresiz kaldı
Büyüyüp adam olamaz

Ninni oy oy ninni oy oy
Ninni ninni ninni oy oy

(Kaynak: Poreş İçli, Diyarbakır-Ergani-Yakacak Köyü, 58, ev hanımı, büyüklerinden)

Not: Diyarbakır ninnilerinin hemen hepsinin, erkek çocuklar için söylenmiş olması da ayrıca ilgiye değer bir noktadır.

KİTAP ÜZERİNE KİMİ SÖYLEMLER

DİNLER VE SÖYLENCELER
(Diyarbakır Söylenceleri)
Kitabın adı: Diyarbakır Efsaneleri Üzerine Bir Araştırma - 1
Yazan: Muhsine Helimoğlu Yavuz

Apaçık söylemek gerekirse, bu kitabı bir yazar çıkarcılığıyla okumaya başladım. Çünkü benim yaşımda bir yazar, çok az kalan zamanını en tutumlu biçimde kullanmak için, okuyacağı kitabı çok iyi seçmek zorundadır. Yazar çıkarcılığı dediğim şu: Okuduğum kitap tat, keyif, beğeni, bilgi, coşku vermesinden öte, artı yeni düşünler üretmeme yardım edecek mi, bana yeni yazılar esinletecek mi, diye düşünürüm. Söylenceler, dünya yazınında birçok sanat yapıtının (yazın, müzik, resim, oyun vb.) esin kaynağı olmuştur. Kitabı, işte böyle bir yazar çıkarcılığı, bencilliğiyle okudum.

Muhsine Helimoğlu Yavuz, birinci kitabında derlediği 117 söylenceyi şöyle sıralamış: 38 dinsel söylence, 24 olağanüstü güçler ve varlıklar söylencesi, 5 hayvanlar üstüne söylence, 22 tarihsel söylence, 26 doğa söylencesi, 2 sevi üstüne söylence.

Bu sıralamalardaki sayılar bile, söylencelerin anlatıldığı bölgenin (Diyarbakır) toplumsal yapısının göstergesidir. Hiç kuşkusuz, yazar kendi seçimine göre 38 dinsel, 2 de sevi söylencesi seçmiş olamaz. O bölgede dilden dile dolaşan söylencelerin ağırlığı, dinsel söylencelerdedir. Kaldı ki, olağanüstü güçler ve varlıklar söylenceleriyle, tarihsel söylenceler de çok belirgin çizgiyle dinsel söylencelerden ayrılıp sınırlanamaz. 2 sevi ve 5 hayvan söylencesinin dışında kalanların çoğunluğunu da dinsel söylence sayabiliriz.

Din ile söylence ilişkisi üzerinde kısaca duralım. Din nedir? Belisiz başlangıcından günümüze dek ele alacak olursak din, insanların nedenlerini bulamadıkları için, açıklayıp anlayamadıkları doğasal, toplumsal, bireysel (ruhbilimsel) olaylar karşısında, akılla çözemedikleri bütün bu olayları yaratan, yapan, var eden, üstün bir istence ve yücelik kavramına inanmaları ve bu inanın kurallar toplamıdır. Bu tanıma göre din, insanın yetersizliğinden, aczinden, umarsızlığından doğmaktadır. İnsan her zaman da nedenlerini bulamadığı olaylar karşısındadır.

Söylencelerin daha çok dine bağlı, dinden kaynaklanmış olması da aynı nedenden, yani insanın umarsızlığından, yetersizliğinden, aczinden doğmuş olmalarındandır. Söylenceler de, özellikle doğuş dönemlerinde, dinlerde de olduğu gibi aciz, yetersiz, güçsüz, umarsız insanın, bağlı olduğu dine uygun olarak uydurduğu öykülerdir ki, bu öyküler umarsız insanın boşalımını, dolayısıyla rahatlamasını sağlar.

Muhsinc Helimoğlu Yavuz'un kitabındaki söylencelerden örneklerle, bu düşüncemizi kanıtlayalım.

Sultan Sa'saa

Sultan Sa'saa, Diyarbakır'ın Müslümanlarca fethi sırasında, Hz. Halit ile beraber, su yolundan şehre giren kahramanlardanmış. Savaşarak şehrin ortalarına kadar gelmiş, fakat bir düşmanın kılıç darbesiyle başı uçmuş. Sultan Sa'saa hemen eğilip kesik başını yerden alarak koltuğunun altına koymuş ve yine savaşmayı sürdürmüş. Savaşa savaşa şimdiki belediye binasının önüne, sonradan yıktırılan türbesinin bulunduğu yere kadar gelmiş. Onu gören bir ihtiyar kadın, "Hele şuna bakın, başı kesik olduğu halde böylesine savaşıyor, bir de başı kesik olmasaydı kim bilir nasıl savaşırdı," deyince, hemen düşüp ölmüş.

Türkiye'nin her yerinde kesik baş söylenceleri yaygındır. Bu kitapta da birkaç kesik baş söylencesi bulunuyor. Bu kesik baş söylenceleri, öbür söylenceler gibi, halkın bir umarsızlığına boşalım sağlamak için uydurulmuştur. Tarih boyunca nice babalar, oğullar, torunlar, amcalar, dayılar, yeğenler, erkek akrabalar savaşlarda ölmüştür ve ölmektedirler ve çocuklar savaşlarda ölmüş yakınlarının öyle çok anılarını dinlemişlerdir ki, bu savaşlarda ölümden artık kaçış ve kurtuluş olmadığını anlamışlar, buna inanmış ve inandırılmışlardır. Yani savaşta ölüme karşı hiçbir umarları yoktur. Bu umarsızlıktan kurtuluş yolları olmadığı için, savaşta başı kesilmiş adamın ölmeyip yaşadığı, kesik başla savaştığı söylencesini uydurarak bir boşalıma ulaşmak, rahatlamak zorunda kalmışlardır. Söylenceyi dilden dile anlatanlar, kulaktan kulağa dinleyenler, söylence kahramanıyla özdeşleşirler. Artık, savaşta başı kesilmişken bile ölmeyen, savaşan kendileridir. Kendilerini, uydurdukları söylence kahramanının yerine koyarlar. Bu uyduruk öykünün inandırıcı olması için de bilinen kişilere, yerlere, tarihlere dayalı olması gerekir. Yukarıdaki söylencede başı kesik olan, herhangi bir masal kişisi değil, adı Sa'saa diye bilinen bir kişidir. Yer de bellidir. Herhangi bir masal yeri değil, şimdiki belediye binasının önündeki yıktırılan türbenin yeridir. Zaman da, bir masal zamanı gibi belirsiz bir zaman değil, Müslümanların Diyarbakır'ı fethettikleri zamandır. Yer, zaman, kişi belli olunca, üstelik bir de din kurallarına aykırı düşmeyince –öyle sanılınca– bu söylencenin doğruluğuna, gerçekliğine inanmak gerekir.

Artık başı kesikken bile kılıç sallayan Sa'saa savaştan, dolayısıyla ölümden kaçış umarı bulunmayan, söylenceyi anlatanın da dinleyenin de kendisi olur. Uydurulmuş söylencenin inandırıcılığını daha da pekiştirmek için, dinleyeni inanmaya zorlayan, bir de yaptırım eklenir söylencenin sonuna. Her söylencenin bir gizi vardır ve insanlar bu gizi saklamak zorundadır, saklamazlarsa cezalarını bulurlar. Bu söylencedeki giz, başı kesilmişken savaşan adamın yaşadığına tanık olan kadının, gördüğünden kuşku duymasıdır. Bu kuşku yüzünden Sa'saa ölmüştür. Bu ölen Sa'saa aynı zamanda, söylence kahramanıyla kendilerini özdeşleştiren, umarsızlıkları yüzünden buna inanmayı gereksinen, söylenceyi dinleyen ve anlatanlardır.

Yine kitaptan bir başka örnek verelim;

Sinoğlu Camii

Bu camiyi yaptıran Şemsi Efendi, daha anasının karnındayken, babası savaşa gitmiş. Giderken de, karısı hamile olduğu için, "İlahi, bu ehlimin karnındaki evladımı sana emanet eyledim," demiş.

Savaştan dönünce karısının öldüğünü öğrenmiş. "Biz gazaya gittiğimiz vakit, ehlimizin karnındaki evladı, tam itikad ile o kaadir ve kayyuma emanet vermiştik. Elbette o evlat, yer ve gök afetlerinden muhafazalıdır," diye düşünerek mezarlığa varmış ve karısının mezarına selam vermiş. Mezardan, "Ve aleyküm selam, ya din uğruna cihad yapan babam," demiş. Hemen mezarı açıp görmüşler ki, üç yaşında, yüzü ayın on dördü gibi parlak bir erkek çocuğu, ölü anasının sağ yanında yatıyor ve anasının çürümeyen sağ memesinden süt emiyormuş. Çocuğu alarak, mezarı geri kapatmışlar. Çocuğun yüzü çok güzel ve parlak olduğu için adını Şems koymuşlar. Ayrıca halk arasında, mezardan çıktığı için de Sinoğlu demişler.

Bu Şemsi Efendi, Diyarbakır'da çok sayılmış, kutupluğa kadar yükselmiş ve Sinoğlu Camii'ni yaptırmış.

Önceki söylence gibi, bu da halkın umarsızlığını dinsel inanışlara da uygun biçimde ortadan kaldırıp rahatlamasını sağlamaktadır. Evliya Çelebi'den aktarılan bu söylencede de inandırıcılık öğeleri vardır. Yer, zaman ve kişi belli. Üstelik bu söylencenin kahramanı, adına bir de cami yaptırmış olan yaşayan bir kişi, Sinoğlu Şems Efendi'dir. (Sin, mezar demektir.) Bu denli gerçeklere oturtulan söylenceye inanmamak olamaz.

Akılcılık çağından ve özellikle endüstri devriminden sonra, bu çağı ve devrimi doğal zamanında yaşamış olan toplumlarda artık söylenceler üretilemez olmuştur. Çünkü, akılcılık egemen olunca, akıldışı ve gerçekdışı anlatılara inanmak olanaksızlaşmıştır. Çözümsüz olay ve olguların eskiye göre daha da çoğalmasına karşın, insanlar doğasal, toplumsal ve bireysel (ruhbilimsel) sorunların çözülemeyenlerinin de yine ancak akılcı yöntemle çözülebileceğine, hiç olmazsa çoğunlukla inanmışlardır. Durum böyleyken, insanların umarsızlıkları büsbütün tükenmediğinden, söylenceler de büsbütün yok olmamış, çağa uygun olarak biçim değiştirmiş ve eski söylenceler günümüzde bilimkurgu öyküleri, romanları, filmleri biçiminde oluşmuştur. Eski söylenceler bugünün kurgubilim yapıtları, bugünün kurgubilim yapıtları da eskinin söylenceleridir. Ortaçağın cinleri, perileri, iyi saatte olsunları, bizden iyileri neyse, bugünün uçan daireleri, süpermenleri, ufoları vb.'leri de odur; onların çağcıllaşmışlarıdır.

Günümüzde kurgubilimsel filmlerde bir kahramanın ışık hızıyla on binlerce kilometre ötelere varışını seyrettiğimiz gibi, söylencelerde de insanların göz açıp kapayana dek on binlerce kilometre uzakta oluşlarını dinleriz. Muhsine Yavuz'un kitabından örnekleyelim.

Şeyh Maksut Ziyareti

Anıl (Dımıştad) Köyü'nden birisi hacca gitmiş. Orada parasız kalmış, geri dönememiş. Haline acıyan bir adam, " Burada Anıl Köyü'nden Maksud adında bir hemşehrin var, git onu gör, belki sana yardım eder," demiş. Buna çok sevinen adam, hemen gidip Şeyh Maksud'u bulmuş, halini anlatıp kendisini köyüne göndermesini istemiş.

Şeyh adama, "Gözlerini kapat!" demiş. Adam kapatmış. Biraz sonra da, "Gözlerini aç!" demiş. Adam gözlerini açınca kendisini şeyhle beraber Hani'nin girişindeki Gabon çayırlığında bulmuş. Çok şaşırmış.

Şeyh ona, "Hadi şimdi köyüne git ama, bunu kimseye söyleme," demiş. Fakat adam herkese anlatmış. Sırrı duyulan Şeyh Maksud da ölmüş.

On binlerce kilometre uzaklığı göz açıp kapayana dek alan kahramanları anlatan, Anadolu'da pek çok söylenceler vardır. Örneğin, Tunceli'deki Munzur gözeleri üstüne anlatılan söylencede de böyle bir ışık hızıyla yol alış anlatılır. Bu söylencenin, günümüzde ışık hızıyla yol alan kurgubilim filmleri kahramanlarının, bir andaki mekân değiştirmelerinden ayrımı yoktur. Bu söylencede de, söylencenin bütün öğelerini görüyoruz.

1- Gurbette, dönüş için yol parası bulamayan insanın umarsızlığı.

2- Bu umarsızlığın, bir söylence imgesiyle giderilmesi.

3- Söylenceye inandırıcılık kazandırmak için yer, zaman, kişi belirlenmesi. (Söylencenin geçtiği yer günümüzde ziyaretgâhtır, Şeyh Maksud Ziyaretgâhı.)

4- İnandırıcılığın yaptırımı olan giz saklamak. Adam gizi saklamadığı için, Şeyh Maksud ölmüştür. Demek söylencelerdeki gizlere inanılacak ve kesinlikle açıklanmayacak. Bu gizlilik inanmayı pekiştirir.

Söylenceyle kurgubilim benzerliğini göstermek için, kitaptan bir örnek daha vermek istiyorum.

Nebi Harun Ziyareti

Hz. Süleyman'ın yakını olan Nebi Harun, bir orduyla gelerek Asurlulardan Eğil Kalesi'ni almak istemiş. Kale çok yüksek ve sarpmış. Bu nedenle birinci kuşatmada alamamış. İkinci kez kuşatmış, yine alamamış. Üçüncü kez kuşatmada, atını öyle bir mahmuzlamış ve kaleye, "Eğil!" diye öyle bir bağırmış ki, kale eğilmiş, atı da uçarak içeri girmiş. Ondan sonra, arkasındaki bütün atlılar uçarak girmişler ve kaleyi almışlar.

Bu ziyaretgâha çarşamba günleri hastalar ve dileği olanlar giderler, adak adarlar.

Bu söylencelerle kurgubilimsel yapıtların benzerlikleri çok açık. Açık olmakla birlikte işlevleri arasında büyük ayrım var. Bir örnek daha verelim yine kitaptan.

Caferitayyar Türbesi

Caferitayyar, Hz. Ali'nin kardeşiymiş. Beraber din uğruna savaşa girmişler. En öndeki sancağı taşıyan şehit olunca, sancağı arkasındaki alırmış. Böylece sıra Caferitayyar'a gelmiş. Cafer'in elleri, ayakları, gövdesi, sırasıyla parçalanmış, yalnız başı kalmış. Fakat O, sancağı dişleriyle yakalayıp uçarak Hani'ye gelmiş. Meğer gövdesinin öbür parçaları da uçarak buraya gelmiştir. Orada bütünleşerek dirilmiş, sonra yeniden ölmüş ve oraya gömülmüş. Şimdi türbesinde, sancağı ile ibriği var. Dua edilip dilek dileniyor.

Ortaçağ ve eski çağ söylenceleriyle çağcıl kurgubilimsel yapıtların bunca benzerliklerine karşın, aralarındaki en büyük ayrım işlevlerindedir. İnsanlar, söylencelere, onların gerçek olduğuna inanırlar. Anlatılan söylencelerin geçtiği bütün yerler ziyaretgâh olmuştur. Yani buralardan ekonomik çıkar sağlanmaktadır. Öyle ki bu ziyaretgâhlar, uzmanlık hastanelerine dönmüştür. Kimisi akıl hastalarına, saralılara, kimisi romatizmaya, kimisi kısırlığa iyi gelmektedir. Bugün de işlevleri vardır. Bir ortaçağ kurumu olan söylencelerin, çağcıl işlev görmesi, bu insanların yaşadıkları takvimlerle zamandaş olmadıklarını gösterir.

Kurgubilimsel yapıtlarsa, bir fantastik yapıt olarak görülür. Hiç kimse, kurgubilimsel yapıtlardaki olayların gerçek olduğuna inanmaz. Bunlar geleceğe yönelik imgelem ürünleridir. Gerçek değildir, ama gerçekleşme umudu olabilir, işte söylenceyle kurgubilim arasındaki ayrım budur.

Yirmi birinci yüzyıla on yıl kala, UNESCO'nun "Dünya Kültürel Gelişmesi On Yıllık İzlencesi"nde en önemli yeri alan konu, halkların kendi kültürlerini korumalarıdır. Gerçekten bu konu çok önemlidir. Çünkü ekonomik üstünlüğü olan, teknolojide başarılı ülkeler, iletişim araçlarının da zorlamasıyla, kendi kültürlerini bütün dünya halklarına dayatmaktadırlar. Bunun sonucu olarak, dünya tek kültüre ya da kültür tekeline doğru gitmektedir. Bu, halkların kültür renkliliği, kültürel kişiliği ve zenginliği yok olacak demektir, işte bu bakımdan, halkların kendi kültürlerini korumaları gerekir. Ancak kimi halkların, özellikle endüstri devrimini zamanında yaşayamayıp, gecikerek yaşamaya çalışan bizim gibi ülkelerin kültürleri arasında öyleleri vardır ki, bunlar o ülkenin çağdaş uygarlığa geçişine engel olmakta, bu geçişi geciktirmektedir.

UNESCO'nun, Dünya Kültürel Gelişmesi On Yıllık İzlencesi'ni düzenleyenler, çağdaş uygarlık ülkelerinin insanları olduklarından ve kendi ülkelerinde artık çağdaş uygarlığı engelleyecek kültürleri de kalmamış olduğundan, bizim ve bizim gibi ülkelerin, çağdaş uygarlığa varmamızı engelleyen kültür ürünlerimizden bilgileri yoktur. İşte, Muhsine Helimoğlu Yavuz'un kitabındaki büyük bir emekle derlediği söylenceler, bugünkü işlevleriyle, yani gerçekliklerine inanılarak hâlâ kullanılmalarıyla, çağdaş uygarlığa varışımızı engelleyen kültür ürünlerimizdir. Bugün onların hâlâ işlevsel olmaları da, bu söylencelerin yaratıldığı zamanki halkın umarsızlıklarının, bugün hâlâ sürmekte olmasındandır.

Bütün bu söylenceler, işlevsel olarak günümüzde hiçbir değer taşımaz, taşımamalıdır. Ama buna karşılık onlar bizim tarihsel, kültürel kalıtlarımızdır. Onları derlemek, saptamak ve korumak gerekir. Ama kullanmak? Hayır...

Salt Diyarbakır'ın değil, il il, ilçe ilçe bütün Türkiye'nin söylencelerini derleyip saptamalıyız. Bir ülkenin gerçek sahibi olmak, o ülkenin bütün kültürel kalıtlarını korumak, onları çağcıllaştırarak üretmekle olabilir.

Muhsine Helimoğlu Yavuz, büyük emek harcayarak önemli bir iş yapmış bu kitabını yayımlamakla, kitabının bu ikinci cildi nedeniyle O'nu ayrıca kutluyorum. "Diyarbakır Söylenceleri"nde, yazar çıkarcılığına yanıt verecek birçok gereç bulduğum için de Muhsine Helimoğlu Yavuz'a teşekkür ederim.

Aziz Nesin

Nesin Vakfı, 12 Nisan 1990

* * *

Muhsine Helimoğlu Yavuz'u tanıyıp da çalışmalarını gördüğüm zaman, içimde bir ferahlık duyduğumu unutmuyorum. O, halkın hepimiz için öğrenmemiz gerekli olan kültürünü, onların ayaklarına giderek, yaşayışlarına girerek, onları severek, onlar tarafından sevilerek tanımak mutluluğuna ermiş, genç bir halkiyatçımızdır. Onlarla haşir neşir olmanın kendisi için –seven bir insan için demek istiyorum– güç olmadığını biliyorum. Ayrıca, Muhsine'nin hayatında destan sayılacak bölümler var, onu da biliyorum...

İlk kitabını okurken, bu hatıralar da aklımın bir köşesinde "biz de varız" demekte idiler. Ardından, hem de çok geçmeden gelen bu ikinci kitabın içini dolduranların, nerelerden koparılıp geldiğini, bu kitabın sayfalarına nasıl yerleştiğini bilmekte, bu alanın yolcuları için dersler vardır. Bunlar, böylesine bir amaca ulaşmak için yollara düşenler yaşlarını, yolun akla gelen gelmeyen güçlüklerini, hatta en zor en aşılamaz görünen "dil" engellerini hesaba katmadan yola çıkmalıdırlar. Muhsine'nin yaptığı budur... Başardığı da budur...

Ama ben burada, sanırım herkes gibi kolayını seçiyorum. O da kendisini içten bir kez daha kutlamak ve kalemini öpmektir...

Orhan Şaik GÖKYAY

* * *

Tarihi sırada efsaneler, dinlerden öncedir. Dinler de felsefeden öncedir. Gelinen son yer bilim. Başka bir söyleyişle insanoğlunun kendini, evreni ve yaşadığını bütünleştirme biçimi olarak efsane ilk uğraktır. Bu biçim içinde din doğuyor ve efsane yerini dine bırakıyor. Böylece, bugün bilinen son halka olarak bilime varıldığında artık, eşyanın özelliklerinin kavranışı ve ifadesi dinden, felsefeden ve efsaneden istenmemektedir. Nitekim insanoğlu artık dini, vicdani bir doygunluk olarak yaşamaktadır.

Peki efsane... Efsane artık, başka bir etkinliğin yanında yer almaktadır. Yani sanatın yanında yer almaktadır. Sanatsal etkinliğin ise bilinegeldiğinden daha önemli bir yeri olduğu anlaşılmıştır.

Gerçekliğin yasaları olarak yargı (bilim) ve insanın bizzat kendi eylemesi üzerine, kendisinin verdiği yargı (din) ile sınırlı değil insan hayatı. Bir de içinde yaşadığı bu dünyanın temaşasından ve dünyayı yaşıyor olmasından doğan tat var. Bu tat, insanın kendisine, hayatına ve dünyaya verdiği anlamla bağlaşıktır da. İşte bu tat, sanatın alanıdır. Efsane, bunun yanı başında yer alıyor.

Sanat iddiasızdır. O yüzden de son derece etkindir. Sanat "o değilden" durup işler. Ve O'na varır. Efsane de artık, bilimin ve dinin iddialarından arınmıştır. Dini menkıbelere de karsa, tarihsel olgulara da karsa, efsane her şeyden önce iddiasızdır. Dayandığı biricik şey "tercih"tir. Ve bu tercih, son derece özneldir. Ne hesap verir, ne de hesap sorar.

Tercih edilmiş bir olguyu, bir kanıyı, bir temenniyi, efsane bu gün özelleştirilmiş bir çerçeve olarak anlamlandırmaktadır. Dünyanın nasıl olması isteniyorsa bu çerçeve öyle bir yaşayışın öğesidir. Olgu olsun, kanı olsun, temenni olsun, bunlardan herhangi birini efsane, kurduğu serencamın anlamına dönüştürür. Burada durmaz. Bu serencamı da yaptığı tercihin yoluna yatırır. Tercihinin ifadesi olarak, doğru anlamlandırmada mutlaka ve yalnız orda serencamını var eder. Dünyanın bütüncül kavranışını dine bırakalıberi, hele ardından felsefe, sonra da bilimin bunu devralışından beri, efsane sadece var ettiği serencama aittir. Aldanmamalı. Bize böyle, bildik tanıdık gelmesine karşın, bu serencam efsanenin dışında var değildir.

Efsane, bu serencamı öyle bir şekilde örer ki, sıkı sıkıya sarıldığı olgu, kanı ve temenniyi, serencamın dokusu yapar. Engücü olgu, kanı, temenni vb. dünya içerikleridir. Ve bu dokunun mekiği, yapılmış "tercih"tir. Bu mekik, dünyada ne ki var, onu, serencamın doğal öğesine dönüştürmekte ustadır. Serencam ve dünya içeriği arasında vazgeçilemez koparılamaz doğal bir, birolmayı bize duyurabilmesi, efsaneyi seçikleştirmektir. Bu duyma her zaman efsanenin şansı olmuştur.

Bu yüzdendir, din yoluyla inanç ve felsefe yoluyla usa vurma giderek, bilim yoluyla "bilgi" bağımsızlaşınca da efsane ölmemiştir. Tükenmemiştir. Bu duygu, efsanenin varlık nedeni olarak kaldı ve bizde bir estetik vurgu altında doğar.

Sanat yapıtı ne yolla insana ve hayata katkıda bulunuyorsa, efsane de o yolla katkıda bulunmaktadır. Bu yol, insanın insanla ve insanın çevresiyle ilişkilerine, gene insanın verdiği anlamın oluşumuna, doğrudan katılmaktadır. Sanattan başka hiçbir kuramın, bu doğrudanlık olanağı yoktur. Ne var ki sanat, dünya içeriğini, estetik bir biçime dönüştürür. Efsane buna gereksinmiyor. Tercihinin estetik biçimi, ona yetiyor. Deyim yerindeyse, dünya içeriğinin dönüştürülmesine karşıdır da. Efsane bir taşa, bir dereye, bir adama, kale burcuna, bir yıldıza, bir dünya içeriğini daha baştan bağlayıverir. O nesneye içerik olarak verir, içertir. Efsane, dünya içeriğini dönüştürmez, "nesne"yi dönüştürür. O yüzden "efsane"dir.

Bu demektir ki o, dünyaya ait bir içeriği ifade etmek için yola çıkmaz. Dünya içeriğine yaslanarak, nesne üzerine yaptığı tercihi aklamak ister. Tercih ettiği dünyanın anlamını, bu yolla dışarıda gerçek ve olup biten dünyaya bir mahiyet, bir can olarak verir. Bu noktada insanoğlunu doğrudan doğruya etkiliyor. Kurduğu ifade ise dünya içeriğini ya da nesneyi göstermiyor. Bu sanatın işidir. Reel nesnenin, nasıl görülmesini istiyorsa öyle gösterebileceği şekilde ifadeyi kuruyor. Ama temel özelliği, tercihinin mutlaka olmuş, mutlaka dünyada varolan bir nesne (ister tarihsel, ister doğasal) üzerine olmasıdır. Bu yüzdendir, efsanelerini bilmeden, bir halkla ilişki içine girilemez. O, tanınıp sevilemez ve onunla iletişim içine girilemez.

Efsane bugün, kendi estetik kurgusu gereği (her estetik bunu taşımıyor) mantıksal çıkarımlara iltifat etmez. Nibelungen, Ergenekon, Gılgamış gibi genel geçer yapıları olan efsaneler, bugün doğmuyor. Bugün efsane adımdan adıma, kişiden kişiye ortaya çıkıyor. Artık efsaneyi ev ev, köy köy aramak zorundayızdır. O nerede ise, onu orada bulmak zorundayızdır. Efsane, kimin tercihlerini dile getiriyorsa o kişiyi bulup, onu ondan almak zorundayızdır. Onu ancak o yaşatır. Böyle bir çalışma geniş boyutlarıyla, enstitü düzeyinde bir örgütlenme ister. Ama bu, tek bir kişinin yapacağı çalışmanın, işin niteliğini taşımayacağı anlamına gelmez.

Nitekim elinizdeki çalışma, tek bir kişinin ürünüdür ve bu niteliği taşımaktadır. Bu çalışmanın, kimi zamanlarına tanık oldum. İlginçtir, bildiği efsaneyi söylemeyi istememek gibi bir eğilime de tanık oldum. Bir emaneti gözlerden gizler gibi. Çalışmacı ısrar yoluna gittikçe, insanların huzurunu bozmak gerekmez diye, çalışmacıyla tartıştığım da oldu. Ama, araştırmacı durmadı, daha ileri yürümek istedi. Ve aldı... Verilmesinden kaçınılanı aldı. Gördüm ki, bir halkın halvetine girmek zordur. Bir halkın, hayat telakkisini sana aralamasını sağlamak zordur. Kendisinden alınıyor da olsa, kendisine veriliyor da olsa, hep kendisinin yitireceğine, deneylerinden ötürü inanan insandan, bir şey almak da bir şey vermek de zordur. Ama işte oldu...

Çalışma almakla kalmıyor, veriyor da. Sonunda, ürkünün dağılışını izlemek zevkli. Bir kitapta bir metni, kendi adlarına yazılı görmek insanların hoşuna gitti. Kaldı ki, araştırmacı televizyonda yani görsel ve işitsel bir yayında bu efsaneleri verince, insanların kendilerine ve hayatlarına olan ilgileri boyutlanmaktadır. Bu veriş, efsane, efsaneyi anlatanın adına bağlanarak yapılmaktadır. Yaptığı bir işin, kendi adına kaydedilmesi, çağdaş bir olanağın, bir insanın kendi adına işlemesi ve buna o insanın bizzat tanık olmasının, o insanla çağdaş bilinç arasında en vurucu bağ olduğu, burada çok açık ortaya çıktı. Yazılı yayınla, görsel ve işitsel yayınla dünyaya katılıyor olmak, bu bağın bir güvencesi olarak gelip durdu. Bu insan tekinin, kendi maddi katılımının bilincini, en geniş sınırlarına kadar uzatmasının yolu oldu. Bir yönde katılıyorsa, öbür yönde niye katılmasın.

Efsane, insanoğlunun dünya görüşüne ve bundan bekinip gelen hayat telakkisine alt kavramlar oluşturur. Demek ki, efsanelerini, mesellerini bilmeden insanla hemhal olamazsınız. Nasrettin Hoca'yı bilmeden, Anadolulu'yu kavrayamazsınız. İşte, bu nedenle elinizdeki çalışma, aynı alandaki benzerleri gelişip serpildikçe (eğer yüreklenenler olacaksa) değerinden bir şey yitirmeyecek. İlk olmak, onun tek özelliği kalmayacak. Çünkü, efsanenin derlenip değerlendirilmesinde (kimi başka alanlar gibi) bunu yapanın hayat telakkisi ve insanla ilişkisi, çalışmanın bütünselliğinde düzen bağı olarak işler.

Veysel Öngören

* * *

Anadolu'nun kültür tarihinde Diyarbakır'ın seçkin bir yeri vardır. 1963 yılından beri Ergani'nin Hilar Köyü Çayönü Höyüğü'nde yapılmakta olan kazılarda çıkan el sanatlarına, bu insan topluluklarının günlük yaşantılarında kullandıkları alet, araç ve gereçlere ait buluntular, Çayönü sakinlerinin ekonomilerine dönük bir kültürün en eski temsilcileri olduklarını ortaya koymuş ve Diyarbakır'ın sadece Anadolu'nun değil, insanlık kültür tarihi yönünden de bilinen merkezlerin en eskilerinden biri olduğu gerçeğini, kanıtlarıyla gün ışığına çıkarmış bulunmaktadır.

Uzmanlarca yapılan değerlendirmede, Çayönü sakinlerinin yarattığı bu kültürün MÖ 7250-6750 tarihlerinde varolduğu, böylece dokuz bin yılı aşkın bir geçmişe dayandığı saptanmış oluyor. Şu halde, Diyarbakır kültürünün bu zenginliği, binlerce yıldır aynı topraklar üzerinde yaşamış çeşitli etnik kökenli insan topluluklarının oluşturdukları yüzlerce kültürün kaynaşmasının bir sonucudur, denilebilir.

"Folklor" dediğimiz halk kültürü, bu genel kültürün en önemli dallarından birini oluşturur. Halk kültürünün ana kollarından biri de "efsaneler" dir. Üzülerek belirtmek gerekir ki Diyarbakır folkloru üzerinde çalışmalar ve yayımlar pek azdır. Hele efsaneler üzerinde adeta hiç çalışılmamıştır. Daha önce başkaları tarafından derlenip yayımlanan efsane adedinin yirmiye bile ulaşmadığını söylemek, yakınmada ne kadar haklı olduğumuzu kanıtlamak için yeterlidir sanırım.

Dicle Üniversitesi Eğitim Fakültesi Öğretim Görevlisi Sayın Muhsine Helimoğlu Yavuz'un, göreve başlar başlamaz halk kültürü alanında çalışmaya, mahalle mahalle, köy köy gezip derlemeler, araştırmalar yapmaya başladığını duyuyor; bütün ömrü Diyarbakır'ı çeşitli yönleriyle tanıtmak çabasıyla geçen ve geçecek olan bir Diyarbakırlı olarak çok seviniyorduk. Uzun ve yorucu bir çalışmanın ilk ürünü olan "Diyarbakır Efsaneleri Üzerine Bir Araştırma" kitabının ilk cildi geçen yıl yayımlanmıştı. İkinci cildinin de basıldığını ve çalışmalarını sürdüreceğini öğrenmek, benim için mutlulukların en büyüğü olmuştur. Çünkü bu tür bilimsel çalışmaların Diyarbakır'ı tanıtmada büyük rolü olacağına inanıyorum.

220 sayfadan oluşan 1. ciltte 117 efsane yer almaktadır. Derlemeler, tasnifler bilimsel bir metotla yapılmış, kitabın "Giriş" bölümünde efsaneler hakkında gerekli bilgiler verilmiş, bu alanda daha önce yapılan çalışmalara değinilmiştir.

Bu güzel ve mükemmel eserlerinden dolayı "Diyarbakır'ın Sevgili Muhsine Hocası"nı kutlamak, çalışmalarının devamını dilemek, gerektiğinde ona yardımcı olmak, memleketini seven her Diyarbakırlı için bir görev olmalıdır.

Şevket Beysanoğlu

* * *

Arkeolojik araştırmalar nasıl eski uygarlıkların mimari özelliklerine, yaşama biçimlerine ışık serpiyorlarsa, sanırım söylenceler de en azından o çağın insan ilişkilerine aynı ışığı serpmektedirler. Böylece birbirlerini tamamlamaktadırlar, birbirlerine anlam katmaktadırlar.

Bir yandan, günümüzdeki davranışlarımızın kökeninde yatan o belirsiz ortaklaşa duyguların, içtepilerin ipuçlarını verirlerken bir yandan da tarihle coğrafyayla kaynaşırlar.

Muhsine Yavuz'un *Diyarbakır Efsaneleri*'ni okurken, o geçmiş günlere gidivermişim. Çoğunu unuttuğum, ya da unuttuğumu sandığım bu söylencelerin bazıları bana yabancı gelmedi. Nene diye çağırdığımız, babamı da benim gibi sırtında büyütmüş Emine Bacı'mızı bir daha rahmetle andım. Burnumun direği sızlayarak.

Dişsiz ağzından, kendine özgü bir deyişle dökülürdü sözcükleri. Ben bu sözcüklerden çok yararlandım oyunlarımda ve tiyatro yazarlığımın başında, Gılgameş'i bir oyun konusu olarak neden o kadar coşkuyla benimsediğimi bir kez daha anladım.

Efsanelerimiz yalnız dünümüzden ses vermezler, geleceğimizi de etkilerler.

Yeni yeni çalışmalarla, yeni yeni başarılar dilerim Muhsine Yavuz'a.

Orhan Asena

* * *

"Ve Seni, Diyarbakır Gibi Sevmek"

Diyarbakır, Anadolu'nun kırkikindi yağmurudur. Anadolu'ya batısından bakarsanız Ege'nin büyülü maviliğini, güneşle birlikte doğarsanız Diyarbakır surlarının siluetini görürsünüz. İnsanı akılla kavramak isterseniz kendinizi büyülü maviye bırakınız, gönül gizinde sevmek istiyorsanız Fiskayası'ndan Dicle'ye yansıyan Diyarbakır surlarının yansısına kaptırınız kendinizi. Diyarbakır'ın kimliğini ve kentsel kişiliğini tanıdınız mı, ilkyaz bereketini sürdüren kırkikindi yağmurları gibi, insan sevgisini büyütürsünüz yüreğinizde. İnsan sevgisi, insanı yücelten mertlik, değişen yaşam koşullarına karşın kendine güven, insanı onurlandıran cömertlik, Diyarbakır'ı tanıyan herkesin yüreğinden kafasına sıçrar. Bütün bu beşeri ilişkiler, bireye özgü olmaktan çıkar, insana özge bir nitelik kazanır. Birini "Diyarbakır gibi sevmek", insanca sevmek, yücelterek sevmektir. Sevgiyi yüreklendirmek, onu duygunun titreşimli alanından çıkarıp usun soruşturucu, kuşkucu, ama sonunda yerine oturtucu, gerçeğin balına bulandırıcı mutluluğuna kavuşturmaktır.

Muhsine Helimoğlu Yavuz'un *Diyarbakır Efsaneleri* adlı iki

ciltlik yapıtını okuyunca, yeniden Diyarbakır büyüsüne kapıldım. Gençliğimin kırkikindi yağmurlarını anımsadım. Cinobaşı'nda yeniden top oynamak, Fiskayası'ndan Dicle'ye karışmak, Mardin Kapısı'ndan Saman Köşkü'ne (Gazi Köşkü) süzülüp gönlümün ilk sızısı Eren'in yeşil gözlerine bakmak istedim. Efsane efsane düşünmeye başladım. Kırkikindi yağmuru olup bereketlendi düşlerim, anılarım. Birden, Diyarbakır gerçeğiyle Diyarbakır büyüsünün aynı şey olduğunu düşündüm. Efsane, ekinsel bir büyü mü? İnsanlık tarihinin gizli kalmış yanlarından birisini yansıtan birçok anlatım yollarından en büyülüsü mü? Tarihsel gerçeğin unutulmuş bir yansısı mı? Muhsine Helimoğlu'nun yapıtını okurken, bunları düşündüm birer birer. Doğrusu, bu sorular da bana büyülü geldi. Düşten gerçeğe geçmek daha güzel.

Fransızların leğende, Almanların sage, İngilizlerin legend, Arapların menkabe terimleriyle karşıladıkları "efsane", dilimize, Farsçadan geçmiş. Almanlar, dinlik efsaneleri, öbür efsanelerden ayırarak, dinlik efsaneler için Latince kökenli "leğende" terimiyle karşılıyorlar. Toros Türkmenleri "sanıka" diyorlar. Kerim Yund dostumuzun Senir Köyü'nde rastladığı bu terime, ben, Felteş Emmi'nin özel sözlüğünde de tanık oldum. Almanların "sage" terimiyle bir ilgisi var mı? İncelenmeye değer. Efsane özünde masal, mit, destan türü anlatı ürünleri gibi, olağanüstü olayları, olağanüstü kişilerle anlatan söz ürünlerindendir. Onlar gibi bir anlatı türüdür. Ancak, onlardan, keskin ve belirgin niteliklerle ayrılır. Muhsine Helimoğlu Yavuz, yapıtının birinci kitabında, bu konuda ayrıntılı bilgi vermiş. Kuşkusuz efsaneyi, benzeri anlatı türlerinden ayıran en belirgin niteliği Pertev Naili Boratav saptamış: Anlatının inandırıcı olması. "İnanış", yani anlatılan olayın gerçek olduğuna inanma ve inandırma, efsanenin en belirtici özelliğidir. Bu yüzden efsane, masal gibi, olağanüstü bir olayı anlatmasına karşın, olayın kişisinin kimliğini belirtir, olayın geçtiği yeri açık biçimde tanımlar, belirler. Bu özelliklere ve niteliklere destanlarda da rastlanır. Destan kişilerinin kimlikleri de bellidir. Hatta, onların tarihsel gerçeklikleri, efsane kişilerinin tarihsel gerçekliklerinden daha açıktır, tarihsel belgelerle tanıtlanmıştır. Bunlara karşın efsane kişileri, destan kişilerinden yine de çok açık biçimde ayrılırlar. Bunu, aşağıda kanıtlamaya çalışacağız. Masal, destan, efsane kişilerinin ortak yanları, olağanüstü olayları yapabilmeleri, aşılmaz sanılan engelleri insanüstü yaratılışlarıyla aşmaları, doğaüstü ve insanüstü kişilikler taşımasıdır. Bu niteliklerini bir yana bırakırsak, birbirlerinden çok belirgin biçimde ayırt edilirler.

Efsaneler, konuları bakımından da masallardan ve destanlardan belirgin biçimde ayrılırlar. Doğaüstü yaratıklar, olağanüstü olaylar, insanüstü güçler, hepsinde de ortaktırlar, ama efsanelerde bütün bunlar birer konu olarak ele alındıkları halde, masallarda ve destanlarda, birer örge (motif) olarak görünürler. Örneğin birçok masalda, ateşten ırmak, canavarlı yol, saçları yılan cadılar vb. birçok öğe, birer örge olarak kullanılır. Destanlarda da, böyle örgelere rastlanılır. Odesseus'un önüne çıkarılan engelleri düşünürsek, bu tür örgelerin destanlarda, serüveni heyecanlandırmak için, gereç olarak kullanıldığını anlarız. Kalevala'da Vainaminen, gökkuşağının üzerindeki bakireyi kandırmak için güzel sözler söyler, ama bakire, onun gizemli sözlerine aldırmaz, onu sınava çeker. Her sınav, insanüstü güce sahip birinin yapabileceği nitelikte becerilerle başarılabilir ancak. "Sapsız kör bir bıçakla, bir kılı ikiye bölmek", "kırk kirmandan ve parçalanmış iğden kayık yapmak" vb. örgeler, destanlarda çok rastlanan örgelerdir. Demek, efsaneler de masallar ve destanlarla özdeş gereçleri kullanabilirler. Ancak destanlarda böylesi gereçler, engelleri aşma gücü olan kişilerce zorunlu olarak kullanılır. Çünkü destan kişilerinin biraz sonra belirleyeceğimiz nitelikleri, onların başarılarında zorunlu niteliklerdir. Efsane kişileri için insanüstü güç bir zorunluk değil, bir olanaktır, kişisel özveriyle elde edilmiş bir kazanımdır.

Biçim bakımından da efsaneleri, öbürlerinden ayırmak kolaydır. Bir kez, destanlar koşuklu anlatılardır. Efsaneler, düz söylemlerdir. Masallarla, bu özelliklerinden dolayı karıştırılabilirler. Oysa masal özenli bir anlatımla yapılır. Sanatsal eğilim ağır basar. Olayın kurgusu betimlemelerle, yer yer çözümlemelerle, anlatıcının sözel yeteneğine bağlı türlü süslemelerle beslenir. Efsanelerde böyle kaygılar bulunmaz. Düz, basit, kısa anlatılardır. Kuşkusuz, biçim bakımından farklar salt bunlar değildir. Masallar, olayın tarihselliğine önem vermez. Olayın gerçekliğini de önemsemez. Hatta gerçekler masalın canını sıkar. Masallar için önemli olan, beşeri birtakım ilişkilerin güzel anlatımı ile sevimli sonucudur. İnsanların umutlarını yeşertmekte, en güzel anlatılardır masallar. Efsaneler hiç sevmezler mutlu sonu. Destanların yansıttığı olaylarsa, birçok masalı içinde taşıyabilmesine karşın, tarihsel bir gerçeğe dayanırlar. Bu tarihsel gerçeğe, kimseyi inandırmak çabası yoktur. Çünkü destanlar, destanın anlatıcısına ya da yazarına göre zaten tarihsel gerçeklerdir. Oysa efsaneler, tarihsel gerçekten uzaklaşmış olayları, inandırıcı biçimde anlatırlar. İnandırmak, efsanelerin en belirgin öğesidir. Efsaneleşmiş bir olay, birbirinden zamanca uzaklaşmış, yerce değişmiş, kişilerce kimlik değiştirmiş olarak anlatılabilir. Oysa, destan kişisi, bu denli kimlik değiştiremez. Ancak, bütün değişimlere karşın, temel örge yitirilmez: Efsane kişisi, gizi öğrenilince ölür. Yalanı sezilen, dünyadan geçer. Bir masalı yer belirterek, kişinin kimliğini açıklayarak anlatırsak efsaneleşir. Bir olayı, "eskiden böyle söylerlermiş" ya da "güya böyle bir kişi yaşamış" diye anlatıyorsak, efsane yitmeye yüz tutmuştur.

Muhsine Helimoğlu Yavuz, Diyarbakır'dan topladığı efsaneleri, International society for folk-narrative rearch- Uluslararası Halk Anlatıları Araştırma Derneği'nin kabul ettiği anabaşlıklara göre sınıflandırmış. Bu, zorunlu bir sınıflandırmadır. Ne ki, altbaşlıklar, derleyici ya da araştırıcı tarafından saptanmaktadır. Öyle görünüyor ki, altbaşlıklar alabildiğince çoğalacaktır. Bu arada, "dinlik efsaneler"in, "tarihlik efsaneler" anabaşlığı içinde altbaşlıkla ifade edilmesini öneririm. Örneğin, "Şeyh Lütfü Ziyareti" efsanesi, Kore savaşı gibi bir tarihsel olayı, belleklerde canlı tutmak amacını taşıyor. "Yedi Bela Hüseyin Efendi" efsanesi de, Osmanlı toprak düzenini yansıtması bakımından önemlidir. Doğrusu, bunun dinlik bir yanı da yok. Zaten efsanelerin bazıları, hiçbir olağanüstü ya da insanüstü güçlerin izlerini taşımazlar. Yedi Bela Hüseyin Efendi de, bu tür efsanelerden birisidir. Ne ki, Hüseyin Efendi'nin istenci (iradesi), toplumun tanıdığı düz insanın istencini aşıyor. İşte toplum, böyle bir insanı efsaneleştiriyor. Onun başarısına tutulan bir alkıştır bu. Dünyanın her ycrindc, sıradan insanın efsaneleştiği görülmüştür. Çobanların, hizmetkârların, kâhyaların, çırakların vb. toplumun alt katmanlarından birinin toplumda birden yükselmeleri, zenginlemeleri, güç sahibi kişiler durumuna gelmeleri bu türdendir. "Patrik Köyü Çobanı" efsanesi, bu türün güzel bir örneğidir. Patrik Köyü'nün çobanının da dinsel bir yanı yok, ama düz insanın direnme gücünü aşan bir direnci var. Devlet güçlerinin işkencelerine karşı direniyor, onların zekâsını yenen bir zekâ örneği gösteriyor.

Efsaneyi, kendisine benzeyen anlatı türlerinden ayıran başlıca niteliği, yukarıdan beri belirtmeye çalıştığımız niteliklerinden çok daha belirgindir. Masal, kimliği belirsiz kişilerin rol aldığı, birçok olumsuzluğu olumlu yola sokarak mutlu sona ulaşan kişilerin yansıtıldığı anlatı türlerindendir. Anonim halk ürünlerinin en sevilenlerinden olduğunu söyleyebiliriz. Masalın kişileri, olayın sonunda mutlaka sınıf değiştirirler, umutsuzların ve umarsızların umutlarını ve umarlarını canlı tutarlar. Köleci ve feodal toplumlarda oluştuğu anlaşılıyor. Hatta, feodal toplumlarda sadece anlatılıyor. Çünkü, masal kişileri, olağanüstü durumlardan yararlanıyorlar, ama bizzat kendilerinin olağanüstü kimlikleri yok. Çok az masalda, kişilerin olağanüstü kimlikleri görülür. Bunların, mit parçası olduğunu düşünüyorum.

Destan kişileri kesinlikle, ilkel komünal toplumlarda oluşmuş. Bildiğimiz bütün destan kişileri, ya tanrıdır ya da yarı tanrı. Destan kişileri, çıktıkları toplumun yazgısına egemendirler. Toplumların mutluluklarıyla ya da mutsuzluklarıyla özdeşleşmişlerdir. Bu kişiler, köleci toplum aşamasında tanrılıklarını yitirirler. Olağanüstü ya da insanüstü kişiliklerini, artık, ekonomik güçlerinden, çevresindeki sağlıklı ve iyi eğitilmiş yiğitlerden alırlar. Dede Korkut'un kişileri, tanrısal kimliklerini yitirmişlerdir. Oysa Oğuz, bir tanrıdır. Homeros'un bütün kişileri, tanrılarla savaşan ya da uzlaşan, yaşamın koşullarına bağlı olarak onlarla ilişkilerini düzenleyen yarı tanrılardır. Ya anaları bir tanrıçadır ya da babaları bir tanrıdır. Oysa, hiçbir efsane kişisi, tanrı ya da yarı tanrı değildir. Eğitimin ya da istencinin sonucu insanüstü bir güce erişir. İnsani çabası, sonunda insanüstü nitelik kazanmıştır. Tanrı değildir, tanrıyla kansal bağı yoktur, ancak tanrısal güç kazanmıştır. Giderek tanrılaşmıştır. En azından tanrıyla bütünleşmiştir. Köleci toplumların feodal topluma dönüşme aşamasında görülür efsane. Tanrı kişiler, tek tanrı karşısında gerilerler. Sütçü Hacı efsanesi, efsanelerin hangi toplumlarda, nasıl oluştuğunu göstermesi bakımından önemli. Feodal toplumun oluşması sırasında, üstün ahlakı temsil eden istençli ve dirençli kişilerin yaratılmasını amaçlıyor. Gedik (lonca) geleneğinin yansımasıdır bu efsane. Aziz Nesin'in tanıtma yazısında örnek olarak aldığı Şeyh Maksut Ziyareti efsanesi de, tanrısallaşan insanın güzel bir örneğidir. Ben, böyle çok efsane biliyorum. Kuşkusuz, birçok insanımız, böyle efsaneleri, çocuk yaşlarında büyük bir şaşkınlıkla ve hayretle dinlerler. Hemen her Anadolu evliyasının yaşam öyküsünde, cuma namazlarını hem kendi kentinin camiinde hem de Mekke'de kılmak örgesi vardır. Aynı kişi, düşüncenin ve nesnenin gerçeğini aşar. Aynı anda, hem burada hem şurada olabilir. Zamandan ve mekândan münezzehliktir (zamandan ve mekândan arınmışlık, bu kavramlarla sınırlandırılamamak) bu.

Denebilir ki, tüm Anadolu evliyalarının ayakkabılarında, hemen her cuma günü kum taneleri görülür. Veli, zamandan ve mekândan arınarak tanrısal nitelik kazanmıştır. Doğrusu ben bu efsanelerde, ışınlanma olayı ile bir ilişki göremiyorum. Tanrı ışınlanmaz. Bizzat ışındır. Bu, tasavvuftaki vücut birliğinin (vahdet-i vücud) yaşama geçirilmesidir. Bu bakımdan, çağımızdaki kurgubilim ürünlerini de, efsane sayamıyorum. Kurgubilim, sanayi devrimine adım atmış toplumlarda üretiliyor. Teknoloji, artık geçmişi değil, geleceği yansıtıyor. Efsane, masal, destan geçmişi yansıtıyor, oysa kurgubilim geleceği tasarımlıyor. Mitoloji ise tasarlıyordu ama tasarımlamıyordu. (Ben, miti de, masaldan ayırıyorum.) Mitin kişileri, salt tanrılar olduğundan, geçmişi yapmışlardır, geleceği de kuruyorlar. Oysa kurgubilim, geçmişi yapmıyor. Efsanenin gerçekleşebileceğinden söz edilemez, gerçekleşmiştir, bize düşen ona inanmaktır. Oysa, kurgubilimi tartışabiliriz. Tartışıyoruz da nitekim. Efsanelerin kurgusunda, hep geçmiş vardır. Bu bakımdan, yani biçim yönünden de, onu kurgubilimle özdeşleştiremeyiz. Ayrı ürünlerdir. Kurgubilimin kişileri, insanüstü ya da olağanüstü hiçbir gereç kullanmıyorlar, sadece ileri teknolojiyle uzayın gizlerini çözmeye çalışıyorlar ya da dünyanın başına gelecekleri önlüyorlar. En çok da, toplumsal olaylara ilişkin kurgubilimleri seviyorum.

Muhsine Helimoğlu Yavuz yapıtında, Stith Thompson'ın "Motif Index of Folk Literatüre" örge saptama yöntemine göre, her efsanenin sonunda, o efsanenin içerdiği örgeyi ya da örgeleri saptamış. Bu örgelerin içinde, Sultan Sa'saa efsanesinde görülen "başı kesilmiş insanın savaşması" imgesi, anonim edebiyatımızın çok önemli örgelerinden birisidir. Mehmet Kaplan'ın "alp erenler-gazi erenler" ya da "alp gaziler" diye nitelediği, Türklerin fetih tutkusu olarak değerlendirdiği bu örge, birçok Anadolu kentinde, ayrı kişiler için anlatılan efsanelerde var. Malatya'da Battal Gazi, Ankara'da Hüseyin Gazi, Erzurum'da Abdurrahman Gazi, Elazığ'da Feti (Fatih) Ahmet vb. Bu gaziler, Anadolu'nun İslamlaştırılma tarihini yansıtıyorlar. Bunlar yüz kişidirler. Bir Rum kentinin surlarının önüne gelirler, kale muhafızından, kaleyi kaç askerin koruduğunu sorarlar, her bin savaşçı için bir gaziyi bırakır giderler. Son gazi, son kâfiri öldürünceye değin dövüşür. Bu arada, bir kılıç darbesiyle başı gövdesinden ayrılır. Gazi başını koltuğunun altına alır, zaferi kazandıktan sonra kentin dışında, genellikle kente egemen bir yere gelir, kendi mezarını kazar ve içine girer, ölür. Bu örgeyi, sanıyorum "kesikbaş" örgesinden ayırmak gerekiyor. Görüldüğü gibi "alp gaziler"le de bir ilgisi yoktur. Ne ki, karşılaştırmalı efsane çalışması yapmadan da, bilimsel yaklaşım olanaksız.

Diyarbakır Efsaneleri Üzerine Bir Araştırma, Muhsine Helimoğlu Yavuz'un sabırlı, yararlı, önemli bir eseri, Diyarbakır'ın toplumsal tarihi ve ekinsel birikimi üzerine çok önemli efsaneler derlenmiş. Toplumbilimcilere ve tarihçilere, önemli ipuçları veren efsaneleri bu denli sabırla ve özveriyle toplayan Helimoğlu Yavuz'un karşılaştırmalı çalışmalarını bekliyoruz.

Muhsine, efsaneleri, Diyarbakır gibi sevmiş.

Vecihi Timuroğlu

* * *

"Karanlıktaki Hazine"

Sıdıka Avar, Elazığ, Tunceli ve Bingöl yöresinin çetin koşullarında yirmi yıl öğretmenlik yapan bir eğitimcidir. Ama 'düz' bir öğretmen değildir. At sırtında, kamyon üstünde, uçurumlarda ölümle yüzleşerek Doğu'nun kızlarını ana babalarına karşı toplayıp okutma savaşımı vermiş, özveriden oluşan bir kişiliktir... Onun *Dağ Çiçeklerim* adıyla yayımlanan anıları, hem yaşayan, hem gözleyen bir kalemden o bölgenin tarihi, vahşi doğası, kültürü, ekonomisi, her şeyi... Tüyler ürperten her şeyi.

Muhsine Yavuz'u okurken, "İşte yeni bir Sıdıka Avar!" dedim.

Yavuz, yıllarca Diyarbakır'ın köy ve mezralarını dolaşarak efsaneler derledi. Derlediği yüzlerce efsaneyi iki cilt halinde yayımladı. Yedi yüz yıldır susan insanımızı konuşturmak, onların ağzından bu efsaneleri alabilmek, ancak Muhsine Yavuz gibi sıcak insanların, insanımıza sıcak bakan bilimcilerimizin başarabileceği zor bir iştir. Yavuz, sıcak ve sevecen kişiliğiyle bu zor işi başarmıştır...

Yetmişlik Bahire Özkan Hanımefendi'yi anlatırken Yavuz'un da değindiği gibi, Anadolu insanı, onun birikimi ve dolayısıyla kültürü bir hazinedir. Ama, yine Diyarbakırlı ozanımız Cahit Sıtkı Tarancı'nın bir şiirinde dediği gibi, "Karanlıktaki hazine"dir... Onu her yönüyle aydınlığa çıkaracak olan, Muhsine Yavuz benzeri yılmaz araştırmacılarımızın çoğalmasıdır... Ancak o zaman, Yakup Kadri Karaosmanoğlu'nun *Yaban*'da okumuşlarımıza ettiği sitemi eskitebiliriz. Çünkü şöyle diyordu Yakup Kadri: "Anadolu halkının bir ruhu vardı, giremedin; bir kafası vardı aydınlatamadın!..."

Anadolu'da bir söz vardır: "İnsan, eğildiği yerden bir avuç toprakla doğrulmalıdır..." Muhsine Yavuz, bu sözün gereğini fazlasıyla yerine getirmiş, çalıştığı çevreden iki avuç toprakla, yani iki cilt tutan bir yapıtla dönmüştür. İnsancıllığıyla, sıcaklığıyla halkın ruhuna girmiş, gönülleri çelmiş de diyebiliriz. Yapıt boyunca, kıvrak diliyle sunduğu bildirilerden aldığımız izlenim budur. Zaten, efsaneler ve masallar halkın ruhu değil mi? Yüzyıllardır, beklentilerini, düşlerini efsanelerine, masallarına dökmemiş mi halkımız?.. Keşke ekip halinde gidilse, masallar, gelenekler, halk hekimliği... alanlarında da bir çırpıda incelemeler yapılsaydı, diyor Yavuz. Buna, "Halkın içinde bulunduğu koşulların her yönüyle incelenmesi ne kadar iyi olur," diye bir ek yapabiliriz: Eğitimi, ekonomisi, geçim durumu... Yavuz gibi, insanı, halkını seven yetişkinlerimizin yetiştirdikleri ve çevrenin çocuğu olan yeni kuşakların bu araştırmaları genişleteceklerini düşünüyoruz. Bunu düşünürken de umudumuz artıyor. Bir umut için yaşamıyor muyuz zaten? Başka türlü nasıl çıkar karanlıklar aydınlığa?

Muhsine Yavuz kutlanacak, örnek alınacak bir iş yapmıştır. Onu kutluyor, getirdiklerini bağrıma basıyorum...

Mahmut Makal

BİBLİYOGRAFYA

AKSEL, Malik, *Anadolu Halk Resimleri,* İstanbul 1960

AKTAN, Selma ve ÇOLAK, Hüseyin, *Hakiki Anadolu Efsaneleri,* İstanbul 1965

ALANGU, Tahir, *Türkiye Folkloru El Kitabı,* İstanbul 1983

AND, Metin, *Dionisos ve Anadolu Köylüsü,* İstanbul 1972

ANLAROĞLU, Fehmi, *Dilden Dile Nesilden Nesile Anadolu Efsaneleri,* Ankara 1968

ATABEYLİ, Naci Kum, "Yılan ve Ejderha Timsallerinin Efsane Mana ve Mefhumu", *Görüşler,* 3 (34), 4/1941

AYHANER, Hasan, "Perrinus ve Kibele", *Emre,* 4 (42), 10/1967

BEĞENÇ, Cahit, *Anadolu Mitolojisi,* İstanbul 1965

BENEKAY, Yahya, "Yurdumuzun Efsaneleri", *Hayat,* 3 (36), 8/1962

BEYSANOĞLU, Şevket, "Diyarbakır'dan Beş Efsane", *Türk Folklor Araştırmaları,* 15 (302), 9/1974

Diyarbakır'da Gömülü Meşhur Adamlar, Ankara 1985

Diyarbakır Folkloru, Birinci Kitap, Diyarbakır 1943

Diyarbakır Folkloru, İkinci Kitap, Diyarbakır 1946

Diyarbakırım (1. Cilt), Ankara 1982

Diyarbakırım (2. Cilt), Ankara 1986

Kısaltılmış Diyarbakır Tarihi ve Abideleri, İstanbul 1963

BORATAV, Pertev Naili, *100 Soruda Türk Halk Edebiyatı,* İstanbul 1969

100 Soruda Türk Folkloru, İstanbul 1973
Az Gittik Uz Gittik, Ankara 1969
"Le Conte et la Legende", *Philologiae Turcicae Fundamenta,* C. II, Wiesbaden 1964
BUCKLEY, E.F., *Mitolojiden Masallar*, İstanbul 1985 (Türkçeleştiren: Orhan Petek)
BURAN, Ahmet, *Keban ve Baskil Yörelerinden Derlenen Efsaneler*, Türk Folklorundan Derlemeler, Ankara 1986
BURDURLU, İbrahim Zeki, *Ülkemin Efsaneleri,* İzmir 1966
COLUM, Padraic, *Myth of the World,* USA 1971
ÇETİN, Nebahat, "Ağrı Dağı Efsanesi", *Türk Folklor Araştırmaları,* 14 (248), 3/1970
DERMAN, Münir, "Cemiyet ve Efsaneler", *Emre,* 4 (41), 9/ 1967
Diyarbakır İl Yıllığı, 1967
Diyarbakır İl Yıllığı, 1973
DODD, E.F., *Homeros'tan Öyküler*, İstanbul 1982 (Türkçeleştiren: Sevim Raşa)
DORSON, Richard M, *Thcories of Myth and the Folklorist,* USA 1969
DURU Orhan, *Kısas-ı Enbiya,* İstanbul 1978
Efsane Derlemeleri, Köy Öğretmenleriyle Haberleşme ve Yardımlaşma Derneği, İstanbul 1975
ELÇİN, M. Şükrü, "Türk Dilinde Destan Kelimesi ve Meflumu", *Türk Kültürü*, 6 (63), 1 /1968
Halk Edebiyatına Giriş, Ankara 1981
ERDEM, Halil Kadri, "Kütahya Efsaneleri", *Ülkü,* 3 (29), 12/1942
ERGİN, Muharrem, *Dede Korkut Kitabı,* Ankara 1959
ERHAT, Azra, *Mitoloji Sözlüğü,* İstanbul 1972

ES, Selçuk, "Konya Efsaneleri", *Folklor,* 1 (4) 8/1969
Evliya Çelebi, *Seyahatname*, C. 6, İstanbul 1970 (Sadeleştiren: Zuhuri Danışman)
GENNEP, A. Von, *La Formation des Legendes,* Paris 1917
GOLDSTEİN, Kenneth S., *Sahada Folklor Derleme Metotları,* Ankara 1983 (Türkçeleştiren: Prof. Dr. Ahmet E. Uysal)
GÖKYAY, Orhan Saik, "Divanü Lügat-it Türk ve Alp Er Tunga, *Türk Dili,* 27 (253), 9/1972
Dedem Korkutun Kitabı, İstanbul 1973
GÖRKEM, İsmail, 'Elazığ Efsaneleri Üzerinde Araştırmalar' Elazığ 1987 (Basılmamış, yüksek lisans tezi.)
GÜNELİ, Şerafettin, *Bütün Yönleriyle Ergani*, Ankara 1966
GÜNEY, Eflatun Cem, "Bursa Efsanesi", *Köy Postası*, 8 (99), 10/1952
Güneydoğu Birinci Genel Müfettişlik Bölgesi (Birinci Genel Müfettişlik tarafından neşrolunmuştur), İstanbul 1939
GÜNGÖR, Kemal, "Van Efsaneleri", *Ülkü II,* 5 (59), 3/1944
GÜZELBEY, Cemil Cahit, "Bu Şehrin Hikâyesi Gaziantep Kalesi", *Gaziantep Kültür,* 8 (88), 4/1965
HAMİLTON, Edith, *Mythology,* USA 1969
HASSAN, Ümit, *Eski Türk Toplumu Üzerine İncelemeler,* İstanbul 1985
IRMAK, Sadi, *Kutsal Kur'an Türkçe Meali,* İstanbul 1965
ISBAHA, Çetin, "Oğuz Efsanesi", *Köy Postası*, 5 (50), 7/1948
İNAN, Abdülkadir, "Türk Destanlarına Genel Bir Bakış", *Türk Dili Araştırmaları Yıllığı-Belleten,* 1954
"Epope ve Hurafe Motiflerinin Tarih Bakımından Önemi", *Türk Kültürü,* 6 (53), 3/1967
"Türklerde Demircilik Sanatı", *Türk Kültürü*, 4 (42), 4/1966

Manas Destanı, İstanbul 1972
Tarihte ve Bugün Şamanizm, Ankara 1945
KABAAĞAÇLI, Cevat Şakir, "Anadolu Efsaneleri", *Türk Dili,* 19 (208), 1/1969
KAZANCI, Necati, "Efsaneler ve Efsanelerin Yöresel Motifleri Üzerine", *Halkbilimi,* 1 (2), 11-12/1973
KONYAR, Basri, *Diyarbekir Yıllığı,* C. III, Ankara 1936
KÖKLÜGİLLER, Ahmet, *Gılgamış,* İstanbul 1984
KURNAZ, Selim, *Mitoloji ve Tarihten Seçmeler,* İstanbul 1969
LÖNHROT, Elias, *Kalevala Fin Destanı,* Ankara 1965 (Türkçeleştiren: Lale Obuz-Muammer Obuz)
LÜTHİ, Max, *Maerchen,* Stuttgart 1962
MİDDLETON, John, *Myth and Cosmos,* USA 1967
Milliyet-Türkiye İller Ansiklopedisi-Diyarbakır, sayı 21, fasikül 15
MORAN, Adli, *İlkel Efsaneler,* İstanbul 1961
MUTLU, Belkıs, *Efsanelerin İzinde,* İstanbul 1968
Myths of Anatolia, İstanbul 1965 (Apa Ophset House Presents)
NASRATTINOĞLU, İrfan Ünver, *Afyonkarahisar Efsaneleri,* Ankara 1973
OKAY, Haydar, "Yöremize Özgü Kamçı Oyunu ve Şenliği", *Dicle Haber Bülteni,* 1 (4), 6/1985
ONK, Nizamettin, "Ağrı Dağı Efsaneleri", *Türk Folklor Araştırmaları,* 14 (272), 3/1972
ORKUN, Hüseyin Namık, "Eski Türk Efsaneleri Acunun Yaratılış Efsanesi", *Varlık,* 2 (36), 1/1935
"Milli Efsanelerimiz", *Varlık,* 2 (34), 12/1934
Türk Efsaneleri, İstanbul 1943
ÖGEL, Bahaeddin, *Türk Mitolojisi,* Ankara 1971

ÖNDER, Ali Rıza, "Türkiye'de Mitoloji Çalışmalarına Bir Bakış", (I. Uluslararası Türk Folklor Semineri Bildirileri) Ankara 1974

Yaşayan Anadolu Efsaneleri, Ankara 1966

ÖNDER, Mehmet, *Anadolu Efsaneleri,* Ankara 1966

Konya Efsaneleri, Konya 1963

Şehirden Şehire III, İstanbul 1974

ÖRNEK, Sedat Veyis, *Türk Halkbilimi,* Ankara 1977

100 Soruda İlkellerde Din Büyü Sanat Efsane, İstanbul 1971

ÖZDER, M. Adil, "Türk Efsanelerinde Ortak Benzeyişler", *Sesimiz,* 2 (19), 3/1971

PARLAK, Yaşar, *Silvan Tarihi,* Diyarbakır 1980

PÜSKÜLLÜOĞLU, Ali, *Anadolu Efsaneleri,* Ankara 1984

SAKAOĞLU, Saim, *101 Anadolu Efsanesi,* İstanbul 1976

"Bir Mitoloji Bibliyografyası Üzerine", *Halkbilimi,* 1 (3), 1 - 2/1974

Anadolu Türk Efsanelerinde Taş Kesilme Motifi ve Bu Efsanelerin Tip Kataloğu, Ankara 1980

"Bir Efsane Motifi Üzerine", *Türk Kültürü,* 15 (171), 1/1977

SEPETÇİOĞLU, M. Necati, *Türk İslam Efsaneleri*, İstanbul 1967

Yaratılış ve Türeyiş Destanı, İstanbul 1972

SEYİDOĞLU, Bilge, *Erzurum Efsaneleri (Erzurum'da Belli Yerlere Bağlı Olarak Derlenmiş Efsaneler Üzerinde Bir İnceleme),* Ankara 1985

SEZAİ, Halil, "Eski Türk Mitolojisi ve Grek Destanları", *Kaynak,* 4 (40), 5/1936

SOYSAL, Metin, "Destan Yazan Kaleler-Diyarbakır Kalesi", *Hürriyet Pazar Eki*, 28.4.1974

ŞAPOLYO, Enver Behnan, *Türk Efsaneleri,* İstanbul 1965

"Türk İnancına Göre Dünyanın Yaratılışı", *Köy Postası,* 16 (181), 8/1959

TAŞPINAR, Celalettin, *Meyafarkın yahud Silvan,* İstanbul 1926

TEKİN, Adil, *Diyarbakır Albümü,* Adana 1984

Türkiye'de Turizm-Beldeler "Çermik", sayı 27, İstanbul 1982

Türkiye'de Turizm-Beldeler "Çüngüş", sayı 31, İstanbul 1983

YALGIN, Ali Rıza, "Baştanbaşa Efsanelerle Dolu Urfa", *Çınaraltı,* 3 (58), 10/1942

YAŞAYACAK, Recep, "Efsane", *Taşpınar,* 2 (17), 7/1965

YUND, Kerim, "Türklerin Adalet Tanrıçası", *Türk Dili,* 1 (10), 7/1952

Yurt Ansiklopedisi, "Diyarbakır Maddesi" C. 4, İstanbul 1982

Ziya Gökalp, "Dokuzoğuz Menkıbesi", *Çınaraltı,* 2 (14), 11/1941

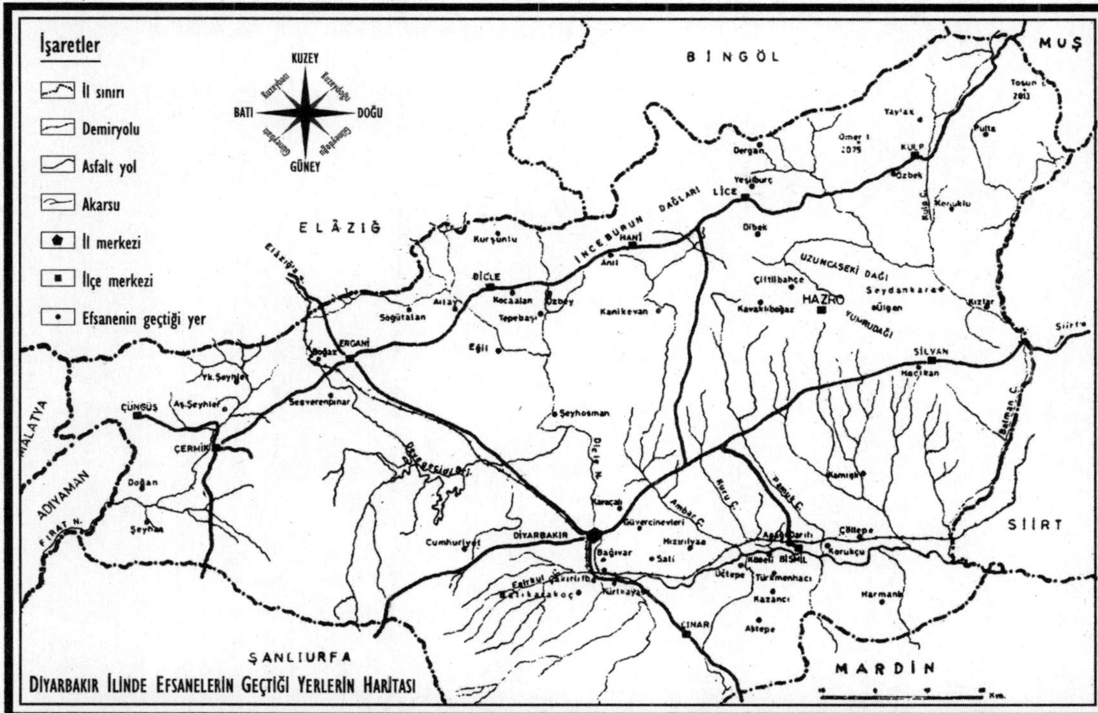

Dİyarbakır İlinde Efsanelerin Geçtiği Yerlerin Haritası